Hamburg, im Januar 2011

Liebe Lisa,

seit wir uns auf der Buchmesse kennengelernt haben, denke ich oft an dich. Die Art, wie du dich in alles einmischst, imponiert mir. Ich hab schon verstanden, dass du nicht furchtlos bist, sondern eher stur – aber gerade das gefällt mir. Ich finde, wir brauchen Menschen, die hartnäckig Lügen und Gemauschel aufdecken, inneren und äußeren Widerständen trotzen, sich ein Gefühl für Richtig und Falsch bewahren. Und dabei ihren Humor nicht verlieren. Wir haben in Frankfurt viel gelacht. Gelächter ist eine Waffe gegen Fremdbestimmung, Sarkasmus eine gegen Ohnmacht. Du, Lisa, kämpfst mit beiden und machst deine Sache gut. Weiter so.

Du hast damals erwähnt, dass du überlegst, dich mit Psi-Phänomenen zu befassen, wovon ich spontan nichts wissen wollte. Bei Ariadne haben wir ja eine Art Esoterik-Sperre, weil wir diesen Spiri-Kram für ablenkend und verblödend halten. Daran hat sich grundsätzlich auch nichts geändert. Aber in letzter Zeit fällt mir auf, wie das um sich greift. Der große Vampir-Hype, der vor ein paar Jahren aus den USA zu uns herübergeschwappt ist, war bloß *eine* Spielart des neuen Eskapismus in der trivialen Kultur. Aus dem Fernseher quellen immer mehr Serien und pseudowissenschaftliche Dokus über Geisterjäger, Botschaften aus dem Jenseits, Telepathie, Prophezeiungen – das alles hat gewaltig Konjunktur. Deshalb denke ich, du hattest vielleicht recht: Man muss sich damit doch mal auseinandersetzen. Wenn das Irrationale immer mehr kulturelle Macht gewinnt, ist irgendwas faul. Natürlich ist Aberglaube dem kapitalistischen Profitinteresse nützlicher als Ratio. Aber deshalb eine weltweite Verschwörung zu wittern wäre zu simpel: Die Realität ist nun mal kein James-Bond-Film, wo man nur einen Strippenzieher bezwingen muss.

Also halte uns bitte auf dem Laufenden über deine Recherchen. Schreib auf, was du so ausgräbst, was dir auffällt. Und wenn du nach Hamburg kommst, besuch uns mal.

Pass gut auf dich auf und sei herzlich gegrüßt
Else Laudan
Argument Verlag mit Ariadne

Christine Lehmann

Totensteige

Ariadne Krimi 1189
Argument Verlag

Christine Lehmann bei Ariadne:

Vergeltung am Degerloch (Ariadne Krimi 1165)
Gaisburger Schlachthof (Ariadne Krimi 1167)
Pferdekuss (Ariadne Krimi 1171)
Harte Schule (Ariadne Krimi 1157)
Höhlenangst (Ariadne Krimi 1161)
Allmachtsdackel (Ariadne Krimi 1169)
Nachtkrater (Ariadne Krimi 1173)
Mit Teufelsg'walt (Ariadne Krimi 1179)
Notorisch Nerz – Storys (Ariadne Krimi 1181)
Malefizkrott (Ariadne Krimi 1185)
Totensteige (Ariadne Krimi 1189)

Zusammen mit Manfred Büttner:
Von Arsen bis Zielfahndung – Das aktuelle Handbuch für Krimiautorinnen und Neugierige

Christine Lehmann lebt in Stuttgart und Wangen (Allgäu), ist als Nachrichten- und Aktuellredakteurin beim SWR tätig und schreibt Romane, Kurzkrimis, Kriminalhörspiele (Radio Tatort) und Glossen.

Wolfgang Thiel (Coverfigur) ist ein Stuttgarter Bildhauer und ehemaliger Kunstlehrer der Autorin. www.atelier-thiel.de
Deutsche Originalausgabe

Glashüttenstraße 28, 20357 Hamburg
Telefon 040/4018000 – Fax 040/40180020
www.argument.de
Umschlag: Martin Grundmann, unter Verwendung einer Skulptur von Wolfgang Thiel
Lektorat: Iris Konopik und Else Laudan
Satz: Iris Konopik
Druck und Bindung: CPI Moravia Books, Pohorelice,
Printed in Czech Republic
Gedruckt auf säure- und chlorfreiem Papier
ISBN 978-3-86754-189-3
Erste Auflage 2012

Ähnlichkeiten mit lebenden oder toten Personen sind nicht beabsichtigt und rein zufällig, auch dann, wenn solche Personen unter Namen auftreten, die Ihnen bekannt vorkommen.

Christine Lehmann

Teil 1

Das Kalteneck-Experiment

»If even a straw could be moved by will power my conception of the universe would be altered.«

»Wenn durch Geisteskraft auch nur ein Strohhalm bewegt werden könnte, müsste meine Auffassung vom Weltall geändert werden.«

Der Physiker Michael Faraday über das Tischrücken, vermutlich 1853

1

Der Planungsredakteur des *Stuttgarter Anzeigers* rief mich an und fragte, ob ich mit den Geisterjägern ins Schloss Ludwigsburg gehen könne. Die schwäbische Haunt Hunters Agency aus Sigmaringen hatte sich selbst den Auftrag gegeben, ein Gespenst aufzuspüren, und die Medien dazu eingeladen. Ich hatte keine Lust, einer Gruppe abgedrehter Geisterjäger Publicity zu verschaffen, aber es war sonst nichts los. Im Januar war noch nichts von dem passiert, was uns später in den kollektiven Wahnsinn trieb.

Es kamen drei Zeitungen und ein Filmteam des SWR. Kitty zu Salm-Kyrburg war sich ihrer Sache krachend sicher. Zu viel hatte sie schon erlebt, obgleich sie kaum die dreißig überschritten hatte: die tote Oma, der sie am Kirschbaum begegnet war, die früh ertrunkene Schwester, die am Todestag Gegenstände in der Wohnung verrückte. Und im Sigmaringer Schloss klapperte eine böse Landgräfin mit Geschirr, die dereinst ihren Gatten mit Kompott vergiftet hatte.

Kittys Augen blitzten im Scheinwerferlicht der SWR-Kamera im winterfinsteren Innenhof der Ludwigsburger Schlossanlage. Auf dem Kopf trug sie eine Schirmmütze, im schwäbischen Herzen hatte sie sich die Unerschrockenheit alten Adels ohne Besitz bewahrt, ihr Atem formierte Kältegeister. »Wir helfen nur«, erklärte sie. »Spukerscheinungen verunsichern die Menschen. Man belächelt sie, man glaubt ihnen nicht. Wir glauben ihnen und gehen der Sache nach. In der Hälfte der Fälle finden wir etwas. Geister lassen sich messen.«

»Mit dem Spuk auf Du und Du«, titelte ich im Kopf meinen Artikel.

Der Kamerascheinwerfer holte das Medium Janette ins Licht, eine schwermütige Hausfrau, deren Kinder ausgeflogen waren und die nun ihrer Bestimmung folgen konnte. »Ich spüre den Tod«, sagte sie, »das klingt seltsam, aber es ist so.« Zur Bande gehörten noch zwei Jungs mit Schirmmützen, Laptops, Mikros, Diktafon, Infrarotgeräten und Kameras. Für das Spektakel hatte die Schlossverwaltung nur die Schlosskirche und den Fasskeller öffnen wollen. Nebenan im Restaurant feierte eine Hochzeitsgesellschaft die in der Schlosskirche überstandene Trauung. Liebe lag in der Luft. Gerade war hier ein Segen gesprochen worden und zwar ein katholischer, also ein gültiger. Wird sich da ein Gespenst zeigen wollen?, fragte ich mich, während die Geisterjäger von der Bodenseeseite der Schwäbischen Alb Laptops verstöpselten und Messgeräte aufbauten.

Die Kirche war barock: hoch, aber kurz, nur ein paar dunkle Kirchenbänke lang. Gemalter Marmor, Halbsäulen, Engel und Geschnörkel wucherten, als könnte hier doch noch eine Kathedrale wachsen. Vielfältige Schatten sprangen mit jedem Schritt, den der Kameramann mit seinem Scheinwerfer machte.

Der Schlossführer plauderte von Spuk und Giftmord. Karl Alexander, der Vater von Carl Eugen, sei am Schlagfluss gestorben oder vergiftet worden. Er hauche die Besucher manchmal an. Wir hockten in den Bänken und atmeten kaum. Kitty und Janette saßen mit geschlossenen Augen in der Mitte. Es gibt Regeln, hatten wir erfahren. Stille ist eine. Warten, bis der Geist einen anfasst, bis es poltert, bis das Gaußmeter einen magnetischen Ausschlag zeigt, der kalte Hauch kommt. Dann ist er da.

Plötzlich ging das Licht der Kamera aus. Es knallte. Eine Reporterin kicherte noch. Dann Stille. Das ewige Licht am Altar war eines von zweien. Auch Kittys Magnetometer blinkte rot. Dann der Luftzug. Auf einmal stand das Portal der Kirche sperrangelweit offen.

Da fing auch ich an zu glauben. Es war dann aber doch bloß ein Wächter, der wissen wollte, wann wir fertig waren.

»Ist noch jemand hier?«, fragte Kitty nach neuerlichem Einstillen ins Barocke.

Janette zuckte, sagte: »Ja«, und drückte ein traurig-triumphierendes Lächeln in die Mundwinkel. Schande über den, der die Geisterwelt belächelt! Aber niemand lächelte in diesem Moment. Janette hob die Hand und deutete nach links in den Zwickel zwischen Apsis und Querhaus gegenüber der Orgel. Die Jungs peilten mit Kameras und Infrarotthermometern.

»Da!«, rief die Frau von der *Ludwigsburger Kreiszeitung*. »Da ist was!«

Ein Husch, ein Licht. Die Kameras der Haunt Hunters flashten. Sie fotografierten überhaupt unentwegt.

»Hast du hier gelebt?«, fragte Kitty.

»Ja«, sagte Janette.

Es war der Küfer, der letzte des Schlosses, der sich uns über Janette mitteilte, der Fassbauer, vermutlich betrunken.

Da war's grad arg gschickt, dass der Fasskeller sich nebenan im Nordostflügel befand. Um dorthin zu gelangen, mussten wir nur zur Schlosskirche hinaus und rechts ins Grün. »Obacht!«, sagte der Schlossführer. Die *Ludwigsburger Kreiszeitung* strauchelte und fiel auf das unerwartet abschüssige Rasenstück. Dann ging es hinab in den Tannin-Brodem riesiger alter Fässer, die sich unter dem Tonnengewölbe drängten. Ein Brunnen mit einem Bacchus lachte. Jemand zupfte mich an der Jacke, aber da war niemand. Hu!

Da hörte Kitty es kratzen hinterm Brunnen und zielte mit dem Gaußmeter. Janette bekam plötzlich keine Luft mehr. Kitty zog sie aus der Brunnennische. Die Jungs tasteten mit Infrarotthermometern den Boden ab. Rote Punkte zuckten. Um den Brunnen herum war es noch mal drei Grad kälter.

Auch wenn wir uns kurz vor Mitternacht im Schlosshof nicht sicher fühlen durften, waren wir von der Journaille doch erleichtert, wieder draußen zu sein. Man hörte Autos rasen. Einige lachten schon wieder. Rasch klickten die Jungs der Haunt Hunter's Agency ihre Bildbeute durch und spulten die Tonaufnahmen vor und zurück. Und da verging uns das Lachen. Mit triumphierendem Ernst spielte man uns die Stelle vor, als Kitty im Weinkeller ein Knistern gehört und Janette Atemnot bekommen hatte. Dumpf, aber deutlich hörten wir ein: »Ich bin Paul.«

Außerdem war uns eine Lichtkugel gefolgt. Es war nicht zu leugnen. Auf einem halben Dutzend Bildern kugelte Licht im Dunkel.

»Und dort … oh, da haben wir ihn ja!« Kittys Gesicht glänzte. »Da sehen wir ihn, unsern Paul!«

Ja wirklich. Oben links vom Altarraum, wo nur Säulengebälk hätte sein dürfen, war ein Gesicht. Auge, Nase, Mund, natürlich unscharf, aber nicht zu leugnen, nicht wegzudiskutieren.

»Gab es hier jemals einen Küfer namens Paul?«, fragte ich.

»Da müsste man in die Personalbücher schauen«, antwortete der Schlossführer.

Das hat bis heute, soviel ich weiß, niemand getan.

2

Um meinen Artikel auf eine seriöse Grundlage zu stellen, googelte ich und stieß auf das Institut für Grenzwissenschaften und Parapsychologie in Holzgerlingen. Das war ja gar nicht weit weg über die Dörfer.

Das Jahr hatte schon spukig begonnen. Beim Silvesterbesäufnis bei Bethe und Christoph waren wir ins Schauergeschichteln gekommen. Sally hatte von einem Bierseidel erzählt, der aus dem Regal sprang, als ihr Vater starb, was sie aber erst später erfuhr. Und Bethe erzählte, dass vor einem halben Jahr ihr kleiner Jan-Marcel beim Wickeln nach dem Opa gerufen habe. Aber der

Opa kommt doch morgen wieder. Doch der Opa starb in dieser Nacht. Und ein paar Tage später habe Jan-Marcel beim Baden plötzlich in die Badezimmerecke hochgeschaut, gelächelt und »Opa« gesagt, »da ist der Opa!«. Bethe hatte natürlich nichts gesehen. Am Abend drauf guckte er wieder und war enttäuscht. Der Opa war nicht mehr da. Unheimlich das! Auch mit Silvesterböllern nicht wegzuknallen.

Das sollten die mir im Institut alles erklären. Ich rief dort an, um über die Sekretärin, die sich motzig meldete, einen Termin mit Institutsleiter Professor Dr. Gabriel Rosenfeld auszumachen. Montag, elf Uhr.

Wenn ich nur nie mit diesem Spukzeugs in Berührung gekommen wäre! Gern würde ich heute mein System auf den Speicherpunkt davor zurücksetzen. Auf Schwabenreporterin Lisa Nerz, aggressive Konventionsbrecherin ohne Identität, aber mit der Gewissheit, dass der Tod der letzte Punkt menschlicher Brutalität ist.

Übers Wochenende schneite es. Der Vormittagsstau auf der Autobahn nahm bei Böblingen unerwartete Ausmaße an. Dann fand ich in Holzgerlingen trotz Navi die Wasserburg Kalteneck nicht. Ich war zu spät, als ich endlich über den Holzsteg eilte und »Schwabenreporterin Lisa Nerz, ich habe einen Termin mit Professor Rosenfeld« in die Gegensprechanlage rief.

Der Eingangstür gegenüber stürzte eine steile Treppe in einen Gewölbekeller hinunter, aus dem Gruftmoder heraufstieg. Eine Kette bewahrte mich vor dem Absturz. In der Halle roch es nach frischer Farbe, feuchtem Stein und toten Blumen. Eine neue helle Treppe hatte man ins erste Stockwerk gewinkelt.

»Der Professor ist aber nicht da«, empfing mich eine sehr junge Frau hinter einem Schreibtisch mit raschem Blick zur einzigen Tür, die geschlossen war.

»Ich habe um elf einen Termin.«

»Sie hatten!« Das blonde Sonnenscheinchen an der Tastatur

lächelte tückisch. Ihre Figur steckte in einem schwarzen Etuikleid mit aufgeschlitzten Ärmeln, und unterm Tisch scharrten rote Pumps mit mindestens zwölf Zentimeter langen Stielen.

»Übrigens, ich heiße Lisa«, sagte ich.

Sie stellte sich mir nicht vor. Schreibkräfte haben nie Namen. Sie war an mir auch gar nicht interessiert. Dass ich kein Mann mit Doktortitel war, senkte ihren Östrogenspiegel, und als Frau stellte ich für das Figürchen im kleinen Schwarzen keine Konkurrenz dar in meinen verschlissenen Jeans mit Bikerjacke, meinem stattlichen Kampfgewicht und den Kriegsnarben im Gesicht. So was Hässliches wie ich gehörte weggepflegt, kaschiert und ignoriert. Die Finger klapperten schon wieder, die Augen klimperten den Bildschirm an.

»Und wie heißen Sie, mein Sonnenscheinchen?«

Sie riss die Augen auf. »Desirée ... äh ... Motzer.«

»Schöner Name!« Ich rückte an den Tisch. Das Geschöpf wurde dünn und schmal. »Gibt es hier sonst noch jemanden? Ich war nämlich auf Geisterjagd in Ludwigsburg.«

Desirée glitschte zur anderen Seite hinter ihrem Tisch vor und sagte: »Einen Moment bitte.«

Ich bewunderte die Sicherheit ihres Laufs auf Stielen. Sie verschwand im Gang, der ins Querhaus der Burg führte. Im Austausch erschien, als hätte sie hinter der Ecke gelauert, eine Frau Mitte fünfzig mit Haar schwarz wie Teer, dunklen Mandelaugen, Gold an Hals und Handgelenken und teurer Eleganz in Blazer und Rock über perfekten Beinen mit schmalen Fesseln. Auch sie trug Absatz.

Was für ein Defilee der Damen vor der geschlossenen Tür von Professor Rosenfeld! Er musste ein ausgesprochen vielversprechender Mann sein.

»Ich bin Dr. Derya Barzani.« Sie reichte mir die Hand. »Stellvertretende Institutsleiterin. Seit Jahren interessiert sich niemand mehr für die Parapsychologie.«

»In der Not frisst der Nerz Fliegen«, sagte ich. Denn noch

herrschte politisches Gähnen. Die arabische Revolution übte erst. Noch gaben sich die Atommeiler von Fukushima beherrschbar. »Ich war mit den Haunt Hunters unterwegs.«

Dr. Derya Barzani verschob verächtlich die Lippen, was den Zauber ihres Gesichts vergrößerte. »Das sind Scharlatane.«

»Ja, klar. Aber sie haben Fotos gemacht, und da war ein Gesicht drauf!«

»Gabriels … Professor Rosenfelds Schreibtisch …« Sie unterbrach sich und fingerte mit lackierten Nägeln suchend und sortierend im Köcher für längliche Bürogegenstände auf Desirées Schreibtisch herum. »… ist voll von Bildern, auf denen Geister zu sehen sind. Aber es sind nur Schatten und Lichteffekte. Wenn bei großer Blende hinten jemand vorbeihuscht, sieht es aus wie ein geisterhafter Schatten. Und die Gesichtererkennungsprogramme der modernen elektronischen Kameras stellen alles deutlicher heraus, was wie ein Gesicht aussieht.«

»Okay.« Das war eine geistesklare Erklärung für das Gespenst, das seit der Nacht in Ludwigsburg in meinen Neuronen waberte. »Was suchen Sie eigentlich?«

Dr. Barzani blickte mich zerstreut an. »Die Schere … die große … aber, hm, Gabriel wird sie …« Sie unterbrach sich wieder und entschied sich, erst einmal mich abzuservieren. »Was möchten Sie sonst noch wissen?«

»Die Stimme von Küfer Paul aus dem Fasskeller, wie kommt die aufs Band?«

»Üblicherweise kommen Stimmen in Audiofiles, weil jemand ins Mikro spricht, zum Beispiel …« Sie senkte die Stimme. »Ich bin Paul!«

»Aber das wäre Betrug.«

»Es wird öfter betrogen, als man gemeinhin denkt.«

Ach so? Ich wog die Vollbluterotik der zierlichen Türkin mit Titel, Geld und Geschmack gegen die Selbstverkaufs-Offensive des Sonnenscheinchens ab. Männer mögen es jung und unkompliziert. Vermutlich hatte Desirée unlängst gesiegt und Derya beim Professor aus dem Rennen gefickt. Es herrschte Kampfstimmung. Es roch nach Blut.

»Und Sie«, fragte ich, »decken Sie nur Betrug auf, oder gibt es da wirklich etwas?«

»Sie meinen Telepathie und Telekinese. Wenn Sie wollen, mache ich einen Test mit Ihnen …«

»Was für einen Test?«

»Keine Angst, tut nicht weh.«

Da klingelte das Telefon auf dem Schreibtisch der Schreibkraft. Die stellvertretende Institutsleiterin blickte sich suchend um und nahm dann selbst ab.

Eine Klospülung rauschte irgendwo.

»Oh!«, rief Barzani. »How do you do?« Dann sprach sie deutsch weiter. Nein, sie wisse nicht, wo Gabriel stecke. Ja, er habe vorgehabt, ihn – den unbekannten Gesprächsteilnehmer – vom Flughafen abzuholen, das wisse sie bestimmt. Sie sei aber Freitagnachmittag früher gegangen.

Desirée stöckelte herbei.

Barzani legte auf. »Hat Gabriel Ihnen was gesagt?«

Das Sonnenscheinchen hob eine Augenbraue. »Was soll er mir gesagt haben?«

»Er wollte doch Finley McPierson vom Flughafen abholen.«

Beide Frauen blickten sich nach der verschlossenen Tür um. Insgesamt gingen drei Türen und ein Gang mit weiteren Türen von dem Foyer ab, das als Empfang mit Besucherstuhl, Schreibtisch und Hängeregisterarchiv diente.

»Seit wann schließt er eigentlich ab?«, überlegte Barzani.

Der Tod kam leise die Stiege herauf und setzte sich auf den Besucherstuhl. Oder kam es mir nur so vor, weil meine Systeme immer hochfuhren, wenn etwas ungewöhnlich war? »Haben Sie keinen Schlüssel?«

Desirée zuckte mit den Achseln.

Kalteneck besaß eine moderne Schließanlage, wie ich bereits gesehen hatte, eine mit Schlüssel ohne Zacken, dafür mit Mulden auf zwei Seiten. Es bedeutete, dass die Sperrstifte im Zylinder in mindestens zwei Richtungen angeordnet waren und ich sie mit meinem Pickset und meinen bescheidenen Fähigkeiten nicht knacken konnte.

»Was gibt es da drin denn so Wertvolles?«, fragte ich.

»Daten«, antwortete Barzani. »Wir haben Tausende von Datensätzen, die, wie Sie sich leicht denken können, nicht in unbefugte Hände fallen sollten.«

Ich schaute zu den Hängeregisterschränken.

»Das da ist nur das historische Archiv. Unsere aktuellen Fallarchive sind natürlich digital verschlüsselt.«

Aber um die Schere, die sich möglicherweise dort drin befand, oder die Fallakten ging es eigentlich nicht. Die Tür an sich beunruhigte, weil sie abgeschlossen war.

»Schon versucht, den Professor anzurufen?«, fragte ich.

Desirée nickte, was Derya mit einem Augenbrauenzucken quittierte.

»Käme man über ein Fenster hinein?« Wir befanden uns im ersten Stock. Das Eis im Graben würde mich sicher nicht tragen. »Und gibt es ein Boot?«

Das Sonnenscheinchen hellte sich auf. »Ja, hinterm Haus. Aber Sie bräuchten eine Leiter.«

»Gibt es eine?«

»Gibt es.«

Frau Doktor war skeptisch. »Das ist viel zu gefährlich.«

»Dann rufen Sie den Schlüsseldienst!«

Dr. Derya Barzani strich sich das teerschwarze Haar hinters Ohr, in dessen Läppchen eine filigrane Goldrosette steckte. »Ich weiß nicht.«

Desirée zog sich schon silberne Moonboots und ein Mäntelchen über.

3

Die Wasserburg Kalteneck lag mit wachsamem Blick ins für heranrückende Heere geeignete Tal in einer dörflichen Wohngegend. Die Fensterläden waren rot gestrichen, die Wände weiß, das Fachwerk grau. Von der Straße gesehen, sah sie aus wie ein Altstadthaus, deshalb war ich zweimal vorbeigefahren. Erst wenn man an die Mauer herantrat, sah man den Wassergraben.

Gegen die angrenzenden Grundstücke mit ihren verstädterten Bauernhöfen war der Graben abgezäunt. An seinen Böschungen stand Gebüsch in Winterstarre. Mit dem Festland von Holzgerlingen war die Insel der Geister nur durch einen Steg verbunden. »Institut für Grenzwissenschaften und Parapsychologie« stand auf dem Schild. Darunter die Sprechzeiten für Beratung.

Das Boot lag hinten an einer Terrasse. Ein paar vereiste Stufen führten hinunter. Die dünne Eisdecke splitterte, als ich in die Nussschale stieg, schwarzes Wasser quoll empor. Vermutlich würde es sich rudern lassen. Nur musste man dazu Ruder haben. Wir fanden sie zusammen mit der Leiter zwischen Bierbänken und Kisten im Gewölbekeller. Ich legte die Aluminiumleiter längs und setzte mich darauf. Bei jedem Zug knackte das Eis unterm Bug. Ich ruderte unterm Steg hindurch. Straßenseitig knallte die Sonne auf die hohe weiße Wand, die mit steinernen Widerlagern verstärkt war. Die erste Reihe der Fenster lag meterhoch, an die zweite musste ich heran. Desirée hatte mir die Fenster von Rosenfelds Eckbüro gezeigt.

Schnapsidee!

Allein die Leiter vom Boot ins Wasser schieben, ausziehen und aufstellen, grenzte an Slapstick. Der Wassergraben war allerdings nicht tief. Ertrinken konnte man darin nur, wenn man sich platt auf den Bauch legte. Die Leiter stand ganz gut im geziegelten Grund des Grabens und reichte gerade bis an den Sims des Fensters, das ich mir ausgesucht hatte. Ich leinte das Boot an einer Sprosse an und versuchte, nicht ins Wasser zu fallen, als ich zur Leiter hinüberstieg. Wenn man knirschende und wippende Gestänge erklimmt, darf man nicht nachdenken. Schnell lag das Boot tief unten. Ich sah in die Gärten der modernisierten Dorfhäuser, auf Autodächer, auf die Straße. Hinter der Mauer war ein älteres Ehepaar neben dem fröstelnden Sonnenscheinchen stehen geblieben.

Um durchs Fenster blicken zu können, musste ich mich an der nackten Wand abstützen. Die Sonne machte aus der Scheibe einen Spiegel, ich sah nur mein Rübengesicht und musste mit beiden Händen das Glas verschatten.

Es leuchteten Bücherregale und Ablagen, wo die Wintersonne hinlangte. Genau vor mir, unterm Fenster, stand ein Schreibtisch. Ich blickte auf die Rückseite eines Mac-Bildschirms, Stapel wissenschaftlicher Zeitschriften, Bücher, einen Köcher mit Stiften, eine Kaffeetasse. Doch unter dem Tisch hervor ragte ein Paar khakifarbener Hosenbeine. Die Füße steckten in braunen Trekkingschuhen. Sie stießen fast an die Tür.

Sackzement!

Den ganzen Morgen hatte ich schon ein blödes Gefühl gehabt. Wie neben der Kapp. Seit mich im Oktober ein Irrer auf der Buchmesse so gut wie totgeschossen hatte, neigte ich zu Raumzeitkrümmungen. Vielleicht eine Folge des Ketamins, mit dem man mich sediert hatte, oder der vorübergehenden Unterversorgung des Gehirns mit Sauerstoff, jedenfalls war etwas in meinem Kopf aus der Spur gesprungen und geisterte linksherum. Manchmal wusste ich nicht, wie ich von A nach B gekommen war, ich dachte, was Richard erst Minuten später sagte, oder ich hörte mein Handy klingeln, schaute auf die Anzeige, und erst dann baute sich tatsächlich ein Anruf auf und es begann zu klingeln. Solche Sachen.

Vermutlich wurde ich nur deshalb an diesem Montag, dem 31. Januar Teil dessen, was manche heute die Kalteneck-Verschwörung nennen. Hätte ich akzeptiert, dass ich zu spät zum Termin gekommen war, und wäre einfach wieder gegangen, wäre alles anders gekommen. Hätte ich nicht nachgeguckt, wäre Rosenfeld nicht tot gewesen. Das ist das Geheimnis von Schrödingers Katze und allen Psi-Phänomenen. Sie sind erst da, wenn man im System ist. Und aus diesem System komme ich erst wieder raus, wenn ich weiß, wie ich hineingekommen bin.

Auf der Leiter an der Außenwand der Burg Kalteneck handelte ich reflexartig, routiniert, fatalistisch. Lisa Nerz findet wieder mal eine Leiche. Ich krustelte mein Handy aus der Jackentasche – nicht fallen lassen! – und machte ein paar Fotos. Was draufkam, konnte ich nicht erkennen, denn die Sonne verblendete das Display.

»Sehen Sie was?«, rief Desirée Motzer vom Fußweg über den Graben.

»Ich komme runter«, antwortete ich.

Beim Absteigen von der Leiter rutschte mir das Boot unterm Steiß weg. Ich sprang ab und stand bis zum Knie im eiskalten Wasser. Die Leiter, an der ich mich festgeklammert hatte, kippte von der Wand und schlug aufs Boot. Beinahe hätte der untere Holm mir noch einen Kinnhaken versetzt. Ganz fein, wenn man alles gut im Griff hat.

Ich angelte das Boot herbei, wuchtete die Leiter drauf, watete durch brechendes Eis zu den Stufen, die straßenseitig hochführten, und machte das Boot an einem Busch fest. »Zutritt verboten«, stand außen am Törchen. »Das Betreten der Eisfläche ist nicht gestattet.« Genau genommen hatte ich die Eisfläche nicht betreten. Ich war durchgebrochen. In meinen Schnürstiefeln quatschte Wasser. Gern hätte ich wem anders die Schuld gegeben. Zum Beispiel den Schaulustigen an der Mauer. Oder dem kichernden Sonnenscheinchen.

»Ich fürchte«, sagte ich, als wir über den Steg zurück auf die Insel gingen, »der Professor liegt in hilfloser Lage in seinem Büro.«

»O Gott! Hoffentlich ist ihm nichts passiert!«

Wenn einer rücklings auf dem Boden liegt, ist ihm was passiert. Ich hätte vielleicht gleich von einer leblosen Person sprechen sollen.

Die Uhr im Fachwerkgiebel unterm Dachfirst stand auf drei nach acht, obgleich es gerade fünf nach zwölf war. Das fiel mir auf.

»Habt ihr nicht vielleicht doch einen Generalschlüssel? Oder soll ich die Tür eintreten? Andernfalls muss der Schlüsseldienst her, und zwar zügig.«

Desirée wurde plötzlich fahrig. »Ich weiß nicht … da muss ich die Frau Doktor fragen.«

»Denk nach, Sonnenscheinchen. Eine Schließanlage wie diese hat einen Generalschlüssel!«

Desirée zog krachend Schreibtischschubladen auf und wühlte. Das beste Versteck ist Unordnung.

Ich setzte mich inzwischen auf den Besucherstuhl und zog meine nassen Stiefel und Socken aus. Das Parkett war nagelneu und angenehm warm unter den Fußsohlen. Alle Wände waren weiß gestrichen, die Türen glänzten und spiegelten. Sonnenlicht ist der Feind des Gelichters.

»Ist er das?«, rief Desirée und hielt einen Schlüssel in die Höhe.

Ich schnappte ihn mir.

»Was haben Sie vor?«, rief Dr. Barzani, aus den Tiefen des Gangs herbeieilend. »Moment!«

Auch wenn die Frau Autorität war – Doktorin, stellvertretende Leiterin eines Instituts, im Kopf ein Mann –, so war sie doch auch wieder nur das Geschöpf von Männern. Und Männer wollen hören, wenn Frauen kommen, am Klacken der Absätze, am Rascheln der Röcke, am nylonzarten Aneinanderreiben der Oberschenkel.

»Ich kann auch gleich die Polizei rufen.« Bei Akademikern half, wie bei anderen Menschen auch, das Vorhalten von harten Alternativen.

Sie schwieg.

Der Schlüsselschlitz nahm den Schlüssel in Empfang wie eine gut geschmierte Möse. Das Schloss drehte sich widerstandslos. Allerdings ließ sich die Tür nicht mehr als eine Handbreit öffnen. Auf der anderen Seite bremsten Füße in Trekkingschuhen. Es roch nach Eisen. Nach Blut. Es hatte die ganze Zeit hier schon nach Blut gerochen, ich hatte es nur falsch interpretiert. Im Hinterstübchen schaltete ich auf Tatort um. Keine Spuren verwischen. Mit der Hand zog ich erneut mein Handy aus der Tasche und stellte das Display auf Spiegelmodus. Mit dem Arm kam ich gerade so durch den Türspalt.

»Was ist? Was machen Sie da?«, fragte Barzani hinter mir.

Im Spiegel sah ich die khakifarbenen Hosenbeine und … Ich musste ausschnaufen.

Der Tote sah aus, als wäre ein Raubtier beim Fressen gestört worden. Gedärm, Nieren, Leber und Magen matschten herum, aus dem Brustkorb ragten Knochen. Die Leibeshöhle klaffte. Mit dem Kopf lag er neben dem Radkranz des Schreibtischstuhls im Schatten des Tischs. Zuerst dachte ich, das Raubtier hätte auch seine Augen herausgerissen, dann erkannte ich, dass sie zugeklebt waren mit ockerfarbenen Vierecken, Stücken von Paketklebeband. Ein längeres Stück klebte über seinem Mund. Die Arme waren nach oben gerissen und schienen gefesselt. Ich zog meine Hand ein, um das Telefon auf Kamera umzustellen. Ich machte kleine, unauffällige Bewegungen, damit die Damen es nicht mitbekamen, und knipste fünf- oder sechsmal rasch in den Raum.

»Was ist?«, riefen Derya und Desirée mit sich überschlagenden Stimmen. »Was ist los? Ist was mit ihm?«

Desirée riss mich aus der Tür. »Lassen Sie mich durch! Ich muss …«

Ich hielt sie fest. »Lieber nicht! Wir müssen die Polizei verständigen.«

»Ist er tot?«, flüsterte Derya Barzani.

4

Den Nachmittag verbrachte ich bei Karin Becker im feuerfesten Archiv des *Stuttgarter Anzeigers*. Becker hatte Wikipedia und Konsorten gegenüber den Vorteil, dass sie für mich vorauswählte. Ich konnte im Keller des Pressehauses an dem grauen Tisch mit den Bildschirmen im Geviert der Hängeregisterschränke und Regale die Füße ausstrecken und mich doof stellen, während sie die Wunder der Stichwortsuche und ihrer symbiotischen Kenntnisse des Archivs vor mir ausbreitete.

»Ich habe mal die spektakulärsten Fälle der letzten fünfzig Jahre herausgesucht«, sagte sie, »Nina Kulagina, der Rosenheim-Spuk, Uri Geller. Warum müssen die Medien eigentlich immer über dieselben Fälle berichten? Wird das nicht langweilig?«

»Das sehen Sie falsch, Frau Becker. Sex ist auch immer dasselbe, aber es ist nie langweilig!«

Beckers Braue zuckte. Sie lebte mit einer männlichen Katze und drei Tageszeitungen in einer Wohnung in der Elfenstraße in Möhringen mit Blick auf den Riedsee und schaute auf eine leidenschaftliche Jugend zurück, über die sie Stillschweigen bewahrte.

»Woher der Begriff kommt, wissen Sie?« Sie schaute mir kurz in die Augen. »*Para* bedeutet auf Griechisch *neben*.«

»Eine Nebenseelenwissenschaft also. Haben Gespenster eine Psyche?«

»Erstens geht es in der Parapsychologie nicht nur um Gespenster, sondern um Hellsehen, Wahrsagen, um Fernwirkungen wie Telekinese und Telepathie, um alles, was so aussieht, als wirkten Kräfte, die nicht direkt physikalisch erklärbar sind. Und zweitens sind naturgemäß alle diese Erscheinungen an Menschen gekoppelt, die davon berichten, weil sie sie wahrgenommen haben.«

»Also Einbildung.«

»Vielleicht.« Becker legte mir den ersten Packen hin, Papier und eine DVD. »Der Fall Nina Kulagina. Sie war im Krieg in Leningrad Funktechnikerin in einem Panzer, bekam Kinder und wurde in den Sechzigern mit telekinetischen Fähigkeiten bekannt. Nur einem einzigen westlichen Parapsychologen ist es 1970 gelungen, sie zu besuchen und zu filmen.«

Die Schwarzweißaufnahmen, die Becker mir am Computer vorführte, zeigten eine frisierte Hausmutter an einem Tisch mit einem Häufchen Streichhölzer und einem Salzstreuer. Sie ließ die Hände intensiv, konzentriert, beschwörend über den Gegenständen kreisen, und die ruckten dann auf sie zu. Auch einen Kompass brachte sie zum Kreiseln.

»Mit Magneten an der Hand oder auf dem Knie unterm Tisch eine durchaus lösbare Aufgabe«, bemerkte ich.

»Hat man ihr aber nicht nachweisen können. Finley McPierson, der diese Filmaufnahmen gemacht hat, ist bei Zauberkünstlern in die Lehre gegangen. Er tritt sogar auf damit, bis heute. Er hat Kulagina allerdings nur durch die Tür filmen dürfen.«

»Finley McPierson?« Das war doch der, den Rosenfeld am Freitag vom Flughafen hätte abholen sollen. Als er den Kulagina-Film drehte, war er ein junger Mann mit wilden blonden Locken gewesen. Ein aktuelles Foto zeigte einen jetzt weißen Lockenkopf mit dicker Brille vor teichblauen Augen, hagerem Gesicht und bübischem Lachen.

»Er und Professor Dr. Gabriel Rosenfeld vom Institut für Parapsychologie in Holzgerlingen …« Sie schaute mich an.

»Rosenfeld ist tot«, sagte ich. »Seine Leiche wurde am Vormittag gefunden.«

Becker blickte mich scharf an. »Ah so, darum das Interesse.«

»Dieser McPierson, wer ist das?«

»Jahrgang 1949, geboren in Bombay, dem heutigen Mumbai, als Sohn von Diplomaten. Alte schottische Familie. Er hat in der ganzen Welt studiert, auch bei Hans Bender.«

»Und wer ist das?«

»Der bekannteste deutsche Geisterjäger. Ist Ihnen der Fall Chopper ein Begriff?«

Ich schüttelte den Kopf.

»Das war 1982 der Geist in einer Zahnarztpraxis. Er hat eine attraktive Helferin mit obszönen Stimmen verfolgt, die aus Klos und Waschbecken tönten. Bender hat sich in die Untersuchung gestürzt. Doch dann haben die Arzthelferin, der Zahnarzt und dessen Frau gestanden, dass sie alles inszeniert hätten. Allerdings im Fall Rosenheim …«

Ich schüttelte wieder den Kopf.

»Das war 1967.«

»Da war ich noch im vorrationalen Zustand der Menschwerdung.«

Becker lächelte nachsichtig. »Da gingen in einer Anwaltskanzlei Leuchtstoffröhren an und aus, Glühbirnen zerplatzten. Ein Telefon wählte von selbst ununterbrochen die Zeitansage an und trieb die Telefonrechnung in die Höhe, Kronleuchter schaukelten an der Decke, Bilder drehten sich um den Nagel in der Wand. Die Stromwerke maßen starke Spannungsausschläge, ohne jedoch im Leitungsnetz tatsächlich eine Überspannung feststellen zu können. Die Polizei rückte an. Dann kam Bender. Ihm gelang es zu filmen, wie sich ein an der Wand hängendes Bild einmal um sich selbst drehte. Ein einmaliges Filmdokument!« Becker lächelte untergründig und zeigte mir ein Filmchen. Auf einem blassen Schwarzweiß-Röhrenfernseher in Benders Büro sah man unter Interferenzstreifen schemenhaft ein gerahmtes Bild, das sich plötzlich gewaltig schnell um den Nagel drehte.

»Irre!« Womöglich war doch was dran an diesen Geschichten.

»Dann passen Sie mal auf.« Becker stoppte den Film. »Ich gehe noch mal zurück und wir schauen uns das Sekunde für Sekunde an. Sehen Sie her: Eine Minute, 55 Sekunden, das Bild hängt. Eine Minute, 56 Sekunden …«

»Kein Bild zu sehen, nur unscharfe weiße Streifen.«

»Und bei 58 Sekunden …«

»Da ist es wieder. Es hängt schief auf der Ecke. Was habe ich da vorhin gesehen?«

»Das.« Becker ließ die drei Sekunden lange Sequenz noch mal

laufen, und in der Tat, das Bild drehte sich so schnell, dass man nicht sah, wie es sich drehte. Es schaukelte kurz aus und hing dann schief.

»Eine optische Täuschung?«

Becker nickte mit seligem Glanz auf dem hageren Jungferngesicht. »Wir ergänzen, was wir nicht sehen, zu einem Film und sehen folglich, wie es sich dreht und ausschwingt.«

»Oha!«

»Beweis oder geniale Täuschung, das ist bei diesen Phänomenen immer die Frage. Den Rosenheim-Spuk haben insgesamt vierzig Leute untersucht. Bender hat immer die These vertreten, dass ein Spuk an eine Person gekoppelt ist und von ihr ausgelöst wird. In diesem Fall wurde eine neunzehnjährige Angestellte, Annemarie Schaberl, Tochter eines Kraftfahrers, ausgemacht. Eine junge Mutter, die in einer Beziehungskrise steckte. Bender diagnostizierte bei ihr, was er für die Kennzeichen von spukauslösenden Persönlichkeiten hielt: eine Lebenskrise, seelische Labilität, leichte Erregbarkeit, geringe Frustrationstoleranz, Gier nach Beachtung. Pubertär im Grunde.«

»So was wird heute Massenmörder. Vermutlich hat man sie ... wie sagte man früher? ... ständig gehänselt in der Kanzlei.« Was natürlich die Phänomene nicht erklärte.

»Wer kann das heute noch sagen?« Becker legte mir einen *Spiegel*-Artikel vom 15.1.1968 vor und sagte: »Der Anwalt wollte das Mädchen übrigens nicht entlassen, obgleich Annemaries Fähigkeiten ...«

»... falls es ihre waren oder überhaupt Fähigkeiten ...«

»... obgleich sie beträchtlichen Schaden anrichteten. Er wolle einen solchen Geist nicht gern aufgeben, wird er hier zitiert. Das hört man doch heute mit ganz anderen Ohren, nicht?«

Ich stutzte und hörte es auch. Die alte Jungfer und ich alte Kriegerin, wir lächelten uns wissend an. »Nur sagen darf man es nicht, schon gar nicht schreiben! Oder?«

»Besser nicht. Annemarie lebt noch, und der Sohn des Anwalts auch. Als sie übrigens dann doch bald darauf die Kanzlei verließ, hörte der Spuk auf. Sie bestreitet bis heute, diese Kräfte besessen zu haben und die Auslöserin gewesen zu sein.«

»Vielleicht ging der Schabernack nicht von ihr, sondern von einem Witzbold aus. Eine Lampe kann man hinter ihrem Rücken anstoßen und sagen, sie sei es gewesen.«

»Wenigstens ein Fall ist dokumentiert, wo sie selbst der Lampe den Schubs gegeben hat.«

»Na bitte!«

»Bis heute ist jedoch ungeklärt, wie sie ein Telefon dazu hätte bringen können, dass es ununterbrochen die Zeitansage anwählt, ohne dass sie den Hörer abnimmt und die Wählscheibe dreht.«

Ja, die alten mechanischen Dinger. »Oder man hätte am anderen Ende der Geschichte die Telefonrechnung manipulieren müssen.« Ich ließ die Augen über die Sammlung der Artikel gleiten, darunter eine Schlagzeile der *Abendzeitung*: *Hexenspuk in Anwaltskanzlei.* »Ja, was war die denn nun?« Ich wunderte mich. »Praktikantin, Sekretärin, Auszubildende?«

»Sie werden feststellen«, sagte Becker, »dass solche Widersprüche typisch für Berichte über parapsychologische Phänomene sind. Immer sind die Daten je nach Autor ein wenig anders, auch die Maßnahmen und Erscheinungen, die geschildert werden, variieren. Ich denke manchmal, es ist, als würde hier die gewaltige erzählerische Kraft des Hörensagens und Fabulierens durchscheinen.«

»Oho!«

»Ja, Spukgeschichten sind nämlich so alt wie die Menschheit.«

Ich schaute auf. Becker war noch durchsichtiger geworden im Lauf der Jahre, noch trockener und leiser. Die Strähne, die sich so gern aus ihrem Gebinde stahl, war grau geworden. Die Glut jahrzehntelang missachteter Kompetenz lag tief versunken in dunklen Augen.

»Alle Geschichten, die uns begleiten, sind Spukgeschichten«, sagte sie. »Die halbe Bibel erzählt von paranormalen Vorgängen, Psychokinese, Telepathie, Untoten, Geistern, Wahrsagerei. Der Koran auch, unsere Märchen ebenfalls, eigentlich alle Bücher. Immer gibt es abwegige Zufälle, die sich als Schicksal erklären, geheimnisvolle Zusammentreffen, Vorahnungen, die sich erfüllen. Alles hat Bedeutung. Und es geschehen Wunder. Leute überleben Kämpfe, die sie nicht überleben können.«

Ich hüstelte und verschwieg ihr, wie ich es Richard, sogar Sally verschwiegen hatte, dass mich derzeit ebenfalls allerlei Zufälle plagten, für die ich keine Newton'sche Erklärung hatte, von denen ich nicht einmal mit Bestimmtheit sagen konnte, ob sie geschahen.

»Übrigens war Bender selbst eine, sagen wir, mythenumwobene Gestalt. Beispielsweise fehlte ihm das Diplom seines Doktortitels als Mediziner, den er 1940 erworben haben wollte. Er hat ihn vierzig Jahre später nachgemacht. Und auch von den Nazis hat er sich nicht so ferngehalten, wie wir das heute wünschen würden. Er hat sich zwar hauptsächlich mit Psychologie und Wahrnehmung beschäftigt, aber er hat eben auch mit der SS-Forschungsgemeinschaft Deutsches Ahnenerbe zusammengearbeitet. Der ging es darum, den arischen Rassentypus wissenschaftlich zu untermauern.«

»Ein ebenso sinnloses Unterfangen, wie dieses ganze Teledings nachweisen zu wollen, scheint mir.«

Die Archivarin lächelte fein. »Der Beweis, dass es diese geistigen Fernwirkungen nicht gibt, ist ebenso schwer zu führen. Wenn nicht noch schwerer. Um die Fermat'sche Vermutung zu beweisen, hat man auch 350 Jahre gebraucht.«

Ich jaulte auf.

»Dabei geht es ebenfalls um den Beweis, dass es etwas nicht gibt, nämlich, dass der Satz des Pythagoras, $a^2 + b^2 = c^2$, für Hochzahlen größer als 2 keine Lösung mit ganzen Zahlen hat. Das hat man zwar gewusst, aber beweis es mal bei einer unendlichen Menge von Zahlen.«

Ich beruhigte mich wieder. »Schön, wie Sie das erklären.«

»Jedenfalls haben das Koestler-Institut in Edinburgh, wo Finley McPierson lehrt, und das Institut von Gabriel Rosenfeld in Holzgerlingen den umgekehrten und leichteren Weg gewählt und vor drei Jahren eine Million Euro ausgelobt für denjenigen, der sich mit seinen Psi-Fähigkeiten Labortests unterwirft und besteht.«

»Und haben sie den gefunden, der es kann?«

»Bisher nicht. Das hätte sicher immenses Aufsehen erregt.«

»Ganz sicher.«

»Und irgendetwas gibt es.« Beckers Lächeln war diabolisch, dann ging es Schlag auf Schlag. »1989 hat der russische Schachcomputer M2-11 den damaligen Schachmeister Gudkow mit einem Stromschlag getötet. Die Maschine hatte zweimal verloren. Ein technischer Defekt wurde nicht gefunden. 1985 haben sich in Thailand einige Dieselloks selbständig gemacht. Das hat sogar die *Tagesschau* gemeldet. Eine Ursache wurde nie gefunden. In Brighton hat eine Aufzugsmaschine den Aufzug rauf- und runterfahren lassen, obgleich sie keinen Strom hatte, denn das Haus wurde gerade abgebrochen. Man musste die Anlage zertrümmern. 1987 stellte sich ein PC, ein Amstrad 15-12, nachts immer wieder von selber an, sogar wenn er gar keinen Strom hatte. Er produzierte Buchstaben und Wortfetzen auf seinem Bildschirm, so als ob er träumte. Man hat das über Monate gefilmt. Und dann das Dorf Canneto di Caronia auf Sizilien. Seit Januar 2004 geschehen unheimliche Dinge. Haushaltsgeräte gehen zusammen mit Sicherungskästen in Flammen auf, auch wenn der Strom abgeschaltet ist, Autos starten von allein, Autotüren lassen sich mit Fernbedienung nicht mehr öffnen, ein Bus explodiert, Handys wählen massenhaft Nummern, die es nicht gibt. Physiker der NASA geben dem Ätna die Schuld.«

»Außerirdische wären mir lieber!«

»Eher Unterirdische. Die NASA vertritt die Ansicht, dass vulkanische Aktivitäten bei diesem Dorf hochgeladene Ionen an die Erdoberfläche treiben, die elektrische Geräte entzünden und manipulieren könnten.«

Ich langte nach der Erklärung wie eine Ertrinkende nach dem Strohhalm. Damals konnte ich noch schwimmen. »Aber gibt es auch Gespenster, Frau Becker? Geister von Verstorbenen, die herumspuken?«

5

Es war schon dunkel, als ich mich die Weinsteige in den Kessel hinunter staute und die Blitzer angrinste. »Ich kann nicht schneller, sorry.«

Die Radionachrichten beschäftigten sich mit dem Zugunglück von Hordorf auf der Eisenbahnstrecke Magdeburg-Thale, bei dem zehn Menschen ums Leben gekommen waren. Hatte der Zugführer des Güterzugs oder der des Personenzugs den Fehler gemacht, oder hatte es eine technische Fehlfunktion gegeben? Daran erinnere ich mich – die Einzelheiten habe ich gerade noch mal nachgeschaut –, vielleicht, weil mir zum ersten Mal die Formulierung »technisches Versagen« auffiel und ich über menschliches Versagen nachdachte. Wie kann Technik versagen? Was heißt überhaupt versagen? Wir sind Versager, wenn wir nicht schaffen, was wir schaffen wollen oder was andere von uns erwarten. Als Tochter habe ich versagt. Zumindest aus Sicht meiner Mutter. Ich sehe das aber so, dass ich mich befreit habe aus katholischer Höllenangst und Festlegung auf Fremdsprachensekretärin und Ehefrau.

Eine Ampel wiederum hat versagt, wenn sie nicht Rot zeigt und Züge ineinanderdonnern. Oder ihr Steuercomputer hat versagt. Oder der Programmierer, der nicht alles bedacht hat, was Technik zum Versagen bringt. Letztlich ist alles menschliches Versagen. Schlecht gebaut, schlecht gewartet. Oder? Als ich am Charlottenplatz abbog, gingen mir die Züge durch den Kopf, die sich in Japan selbständig gemacht hatten, und der PC, der nachts träumte, obgleich er keinen Strom bekam. Kann man von technischem Versagen sprechen, wenn stillgelegte Geräte nicht stillstehen?

Und wie hatte Rosenfelds Mörder überhaupt den Raum verlassen? Durch die Tür jedenfalls nicht. Durch die Fenster auch nicht. Denn er hätte das Eis im Wassergraben nicht betreten können, ohne Einbruchsspuren zu hinterlassen, deren Narben im Eis auch an diesem Montag noch sichtbar gewesen wären.

Ich brachte Charlotte Brontë in ihre Garage – »Sei brav, ja. Fahr nicht weg!« –, stieg die drei Treppen zu meiner Wohnung hinauf, warf den Computer an und schaufelte die Fotos von meinem Handy.

So 'n Hure'seich! Alles verwackelt, unscharf, verblendet, eines sogar ganz schwarz. Total vergespenstert. Auch die, die ich mit ausgestrecktem Arm durch den Türspalt ins Büro von Rosenfeld hinein gemacht hatte. Das gibt's doch nicht! Nur ein einziges, das ich von der Leiter aus gemacht hatte, ließ immerhin Rosenfelds Beine erahnen, die unter dem Tisch hervorragten. Man erkannte die Lage der Leiche, bevor die Polizei eingetroffen war und die Tür gegen den Widerstand der Beine hatten aufschieben müssen, um hineinzukommen.

Kalte Hände strichen mir über den Nacken. Wo war ich da hineingeraten? Ich nahm Cipión und ging raus, um nachzudenken, was in doppelter Hinsicht ein Misserfolg war. Cipión war es zu nass und zu kalt auf seinen kurzen Dackelbeinen und mein Hirn taugte seit jeher nicht zum Nachdenken.

»Ich bin Freitagnachmittag etwas früher gegangen«, hatte Dr. Barzani der Polizei erklärt. »Professor Rosenfeld wollte noch zum Flughafen und dort Professor McPierson abholen.« Desirée hatte nach eigenen Angaben ebenfalls Schluss gemacht, kaum hatte Dr. Barzani das Haus verlassen. Freitagnachmittag machten alle früher Schluss. Zu der Zeit war unten in der Eingangshalle noch ein Maler damit beschäftigt gewesen, die Toilettentüren zu streichen.

Ich vermutete, dass der Professor seit Freitagabend tot in seinem Büro gelegen hatte. Es war ein klassisches Doyle/Christie-Arrangement, nur dass bei den Briten die Leichen in verschlossenen Räumen nicht derartig nach schwedischem Lustmörder aussahen. Und das Herz fehlte. Auch das hatte ich zufällig mitgehört, obgleich ich es nicht hätte hören dürfen. Aber wieso hatte derjenige, der da gewütet und die Leiche so ausgelegt hatte, dass er selbst den Raum nicht mehr durch die Tür verlassen konnte, hinterher diese Tür auch noch mit einem Schlüssel verschlossen? Vielleicht um Zeit zu gewinnen. Denn wenn ich nicht gekommen wäre, hätten die Damen womöglich noch einige Tage gewartet, bis der Gestank unerträglich wurde und Maden unterm Türritz hervorkrochen.

Als ich mit Cipión wieder in die Neckarstraße bog und mein Blick auf den von Anti-Terror-Strahlern erleuchteten Bunker der Staatsanwaltschaft fiel, klingelte mein Handy.

»Meisner!« Der Name der Staatsanwältin fiel dunkel auf die Waagschale meiner Schuld. »Wieso waren Sie wieder mal vor Ort, bevor die Polizei eingetroffen ist? Das kann doch kein Zufall sein. Langsam glaube ich an widernatürliche Kräfte.«

»Ich auch. Wenn Sie aus dem Fenster schauen, können Sie mich sehen. Ich winke.«

»Sie wissen doch, dass mein Fenster nach hinten rausgeht.« Sie schaute auf den Parkplatz mit den vom Dezernat für Wirtschaftsdelikte konfiszierten Autos von Betrügern und Steuerhinterziehern.

»Dann sind Sie zuständig? Nicht Tübingen?«

»Und ich möchte umgehend die Fotos sehen, die Sie gemacht haben. Wieso muss ich das von der Polizei erfahren, und wieso hat die es nur von einer Zeugin erfahren?«

»Sie sind nichts geworden, Frau Meisner. Es sind nur Gespenster drauf.«

»Gespenster?«

»Lichteffekte, schwarze Schatten, alles unscharf. Nur auf

einem ist die Lage der Leiche zu erahnen. Ich schicke es Ihnen per Mail.«

Meisner schnaufte besänftigt. »Sie schicken mir alle!«

Die Ampel ließ mich über die Straße. »Stimmt es, dass der Leiche das Herz fehlt?«

»Dazu kann ich nichts sagen, Frau Nerz. Wir müssen das rechtsmedizinische Gutachten abwarten.«

»Wo wird er obduziert? In Tübingen?«

Das durfte und konnte sie mir sagen. »Ja.«

»Hätte man nicht den Rechtsmediziner zum Fundort bitten können? Das ist doch alles sehr merkwürdig. Die zugeklebten Augen, der zugeklebte Mund …«

»Haben Sie mir nicht gerade eben erklärt, Ihre Fotos seien nichts geworden?«

»Ich habe vorher mit einem Spiegel hineingeschaut.«

Meisner seufzte. »Aber bitte nichts in der Presse!«

»Zu Befehl. Ich habe übrigens ein ganz ungutes Gefühl«, sagte ich unbedacht, während ich nach meinem Hausschlüssel suchte.

»Ich habe immer ein ungutes Gefühl bei einer Leiche«, antwortete die Staatsanwältin.

Verdammt, wo war der Schlüssel? Eine Katastrophe bahnte sich in mir an. »Das ist irgendwas Großes! Was ganz Hässliches! Ich finde meinen Hausschlüssel nicht.«

»Wenn man was sucht, muss man den Weg noch mal von Anfang an gehen. Haben Sie ihn überhaupt eingesteckt?«

Die Gute, immer praktisch. Also zurück auf Anfang. Aber ich konnte mich beim besten Willen nicht erinnern, wie ich vor einer halben Stunde mit Cipión meine Wohnung verlassen hatte. Leere im Kopf. Man muss sich immer an das erinnern, woran man sich nicht erinnern kann, dann ist das Problem für alle Zukunft gelöst. Das Paradoxon der Freud'schen Schulpsychologie. Lisa Nerz ist eine Neurose.

Wie soll ich jemals den Anfang finden? Meinen Moment geistiger Instabilität, wo ich Teil der Verschwörung wurde? Ich bin immer geistig instabil. Als Todt Gallion mit seinem Porsche und mir gegen den Birnbaum fuhr, hatten wir uns gestritten. Doch in der Sekunde, als er von der Fahrbahn abkam, war ich nicht mehr bei der Sache gewesen. Ich hatte an was anderes gedacht. An was? An die drückenden Schuhe? An den drohenden Geburtstag meiner Mutter? Und da war noch etwas gewesen. Ich erinnere mich plötzlich an mein Gefühl: an einen unendlichen Überdruss, an Sehnsucht nach woanders, eine kraftlose Sehnsucht ohne Ausblick. Gedankenlos und lebensunlustig befand ich mich in dieser Nacht auf einer Landstraße in einer Ehe, die nicht mehr meine war. Als ob ich kurz vergessen hätte, die Leine immer schön straff zu halten. Prompt war mein Schicksal ausgeschlenkert. Todt war tot, ich im Krankenhaus und ganz wer anderes mit ganz anderer Zukunft. Ja, immer wenn etwas passierte, was Lebenswege umkehrte, hatte ich gerade nicht richtig aufgepasst.

Plötzlich hatte ich den Hausschlüssel in der Hand.

6

Noch in der Nacht nahm die Polizei den 23-jährigen Malergesellen Juri Katzenjacob in Böblingen unter dringendem Tatverdacht fest. Am folgenden Tag erging richterlicher Haftbefehl. Auf einer Pressekonferenz teilten Staatsanwaltschaft und Polizei mit, dass der Beschuldigte am Freitag auf Burg Kalteneck im unteren Stockwerk die Toilettentüren gestrichen habe. Seine DNS habe sich nicht nur dort, sondern auch in Rosenfelds Büro gefunden. Außerdem habe man in seiner Böblinger Wohnung, die er sich mit einem Kollegen teilte, ein Paar Arbeitsschuhe mit Anhaftungen vom Blut des Opfers sichergestellt. Nach der übrigen Kleidung, die massive Blutspuren aufweisen müsse, werde intensiv gesucht. Der Beschuldigte habe zur Tat keine Angaben gemacht. Auf seinem Computer habe man reichlich Bildmaterial von Tiertötungen sowie Filme und Fotos mit wüst zugerichteten Leichen von allen Kriegsschauplätzen dieser Erde gefunden.

Die lokale Presse fand schnell heraus, dass der nette Junge von nebenan mit neun oder zehn angefangen hatte, Kaninchen die Beine auszureißen und sie aufzuschneiden. Seine Kindheit hatte er in Sigmaringen verbracht. Seine Eltern waren vor zwei Jahren bei einem Autounfall ums Leben gekommen. Auf glatter Strecke bei Sommers, einem Ort im Schwäbischen Allgäu, von der Straße abgekommen und gegen eine Mauer geprallt. Man sah Archivfotos eines zermatschten Autos, die Straße, eine Senke und das Schild »Totensteige«.

»Haben die braven Leute den Teufel an ihrer Brust genährt?«, fragte ein Boulevardmagazin. Das Foto zeigte einen Burschen mit in sich gekehrtem Blick und vorsichtigem Lächeln in der weißen Arbeitskleidung der Maler. Er hatte seine Lehre in dem Böblinger Betrieb gemacht, der ihn anschließend übernommen hatte. Ein netter, höflicher Mensch, sagten die Kollegen unter Kopfschütteln. Fleißig und gewissenhaft.

Was hatte ihn wohl nach Böblingen verschlagen?

Staatsanwaltschaft und Ermittler verfolgten eine restriktive Informationspolitik, und schon kurz darauf war für die Medien die Frage interessanter, wie man in Doktorarbeiten richtig zitiert und einen Minister stürzt, der uns mit seinem Charme heillos zu verwirren drohte. Ein Aufatmen ging durch die Republik, als er weg war, wir sanken zurück in die gewohnte Glanzlosigkeit und diskutierten im Fernsehen über die Frage, ob die Revolution in der arabischen Welt den Untergang der westlichen Welt bedeutete. Wie gefährlich ist die Demokratie dort, wo Diktaturen das Weltgefüge zementiert haben?

Fern aller Weltfragen steuerte Baden-Württemberg in diesen Tagen auf einen Regierungswechsel zu, was nachhaltige Aufregung in Funk und Zeitungen erzeugte.

Ich dachte schon gar nicht mehr an den Fall Rosenfeld, da klingelte mein Handy. Es war Kitty zu Salm-Kyrburg. Sie fragte, wann denn nun der Artikel über die Geisterjagd im Ludwigsburger Schloss im *Stuttgarter Anzeiger* erscheine. »Wir haben derzeit andre Themen«, beschied ich ihr. »Außerdem soll es eh ein größerer Artikel über Parapsychologie werden. Woher haben Sie überhaupt meine Telefonnummer?«

»Aus Facebook.«

»Hm, ja.« Da hatte ich meinen Privatsphärenschutz wohl etwas nachlässig behandelt. Andererseits war das ja auch der Sinn der Klatsch- und Tratschplattform. Gefunden werden können. »Wie gesagt … ich muss noch recherchieren.«

»Sie … Sie glauben nicht an diese Sachen. Sie sind Skeptiker.«

»Und ich lasse mich auch nicht missionieren.«

Kitty lachte mir ins Ohr. »Das läge mir fern.« Sie machte eine Pause. Wartete auf eine Antwort. Sie gehörte zu denen, die dem Verstärker von Handys jede Menge Raum gaben, sich zu einem Rauschen hochzutunen.

»Ist noch was?«, fragte ich.

»Ja, also …« Pause.

Ich machte auch Pause.

»Sind Sie noch dran?«, fragte sie.

»Ja.«

Kitty kicherte. Es war ein seltsam abwehrendes Lachen.

»Sie täten's auch lieber telepathisch, nicht wahr?«, bemerkte ich.

»Was?«

»Reden.«

Pause.

»Dabei kommt Telefonieren der Sache doch schon relativ nah, nicht wahr. Nur dass man am Telefon nicht schweigen sollte. Da kommt der Geist nicht, da geht er, vielmehr, er legt auf.«

Wieder dieses humorlose Gekicher.

»Stellen Sie die Kuh über den Eimer, Kitty. Hat Ihr Medium, wie hieß sie noch gleich, ach ja, Janette … hat sich Rosenfelds Geist bei Janette gemeldet oder was?«

»Woher wissen Sie das?«

»Wie bitte?«

»Ich habe alles über die schreckliche Tat in der Zeitung gelesen. Wir ...«

Ich unterbrach sie: »Kannten Sie Rosenfeld?«

»Wie man es nimmt. Ich war einmal bei ihm im Institut. Ich hatte ihm Bildmaterial von uns geschickt von einer PU ...«

»Was?«

»Einer Parapsychologischen Untersuchung. Im Sigmaringer Schloss. Da standen wir noch am Anfang. Ich hatte mir von ihm Tipps und Unterstützung erhofft. Aber er hat es nicht einmal für nötig befunden zu antworten. Das Material zurückgeschickt hat er uns auch nicht. Da bin ich nach Holzgerlingen gefahren. Er hat mir dann ziemlich arrogant erklärt, dass wir Scharlatane wären und dem Ansehen der Parapsychologie schaden würden. Im besten Fall wären wir nur dumm und naiv, im schlimmsten Betrüger. In jedem Fall müsste man uns das Handwerk legen. Dabei nehmen wir kein Geld für unsere PUs. Wir arbeiten ehrenamtlich.«

»Dankbare Spenden werden aber sicher gerne angenommen.«

»Manche wollen eben unbedingt etwas geben. Rosenfeld hat schließlich auch kassiert. Die eine Stunde beim Professor, wo ich mich habe abkanzeln lassen, hat mich 25 Euro gekostet.«

»Ja, wir sind alle Nepper. Ich koste hundert Euro pro Stunde.«

Kitty schluckte. Der Verstärker rauschte hoch. Bei manchen Leuten sind Scherze ein echter Konversationsstopper.

»Wofür denn?«, fragte sie nach reiflicher Überlegung.

»Ihnen mache ich es gratis. Was wollten Sie mir denn nun erzählen über Ihr Medium und Rosenfeld?«

»Ja, also ... Janette hatte ein Erlebnis. Ich vertraue ihr da. Janette hat etwas gespürt, sagt sie, das mit Rosenfelds Tod zu tun hat. Sie hat eine große Gefahr gespürt. Wir haben überlegt, ob wir nicht im Institut mal eine PU machen sollten.«

Ich musste lachen.

»Sie haben doch den Artikel über Rosenfelds Tod geschrieben«, fuhr Kitty fort. »LiN, das ist doch Ihr Kürzel, nicht wahr, und da dachte ich, Sie könnten …«

»Aber der Fall ist geklärt. Der Tatverdächtige sitzt ein. Ach übrigens, er soll aus Sigmaringen stammen. Kennen Sie ihn?«

Pause. »Die Eltern hatten die Bäckerei, bis zu dem tragischen Unfall. Sie hatten ihn adoptiert, als er so fünf oder sechs war.« Sie druckste.

»Was ist passiert?«

»Ich weiß nicht. Na ja, er hat sich in mich verknallt. Da war er sechzehn, siebzehn. Ich bin ja nun ein gutes Stück älter. Er hat mich auf der Straße gestellt und wollte es wissen. Ich habe ihm erklärt, dass ich einen Freund habe und so. Darauf drehe ich mich um und gehe weg. In meinem Rücken fühle ich seine Augen. Man fühlt das ja. Ich gucke mich um. Da fällt ein Blumenkasten runter, auf meine Schulter. Hätte ich mich nicht umgeschaut, hätte er meinen Kopf getroffen, und ich wäre tot gewesen.«

»Wenn man's nur immer so genau wüsste.«

»Ich bin mir absolut sicher. Es hat auch nicht geklärt werden können, wieso der Blumenkasten so plötzlich heruntergestürzt ist.«

Ich hustete das Unheimliche zurück zu ihr. »Warum ist er nach Böblingen in die Lehre gegangen?«

»Kann ich nicht sagen. Schwierigkeiten mit den Eltern, nehme ich an. Es waren liebe, aber etwas starre Leute.«

»War bekannt, dass er tote Tiere fleddert?«

»Also mir persönlich nicht. Und ich kann mir das auch nicht vorstellen. Die Polizei wird sicher gute Gründe haben, warum sie ihn verhaftet, aber …«

»Hat sie.«

»Das ist auch nicht mein Thema. Aber wo Rosenfeld sich jetzt bei Janette gemeldet hat.«

»Und was will er?«

»Also, das klingt jetzt vielleicht etwas seltsam, aber er … also er kann nicht zur Ruhe kommen. Er hat ein großes und schreckliches Geheimnis.«

Ich kramte nach meiner Zigarettenschachtel und zündete mir eine an.

»Ich weiß«, nahm Kitty den Gesprächspfad wieder auf, »Sie halten mich vermutlich für verrückt. Wer sich wie ich seit Jahren in der Welt der Geister bewegt, merkt manchmal gar nicht, wie befremdlich das auf Menschen wirkt, die keine spirituellen Erfahrungen haben.«

»Na!« Es ärgerte mich ganz grundsätzlich, dass eine gut zehn Jahre jüngere Frau mir Erfahrungen absprach, egal welcher Art.

»Am leichtesten finden wir Lebenden Kontakt zum Geist eines Verstorbenen am Ort seines Todes.«

»Und Sie erwarten jetzt von mir, dass ich die Leute vom Institut überzeuge, dass Ihre Agentur dort eine PU machen kann?«

Pause.

»Okay«, sagte ich. »Ich werd's versuchen. Der Spaß ist es mir wert. Allerdings geht dort derzeit niemand ans Telefon.«

7

Im Fernsehen sah ich einen Bericht darüber, wie Japan seine Kinder auf Erdbeben vorbereitet. Nach den ersten Stößen, die senkrecht verlaufen, haben sie dreißig Sekunden Zeit, unter Tischen und Decken Schutz zu suchen, bevor die waagrechten Stöße beginnen, die Häuser zum Schwanken und Fensterscheiben zum Bersten bringen. Und schon bebte in Japan die Erde und erzeugte nicht nur verheerende horizontale Stöße, sondern auch einen Tsunami, der reichlich zwanzigtausend Menschen mitnahm und vier Meiler im Atomkraftwerk Fukushima zerschlug. Am Abend war klar, dass die Kernschmelze begonnen hatte. Die zufällig für den Samstag seit langem geplante Menschenkette gegen Atomkraft zwischen Stuttgart und Neckarwestheim wurde ungeahnt enggliedrig. Und jählings begriff unsere Kanzlerin, dass ein Ereignis, dem man eine Eintrittswahrscheinlichkeit von einmal in fünfhundert oder einer Million Jahren bescheinigt hatte, auch sofort passieren konnte. Zumindest erklärte sie, dies begriffen zu haben.

»Als Physikerin hätte sie es eigentlich besser wissen müssen«, bruddelte Richard. »Und wenn ihr jetzt behauptet, ihr hättet immer schon gewusst, dass so was passieren würde, ist das natürlich genauso realitätsfern.«

»Wer wir?«

»Ihr Atomkraftgegner.« Oberstaatsanwalt Dr. Richard Weber schaltete in den zweiten Gang und warf mir einen kurzen Blick zu. »Vor dem, was jetzt passiert ist, habt ihr immer Angst gehabt. Was nur zeigt, dass das menschliche Gehirn nicht für Wahrscheinlichkeitsrechnungen gemacht ist. Wie sonst können Leute bei einer Wahrscheinlichkeit von 1 zu 14 Millionen glauben, sie könnten im Lotto gewinnen.«

Das ließ er mich auf der Fahrt nach Ludwigsburg wissen, wo Kollegin Meisner im bereits hochsommerlich warmen April im Seeschloss Monrepos ihren fünfzigsten Geburtstag feierte. Am Ufer spielten die Mücken, Wasser gluckste unter den Ruder- und Paddelbooten. Im Saal lärmte eine Band, was nicht nur die Raucher auf die Terrasse trieb. Richards Neigung, aus jedem Geplauder eine schwäbische Grübelei zu machen, hatte seinen – unseren – Bistrotisch zum Zentrum einer Diskussion über die Wahrscheinlichkeiten gemacht, dass jemand in einer Dissertation Fehler entdeckte oder sich in einem deutschen Atomkraftwerk eine Kernschmelze ereignete.

»Ich habe Angst vorm Fliegen«, gab eine junge Staatsanwältin in leuchtend roter Busenverpackung zu. »Dabei habe ich kürzlich gelesen, dass das Risiko für einen Absturz bei 1 zu 150 000 steht und man 67 Jahre lang ununterbrochen fliegen müsste, um …«

»Das ist eben der Grundirrtum«, sagte Richard. »Am Ende

dieser 67 Jahre hätte man also garantiert einen Flugzeugabsturz nicht überlebt, denken Sie. Aber genau dieser Absturz könnte sich mit derselben Wahrscheinlichkeit auch am ersten Tag ereignen oder nach drei Monaten oder nie.«

Ich hörte nicht mehr hin, bis Meisner rief: »Also, das mit Schrödingers Katze habe ich nie verstanden! Die Katze ist entweder tot oder nicht tot, wenn man den Kasten öffnet. Das ist doch banal.«

Richards Augen funkelten erregt. »Gar nicht. Der Witz ist, dass die Katze weder tot noch lebendig ist, bevor man reinguckt.«

»Meine Katze wird auch immer fetter, wenn ich nicht hingucke«, bemerkte Meisner.

Das fanden Richards Sekretärin Roswita Kallweit und die junge Staatsanwältin zum Giggeln komisch, während der Leitende Oberstaatsanwalt Krautter verlegen lächelnd in seinem Kopf kramte, um irgendwas zu finden, was er dazu beisteuern konnte.

»Schrödingers Katze«, sagte Richard, der zwar nur Apfelschorle trank, aber zu vorgerückter Stunde übermütig wurde, »ist *das* Gleichnis dafür, dass die Quantenphysiker einen an der Klatsche haben.«

Meisner lachte. »So kenne ich Sie ja gar nicht … Richard!«

»Doch, doch«, sagte er. »Der Physiker Erwin Schrödinger selbst«, er schaute belehrend in die Runde der Juristen und meiner ungebildeten Kleinigkeit, »einer der Erfinder der Quantenmechanik, der Theorie von den kleinsten Teilchen im Atom, stellte 1935 fest, dass eine Theorie Schwächen hat, wenn sie davon ausgeht, dass man das Verhalten von Atomen, Elektronen oder Lichtquanten nur erklären kann, wenn man annimmt, dass sie sich beispielsweise gleichzeitig an verschiedenen Orten befinden, bevor … ich betone … *bevor* man anfängt zu messen. Dann nämlich ändert sich alles. Der Beobachter, also das Messgerät vergibt einen exakten Wert. Was man nicht misst, bleibt unklar. So kann man beispielsweise sagen, wo sich ein Elektron befindet, aber nicht gleichzeitig auch, welche Geschwindigkeit es hat.«

»Und was ist mit der Katze?«, fragte Roswita Kallweit besorgt. Katzen waren ihr Thema, an allen strategisch wichtigen Stellen ihres Büros befanden sich Katzenfigürchen oder Katzenbilder.

»Ja, die Katze!« Richard kannte kaum ein größeres Vergnügen, als seine Wissensschatztruhe zu öffnen. »Stellen Sie sich das so vor: Eine Katze sitzt in einer verschlossenen Kiste. Wir sehen sie nicht. Mit ihr in der Kiste befindet sich ein Apparat mit radioaktivem Material, der Zyankaligas freisetzt, sobald ein Atom zerfällt. Man weiß: Innerhalb einer Stunde kann es einen Zerfall geben oder auch keinen. Die Wahrscheinlichkeit liegt genau bei 50 Prozent.«

Kallweit und die junge Staatsanwältin nickten, LOStA Krautter starrte über sein Bier auf die Tischplatte und ließ sich seine Verunsicherung nicht anmerken. Meisner schnorrte bei mir eine Zigarette. »Ich hab's vor zwanzig Jahren aufgegeben. Aber wenn man fünfzig wird, ist das Grab eh nicht mehr weit.«

»Da wir in die Kiste nicht hineinschauen können«, redete Richard über Meisners Lebenskrise hinweg, »wissen wir nicht, ob die Katze noch lebt oder schon tot ist.«

»Natürlich wissen wir das nicht«, rief Meisner. »Das ist banal. Wirklich! Prost, Richard!« Alle am Stehtisch hoben die Gläser. »Und wenn wir schon dabei sind … also, ich bin die Gesine. Aber das wissen Sie … das weißt du ja.«

Meisner hangelte ihren Arm durch den von Weber und die beiden wurden zu Richard und Gesine, was in Kallweit sichtlich die Furcht auslöste, auch sie müsse ihren Chef künftig duzen. Das ist das Gefährliche an Geburtstagen kurz vor Mitternacht.

Aber der Kelch ging an Roswita vorüber, denn Richard hatte es eilig, in seinem Thema weiterzukommen.

»Das ist eben nicht banal, Gesine«, sagte er. »Denn die Quantentheorie sagt: Erst in dem Moment, wo wir reinschauen, nimmt die Katze einen der beiden Zustände an. Dann ist sie entweder tot oder lebendig. Bevor wir reinschauen, ist sie beides oder gar nichts davon, sie befindet sich sozusagen in einem Schwebezustand.«

Das war jetzt nicht banal, dafür aber unvorstellbar.

»Die arme Katze!«, bemerkte die junge Staatsanwältin.

Kallweit nickte heftig.

»Ja«, sagte Richard, »Schrödinger wollte mit diesem Bild darauf aufmerksam machen, dass etwas nicht stimmen kann mit den Quantentheorien. Das fand übrigens auch Einstein.«

»Gott würfelt nicht!«, rief der Leitende Oberstaatsanwalt Krautter.

»Sehr richtig!« Richard richtete seine asymmetrischen Augen auf den Chef der Justizverwaltungsangelegenheiten bei der Generalstaatsanwaltschaft, der zu schwitzen begann. »Aber vermutlich wissen Sie nicht, was Einstein damit meinte.«

»Nun ja, Sie werden es mir bestimmt gleich sagen.«

Richard lächelte. »Einstein gefiel es nicht, dass die Quantenmechanik den Zustand der Teilchen nur mit Wahrscheinlichkeiten angeben konnte. Er fand, Zufall gehört nicht in die Physik.«

Mir gefiel das auch nicht.

»Inzwischen gibt es eine Quantentheorie, die ohne Beobachter auskommt und trotzdem funktioniert. 2004 haben zwei Mathematiker mit neuen mathematischen Gleichungen gezeigt, dass Elektronen und Quarks sehr wohl objektiv existieren. Müssen sie ja auch, denn wie könnten wir, die Beobachter – oder eben die Katze –, sonst objektiv existieren? Wir bestehen letztlich auch nur aus Atomen und ...«

»Gnade!«, rief Gesine Meisner. »Es reicht. Ich weigere mich anzunehmen, dass Rosenfelds Tod irgendetwas mit Quantenphysik und Psi zu tun hat. Ich weiiiigere mich!«

»Wieso?«, flutschte es mir aus dem Mund, noch bevor ich die Dimension ahnte. Der Tumult der Party zog sich plötzlich hinter eine Lärmschutzwand zurück, die unseren Tisch umfing. Gleichzeitig verloren die Staatsmächte aus den Augen, dass ich nicht dazugehörte und sie mir gegenüber Stillschweigen hätten bewahren müssen.

»Dann ist also immer noch nicht geklärt, wie der Beschuldigte wieder aus dem Raum hinausgekommen ist«, bemerkte Krautter.

»Die Operative Fallanalyse arbeitet daran.«

»Warum hat er Rosenfeld eigentlich das Herz rausgerissen?«, fragte ich.

Richard ächzte.

»Und was sagt er zu den Steinchen?«, fragte Krautter.

»Steinchen?«, wiederholte Kallweit.

»Ja.« Meisner lehnte sich über den Tisch, der unter ihrem Gewicht wankte. »Es fanden sich Kiessteine im Blut und im offenen Leib. In Rosenfelds Ohrläppchen steckte eine Stecknadel. Verzeihung, Richard.« Sie grinste.

Er lächelte schmallippig. In der ganzen Stuttgarter Staatsanwaltschaft war bekannt, dass er empfindlich war, wenn es um Leichen ging. Deshalb hatte er sich in Verbrechen mit Zahlen verbissen. »Nun ja«, bemerkte er, um sich vor den Damen keine Blöße zu geben, »was der Kerle mit dem Herzen gemacht hat, ist unschwer zu erraten.«

Meisners Augen schwammen zu ihm hinüber. »So?«

»Er hat es zu Asche verbrannt, mit Wasser vermischt und getrunken oder einem anderen zu trinken gegeben.«

»Iiiih!«, riefen Kallweit und die junge Staatsanwältin.

»Ein alter Brauch aus Rumänien, aus Transsilvanien, genauer gesagt.«

»Ich bitte dich, Richard«, stöhnte Meisner mit großer Handbewegung, »erzähl du mir jetzt nicht, dass Rosenfeld ein Vampir war!«

»In Rumänien sagt man Strigoi. Vor fünf oder sechs Jahren habe ich in der Zeitung gelesen, dass einige Männer in einem Dorf in Rumänien ein Grab aufgemacht, dem Toten das Herz herausgeschnitten, es verbrannt und die Asche in Wasser gelöst getrunken und seinen Verwandten zu trinken gegeben haben.«

»Und wozu?«, fragte Meisner.

»Weil ein Strigoi Unglück und Tod über die Lebenden bringt.«

»Zum Glück sind wir aber in Deutschland«, bemerkte ich.

»Keine Chance, Lisa!«, antwortete Richard vergnügt. »Hier nennt man sie Nachzehrer. Man kennt sie seit Pestilenzzeiten. Da hat man erfahren, dass tote Leute, sonderlich tote Weibspersonen, im Grabe ein Schmätzen getrieben wie eine Sau ...«

»Herr Dr. Weber«, mahnte Krautter. »Es sind Damen anwesend.« Damit konnte er mich nicht meinen. Es war die junge Staatsanwältin, die sein Lächeln erwiderte.

»Und bei solchen Schmätzern«, fuhr Richard fort, »hat die Pest gemeiniglich heftig zugenommen. So hat es ein gewisser Pfarrer Bohemus um sechzehnhundert festgestellt. Auch im *Hexenhammer*, 1486, findet sich ein Bericht von einer Frau, die im Grab ihr Leichentuch verschlinge. Die Pest, heißt es, werde nicht eher enden, als bis die Hexe das Tuch ganz verschlungen habe. Man öffnete das Grab und fand das Tuch durch Mund und Hals schon halb verschlungen. Der Schulze schlug der Toten mit dem Schwert den Kopf ab, und von Stund an hörte die Pest auf.«

»Mir ist nichts bekannt, dass in Holzgerlingen die Pest grassiert«, bemerkte ich.

»Das ist doch abartig!«, rief die junge Staatsanwältin. »Worauf Menschen so alles kommen!«

»Es ist gar nicht so verwunderlich«, erwiderte Richard und wandte sich der in Rot geschlagenen jungen Frau zu. »Damals wusste man nichts über Leichen. Aber in Pestzeiten hat man frische Massengräber immer wieder öffnen müssen. Da sah man halb verweste Leichen und den Bakterienfraß in Leichentüchern und glaubte, sie holten die Lebenden herunter. Tatsächlich starben ja auch reihenweise Menschen.«

Ein Schauer schüttelte Meisner. »Richard, ich würde gerne noch ein paar Jährchen leben!« Bisher hatte ich geglaubt, die rundliche brünette Staatsanwältin vom Dezernat Tötungsdelikte lasse sich nur von einer Bäckertheke voll süßer Stückle aus der Ruhe bringen. Und Richard wiederum konnte merkwürdig kaltsinnig über historische Kadaver sprechen.

»Luther hat sich dagegen verwahrt und …«

»Bleib mir fort mit dem elenden Wüstgläubigen!«, rief ich und bekreuzigte mich.

»Es ist durchaus bedenkenswert, Lisa, was Luther einem Pfarrer antwortete, der von einem Schmätzer im Grab berichtete, der das halbe Dorf mit in den Tod zöge. Luther meinte, nur wer daran glaube, werde dahingerafft. Es ist der Teufel selbst, der uns Menschen mit Gespenstern narrt. Wer um Vergebung der Sünden betet, wird gerettet.«

»Folglich ist Juri Katzenjacob kein Protestant«, stellte ich fest.

Meisner nickte. »Daher auch der Rosenkranz.«

»Bitte?«

»Rosenfelds Hände waren mit einem Rosenkranz gefesselt … oder umschlungen, wie man es nimmt.«

»Ja, wenn man verhindern will, dass einer zum Nachzehrer wird«, mischte sich Richard erneut ein, »muss man ihm den Mund verschließen, die Augen zudrücken und die Hände fesseln. Je Region gibt es dann noch ein paar Besonderheiten. Zum Beispiel …«

»Knoblauch!«, sagte die junge Staatsanwältin, die von der Aufmerksamkeit des Leitenden Oberstaatsanwalts verleitet wurde, ihre eigene Bedeutung zu überschätzen.

»So lesen wir es bei Bram Stoker. Töten kann man sie, indem man ihnen den Kopf abschlägt, sie verbrennt oder ihnen einen Eichenpfahl ins Herz rammt. Aber hier geht es darum, wie man verhindert, dass ein Verstorbener zum Nachzehrer wird. Und diese Maßnahmen wendet man bis heute an. Ist Ihnen das schon mal aufgefallen, junge Kollegin?« Richard kriegte sie alle, vor allem jene, die glaubten, sie könnten mitreden, weil der Stellvertreter des Generalstaatsanwalts sie aus dem Kreis herausgelächelt hatte. »Augen zudrücken, Mund schließen, bei den Katholiken noch der Rosenkranz …«

»Aber Rosenfelds Augen waren nicht einfach zugedrückt, sie

waren zugeklebt«, unterbrach ich das patriarchale Kleinen-Mädchen-Angst-Machen. »Sein Mund auch.«

»Und in seinem Ohrläppchen steckte eine Nadel. Als Reminiszenz ans Pfählen. Da hast du, Gesine, übrigens einen Hinweis auf das Dorf im slawisch-griechischen Verbreitungsraum des Vampirglaubens, aus dem Katzenjacob vermutlich stammt.«

»Er stammt aus Sigmaringen«, bemerkte ich.

»Nein«, widersprach Gesine Meisner. »Juri wurde im Alter von sechs Jahren aus Rumänien adoptiert. Er befand sich zuletzt in einem Bukarester Waisenhaus. Wo seine Eltern lebten, ist nicht bekannt. Aber vielleicht ...« Sie überlegte. »Haben wir einen Vampirexperten beim LKA?«

Krautter gab vor, dies ernsthaft zu überlegen.

»Und der Kies«, fragte ich, »was spielt der für eine Rolle?«

Staatsanwältin Meisner richtete sich auf. »Da bin ich aber mal gespannt, Richard!«

»Ein numerologischer Trick. Man kann auch Samen nehmen. Der Nachzehrer muss sie zählen, bevor er andere Seelen verzehren kann. Weil aber ein Nachzehrer des Teufels ist, kommt er niemals über die heilige Zahl 3 hinaus, denn die kann er nicht aussprechen.«

»Hm.« Meisner legte den Kopf schief. »Und wie soll ein Nachzehrer mit geschlossenen Augen zählen? Ganz abgesehen davon, dass er ja keiner mehr ist, wenn man ihm Augen und Mund verschlossen hat.«

»Logik ist nicht das Instrument, um dem Aberglauben beizukommen, Gesine.«

Meisner stöhnte. »Na, wunderbar! Da hat uns Katzenjacob vor einem Vampir gerettet.«

Richard schmunzelte, als sei er Herr über alle finsteren Mächte dieser Welt.

»Wieso eigentlich«, überlegte ich laut, »ist Rosenfeld dem Juri Katzenjacob wie ein Nachzehrer vorgekommen? Was sagt er denn dazu?«

Meisner seufzte. »Er sagt gar nichts.«

»Habt ihr es schon mal mit dem guten alten rationalen *Cui bono* probiert?«, fragte Richard. »Wem nützt Rosenfelds Tod?«

»Unserem Beschuldigten jedenfalls nützt er nichts. Und du wirst jetzt nicht ein neues Fass aufmachen, Richard.«

»Könnte doch sein, dass Juri nur der Auftragskiller war«, schlug ich vor.

»Warum sollte er uns dann seinen Auftraggeber nicht nennen?«

Richard öffnete den Mund, klappte ihn aber wieder zu.

»Und zu vererben hatte Rosenfeld nur ein paar Tausend Euro«, fuhr Meisner fort. »Seine Frau hat sich vor fünfzehn Jahren von ihm scheiden lassen und in Berlin einen Staatssekretär geheiratet. Die gemeinsame Tochter ist inzwischen eine gut verdienende Journalistin beim rbb in Berlin, sie ist kinderlos und verheiratet mit dem Pressesprecher eines Konzerns. Für Peanuts geben die keinen Mord in Auftrag.«

»Und die Burg Kalteneck? Wem gehört die?«

»Einer gewissen Edmund-Gurney-Stiftung.«

»Ach«, sagte Richard.

»Rosenfeld hat sie vor zehn Jahren der Stiftung überschrieben, weil er die Renovierung der Burg wegen seiner Scheidung nicht bezahlen konnte. Davor, bis in die Achtziger, gehörte sie einem Ehepaar, das sie wiederum in den Siebzigern von einem Mann erworben hatte, der ebenfalls wegen einer Scheidung den Unterhalt nicht mehr zahlen konnte.«

»Ein Fluch liegt auf der Burg«, bemerkte ich.

»Der Mann betreibt heute in Nördlingen einen Drehorgelverleih. Er hatte die Wasserburg in völlig desolatem Zustand erworben und mit den ersten grundlegenden Instandsetzungen beginnen können.«

»Und dabei hat der Scherzbold in den Raum, wo Rosenfelds Büro untergebracht ist, eine Geheimtür eingebaut.«

»Wir haben ihn danach gefragt. Der Architekt und die Handwerker wissen auch nichts von einer Geheimtür.«

»Und wer ist Edmund Gurney?«, fragte ich.

»Ein englischer Philosoph. Mitbegründer der Society for Psychical Research in London. 1882 war das. Die erste gemeinschaftliche Anstrengung unserer Gesellschaft, den unkontrollierbaren Mächten von Zauberei, Magnetismus und Hellseherei Einhalt zu gebieten, sie aus den schummrigen Hinterstuben ins Licht der Labore und der Naturwissenschaft zu holen.« Richard griff zufrieden nach seinem Schorleglas und sagte in einem Ton, als müsse er sein abseitiges Wissen erst mühsam aus den Regalen holen: »Ich meine mich zu erinnern, dass es dieser Gurney war, der erstmals Kriterien für paranormale Erscheinungen aufstellte: Berichte nur aus erster Hand und durch einen Zeugen bestätigt. Besonders interessierte ihn das, was er Krisen-Erscheinungen nannte. Irgendwo befindet sich eine Person in einer meist tödlichen Krise und woanders sieht oder hört ihn im gleichen Moment eine ihm nahestehende Person.«

»So wie bei Sally«, bemerkte ich. »Als ihr Vater starb, fiel bei ihr ein Geschenk von ihm, ein Bierkrug, runter und zerbrach.«

»Gurney hätte gesagt: Sie hat eine telepathische Botschaft empfangen. Allerdings würde ich sagen: Nichts ist so trügerisch wie unsere Erinnerung. Wer weiß, wann Sally den Bierkrug runtergeworfen hat. War es wirklich in der Stunde, als ihr Vater starb? Oder womöglich zwei Tage vorher? Ihre Erinnerung hat dann zwei Ereignisse zusammengeschweißt und daraus eine Legende gemacht, die man gut erzählen kann. Nicht absichtlich natürlich.« Er lächelte selbstzufrieden. Entzaubern war eines seiner Hobbys.

Aber diesmal konnte er keinen Erfolg haben. Die Macht des Narrativen war zu groß.

»Ich glaube aber schon, dass es so etwas gibt«, meldete sich die junge Staatsanwältin ernst. »Mein Onkel ist mit seiner ganzen Familie bei einem Flugzeugabsturz ums Leben gekommen. Ich war damals sieben. Drei Nächte vor dem Flug hat seine Tochter geträumt, dass ein Flugzeug abstürzt. Und die Frau meines

Onkels hat es am Vorabend der Reise meiner Mutter erzählt. Meine Mutter hat sie noch gefragt, ob sie denn keine Angst hätten. Aber wer bucht schon einen Flug um, nur weil ein Kind schlecht träumt? Hätten sie mal!«

Richards asymmetrischer Blick ruhte prüfend auf der kurzhaarigen jungen Frau, die noch so viel werden wollte und der die Herren doch bloß auf die Brüste in festlich roter Verpackung guckten. »Jetzt reden Sie aber nicht mehr von Gedankenübertragung, sondern von Hellsehen.«

»Glauben Sie, meine Mutter hat sich das alles nur so ausgedacht, um mir Angst zu machen?«, fuhr sie auf.

»Wieso denn Angst?«, hakte ich ein.

»Das ist doch total unheimlich, finden Sie nicht? Ich bin mit der Angst aufgewachsen, dass ich vielleicht eines Tages den Tod meiner Eltern und meiner ganzen Familie vorhersehen würde. Und ich habe immer schon Angst vorm Fliegen gehabt.«

»Sie brauchen weder vor dem einen noch dem anderen Angst zu haben«, sagte Richard onkelhaft. »Die meisten Menschen halten Hellseherei zwar für möglich, aber gerade die ist, soviel ich weiß, von den Parapsychologen noch nie bestätigt worden.«

»Wieso nicht? Meine Mutter hat sich das nicht ausgedacht!«

»Ihre Geschichte in Ehren, und ohne Ihrer Mutter zu nahe treten zu wollen, aber die Sache ist zwanzig Jahre her. Da gilt, was für alle Zeugenaussagen gilt. Nach so langer Zeit erinnert sich ein Zeuge an gar keine Zusammenhänge mehr, und die, an die er sich erinnert, erweisen sich als falsch. Und wenn ein Mensch eine Geschichte wiederholt erzählt, erinnert er sich immer nur an die zuletzt erzählte Version. Das Original geht gänzlich verloren.«

»Ich erinnere mich aber genau, es war im Mai …«

»Sie erinnern sich an die Geschichte, die man bei Ihnen daheim erzählt. Bereits ordentlich abgeschliffen und logisch verknüpft. Ein Indiz dafür ist die Zahl 3. Warum hat Ihre Cousine drei Nächte vor der Reise von einem Absturz geträumt? Warum nicht vier? Warum nicht zwei? Und was genau hat sie geträumt? Was war Interpretation der Eltern am andern Morgen? Und welche Interpretation hat Ihre Mutter nach dem Unglück der Geschichte gegeben, die ihre Schwägerin am Vorabend der Reise am Telefon erzählt hatte?«

»Aber sie hat doch die Schwägerin sogar noch gefragt, ob sie keine Angst hätten, dass der Traum sich erfüllen wird!«

»Hat sie das wirklich?«

»Warum sollte sie das erfinden?« Die junge Staatsanwältin glühte.

Richard schlitzte den Blick. Ich sah ihm an, dass er sich in diesem Moment entschied, nicht zu sagen, was ihm auf der Zunge lag. »Es ist oftmals schwierig, sich zu erinnern, wann genau man was zu wem gesagt hat«, sagte er beschwichtigend und lenkte ab. »Auf jeden Fall ist sich kein Kind von sieben Jahren bewusst, dass gerade Mai ist. Das ist schon mal nicht Ihre eigene Erinnerung.«

Die junge Staatsanwältin schluckte.

»Mein lieber Herr Dr. Weber«, sagte Krautter, »seien Sie doch nicht so erbarmungslos.«

»Eine Freundin von mir«, plauderte Roswita Kallweit los, »die war mal bei einer spiritistischen Sitzung dabei. Da hat man den Geist eines Toten gerufen. Und er ist gekommen.«

Richard lachte ratlos.

»Wie?«, erkundigte sich Meisner. »Mit Tischrücken? Ich habe das als Studentin auch mal gemacht. Man setzt sich im Kreis um einen Tisch … so wie den hier … und alle legen die Hände darauf. Los, das machen wir jetzt. Alle müssen die Hände auf den Tisch legen … Aber vorher sollten wir besser die Gläser runternehmen.«

8

Wir verteilten Gläser, Aschenbecher und Erdnussschälchen auf zwei Steinsockeln zwischen den Geländern zum See. Die Terrasse war inzwischen weitgehend entvölkert. Am andern Ende knutschten noch zwei. Die Band hatte aufgehört zu spielen. Es schien, als sei uns das Ende der Party entgangen. Seltsam nur, dass die Gäste sich nicht von Meisner verabschiedet hatten. Aber vielleicht waren wir so in unsere Diskussion verbissen gewesen, dass man uns nicht hatte stören wollen, oder die Lärmschutzwand um uns herum hatte uns unsichtbar gemacht für die anderen.

»Und jetzt?«, fragte Krautter.

»Wir legen die Hände auf den Tisch.« Meisner spreizte ihre Finger. »So dass wir uns an den kleinen Fingern berühren.«

Der Bistrotisch wackelte schon auf seinem Ständer, als wir die Hände vor uns legten. Ich spürte Richards kleinen Finger warm und ruhig an meiner rechten und Roswitas nervöses Fingerlein an meiner linken Hand. Neben ihr stand Meisner, dann kam die junge Staatsanwältin, schließlich der Vizegeneral Krautter. Unsere Handspannen reichten zwar nicht ganz, um den Kreis zu schließen, aber nach Meisners Ansicht machte das nichts.

»Das klappt doch nie und nimmer«, sagte ich.

»Ruhe auf den niederen Rängen!«, rief Meisner. »Wir müssen uns konzentrieren.«

Die junge Staatsanwältin kicherte.

»Konzentration«, zischelte ich.

Jetzt gluckste auch Roswita Kallweit. »Mich juckt's hinterm Ohr!«

»Und was passiert jetzt?«, erkundigte sich Krautter.

»Wir warten, bis der Geist sich meldet. So ein Schloss hat sicher einen Geist. Wenn er da ist, dann bewegt sich der Tisch. Warten wir's ab.«

Ich dachte an Kitty zu Salm-Kyrburg und ihre Behauptung,

Rosenfeld habe was zu sagen. Und ich erinnerte mich an die Geisterjagd vor zwei Monaten im Schloss Ludwigsburg, dessen Ableger das Seeschlösschen Monrepos war. Wenn das Gaußmeter blinkt und die Temperatur fällt, dann ist er da, der Geist. Die Haunt Hunters hatten etwa zehn Minuten mit geschlossenen Augen in der Kirche gesessen. Ein Geist braucht Stille. Aber worauf, zum Teufel, konzentrierte man sich?

Da spürte ich ein erstes Zucken.

»Huh!«, entfuhr es Roswita. Enten auf dem See quakten.

»Scht!«, machte Meisner und fragte mit hohler Stimme: »Bist du da, Geist? So antworte mit Ja.«

Der Tisch kippte Richtung Krautter und fiel zurück.

Roswitas Finger zuckte kurz weg, aber sie wagte es nicht, die Hände zurückzuziehen. Keiner wagte es.

»Wer bist du?«, fragte Meisner. »Nenne deinen Namen. Einmal Kippen für A, zweimal für B, dreimal für C und so fort.«

Nichts passierte. Ich spürte, was Richard dachte. Ich dachte, was er dachte. Am Ende sind wir alle so entsetzt, dass der Tisch nur einmal ruckt. Und dann haben wir nur ein A für Angst. Aber seine Sorge sollte es nicht sein. Und wie er und ich schob jeder und jede die Verantwortung von sich weg. Und nachdem das klar war, begann der Spuk.

Der Tisch kippte erneut in Richtung Krautter und der jungen Staatsanwältin. Einmal, zweimal, dreimal. Und es war der Tisch. Ich tat gar nichts. Ich schwör's. Er war es, der sich bewegte.

»A … B … C …«, sprach erst nur Meisner, dann die junge Staatsanwältin, schließlich Krautter mit. »… E … F …«

Wo wollen die hin? Gabriel wäre Rosenfelds Vorname gewesen.

»… L … M … N …«

Tja, gar nicht so leicht, sich unter fünfen auf einen Namen zu einigen, dachte ich, weil Richard es dachte.

»… Q … R.«

Der Tisch fiel auf seine Füße und rührte sich nicht mehr.

»R«, stellte Meisner fest. »Wie lautet der zweite Buchstabe?«

Der Tisch fing brav sofort wieder an. Es flutschte. »… E … F … G …«

»Rosenfeld?«, fragte ich. »Heißt du Rosenfeld?«

Der Tisch antwortete mit einem Ruckler für Ja.

In diesem Moment veränderte sich etwas. Schloss, See, Wind und Nacht entrückten sich uns. Als ob sich eine Glocke über uns gestülpt hätte, damit wir allein sein konnten mit Gabriel Rosenfelds Geist.

»Kennst du deinen Mörder?«, fragte ich.

Der Tisch wackelte zweimal. »Nein«, sagte Meisner.

Schade!, dachte ich. Oder war es Richard, der das dachte? Er hätte es spöttischer denken müssen als ich.

»Ist Juri Katzenjacob dein Mörder?«, fragte ich, ehe Meisner was anderes fragen konnte.

Der Tisch kippte zweimal. »Nein«, übersetzte nicht Meisner, sondern Roswita Kallweit. »Er ist es nicht.«

»Kennst du das Motiv?«, fragte Meisner. »Weißt du, warum du sterben musstest?«

Der Tisch neigte sich fast zögernd der jungen Staatsanwältin und dem Leitenden Oberstaatsanwalt zu, kippte zurück auf seine Füße und blieb still stehen.

»Ja?« Meisner klang erstaunt.

Jetzt wurde es ernst. Keiner im Kreis hätte noch seine Hände heben und sich vom Tisch lösen können. Nicht einmal Richard, der, wie ich deutlich spürte oder auch nur vermutete oder hoffte, standhaft blieb und nicht eine Sekunde lang glaubte, es spräche irgendetwas anderes zu uns als wir selbst, eine Gruppe, die sich nach den Regeln der Chaostheorie selbst organisierte und dabei die Verantwortung für die Bewegung des Tischs von sich weg delegierte, weshalb jeder Einzelne von uns das eigene Zutun nicht mehr spürte. Deshalb fürchtete Richard sich auch nicht. Noch nicht.

Meisner war die Erste, der einfiel, wie wir die nächste Frage stellen mussten. »Ist das Motiv … äh … Habgier?«

Gut gefragt, dachte Richard.

»Nein«, kippelte der Bistrotisch.

»Eifersucht?«, fragte die junge Staatsanwältin fast schrill.

»Nein.«

»Neid?«, fragte ich und dachte an die stellvertretende Institutsleiterin Dr. Derya Barzani, die sich die Aussicht, Institutsleiterin zu werden, erkämpft haben mochte, wenn sie schon Rosenfelds sehnigen Körper an das Sonnenscheinchen hatte abtreten müssen. Wieso, fragte ich mich, hatte Rosenfeld bei seinem Tod Trekkingstiefel angehabt?

»Nein.«

»Hass?«, fragte die junge Staatsanwältin.

Der Tisch kippte zweimal und blieb dann still stehen. »Nein.«

»Herrschsucht?«, fragte ich.

Damit konnte Rosenfelds Geist in unseren Händen nichts anfangen. Der Tisch rührte sich nicht. Zu theoretisch, hörte ich Richard denken. Er schmunzelte dabei.

»Hat es mit deiner Arbeit zu tun?«, fragte Meisner.

Der Tisch hüpfte geradezu befreit: »Ja.«

Kurz kreiste Ratlosigkeit. Was tat ein Parapsychologe den ganzen Tag? Geisterfotos angucken, die man ihm schickte, Poltergeister mit Mikrofonen verfolgen, sich Berichte von Spukhäusern anhören, selbsternannte Medien wie das der Haunt Hunters entlarven, auf Kongressen Vorträge halten, Bücher schreiben … Was davon brachte ihn in Gefahr, ermordet zu werden?

»Hast du einen Fehler gemacht?«, fragte ich.

Der Tisch wäre beinahe umgefallen, fing sich aber und fiel zurück auf seine Ständerfüße. »Ja«, stellte Meisner fest.

Dann kippte der Tisch noch mal. »Also nein.«

»Wir kommen nicht drauf«, sagte Roswita auf ihre katzenniedliche Art. Sie legte sogar den Kopf mit den langen schwarzen Haaren schief. »Sag uns den Grund, lieber Geist.«

Die Buchstabenzählerei fing wieder an. Der Tisch schaukelte zügig. »… C, D, E …« Er tanzte regelrecht. Er machte Anstalten, uns davonzulaufen. Wir hatten Mühe, unsere Hände dranzuhalten.

»... I, J, K, L, M, N, O, P, Q ...«

Was kann jetzt noch kommen?, fragte ich mich. Motiv mit R? Rache. Das hatten wir nicht gefragt. Doch schon war es vorbei. »... S, T, U, V.« Stillstand.

»V!«, rief Roswita.

Was fängt mit V an?

»Und weiter?«, forderte Meisner.

Diesmal blieb er bei E stehen.

Da hatte einer von uns eine klare Vorstellung, was gesagt werden musste. Oder hatten wir aus Verlegenheit den häufigsten Buchstaben gewählt, der alles offenließ? Der nächste Durchlauf landete bei R. »Ver..., Ver...«, murmelte Krautter.

»Verschwörung?«, fragte ich.

»Ja«, kippte der Tisch.

Das Ergebnis hatte jetzt ich vorgegeben. Interessant. Dabei war ich gar nicht der Typ, der die Truppen hinter sich scharte und auf ein gemeinsames Ziel einschwor. Ich kannte mich nur als Einzelgängerin. Ich war der Querschläger in jeder Runde. Meine Frage nach der Herrschsucht als Grundmotiv allen mörderischen Handelns hatte das Kollektiv ignoriert. Nicht verstanden.

»Verschwörung? Was für eine Verschwörung denn?«, fragte Meisner verärgert.

Hatte ich das Wort Kalteneck-Verschwörung an diesem Abend gebraucht? Nein. Den Titel hat die Angelegenheit erst später von der Presse bekommen. Damals dachte noch niemand an eine Verschwörung. Man hatte Juri Katzenjacob verhaftet, den Malergesellen mit emotionalen Defiziten und perversem Interesse für blutige Leichen. Oder wusste einer in der Runde mehr? Andererseits dachten wir immer gleich an Verschwörung, wenn etwas aus dem Ruder lief.

Der Tisch kippelte herum und blieb plötzlich stehen. Niemand hatte mitbuchstabiert. Doch, einer: Richard. »N«, sagte er.

Ich war erleichtert. Also war ich es nicht, die hier insgeheim lenkte.

Der nächste Buchstabe war wieder ein E, das alle Optionen offenließ. Der dritte lautete U.

»Neu«, sagte Krautter.

Der Tisch nahm seine Sprünge wieder auf. Ich hörte kaum hin.

»S!«, rief die Runde.

Dann kam ein C, schließlich das H.

Ein kalter Windstoß riss an Roswitas langem schwarzem Haar, die junge Staatsanwältin fröstelte plötzlich in ihrem roten Busenwunder, und ich hörte jemanden – und es war keiner von uns – wispern: Neuschwanstein.

Der Tisch schien nun außer Rand und Band. Er hüpfte uns fast unter den Händen fort. Meisner lachte. Aber das beeindruckte ihn nicht. Er war in Fahrt und nicht zu bremsen, und bis zum W war es weit. Warum wunderte es mich nicht? Und die andern kamen immer noch nicht drauf.

»Neuschwwwww...«

Ein Kippler.

»A!«

Da geschah es. Im Augenwinkel sah ich einen Lichtblitz. Es knallte. Enten flatterten auf und schnatterten. Ich spürte, wie Richard neben mir zusammenzuckte. Ein Glas auf der Brüstung zerplatzte, Krautter, der der Brüstung am nächsten stand, sprang beiseite, Scherben klirrten.

Ich hörte uns atmen. Es war da, das Grauen. Wie das Kind fühlte ich mich, das mit einer Freundin einst in Todesangst im Gebüsch bei der alten Fabrik gehockt hatte, von der es hieß, dort lebe ein Landstreicher, der Kinder stehle und ermorde.

»Habt ihr das auch gesehen?«, fragte Roswita leise.

»Puh! Was war das?«, sagte Meisner mit zittriger Stimme.

Ich sprang ans Geländer. Dort ging es einige Meter hinunter. Der See plätscherte an der Treppe mit den Booten. Ich lauschte. Irgendwo beschleunigte ein Auto.

»Der See war plötzlich ganz hell«, flüsterte die junge Staatsanwältin hinter mir. »Und auf der Insel zwischen den Bäumen, da war was, eine Gestalt, riesenhaft. Ich habe es ganz deutlich gesehen.«

Krautter hatte nur den Knall gehört, den er als Fehlzündung vom Parkplatz her zu interpretieren suchte, was allerdings nicht überzeugt klang, weil seine Stimme wackelte. Meisner behauptete, es hätte ausgesehen wie ein Kugelblitz. »Er stand rechts neben der Insel.«

Roswita widersprach mit gellender Stimme: »Nein, es war da drüben, wo die Boote liegen. Es ist senkrecht in den Himmel gestiegen. Rosenfelds Geist.«

»Hast du auch was gesehen, Richard?«, fragte Meisner.

Und zu meinem Erstaunen zitterte sogar Richards Stimme. »Es hat geknallt, dann war irgendwo ein Licht. Vielleicht ein Scheinwerfer auf der anderen Seeseite.«

Aber wieso war auf der Brüstung ein Glas zersprungen? Es war Richards Glas, das mit der Apfelsaftschorle.

»Jetzt brauch ich einen Schnaps!«, rief Meisner.

9

Sie nahm dem Catering-Buben mit den glasigen Augen eine Runde Schnäpse, Bier und Wein ab und schickte ihn heim. Dann saßen wir im toten Partysaal an einem Tisch und versuchten, auf einen Nenner zu bringen, was wir eben gesehen hatten. Ein Lehrstück für die junge Staatsanwältin. Es war nicht möglich, auch nur zwei in der Runde auf ein und dieselbe Wahrnehmung festzulegen. Was war zuerst gewesen? Der Knall oder das Licht? War Richards Apfelschorleglas auf der Brüstung zersprungen oder heruntergefallen? Am Schluss zerbröselte uns alles, und dankbar vertrauten wir uns Richards Plausibilitätssinn an. Vermutlich hatte ein Auto auf dem Spazierweg um den

See zu wenden versucht, dabei war sein Scheinwerfer zwischen den Bäumen hindurch über den See geblitzt. Womöglich war er rückwärts gegen einen Stein oder eine Sitzbank gekracht. Was nachts knallt, klingt wie ein Kanonenschlag, wenn man sich im Halbschlaf oder in einer spiritistischen Sitzung befindet. Als es knallte, hatte Krautter sich umgedreht und dabei eines der Gläser gestreift, das auf der Brüstung stand.

Ich erzählte schließlich von Nina Kulagina, der Meisterin der Salzstreuer, von der Rache des Schachcomputers, dem träumenden PC und dem italienischen Dorf, in dem die elektrischen Geräte in Flammen aufgingen, obgleich sie keinen Strom hatten, und vom Rosenheim-Spuk.

Als wir endlich das Schloss über die Freitreppe verließen, fragte sich Meisner laut, wie man so einen nannte, der Salzstreuer bewegte. »Medium?« Dann wäre er Mittler zwischen Geisterwelt und gegenständlicher Welt. »Ein Übersinniger«, schlug Roswita Kallweit vor. »Psi-Agent«, meinte Richard, der seine auf Pumps taumelnde Kollegin fürsorglich am Ellbogen hielt. »Parapsychopath«, schlug ich vor. »Nein, ich hab's, man nennt ihn Channeler«, trötete Meisner in die schwäbisch stille Nacht zwischen Schloss und Schlosshotel. Sie habe da mal was gelesen – ob zu privaten Zwecken eigener Bewusstseinserweiterung oder nicht, ließ sie offen. Channeln sei das Empfangen oder Senden von Nachrichten über einen geistigen Kanal, den es zu finden gelte, um der dichten, materiellen, niedrig schwingenden Erde in die feinstoffliche Sphäre geistiger Wahrheiten zu entkommen. »Da gibt es Ratgeber dafür! Huch!«

Richards Hand sicherte sie. »Ich fahre dich am besten nach Hause.«

Der Leitende Oberstaatsanwalt Krautter war noch nüchtern und vernünftig genug, sich daran zu erinnern, dass Meisners Heim eher an seinem als an Richards Weg lag, nämlich ganz andere Richtung aus Ludwigsburg hinaus, gen Markgröningen.

Erst in Richards Limousine fühlte ich mich wieder sicher in

der Welt. Sie wird zuverlässig geordnet von Ampeln, Pfeilen auf Fahrbahnen, Schildermasten und Halte- und Parkverboten. Mehr braucht kein Mensch, um zu wissen, wo er verweilen darf und wo nicht, wohin seine Reise geht und dass ein U-Turn an dieser Stelle verboten, weiter vorn aber erlaubt ist.

Auf meinem Handy war, wie ich feststellte, ein Anruf eingegangen, und zwar schon gegen 21 Uhr. Es war eine Nummer mit einer Vorwahl, die ich nicht zuordnen konnte.

Wir passierten auf breiter Stadtschneise das Blühende Barock, das hinter feudalistischen Mauern und Pforten mit seiner riesigen Schlossanlage und dem Küfer Paul schlummerte, der die kleine Ecke zwischen Kirche, Fasskeller und Glockenstuhl bespukte.

»Die Vorwahl 07571, wo gehört die hin?«, fragte ich Richard.

»Sigmaringen.«

»Ich kenne niemanden in Sigmaringen!«, behauptete ich. »Nein, ich kenne da doch wen: Kitty zu Salm-Kyrburg.«

»Die Retterin Hohenzollerns.« Richard sprangen die Hirnschubladen wieder von alleine auf. »Amalie Zephyrine von Salm-Kyrburg, geboren 1790 in Paris, verstorben 1841 in Sigmaringen. Sie hat die Souveränität des Fürstentums Hohenzollern-Sigmaringen gegenüber Baden und Württemberg behauptet, übrigens auch die von Hohenzollern-Hechingen.« Richard war in Balingen im Schatten der Burg Hohenzollern aufgewachsen.

»Meine Geister-Kitty betreibt einen Schönheitssalon in Sigmaringen. Und sie kennt Juri Katzenjacob.«

»Hm.«

Es war zu spät für einen Rückruf, oder vielmehr zu früh.

»Aber erschrocken warst du schon auch?«, erkundigte ich mich, als die Häuser links und rechts der fürstlichen Stadtautobahn, die Ludwigsburg zweiteilte, zurückblieben und wir ins Dunkel der Schnellstraße rollten.

»Ja!«, antwortete Richard freimütig. »Das war ganz großes Kino. Und weißt du, was mich am meisten erschreckt hat? Dass es irgendwie passte. Ich dachte nämlich gerade: Jetzt läuft alles auf Neuschwanstein raus. Auf König Ludwig und seinen mysteriösen Tod im Starnberger See. Und wenn jetzt Neuschwanstein rauskommt, dachte ich, dann ist das der Beweis, dass es nicht Rosenfelds Geist sein kann. Und bums, kam der Abbruch!«

»Ein arg verrückter Zufall!«

»Glaubst du, dass uns wirklich Rosenfelds Geist erschienen ist?«, erkundigte er sich.

»Nee! Quatsch! Das waren wir selber mit dem, was uns so im Kopf herumspukt. Was hätte Rosenfelds Geist im Seeschloss Monrepos verloren?«

»Eben. Und zufällig weiß ich, dass unser Vizegeneral Krautter Ende vergangenen Jahres Neuschwanstein besucht hat.«

Ah ja! Und genau das zu sagen, wenn unsere Séance vorbei war, hatte er sich vorgenommen, als es knallte und blitzte. Und zwar damit vor allem seine Vorzimmerdame Roswita Kallweit nicht in der ganzen Staatsanwaltschaft herumerzählte, sogar der immer so kühle und rationale Oberstaatsanwalt Weber sei hinterher von der Existenz der Geisterwelt überzeugt gewesen. Doch genau dieser Erklärungsbeweis war von einem zufällig in diesem Augenblick am Seeufer wendenden Auto vernichtet worden, bevor er entstanden war. Das war selbst schon wieder spukig.

»Aber das mit Edward Gurney …«

»Edmund!«

»Zum Teufel, das hast du erfunden! Ich glaube durchaus an dein Gedächtnis, aber ich weiiiigere mich zu glauben, dass es Randfiguren der britischen Geschichte mit einschließt.«

Richard warf mir einen zufriedenen Blick zu. »Freut mich, dich noch verblüffen zu können. Um der Wahrheit die Ehre zu geben, die Edmund-Gurney-Stiftung ist mir in einem anderen Zusammenhang schon einmal untergekommen.« Wenn er so sprach, wollte er den Zusammenhang nicht nennen. Er lenkte auch sofort ab. »Übrigens ist dieser Gurney unter reichlich mysteriösen Umständen gestorben.«

»Richard, ich bin müde! Was für Umstände?«

Ich werde nie verstehen, wieso manche Menschen meinen, es sei alles gesagt, wenn über den Tod eines anderen Menschen gesagt wird, er sei nach langer oder kurzer schwerer Krankheit (welcher?) oder aber unter mysteriösen Umständen (welchen?) gestorben. Das hat nichts mit Neugierde zu tun, jedenfalls nichts mit meiner persönlichen. Es ist vielmehr ein soziales Recht zu wissen, woran und wie Mitmenschen sterben, damit man den gleichen Fehler vermeiden kann.

»Nun ja«, sagte Richard, »Gurney bekam einen Brief, der ihn nach Brighton rief. Ohne seiner Frau oder sonst wem Bescheid zu geben, ist er dorthin gereist und hat sich im Hotel Royal Albion eingemietet. Am nächsten Morgen war er tot. Man fand ihn mit einem Tuch auf dem Gesicht, das mit Chloroform getränkt war.«

»Mit Rosenkranz?«

»Nein, Lisa. Es ist nicht, wie du denkst. Alle haben damals mit Chloroform hantiert. Gurney soll es verwendet haben, um neuralgische Schmerzen zu betäuben. Ob sein Tod aber ein Unfall war oder Suizid, ist nicht geklärt.«

»Oder ob ihn der Unbekannte ermordet hat, von dem der Brief stammte.«

»Es gab Gründe für einen Suizid, Lisa. Gurney war zwar Freund etlicher berühmter Zeitgenossen, aber selbst nicht so erfolgreich, wie er es gern gewesen wäre. Er soll an einer Depression gelitten haben. Auch vermutet man, dass seine Ehe nicht glücklich war, denn seine Frau heiratete wenige Monate nach seinem Tod ein zweites Mal.«

»Na, die hat in der Tat nicht lang suchen müssen.«

»Das Datum seines Todes ist übrigens bemerkenswert. Er starb am 23. Juni, also im 6. Monat. Die Zahl 6 steht im Okkultismus für die Offenbarung des Johannes, also für Weltuntergang und den Antichrist, vor allem als 666. Und im griechischen Alphabet heißt der 23. Buchstabe Psi …«

Ich konnte das Lachen nicht unterdrücken.

»Allerdings«, fuhr Richard vergnügt fort, »wird die Bezeichnung Psi erst nach dem Zweiten Weltkrieg für paranormale Phänomene verwendet. Das mag der Grund sein, warum erst im zwanzigsten Jahrhundert die Zahl 23 zum Symbol für das Geheime und Zerstörerische wird, zur Zahl der Illuminaten.«

Es lachte aus mir heraus. Es war einfach zu viel. »Die Illuminaten! Jawoll! Vampire, Gespenster und Illuminaten!«

Es war einer der seltenen Momente, wo ich Richard feixen sah. »Gut, gell? Es gibt so wenige Ziffern und so viele Bedeutungen. Da landet man immer einen Treffer. Die Illuminaten sind übrigens keine Erfindung der Romanciers. Es gab sie wirklich in Ingolstadt in der zweiten Hälfte des 18. Jahrhunderts, als in Europa Könige und ihre Mätressen regierten. Die Illuminaten wollten Aufklärung und sittliche Verbesserung der Gesellschaft. Das verstanden die absolutistischen Despoten natürlich als Angriff auf sich selbst. Die Gruppe wurde verboten. Erst die Romanschreiber und Filmemacher haben sie zu erbitterten Feinden der katholischen Kirche und zu Agenten einer finsteren Weltverschwörung stilisiert.«

Mir flashte das Bild der Uhr am Giebel von Kalteneck ins Hirn. Drei nach acht. »Die Uhr!«, sagte ich. »Sie stand! Und zwar 20 Uhr 3 – 23!«

»Welche Uhr?«

»Das kann kein Zufall sein, Richard. So viele Zufälle gibt es nicht. Die Illuminaten haben den Mord an Rosenfeld angeordnet und von einem abergläubischen Adoptivkind aus Rumänien ausführen lassen.«

»Und zwar warum?«

»Weil … weil …« Plötzlich hatte ich es. »Weil Rosenfeld beim Kalteneck-Experiment Erfolg hatte.«

»Was für ein Experiment?«

»Die suchen nach dem, der es kann. Dafür haben sie eine Million Euro ausgelobt. Und Rosenfeld hat ihn gefunden. Den

Mann, der anderen seine Gedanken aufzwingen kann, oder die Frau.«

»Unsinn, Lisa!«

»Na gut, dann kann er Gedanken lesen. Wem würde so was nützen? Geschäftsleuten, Drogenhändlern, Außenministern ... Sie wüssten, was der Gegner denkt. Nein, das ist Pippikram. Es muss was Größeres sein. Eine Macht! Sie beeinflusst Maschinen, Computer, die Börse. Stell dir vor, es gäbe einen, der Flugzeuge abstürzen lassen könnte ...«

»Bitte, Lisa!«

»... oder Atomkraftwerke zur Kernschmelze bringen! An so einem hätte die halbe Welt Interesse. Die USA, Russland, China, die Taliban, al-Kaida, jede verkrachte Oppositionsbewegung, Terroristen, ein Großkonzern, einfach alle, die Macht gewinnen wollen. Und die Israelis sowieso. Die fürchten sich vor ihrer Vernichtung. Sie haben doch erst kürzlich mit einem Computervirus im Iran das Atomprogramm zu stören versucht.«

Darauf erwiderte Richard nichts mehr. Aber die Knöchel seiner Hand auf dem Lenker waren weiß geworden, obgleich sein servogelenktes Gefährt keine harte Hand verlangte.

»Sag, dass ich spinne, Richard! Sag, dass das Quatsch ist!«

»Natürlich ist das Quatsch, Lisa.«

»Aber wenn es so wäre, Richard. Nur mal angenommen. Dann hätte Rosenfeld sterben müssen, weil er den einen kannte, der es kann. Oder die eine. Weil er ihn entdeckt hat, aber den Namen niemandem mehr nennen sollte. Denn dieser eine ist längst entführt und befindet sich in den Händen derer, die mit seiner Hilfe irgendwas anrichten wollen, was ihnen immens nützt und anderen – uns – immens schadet.«

Richard ächzte. »So was hat man in den dreißiger Jahren geglaubt, Lisa. Die Nazis waren damit ganz vorn dran. Und die USA im Kalten Krieg. Mind-Control und so weiter. Der CIA hat im geheimen Projekt Stargate Hellseher beschäftigt, die sowjetische Militäranlagen im fernen Sibirien beschreiben sollten, die kein Westler je zu sehen bekam. In Einzelfällen soll es sogar gelungen sein, aber es ist niemals eine Dokumentation darüber erschienen, wie viele Fehlversuche es dabei gegeben hat und wie oft die Visionen falsch waren, falls man das überhaupt überprüfen konnte. Lisa, es geht nicht. Es gibt diesen einen – oder diese eine – nicht.«

Das Gelächter kehrte zurück und gluckerte in mir herum.

»Was gibt es da zu lachen?«

»Ich stelle mir nur … ge… hihi …rade vor, dass der Psi-Agent die Wahlmaschinen beeinflusst hat und wir … hihi … darum jetzt plötzlich eine grün-rote Landesregierung haben.«

»Darum haben wir in Deutschland keine Wahlcomputer, sondern machen unser Kreuzchen mit Bleistift auf Papier in der Kabine, Lisa. Genau darum.«

»Ach was, echt?«

10

»Schreib es auf!«, drängt mich Else wieder mal. »Fang einfach an. Denk nicht nach.«

»Aber es hört irgendwann von alleine auf«, sage ich. »Jede Abweichung von der Normalkurve findet ihr natürliches Ende. Wir befinden uns immer noch im Bereich der Wahrscheinlichkeit. Das ist das Gesetz der Serie, das kein Gesetz ist. Wenn ein Flugzeug abstürzt, stürzt kurz darauf noch eins ab.«

»Aber wir halten das nicht mehr lange aus, Lisa!«

In der Tat, zum ersten Mal wünschen sich die Regierungen der westlichen Welt, sie hätten der parapsychologischen Forschung in den vergangenen Jahrzehnten mehr Geld zur Verfügung gestellt. Dann hätte man vielleicht heute Erklärungen für das, was einen Menschen befähigt, Gegenstände zu bewegen und technische Systeme zu stören, ohne sie anzufassen. Dann hätte man vielleicht jetzt eine Ahnung, wie man dem Spuk beikommen kann.

11

Als ich am Sonntagnachmittag nach drei Bechern Kaffee und einem Spaziergang mit Cipión wieder zurechnungsfähig war, aktivierte ich auf meinem Handy den Rückruf meines Anrufs in Abwesenheit.

Es meldete sich mit schwäbischer Pausenanfälligkeit Kitty zu Salm-Kyrburg, Haunt Hunter's Agency.

»Sie haben mich gestern Abend angerufen?«, eröffnete ich.

Pause. »Ja.« Pause.

»Und, was gibt es?«

»Janette hatte gestern Abend wieder ein Erlebnis.«

»Ah so, Rosenfeld ist ihr erschienen und hat von großen Gefahren gesprochen?«

Pause. »Ja. Aber Janette sagt, sie sei zu schwach dafür. Er braucht ein stärkeres Medium. Es müsse jemand sein, der … entschuldigen Sie … aber ich sage nur, was Janette mir gesagt hat … Es müsse jemand mit Narben sein.«

Ich lachte lauthals. »Wollen Sie mich verkackeiern?«

Stille. Mein Handyverstärker rauschte. Ich zündete mir eine Zigarette an. »Kann ein Geist eigentlich an zwei Orten gleichzeitig erscheinen?«

»Geister sind nicht unserer Zeit unterworfen.«

»Aber sie erscheinen immer nur nachts.«

»Nein. Wir wissen auch von Tagesspuks. Allerdings ist es nachts ruhiger, weniger Schwingungen. Lassen Sie es mich so ausdrücken: Nachts schlafen die meisten Menschen. Da sind weniger Gedanken in der Luft, gewissermaßen. Und wir hören die Toten besser.«

»Aha!« Ich erzählte ihr von unserem Tischrücken.

Pause.

»Was sagen Sie dazu?«, schubste ich sie an.

»Nun … ich war nicht dabei. Daher lässt sich schwer sagen, ob Rosenfelds Geist tatsächlich präsent war oder ob es nur … verstehen Sie … So wie Sie es mir erzählt haben, war es eher ein

Gesellschaftsspiel. Ein Partygag. Natürlich kann sich dabei auch etwas ereignen.«

»Und was halten Sie von dem Hinweis auf Neuschwanstein?«

»Wie gesagt ...« Ihre Stimme versackte in Stille.

»Verstehe. Wären Sie und Ihre Truppe bereit, eine PU in Neuschwanstein zu machen?«

Jetzt lachte Kitty laut. »Was glauben Sie, wie oft wir schon versucht haben, nach Neuschwanstein reinzukommen? Ich meine, außerhalb der Besuchszeiten, nachts. Null Chance!«

Ich überlegte, ob ein Oberstaatsanwalt beim Stuttgarter Landgericht einen Richter bewegen konnte, einen Beschluss zu unterschreiben, der eine spiritistische Sitzung bei Nacht im Schloss Neuschwanstein anordnete. »Dann machen wir es eben bei laufendem Betrieb.«

»Waren Sie schon mal dort?«

»Nein. Ich interessiere mich nicht für Adelshäuser.«

Die Nachfahrin der Retterin von Hohenzollern-Sigmaringen schluckte. Vielleicht war es aber auch nur eine ihrer regulären Pausen. »Ohne Führung kommen Sie da nicht hinein. Und Sie dürfen nicht fotografieren oder filmen. Wir könnten keinerlei Messungen vornehmen und keine Daten sammeln.«

»Auf den elektronischen Beleg würde ich in diesem Fall verzichten. Wenn Rosenfeld dafür sein schreckliches Geheimnis preisgibt.«

Das Lustige war, dass ich Kitty gar nicht vom Sinn eines solchen Unternehmens überzeugen musste. Schwieriger würde das bei Richard werden. Und er musste mit. Denn wenn ein Physiker und Psychologe wie Rosenfeld ein Medium suchte, das ihm geistig gewachsen war, dann nicht mich, sondern einen Mann wie Richard mit starkem Verstand und kritischem Sinn, ein Skeptiker, der, wenn er erst einmal überzeugt war, nicht ablassen würde, bis das Rätsel gelöst war. Narben besaß auch er, nur weniger deutlich sichtbare. Sie lagen verborgen unter seiner textilen Schale von Eleganz und Lebensplan.

Dabei glaubte ich nicht daran. Ehrlich. Aber nach all den Jahren, die ich zuerst für das Emanzenblatt *Amazone*, dann für den *Stuttgarter Anzeiger* und jetzt für die Sonntagsbeilagen der Südwestpresse durchs süddeutsche Kuriositätenkabinett geturnt war, hatte ich begonnen, daran zu glauben, dass ich Journalistin war. Und für eine gute Show und eine krasse Story konnte ich meine persönlichen Überzeugungen auch einmal hintanstellen.

Vielleicht war das der Moment, wo ich Teil der Verschwörung wurde. Als ich nämlich einschwenkte und so tat, als hielte ich es für möglich, dass Rosenfelds Geist uns in Neuschwanstein das Geheimnis seines Todes eröffnen würde, obgleich ich eigentlich nur Richards neuronale Datenbanken anzapfen wollte. Denn insgeheim war ich überzeugt, dass er beim Stehtischrücken einen größeren Beitrag zur Verrätselung der Causa Rosenfeld geleistet hatte, als ihm selbst bewusst war. Statt des rationalen Wegs, ihn so lange zu löchern und zu piesacken, bis er mir verriet, was er bereits wusste, was er ahnte und was er befürchtete, schlug ich den irrationalen ein.

Den Rest des Nachmittags verbrachte ich im weltweiten Netz. Ich fragte meine Freunde in Facebook, was ihnen zu einer Leiche einfalle, die sich auf einer Wasserburg in einem verschlossenen Zimmer befand. Geheimtüren nicht bekannt, der Weg durch die Fenster nachweislich unmöglich, weil das Eis des Wassergrabens andernfalls hätte beschädigt sein müssen, der Weg durch die Tür ebenfalls verwehrt, weil die Füße des Toten sie versperrten.

Und ich fand heraus, dass es sich bei dem Flugzeugabsturz, von dessen spukhaften Begleiterscheinungen die junge Staatsanwältin erzählt hatte, um den von 1991 im Westen Thailands handeln musste. Am 26. Mai hatte sich bei einer Boeing von Lauda-Air nahe Bangkok wegen eines Systemfehlers beim Steigflug die Schubumkehr eingeschaltet. Die Maschine stürzte ab, alle 213 Insassen kamen ums Leben. Unter den Passagieren hatten sich hauptsächlich Österreicher, aber auch Deutsche befunden, denn das Flugzeug war auf dem Weg von Bangkok nach

Wien gewesen. Ich stutzte. Hatte die junge Staatsanwältin uns nicht erzählt, die Maschine sei auf dem Flug nach Bangkok abgestürzt? Ein Erinnerungsfehler, der zur Schubumkehr für die ganze Geschichte wurde. Denn damit hatte die Tochter der verunglückten Familie nicht drei Nächte vor dem Unglück irgendwas geträumt, sondern – je nach Länge des Urlaubs – ein oder mehrere Wochen vorher.

Ich dachte an Karin Beckers Erkenntnis, dass sich bei all diesen Geschichten über seltsame Ereignisse die realen Daten in vielfältigen Widerspruch zueinander begaben und die Kraft des Narrativen die Regie übernahm.

Doch warum tradierte man in der Familie der jungen Staatsanwältin die Legende vom vorher geträumten Unglück? Am meisten aufgeregt hatte sie sich, als Richard in Zweifel zog, dass die Mutter wirklich die Frage gestellt hatte, ob die Schwägerin keine Angst habe, der Traum der Tochter könne sich bewahrheiten. Und ich wusste auf einmal, was er gemeint hatte: Schuldgefühle! Hinterbliebene neigen zu Schuldgefühlen, wenn ein Angehöriger stirbt. Die Mutter der jungen Staatsanwältin hatte sich auf originelle Weise schuldfrei gestellt. Sie hatte es gesagt, hatte den Bruder mit Hilfe der Schwägerin zu warnen versucht. Ja, hätte man nur auf sie gehört!

»Wie hieß eigentlich diese junge Staatsanwältin?«, fragte ich Richard, als er am Abend bei mir eintrudelte.

»Nadja Locher«, antwortete er. »Warum?«

»Das mit dem Flugzeugabsturz war doch ziemlich anders, als sie es in Erinnerung hat.«

Er nickte nur, langte mir um die Hüften und zog mich an sich. So nah besehen, zerfiel die milchkaffeebraune Iris seiner Augen in goldbraune radiale Streifen mit grünen und rotbraunen Einsprengseln. Man konnte erkennen, dass die Asymmetrie seines Blicks daher rührte, dass sein linkes Augenlid hing, was er auf eine Ohrfeige seines Vaters und eine partiale Lähmung zurückführte.

»Lisa«, sagte er und tippte mir gegen die Stirn. »Ich kann deine

Gedanken lesen. Du willst, dass ich Einblick in die Dokumentation der Kalteneck-Experimente verlange.«

»So ungefähr.« Eigentlich wollte ich jetzt, dass wir nach Neuschwanstein fuhren.

»Aber man wird sie mir nicht gewähren, Lisa. Das weißt du. Ich bin durch nichts autorisiert.«

»Schick die Steuerfahndung hin.«

»Dazu gibt es keinen Anlass. Die Buchführung des Instituts ist glasklar und wegen ein paar vielleicht zu viel abgerechneter Klopapierrollen beantragt man keinen Durchsuchungsbeschluss.« Er hatte es sich also auch schon überlegt.

»Und die Stiftung?«, schlug ich vor. »Stiftungen haben einen Briefkasten in Liechtenstein und sind Steuerhinterziehungsmodelle.« Ich knibbelte den obersten Knopf seiner Weste auf.

»Diese nicht. Sie hat ihren Briefkasten in der Elbchaussee in Hamburg-Blankenese.«

»Und wer beaufsichtigt sie?«

»In Hamburg ist es die Justizbehörde. Ich habe mir die Unterlagen bereits schicken lassen.«

Brav. Ich knöpfte mich bis zum Gürtel hinunter.

»Der Satzung zufolge«, sagte er, »leistet die Edmund-Gurney-Stiftung Anschubfinanzierung für Projekte im Bereich der parapsychologischen Forschung, die ohne private Unterstützung nicht möglich wären, insoweit diese eine gewisse Aussicht eröffnen, die Existenz paranormaler Phänomene zu belegen oder zu beweisen.«

Juristische Satzschrauben gingen ihm immer locker von der Zunge.

»Sie schreibt europaweit Forschungsstipendien aus. Im vergangenen Jahr haben sechzehn Wissenschaftler von einschlägigen Instituten einen Antrag gestellt, vierzehn sind bewilligt worden, darunter eine Reise von Dr. Derya Barzani aus dem Institut in Holzgerlingen ins südtürkische Hatay zur Untersuchung eines Reinkarnationsfalls bei den dort lebenden Aleviten.«

»Einer Wiedergeburt? Schräg!«

»Ja, anders als die Moslems glauben die Aleviten wie die Inder an die Seelenwanderung. Die Rechenschaftsberichte des Stiftungsvorstands an die Stiftungsaufsicht sehen über die Jahre immer ähnlich aus. Fünf Millionen Vermögen, Ausgaben in Höhe von rund anderthalb Millionen, denen Einnahmen aus Aktienfonds und einige kleinere Spenden in ähnlicher Höhe gegenüberstehen, so dass am Jahresende immer wieder eine 5 vorne steht. Alles sehr solide, Lisa. Sehr solide.«

»Und wer hat die Stiftung gegründet?«

»Gegründet wurde sie 1989 mit einer Einlage von damals 900 000 D-Mark aus dem Erbe einer Hamburgerin und Anhängerin des Spiritismus, der auch die Villa an der Elbchaussee gehörte. Die Einlage wurde 1997 aus dem Privatvermögen des Stiftungsvorsitzenden auf drei Millionen und 2009 durch eine Spende von Inter-Q-Orporate in Berlin auf die heutigen fünf Millionen erhöht. IQO vertreibt Kommunikationssysteme und ist eine Tochter des Flugzeug- und Rüstungskonzerns QarQ.«

»Oha!«

»Ja, Lisa.« Die Krawatte fuhr wie eine Schlange aus seinem Kragen. »Das sind die Bösen.«

Solche Abkürzungen zur Klassifizierung hochkomplexer wirtschaftlicher Verflechtungen erlaubte Richard sich selten. Aber QarQ war ein Sonderfall. Erst kürzlich hatte der Artikel eines Zeitungsjournalisten Aufsehen erregt, der in Spanien ein Tochterunternehmen von QarQ aufgespürt hatte, das Streubomben fertigte und an Despoten lieferte, die ihre Armeen bevorzugt die eigene Bevölkerung massakrieren ließen. Derzeit gerade in der arabischen Welt.

»Und warum gibt eine solche Firma Geld für parapsychologische Studien her?«, fragte ich. »Auch wenn zwei Millionen eher wenig sind.«

»Das hat der US-Flugzeugbauer Boeing schon in den dreißiger

Jahren getan. Man wollte herausfinden, ob ein Mensch die Instrumente im Cockpit mental beeinflussen könnte.«

Ich zupfte ihm das Hemd aus dem Hosenbund. »Und ein Unternehmen wie QarQ, das sich mit Weltherrschaftsinstrumenten wie Internetkommunikation und Kriegstechnik befasst, will nun auch wissen, ob ein Mensch ihre Systeme manipulieren könnte.«

»Oder die der Konkurrenten.« Er langte zum anderen Handgelenk und fummelte den Manschettenknopf aus der Manschette.

»Hast du schon mal mit dem Gedanken gespielt«, erkundigte ich mich, »dich sonntags etwas knopfärmer anzuziehen?«

»Wozu den Anzug für morgen auf dem Kleiderbügel mitbringen, wenn ich ihn am Leib tragen kann.«

Knopflogisch! Ich fuhr ihm über den muskelgeribbelten Bauch. Er zuckte. Der Nachteil des Sixpacks war seine Härte, aber Richard hatte auch weiche Stellen, beispielsweise oberhalb der Hüfte. Sogar er!

Er schnurrte. »Im Kuratorium der Stiftung sitzen fünf Leute: ein Physiker, ein Chemiker, ein Psychologe, eine Krankenhausärztin, ein Neurologe und ein Betriebswirtschaftler. Als Vorstand firmiert Oiger Groschenkamp, bekannt als Börsenspekulant und Aufkäufer von Zeitungen und Fernsehsendern. Er ist der Neffe der Dame mit den spiritistischen Neigungen und hat die Villa in Blankenese geerbt. 2001 hat er Burg Kalteneck erworben und ins Stiftungsvermögen eingebracht. Groschenkamp hält Anteile bei QarQ und IQO. Andererseits vergibt er über seine Privatbank Kleinkredite an Existenzgründer und mittelständische Betriebe hauptsächlich im norddeutschen Raum.«

»Das ist aber jetzt nicht der Gute.«

Richard deutete ein Achselzucken an. »Schwer zu sagen. Es gab vor ein paar Jahren in Börsenkreisen mal ein bisschen Aufregung, weil man meinte, eine seiner Zeitungen habe das Gerücht gestreut, eine italienische Bank sei pleite, was zur Pleite dieser

Bank führte. Aber dass er dahintersteckte, ließ sich nicht beweisen. Groschenkamp hat es bislang geschafft, sich so gut wie ganz aus der öffentlichen Aufmerksamkeit herauszuhalten.«

»Dann sollten wir ihn mal besuchen.«

»Dafür gibt es nicht den geringsten Grund, Lisa.«

Ich gab Richard einen Stoß gegen die Schulter. »Dann streng dich halt ein bissle an!«

Richard fing sich mit einem raschen Schritt und schnappte meine Hand. »Das tue ich ja.« Er zog mich an sich. Ein feines Lächeln erschien auf seinen Lippen. »Nur Geduld.«

Richard lächelte selten und nie aus sozialtaktischen Gründen. Er gehörte zu den Männern, die bei Begrüßungen ernst blieben, insbesondere wenn sein Gegenüber mächtig war und die Geste freundlicher Unterwerfung erwartete. Richard hielt es mit Luther, er fürchtete nur Gott, und manchmal hatte ich den Verdacht, nicht einmal den. Aus nicht ganz nachvollziehbaren Gründen hatte er sich jedoch vor etlichen Jahren entschlossen, sich mir mit Haut und Haaren auszuliefern. Dabei hätte er jede haben können. Er war zwar kein schöner, aber ein attraktiver Mann, eher klein, dafür gut trainiert mit sturer Stirn, bissigem Kinn, heftiger Asymmetrie um die Augen und Zähnen, die niemals von einer Zahnspange in Reih und Glied geschraubt worden waren. Wenn er sie zeigte, war er deckungslos, und ich wusste dann wieder, warum ich den Affen im Anzug in mein Leben, meine Möse und meine Wohnung gelassen hatte. Wobei Letzteres am schwersten wog.

Sonntagabend kam er besonders gern von seiner Halbhöhe in meine verkorkste Neckarstraße herab, und nicht nur, weil er dann Montag früh nur über die Straße zu gehen brauchte, um ins Amt zu kommen, sondern vermutlich weil sich ihm die teure Jugendstilmöblierung seiner Junggesellenwohnung in der Kauzenhecke am Haigst aufs Gemüt legte.

»Warst du schon mal in Neuschwanstein?«, fragte ich.

Richard lachte.

12

Ein Gespenst ging um in Stuttgart: die Bauwut. Überall verschwanden Häuser, ganze Blocks wurden zu Schutt und Staub, in den Straßen klafften Löcher, wo man gerade ein Jahr zuvor neuen Asphalt gegossen hatte, Routinegänge zum Bioladen wurden zu Slalomparcours. Auch die Gleisanlage am Stöckach unter meinem Fenster, wo die Stadtbahnen in den Osten abbogen, war eines Morgens wieder aufgerissen worden. Und jedes Mal, wenn eine Stadtbahn kam oder fuhr, stieß ein Bauarbeiter ins Signalhorn, damit die Kollegen aus den Gleisen treten konnten. Das Getröte begann morgens um sieben und wiederholte sich alle fünf bis sieben Minuten. Schon Viertel vor acht war wieder Ruhe, weil Vesperpause, ich aber wach. Eines Tages werde ich aus meinem Küchenfenster auf den Stöckach schauen, und der Hochbahnsteig ist weg, das Zeppelingymnasium von der Abrissbirne zu Staub gekloppt und der Bunker der Staatsanwaltschaft eingeebnet.

Ich fuhr raus aus dem Krach und Staub über den Riegel der Schwäbischen Alb durch Trochtelfingen nach Sigmaringen und fragte mich in der Altstadt auf dem Hügel rund ums Schloss herum durch Bäckereien, Metzger, Friseurläden bis in die Nachbarschaft des Hauses, in dem die Adoptiveltern von Juri Katzenjacob gelebt hatten. Ein Metzger erzählte mir, der Juri habe eine Lehre bei ihm begonnen, sei aber immer unpünktlich gewesen. Davon, dass er leidenschaftlich gern Viecher ausnahm, habe er nichts bemerkt, er habe aber ordentlich zupacken können und gegen das Töten nichts gehabt. Er habe sich dann aber immer wieder für länger krankgemeldet. Angeblich Allergie. Mit dem Kerle habe was nicht gestimmt. Angeblich habe es Schwierigkeiten daheim gegeben, er habe sich dann verliebt und sei mit 18 ausgezogen. »Bei Adoptivkindern weiß ma halt id, was ma krieget. Wer weiß, was der Kerle in Rumänien schon elles erlebet hätt.«

In der Nachbarschaft lebte auch ein inzwischen pensionierter

Hauptschullehrer. Der hatte den Journalisten gleich nach der Verhaftung erzählt, dass Juri schon als Kind seine Stallhasen gestohlen habe, später habe er sie völlig zerfleddert gefunden. Das sei mehr als nur ein Bubenstreich gewesen. Der Junge sei krank, das habe er immer schon gefunden. »Übrigens ein schlauer Bub, aber jesusmäßig faul, und zwar im Kopf faul. Keine Lust zu denken, wie bei allen jungen Leuten. Die daddeln sich das Hirn weg an den Computern. Wenn der Juri sich nur ein bisschen angestrengt hätte, dann hätte er auch das Abitur geschafft und studieren können.«

Ins Schwäbische Allgäu hinüber brauchte ich anderthalb Stunden. Die Sonne warf schon sehr lange Schatten, als ich meine Charlotte ein paar Kilometer von Wangen im Allgäu in dem Ort namens Sommers abstellte und die Landstraße entlangspazierte, wo Juris Adoptiveltern den Tod gefunden hatten. Das Schild mit der Aufschrift »Totensteige« wies in einen Feldweg, der zwischen Maisanbau einen Hang hinauf in den Himmel führte. Hier musste es passiert sein. Warum, verriet die sanft geschwungene, etwas abschüssige Straße nicht. Charlotte hatte währenddessen einigen älteren Herren schöne Augen gemacht und ließ sich vom Dorfvolk bewundern. Einer der Männer erinnerte sich an den Unfall. Er deutete in die Senke. »Die send von außerhalb gsi. Wahrscheins hat die Sonn sie blendet. Da hats die neibetschet. Sofort tot.«

Das brachte alles nicht viel.

Ich rief beim *Hamburger Abendblatt* an. Nach einigen »Ich stell Sie mal durch« hatte ich einen Lokalreporter dran, der Oiger Groschenkamp kannte. »Ja, er legt größten Wert darauf, dass er auf keinem Foto drauf ist. Und wir dürfen ihn in keinem Artikel namentlich nennen. Er sei nicht wichtig, erklärt er. Er lehnt auch jede Ehrung ab. Er tut ja viel für sozial Schwächere, er vergibt Kleinkredite.« Der Reporter beschrieb Groschenkamp als unauffälligen Mann um die achtzig. »Es geht übrigens die Rede, er leide unter Agoraphobie. Aber bestätigen kann ich das nicht.« Über die Edmund-Gurney-Stiftung wusste der Reporter nichts. »Ich glaube, ich weiß, welche Villa an der Elbchaussee das ist. Sie hat auffällig viele Blitzableiter, sie ist förmlich überzogen damit.«

Ich bedankte mich, holte mir von der Seite der Koestler Parapsychology Unit in Edinburgh die E-Mail-Adresse von Prof. Dr. Finley McPierson und schickte ihm eine journalistische Interviewanfrage für ein Buchprojekt über die Parapsychologie zwischen Gauklerei und Quantenphysik.

Beim Senden brachte mir mein Mailprogramm die Anfrage der Chefredakteurin der Sonntagsbeilage, ob mein Artikel über Parapsychologie bis Donnerstag fertig werde. Man wolle ihn nun am Sonntag endlich mal bringen.

Ich sagte zu und flüchtete in Recherchen über die Edmund-Gurney-Stiftung und das Kalteneck-Experiment, fand aber nichts. Also begab ich mich auf die elegante und mit bläulichen Bildern von Frieden und Freiheit durch technischen Fortschritt bestückte Netzseite von QarQ. Unter dem Link Presse verbarg sich wie bei Industriekonzernen üblich nicht die Presseabteilung, sondern eine Sammlung von Presseartikeln über den Konzern. Erst im Impressum gab sich die Abteilung Öffentlichkeitsarbeit zu erkennen. An oberster Stelle von fünf Gesichtern stand ein dicklicher Jungkarrierist namens Ingmar Neuner mit E-Mail-Adresse und Telefonnummer.

Ich wählte die Nummer und meldete mich als Journalistin.

Der Chef der Pressestelle war in einer Besprechung. Worum es denn gehe, fragte mich seine Vorzimmerdame. Ich wolle Herrn Neuner fragen, erklärte ich, warum das Unternehmen die Edmund-Gurney-Stiftung unterstützt. Was für eine Stiftung? Wie die sich denn schreibe? Ich diktierte es ihr. Sie versprach, Herr Neuner werde mich baldmöglichst zurückrufen.

Heute weiß ich, dieser Tag, dessen Datum ich nicht mehr fixieren kann, war der point of no return. Ich hatte nach Berlin, Hamburg und Edinburgh rückverfolgbare Signale geschickt, dass in Stuttgart eine Schwabenreporterin Lisa Nerz angefangen hatte, sich für die Kalteneck-Experimente zu interessieren. Während ich die Vorschläge meiner Facebook-Gemeinde zum Problem der Leiche im verschlossenen Raum las – sie reichten von Zauberei bis lockere Latte in der Zimmerdecke – und auf den Anruf des Pressefritzen von QarQ wartete, begannen andernorts ein paar Neuronen zu funken, ein Mensch wurde nervös und nahm Kontakt mit anderen auf. Etwas Neues entstand, formierte und organisierte sich. Am Abend war angelaufen, was wir jetzt nicht mehr kontrollieren können.

Ingmar Neuner rief nach etwa einer halben Stunde an. »Entschuldigen Sie, dass ich Sie habe warten lassen«, sagte er mit geölter Konzernrhetorik. »Meine Assistentin sagte mir, Sie möchten etwas über unser Engagement in der Edmund-Gurney-Stiftung wissen. Wir unterstützen diese Stiftung, das ist richtig, aber im Detail bin ich damit nicht befasst, und ich wollte mir erst die Unterlagen heraussuchen lassen. Sie möchten wissen, warum der QarQ-Konzern die parapsychologischen Forschungen unterstützt. Wir fördern vielfältige wissenschaftliche Aktivitäten, wie Sie vermutlich wissen. Im Fall der Edmund-Gurney-Stiftung handelt es sich, soweit ich das erkennen kann, um eine einmalige Zahlung in den Stiftungsfonds im Jahr 2009, die im Übrigen nicht hier im Mutterhaus geleistet wurde, sondern von unserem Tochterunternehmen Inter-Q-Orporate. Über die genauen Gründe kann also auch ich nur spekulieren. Aber wie Sie vielleicht wissen, ist Inter-Q-Orporate ein international agierendes Kommunikationsunternehmen. Und bei diesen parapsychologischen Phänomenen«, er lachte kurz, »handelt es sich gewissermaßen um einen Sonderfall der Kommunikation. Und wie gesagt, die Förderung zukunftsweisender Forschung halten wir ganz grundsätzlich für außerordentlich relevant. Wir dürfen neue Technologien und Entwicklungen nicht den Russen oder Chinesen überlassen. Ich hoffe, ich konnte Ihnen damit weiterhelfen, Frau Nerz.«

Dass ich noch drankommen würde, hatte ich nicht mehr zu

hoffen gewagt. »Danke«, sagte ich. »Eine Frage hätte ich noch. Die Edmund-Gurney-Stiftung hat eine Million Euro ausgelobt für denjenigen, dessen paranormale Fähigkeiten einer Überprüfung unter Laborbedingungen standhalten.«

»Wenn Sie es sagen.«

»Diese Experimente wurden im Institut für Grenzwissenschaften in Holzgerlingen durchgeführt. Das ist ein kleiner Ort bei Stuttgart.«

»Und wie kann ich Ihnen in der Frage weiterhelfen?« Seine Stimme hatte sich einen Tick bedeckt.

»Sollte diese Million eines Tages ausbezahlt werden müssen, wer bringt sie auf? Sind Sie daran beteiligt, ich meine QarQ oder Inter-Q-Orporate?«

»Da müsste ich mich kundig machen. Aber wenn diese Experimente, wie Sie eben sagten, durchgeführt *wurden*, dann stellt sich die Frage wohl nicht unmittelbar.«

Hui. »Sie passen aber genau auf!«

»Das ist mein Job.«

»Sicher kein einfacher Job bei einem Unternehmen wie QarQ, das ja nun hin und wieder in die Kritik gerät.«

»Wenn alle Jobs einfach sein müssten, dann säßen wir heute noch auf den Bäumen. Haben Sie sonst noch Fragen?«

So gefragt, fiel mir keine mehr ein.

»Dann darf ich Ihnen eine Frage stellen. Warum interessieren Sie sich für die Stiftung? Meine Assistentin sagte mir, Sie arbeiten für den *Stuttgarter Anzeiger*?«

»Nicht direkt. Ich bin freie Journalistin.« Nicht, dass er noch in der Redaktion anrief, um sich über mich zu beschweren. »Ich arbeite an einem größeren Artikel über Parapsychologie. Er soll am Sonntag in der Sonntagsbeilage erscheinen. Wir haben hier eine Agentur, die eine Geisterbeschwörung im Schloss Ludwigsburg veranstaltet hat …«

»Ihr Interesse hat nicht zufällig etwas mit dem Tod von Professor Rosenfeld zu tun? Der ist doch aufgeklärt. Ein junger

Mann sitzt in Untersuchungshaft. Und die Staatsanwaltschaft wird demnächst Anklage erheben.«

»Ach, das hat man in Berlin alles so im Detail mitbekommen?«

Zum ersten Mal kam er ins Schleudern. »Man ... liest auch hier Zeitung.«

»Unsere Staatsanwaltschaft ist gerade bei diesem Fall außerordentlich zurückhaltend. Aber als Pressesprecher lesen Sie vermutlich alle lokalen Blätter.«

»Nun, nicht alle. Aber ... ich habe in Hohenheim Publizistik studiert. Sie denken vermutlich, dass ich dann besser über diese Stiftung Bescheid wissen müsste. Aber sehen Sie, die Sache ist sowohl von der Summe als auch von der Thematik her ein Exot, wenn Sie so wollen. Ich persönlich glaube nicht an diesen Hokuspokus. Zudem war die Spende an die Edmund-Gurney-Stiftung einmalig und liegt drei Jahre zurück. Von einem Engagement des Konzerns beim Thema Parapsychologie kann keine Rede sein. Das interessiert uns null.«

»Es könnte Sie aber interessieren, wenn es einen gäbe, der per Geisteskraft technische Systeme beeinflussen kann.«

»Inwiefern? Helfen Sie mir auf die Sprünge, Frau Nerz. Ich fürchte, ich habe nicht genug Phantasie. Flugzeuge per Geisteskraft abstürzen lassen? Das Riesenrad in London umstürzen? Das käme Terror gleich. Und ich wüsste nicht, inwiefern das dem QarQ-Konzern von Nutzen sein sollte. Wir liefern Technik, die funktioniert, nicht solche, die havariert.«

»Na, sie funktioniert doch ganz gut, Ihre Phantasie«, sagte ich.

Ingmar Neuner lachte. Ich bedankte mich. Wir schieden.

Schluss für heute mit dem Telefonieren, fang an, den Artikel zu schreiben, sonst wird das nichts. Aber Facebook hatte noch Nachrichten für mich. Meine FreundInnen hatten die Kommentarliste unter meiner Rätselfrage nach der Leiche im geschlossenen Raum verlängert.

Steffi Pelzer-Bartosch: Wie ist das mit dem Paranuss-Psychologen, der da in dem hermetisch verschlossenen Zimmer vor sich hin gammelt? Muss ich bei Conan Doyle nachlesen? (Dir, Dora Asemwald, Axel Starke und 15 weiteren gefällt das.)

Lisa Nerz: Ihr nehmt mich nicht ernst! (Dora Asemwald, Steffi Pelzer-Bartosch, Maria Lehmann, Berufsdemonstrant Schroeder und 3 weiteren gefällt das.)

Dora Asemwald: Und wie! Die Paranuss war hier. (Peter Schlegel gefällt das.)

Dem Kommentar hatte Dora einen Link angehängt zu einem Artikel der *Allgäuer Zeitung* vom 7. Januar mit dem Titel: »Geisterjäger in Neuschwanstein. Auch Prof. Rosenfeld kann das Phänomen des schwingenden Leuchters nicht erklären.« Das Foto zeigte Gabriel Rosenfeld in roter Trekkingjacke vor grauen Türmen. Dem Artikel zufolge sahen immer wieder mal Touristen den Kronleuchter im Thronsaal von Neuschwanstein schwingen. Ingenieure und Mechaniker waren dem Phänomen bisher nicht auf die Spur gekommen, so hatte man den Geisterexperten Rosenfeld geholt. Oder er hatte sich von sich aus angeboten. Da legte sich der Reporter nicht so genau fest. Das fiel unter die journalistische Unschärferelation, die da lautet: Wenn etwas gut klingt, dann suche nicht nach der Wahrheit.

Natürlich hatte der Kronleuchter sich nicht bewegt, als Rosenfeld dort war. Er habe es auch nicht erwartet, hatte er hinterher gesagt, Spuk sei elusiv, er sei scheu und schwer fassbar. Man dürfe ihn sich nicht als Geisterhand denken, sondern man müsse ihn sich als den Ausschlag eines komplexen, in sich geschlossenen Systems ins Unerwartete vorstellen. Dies hatte der Journalist nicht weiter zu ergründen versucht. Der Artikel verriet auch nicht, wann genau Rosenfeld seine Feldstudien im Schloss gemacht hatte. Da er nach Dreikönig erschienen war, konnte es gut sein, dass er schon lange für die Zeit nach den Feiertagen herumgelegen hatte.

Mir klopfte das Herz. So ganz verstand ich nicht, warum. Waren es die offenen Augen in Rosenfelds freundlichem Wissenschaftlergesicht, die sein Mörder mit Paketband zugeklebt hatte? Ein heller und verhaltener Blick. Oder war es, weil Neuschwanstein schon wieder aufstieg aus der Kommunikationssoße? Dora Asemwald war ein Phantom der Facebook-Welt und definitiv nicht dabei gewesen, als Neuschwanstein beim Tischrücken auf der nächtlichen Terrasse von Monrepos zu erscheinen im Begriff gewesen war. Als ob ich in eine bestimmte Richtung geschoben werden sollte. So kam es mir vor.

Ich beschloss, Gespenst zu werden und den Schwingungen zu folgen.

Zuerst rief ich in der Redaktion der *Allgäuer Zeitung* an. Der Autor klang jung, schimpfte aber schon wie ein alter. Er habe nur zufällig von dem Termin erfahren, von seiner Freundin, die im Schloss Führungen mache. Irgendwann kurz nach Neujahr. Man habe die Presse offenbar nicht dabeihaben wollen. Eine Pressekonferenz sei nicht geplant gewesen. Er habe auch nicht mit hineindürfen. Eine komische Aktion. Ihm sei auch bis dato nichts von einem schwingenden Kronleuchter bekannt gewesen. Ach, der Professor sei tot, ermordet? Ja, da schau her.

Man überschätzt leicht den Wissensdurst von Journalisten.

»Rosenfeld war doch sicher in Begleitung?«, stocherte ich.

»Ja, soweit ich mich erinnere, waren es vier oder fünf Leute. Techniker, hieß es.« Nein, Fotos von der Gruppe habe er nicht gemacht, soweit er sich erinnere. Er habe ja geglaubt, er könne es dann im Schloss tun. Er könne aber noch mal nachschauen.

Die bessere Quelle für Rosenfelds Reisen war wohl Dr. Barzani in Holzgerlingen. Desirée leierte den Satz »Institut für Grenzwissenschaften und Parapsychologie, guten Tag, Sie sprechen mit Frau Motzer, was kann ich für Sie tuuuuun?« herunter.

»Mein Sonnenscheinchen, ich komme«, sagte ich und legte auf.

Charlotte Brontë flog über die Autobahn. Im Rückspiegel schoben sich die dunklen Autos mit Überholprestige von der linken auf die rechte Spur, aber ein bestimmtes, das mir folgte, konnte ich nicht ausmachen. Auf der Autobahn Richtung Böblingen und weiter Richtung Singen herrschte das enge Geschiebe eines Vormittags. An der Ausfahrt Holzgerlingen löste es sich auf. Wahrscheinlich, weil ich von der Autobahn runterfuhr. Als Gespenst löst man seltsame Phänomene aus und wundert sich nicht darüber.

13

»Und hier«, sagte Dr. Derya Barzani, »wurden die Experimente durchgeführt.« Sie hatte mir den Saal im Erdgeschoss der Burg Kalteneck aufgeschlossen. Er war bestuhlt. Erst vergangene Woche hatte hier ein Vortrag stattgefunden. An der Kopfwand stand ein Podium mit Lämpchen. Cipión schnüffelte desinteressiert. Keine Geister in der Luft.

»Was haben sich denn da für Leute gemeldet?«

»Wünschelrutengänger, die hatten wir viele.«

»Mit den gegabelten Ruten, die plötzlich erigieren, wenn Wasser im Boden ist?«

Ein Lächeln rutschte ihr in den rechten Mundwinkel. »Meistens senken sie sich.«

»Und wenn der Wünschelrutengänger eine Wasserader unterm Schlafzimmer findet, muss man sein Bett umstellen, sonst bekommt man Krebs.«

»Was meinen Sie wohl, wie oft unter so einem Haus gebohrt worden ist, um die Existenz der Wasserader zu beweisen?«

»Ach so. Also Kokolores.«

»Die Geologen wären jedenfalls glücklich, wenn das Wünschelrutengehen zuverlässig funktionierte. Es wäre die billigste Methode, Bodenschätze zu finden. Aber leider muss man auch hier jeder Erfolgsmeldung die Zahl der Fehlversuche gegenüberstellen, über die ihr von der Presse gewöhnlich eben nicht berichtet.«

»Und wenn es keine Wünschelrutengänger waren, wer ist dann sonst noch so gekommen?«

»Ich weiß von einem Handwerker, der meinte, er könne fühlen, ob eine Leitung Strom führt, wenn er die Hand darüber hält. Wahrscheinlich hatte er als Handwerker so viele Treffer, weil die meisten Leitungen Strom führen. Hier lag seine Trefferquote im Zufallsbereich. Ein anderer wollte lebendiges Wasser herausschmecken können.«

»Igitt!«

»Sie legen es auch nur auf Lacher an, was, Frau Nerz?«

Oha, ein Anblaff! Er traf mich in argloser Stimmung. Das hasse ich. Die Frau Doktor hatte in ihrem Blick so etwas spöttisch Lächelndes, etwas Herabschauendes, obgleich sie einen Kopf kleiner war als ich, vor allem nur halb so breit. Tja, körperlich schwache Menschen fühlen sich nur stark, wenn sie andern die Stimmung einschwärzen.

»Soso, Sie mögen's auch nicht gern nett«, bemerkte ich.

Das gefiel jetzt ihr nicht. Sie lächelte beiseite und brach die Konversation ab. »Aber wie ich Ihnen vorhin schon sagte: Ich war mit den Kalteneck-Experimenten nicht befasst. Sie wurden von einem Doktoranden durchgeführt.«

»Wie komme ich an den ran?«, fragte ich.

»Er ist Doktorand in Alicante bei der ….« Das Spanische fiel ihr schwer. »Asociación Española de Investigaciones Parapsicológicas.«

»Warum hat er die Versuche hier durchgeführt?«

»Weil es hier im Sommer nicht so heiß ist. Was interessiert Sie das eigentlich? Es ist nichts dabei rausgekommen, und für Wissenschaft interessiert sich die Presse doch überhaupt nicht.«

»Ich schon. Ich bin nämlich auch als Journalistin eine Niete. Hatte McPierson damit zu tun?«

»Wie kommen Sie darauf?«

»Das ist der Schotte, der die Nina Kulagina gefilmt hat.«

Ein Hauch von Anerkennung zuckte um den schönen Mund. Wahr ist: Ich fühlte mich vor der zierlichen Dame im blauen Blazer, roten Rock und Nylonstrümpfen auf Pumps wie der Glöckner von Notre-Dame. Sie machte mich zu einer Gespenstin in einer Parallelwelt.

Und sie flüchtete, wie ich das von Richard kannte, ins Belehren. »Finley McPierson leitet die KPU, die Koestler Parapsychology Unit an der Universität Edinburgh. Eins von vier Instituten für Parapsychologie in Großbritannien. In Deutschland gibt es nur zwei, unser Institut und das Institut für Grenzgebiete der Psychologie und Psychohygiene mit der Parapsychologischen Beratungsstelle von Professor Dr. Dr. Walter von Lucadou in Freiburg, das der berühmte Geisterjäger Hans Bender aufgebaut hat.«

»Das Problem ist ja wohl«, bemerkte ich, »dass die Parapsychologie erst einmal beweisen muss, dass es den Gegenstand ihrer Forschung überhaupt gibt.«

»Spukphänomene«, antwortete Derya Barzani, »werden seit Jahrhunderten dokumentiert.«

»Na, wenn das so läuft wie im Schloss Ludwigsburg bei den Haunt Hunters, dann …«

»Es ist manchmal schwierig, die Spreu vom Weizen zu trennen. Aber wenn Sie auf einem Video einen Spuk sehen, können Sie davon ausgehen, dass Sie einem Betrug aufsitzen. Paranormale Erscheinungen entziehen sich der objektiven Beobachtung. Ein Spukerlebnis verflüchtigt sich, je gründlicher wir darüber nachdenken, was wir genau erlebt haben. Am Ende erscheint es uns als Einbildung.«

Das deckte sich mit dem, was wir auf Schloss Monrepos erlebt hatten.

»Es ist eine Grundeigenschaft des Spuks, unklar zu sein. Er verschwindet auch, sobald man beginnt, ihn wissenschaftlich zu untersuchen. Wir sagen dazu: Der Spuk ist elusiv.«

»Elusiv?« Das Wort war mir unlängst schon begegnet. Nur wo? Vermutlich schaute ich wie drei Reihen Feldsalat.

»Elusivität«, die Frau Doktor spitzte die vollen Lippen, »die Flüchtigkeit, der ausweichende Charakter, die schwere Fassbarkeit der Erscheinung. Wenn also dies, die Flüchtigkeit, eine fundamentale Eigenschaft von Psi-Phänomenen sei, so wäre bereits bewiesen, dass es unseren Forschungsgegenstand gibt.«

Ich lachte grobkörnig. »Das klingt wie Religion. Der Beweis, dass Gott existiert, ist dadurch erbracht, dass wir außerstande sind, ihn in Begriffe zu fassen, geschweige denn zu fotografieren.«

»Ich will damit nur verdeutlichen, dass man zu 99,9 Prozent davon ausgehen muss, dass es sich um Betrug oder Selbstbetrug handelt, wenn man auf einem Foto einen Spuk sieht.«

»Dann kommt es Ihnen hier vor allem darauf an zu zeigen, dass es all das Sensenmanngeraffel nicht gibt. Keine Wiederkehr der Toten, keine Hellseherei, keine Telekinese ...«

Barzani gab sich einen Ruck. »Letzteres, die Telekinese, gibt es gewiss, Frau Nerz. Wenn Sie wollen, mache ich einen Test mit Ihnen.«

Damit hatte sie schon mal gedroht. »Was für einen Test?«

Sie lächelte siegessicher. »Kommen Sie.«

Sie hielt mir sogar die Tür auf. Wir traten zurück in die Eingangshalle. Gegenüber befand sich ein Sackgassengang mit dem Toilettenschild. Hier hatte Juri Katzenjacob gepinselt.

»Übrigens hat heute schon einer angerufen«, sagte sie, mich mit einem Hauch von Rosenwasser streifend, als sie sich zur Treppe wandte. »Einer von der Zeitung.«

»Von welcher denn?«

»Frau Motzer hat den Anruf entgegengenommen. Auch er hat nach den Kalteneck-Experimenten gefragt. Frau Motzer hat ihm mitgeteilt ...«

Wir betraten bei diesen Worten den Raum, wo das Sonnenscheinchen an seinem Tisch am Computer glühte. Schwanger!

Das fiel mir sofort auf, wenn ich es auch nach dem zweiten Blick nicht mehr hätte beschwören wollen.

»... dass die Daten noch wissenschaftlich ausgewertet werden müssen, aber nichts Spektakuläres herausgekommen sei, nicht wahr, Frau Motzer? Von welcher Zeitung war der Anrufer vorhin?«

Desirée guckte hoch. »Vom *Guten Tag*.«

»Wir haben die Unterlagen der Kalteneck-Experimente sowieso nicht hier«, fuhr Dr. Barzani fort. »Was wir haben, sind ein paar statistische Reihen. Aber die Daten der Probanden, einschließlich der Zielvereinbarung ... der Wette, wie Gabriel das immer genannt hat«, sie schluckte, »befinden sich verschlüsselt auf einem passwortgeschützten Server, zu dem ich keinen Zugang habe.«

»Hat dieser Spanier Zugang?«

»Das nehme ich an. Und Gabriel hatte natürlich das Passwort.«

»Was macht Sie eigentlich so sicher, dass es ein Zeitungsreporter war, der vorhin angerufen hat?«

Desirée senkte den Blick. Barzani zog die Brauen zusammen und fixierte mich, als könne sie aus meinem Hirn herausbohren, woran man Reporter am Telefon erkannte. »Wer denn sonst?« Sie schüttelte den Kopf. »Was glauben Sie eigentlich, was wir hier machen?«

»Sie haben hier zwei Sommer lang nach einem Channeler gesucht, einem Parapsychotiker, Übersinnigen, Psi-Agenten, Medium ...«

Barzani lächelte unwillkürlich amüsiert.

»Mich wundert allerdings, dass der *Gute Tag* erst heute nachfragt. Eigentlich hätte er gleich nach Rosenfelds Tod nachhaken müssen. Geisterjäger von Geist erstochen und ausgeno–« Ich unterbrach mich. Derya blickte ungefähr so entsetzt drein wie Richard, wenn ich munteres Leichenfleddern machte. »So was liebt die Presse.«

Was war heute anders als vor drei Monaten oder letzte Woche?, fragte ich mich. Ich hatte angefangen zu kratzen. Das war anders. Ich hatte in Hamburg mit einem Journalisten und in Berlin mit einem Pressesprecher geredet. Ich hatte in Edinburgh einen Professor kontaktiert und meiner Facebook-AnhängerInnenschaft die Frage gestellt, wie das mit der Leiche im geschlossenen Raum geht.

»Ihr Journalisten immer!«, rief Barzani. Wobei ich schon zufrieden war, dass sie mich für eine Journalistin hielt. »Ihr verwechselt *Akte X* mit Wissenschaft. Mein Vater begreift das auch nie. Dabei ist es gar nicht so schwierig. Bei uns geht es um ... Aber das sollen Sie jetzt selber sehen. Und ...« Sie wandte sich noch mal um. »Frau Motzer, seien Sie so gut und suchen Sie bitte die Kontaktdaten von unserm Héctor in Spanien heraus.«

Desirée zog die linke Braue hoch. »Wieso ... er ...«

»Bitte, Frau Motzer! Und geben Sie die Adresse nachher Frau Nerz.«

Eine Wolke fiel in die Sommerhimmelaugen. Etwas kippte. Aber ich hatte keine Zeit zu verweilen. Ich musste Derya Barzani und ihrem Rosenduft folgen. Die Reste des Polizeisiegels klebten an der Tür von Rosenfelds Büro. Alle anderen Türen standen offen. Während Cipión alles anschauen dackelte, bog Barzani ins »Labor 2« ab.

Im Winter hatte um diese Tageszeit die Sonne knallig in den straßenseitigen Räumen gestanden, jetzt fiel das Licht steiler und benetzte nur ein schmales Rechteck unter den Fenstern. Der Raum sah ansonsten aus wie ein aus spärlichen Spenden zusammengemöbeltes Wohnzimmer, aber mit einem Strauß Blumen in einer Vase.

»Früher«, erklärte mir Barzani, »hat man in den Instituten für Parapsychologie Faraday'sche Käfige gehabt, Räume, die gegen elektromagnetische Wellen abgeschirmt sind. Größere Institute arbeiten immer noch damit, aber wir haben darauf verzichtet, denn es ist hinlänglich bewiesen, dass Radiowellen bei diesen Leistungen keine Rolle spielen.«

»Was für Leistungen?«

Sie nagelte ihren teerschwarzen Blick in meinen. »Glauben Sie an Zufall, Frau Nerz?«

Musste sie das »Frau« eigentlich so ironisch betonen?

»Ist der Zufall eine Religion?« Und sag jetzt nicht wieder, ich wollte die Lacher auf meine Seite ziehen!

Nein, sie sagte es nicht. Im Gegenteil, sie schaute mich zum ersten Mal fast anerkennend an. »Für die meisten Menschen ist das eine Glaubensfrage. Siebzig Prozent der Menschen sind überzeugt, dass es *keinen* Zufall gibt. Manches Zusammentreffen erscheint uns so schicksalhaft, dass wir eine lenkende Instanz dahinter vermuten.«

»Ich bin katholisch geprügelt worden«, bemerkte ich. »Das war lenkende Hand genug.«

Das trug mir einen prüfenden Blick ein. »Den Test hier mit der Schmidt-Maschine haben übrigens alle Kalteneck-Probanden durchlaufen.«

»Warum soll ich ihn dann machen?«

»Weil Sie Journalistin sind und ich die Hoffnung noch nicht ganz aufgegeben habe, dass in der Zeitung auch mal was Vernünftiges steht. Ich halte es für dringend an der Zeit, dass die Parapsychologie aus der Klopfgeisterecke eines Hans Bender und aus den Gruselsphären von *Akte X* herauskommt. Bei uns geht es nicht um unheimliche Kräfte, Untote, finstere Mächte, Hypnotiseure, Hexen, Flüche und Wahrsagerei.« Sie lud mich mit der Hand ein, mich zu setzen.

Ich setzte mich. »Okay. Wenn ich hinterher nicht als Parapsychopath herauskomme.«

»Das werden Sie nicht.«

Sie holte aus einem Schrank ein Kästchen, dessen Design aus den schwarzen Fünfzigern zu stammen schien, und stellte es vor mich hin. Sein Hauptbestandteil war ein Kreis kleiner Lämpchen.

»Sie werden von einem Zufallsgenerator gesteuert, der das Licht vor- und zurückspringen lässt. Schauen Sie!«

Es gab ein munteres Hin-und-her-Gespringe auf dem Lichtkreis, eins vor, zwei zurück, zwei vor, eins vor, dann wieder zurück.

»Sie sollen sich nun wünschen, dass das Licht auf seiner Kreisbahn weiterspringt, am besten einmal ganz herum.«

Nichts dergleichen würde ich tun. »Und was tut der Apparat dabei?«

»Das müssen Sie nicht wissen. Sie müssen nur die Lichter in eine Umlaufrichtung wünschen.«

»Geht es nicht mehr, wenn ich es weiß?«

Derya Barzani schmunzelte. »Sie haben die Dinge gern unter Kontrolle, was? Nach meiner Erfahrung müssten Sie eine gewisse PK-Begabung haben.«

»Bitte, was?«

»PK, Psychokinese. Die unmögliche Aufgabe.«

»Es geht doch aber offenbar, oder?«

»Physikalisch geht es nicht. Der Zufallsgenerator basiert auf radioaktivem Zerfall.«

»Wie bei Schrödingers Katze. Immer diese Radioaktivität.«

Cipión stellte kurz die Ohren, ließ sie dann aber wieder fallen. Radioaktivität war ein Wort, das ihm nichts sagte.

»Früher«, erklärte Barzani, »hat man für PK-Versuche Würfel genommen. Man ließ sie durch eine mechanisch gesteuerte Klappe eine schiefe Ebene hinunterrollen und bat die Probanden, dass sie sich wünschten, dass beispielsweise immer eine Fünf falle. Nun sind Würfel aber nie völlig gleichmäßig gearbeitet, sie haben einen Drall und bevorzugen bestimmte Augenzahlen. Deshalb hat der deutsche Physiker Helmut Schmidt in den siebziger Jahren diese Maschine erfunden. Sie enthält Strontium 90. Im Prinzip funktionieren solche Zufallsgeneratoren so: Ein Geigerzähler misst den Zerfall. Wir kennen die Rate. Im Durchschnitt zerfällt beispielsweise ein Atom pro Sekunde. Das heißt aber nicht, dass in der konkret gemessenen Sekunde tatsächlich ein Atom zerfällt. Andererseits können auch zwei zerfallen.«

Ich nickte.

»Ein Zerfall wird in den Wert Eins übersetzt, eine Sekunde ohne Zerfall in den Wert Null. Bei eins springt das Licht nach rechts weiter, bei null springt es zurück. Aber bedenken Sie: Von Strontium 90 wissen wir zwar, dass die Hälfte in 28 Jahren zerfallen ist, doch niemand kann vorausberechnen, wann welches Atom zerfällt. Und nichts kann den Zerfall beschleunigen oder abbremsen, kein Luftzug, keine Temperaturänderung, keine Feuchtigkeit, nicht die Lage des Kastens, keine elektromagnetischen Wellen.«

»Aber ich kann das? Oder wie?« Ich fühlte mich befreit. Meine Haltung zu harter Arbeit oder unmöglichen Aufgaben war seit jeher die, sie andern zu überlassen.

Sie lächelte. »Und, Frau Nerz, falls Sie vorhaben, nichts zu tun, so merken wir es auch, wenn Sie eine PK-Begabung haben. Dann produzieren Sie sozusagen einen Ausschlag ins Minus.«

Ich nicht! Dessen war ich mir sicher. »Und Cipión? Wo soll der solange hin?«

»Ich nehme nicht an, dass er die Schmidt-Maschine beeinflusst. Es gibt keinen Grund, warum er es tun sollte.«

Mein Dackel wurde mir unheimlich. »Könnte er es denn?«

»Schmidt hatte eine Katze. Die hat er in einen eiskalten Verschlag gesperrt. Darin hing eine Wärmelampe, die an seinen Apparat angeschlossen war. Die Lampe ging zufällig an und aus. Doch irgendwann wich sie vom Zufall ab und brannte länger als sie aus war. Die Katze hatte offenbar ein dringendes Bedürfnis nach Wärme gehabt. Leider hat Schmidt den Versuch mit dieser Katze nie wiederholen können.«

»Immer diese Katzen«, sagte ich. Cipión stellte wieder die Ohren und schaute mich mit Augen wie Haselnüsse an. »Schmidts Katze, Schrödingers Katze …«

»Fangen wir an?«

»In drei Teufels Namen.«

Die Parapsychologin verließ das Zimmer, und ich schaute dem

Lichtkreis beim Springen zu. Unter keinen Umständen wollte ich hier irgendwas bewegen. Aber die Lichter hatten etwas Suggestives. Es quälte, dass sie so blödsinnig hin und her leuchteten und nicht über den Sechs-Uhr-Punkt hinauskamen. Es störte mich und mein optisches Gleichgewichtsempfinden. Und dann waren sie endlich mal auf der anderen Seite und kamen nicht rauf, rutschten zurück. Es war frustrierend. Es war ärgerlich und sinnlos, dass ich da draufstarrte. Wenn die Lichter einmal zügig den Kreis entlangglitten, war es eine Erholung, eine Erleichterung, eine Befriedigung. So rutschte ich hinein in das Experiment, das ich hatte torpedieren wollen, und auf einmal war ich dabei, zu fordern, dass die Lichter auf der Kreisbahn blieben, es zu wollen. Und wenn es mir gelang, dass sie in die eine Richtung sprangen, war ich stolz wie Oskar.

Als Dr. Derya Barzani hereinwehte und mich erlöste, war das Sonnenviereck, in dem Cipión sich auf die Seite gelegt hatte, um zu schlafen, schon halb von ihm heruntergerutscht. Benommen folgte ich den prallen Waden und schlanken Fesseln in ein Büro am Ende des Gangs, in dem viele Bücher standen. Derya begab sich hinter ihren Schreibtisch und klickte sich mit starrem Blick durch Kurven und Zahlen.

Ich rang um meine Ich-Renaissance und gierte nach einer Kippe. Also runter und raus. Auch Cipión freute sich über die Rückgewinnung seiner Identität als pinkelnder Rüde.

Ein Paar Stockenten durchpflügte das grüne Wasser im Graben. Mein Handy klingelte. Ich hatte es gar nicht leise gestellt, fiel mir auf. Und trotzdem rief Richard erst jetzt an und fragte: »Wo steckst du denn?«

Mir fiel ein, dass ich Dr. Barzani eigentlich nach Rosenfelds Besuch in Neuschwanstein hatte fragen wollen und es nicht getan hatte. »Auf Kalteneck«, antwortete ich. »Ich habe gerade einen PK-Test gemacht und warte auf die Auswertung.« Meine Armbanduhr zeigte halb zwei. »Wieso rufst du erst jetzt an?«

Ich hörte ihn schlucken. Er versuchte meine Frage einzuordnen. Nerz'sche Neckerei oder Gefahr im Verzug? »Störe ich?«

»Nein. Aber vor fünf Minuten hättest du mich noch beim Experiment gestört, und es wäre vermutlich misslungen.«

»Ah.« Er entschied sich für seine eigene Richtung: »Ich hatte bis eben zu tun. Dann hast du es noch nicht in den Nachrichten gehört?«

»Was denn?«

»Es hat einen Anschlag auf einen Gefangenentransport gegeben. Juri Katzenjacob saß im Wagen.«

»Ach was!«

»Es sieht nach einem Befreiungsversuch aus. Heftig. Ein Polizeibeamter wurde lebensgefährlich verletzt, einer der Angreifer ist tot. Dem ersten Augenschein nach kam er durch die vorzeitige Explosion eines Sprengsatzes ums Leben. Laut Pass stammt er aus Rumänien. Zwei, womöglich auch drei weitere sind flüchtig. Für den genauen Tathergang wird man die Auswertung der Überwachungskameras abwarten müssen.«

»Krass!« Ich sortierte mich. »Wann war das?«

»Kurz nach halb elf. Katzenjacob sollte zu einem Haftprüfungstermin gebracht werden. Sie haben den Transporter direkt an der Einfahrt angegriffen, vor dem Tor. Du weißt, wo das ist? Cannstatter Straße, hinter der Tankstelle.«

Natürlich wusste ich das. Es war genau hinter der Staatsanwaltschaft.

»Ich habe die Knallerei gehört.«

»Aber warum heute?«, fragte ich. »Was ist heute anders als letzte Woche oder vor zwei Wochen?« Damit konnten meine drei Kontaktaufnahmen nichts zu tun haben, denn eine bewaffnete Befreiung musste vorbereitet werden.

»Letzte Woche war kein Haftprüfungstermin«, antwortete Richard.

Das war eine gute Erklärung. »Also eine undichte Stelle bei der Polizei oder in der Justizverwaltung?«

»Von einem Haftprüfungstermin kann jeder wissen, der es wissen will. Die Presse wusste es. Der Anwalt hat es mitgeteilt.

Am Freitag hat sich einer vom *Stuttgarter Anzeiger* bei uns erkundigt, wann genau der Termin ist. Seit einer Stunde versuche ich, ihn aufzutreiben. Zur Arbeit ist er nicht erschienen, er hat sich nicht krankgemeldet, und bei den Streiks der Redakteure gegen Lohnkürzungen ist er auch nicht dabei.«

»Eine Schweinerei ist das. Die wollen doch wirklich die Löhne senken, um fünfundzwanzig Prozent für Neueinsteiger.«

»Ja, Lisa. Aber weswegen ich dich anrufe ... Er geht auch nicht ans Handy. Roland Hoffmann heißt er.«

»Kenne ich nicht. Vielleicht einer der neuen Freien.«

Ich hörte Richard enttäuscht ausatmen. »Hätte ja sein können.«

»Ich bin nur noch ganz selten in der Redaktion, weißt du doch. Wo wohnt der Kerl denn?«

»Die Polizei ist schon unterwegs zu ihm.« In so was war die Polizei gut. Auch im Aufspüren von Verbindungen in den osteuropäischen Raum. »Ich hatte nur gehofft, dass du Hoffmann ...« Richard stockte bei der unverhofften Sinnhaftigkeit, »zufällig kennst und mir was über ihn sagen kannst.«

Mumpitz, dachte ich, das ist nicht der Grund seines Anrufs. Richard wandte sich sonst auch nicht an mich, wenn es um seinen Job und meine Kollegen ging. »Glaubt ihr denn, er hat was damit zu tun?«

»Wir glauben momentan gar nichts, Lisa. Aber es wäre mir sehr lieb, wenn du in dieser Sache äußerste Zurückhaltung walten ließest. Was machst du auf Kalteneck? Hatten wir nicht gesagt, dass es dort nichts ...«

»Sorry«, unterbrach ich ihn. »Ich muss Schluss machen.« Es war nicht mal gelogen, denn soeben trat Dr. Derya Barzani vor die Tür auf die Terrasse. »Ich melde mich nachher.«

14

Fast stolperte sie über Cipión, der sie freundlich begrüßte. Sie mochte keine Hunde, das sah ich ihr an. Ein wenig steifbeinig umrundete sie den Schlappohrunhold. Cipión hingegen mochte Menschen, die keine Hunde mochten, weil sie ihm nicht in die Augen schauten. Das fand er höflich und nett.

»Ihr Wert liegt bei 3,5«, eröffnete mir die Frau Doktor.

»Kann ich damit noch Auto fahren?«

Sie lachte knapp. »PK-Experimente sind reine Statistik. Viele PK-Experimente hat man wegwerfen müssen, nachdem Statistiker sie nachgeprüft hatten. Es geht hier um äußerst geringe Abweichungen von der Normalverteilung und den kleinen Schwankungen, die das System selbst produziert. Sie verstehen?«

Ich nickte, während es in meinem Hinterkopf grübelte. Wer konnte ein Interesse daran haben, Juri Katzenjacob aus der U-Haft freizubekommen? Hatte er denn Kontakte nach Rumänien? Gab es gar Familienmitglieder, die er gesucht hatte oder die ihn gesucht hatten?

Fragte ich mich damals auf der schattigen Terrasse der Wasserburg Kalteneck aber auch schon, ob Juri womöglich der eine war, der es konnte, der Parapsychopath, der Psychokinetiker, der Channeler, der Übersinnige, der Psi-Agent? Nein. Ich dachte es nicht. Mit keinem noch so versteckten Neuronenhäufchen, das sich später melden und sagen konnte: Ich hab's geahnt, ich hatte die ganze Zeit so ein blödes Gefühl, hättste mal auf mich gehört!

Vielmehr starrte ich auf das oberste Blatt in Barzanis goldgeschmückter Hand, auf dem eine Zickzacklinie aufstieg wie die Kurve des DAX kurz vor der *Tagesschau*, und versuchte mich zu konzentrieren. Immerhin ging es um meine künftige Lebenstauglichkeit.

»Wir arbeiten mit dem kritischen Bruch«, dozierte die Dame mit dem Rosenmund, »um zu entscheiden, ob der Grad der Abweichung von der Zufallserwartung signifikant größer ist als die üblichen Zufallsschwankungen. Den KB erhält man, indem man die beobachtete Abweichung durch die Standardabweichung teilt.«

»Geschenkt. Ich vertraue dem Kritischen Bruch. Habe ich den Teufelsapparat nun beeinflusst oder nicht?«

»Nein.«

»Ach so?« Ich war enttäuscht und erleichtert.

»Aber Sie haben eine signifikante Abweichung von der Normalverteilung erzeugt. Und zwar eine außerordentlich hohe.«

Mein innerer Umbau zum Gespenst nahm Gestalt an. »Ich bin an sich schon eine signifikante Abweichung von der Norm.«

»Schauen Sie«, sagte sie, meine verzweifelten Sprüche tapfer missachtend, und trat an mich heran. »Diese Linie bewegt sich weit über der x-Achse, die für die Normalverteilung steht. Das sind Sie. Bei 7000 Versuchen hatten Sie 342 Treffer.«

Das kam mir dann doch nicht so viel vor.

»Ja, es sind immer nur sehr kleine Effekte, die wir im Labor beobachten. Aber Sie haben es geschafft. Und dass die Kurve dann abfällt, ist normal.«

»Es ist ja auch anstrengend. Man ermüdet irgendwann.«

»Daran liegt es nicht.«

»Sondern?«

»Es liegt daran, dass Sie den Zufallsgenerator nicht wirklich beeinflusst haben.«

»Sie sind entzückend. Ich liebe Sie!«

Sie wischte sich das Haar hinters Ohr und kniff die Mimik zusammen. »Denken Sie an das, was ich vorhin gesagt habe: Es ist eine unmögliche Aufgabe. Sie können den radioaktiven Zerfall nicht beeinflussen. Sie können ihn nicht stoppen oder beschleunigen. Diese statistischen Ausreißer produziert die Schmidt-Maschine hin und wieder von selbst. Wir nennen das eine Fluktuation. Sie kommt in allen Systemen vor. Abweichungen, Extremzustände. Der springende Punkt ist der: Die Maschine hat die Fluktuation genau in dem Moment erzeugt, als Sie das wollten.«

»Aha. Wie das?«

»Man könnte es vielleicht so erklären: Sie haben sich just in dem Moment ins System eingeschwungen, als es eine Fluktuation produzierte. Sie sind Teil des Systems gewesen.«

»Das muss ich jetzt nicht verstehen, oder?«

»Es wäre schön, Sie würden es versuchen. Ich möchte, dass Sie verstehen, was wir daraus schließen. Wir schließen nämlich, dass Psi keine Energie ist, welche die physikalischen Verhältnisse außer Kraft setzt. Es handelt sich hier nicht um eine Kraft. Sie sind kein Sender, der Apparat ist kein Empfänger.«

»Hm.«

»Wenn es eine Kraft gäbe, die von außen auf die Maschine einwirkt, dann müsste man eine Spur davon im radioaktiven Material finden, eine Beschleunigung des Zerfalls, welche die durchschnittliche Zerfallsrate nachweisbar verändert hätte, irgendwas. Aber niemand hat bisher eine solche Spur von Psi gefunden.«

»Und was ist es dann, was da geschieht?«

»Psychokinese ist, wenn ein physikalisches System eine Fluktuation produziert, in dem Moment, wo Sie das wollen. Es ist eine … eine Verschwörung.«

»Ein nicht zufälliges Zusammentreffen …«, stocherte ich.

»Wie ich sage: eine Verschwörung. Der menschliche Geist verschwört sich mit einem physikalischen System und erzeugt eine Abweichung von der Wahrscheinlichkeit.«

Das beeindruckte mich nicht sonderlich. Vielleicht lag es daran, dass ich von mir selten beeindruckt war. Wenn ich was konnte, konnte es nicht viel wert sein.

»Nehmen wir ein Beispiel aus der makrophysikalischen Welt«, sagte Barzani wiederum ziemlich hellsichtig. »Ein Vater setzt seine Tochter, die gerade den Führerschein gemacht hat, ans Steuer. Hinten sitzt der kleine Bruder. Er schnallt sich los, um sich die Jacke anzuziehen. Eine Katze …«

Cipión schaute sich hektisch um und schnüffelte in die Luft.

»… läuft auf die Fahrbahn. Die Tochter legt ein Vollbremsung hin. Dabei verliert sie die Kontrolle über den Wagen. Er prallt gegen einen Poller und dann gegen eine Mülltonne. Der Bruder wird hinausgeschleudert. Aus der Mülltonne fliegt eine Bratpfanne heraus und …«

Ich musste lachen.

»Nicht möglich? Genau das habe ich vor ein paar Tagen in der Zeitung gelesen. Und weiter: Die Bratpfanne trifft den kleinen Bruder am Kopf. Er stirbt auf dem Weg ins Krankenhaus.«

Eben noch gelacht und schon tot. »Eine Verkettung äußerst unglücklicher Umstände.«

»Eben, eine Verkettung!« Sie hob den Finger und nahm mit ihrem Blick meine Augen in die Zange. »Ein System ist entgleist. Dabei hat es jedoch nur das getan, was ihm möglich ist.«

Grauen stieg die Kapillaren meiner Seele empor. »Und Sie meinen, jemand … die Tochter beispielsweise … hat das bewirkt? Nein, ist daran beteiligt, weil der kleine Bruder sie schon lange nervt? Oder der Vater, weil er seit Jahren von finaler Lebensflucht träumt?«

»Das wäre eine mögliche Interpretation. Wenigstens einer im Wagen befand sich im Zustand seelischer Instabilität. Dann muss nur eine Kleinigkeit passieren, und das System gerät aus dem Ruder.«

»Und wie muss ich mir diese geistige Instabilität vorstellen?«

»Als ein Nicht-bei-der-Sache-Sein vielleicht. Als Versunkenheit in einem persönlichen Problem, das auf Lösung drängt.«

»Ah so!« Ich war erleichtert. »Also ein schicksalhafter Fehler aus Mangel an Konzentration. Das kommt vor.«

»Unentwegt. Aber entscheidend ist der Moment. Warum passiert der Unfall, als der kleine Bruder sich gerade losgeschnallt hat? Und wie oft liegen Bratpfannen in einer Mülltonne?«

Wieso fiel Sally der Bierhumpen ihres Vaters aus der Hand oder aus dem Regal, als ihr Vater starb? »Okay. Und Sie meinen also, das kann jeder.«

»Nein, keineswegs. Psi-Fähigkeiten hat nicht jeder, man kann sie weder lernen noch üben. Das gilt zumindest für die Laborsituation. Die Forschung hat Psi-Fähigkeiten bestimmten Charaktereigenschaften zuordnen können, ja müssen. Sonst könnten Sie jetzt sagen, die Fluktuation hätte sich auch ereignet, wenn Desirée Motzer an Ihrer Stelle gesessen hätte. Aber das ist nicht so.«

»Und diese Charaktereigenschaften wären?« Ich gierte. Derya war ja an sich nicht zurückhaltend, mir mal kurz meine Identität zu definieren.

»Ängstliche, verklemmte Menschen produzieren jedenfalls keine PK-Effekte. Das kann man sagen. Gesellige, gelassene und extrovertierte schon eher. Es gehört ein gewisses Selbstvertrauen dazu und eine«, sie schmunzelte, »eine starke Maskulinität.«

»Klingt, als hätte man solche Experimente hauptsächlich mit Männern durchgeführt.«

»Keineswegs.« Die zierliche Frau Doktor warf mir einen kurzen Seitenblick zu. »Die große Kulagina, das russische PK-Medium … Aber von der haben Sie ja schon gehört.«

Ich hatte sie sogar vorhin selbst erwähnt. »Die Meisterin der Salzstreuer.«

»Sie war Soldatin. Sie hatte zwar keine Wahl, abgesehen davon, dass sie Funktechnikerin geworden war, aber Finley sagt, ihr Spirit war sehr maskulin.«

»Was auch immer das ist.«

Derya Barzani lächelte selbstsicher. »Na, Männer sind ja durchaus empfänglich für weibliche Signale. Und wenn sie fehlen …«

15

Mit der E-Mail-Adresse von Héctor Quicio, Mitarbeiter bei der AEIP, der Asociación Española de Investigaciones Parapsicológicas, fuhr ich nach Stuttgart zurück. Ich schrieb ihm sofort, ohne den genauen Grund anzugeben. Dann rief ich Richard an.

Roland Hoffmann war wieder aufgetaucht. »Er stand«, erzählte Richard, »im Megastau auf der A8 an der Messe. Da sind beim Parkhaus gestern Abend zwei Gefahrguttransporter zusammengestoßen, einer mit Essigsäure, der andere mit Benzin. Die Autobahn war bis 14 Uhr 30 siebzehn Stunden komplett gesperrt.«

»Hab ich in den Nachrichten gehört.«

»Und Hoffmanns Akku war leer. Und du, was hast du in Kalteneck gemacht?«

»Sozialgeräusche. Und wie war dein Tag?«

»Lisa«, sagte er. »Was in drei Teufels Namen soll das werden?«

»Immerhin weiß ich nun, dass ich eine PK-Begabung habe. Ich bin schon fast fahruntüchtig.«

»Schön für dich.«

»Weiß ich noch nicht, Richard. Mein Schicksal bekommt einen ganz anderen Unsinn, wenn ich annehme, ich hätte es selbst verursacht. Das heißt, man verursacht es ja nicht, man ist nur dabei, wenn es passiert, und wenn man nicht dabei wäre, würde es nicht passieren. Verstehst du das?«

»Nein«, sagte er leicht besorgt. »Alles in Ordnung bei dir?«

Wann war je irgendwas in Ordnung bei mir? »Ich möchte mit dir nach Neuschwanstein fahren, Richard.«

Ich hörte ihn atmen. »Okay, wenn dir das so wichtig ist.«

Ich verschluckte mich vor Überraschung. »Wann?«

Zwei Tage später verhaftete man in einem transsilvanischen Dorf zwei Brüder, bei denen sich Spuren des verwendeten Sprengstoffs fanden. Der *Gute Tag* berichtete, sie hätten gestanden, dass sie zusammen mit einem Cousin aus einem Nachbardorf den Überfall auf den Gefangenentransport in Stuttgart begangen hatten. Den Auftrag hätten sie Anfang Februar über einen Kontakt aus dem kriminellen Milieu erhalten, zusammen mit einer Anzahlung von 30000 Euro. Bei Ablieferung des Befreiten hätten sie dasselbe noch einmal bekommen sollen. Über den Mann, den sie befreien sollten, hätten sie nichts gewusst. Sie hätten ihn in einem Transporter über die tschechische Grenze bringen und dort auf einem Parkplatz stehen lassen sollen. Nachdem das alles nicht geklappt habe, seien sie zurück in ihr Dorf Viestea de Sus gefahren.

Die Spur zum Auftraggeber endete für die Ermittler nach weiteren vier Tagen in Moskau bei der Leiche des Kontaktmanns aus dem kriminellen Milieu.

Der Presse konnte ich auch entnehmen, dass Juri Katzenjacob sich zu dem Vorgang nicht äußerte und sein Anwalt bessere Schutzmaßnahmen forderte. Über Kontakte Juris nach Osteuropa wurde nichts bekannt, aber der *Gute Tag* hatte ein Mädchen ausgegraben, noch Schülerin, wegen der es Juri angeblich nach Böblingen gezogen hatte. Eine gewisse Angela K., hübsch und Nichte des Malermeisters, der Juri angestellt hatte. Der *Gute Tag* zitierte sie auf der Stuttgarter Lokalseite mit den Worten: »Mich hat's vor ihm gegruselt«, und kolportierte die Geschichte, dass Juri auf einer Landstraße plötzlich angehalten habe, ausgestiegen und zu einem Fuchs gegangen sei, der überfahren am Straßenrand lag. Mit bloßen Händen habe er dem Fuchs die Eingeweide herausgezogen.

Über Facebook fand ich Angela K. auch gleich und schickte ihr die Nachricht, dass ich mich gern mit ihr unterhalten würde. Sie wollte erst nicht, ließ sich dann aber mit Hilfe einiger Scheine zu einer Verabredung nach Stuttgart locken. Allerdings kam sie nicht. Ging auch nicht ans Handy. Der Unfall, der sie wenige Stunden zuvor das Leben gekostet hatte, war spektakulär genug, dass ihn am Abend die Radionachrichten meldeten. Ein Siebzehnjähriger hatte ohne Fahrbegleiter im Auto vom Vater eines Freundes betrunken die Kontrolle verloren und Angelas Fahrrad auf den Kühler genommen. Sie war zwanzig Meter weit geflogen und auf dem Weg ins Krankenhaus verstorben.

Mich gruselte.

Auf eine Antwort von Héctor Quicio wartete ich auch vergeblich. Ich telefonierte mich durch die Uni Alicante, bis man mir mitteilte, dass es dort keine Parapsychologen gab. Ein etwas genauerer Blick ins Internet ergab, dass die AEIP nicht zum Campus gehörte, sondern in einem Stadtteil namens San Vicente del Raspeig lag. Ich wählte die Nummer des Departamento de Investigaciones und landete bei einer Maite, die mir erklärte, sie kenne keinen Héctor, aber sie sei auch erst seit März im Institut. Und sie sei auch gerade ganz alleine. Ich solle in einer Stunde wieder anrufen. Da konnte sie mir immerhin sagen, dass Héctor das Institut Anfang des Jahres verlassen habe. Sein Vater sei krank geworden, er habe der Mutter mit dem Restaurant helfen müssen. Wo das sei, konnte sie nicht sagen. Eine private E-Mail-Adresse habe sie nicht, sie wolle sich aber erkundigen. Als ich gegen ein Uhr wieder anrief, war Mittagspause. Auch am Nachmittag ging niemand mehr an den Apparat.

Ich fand Héctor Quicio in Facebook. Aber er hatte sein Profil nur für FreundInnen offen, deren er an die tausend besaß. Eine Schnittmenge mit meinen gab es nicht. Ich suchte mir die hübscheste unter den ersten zehn aus und schickte ihr eine Freundschaftsanfrage. Sie hieß Rosario Fornes de la Torre.

Sofort Erfolg hatte ich mit Kitty zu Salm-Kyrburg. Sie erklärte sich bereit, uns mit ihren Leuten zu einer PU zu Tourismusbedingungen ins Schloss Neuschwanstein zu begleiten, vorausgesetzt, ich übernähme die Kosten von Anreise, Parkplatz, Eintritt und Verpflegung. »Und Sie müssen die Eintrittskarten vorbestellen, sonst müssen wir zwei Stunden anstehen.« Ich guckte mir die Internetseite an. Es würde teuer, wenn ich Meisner, den LOStA Krautter, die junge Staatsanwältin Nadja Locher und Roswita Kallweit überreden konnte mitzukommen. Aber waren sie wirklich nötig? Lieber hätte ich Dr. Derya Barzani dabeigehabt – keine Ahnung, warum. Und wie brachte ich das den Leuten bei?

Ich begab mich zur inneren Klärung ins Fitnessstudio. Mit Rücksicht auf die ziependen Narben meiner Schussverletzung hatte ich erst vor anderthalb Monaten wieder angefangen, Judo zu trainieren. Und noch immer fehlten mir Kraft und Ausdauer. In dem Weiber-Studio meines Vertrauens waren die Rudergeräte nicht beliebt. Es gab fünfundzwanzig Crosstrainer, zwanzig Fahrräder und fünfzehn Laufbänder, aber nur zwei Rudergeräte. Dünne Mädchen wackelten sich auf den Steppern die Pobacken ab, dicke saßen auf den Rädern. Mit vier *Ave Maria* von Nina Hagen ruderte ich mich in den Rausch. Das waren 24 Minuten und fünfeinhalb Kilometer. Der Buena Vista Social Club half danach weiter mit *Chan Chan*, *Orguellecida* und *Candela*. Dann noch mal alles von vorn.

Als ich mit Gummibeinen nach Hause kam, hatte die gute Oma Scheible mir einen Topf saurer Kutteln und Bratkartoffeln in die Küche gestellt. Sie waren noch warm.

Ich nahm den Topf mit in den Salon und stellte den Fernseher an, Nachrichten gucken. Es war der Tag, an dem US-Militärs in einer Villa im pakistanischen Kurort Abbottabat, ihren Angstgegner Osama bin Laden erschossen hatten und aufgeregte Journalisten Obama bin Laden und Barack Osama sagten, die Anschläge auf das World Trade Center in New York auf den neunten Elften legten und bewiesen, dass sie das Töten von Gegnern viel geiler fanden als deren Verhaftung und Anklage.

Ich hatte gerade begonnen, mit großem Löffel die Kutteln zu schlabbern, da rief Richard an. »Kannst du mal bitte schnell herüberkommen? Ich sag an der Pforte Bescheid.«

»Was gibt's? Ich bin gerade …«

»Bitte!« Damit legte er auf.

16

Ich blickte Cipión in die nussbraunen Augen. Noch nie hatte Oberstaatsanwalt Dr. Weber mich in seinem Büro sehen wollen. Was ziehe ich da jetzt an? Business- oder Verbrecherkleidung. Was bei ihm keinen Unterschied machte, denn er war Staatsanwalt für Wirtschaftsstrafsachen beim Landgericht Stuttgart, er sah Kriminelle in Boss-Anzügen. Diesmal musste ich mich jedenfalls nicht mit meinem Judo-Ausweis, der die Farbe der Ausweise der Steuerfahnder hatte, zur Hintertür hineinmauscheln. Ich durfte vorn rein, offiziell als Lisa Nerz. Aber was trage ich, wenn ich ich bin? Ich kajalte meine Narben, tat mir alle Lederarmbänder um, die ich besaß, polierte den Brillanten im Ohr, gelte meine Haare, zog das Rip-Curl-T-Shirt mit dem Schädelprint an, dazu eine Boyfriend-Jeans mit Nietengürtel und Sneakers. Und dann doch noch das blaue Nadelstreifenjackett mit den Innentaschen für Geldbeutel, Handy und andere Kleinigkeiten. Ja, so ka'sch auf'd Gass.

Cipión guckte. Die Haarbüschel über seinen Augen gingen abwechselnd hinauf.

»Hast ja recht, alles Verkleidung. Ich hab halt kein Fell.«

War Cipión eigentlich zufrieden mit seinen drahtigen graubraunen Haaren, oder wünschte er sich zuweilen das seidige Fell eines Collies? Verglichen sich Tiere mit andern? Ich bin schlanker, meine Ohren sind hübscher. Oder war das Vergleichen eine ausschließlich menschliche Eigenschaft? So aussehen wollen wie alle und dennoch unverwechselbar und eigen bleiben. Die unmögliche Aufgabe.

»Möchtest du mit?«

Cipión wedelte mit der Rute.

»Richard besuchen?«

Die Rute wedelte frenetisch.

Feierlich traten wir vor die Haustür. Gelassen schlenderten wir zur Fußgängerampel. In der Luft hing der Straßenbahngeruch nach sonnenheißem Schmieröl. Wir winkelten durch Baustellenabsperrungen rüber auf die andere Seite, schritten den staatstragend breiten Fußweg entlang und stiegen die Stufen zur Pforte hoch. Es stimmte natürlich nicht, dass ich noch nie legal in der Staatsanwaltschaft gewesen war, da hatte es mal eine Besprechung mit Meisner gegeben, aber ich war noch nie vorn in der Pforte eingelaufen und hatte laut meinen Namen genannt und »Zu Oberstaatsanwalt Dr. Weber. Er erwartet mich« gesagt.

Der Polizist an der Pforte antwortete: »Ja, er hat eben angerufen. Sie kennen den Weg. Aber das Hundle, das kann fei net nei.«

Na bitte! Es wäre ja auch zu seltsam gewesen, wenn jetzt alles reibungslos verlaufen wäre.

Ich legte den Kopf schief und lächelte. »Das Hundle hat Angst allein. Und ich auch.«

Der Polizist war schon älter. Er kniff die Augen zusammen, drehte sich halb weg und winkte mich fort. Ich nahm Cipión untern Arm und drückte mich durch den Vereinzelungsapparat, wie in solchen Gebäuden die Drehtüren heißen. Und da passte wirklich nur einer durch, und zwar ohne Rucksack. Ich musste aufpassen, dass Cipións Rute nicht abgeklemmt wurde.

Dann war ich drin. Ich ließ Cipión zu Boden und von der Leine. Der Fahrstuhl befand sich rechts. Er hatte ein vorgeburtliches Alter – auf meine Geburt bezogen natürlich – und das gleiche messingverbrämte Design wie die Fahrstühle im Bürgerhospital aus dem Jahr 1958. Die Stuttgarter Staatsanwaltschaft steckte jetzt seit dreißig Jahren – ein ganzes Karriereleben lang – in einem Gebäude aus den Dreißigern, das ursprünglich von einem Oberpostbaurat namens Osswald für das Telegraphenbauamt der Reichspost geplant und nach dem Krieg zunächst vom Süddeutschen Rundfunk genutzt worden war. Der Stil nannte sich Neue Sachlichkeit und war längst denkmalreif. Der Fahrstuhl rumpelte mich in den dritten Stock hinauf. Eine Renovierung war vor einigen Jahren durchs Gebäude gebraust und hatte die Gänge aufgehellt. Auch gab es inzwischen Flachbildschirme.

Roswita Kallweit hatte schon Dienstschluss gemacht. Die Porzellankatzen auf ihrem Schreibtisch weinten ihr nach. Mittlerweile teilte sie sich ihr Büro mit einer weiteren Schreibkraft, die auch schon lange gegangen war. Die Tür zu Richards Büro stand offen.

»Ah!«, sagte er aufblickend.

Cipión startete durch, veranstaltete seinen Begrüßungswirbel, ratzte mit den Krallen über das edle Tuch von Richards Hosen, warf sich auf den Rücken und zwang den Staatsanwalt, sich zu bücken, zärtliche Laute auszustoßen und zu lächeln. Als der Hund genug hatte, fuhr Richard per Tastendruck seinen Computer herunter, stand auf, zog sich das Jackett über, griff sich einen Speicherstick und kam hinter seinem Tisch hervor, der noch original Süddeutscher Rundfunk war.

»Was ist eigentlich los?«, fragte ich.

»Das wirst du gleich sehen.«

Wir begaben uns in den Medienraum, der seit dem letzten Mal mächtig an Technik gewonnen hatte. Neben neueren DVD- und Blu-ray-Playern zur Überprüfung von Produktpiraterie und illegalen Kopien standen aber auch noch der alte Kassettenrekorder und das Videokassettengerät. Außerdem hatten wir hier beide bequem Platz am Tisch. Richard fuhr den Computer hoch, stöpselte den USB-Speicher ein und öffnete einen Bildordner. Ich erkannte meine missglückten Fotos von Rosenfelds Büro wieder.

»Oje!«

»Jetzt pass auf.« Richard vergrößerte eines der Bilder, auf denen verwischte Buntheit herrschte, und fuhr an die linke untere Ecke hinunter. »Siehst du das?«

Ich sah etwas Dunkles. »Total unscharf.«

»Was auch immer das ist, auf den Tatortfotos der Polizei ist es nicht drauf.«

»Ein Gespenst!«, bemerkte ich.

»Oder ein Gegenstand, der sich dort nicht mehr befand, als die Tatortgruppe eintraf.«

»Die mussten doch erst einmal die Tür aufschieben, um hineinzukommen. Es war unvermeidlich, dass sie dabei die Spurenlage an der Tür verändert haben.«

»Wie weit bist du hineingetreten?«

»Gar nicht. Ich habe nur den Arm reingestreckt. Die Tür ließ sich nur einen Spaltbreit öffnen. Außerdem hatte ich Schuhe und Strümpfe ausgezogen, weil sie patschnass waren. Schon deshalb habe ich es vermieden, einen Fuß in das Zimmer zu setzen.«

Richard nickte. »Deine Fußabdrücke hat man im Eingangsbereich gefunden und dokumentiert.« Er ging zurück in die Datei mit meinen Fotos und rief ein weiteres auf. Es zeigte ein von der Sonne verblendetes parkettfarbenes Geleuchte. »Vermutlich hast du auf den Auslöser gedrückt, als du die Hand mit dem Handy zurückgezogen hast. Schau, hier ist es wieder.«

Der Gegenstand war immer noch dunkel, aber deutlich kantiger, sogar leicht konisch.

»Und jetzt pass auf.« Richard lud das Foto aus einem anderen Ordner noch einmal hoch. »Die IT-Fachleute beim LKA haben dein Foto mit dem verwischten Gegenstand nachbearbeitet und versucht, die Bewegung herauszurechnen.«

Viel schärfer war der Gegenstand allerdings nicht geworden. »Jetzt sieht es aus wie ein schwarzer Käfer mit Leuchtdioden«, bemerkte ich.

»Die KT hat«, fuhr er mit mehr Anspannung in der Stimme fort, als mir dieser Schmutzfleck auf dem Foto zu rechtfertigen schien, »unter alle Schränke geschaut, in alle Ecken, alle Ritzen, aber nichts gefunden, was auch nur annähernd so aussieht.«

»Verdammt, was ist das nur für ein Ding?«

Er schaute mich an. »Auf der Liste der KTU stehen Kiessteine, eine Büroklammer unterm Schreibtisch, Hydrokügelchen aus dem Topf mit dem Philodendron, Klemme und Feder eines zu Bruch gegangenen Kugelschreibers, eine leere CD-Hülle unter einem Schrank, ein altes Zehn-Pfennig-Stück. Und so einen Tatort untersucht man besonders sorgfältig. Man ist sogar noch einmal hin, um sich das Büromaterial im Institut anzusehen. Aber es hat sich nichts gefunden, was annähernd so aussieht.«

»Und wem ist jetzt erst aufgefallen, dass auf meinen Fotos etwas drauf ist, was die Polizeikamera nicht erfasst hat?«

»Den Fallanalytikern im LKA. Dieses Foto von dir hilft abzuschätzen, wie weit die Tür sich gegen den Widerstand der Füße öffnen ließ. Die Fallanalytiker haben ausprobiert, ob die Lage der Leiche so sein konnte, wie sie sich auf deinen Fotos erahnen lässt, wenn jemand die Tür knapp vierzig Zentimeter geöffnet hat, um hinauszuschlüpfen. Die Antwort ist Nein. Die Leiche hätte dann anders liegen müssen.«

»Das heißt, man geht davon aus, dass der Täter das Büro durch die Tür verlassen hat.«

»Es gibt keine andere Möglichkeit. Das Büro hat zwar noch eine zweite Tür, aber sie ist seit Jahren verschlossen, mit Styropor isoliert und auf beiden Seiten mit schweren Regalen zugestellt. Es gibt einen Wandschrank, aber die Farbabdeckung zeigt, dass dort keine Bretter bewegt worden sind. Die drei Fenster waren von innen verriegelt. Die Zimmerdecke weist keine Spuren einer Manipulation auf, genauso wenig die Dielen auf dem Dachboden darüber. Die Suche nach einer anderweitigen Geheimtür verlief erfolglos. Es geht also nur die Tür.«

Ich verstand, was ihn quälte. Auf meinen Fotos lag am Türrahmen ein Gegenstand, der möglicherweise verraten hätte, wie der Täter es geschafft hatte, den Raum durch die Tür zu verlassen, ohne sie so weit zu öffnen, wie er musste, um durchzupassen. Doch der Gegenstand hatte sich verflüchtigt, als die Polizei ihre Arbeit aufnahm.

»Und nun hast du den Verdacht«, stellte ich fest, »dass ich das Ding an mich genommen habe?«

Er blickte mich an. »Und?«

»Nein, habe ich nicht, Richard! Sonst hätte ich längst damit geprahlt, dass ich wüsste, wie er es gemacht hat. Verdächtigt Meisner mich etwa?«

»Nein. Im Gegenteil, ihrer Überzeugung nach haben sich deine Fotos als wertvoller erwiesen, als es zunächst aussah. Sie zeigen, so verwackelt sie sind, die Lage des Toten. Er liegt genau senkrecht zur Tür. Und mit Hilfe der Blutspuren lässt sich belegen, dass der Körper erst drei bis vier Tage nach dem Tod seitlich verschoben wurde, nämlich als die Polizei die Tür öffnete.«

»Woran ist Rosenfeld eigentlich gestorben? In der Zeitung habe ich darüber nichts gelesen.«

»Das ist Täterwissen.«

Tabu. »Weiß es denn der Tatverdächtige auch?«, fragte ich.

Und wieder geschah etwas Seltsames: Richard drehte sich zu mir um und sagte: »Wenn du mir versprichst, dass das, was ich dir jetzt sage, nicht diesen Raum verlässt …«

Ich nickte.

»Rosenfelds Leiche wies eine doppelte Drosselmarke am Hals auf. Demnach wurde er von hinten mit einem Elektrokabel gewürgt, wobei der Täter zwei Mal ansetzte. Aber es fehlen Petechien und andere Anzeichen, dass Rosenfeld zu diesem Zeitpunkt noch am Leben war.«

»Ups!«

»Rosenfelds Organismus hat auf den Gewaltakt nicht mehr reagiert. Der Todeszeitpunkt lässt sich auf zwischen 13 Uhr 30, dem Zeitpunkt, wo Dr. Barzani und sofort danach die Sekretärin das Institut verlassen haben, und ungefähr 22 Uhr 30 eingrenzen. Rosenfeld hatte etwas Alkohol im Blut, und er hat etwa eine halbe Stunde vor seinem Tod ein Käsebrötchen gegessen, woraus man schließen könnte, dass er am Spätnachmittag oder Abend noch lebte.«

»Wo stammt das Käsebrötchen her?«

»Gewöhnlich wurde die Sekretärin zu einem nahegelegenen Imbissbäcker geschickt, um einzukaufen. Das Screening auf Betäubungsmittel, Drogen, Medikamente und Gifte hat nichts ergeben. Aber natürlich gibt es etliche Substanzen, die nicht mehr nachweisbar sind, wenn eine Leiche sechzig Stunden lang herumliegt.«

»Das heißt, man weiß gar nicht, woran Rosenfeld gestorben ist?«

Richard nickte. »Laut Gutachten war er, abgesehen von typischen Alterserscheinungen und Arthrose in den Knien, organisch gesund, soweit man das bei dem Zerstörungsgrad der … der Organe feststellen konnte.«

Ich stellte mir vor, wie das Team in der Rechtsmedizin die rausgeschnittenen und zerhäckselten Organe begutachtet hatte. »Vielleicht hat er einen Herzinfarkt erlitten. Das Herz fehlt immer noch, oder?«

»Ja. Aber ein Infarkt war es nicht, sagt das forensische Gutachten. Trotz des fortgeschrittenen Zerfallsprozesses hätte sich im Blutserum ein Bioindikator dafür noch nachweisen lassen müssen.«

»Und Katzenjacob sagt nichts dazu?«

»Nein. Er hat sich nach seiner Festnahme zu ein paar Fragen geäußert und sagt jetzt nichts mehr.«

»Es könnte also sein, dass er den Professor gar nicht getötet, sondern lediglich nachträglich bearbeitet hat. Oder ist das auch nicht sicher?«

»Doch. Er war nachweislich in Rosenfelds Büro und hat sich an der Leiche zu schaffen gemacht. Das hat er auch eingeräumt, ohne ins Detail zu gehen. Er hatte Rosenfelds Blut an den Schuhen, die neuwertig waren und die er darum nicht mit den anderen Kleidern entsorgt hat.«

»Gefunden hat man sie bisher nicht?«

»Nein. Aber man hat seine DNS und Farbspuren an signifikanten Stellen im Raum und an der Leiche gefunden. Und er hat auf dem Sessel sitzend, der im Büro steht, masturbiert. Man hat sein Sperma sichergestellt.«

»Reizend. Wie nennt man diese Art der Perversion?«

»Nekrophilie.«

»Hat er gesagt, dass er Rosenfeld erdrosselt hat?«

»Nein. Das Kabel stammte übrigens von einem der Computer in Rosenfelds Büro. Der Täter hat es beim Verlassen des Tatorts nicht mitgeführt. Es lag dort. Und es hat Anhaftungen von Katzenjacobs DNS aufgewiesen.«

»Na dann … ach nein. Rosenfeld war ja schon tot. Gab es Spuren eines Kampfs?«

»Nein.«

»Sind wir überhaupt sicher, dass Rosenfeld in seinem Büro verstorben ist?«

»Ja, der Auftrag von …«, Ekel schüttelte Richard, »… Körperflüssigkeiten auf dem Büroboden weist darauf hin. Demnach lag er zunächst diagonal und mit dem Kopf zur Tür auf dem Bauch, wurde von hinten mit der Schlinge gewürgt und dann in die Lage gebracht, in der du ihn fotografiert hast.«

Ja, die Kriminaltechnik war heutzutage schon sehr gut.

»Katzenjacobs Anwalt«, sagte Richard, »wird es der Anklage jedenfalls sehr schwer machen zu beweisen, dass der Beschuldigte derjenige ist, der Rosenfeld getötet hat, auch wenn man nachweisen kann, dass er ihn post mortem stranguliert und die Leiche … manipuliert hat. Die Störung der Totenruhe – und hier geht es zweifellos um einen schweren Fall – wird nach Paragraph 168 StGB mit einer Freiheitsstrafe von nur bis zu drei Jahren bestraft.«

»Oha!«

Irgendwo im Gebäude wurde eine Tür zugeworfen. Richard zuckte zusammen. Er griff nach dem USB-Stick, packte aber nicht zu, ließ die Hand schweben. Die Schritte gingen draußen vorbei, und Richard nahm seine Hand wieder zu sich. Dämmerung hatte das Fenster zugezogen.

»Was ist los?«, fragte ich.

Er zögerte. »Lisa …«

»Ja.«

Er schaute mich an, todesmutig. »Glaubst du an diese Sachen?«

»An was?«

»Gespenster, Telekinese …? Du hast erzählt, du hättest einen Test in diesem Institut gemacht und man habe eine PK-Begabung festgestellt.«

Ich musste lachen. »Das ist eher ein statistischer Trick. Da geht es um Abweichungen von der Normalverteilung von ein paar null Komma null irgendwas Prozent. Ich bin weit davon entfernt, per Geisteskraft Gegenstände zu bewegen. Dass jemand so was kann, ist auch noch nie wissenschaftlich untermauert worden, sagt die Doktorin Barzani.«

Richard holte tief Luft. »An dem Tag, als der Gefangenentransport mit Juri Katzenjacob auf den Hinterhof des Ermittlungsgerichts fahren wollte, da … ging das Tor nicht auf. Irgendwas hat geklemmt. Später funktionierte es wieder. Einen Defekt hat man nicht feststellen können. Außerdem hat die Überwachungskamera nichts aufgezeichnet. Nichts.« Er schaute mir unglücklich in die Augen. Die eherne Rationalität seines Verstands bekam Risse. Ich konnte zuschauen.

»So was kommt vor«, sagte ich. »Ein nicht zufälliges Zusammentreffen von aus einer leichten Instabilität des Systems resultierenden Sonderfällen. Wenn Juri Katzenjacob ein Telepath ist, dann hat er den Transporter aufhalten wollen, damit seine Befreiung gelingt. Wahrscheinlich hat er auch diesen rätselhaften Gegenstand an der Tür weggezaubert, damit wir nicht herausfinden, wie er nach der Tat herausgekommen ist.«

Richard simulierte ein Lachen.

»Oder er kann durch Wände gehen. Wäre auch eine Möglichkeit.«

Richard schaute mich vorwurfsvoll an.

»Okay, okay. Dann fragen wir mal so: Warum sollte Juri Katzenjacob ein Interesse daran haben, dass die Polizei sich nicht erklären kann, wie er aus dem Raum herausgekommen ist?«

»Vielleicht ist das nicht die Frage, Lisa.«

»Was ist dann die Frage?«

Richard zog den Speicherstick aus dem Computer, ließ ihn in die Innentasche seines Jacketts gleiten, schloss die Bildprogramme und stand auf. Cipión war wie immer froh, dass nun wieder Bewegung in uns Langbeine kam, und hibbelte zur Tür.

»Vielleicht«, sagte Richard, »ist Juri Katzenjacob tatsächlich jener, welcher … Ich meine …«

»Der Parapsychopath, der das Kalteneck-Experiment bestanden hat? Nee, Richard!« Ich durchpflügte mein zerrupftes Gedächtnis. »Er war der Maler. Er hat die Klotüren bepinselt.« Ich kam in Fahrt. »Als er fertig war, so gegen 16 Uhr 30 oder 17 Uhr, hat ihn die Neugierde gepackt, oder er wollte sich verabschieden, und er ist raufgegangen ins Institut. Dort schien niemand mehr zu sein. Doch dann hat er Licht in Rosenfelds Büro gesehen. Ende Januar war es dunkel um diese Zeit. Er ist hineingegangen und hat … Ja, er hat Rosenfeld leblos auf dem Boden liegen sehen, und sein Interesse für das Innenleben organischer Körper hat ihn übermannt. Um sicherzustellen, dass Rosenfeld tot ist, hat er ein Kabel aus dem Computer gerissen und ihn gewürgt. Vielleicht hat er das mit Katzen und Hunden auch so gemacht. Es ist ein Ritual. Der Akt des Tötens am Toten, dann die Eingeweide herausholen, das Herz für eine spätere Sonderbehandlung sichern. Und zum Schluss Augen und Maul verschließen und mit einer Nadel pfählen, Kies verstreuen, damit aus dem Malträtierten kein Nachzehrer wird, der sich an ihm, Katzenjacob, rächt. Erst hinterher ist ihm klar geworden, dass Rosenfeld ein Mensch und kein Fuchs am Straßenrand war und es für ihn diesmal brenzlig wird. Daraufhin hat er wie ein gewöhnlicher Verbrecher versucht, Spuren zu verwischen. Aber wie alle hatte er keine Vorstellung davon, was die Spurensicherung bei der Polizei heute leistet. Zur Herkunft der Kiessteine hat er sich nicht geäußert, nehme ich an?«

»Nein. Aber sie stammten höchstwahrscheinlich von einer Baustelle in Holzgerlingen.«

»Das sieht nach Planung aus. Er muss sie sich ja in die Tasche gesteckt haben, bevor er zum Malen in die Burg fuhr.«

Richard nickte. »Es macht das Geschehen nicht gerade besser nachvollziehbar.«

»Aber dann kann er nicht der Channeler sein. Er ist nur das Werkzeug. Das glaube ich. Wenn Katzenjacob die Entdeckung wäre, wüsste man das seit vergangenem Sommer, wo die letzten Kalteneck-Experimente durchgeführt wurden, denn die Presse wäre ganz groß darauf eingestiegen. Das kannst du mir glauben.

Wir lieben so was. Wenn er die Million gewonnen hätte, wäre er zweitens auch nicht mehr der Maler, sondern ein begehrter und heftig umkämpfter Gast in allen Talkshows. Vermutlich hätte er sogar längst seine eigene Show.«

»Ich erinnere mich noch gut«, bemerkte Richard, »wie du auf der Heimfahrt von Gesines Geburtstag ziemlich vehement die These vertreten hast, der Telekinese-Agent sei entdeckt.«

Das musste ich einräumen.

»Würde für den nicht das Gleiche gelten? Er wäre inzwischen bekannt.«

»Nicht, wenn er sofort entführt und Rosenfeld ermordet worden wäre. Ich kann mir eben nur schwer vorstellen, dass Juri seinen Entdecker getötet haben soll.«

»Es sei denn, Katzenjacob meinte, er habe diese Begabung, doch Rosenfeld hat ihm das Zertifikat verweigert. Im Umfeld dieser Experimente gibt es einige Fälle, in denen die Leute sich darüber beschweren, dass Rosenfeld das Experiment mit ihnen abgebrochen habe, weil er befürchtete, so ihre Interpretation, dass sie unter Laborbedingungen bestehen würden.«

Ich stutzte. Wie tief hatte er sich eigentlich bereits in diesen Fall eingearbeitet? Wirklich nur, weil ihn seit der Befreiungsaktion und dem technischen Versagen, das sie begleitet hatte, der Gedanke nicht mehr losließ, es könnte doch finstere Kräfte geben, die sich seinem rationalen Zugriff entzogen? Womöglich hatte ihn die Séance auf Schloss Monrepos tiefer beeindruckt, als er es damals wahrhaben wollte.

Er klinkte die Tür auf, Cipión trabte auf den dunklen Gang hinaus, und Richard schloss ab.

Ich amüsierte mich. »Wird etwa geklaut hier in der Staatsanwaltschaft?«

»Grundsätzlich ist überall alles möglich.«

Die Weisheit resignativer Menschenkenntnis rückte ihn mental halbwegs wieder ins Lot. Zügig steuerte er die Treppe an. Immer sportlich.Ich fing Cipión ein und klemmte ihn mir unter den Arm. Dackel, insbesondere meiner, neigen dazu, sich auf Treppen vom eigenen Hinterteil überholen zu lassen und den Weg holterdipolter zu beenden.

»Übrigens«, plauderte ich, »sind die Kalteneck-Experimente hauptsächlich von einem Doktoranden aus Alicante durchgeführt worden. Er heißt Héctor Quicio. Ich habe ihn noch nicht auftreiben können. Er hat die spanische Asociación de Investigaciones Parapsicológicas wohl verlassen.«

»Vielleicht hat er seine Doktorarbeit inzwischen veröffentlicht.«

»Und wie weiß ich das?«

Richard schmunzelte. »Alle Dissertationen müssen veröffentlicht werden und befinden sich in den zentralen Universitätskatalogen. Und die sind alle online einsehbar.«

Tja, ich war halt nicht vertraut mit den geheimen Regeln der akademischen Bruderschaften, was hiermit wieder einmal klargestellt war.

Richard blieb abrupt stehen und zog das Handy. Sein Gesicht hellte sich etwas auf. »Frau Barzani!«

17

Eine halbe Stunde später rasten wir durch die Dämmerung auf den Heslacher Tunnel zu.

»Wieso ruft die Frau Dr. Barzani dich an? Wieso nicht mich?« Hatte ich so wenig Eindruck auf sie gemacht? War der Test meiner PK-Fähigkeiten für sie so unbedeutend gewesen? Hatte sie mich schon vergessen? »Woher kennst du sie? Trefft ihr euch?«

»Lisa, bitte. Drei Klassen von Narren gibt es, die Männer aus Hochmut, die Mädchen aus Liebe und die Frauen aus Eifersucht. Goethe.«

»Gibt es einen Grund, Richard?«

Er warf mir einen raschen Blick zu. »Brauchst du einen?«

»Was willst du damit sagen?«

»Lisa, ich habe auf der Institutsseite das Foto von Frau Barzani gesehen. Und ich kenne dich.«

Und jetzt dachte er, dass ich mich in sie verknallt hatte. Wollte er wirklich, dass ich widersprach? Bisher hatte er es mit meinen Same-Gender-Eskapaden nie so genau genommen.

»Okay. Und woher hat sie deine Handynummer?«

Der Tunnel spuckte uns in den nächsten.

»Ich habe sie angerufen. Vorletzte Woche. Gesine hatte mich gebeten, die Finanzen des Instituts unter die Lupe zu nehmen.«

»Warum?«

»Gesine fragt sich, wie sich das Institut trägt. Die staatliche Förderung ist vernachlässigbar. Und die Edmund-Gurney-Stiftung fördert nach der eigenen Satzung nur bestimmte Forschungsprojekte, nicht aber das Institut selbst. In den Büchern geht auf den ersten Blick alles irgendwie auf null aus. Aber von dem Lehrauftrag, den Rosenfeld an der Uni Tübingen hatte, konnte er nicht leben, vor allem nicht reisen. Und die Einnahmen aus Beratungsgesprächen, Gutachten und Untersuchungen bei privaten Kunden haben im vergangenen Jahr gerade so das Jahresgehalt von Desirée Motzer abgedeckt. Aus welcher Quelle das Jahresgehalt von Frau Barzani …«

Er nannte die Höhe nicht.

»… und das von Rosenfeld bezahlt worden sind, ist im Moment noch unklar. Rosenfelds Steuerberater ist Ende März verstorben. Auf mein Anraten hin hat Frau Barzani nun einen Buchhalterservice beauftragt.«

Ich grinste vor mich hin. Das Anraten eines Wirtschaftsstaatsanwalts in Finanzdingen klang in der Regel wie eine Drohung mit unmittelbarer Strafverfolgung im Fall des Nichtbefolgens.

»Ich vermute, dass es versteckte Konten gibt, auf die Rosenfeld Überschüsse ausgelagert hat. Deshalb hat Frau Barzani mich auch eben angerufen. Sie will etwas entdeckt haben.«

Und das hatte nicht bis morgen Zeit. Eins konnte ich jetzt

schon sagen: Die Doktorin würde sich nicht freuen, wenn ich in Richards Gefolge aufstampfte.

Ich erzählte von meinem Gespräch mit dem Pressechef von Inter-Q-Orporate. »Ingmar Neuner hat zwar bestritten, dass das Thema Parapsychologie den Konzern interessiert, er selbst halte das für Kokolores. Aber er hatte sofort ein paar Ideen parat, was ein Telekinetiker anrichten könnte. Und er weiß auch, was das wäre, nämlich Terror. Vielleicht spendieren die doch was, gerne auch heimlich.«

»Nun, immerhin hat die Inter-Q offiziell die Genfer Verschwörung finanziert.«

»Was für eine Verschwörung?«

Richard schmunzelte. »Das war 2008 ein spektakuläres Experiment der Quantenphysik.«

Ich lehnte mich im Sitz zurück und ließ die Autobahn in meine Pupillen rasen. »Erzähl.«

Immer gerne. »Der Genfer Physiker Nicolas Gisin wollte zeigen, dass unter Quantenteilchen eine spukhafte Verbindung besteht. Sie verhalten sich simultan, selbst über weite Entfernungen. Man nennt es das Verschwörungsprinzip der Quantenphysik. Rosenfeld war übrigens auch dabei und hat darüber geschrieben. Er schloss, dass sich im gesamten Universum Teilchen ohne zeitliche Verzögerung gegenseitig beeinflussen und dass auch wir Menschen uns in diesem Dialog befinden.«

»Geht es auch ein bisschen weniger universell? Was haben die Genfer denn angestellt?«

»Ich kann voraussetzen, dass du weißt, was ein Photon ist?«, erkundigte sich Richard mit seinem allerarrogantesten Augenaufschlag zu mir herüber.

»Ich schon, aber du?«

»Alle elektromagnetischen Wellen sind in Photonen quantisiert. Das heißt, die kleinste Menge an elektromagnetischer Strahlung ist ein Photon. Es hat die Eigenschaften einer Welle und zugleich die eines Teilchens. Wie alle Materie überhaupt zugleich Welle und Teilchen ist. Eine Grunderkenntnis der Quantenphysik.«

Ich erinnerte mich.

»In einem Fernsprechamt von Genf haben nun der Professor und seine Mitarbeiter rotes Laserlicht auf einen Kaliumniobat-Kristall geschossen. Der hat jeweils ein rotes Lichtquant in zwei infrarote Quanten gespalten, man kann auch sagen, in zwei Wellen mit halbierter Frequenz. Beide wurden dann durch zwei verschiedene Glasfaserkabel der Telefongesellschaft Swisscom in gegensätzliche Richtungen geschickt – das eine vier Kilometer nach Bellevue, das andere sieben Kilometer nach Bernex. Dort gabelte sich jedes der beiden Glasfaserkabel. Da sich ein Photon in einem Kabel nicht teilen kann, musste es entweder den linken oder den rechten Weg nehmen. Sein Zwillingsbruder entschied sich verblüffenderweise jedes Mal genauso. Beide Photonen verhielten sich, elf Kilometer voneinander entfernt, synchron. Die Physiker fanden in dem Photonenpaar nichts, was darauf hindeutet, dass die Abbiegerichtung in ihm programmiert ist. Auch ein Signal hat man nicht gemessen, das der eine Zwilling dem andern im Moment des Abbiegens zugesandt hätte, zumal es irre schnell gewesen sein müsste, schneller als Lichtgeschwindigkeit.«

»Hier!«, rief ich.

Richard riss den Wagen auf die Abfahrt Böblingen Hulb, Richtung Holzgerlingen. Die Reifen quietschen. Es war sehr knapp, die Abfahrt hatte nur eine Spur.

»Himmel!«

»Also kann man sagen«, fuhr er ungerührt fort, »die gemeinsame Herkunft der beiden Photonen macht sie zu einem verschworenen Paar. In der Quantenphysik ist das bekannt, es ist ein völlig normaler Zustand.«

»Und wenn wir es auf unsere Welt beziehen, wird Spuk daraus«, vollendete ich. »Telekinese, Telepathie …«

»Oder Spuk ist genau das. Eine Quantenverschwörung. Das ist jedenfalls die These, die Rosenfeld vertreten hat.«

Darum also war sich Richard seit neuestem nicht mehr sicher, ob nicht doch was dran war an diesen Geschichten.

»Und er lässt sich deshalb kaum beobachten.«

»Jaja, die Elusivität des Spuks!«

Richard warf mir einen Seitenblick zu. »Genau. Rosenfeld bezieht sich da auf das Doppelspaltexperiment.«

»Ich habe auf Fremdsprachensekretöse gelernt, nicht auf Physikerin.«

»Man schießt ein einziges Photon auf zwei eng beieinanderliegende Ritzen in einer Platte. Dahinter zeigen sich Interferenzstreifen, so als ob das eine Photon sich in zwei Lichtwellen aufgeteilt hätte. Will man aber messen, durch welchen Spalt dieses einzige Photon geflogen ist, so verschwinden die Interferenzstreifen. Man sieht nichts mehr.«

Es war dunkel auf dem Land. Die Landstraße zog sich.

»Und daraus hat Rosenfeld geschlossen, dass man einen Spuk nicht mit der Kamera beobachten kann?«, fragte ich.

»So ist es. Der Beobachter verhindert das Ereignis, das er beobachten will.«

Ein bisschen billig kam es mir schon vor. Aber die übliche Stadtrandindustrie strahlte uns da schon entgegen, und ich hielt die Klappe. Richards Daimler rollte in den Ortskern, eine von allen Leuten verlassene Mischung aus Zehntscheuer und Lidl. Er fuhr am Abzweig Schlossstraße vorbei. Man vermutete eine Wasserburg eben nicht in einer Wohnstraße mit alten Bauernhöfen.

In Kalteneck war der erste Stock erleuchtet, auch die Fenster von Rosenfelds ehemaligem Büro. Richard schnaufte, als wir den Steg überschritten. Ich spürte die Aversion unter seinem Dreiteiler. Richards Abscheu vor sterblichen Überresten und Orten eines Mordes war womöglich nichts anderes als Geisterfurcht. Als ob er den Geist sähe, der sich nicht mehr im Körper eines Toten befand, als ob er ihm schilderte, was er im Moment der gewissen Nimmerwiederkehr gefühlt hatte: Angst, Verwunderung, Bedauern, Freude. Und dann der Augenblick, wo die Welt verlosch.

»Die Uhr steht immer noch«, bemerkte ich mit einem Blick den Giebel empor. »Und wenn sie stehen geblieben ist just in dem Moment, wo Rosenfeld starb … oder Juri sein Werk begann … 20 Uhr 3?«

Richard warf einen unbehaglichen Blick hinauf. »Bist du sicher, dass sie erst seit dem 29. Januar steht und nicht schon davor?«

Nein, war ich nicht. Ich hatte mich nicht mal erkundigt. Peinlich! So entstehen übersinnliche Kurzschlüsse. Durch die Bereitschaft, sie für möglich zu halten, woraufhin man – in spukhafter Verblendung – sofort alle anderen Möglichkeit ausschließt.

18

Dr. Derya Barzani kam uns aus Rosenfelds Büro entgegen. Sie hatte einen Mann erwartet, aber nicht in meiner Begleitung. Ihr Schritt stockte. »Frau Nerz!«

»Guten Abend. Darf ich Ihnen Dr. Richard Weber vorstellen«, sagte ich.

Sie schüttelte meinen Anblick aus den Augen, streckte Richard die Hand entgegen und legte in Bruchteilen einer Sekunde das ganze Make-up der Weiblichkeit auf. Der elegante und seiner Männlichkeit so sichere Staatsanwalt gefiel ihr. Sie träufelte Belladonna in die Mandelaugen, sie rötete sich die Lippen. Da sprang nicht nur ein Funke, es war ein ganzes Feuerwerk. »Freut mich, Herr Weber. Endlich lernen wir uns doch noch kennen.«

Richard hatte mir mal erklärt, dass man unter graduierten Kollegen den Doktortitel wegließ. Er erwiderte den Händedruck mit einer sparsam angedeuteten Verbeugung und sagte: »Angenehm.« Seine Augenbraue zuckte und war Signal genug, dass er wohlgefällig und geschmeichelt verstand, dass die schöne Türkin das Spiel mit ihm spielen wollte, das zwischen Männern und Frauen immer gespielt wird. Mal mehr, mal weniger.

»Ja«, sagte sie und lächelte. »Also … ehem … schön, dass Sie es gleich möglich machen konnten.«

Richard erwiderte das Lächeln. »Es klang dringend. Was ist es denn, was Sie mir zeigen wollen?«

Ihr Blick ging zu mir und fragte: Soll die wirklich dabei sein? Richard ignorierte die Frage. Sie versuchte zu erschauen, in welchem Verhältnis ich, das Biest, zu dem Schönen stand. Ihre Gemeinsamkeiten mit ihm waren von der ersten Sekunde an größer als seine mit mir: Alter, Titel, Kultur, Bildung, Eleganz, Erziehung, Weltläufigkeit …

»Ja, also«, hob sie noch mal an. »Dann kommen Sie doch bitte.«

Sie ging voran in Rosenfelds ehemaliges Arbeitszimmer. Richard biss die Zähne zusammen. Der Geruch nach Eisen existierte nur noch in meiner Einbildung und verflog rasch. Auch Cipión zeigte kein besonderes Interesse mehr. Es gibt Spezialkräfte, die Tatorte reinigen.

Dennoch vermied ich es, auf die Stelle zu treten, wo Rosenfeld gelegen hatte. Barzani dagegen führte Richard quer durch die Aura des Toten zum Schreibtisch. Noch immer stand dort der Mac-Bildschirm, davor die edle Designer-Tastatur von Apple. Zeitschriften und Bücher stapelten sich noch, das Glas mit Kugelschreibern und Bleistiften stand ebenfalls herum, aber dies war nicht mehr die Wirkungsstätte eines Lebenden. Und das lag nicht daran, dass die Kaffeetasse fehlte, die ich durchs Fenster gesehen hatte. Der Tisch war wie das ganze Büro von der Polizei gefilzt worden. Man hatte keine Unordnung hinterlassen, aber die Ordnung, die jetzt hier herrschte, war eine falsche und fremde, eine tote Ordnung.

»Die Schere«, fiel mir ein. »Haben Sie die eigentlich inzwischen gefunden?«

»Bitte?« Die Frau Doktorin runzelte mich an.

»Die große Schere. Sie haben sie gesucht, an dem Montag.«

»Ach so, ja. Nein. Aber etwas anderes habe ich gefunden.« Sie wandte sich an Richard. »Und zwar das hier. Ich habe es in einem Buch gefunden.« Sie hielt Richard eine Visitenkarte der L&P Bank AG in Zürich hin, auf deren Rückseite eine mindestens zwanzigstellige Nummer stand.

Richard setzte die Brille auf.

»Ich denke, Gabriel hat ein Nummernkonto in der Schweiz gehabt«, erklärte sie. »Das habe ich schon mal gedacht, als er von einer seiner Wandertouren mit Geld zurückkam. Er hat damals behauptet, er habe es beim Roulette im Kasino in Lindau gewonnen.«

»Riskant«, bemerkte Richard. »Wie kommt's, dass der Polizei das entgangen ist?«

»Das kommt daher, dass ich mir das Buch ausgeliehen hatte.« Sie nahm ein ziemlich historisches Buch von Hans Bender mit dem Titel *Unser sechster Sinn* von Rosenfelds totem Schreibtisch. »Ich habe jetzt übers Wochenende bei mir aufgeräumt und es entdeckt. Als ich vorhin noch mal reinguckte, fiel die Karte raus. Und erst da habe ich gesehen, dass hinten die Nummer draufsteht.«

Richard studierte das Kleingedruckte auf der Visitenkarte der L&P Bank AG Zürich. Währenddessen schaute Dr. Derya Barzani mit Augen dunkel wie reife Burgundertrauben zu ihm auf. »Übrigens glaube ich nicht, dass das die richtige Nummer des Kontos ist. Gabriel hat all seine Pins und Codes verschlüsselt, damit er sie sich aufschreiben konnte. Er konnte sich keine Zahlen merken.«

Richard lächelte über seine Brille auf sie hinab. »Den Schlüssel kennen Sie nicht zufällig?«

»Nein, leider nicht.« Sie lächelte einverständig zurück.

»Hm.« Codes schreckten Richard nicht. Im Gegenteil. Sein Blick lief suchend umher. »Vielleicht helfen uns Vergleichszahlen weiter. Die meisten Menschen notieren sich Pins zwischen ihren Telefonnummern.«

»Gabriel hat seine Adressen und Termine online verwaltet.

Damit er von überall Zugriff darauf hatte. Das Passwort dafür kenne ich. Ich musste ihm schon ein paarmal aushelfen.«

Während Derya Barzani den Computer hochfuhr, machte sich Cipión daran, das Büro abzuschnüffeln. Ich schaute mich ebenfalls um. Dabei sah ich zum ersten Mal den Einbauschrank hinter der Tür. Er war so hoch wie die Tür selbst, in drei Kassetten unterteilt und zweiflügelig zu öffnen. Ich drehte den Schlüssel und zog die Tür auf. Er enthielt in zwei Fächern Schachteln alter Tonbänder, Kameras, Gaußmeter, Wärmebildkameras, Camcorder, Infrarotthermometer, Kabelrollen, Stecker, Akkus und so weiter.

Ich langte durch und drückte gegen die Rückwand. Sie wippte leicht. Ich hatte vor drei Stunden meine Wohnung in der Neckarstraße im Jackett verlassen, nicht in Lederjacke, und war unzureichend ausgerüstet. Aber ein LED-Lämpchen hatte ich am Schlüsselanhänger. Ich leuchtete in den Schrank. Er war ziemlich pampig gestrichen worden. Die Ritzen zur Rückwand waren mit Farbe gefüllt und die war nicht gerissen. Wie Richard es mir vorhin erst berichtet hatte. Dennoch lief ich raus.

Schon zwei Mal hatte ich die beiden Türen neben der Tür zu Rosenfelds Büro gesehen. Sie waren aufgesetzt wie Schranktüren. Ich zog an der rechten. Sie widerstand. Die Tür links daneben ließ sich dagegen zu Toiletten und einer winzigen Küche öffnen. Ein Kaffeeautomat stand dort, im Hängeschrank befand sich die übliche Bürosammlung von Gläsern und Tassen, im Kühlschrank kühlten eine Flasche Kessler Sekt, Joghurt, Orangensaft jenseits des Verfallsdatums.

Hm ja.

Ich kehrte zu der anderen Tür zurück und untersuchte das Schloss. Aber es zeigte sich, dass ich nur ordentlich rucken musste, um die Tür aufzubekommen. Sie hakte an der unteren Schwelle. Dahinter stieg eine Holztreppe ins Dachgebälk. Cipión nieste. Gleich rechts war eine Spanplatte vernagelt. Das musste die Rückwand des Einbauschranks in Rosenfelds Büro sein. Da war er also, der Ausgang aus dem Raum. Nur war er innen mit Farbe verkleistert. Und außen steckten alte Nägel im Holz, manche krumm und dreckverkrustet. Diese Platte hatte seit Jahrzehnten niemand mehr entfernt.

Cipión erklomm die ersten Stufen. Ich fand einen Lichtschalter, klemmte mir den Kurzbeinigen untern Arm und stieg hinauf. Bühnen riechen nach Abenteuer, warmem Staub, kaltem Holz, Mäusen und heißen Dachziegeln. Im First hing ein altes Wespennest. Hier oben war auch die Struktur der Burg deutlich erkennbar. Sie bestand aus zwei zu einem L zusammengefügten Häusern. Eine Stiege führte noch höher bis unter den Giebel des Querhauses. Oben warnte ein Schild vor brechenden Latten. Ein Brett war quer darüber gelegt, vermutlich für den Schornsteinfeger. Es war gefegt und fußspurfrei.

Cipión verschwand unterdessen unten im Durchgang zum anderen Dachstuhl. Neben dem Durchgang hing der Schaltkasten für die elektronische Steuerung der Giebeluhr.

Es war ein mächtiges Gebälk aus dunklem Holz. Ein faseriges Tau hing von einem Balken, als warte es auf einen Selbstmörder. Genau darunter musste sich Rosenfelds Büro befinden. Auch diese Fläche hatte die Polizei sicher nach einer Falltür abgesucht. Das konnte ich mir sparen. Vorn in der Giebelwand befanden sich zwei Fenster, in denen sich Straßenlicht verfing. Cipión schnüffelte ausführlich auf dem Boden herum. Ich blickte nach oben. Zwei Kabel, die den Längsbalken entlangliefen, bogen ab und verschwanden in einem Loch in einer Holzplatte in der Decke.

Das Kabel zur Uhr.

Ich musste mich strecken. Die Platte saß fest. Auch die Kabel waren nicht locker. Ich folgte ihnen am Balken entlang zurück zum Durchgang. Sie wanden sich um einen V-Träger und verschwanden in der Bretterwand zum Querhaus, kamen drüben wieder heraus und endeten im Schaltkasten für die Uhr. Ich klopfte auf das Display. Tot. Mit den Fingern folgte ich den

Kabeln zurück ins Langhaus. Auf halbem Weg zu den Giebelfenstern stoppte eine Unebenheit meinen Finger. Gleichzeitig senkte Cipión zu meinen Füßen die Nase in eine Dielenritze.

Ich legte mich auf den Boden und leuchtete in die Nut. Ein Gewölle aus Staub und Holzfasern quoll dem Licht entgegen. Etwas blitzte kurz auf. Der Spalt war zu schmal für meine Finger. Frauen haben gelegentlich ein Maniküre-Set dabei, und zufällig war ich heute Frau. Ich stocherte mit der Spitze der Nagelschere einen Stahlstift aus dem Staub, nicht dicker als eine Nähnadel und ohne Kopf. Die Pinzette leistete gute Dienste, um ihn in einem Plastikbeutel zu versenken, wie er mit Knöpfen und Nieten gefüllt an manchen Klamotten hängt. Natürlich konnte der Nagel schon jahrelang dort liegen. Allerdings war er zu klein, um in diesem Gebälk irgendeinen Sinn zu haben. Wenn man aber einen Nagel in den Kupferkern eines Kabels drückt, gibt es im Schaltkasten einen Kurzschluss, die Uhr bleibt stehen, und kein Elektrotechniker bekommt sie wieder zum Laufen. Beim Versuch, dies zu tun, mochte dem Täter einer der Stahlstifte heruntergefallen sein. Das konnte die Polizei klären.

Ich kehrte in die staubfreien Räume des Instituts zurück. Richard und Derya saßen vor Rosenfelds Mac.

»Die Uhr ist angehalten worden«, platzte ich in das Idyll der Akademiker. »Und zwar nicht durch eine Quantenverschwörung, sondern mit einem grobphysikalischen Nagel.«

Richard hatte sich schneller als sie orientiert. »Und was soll uns das sagen?«

»Legt man die deutsche Stundenrechnung zugrunde, entsteht die Zahl für Psi: 20 plus 3 ist 23.«

Derya Barzani lächelte abschätzig.

»Oder anders«, sagte Richard. »8 plus 3 ergibt 11. Das ist in der Zahlenmystik eine böse Zahl. Sie ist eins weniger als die zwölf Apostel, denen Judas als Verräter abging.«

»Die Zahl des Verrats?«

»Wohingegen die beiden Zahlen, aus denen sie zusammengezählt wird, zwei gute Zahlen sind: Die 8 steht für das Jenseitige und Unendliche, die 3 für die Dreifaltigkeit Gottes.«

Derya blickte den Rechenzauberer erstaunt an.

»Und das bedeutet?«, fragte ich.

»Nichts«, antwortete Richard. »Dazu fallen mir nur die Hendeka ein, die Elfmänner, die im alten Athen als Gerichtsbehörde im Strafvollzug fungierten. Jedes Jahr wurden zehn Männer mit einem Schreiber dazu bestimmt, Gefängnis und Hinrichtungen zu beaufsichtigen. Wer auf frischer Tat ertappt wurde und die Tat gestand, wurde sofort inhaftiert, übrigens auch hingerichtet. Wer die Tat unter Eid leugnete, bekam ein Gerichtsverfahren.«

Derya lachte verblüfft.

»Also immer leugnen, nie gestehen«, sagte ich. »Und wie wär's, wenn beides gilt? Die Zahl 23 steht für Psi und die 11 steht für einen Verrat, begangen von Rosenfeld, der dafür hingerichtet wurde.«

Richard schlitzte die Augen. »Ja, aber wem gilt die Nachricht? Wer soll sie verstehen?«

»Wir? Die Polizei?«

»Unwahrscheinlich, Lisa. Nachrichten an Ermittler erhöhen das Risiko, gefunden zu werden. Darüber hinaus muss die Polizei nicht wissen, warum jemand ermordet wurde. Nicht einmal ein Richter muss das wissen. Es wirkt sich bei Mord nicht aufs Strafmaß aus.«

»Aber das Motiv unseres Tuns ist doch enorm wichtig«, wandte Derya ein.

»Für Psychologen ja, für Journalisten auch. Die wollen immer wissen, warum jemand eine schaurige Tat begangen hat. Aber für den Richter ist es nicht unbedingt von Bedeutung. Ein Mord wird nicht entschuldbar, wenn wir wissen, dass der Täter glaubte, etwas Gutes zu tun.«

»Da haben Sie wohl recht.«

»Also keine Nachricht?«, vergewisserte ich mich. »Aber immerhin hat sich jemand die Mühe gemacht, die Uhr für alle sichtbar anzuhalten.«

Richard lächelte. »Vermutlich, um uns glauben zu machen, Rosenfeld sei gegen zwanzig Uhr verstorben und es habe dabei ein Psi-Ereignis gegeben.«

Derya Barzani lachte auf. »Ach, Sie denken, es hätte etwas mit Gabriels Tod zu tun. Aber die Uhr steht schon seit letzten Sommer.«

Zerplatzt! Ich schluckte. »Und seid ihr weitergekommen?«

Derya Barzani leuchtete neben Richard auf. »Ich glaube schon.«

Hach, was für ein hübsches Paar! Beide in gebügelter Wäsche und mit Reife in den Gesichtern. Derya hatte schon vor Jahren ihren Stil gefunden, den sie souverän und ohne unnötige Provokationen beherrschte. Richard vor noch längerer Zeit. Da passte ich nicht rein. Ich schämte mich meiner Gender-Kampfausrüstung, meiner Narbe, meiner trotzigen Miene.

»Am simpelsten«, sagte Richard, »codiert man eine Zahl, indem man sie mit einer andern in Beziehung setzt, beispielsweise man teilt das Ganze durch eine Zahl und schreibt sich das Ergebnis auf. Doch dann braucht man einen Taschenrechner, um zurückzurechnen. Und er muss in diesem Fall zwanzigstellige Zahlen darstellen.«

»Ich ziehe von meinen Pin-Ziffern immer eine bestimmte Zahl ab«, sagte ich.

»Auch eine Möglichkeit. Die richtige Nummer spielt aber für uns nur dann eine Rolle, wenn das Konto nicht auf den Namen Rosenfelds läuft. Nummernkonten sind an sich ja keine anonymen Konten. Der Inhaber ist bei der Bank halt nur wenigen Bankmitarbeitern bekannt. Ich werde diese Karte an das Notariat weiterleiten, das Rosenfelds Nachlass regelt. Im Erbfall wird die Bank dem Notar Auskunft geben.«

»Dann hat Rosenfelds Tochter also wohl doch einiges zu erben«, bemerkte ich.

»Fragt sich nur, ob sie es auch gewusst hat«, erwiderte Richard. Hinter seiner Stirn entstand derselbe Gedanke wie bei mir: Immerhin kamen damit nun doch noch andere Interessen ins Spiel.

»Und die andere Frage ist«, sagte ich, »wo hat Rosenfeld das Geld her?«

»Das können wir jetzt nicht klären«, sagte Richard. »Aber … Frau Barzani, wäre es wohl möglich, einen Blick in die Daten der Kalteneck-Experimente zu werfen?«

Derya strich sich das Haar hinters Ohr. »Nun … ich vermute, Sie möchten die Namen der Versuchsteilnehmer sehen. Doch dafür bräuchte ich ein Passwort. Was ich hier habe, sind Excel-Tabellen von Testreihen. Damit können Sie, fürchte ich, nichts anfangen.«

Richard lächelte siegessicher. »Excel-Tabellen sind mein täglich Brot.«

»Wie Sie wollen.« Beide wandten sich wieder dem Computer zu, und Derya Barzani klickte herum, bis sich Tabellen öffneten, in denen nur Zahlen standen.

»Kann man irgendwie ersehen, um was für Experimente es sich handelt?«, fragte Richard, der bereits die Maus übernommen hatte.

»Nein, die Wette, also die Aufgabenstellung ist mit einem Zahlenschlüssel belegt.«

»Und eine Schlüsselnummer für jede Person, gibt es die?«, fragte ich. »Könnte man sehen, ob eine Person mehrmals getestet wurde?«

Sie schaute sich nicht zu mir um. »Nein, die Tests sind fortlaufend chiffriert.«

»Warum war es so wichtig, die Versuche zu anonymisieren?«, fragte ich mich laut.

»Das hat Datenschutzgründe.«

»Hm«, machte Richard, als hätte er die Antwort nicht schon fix und fertig verpackt. »Es könnte aber auch sein, dass die Versuche gar nicht dem Institut gehören, sondern dem Sponsor. Und der hat sich vertraglich zusichern lassen, dass er entscheidet, wann welche Daten veröffentlicht werden.«

»Und wer ist das?«, fragte ich.

»Wenn wir den Vertrag hätten, wüssten wir es«, antwortete Richard. »Gibt es so einen Vertrag?«

Derya schüttelte den Kopf. »Nicht, dass ich wüsste. Und die Polizei hat doch damals alles mitgenommen. Aber ich hätte da vielleicht eine Idee.«

»Und die wäre?«, sagte Richard mit gewinnendem Lächeln. Er lächelte überhaupt viel zu viel bei dieser Frau.

»Héctor Quicio«, warf ich steinern in die Idylle. »Der spanische Doktorand dürfte das Passwort haben. Wir müssen ihn auftreiben.«

»Nein, das meine ich nicht«, sagte sie, ohne mich eines Blicks zu würdigen. »Aber Finley McPierson, der hat Zugang. Er leitet die Koestler Unit in Edinburgh. Gabriel hat große Stücke auf ihn gehalten. Es gibt keinen Besseren, um Betrug zu entlarven. Er müsste von seiner Indienreise eigentlich wieder da sein. Ich könnte ihn anrufen, wenn Sie möchten.«

Richard nickte erfreut.

Sie stand auf. »Ich habe die Nummer in meinem Büro.« Richard erhob sich ebenfalls und folgte ihr wie ein treuer Hund.

Ich setzte mich auf den von ihr vorgewärmten Stuhl, gab es sofort auf, die Excel-Tabelle auf dem Bildschirm verstehen zu wollen, und zog die Schreibtischschubladen auf. Krimskrams. Niemand hatte offenbar bisher den Mut gefunden, Rosenfeld aus seinem Schreibtisch zu entfernen. Eine Schublade war voller Briefumschläge, in denen meist Fotos steckten, auf denen Schatten herumhuschten und sich irgendwo Lichter ballten. Manche waren dem Poststempel nach Jahre alt. Eine andere Schublade enthielt Steine in allen Formen und Farben. Kiesel, Kugeln aus Sandstein, metallisch klirrende dunkle Röhren mit rötlichem Inhalt, melierte und gepunktete Steine. Ich nahm es zwar in diesem Moment nicht bewusst wahr, aber ich weiß, dass sich darunter ein kantiger grüner Stein mit dunkelgrünen Streifen befand, den ich für Marmor hielt, denn knapp 48 Stunden später erinnerte ich mich daran. Jetzt aber fiel mir nur eine kleine Anstecknadel auf, die in der obersten Schublade zwischen Klammeraffen, Spitzer und Klebeband klemmte. Mit spitzem Fingernagel holte ich sie heraus. Sie ähnelte einem Parteiabzeichen für den Reversknopf. Sie war aus Silber, das bereits angelaufen war, und zeigte ein aus zwei Winkeln zusammengeschobenes Quadrat mit Diagonalbalken. Ich wollte es mir gerade anstecken – als Andenken oder gemopstes Erbstück, denn Rosenfeld brauchte es ja nun nicht mehr –, da trat Richard ins Zimmer und ich fragte ihn, um mein Tun zu kaschieren: »Kennst du das?«

Er runzelte die Stirn.

»Also der nächste Flug nach Edinburgh«, rief Derya Barzani gleichzeitig aus ihrem Büro, »geht morgen früh um 6 Uhr 5. Ankunft halb elf, Zwischenstopp in Amsterdam.«

»Ach!«, entfuhr es mir. »So weit seid ihr schon?«

»Lisa, bitte. Ich wollte dich gerade fragen, ob du …«

»Soll ich buchen?«, rief Derya. »Es gibt nur noch ein paar Plätze.« Sie erschien in der Tür.

Ich drehte mich um. »Und zwar für drei Personen.«

Sie zog die Brauen hoch und schaute Richard fragend an. Der aber blickte auf seine Armbanduhr. Es war halb elf durch. »Und den Rückflug übermorgen, würde ich vorschlagen.«

»Dann buche ich.«

»Warten Sie!« Richard langte sich, während er aufstand, ins Jackett, holte seine Brieftasche heraus, entnahm ihr seine goldene Kreditkarte und folgte Derya. Ja, so fängt es an. Ein Mann bezahlt die erste gemeinsame Flugreise.

Ich ließ die Anstecknadel aus Rosenfelds Schreibtisch in meine Jackeninnentasche fallen, wo sie sich ans Tütchen mit dem Stift aus dem Uhrenkabel kuschelte.

19

Und wenn wir abstürzen? Die Wahrheit ist: Ich war noch nie geflogen. Also im Flugzeug. Und wohin mit Cipión? Er war gechipt und gegen Tollwut geimpft. Aber für eine Reise auf die Britischen Inseln reichte das womöglich nicht, hatte mich Richard gewarnt. Ein Blick in Cipións Papiere, die ich seltsamerweise gleich fand, belehrte mich, dass mein Tierarzt tatsächlich vor zwei Jahren den erforderlichen Bluttest gemacht und alle Impfungen fristgerecht vorgenommen hatte. Damit war der Dackel inseltauglich, wie mir das Internet verriet.

Aber wenn sie ihn mir dann doch wegnahmen? Leider befand sich Sally in Urlaub auf Mallorca und hatte zur Pflege ihres Getiers eine Freundin bei sich einquartiert, die sich gerade von ihrem Freund getrennt und damit Arbeit und Wohnung verloren hatte. Die wiederum nahm nicht ab, als ich dort anrief. Also tappte ich hinunter und klingelte bei Oma Scheible. Sie und Cipión kannten sich gut. Sie hielten zuweilen ihr Schwätzchen oben bei mir, wenn ich aushäusig war und Oma Scheible unter dem Vorwand, es habe brenzlig gerochen, bei mir eindrang, meine Wäsche zusammenlegte, die schimmligen Käsestücke aus meinem Kühlschrank in den Müll räumte und mir was zu essen hinstellte. Aber sie öffnete nicht. Nun ja, es war halb zwölf durch, und sie schlief ohne Hörgerät. Außerdem erinnerte ich mich dunkel, dass sie mir vor ein paar Tagen erzählt hatte, sie führe für ein paar Tage zu ihrer Tochter, die gerade operiert worden sei, um ihr mit den Kindern zu helfen.

Dann sollte es wohl so sein. Nachdem ich herausgefunden hatte, dass ich ihn in einer Tasche mit in die Kabine nehmen durfte, wenn er nicht schwerer war als acht Kilo, stellte ich mich mit und ohne Hund auf die Waage. Cipión wog 6,9 Kilo. Ich fand einen alten Wanderrucksack aus Jugendtagen. Dackel waren dafür gemacht, vom Jäger zum Dachsbau getragen zu werden.

Für mich stopfte ich ein paar Sachen in meine Sporttasche,

dazu meinen Laptop und die Spionageausrüstung zum Filmen und Abhören. Das Tütchen mit dem Stahlstift von Kaltenecks Dachboden tat ich mit einer kurzen Erklärung in einen Umschlag, adressierte ihn an Staatsanwältin Meisner und steckte ihn noch schnell auf der andern Straßenseite in den Postkasten der Staatsanwaltschaft.

Morgens um vier störte mich das Handy. Wenn ich vor dem Morgengrauen aufstehen muss, ist mir kalt, ich zittere und in meinen Adern brennt Adrenalin, als sei ich auf der Flucht und müsse meine Wohnung für immer verlassen. Wenigstens dachte ich geistesblitzhaft daran, das Schweizer Messer aus der Tasche meiner Bikerjacke zu nehmen und auf den Tisch zu legen.

Ich muss Ihnen nicht beschreiben, wie das Fliegen geht; das Ganze mit dem Einchecken, der Schleuse, wo man abgetastet und der Rucksack durchleuchtet wird. Ich verlor dabei mein Pickset. Dass es sich bei den spitzen Dingern im Mäppchen um harmlose Dietriche handelte, wollte der Sicherheitsmann nicht gehört haben. Auch mein Argument, dass der Besitz von Schlossöffnern nicht illegal sei, sondern nur das Öffnen von Türen, ließ er nicht gelten. Darum gehe es nicht. Sie seien zu spitz. Derya und Richard warteten solange mit Die-gehört-nicht-zu-uns-Mienen an den Schaufenstern mit Mode und Handtaschen. Flotten von Rollkoffern schwärmten zu den Gates.

Wir starteten planmäßig. Richard winkte mich ans Fenster durch und setzte sich in die Mitte zwischen uns. Beim Ausstellen meines Handys sah ich, dass acht Mails angekommen waren. Egal jetzt. Wir starteten gleich. Tja, ich war halt etwas uncool. Man muss 67 Jahre ununterbrochen fliegen, um einen Absturz zu erleben, schärfte ich mir ein, als der Schub mich in den Sessel drückte und der Boden unter dem Fenster wegkippte. Schön, dass unser Gehirn unfähig ist, Wahrscheinlichkeit zu begreifen. Es geschah nichts. Nach anderthalb Stunden landeten wir auf dem Flughafen Amsterdam-Schiphol. Da konnte ich mich schon althasig geben. Auch hier gab es Tabak, Spirituosen, Uhren und

Handtaschen, polierte Böden, silbrige Deckenverblendungen und Rollkoffer. Dazu noch ein bisschen mehr weite Welt und Hautfarben. Und ich war endlich wach.

Wir tranken Kaffee, Derya unterhielt sich von Frau zu Mann mit Richard. Ich konnte es ihr nicht verdenken. Für meine Existenz hatte sie keine Kommunikationsmuster parat. Über Handtaschen im Schaufenster klappte es nicht. Auch verstand ich nichts zu den zierlichen italienischen Pumps zu sagen, die sie in einem der teppichleisen Läden an den Fuß zog. Richard konnte das. Er schlug ihr vor, sie solle doch mal den dort anprobieren, der zwar teurer, aber glücklicherweise in ihrer Größe auch gar nicht mehr vorhanden war. Und so war der Moment weiblicher Instabilität angesichts von Schuhen nach kurzer Krise gemeistert.

Siehst du mal! So spricht man mit einer Dame von ausgefeiltem und mit Geld unterfüttertem Stil. Sex ist nicht alles! Hätte mir aber an diesem Morgen durchaus gereicht. Nur merkte sie es nicht. Dabei heißt es doch immer, Frauen merken so was. Vermutlich aber war Derya viel zu sehr damit beschäftigt, Richard mit lächelnden Lippen, Händen im Haar und schimmerndem Blick ihr Interesse zu signalisieren und herauszufinden, ob er es merkte, und wenn ja, ob er bereit war einzusehen, dass ich unter seinem Niveau war.

Okay: Die Passage streichen wir später. Sonst heißt es nur wieder, ich sei frauenfeindlich. Oder kurdinnenfeindlich. Das hat sich schnell im weiblichen Konkurrenzgerangel. Aber pass auf, Derya, ich hab es nicht nötig, um Richard zu feilschen. Versuch dein Glück. Ich lehne mich da ganz entspannt zurück.

Sein Blick suchte ohnehin nur nach einer Raucherkammer.

»Island will jetzt«, schwärmte Derya, »Zigaretten nur noch auf Rezept in Apotheken verkaufen. Das Rezept bekommt der Raucher nur, wenn er ernsthaft aufhören will, es aber nicht schafft. Und Zigaretten einschmuggeln wird verdammt schwer auf der Insel.« Sie lachte, wie Menschen lachen, wenn andere nicht dürfen, was sie selbst nicht wollen.

»Wer will denn in so einer Gesellschaft leben?«, bemerkte Richard düster. »Sie?«

»Aber Rauchen ist ungesund!«

»Apropos ungesund«, sagte ich. »Was ich Sie schon immer fragen wollte, Frau Doktor Barzani, wo waren Sie eigentlich an dem Freitag, an dem Rosenfeld starb?«

Sie schaute sich nach Richard um, aber der musterte die Auslage des Tabakladens. »Ich wüsste nicht, was Sie das angeht.«

»Wir sind zusammen unterwegs. Da sollte ich wissen, ob ich Ihnen vertrauen kann.«

Sie zog spöttisch die Brauen hoch. »Kann ich Ihnen denn vertrauen?«

Ich trat an sie heran und fasste sie unterm Kinn. »Liebste Derya, das kannst du halten wie der auf dem Dach. Aber wenn jemand auf dich schießt, werde ich mich vor dich stellen.«

Sie schüttelte den Kopf aus meiner Hand. »Wer soll denn auf mich schießen? Das ist doch lächerlich!«

Ich grinste. »Hattest du ein Verhältnis mit Rosenfeld?«

»Hören Sie … Ich wüsste nicht, dass ich Ihnen das Du angeboten hätte.«

»Wenn ich auf Angebote warten würde, käme ich nie zu was. Also: Was ist? Oder hat die kleine Desirée den Stich gemacht?«

»Das geht mir jetzt zu weit. Und im Übrigen war ich in Berlin an dem Freitag. Bei meinem Freund.«

»Oh!«

In diesem Moment wurde unser Flug aufgerufen. Unnötige Hektik brach aus.

Teil 2

Die Straße der Toten

»Es ist wirklich an der Zeit, dass die Menschheit sich des Wesens der Seele bewusst wird, denn es stellt sich allmählich mit immer größerer Deutlichkeit heraus, dass die schlimmste Gefahr, die dem Menschen je drohte, vonseiten seiner Psyche kommt und damit aus jener Ecke unserer Erfahrungswelt, von der wir bislang am wenigsten Kenntnis hatten.«

C. G. Jung, Vorrede zu *Spuk* von Fanny Moser, 1950

20

Kurz vor zehn rollten wir in einer Boeing 737 der Kim Royal Dutch Airways hinaus aufs Feld und dröhnten uns ein für den Start. Die Flugbegleiterin führte ihr Sauerstoffmaskenballett auf. Wieder hatte Richard mich ans Fenster gescheucht. Den Rucksack mit Cipión hatte ich zwischen meine Füße geklemmt. Er schaute vorwurfsvoll.

Und wieder kippte die Welt unter mir weg und wurde kleiner. Gleich darauf umhüllte uns weißes Nichts. Die Flugbegleiterinnen begannen damit, Wagen durch den Mittelgang zu schieben. Ein Flug ist nur echt mit Tomatensaft.

Der Pilot rechnete mit einer Flugzeit von einer Stunde und siebenundzwanzig Minuten und machte uns keine Hoffnung, dass wir den Kanal, die Kreidefelsen von Dover oder irgendeinen anderen Schnipsel der Insel sehen würden.

Ich studierte die Karte mit den Notausgängen und Hinweisen zur Kotztüte, las das Hochglanzmagazin, das über Cipións Kopf im Netz des Sitzes vor mir steckte, und ließ den Blick über die Haarbüschel schweifen, die über die Lehnen hinausragten. Mir war langweilig.

»Holt McPierson uns vom Flughafen ab?« Richard gab meine Frage per Blick an Derya weiter.

»Er erwartet uns um halb zwölf im Institut«, antwortete sie.

Auch sie hatte sich vorgebeugt, um an Richard vorbeizuschauen. Ihr Blick weitete sich plötzlich. Ich schaute hinter mich. Im Fenster waberte grünliches Licht. Auf lange Flugerfahrung konnte ich nicht zurückgreifen, aber der Nebel draußen sah komisch aus. Von der Spitze der Tragfläche rissen bläuliche Blitze ab. »Richard! Schau mal! Ist das normal?«

Er beugte sich vor. Selten zeigte er echte Überraschung. Furcht nie. Aber jetzt nahm sein Gesicht mit dem markanten Kinn und den asymmetrischen Augen einen Ausdruck feierlichen Erstaunens an. »Das ist ein Elmsfeuer. So etwas habe ich auch noch nie gesehen!« Und er war oft geflogen. »Eigentlich kommt es nur in Gewitterfronten vor, wenn die Spannung die Luft ionisiert.«

»Eine Gewitterfront?«, rief Derya von der anderen Seite.

Ich hatte mir darunter ein kotztütenaffines Auf und Ab vorgestellt. Aber wir flogen ziemlich ruhig. Ein bisschen wie gegen einen Widerstand, aber das war schon die ganze Zeit so. Luft und Wolken waren wohl objektiv ein Widerstand. Mit einem Pling gingen nun die Anschnallzeichen an. Immerhin hatten sie im Cockpit auch etwas bemerkt.

»Stürzen wir jetzt ab?«

Richard antwortete nicht. Er sah nicht erfreut aus, eher fasziniert, dabei grüblerisch. Das beruhigte mich nicht.

Ein Klacken ging durchs Flugzeug. Die Geschäftsreisenden schlossen routiniert die Sicherheitsgurte. Ich hatte meinen nie abgemacht. Cipión zu meinen Füßen versuchte zum wiederholten Mal aus dem Rucksack heraus auf meine Knie zu klettern. Diesmal ließ ich es zu.

»Halten Sie das für eine gute Idee?«, fragte Derya an Richard vorbei.

Ich musste das nicht gehört haben. Ohnehin war es eine Party für die Augen. Bläuliche Blitze zündelten nun auch über die Tragfläche. Im Triebwerk, in das ich schräg hineinsehen konnte, leuchtete unter dem Propeller der Kühlung ein blau umrandetes glühend weißes Feuer.

Dann gab es einen kleinen Ruck. Das Flugzeug korrigierte sich kurz. Aber mein Hirn sprang auf Alarmmodus. Es stellte sich auf Zeitlupe. Mein Physiotherapeut hatte mir mal erklärt, dass wir in einer Gefahrensituation oder bei extremen sportlichen Leistungen tatsächlich die Hirnnerven auf maximalen Input stellen können. Dann verarbeiten wir gleichzeitig ein Hundertfaches an Informationen wie sonst und können in Sekundenbruchteilen komplexe Entscheidungen treffen. Dabei scheint alles wie in Zeitlupe abzulaufen.

Es roch nach heißer Asche. Nach Elektrizität. Es gab ein zweites kurzes Schwanken, die zweite Autopilotkorrektur, und irgendwas stoppte uns, bremste. Genauer, der Schub war weg. Nein!, dachte ich. Nicht jetzt! Das passt jetzt nicht!

»Flammabriss«, hörte ich Richard murmeln. »Triebwerke ausgefallen.«

»Aber …«, sagte ich. Es pfiff und rauschte immer noch, es dröhnte fast.

»Das ist die Innenturbine, die wir hören, für Luftdruck und Versorgung in der Kabine«, erklärte Richard.

Das Flugzeug knackte und ächzte. Aber das hatte es vorher auch getan. Und trotzdem war alles anders. Die Haarbüschel über den Lehnen drehten sich hektisch hin und her. Ich spürte die besorgte Unruhe, aber es blieb relativ still.

»Was ist denn los?«, rief Derya.

»Wir gleiten«, sagte Richard. »Keine Sorge, eine Boeing 737 kann viele Kilometer weit gleiten.«

Und dann?, fragte ich mich im Stillen. Von wem muss ich mich jetzt noch schnell verabschieden? Von Sally, die auf Mallorca am Pool saß, von Oma Scheible, für die telefonieren noch ein Staatsakt war? Von Barbara und Maxi und … o Gott … von meiner Mutter! Der würde es nicht gefallen, wenn die Tochter vor ihr starb. Kind, wie kannst du mir das antun!

Wer zuerst? Wie viel Zeit hatte ich dafür? Was sagte ich? Ich hatte schon mein Handy in der Hand. Aber dann steckte ich es wieder weg. Ich verabschiede mich nicht. Ich habe nicht letzten Herbst den Schuss überlebt, um jetzt zu sterben. Das wäre sinnlos. Jaja, ich weiß, den Sinn suchen immer nur wir, der Zufall hat keinen. Aber es passt jetzt einfach nicht. Ich habe noch was vor. Ich brauche mich noch.

»Ladies and Gentlemen«, meldete sich nun der Kapitän, »this is the Captain speaking.«

Wir lauschten atemlos, als werde uns der Mann gleich schulfrei geben und wir dürften in Jubelgeschrei ausbrechen. Ich glaube, er sprach Englisch, aber ich erinnere mich nicht mehr. Niederländisch wird's wohl nicht gewesen sein.

»Wir haben ein kleines Problem«, sagte der Pilot. »Unsere Triebwerke sind ausgefallen. Wir tun unser Bestes, um sie wieder zum Laufen zu kriegen. Bitte beunruhigen Sie sich nicht unnötig und haben Sie Verständnis, dass wir jetzt den Service unterbrechen.«

Jemand lachte. Das war ich.

Wir segelten weiter wie durch Watte. Am Knacken in meinen Ohren merkte ich, dass wir sanken. Wie dick sind eigentlich solche Wolken? Und was war das überhaupt für eine Wolke? Ich sah Deryas Lippen sich bewegen. Beten war eine Möglichkeit.

Springt schon an, ihr dämlichen Motoren!, dachte ich.

Cipión schmiegte sich an mich. Er zitterte. Und etwas sauste mir vors Gesicht. Überall von den Decken hingen auf einmal wie Seegras im Kopfstand orangefarbene Gewächse. Ich erinnerte mich an die Pantomime der Stewardess: Notausgänge, Schwimmwesten und Sauerstoffmasken. Richard langte nach einem Gewächs, zog sich die Maske aber nicht über. Es gab genug Luft. Sein Blick traf mich. Seine milchkaffeebraunen Augen leuchteten. Endlich Ende mit dem irdischen Jammertal. Ich glaube, er war in seinem Leben nur noch auf das Ende wirklich neugierig, auf den Tunnel und was danach kam. Im Gegensatz zu mir beunruhigte es ihn nicht, dass er nicht zurückkehren würde, um sich zu erinnern und allen andern vom Abenteuer des Sterbens zu erzählen. Ja, die Erinnerung, dachte ich, die ist unser Schatz. Die unterscheidet uns vom Tier. Dass wir Momente sammeln und uns kennen, als ob es die Zeit nicht gäbe.

Richard strich Cipión über den Kopf und umfasste meine Hand. Sein Blick wurde ruhig. Ich spürte seine Lippen auf meinen, roch noch einmal seinen Pflegeduft nach Zeder und Zibet. Er hatte in all den Jahren, die ich ihn kannte, kein Jota seines Seins geändert. Der Gute! Ganz Konvention, selbst im Tod dachte er noch an andere, an mich, und vollzog eine Geste, deren Unterlassung ich ihm nur dann hätte vorwerfen können, wenn wir überlebten.

Da fielen wir aus den Wolken. Unter uns Felder und Ortschaften, ab und zu ein von Wegen beschnittenes Wäldchen.

»Da ist Lockerbie«, hörte ich Richard sagen.

Ich sah eine Autobahn, auf der fuhren Autos. »Springt an! Los!«

»Er kann auf der Autobahn notlanden!«, rief hinter mir erleichtert ein Mann. Keine Ahnung in welcher Sprache. Richards Profil sah nicht so aus, als teile er die Ansicht unseres Hintermanns.

Derya betete. Vermutlich in ihrer Muttersprache, vermutlich Kurdisch.

»Jetzt springt schon an, ihr Triebwerke. Das ist euer Job!«, dachte ich oder sagte ich. Die Katastrophe entfaltete sich sehr langsam. Wir flogen ja. Wir ließen die felderreiche Gegend hinter uns. Der Grund wurde grün und wellig. Schwärzliche Häuser versammelten sich zu Dörfern. Gehöfte standen in Bauminseln, vereinzelt Zedern im sehr weitmaschigen Netz von Straßen mit Hecken, Pferde galoppierten auf einer Weide davon.

»Er will tatsächlich auf der Autobahn landen«, bemerkte Richard verwundert.

Ich sah ein Schloss sich aus dem Grün erheben, umgeben von finsteren Bäumen, gekrönt von Dutzenden von Kaminröhren. Wir schrammten ein Dorf, ich sah entsetzte Menschen auf der Straße, die nach oben schauten. Auf der Autobahn stockten die Fahrzeuge. Wir glitten schräg darüber hinweg. Aber in die grünen Hügel zu schlittern glich einem Absturz.

Da wackelte das Flugzeug. Jemand schrie.

»Was passiert?«, fragte ich.

»Ich glaube, die Triebwerke laufen wieder, zumindest eines«, sagte Richard.

Man hörte es nicht, es rauschte und pfiff in der Kabine wie bisher auf dem ganzen Flug auch. Aber ich meinte einen leichten Schub zu spüren. Der Körper reagierte hypersensibel auf jede Bewegung, die Hoffnung machte oder umgekehrt, Angst. Die Autobahn schwenkte unter den Flugzeugleib. Ich sah sie nicht mehr. Und jetzt?

Der Pilot bellte irgendeinen Befehl über den Kabinenfunk. Eine Stewardess rannte den Gang entlang und rief uns zu: »Köpfe auf die Knie.« Der Pilot nahm sich sogar noch die Zeit zu sagen: »Ladies and Gentlemen, wir werden in wenigen Minuten auf der M 74 aufsetzen. Die Crew und der Kapitän haben versucht, Ihnen einen angenehmen Flug zu bereiten. Sorry, dass es uns nur partiell gelungen ist.«

Richard lehnte sich gegen mich, um aus dem Fenster zu schauen. Seine Hand, mit der er immer noch meine hielt, war nicht sonderlich angespannt. Auch ich starrte hinaus. Kein Haus war mehr zu sehen, grüne Hügel umgaben uns. Ich dachte noch: Er muss links landen, in England ist doch Linksverkehr. Ein Strommast sauste unter mir vorbei. O Gott! Das hätte noch gefehlt, dass wir den gestreift hätten. Die Landschaft kippte von der Draufsicht zum Drinsein.

Eine Sekunde später setzten wir auf. Die Mittelleitplanke raste unter meinem Fenster entlang, der Flügel wippte. Es drückte mich nach vorn. Vielleicht wusste ich es in diesem Moment schon oder erst später: Ein Flugzeug kann auch nur mit Bremsklappen und Bremsbacken bremsen. Wir rasten erst, dann rollten wir. Ich sah das Entsetzen in den Augen der Autofahrer auf der Gegenfahrbahn, die sich aufstauten und die wir in der nächsten Sekunde schon hinter uns gelassen und vergessen hatten. Dann tat es unter dem Fahrwerk einen Schlag, die Maschine ruckte nach rechts, Metall kreischte die Leitplanke entlang, und plötzlich standen wir.

»Sauber«, murmelte Richard.

Die Stewardessen sprangen aus ihren Verstecken, hebelten die Notausgänge auf und winkten uns die Notrutschen hinunter, schneller, als wir überhaupt Angst haben konnten. Unten schickte uns eine Flugbegleiterin weiter. »Run away!«, rief sie. »Laufen Sie!«

Sie selber blieb dort, mit nur noch einem Schuh an den Füßen.

Richard packte Derya an der Hand, die ihre Pumps oben an der Rutsche hatte ausziehen müssen oder verloren hatte. Wir rannten die leere Autobahn entlang, links, darum in Fahrtrichtung, während sich auf der Gegenfahrbahn die Autos stauten. Wenn das Flugzeug explodierte, würde es sie alle wegfegen.

Uns aber auch.

21

Irgendwann hörten wir auf zu rennen. Derya keuchte, Richard nicht. Sie humpelte auf nackten Sohlen, von denen sich Laufmaschen auf den Weg nach oben gemacht hatten. Ihre Handtasche hatte sie gerettet. Auch Cipión war noch bei uns. Ich hatte ihn vermutlich keinen Moment losgelassen. Jetzt setzte ich ihn auf den Asphalt. Er schüttelte sich. Von den Geschäftsleuten hatten einige bereits ihre Handys am Ohr.

Ich guckte zurück. Weit waren wir nicht gekommen. Das Flugzeug lag platt auf dem Bauch quer über der Mittelleitplanke. Der Exodus der Passagiere zog sich in die Länge. Ältere konnten nicht rennen. Auf der anderen Seite der Autobahn waren hinter einem Hügel Hausdächer sichtbar. Eine Treppe führte den Hügel hinauf. Die ersten langbeinigen jungen Männer in grauen Anzügen überstiegen die Mittelleitplanke.

»Wie soll ich da rüberkommen?«, rief Derya. Tja, der Rock. Sie hätte ihre weibliche Würde über Bord werfen und den Rock hochziehen müssen. Lieber appellierte sie an den Kavalier in Richard. Er hob sie hoch, als wolle er sie als Hochzeiter über die Türschwelle tragen. Allerdings stellte die Leitplanke, obwohl sie mir dünner und niedriger vorkam als bei uns, auch für ihn, seiner nicht gerade überragenden Größe wegen, ein Hindernis dar, für das er die Hände gebraucht hätte. Aber er besaß die Kraft, eine zierliche Person wie Derya hinüberzuheben und abzusetzen. Schade. Ich hätte gern Deryas Arsch in Unterwäsche gesehen. Und ich hätte nicht taktvoll weggeguckt.

Richard, ein weiterer Mann und ich halfen allen, die nach und nach kamen, über die Leitplanke. Durch die sich stauenden Autos, die Treppe hinauf, über Zäune und eine Weide gelangten wir in einen Ort hinab. Wir hinkten, humpelten und stolperten ins Zentrum. Da stand ein Hotel, dessen Name uns verriet, dass wir uns in Abington befanden, einer Ansiedlung aus roten und dunkelgrauen Ziegelhäusern mit schwarzen Dächern und weiß gestrichener Fensterumrahmung. Wir waren im schottischen South Lanarkshire im Keil südlich zwischen Glasgow und Edinburgh.

Im Abington Hotel trug man Stühle herbei, schuf auf der Veranda und im Restaurant Platz für rund neunzig Menschen und versorgte uns mit Tee, Gebäck und Marmelade. Es trug viel zu Deryas seelischer Stabilität bei, dass es ihr gelang, gegenüber im Abington General Store ein paar Gummistiefel zu erstehen. Die Nylonstrümpfe zog sie aus, obgleich es ziemlich frisch war.

Es ist erstaunlich, wie wenig sich eine Fluggesellschaft nach einer Bruchlandung um die Passagiere kümmert, wenn sie nicht verletzt sind. Keiner der 92 Reisenden hatte sich schwere Blessuren zugezogen. Das Rote Kreuz versorgte kleine Verletzungen, Schnittwunden an den Füßen und ein paar moderate Schocks. Nur eine Frau musste per Krankentransport weggefahren werden. Alle andern – hauptsächlich die Geschäftsleute – wollten weiter. Da konnte in South Lanarkshire keine Fluggesellschaft zeitnah helfen. Die ganz Schlauen verdingten einen Dorfbewohner und fuhren in Privatwagen ab. Andere stritten sich um Taxis, die nach und nach aus den spärlichen Ortschaften der Umgebung in Abington einfuhren. Auch die ersten Fernsehteams und Pressefritzen langten an.

Ein Bus sei angefordert, erklärte uns die Stewardess, die umherging und auf vom Hotel geliehenem Briefpapier Namen und Nummern von Gepäckstücken notierte, soweit die festzustellen waren, und uns aufforderte, uns gleich bei Ankunft in Edinburgh mit der Fluggesellschaft in Verbindung zu setzen. Sie selbst hatte keine Zeit für Schock und Erschöpfung.

Derya rief McPierson an, der in den Nachrichten bereits von der Notlandung gehört hatte. Wir seien in eine Aschewolke geraten, so die erste Einschätzung von Polizei, Feuerwehr und Flugsicherung.

War das nicht letztes Jahr?, dachte ich. Die Aschewolke des isländischen Vulkans mit dem unaussprechlichen Namen, den mit der Zeit alle Nachrichtensprecher lustvoll zu lallen gelernt hatten, hatte für eine Woche den europäischen Flugverkehr lahmgelegt. Aber wo war da jetzt wieder was ausgebrochen? Und so unbemerkt von den Medien und der Flugsicherheit?

»Finley hat erzählt«, berichtete uns Derya, »der Pilot habe bei der Landung fast nichts gesehen, weil die Scheiben des Cockpits völlig zerkratzt waren.«

»Dann war das kein Elmsfeuer, sondern die statische Aufladung der Aschepartikel«, bemerkte Richard. Er klang enttäuscht. »Das dürfte auch den Funkverkehr beeinträchtigt haben. Deshalb hat der Pilot sich entschlossen, hier zu landen und nicht bis Edinburgh weiterzufliegen.« Für ihn war das Ereignis damit vorerst eingeordnet und die Welt wieder in Kästchen verstaut.

»Und wo ist die Aschewolke auf einmal hergekommen?«, fragte ich.

Der Fernseher auf der Veranda zeigte uns Bilder von der

Maschine, wie sie quer über der Autobahn lag, jetzt in dickem Schaum und umringt von Feuerwehrfahrzeugen und Polizeiautos.

»Wir hätten ungeheures Glück gehabt, sagt Finley«, referierte Derya an Richard gewandt. »Wenn die Triebwerke nicht noch einmal angesprungen wären, wären wir auf den Acker gestürzt oder in den Ort.«

Richard nickte abwesend. Er sah plötzlich müde aus.

»Ohne Sie hätte ich das niemals überstanden!« Sie legte ihm beide Hände auf den Arm.

Er entzog sich. »Wenn Sie mich kurz entschuldigen würden. Ich möchte mir die Hände waschen.« Damit stand er auf und wandte sich in die Tiefen des Hotels.

Auch er brauchte seinen Moment der Besinnung. Sich in einer Toilettenanlage über ein Waschbecken beugen, das Gesicht nass machen, sich bewusst werden, dass man solch banale Gesten beinahe nie mehr gemacht hätte, sich eingestehen, dass man froh war, überlebt zu haben. Auch wenn er sich selbst nicht vermisst hätte, sein Organismus pumpte dennoch Adrenalin durch seine Adern und lechzte nach Erleichterung.

Deryas dunkle Augen richteten sich auf mich. Der überstandene Schrecken war größer als der, mit mir allein an einem Tisch zu sitzen. »Übrigens«, sagte sie, »ich hatte kein Verhältnis mit Gabriel.«

»Dann also Desirée.«

»Dazu kann ich nichts sagen. Ich weiß es schlicht nicht. Ich weiß nur, er ist am Wochenende gern in die Berge entschwunden. Und ob Desirée weiß, wie man in flachen Schuhen läuft, wage ich zu bezweifeln.«

Wir lachten schwesterlich böse.

»Ich hatte allerdings den Eindruck, dass Gabriel die Gesellschaft von Männern mehr schätzt«, setzte sie hinzu. Wobei ihre Augen mich nach dem andern fragten, dem, der sich gerade im Waschraum das Gesicht kühlte. Ist der etwa schwul?

»Was macht dein Freund in Berlin?«

Sie verdaute mein Du – es schmeckte bitter –, resignierte für eine Sekunde und straffte dann die Schultern. »Du bist doch lesbisch, oder?«

»Gratuliere zu der bahnbrechenden Entdeckung«, röhrte ich.

»Geht es nicht auch etwas leiser? Wir sind doch erwachsene Leute.«

»Du vielleicht, ich nicht. Übrigens, Rosenfeld hatte Trekkingstiefel an, als er starb. Wollte er in die Berge an dem Tag?«

Sie stippte Krümel von der Tischdecke. »Davon bin ich ausgegangen. Er ist gern ins Tannheimer Tal gefahren. Freitagabend, meist über Ulm. Ich habe immer vermutet, er hätte dort einen … einen Wanderfreund.«

»Bisher hat es immer geheißen, er habe an dem Abend McPierson vom Flughafen abholen wollen.«

»Was fragen Sie … was fragst du mich das alles? Ich habe es bereits ausführlichst mit der Polizei erörtert.«

»Die Polizei erörtert das aber nicht mit mir. Sie ist zur Verschwiegenheit verpflichtet. Richard übrigens auch.«

Das interessierte sie wieder: mein Verhältnis zu Richard oder vielmehr seins zu mir. Auf einmal wurde sie gesprächig. »Aus den Nachfragen der Polizei habe ich geschlossen, dass es mit Finleys Flug eine Unstimmigkeit gibt. Als ich gestern die Flüge gebucht habe, habe ich gesehen, dass die Linienflüge aus Edinburgh in Stuttgart nur entweder um 13 Uhr 45 oder um 22 Uhr 10 landen. So wie unser Rückflug morgen …« Sie schluckte.

Auch ich war mir heute nicht sicher, ob ich morgen wieder in ein Flugzeug steigen würde.

»Als ich gegen halb eins Kalteneck verließ, war Rosenfeld noch da. Für den Mittagsflug hätte er vor mir losfahren müssen. Zumal es Stau auf der Autobahn gab. Aber sicher kann Finley nachher Licht ins Dunkel bringen.« Sie strengte ein Lächeln an. »Wann kommt denn endlich der Bus?«

Richard war auch noch nicht wieder da.

Ich stand auf und ging mit Cipión raus eine rauchen und dachte über den Indianer meiner Jugend nach, der sich nach einer Autofahrt vier Stunden an den Straßenrand gesetzt hatte, damit sein Geist in Fußgängergeschwindigkeit nachkommen konnte. Bei mir war's das ganze Leben, das sich wieder ankoppeln musste. Wer auch immer das angerichtet hat, dachte ich, der weiß jetzt auch, dass wir alle überlebt haben. Quatsch, unterbrach ich mich. Niemand kann eine Aschewolke einem Flugzeug in den Weg schicken. Trotzdem setzte sich in mir das Gefühl fest, dass Richard, Derya und ich ins Visier einer Macht geraten waren, die uns beseitigen wollte. Und dies war der erste Angriff.

22

Wenn ich jetzt in meiner Wohnung auf und ab gehe und ins Diktafon spreche – anfangs habe ich nur geraunt, inzwischen schaffe ich es, in normaler Lautstärke zu reden –, erscheint mir die Bruchlandung als Beginn einer Reihe von Ereignissen, die unsere zivilisierten Gesellschaften an den Rand des ethischen GAUs gebracht haben.

Womöglich kommt es nicht darauf an, dass ich mich an etwas erinnere, was weit zurückliegt, an eine erste Verschwörung mit einem System, das einen Ausschlag ins Unwahrscheinliche erzeugte, sondern dass ich den Moment erkenne, wo ich mich in dasselbe System eingeschwungen habe, mit dem Juri Katzenjacob verschworen war. Dann wäre mein Gedanke »Springt an, ihr blöden Triebwerke!« mein erstes Gefecht mit ihm gewesen. Und ich wüsste, dass ich ihm beikommen kann. Jetzt müsste ich nur noch herausfinden, wie ich ihn ein für alle Mal besiegen könnte.

Eine unmögliche Aufgabe.

23

Die zehn Stock hohen Steinhäuser Edinburghs tauchten grau und gespenstisch vor uns auf. Die Stadt war tonnenschwer und steinern wie Gothic City. Der Himmel hing tief, es regnete.

Der Bus hatte uns ohne Gepäck in die Stadt gebracht. Es bestand auch keine Aussicht, dass wir es heute noch bekommen würden. Deryas erster Gedanke galt darum angemessenem Schuhwerk. Außerdem brauchte sie ein paar Sachen für die Nacht. Richard kaufte sich einen Rasierapparat. Alles andere trug er im Jackett am Leib, Zigaretten, Geld, Telefon, Kreditkarten, Ausweis. Meine Bikerjacke diente demselben Zweck, fehlte nur ein Dreierpack Slips. Davon abgesehen setzte ich darauf, dass es Zahnpaste und Seife im Hotel gab. Aber ich spielte mit dem Gedanken, mir, falls morgen Zeit war, einen Kilt zu kaufen. Den echten nur für den Mann, dessen Saum beim Knien zum Ritterschlag den Boden nicht berührte.

Die Psychologische Fakultät der Universität von Edinburgh lag unweit der Altstadt am mit Kopfstein gepflasterten George Square Nummer 7 einer Grünanlage gegenüber, die ein Zaun mit Speerspitzen umfriedete. Es war halb fünf, als wir das Portal einer klassizistischen Fassade durchschritten und eine Welt betraten, die nach Earl Grey-Tee, Computergebläse und Büchern roch. Prof. Dr. Finley McPierson war ein kamelbeiniger Mensch von Anfang sechzig mit blitzblauen Augen hinter einer dicken Brille, wilden weißen Locken und in einer zu weiten Hose. Er begrüßte uns lachend auf Deutsch.

»Freut mich, dass Sie mich einmal wieder besuchen, Derya. How do you do, Richard. Sie sind der Staatsanwalt? Hoffentlich habe ich nichts verbrochen. Ich bin Finley. Ah, und Lisa heißen Sie? Freut mich. Bitte nehmen Sie Platz. Und der Hund, möchte der vielleicht Wasser?«

Wir installierten uns. Finleys Büro besaß einen Clubsessel und ein Tischchen mit Stühlen. Der Schreibtisch stand am Fenster, das auf Straße und Park hinausging. Nachdem unsere Reiseabenteuer angemessen gewürdigt worden waren, sagte Finley: »So, Sie möchten also die Kalteneck-Liste sehen.«

»Ich fürchte«, erwiderte Richard, »ich kann es nicht verlangen. Deshalb bin ich persönlich hier. Ich hoffe, dass Sie mir angesichts des Aufwands, den wir treiben, meine Bitte nicht abschlagen können.«

Finley lächelte. »Gabriels Tod ist ein großer Verlust für die Wissenschaft. Und auch für mich. Seine Arbeiten waren äußerst wertvoll. Aber ich muss Sie leider enttäuschen, Richard. Ich kann Ihnen nicht helfen.«

Derya holte Luft. »Aber du hast doch das Passwort. Du hast mir am Telefon gesagt ...«

»Ja, Derya. Aber wir haben Netzwerkprobleme. Unser Fachmann arbeitet daran. Aber«, er wandte sich an Richard, »haben Sie nicht bereits einen jungen Mann verhaftet?«

»Kennen Sie Juri Katzenjacob?«

»Klingt, als sollte ich ihn kennen.«

»Das ist der, der in Untersuchungshaft sitzt. Es steht außer Frage, dass er Rosenfelds Leiche posthum manipuliert hat.«

Finley guckte bestürzt und fragend.

»Er hat sie aufgeschnitten«, sagte ich, »und ausgenommen wie ein Stück Wild. Er hat das zuvor auch schon mit Tieren gemacht.«

»Scheußlich! Indeed! Und Sie glauben, Katzenjacob steht auf der Kalteneck-Liste. Aber Sie denken nicht, dass bei der Sache nicht alles mit natürlichen Dingen zugegangen ist, oder?«

»Zumindest ist ungeklärt, wie es dem Beschuldigten gelungen ist, den von innen verschlossenen Raum zu verlassen.«

»Da kann ich Ihnen wahrscheinlich helfen, Richard. Das ist mein Spezialgebiet, wie Derya Ihnen verraten haben dürfte. Ich habe in meiner Jugend bei einigen großen Illusionskünstlern gelernt. Der einstige Leiter des McDonnell Laboratory for Psychical Research in St. Louis, Missouri, ist mir heute noch böse, weil ich ihm zwei Amateur-Zauberkünstler als Testpersonen eingeschleust habe. Sie konnten Filme belichten und Objekte bewegen, aber eben nicht mit Psi. Ich selbst habe den Parapsychologen Tipps gegeben, wie sie Tricks verhindern und aufdecken können. Aber das wollte niemand wissen. Sie waren so begeistert von den scheinbar übernatürlichen Fähigkeiten meiner Freunde, dass sie eine Veröffentlichung vorbereiteten und Interviews gaben. Die Zahlungen an das Institut wurden eingestellt, das Labor geschlossen, nachdem ich die wahre Identität meiner Freunde enthüllt hatte. Ich bin ein Krieger der Klarheit und Entlarvung!« Er lachte kurz. Aber es war ihm ernst, sehr ernst.

»Ich werde«, antwortete Richard, »den ermittelnden Kollegen und der Polizei dringend ans Herz legen, dass man Sie hinzuzieht. Können Sie uns wenigstens etwas über die Kalteneck-Experimente erzählen?«

»Nein. Ich fürchte, das kann ich nicht. Ich war nicht involviert.«

»Warum sind die Daten dermaßen gesichert?«, fragte ich vorlaut hinterher.

Finleys wasserblaue Augen richteten sich interessiert auf mich. »Ja, das ist eine gute Frage. Es geht doch nur um ein paar Spinner, die glauben, sie hätten übernatürliche Fähigkeiten.«

Ich nickte, weil er das als Bestätigung haben zu wollen schien.

»Aber beim Kalteneck-Experiment geht es um mehr als die üblichen Tests, die man schon hundertfach gemacht hat. Es zielt darauf ab, jemanden zu finden, der mehr kann, als die Schmidt-Maschine zu Ausreißern zu bringen. Es geht um große paranormale Ereignisse.«

»Dass jemand einen Kronleuchter zum Schwingen bringt«, schlug ich vor.

»Zum Beispiel. Oder Wasser in Wein verwandelt.« Er lachte fröhlich. »Und nun stellen Sie sich mal vor, Lisa, dieser Mann – oder diese Frau – wäre tatsächlich gefunden worden …«

»Ist das der Fall?«, unterbrach Richard knapp.

»Das möchten Sie gern wissen. Jeder möchte das wissen. Stellen Sie sich vor, wir hätten einen, der aus Wasser Wein macht. Als Wissenschaftler würden wir das noch weiter überprüfen wollen. Aber ein Assistent oder die Sekretärin erzählt es schon mal im Bekanntenkreis herum. Und irgendeiner ist bei der Zeitung. Was glauben Sie, was dann für ein Rummel losbricht? Und die Ängste, die das schürt! Wer einen Teppich fliegen lässt, kann vielleicht auch ein Flugzeug zum Absturz bringen.« Er lachte verlegen. »Oh, das ist ein schlechter Scherz, nach dem, was Sie gerade überstanden haben. Aber es würde allen so gehen. Kann er einen GAU in einem Atomkraftwerk auslösen, einen Bankencrash? Ist der Gedanke erst einmal in der Welt, können wir ihn nicht mehr zurückholen. Egal, wie viele Aufsätze wir publizieren, in denen wir nachweisen, dass alles Betrug war. Denken Sie an Uri Geller.«

Ich erinnerte mich dunkel, dass er in der Kuriositätensammlung Karin Beckers auch vorgekommen war. Ein Israeli, der in einer deutschen Fernsehshow eine Gabel an der Biegung zwischen Daumen und Zeigefinger gerieben hatte, bis sie brach.

»Sehen Sie, was der kann, kann ich auch«, sagte Finley. »Ich nehme eine Quecksilberverbindung und verreibe sie auf Daumen und Zeigefinger. Oder noch viel einfacher: Ich biege die Gabel vor der Show ein paarmal und schaffe auf diese Weise eine Sollbruchstelle. Dann bricht sie bei geringstem Druck in der Show.«

»Man muss nicht notwendig von Betrug ausgehen«, wandte Derya ein, »nur weil man ein Phänomen mit einem Trick reproduzieren kann.«

»Ja, Derya, das ist unser alter Streit.«

Sie lächelte streng. »Ich habe Wohnungen gesehen, die von umherfliegenden Steinen verwüstet waren. Man hat Steine aus der Wand kommen und quer durch den Raum fliegen sehen. Für die Polizei war der Fall erledigt, wenn man jemanden in der Familie, beispielsweise ein Kind, bei einer Manipulation ertappt hat. Aber ich frage Sie, Finley: Warum sollte ein Kind so etwas tun?«

»Weil es Aufmerksamkeit bekommt.«

»Ja, die Theorien von Hans Bender sind uns allen bekannt. Labile Jugendliche, die Aufmerksamkeit wollen. Und leider enden solche Geschichten immer im Betrug, sobald die Medien mit Fernsehkameras anrücken und was sehen wollen. Oder wenn wir Parapsychologen endlich gerufen werden. Dann ist der Erwartungsdruck so groß, dass der Spuk in Betrug umschlägt. Das Geschrei über den ertappten Betrüger verdeckt bald völlig die ersten Erscheinungen, die womöglich tatsächlich paranormalen Charakter hatten.«

»Aber Geller konnte niemals Gabeln per Geisteskraft verbiegen! In einer amerikanischen Show ist er gescheitert. Er musste sich weigern, seine Kunst an Gegenständen zu beweisen, die er vorher nicht gesehen hatte. Auch bei den Tests im Stanford Research Institute hat er so viele Bedingungen gestellt, und gleichzeitig waren die Experimentatoren so wild darauf, etwas zu sehen, dass er ihnen schnell die Kontrolle über die Versuche aus der Hand genommen hat. Als Illusionskünstler hat Geller meine volle Hochachtung. Aber bis heute gilt er als Medium. Das Gerücht hält sich hartnäckig, er habe die Ölquelle, mit der er sein Vermögen gemacht hat, mit einer Wünschelrute aufgespürt.«

Derya lächelte. »Auch der Glaube, dass es keine paranormalen Ereignisse gibt, ist ein Glaube.«

Finley lachte freundlich und wandte sich wieder an uns Laien. »Was ich damit nur sagen will: Ist der Name eines Menschen im Zusammenhang mit Psi erst einmal gefallen, kann der Betreffende nur noch beschädigt aus der Sache herauskommen. Er wird durch Shows geschleift, muss mehr produzieren, als er kann, und wird am Ende unweigerlich als Betrüger entlarvt.«

»Oder jemand reißt ihn sich unter den Nagel«, fiel ich ihm ins Wort.

»Wie meinen Sie das?«

»Jemand, der meint, die Fähigkeiten des Übersinnigen würden ihm nützen, nimmt ihn unter Exklusivvertrag.«

»Inwiefern?«

Ich zuckte mit den Schultern und lächelte dümmlich. Aber ich sah, dass er mich verstanden hatte.

»Ja, auch das ist möglich, Lisa. So ein Mensch könnte den falschen Personen in die Hände fallen. Nur stellt sich mir die Frage, wozu er wirklich nützen sollte. Ich habe noch keinen Psi-Begabten getroffen, der zuverlässig große paranormale Ereignisse hervorrufen konnte. Und dieser Juri Katzenjacob, den ihr da verhaftet habt, der kann es höchstwahrscheinlich auch nicht.«

»Warum schließen Sie das so kategorisch aus?«, erkundigte sich Richard erfreut.

»Weil es noch nie vorgekommen ist. Und weil alle Menschen, die sich auf dem Gebiet der Parapsychologie betätigt haben, starke Charaktere waren, Menschen, die im Leben standen, durchaus geschäftstüchtig, mindestens aber gute Verteidiger ihrer Fähigkeiten und darauf aus, sie zu zeigen.«

Ich dachte an das, was Derya mir nach meinem PK-Test gesagt hatte: »Extrovertierte, aktive, kommunikative Menschen mit starker Maskulinität.«

»So ist es, Lisa.« Er lächelte mir in die Augen. »Ist dieser Juri Katzenjacob so eine Persönlichkeit?«, fragte er rein rhetorisch. »Wenn er Tiere aufschneidet, um sich daran zu delektieren, würde ich sagen: Nein. Er gehört in eine andere Kategorie von Charaktertypen, welche die Kriminalisten vermutlich besser beschreiben als ich. Oder irre ich mich?«

»Ich kenne ihn nicht«, antwortete Richard. »Ich bin nicht der ermittelnde Staatsanwalt, ich war bei keiner Vernehmung dabei.«

»So?« Finley schlitzte die Augen.

»Frau Dr. Barzani ist die Einzige von uns, die ihn kennt«, sagte ich.

»O nein! Wer achtet schon auf Malergesellen«, rief sie. »Ich jedenfalls nicht. Mit Müh und Not habe ich ihn auf den Zeitungsfotos im Nachhinein wiedererkannt. Aber eine sonderlich einnehmende und offene Person war er demnach wohl nicht.«

»Er ist eher verdruckt«, bestätigte Richard. »Das haben mir die Kollegen erzählt. Er macht keinerlei Einlassung zum Tathergang. Er schweigt.«

Finley wandte sich ihm zu, mit einer raumbeherrschenden und zugleich charmanten Geste, die es mir leicht machte, ihn mir als Magier im wallenden Gewand vorzustellen. »Was meinen Sie, Richard, ist es unter diesen Umständen notwendig, dass wir Einblick in die Klarnamen der Kalteneck-Akten nehmen?«

Richard reagierte grundsätzlich langsam. Er ließ Pulverdampf und Staubfahnen stets Zeit, sich zu verziehen. »Doch, ja«, sagte er nach einer Weile fingierten Nachdenkens. »Ich würde die Namen gern sehen. Ich kann nicht sagen, was ich erwarte, aber ich habe das Gefühl, es könnte nützlich sein.«

»Aber sagten Sie nicht, Sie ermitteln in diesem Fall gar nicht?«

Gut aufgepasst, Finley. Aber das war sein Job.

Richard lächelte entwaffnend. »Mir graust es bei Mord und Totschlag. Ich bin Wirtschaftsstaatsanwalt. Ich kann gut mit Zahlen. Darum hat man mich geschickt. Psi-Experimente haben viel mit Statistik zu tun. Oder gibt es da noch ein anderes Problem? Dürfen Sie mir die Namen nicht zeigen? Hat ein Sponsor da seinen Daumen drauf?«

»Nicht dass ich wüsste«, erwiderte Finley wachsam.

»Wenn Sie wollen, sichere ich Ihnen an Eides statt meine absolute Verschwiegenheit zu.«

»Oh, I love the Germans! Immer so korrekt.« Grinsend setzte Finley sich an seinen Schreibtisch. »Dann schauen wir mal, ob die Computer inzwischen wieder … Nein. Vielleicht haben wir später mehr Glück. Alternativ schlage ich vor, ich zeige euch das Institut. Und anschließend statten wir den berühmten South Bridge Vaults einen Besuch ab.«

Derya lachte resigniert. »Da kommen wir nicht drum herum,

fürchte ich. Finley führt alle dorthin, die ihn zum ersten Mal besuchen.«

»Was ist das denn?«, fragte ich. Vaults sind Gewölbe, lieferte mir meine alte Erziehung zur Fremdsprachensekretärin immerhin zu.

»Es wird Ihnen gefallen, Lisa«, sagte Finley. »Es ist the most haunted place in Edinburgh. Sehr spooky. Wir können zu Fuß hingehen. Es ist nur eine knappe Meile von hier. Ich verspreche Ihnen, Sie werden jede Menge Geister treffen.«

24

Als wir vier gegen halb sechs das Haus verließen, hatten sich schon Fäden gesponnen. Finley hatte gemerkt, dass der elegante Staatsanwalt zwar zwei Kopf kleiner war als er, aber an Verstandeskraft und Schlauheit locker mithalten konnte und damit bereits die Gunst der schönen Derya erworben hatte. Also interessierte er sich mehr für mich, weil ich mich momentan etwas an den Rand gedrängt fühlte. Außerdem kam seine lachende Art bei mir besser an als bei den andern beiden. Seine verbrillten blauen Augen ruhten immer wieder auf mir.

»Und Sie?«, erkundigte er sich, als wir das Universitätsgebäude umrundeten, wo moderne Häuser die gotische Düsternis der Stadt vorübergehend vergessen machten. »Sie glauben an Spuk oder sind Sie Skeptiker?«

»Ich bin selber ein Gespenst«, verkündete ich. »Aber ich glaube nicht an mich.«

Finley lachte anerkennend und nickte mit dem Kopf halb hinter sich. »Ihr Begleiter, der glaubt.«

»Nein, never!«

»Da kennen Sie ihn aber schlecht. Tief in seinem Herzen befürchtet er, dass es Dinge geben könnte zwischen Himmel und Erde, die sich seiner Kontrolle entziehen.« Finley schwang seine

Kamelbeine ungelenk, aber vergnügt den Fußweg entlang. Bald schon hatten uns die vielstöckigen dunklen Steinhäuser der Altstadt mit ihren Kaminschloten eingefangen. Verputzt und gestrichen waren immer nur die Erdgeschossfassaden. Gern in schweren Farben. Die South Brigde war eine von fünf Brücken, welche die sieben Erhebungen von Edinburgh verbanden, als Brücke aber nicht mehr zu erkennen. Sie erschien als Straße im Schacht schwärzlicher Häuser. Finley erklärte, dass unter ihren mittlerweile verbauten neunzehn Stützbögen um achtzehnhundert Räume für Händler entstanden waren. Später pferchte man dort Obdachlose hinein, und Verbrechen und Krankheit hielten Einzug. Schon dreißig Jahre später gab man die stinkenden Unterkünfte wieder auf. Sie gerieten vollständig in Vergessenheit, bis 1985 ein Neugieriger eine Mauer durchbrach. Inzwischen veranstalteten die Ghost Finders Scotland hier Führungen, meist um Mitternacht. Ohne diese Zwischenhändler des Grauens kam man dort nicht hinein. Finley besaß jedoch einen Schlüssel für das eiserne Gittertor in der Niddry Street, eine spelunkige Gasse, die uns einen Vorgeschmack auf die prekäre Enge der Unterwelt gab. Neben die Rundbogentür war ein Schild geschraubt, das es bei Androhung von vierzig Schilling Strafe verbot, das Törchen unverschlossen zu lassen.

»Ja so! Laufen die Gespenster davon?«

Finley lachte. »Die Geknechteten wollen Freiheit. Was sind unsere Gespenster anderes als Sklaven des Tourismus. Von den Einnahmen sehen sie keinen Penny. Aber sie müssen arbeiten.« Er zog drei LED-Lampen aus seiner Cordjacke und verteilte sie. »Die Beleuchtung fällt gern einmal aus. Das steigert den Gruselfaktor. Seid ihr bereit? Niemand schwanger, keine Herzfehler? Dann los!«

Er verschloss das Gittertor hinter uns. Wir tappten schiefe Stufen in ein geziegeltes Tonnengewölbe hinunter. Die Luft stand. Hin und wieder war eine Laterne in die Wand geschraubt. Kabel liefen die Tunnel entlang, an einer Ecke hing ein Feuerlöscher. Anfangs fiel gelegentlich noch Licht durch ein Loch im Gemäuer ein. Cipión röchelte im Halsband. Er zog immer wie nicht gescheit, wenn er den Ort, an dem er sich befand, so schnell wie möglich verlassen wollte. Seine Rute hing tief. Es gefiel ihm nicht.

Unser schottischer Meister der Geister erklärte uns begeistert die Geheimnisse der Anlage unter der Südbrücke. Sie war tausend Fuß lang und ging an der tiefsten Stelle bis zu vier Stockwerke hinunter. Man hatte Handwerksinstrumente gefunden, Alltagsgegenstände, Kinderspielzeug. In den Kammern hatten ganze Familien gehaust. Aber wirklich archäologisch erforscht hatte man die Elendsstadt unter der Brücke nie. »Nur die Geisterjäger interessieren sich dafür«, sagte Finley. »Und wir von der KPU haben hier interessante Experimente gemacht.«

Hm, hm. Es stank. Und irgendwo klopfte es.

»Da ist wohl eine Gruppe unterwegs«, hörte ich Derya hinter mir zu Richard sagen.

Er antwortete nicht.

»Und nun nähern wir uns«, sagte Finley, »dem most haunted Raum der Anlage. Hier sollen besonders handgreifliche Geister hausen.« Er drehte sich um. »Richard, Sie sollten darauf achten, dass Sie den Raum nicht gleichzeitig mit Lisa betreten. Und Sie, Lisa, sollten nicht neben Ihrem Schatz stehen. Die Geister mögen die Liebe nicht, sie sind sehr eifersüchtig.«

Derya lachte.

Es war ein nicht weiter auffälliges stickiges Gewölbe mit einer einzigen Lampe. Ich stellte mich an die Wand Richard gegenüber, obgleich ich entschlossen war, die Existenz des eifersüchtigen Gespensts nicht ernsthaft in Betracht zu ziehen, zumal Cipión nichts Außerordentliches wahrzunehmen schien. So kam Derya neben Richard zu stehen.

»Hier haben wir unsere Versuche gemacht«, erklärte Finley. »Wir wollten herausfinden, wann und warum wir Geister spüren und sehen. Wir …«

Er unterbrach sich, denn Richard war plötzlich wie geschubst nach vorn getreten, hatte sich an den Rücken gegriffen und umgedreht. Mit der Taschenlampe leuchtete er das Wandgemäuer ab.

»Hat der Geist Sie gezwickt?«, fragte Finley.

»Ich habe einen Stoß in den Rücken bekommen«, antwortete Richard. »Zumindest fühlte es sich so an.«

Und Derya stand neben ihm!

Finley blinzelte mir zu. »Ja, es trifft immer den, der nicht damit rechnet. Da ist das Überraschungsmoment am größten.«

Richard gab einen unwilligen Laut von sich.

»Wir hatten in unserer Testreihe auch so einen. Er wirkte auf uns alle unerschütterlich. Aber schon Minuten allein und in absoluter Dunkelheit hörte er es dort in der Ecke atmen und sah ein rotes Glühen. Er bekam solche Panik, dass wir abbrechen mussten.«

Richard hörte nicht zu. Er beugte sich vor und rieb im Schein seiner LED mit dem Finger am Stein.

Derya näherte ihre Nase ebenfalls der Stelle. Ich überlegte, ob ein kleiner Fußhebel gegen ihre schlanke Fessel als Gespensteraktion durchgehen würde, und versuchte einen Blick zu erhaschen. Richard machte einen Schritt zur Seite. Seine Lampe geisterte über die Ziegel. Finley trat zwischen Richard und Derya. Jetzt sah ich wieder nichts mehr.

»Ein Steinmetzzeichen«, bemerkte Derya.

»Seltsam«, sagte Finley. »Wir haben hier unten mit Dutzenden Probanden und einem sechsköpfigen Team viele Stunden und Tage verbracht, aber das ist niemandem aufgefallen.«

»Vermutlich habe ich es beim Eintreten im Schein einer unserer Lampen aufscheinen sehen und mich intuitiv genau dorthin gestellt«, überlegte Richard auf der Suche nach Plausibilität. »Dann habe ich mir gewissermaßen selbst einen Schubs gegeben, damit ich mich umdrehe und es aus der Nähe besehe.«

»Jeese!«, rief Finley. »Das ist aber mal eine schlaue Erklärung. Sie können sofort bei mir anheuern.«

Richard lächelte nachsichtig.

Da endlich sah ich es. Nicht verwunderlich, dass es Richard aufgefallen war. Es war ein Quadrat aus zwei Winkeln mit dem Diagonalstrich im Innern, identisch mit dem Zeichen der Anstecknadel aus Rosenfelds Schreibtisch.

»Bedeutet das was?«, fragte ich.

Finley rückte seine Brille zurecht. »Rosenkreuzer!«

Richard wandte sich dem Professor zu. »Ich habe zufällig an derselben Universität studiert, nämlich in Tübingen, wie der Urheber der Rosenkreuzer-Legende, der protestantische Theologe und Mathematiker Johann Valentin Andreae. Der war höchstwahrscheinlich auch der Verfasser der Rosenkreuzer-Schrift, 1614 erschienen, die an alle Gelehrten und Könige Europas gerichtet war. Sie trug den Titel *Allgemeine und General Reformation der gantzen weiten Welt.*«

Finley pfiff durch die Zähne. Cipión stellte die Ohren.

»Hui!«, machte ich. »Kleiner geht es nicht?«

Richard wandte sich wieder der Wand zu. »Aber dieses Motiv hier erinnert nicht im Geringsten an eine Rose.«

Der Schotte lachte vergnügt. »Ich ordne alle enigmatischen Zeichen den Rosenkreuzern zu. Das passt fast immer.«

»Das heißt, wir sind jetzt bei den Freimaurern angelangt!«, sagte ich. Rosenkreuzer und Freimaurer waren Männerkram, zudem historischer, davon hatte ich nullinger Peilung.

»Nun ja«, sagte Richard. »Die Freimaurergilden sind natürlich wesentlich älter als die Rosenkreuzer.«

»Da weiß ich auch was!«, rief Finley. »Die Großloge von Schottland ist schon 936 in York zusammengetreten. Daher reden wir heute vom York-Ritus. Hierzu gehört freilich das Sinnbild der Rose.«

»Vielleicht ein altes keltisches Motiv, ein Ornament«, schlug Derya vor.

Ich kramte mein Handy hervor, um zwei Fotos zu machen, solange der Schein der Lämpchen auf dem Bild ruhte. Es sah ganz solide aus, nicht wie kürzlich mit einem Schweizer Messer hineingeritzt. Richard rieb mit dem Finger den Schmutz aus einer Kerbe und setzte seine Lesebrille auf, um nah heranzugehen. Dann nahm er die Brille wieder ab. »Sieht alt aus. Aber ich fürchte, um das wirklich zu beurteilen, müssten Fachleute her.«

»Um Lisas Frage noch mal aufzunehmen«, sagte Finley, »bedeutet es etwas für Sie, Richard?«

Noch nie war es mir untergekommen, dass ein Mann, der die gleiche Frage stellte wie ich, zugab, dass er sie von mir geklaut hatte.

Richard antwortete nicht. Stattdessen trat er zurück, schaute sich mit Touristenmiene um und fragte: »Gibt es hier sonst noch etwas, Finley, oder könnten wir wieder …«

»Oh ja, lasst uns raus an die Luft!«, stimmte Derya mit ein.

»Gefällt es euch nicht?« Ein bisschen Enttäuschung ließ Finley durchblitzen. »Aber gut. Von unseren Versuchen kann ich auch auf dem Rückweg …«

Da ging das Licht aus.

Keine Panik. Wir hatten ja unsere vier Leuchtchen. Nur nicht auf Cipión treten! Den Boden sah man nämlich nicht. LEDs streuen nicht. Ich wünschte mir, ich hätte auf mein Handy die Taschenlampen-App geladen. Hatte ich aber nie. Und Richard neigte sowieso nicht zu solchen Spielereien. Aber keine Sorge, mir waren auf dem Herweg keine Abgründe im Boden aufgefallen.

Richard blickte sich nach Derya um. Finley und ich gingen voran. Cipión zog röchelnd vorneweg.

»Was waren das für Versuche, die Sie hier gemacht haben?«, erkundigte ich mich, um Finley aufzumuntern.

»Oh, wunderschöne Versuche, Lisa. Ihnen hätten sie bestimmt Spaß gemacht. Es wäre interessant, wie Sie reagiert hätten. Wir wollten herausfinden, welchen Anteil das menschliche Nervensystem an Geistererscheinungen hat.«

»Es gaukelt sie uns vor?«

»Exakt!«

Derya japste. Wir fuhren herum. »Bin nur gestolpert«, sagte sie. Richard hatte sie am Ellbogen gefasst, während sie im Schein seines Lämpchens mit dem Fuß nach einem ihrer erst am Nachmittag erstandenen Pumps angelte. »Alles okay!« Doch ihre Stimme zitterte leicht. »Die Luft ist furchtbar!«

Finley wandte sich wieder nach vorn, um den Weg fortzusetzen, aber die Lichtkreise unserer beiden LED-Lämpchen knallten ein paar Meter vor uns auf eine Wand, oder besser gesagt, auf eine Tür aus Eisen, die den Gang versperrte.

»Blimey!«, murmelte Finley.

Ich kramte in meinem Englisch: Himmelkreuzdonnerwetter? »Haben wir uns verlaufen?«

»Nein. Ich kenne die Vaults wie meine Westentasche!« Es klang hübsch altmodisch, wie er das sagte. Er fäustelte sinnlos gegen die Tür. Sie hatte weder Klinke noch Knauf, aber ein kleines Sicherheitsschloss. »Diese Tür war noch nie verschlossen. Es heißt, man könne sie gar nicht schließen.«

Ich spürte, wie es mir kalt von den Ohren über Hals und Rücken hinuntertropfte. In Zeitlupe. Dann war ich steif und konnte nur noch die Augäpfel bewegen.

»Haben Sie keinen Schlüssel?«, fragte Richard.

»Für diese Tür nicht.«

»Ist das der einzige Ausgang?«, fragte Derya mit kleiner Stimme.

Finley kratzte sich hinterm Ohr. »Es gibt noch einen Ausgang am Cow Gate. Zumindest gab es ihn einmal.«

Richard zog sein Handy, ich auch. Immerhin konnte ich mich wieder bewegen, wie ich bei der Gelegenheit feststellte. Kein Empfang. Ich klopfte meine Taschen nach dem Pickset ab, während mir einfiel, dass ich mein Mäppchen mit den Dietrichen und Spannern an der Sicherheitsschleuse auf dem Stuttgarter Flughafen verloren hatte.

»Weiter oben gibt es Empfang«, sagte Finley.

»Dann gehen wir mal Ihre Westentasche ab und suchen den Empfang!«, schlug ich vor.

Wir kehrten um, bogen ab und passierten finsterste Kojen, die woanders als Grabkammern durchgegangen wären. Eine Flasche rollte, von einem Fuß angestoßen, über Stein. Cipión schnüffelte den Boden ab und verstand nicht, warum wir hier herumstiegen.

»This way, please!«, sagte Finley und schickte uns eine Treppe hinunter.

»Wieso gehen wir hinunter?« Derya keuchte. »Die Luft! Hier ist überhaupt keine Luft!«

Richard stützte sie schon wieder am Ellbogen, schaute sich aber plötzlich selbst wie angepiekst nach rückwärts um. Auch er keuchte mehr als sonst. Ich war bereits völlig außer Atem.

»Hört ihr es auch?«, flüsterte Derya zu allem Überfluss. »Das Klopfen? Es kommt von dort auf uns zu.«

Mir pochte das Herz unterm Gaumen. In nächsten Moment goss mir jemand einen Eimer Wasser über den Kopf. Zumindest fühlte es sich so an. Ja, Himmelherrgottsack!

»Ich höre nichts«, sagte Richard. Aber auch seine Stimme war nicht mehr so fest. »Außer dem Blut in meinen Ohren.«

Ich lachte unkontrolliert heraus. Eine Uhr tickte unheimlich laut.

Cipión gab kein Zeichen, dass er etwas hörte. Aber er hechelte und gähnte hektisch.

Derya zuckte zusammen und machte einen Sprung zur Seite. Ihre Augen waren weit offen.

»Liebe Freunde«, sagte Finley und wandte sich uns zu wie ein Fels. »Don't panic! Was Sie empfinden, sind ganz natürliche Ausschläge Ihres Organismus. Wir haben das Phänomen zwei Wochen lang mit 129 Personen untersucht. Wir haben die Leute für zehn Minuten allein in völliger Dunkelheit eingesperrt. Der Effekt ist immer der gleiche: Wenn die Außenreize fehlen – das Licht, Geräusche –, dann fangen unsere Nerven an, den geringsten Reiz zu verstärken und ans Hirn zu senden. Die Haut spürt einen Luftzug und meldet: Ich werde angefasst. Das Ohr verstärkt den eigenen Atem und meldet: Ich höre noch jemanden atmen. Die Augennerven funken und melden: Da ist ein heller Schein. Es bewegt sich was. Und schon ist der Geist da.«

»Vielleicht ist er ja da!«, sagte ich und fühlte mich gleich etwas besser, als ob die Verteidigung der Möglichkeit seiner Existenz mir das Wohlwollen des Geistes eingetragen hätte.

»Ich garantiere Ihnen«, beschwor uns Finley, »bei unseren Versuchen war nie einer da. Wir haben alles mit Thermoscannern, Magnetometern und Videokameras dokumentiert, so wie das die kommerziellen Geisterjäger machen. Wir haben weder das Atmen eines zweiten Wesens aufgezeichnet noch Astralstimmen oder Irrlichter. Unsere Infrarotkameras haben keine Veränderung der Raumtemperatur angezeigt. Wir haben nur einen Menschen gesehen, der zunehmend nervös wird und uns hinterher erzählt, er habe einen Geist gefühlt, gesehen und gehört. Die menschliche Einbildungskraft ist ungeheuer groß und mächtig. Und unser Hirn ist außerstande, das Objektive vom Subjektiven zu trennen. Das ist das Geheimnis des Spuks. Niemand ist gefeit. Nicht einmal der, der es weiß.«

»Sie auch nicht?«, fragte ich.

Finley lachte. »Nun, meistens schon.«

»Okay«, sagte Richard. Er rieb sich zwar mit der Hand unbehaglich den Nacken, der vermutlich genauso schweißig war wie meiner, aber er klang durchaus vertrauensvoll. »Dann weiter. Ich habe den Eindruck, dass uns der Sauerstoff ausgeht.«

Neuer Schrecken durchfuhr mich.

»Geht es noch, Derya?«, erkundigte sich Richard.

Sie nickte tapfer.

Ich gesellte mich wieder zu Finley. Er schwang seine Kamelbeine und musste sich ständig ducken. Die Augen traten mir aus dem Schädel vor lauter Anstrengung, etwas zu sehen, wobei die Taschenlampen eher störten. Aber ohne sie wäre es stockfinster gewesen. Eine Etage höher war die Luft auch wieder gehaltvoller. Finley erklärte, dass die fehlende Luftzirkulation ein Grund gewesen sei, weshalb man die Gewölbe als Wohnstätten aufgegeben habe. Abgesehen davon, dass vermutlich Cholera und Typhus grassierten.

Wir kamen an Wänden entlang, die weiß aufleuchteten. Sie waren gestrichen. Dann fanden die Lichter gar keinen Halt und wir standen in einer Halle.

Cipión hatte aufgehört zu zerren. Gern hätte ich es gehabt, dass er uns mit den Sinnen der Tiere einem Ausgang zuführte. Aber er hatte gelernt, dass wir die Wege bestimmten und er sich unterzuordnen hatte.

»Sie wissen noch, wo wir sind?«

»Oh, yes, certainly!«

Irgendwann ertappte ich mich dabei, dass ich ihm nur noch hinterherstolperte, während in meinem Kopf Fragen hin und her rollten. Wer hatte die Tür geschlossen? War es das Versehen irgendeines Geisterführers, der keine vierzig Schilling zahlen wollte, weil er eine Tür nicht abgeschlossen hatte? Oder war es eine gezielt gegen uns gerichtete Aktion? Aber wer hätte wissen können, dass wir uns in den Gewölben befanden? Nur einer, der uns gefolgt war. Aber ab wann war man uns gefolgt? Sicher nicht von Abington aus. Niemand hatte vorhersehen können, dass wir dort bruchlanden würden. Allerdings dass wir Finley im Koestler-Institut aufsuchen würden, das konnte jemand gewusst haben. Er hätte sich nur draußen postieren und warten müssen. Aber er hätte auch für die Vaults und insbesondere die Eisentür einen Schlüssel haben müssen. Und wem nützte es, wenn wir eine Nacht unter Tage verbrachten? Oder ging es um mehr? Sollten wir hier sterben?

Ich trat den Gedanken in die Tonne. Wir geisterten nicht durch einen Roman von Dan Brown. Wenn überhaupt, waren wir die Famous Five und unser Buch hieß *Fünf Freunde und das Abenteuer in den Edinburgh Vaults*. Cipión war Timmy, ich war George, keine Frage, das Mädchen, das den Burschen machte, Derya war die harmlose Anne, Finley war Richard, genannt Dick, und Richard war der vernünftige große Julian.

»Übrigens haben unsere Experimente auch etwas Erstaunliches zutage gefördert«, hörte ich Finley zu mir sagen.

»Was?«

»Wir haben festgestellt, dass die Spukeindrücke besonders stark und häufig sind in Räumen, die als stark bespukt gelten, egal, ob der Proband das wusste oder nicht. Wir haben Räume gefilmt, digitalisiert und dreidimensional aufbereitet. Dann haben wir Probanden eingeladen, diesmal in unser Institut, die Räume zu besichtigen. Das Ergebnis war interessant. Die Personen schauderten und empfanden Bedrohung genau in denselben digitalen Räumen, die auch in Wirklichkeit als spooky gelten. Das legt den Schluss nahe, dass wir den berühmten Magnetismus vernachlässigen können. Hohe Räume im Dämmerlicht mit schattigen Ecken und altes Gemäuer begünstigen Spukempfindungen.«

Konnte ich bestätigen. Aber, nun ja. Dafür all das wissenschaftliche Brimborium? »Darf ich Sie etwas fragen, Finley?«

»Bitte.«

»Sie waren mit Professor Rosenfeld verabredet, an dem Freitag Ende Januar, nicht wahr?«

Ich hörte ihn schnaufen. Seine Stimme klang auf einmal ernst. »Er wollte mich vom Flughafen abholen. Aber er war nicht da. Ich habe im Institut angerufen, aber es ist niemand an den Apparat gegangen. Auch an sein Handy ist er nicht gegangen. Da habe ich mir in Stuttgart ein Hotel genommen.«

»Mein Beileid!«, sagte ich.

Er lachte schon wieder, wenn auch leiser. »Oh, Stuttgart ist sehr nett. Eine freundliche Stadt. Es wird nur sehr viel gebaut.«

»Um wie viel Uhr sind Sie gelandet?«

»Mein Flugzeug hätte 13 Uhr irgendwas landen sollen. Aber es gab Probleme mit der Maschine. Wir mussten eine andere nehmen. Wir hatten fünf Stunden Verspätung. Ich weiß das noch, weil ich es eurer Polizei ganz genau erklären musste. Man hat mich deswegen sogar in Indien angerufen. Wenn ich früher gekommen wäre, also just in time, könnte Gabriel wahrscheinlich noch leben! Dann wäre er nicht allein im Institut gewesen, als sein Mörder kam.«

»Oder Sie wären jetzt ebenfalls tot. Falls Sie mit ihm ins Institut zurückkehren wollten.«

»Nein, wir wollten weiterfahren in den Schwarzwald. Wandern, Sightseeing, Schaffhausen, der Wasserfall, wo Sherlock Holmes starb, zumindest vorübergehend, bevor sein Autor ihn wieder hervorholen musste. Ein Untoter der Literaturgeschichte. Und Samstag wollten wir in Weil am Rhein sein, wo ein Kongress über Telekinese stattfand. Ich war dann allein dort.«

»Was glauben Sie, hat Rosenfeld den Übersinnigen entdeckt?«

»Wen? Ach so.« Er lachte. »Ihr nennt sie Übersinnige?«

»Ich nenne sie so. Oder Parapsychopath. Richard sagt Psi-Agent.«

»Das ist gut. Parapsychopath ... Erlauben Sie mir, diesen Begriff in meinen wissenschaftlichen Arbeiten zu verwenden. Unter Nennung Ihres Namens selbstverständlich.«

Jetzt musste ich lachen. »So komme ich endlich zu akademischen Ehren. Unter uns, glauben Sie, dass Rosenfeld ihn gefunden hatte?«

Finley zögerte einen Moment. »Nein. Ich kann es mir nicht vorstellen. Ja, die meisten meiner Kollegen träumen davon, eines Tages den wahren Spuk zu entdecken und zu belegen, den Beweis zu finden, dass es den ... den Parapsychopathen gibt. Deshalb haben wir uns als junge Männer der Jagd verschrieben, ich auch. Aber die meisten von uns wurden im Lauf des Lebens enttäuscht. Wir sind nur auf Betrüger gestoßen, auf große Illusionskünstler zuweilen. Sie verwendeten Spiegel, doppelte Böden und schwarze Wände.«

»Dann war die russische Meisterin der Salzstreuer, Nina Kulagina, auch eine Trickbetrügerin?«

»Davon gehe ich aus. Aber behaupten darf ich es nicht. Ich bin nicht nah genug herangekommen. Es war schon ein Wunder, dass ich überhaupt bis in ihre Wohnung vordringen konnte, damals im Kalten Krieg. Ich musste mich über Freunde und Verwandte einschleichen. Und dann war doch einer vom Geheimdienst dabei. Ich durfte nur von der Tür aus filmen. Sie hatte immer diese weißen Tischtücher, so dass man nicht erkennen konnte, was sie unter dem Tisch mit ihren Knien und Füßen gemacht hat. Einen Kompass bringt man mit einem Magneten am Knie zum Kreiseln. Wenn man Gegenstände mit magnetischem Pulver bestreicht, kann man sie ebenfalls damit bewegen.«

»Aber warum macht jemand so was?«

»Menschen sind sehr einfallsreich, sobald sie merken, wie sie es anstellen müssen, um Aufmerksamkeit zu bekommen.«

»Aber der sowjetische Geheimdienst hätte ihr die Tricks sicherlich nicht durchgehen lassen. Der hätte kein Interesse daran gehabt, Sie zu beeindrucken.«

»Warum nicht? Ich war aus dem Westen. Ich habe Filmbilder mitgenommen. Jeder konnte sehen, dass die Sowjetunion ein Medium hat, eine, die Gegenstände mit Geisteskraft bewegen kann. Und vielleicht könnte sie ja auch auf über tausend Kilometer Entfernung auf den roten Knopf drücken, und dann wären in den USA ein paar Atomraketen in den Abschussbasen explodiert. Wer weiß. Ja, auch das gab es, dieses parapsychologische Wettrüsten.«

»Und Sie glauben gar nicht mehr? Absolut nicht? Kein letzter Funke von Hoffnung?«

Er lachte. »Und Sie? Was ist Ihr Interesse an der Sache?«

»Oh …« Wieder so eine vertrackte Frage. »Ich habe als Kind gern *The Famous Five* gelesen.«

»Sie mögen sich nicht gern in die Karten schauen lassen. Wie die großen Zauberkünstler.«

Was interessierte ihn das eigentlich? Für mich interessierte man sich nicht, es sei denn mit Hintergedanken. »Ich habe Rosenfeld gefunden«, sagte ich. »Da ist es nur natürlich, dass ich wissen möchte, wer …«

Mein Fuß stieß gegen etwas Weiches, das quietschend aufsprang.

»Jeeeese! What's that?«, rief Finley.

Es war Cipión! Er war stehen geblieben, und ich hatte es in der Finsternis vor mir nicht gesehen.

»Tschuldigung«, sagte ich, beugte mich hinunter und streichelte ihn.

Seine Rute hing sehr tief. Er schnüffelte misstrauisch mit gesenktem Kopf und wich zurück.

»Ist da wer?«, fragte ich unwillkürlich. Ich sah den Hound of Baskerville schon mit gefletschten Zähnen auf uns zustürzen und Cipión mit einem Happs verschlingen. Und in der Tat, der Dackel zitterte unter meiner Hand. »Können Tiere auch Gespenster sehen?«

Dafür hätten sie, Finleys Logik zufolge, Einbildungskraft besitzen müssen.

»Es gibt immer wieder Berichte darüber«, antwortete er. »Aber, tja, der Beweis fehlt. Menschen interpretieren das Verhalten von Tieren oft falsch.«

»Aber wir stammen doch von ihnen ab. Sie sind Biologie wie wir. Sie haben Angst. Cipión hat Angst!« Im Bereich banaler Sinneswahrnehmung konnten Viecher sowieso meist mehr als wir. Füchse spürten Erdmagnetwellen und waren erfolgreicher, wenn sie Richtung Norden auf die Beute sprangen, Delfine und Fledermäuse hatten Echolot. Käfer besaßen Infrarotsensoren, die über Kilometer einen Waldbrand ausmachten. Katzen reichte ein Photon auf der Netzhaut, um etwas zu sehen. »Er spürt etwas!«

»Was ist los?«, fragten Derya und Richard von hinten. Sie hatten aufgeschlossen und waren stehen geblieben.

»Da ist niemand!«, erklärte Finley energisch und machte einen Schritt an Cipión vorbei. Im nächsten Augenblick war er um die Hälfte kürzer.

Derya schrie auf.

Zum Glück hatte ich ihn am Arm gefasst, um ihn zurückzuhalten, sonst wäre er jetzt weg gewesen. Richard packte ihn am anderen Arm und half mir, den Professor wieder lang zu machen und auf die Beine zu stellen.

»Goodness!«, stöhnte er und rieb sich seine Kamelbeine. »What the hell is this?«

Unsere Lampen reichten nicht, um den Grund des Lochs zu erleuchten, das sich mitten im Gang auftat. Seine Ränder waren schmutzverklebt, die Wände geziegelt. Richard kickte mit seiner Schuhspitze ein Steinchen hinein und zählte: »Einundzwanzig, zweiundzwanzig, dreiundzwanzig …« Dann der Plumps.

»Wie tief?«

»Man sollte nicht hineinfallen«, antwortete Richard. »Runden wir die Erdbeschleunigung auf zehn, dann haben wir zehn mal drei für drei Sekunden zum Quadrat, macht neunzig halbe, ist gleich 45 Meter.«

»Da!«, schrie Derya plötzlich.

Wir fuhren zusammen.

»Schaut doch!«

Sie hatte mit ihrer Lampe den roh zusammengenagelten Holzdeckel für den Brunnen gefunden. Er war in eine Seitengruft geschoben worden. Die Schleifspuren auf dem mit dünner Lehmkruste bedeckten Untergrund waren deutlich sichtbar, scharf und frisch. »Wer tut so was? Das ist doch lebensgefährlich!«

Mir klopfte das Herz. Wieder mal. Was geschah hier? Und Cipión hatte es gespürt und uns gewarnt. Was für ein Glück, dass er als junger Hund rund siebzig Meter in den Schacht einer Tiefenhöhle gerauscht war. Ihn erschreckte seitdem, was dunkel und rund war, nach unten ging und feucht roch. Vermutlich war er der einzige Dackel auf der Welt, der Höhlen hasste.

»Machen wir, dass wir hier rauskommen«, knurrte Richard. »Einer von uns richtet seine Lampe immer auf den Boden. Der andere nach vorn.«

»Sollten wir nicht …?«, fing ich an.

»Ja, stimmt.« Richard gab Derya seine Lampe. Ich reichte meine an Finley weiter. Der Deckel war richtig schwer. Aber zu zweit bekamen wir ihn über das Loch gehoben. Richard klopfte sich angewidert die Hände ab. Bevor mir klar war, dass auch meine von feuchtem Dreck klebten, hatte ich sie mir schon an den Jeans abgewischt.

Und weiter. Wir sprachen kaum. Finley humpelte. Ich hakte mich bei ihm ein und richtete meinen Lichtfleck auf den Boden. Cipión dackelte langsam voran. Endlich führten Treppen nach oben. Wir kamen wieder an einem Feuerlöscher vorbei.

»Ah, Luft!«, rief Derya.

Und Licht. Ein Dämmerschein kam um die Ecken. Wir gelangten in einen Raum mit dem üblichen Tonnengewölbe. Nur hatte dieses in einer Ecke ein Lichtloch. Wenn auch sonst keinen Ausgang.

»Glück gehabt«, erklärte Finley. »Hier steht kein Haus an der Außenmauer.«

Richard zog sein Handy. Ich meines. Wir hatten wieder Netz. »Und wen rufen wir jetzt an?«

Finley kratzte sich hinterm Ohr und rückte seine Brille zurecht.

Mein Handy erwachte. Aus den acht Mails von heute Morgen waren inzwischen 94 geworden. Ich öffnete hastig das Mailprogramm.

»Am besten, wir rufen die Feuerwehr«, schlug Finley vor.

»Können wir der beschreiben, wo wir sind?«, fragte Richard.

Finley blickte sich suchend um.

Ich war entsetzt. Lauter Twitter-Meldungen. Ein Twitter-Gewitter. Der Text lautete immer gleich: »Internet will break down caused by pure mental force of Shinobi. Earth will tremble, town will crumble.« Hilfe! Virus! Weg damit! Ich fing an zu löschen und verzweifelte an der Aussichtslosigkeit. Da fiel mir eine Nachricht ins Auge. Sie stammte von einem »Macbeth@

edinburghvaults.com« und lautete: »Klappe zu und aus!« Sie war um 19 Uhr 34 auf meinem Konto eingegangen. Egal jetzt mal, ob deutscher oder schottischer Zeit, die unserer um eine Stunde hinterhertickte. Wir befanden uns seit gut zwei Stunden in diesen Gewölben. Folglich wusste derjenige, der mir die Mail geschickt hatte, wo wir waren. Also hatte er mein Handy geortet.

Derya riss mich aus der Twitter-Hypnose.

»Und wenn wir«, überlegte sie laut, »etwas aus diesem Loch hängen, eine Jacke? Dann könnte die Feuerwehr uns finden.«

»Hol dir doch den Feuerlöscher, Richard«, sagte ich. »Schlag die verdammte Wand ein!«

»Wie soll das denn gehen?«, tadelte mich Derya.

»Mit brachialer Gewalt, Schätzchen!«

Richard verschwand wortlos und kam wenig später mit dem Feuerlöscher wieder. Allein der satte Metallklang, als er ihn auf dem Boden abstellte, schuf Zuversicht.

Er zog sich das Jackett aus und reichte es Derya, die eifrig die Hände ausstreckte. Saubere im Gegensatz zu meinen. Er lockerte die Krawatte, knöpfte den Kragen auf, popelte die Manschettenknöpfe aus seinen Manschetten, steckte sie in die Hosentasche und krempelte sich die Ärmel hoch. Nur selten hatte Richard Gelegenheit zu beweisen, dass sein ausdauerndes Krafttraining irgendeinem höheren Zweck diente als der männlichen Eitelkeit. Er hob die rote Bombe über den Kopf und hieb sie mit Schwung unterhalb des Lichtlochs in die Ziegelwand. Es staubte, Derya hustete, Finley zuckte zusammen. Doch die Wand stand so fest wie vorher.

Dagegen wusste ich schlagartig, von wem die Macbeth-Mail war: von Wagner. Ich nenne ihn immer den Hacker. In der realen Welt hatte er einen anderen Namen und verdiente ein Heidengeld als IT-Sicherheitsberater für große Firmen. Zuweilen erledigte er für mich eine Recherche im Labyrinth der elektronischen Unterwelt. Wenn er sich die Mühe machte, mir eine

E-Mail zu schicken, mit der er mir bewies, dass er wusste, wo ich war, dann wollte er mir damit etwas Wichtiges sagen. »Klappe zu und aus!« Also Handy aus. Ganz aus. Und nicht nur ganz aus, sondern auch Akku oder Sim-Karte raus, hatte er mir mal erklärt. Dabei hatte er mir gezeigt, wie leicht es war, in ein Handy einzudringen und SMS, E-Mails und Notizen mitzulesen, Telefonate mitzuhören und es als Abhörwanze zu benutzen, wobei es für mich aussah, als sei es ausgestellt. Die Programme dafür konnte jeder einfach so im Internet kaufen.

»Mach dein Handy aus, Richard«, sagte ich. »Wir sind auf dem Schirm von irgendwem. Du auch, Derya. Und Sie, Finley! Sicher ist sicher.«

Richard ließ den Feuerlöscher sinken. »Wie kommst du darauf?«

»Wagner hat mir eine Nachricht geschickt.«

Richard stellte keine weiteren Fragen. Er setzte den Feuerlöscher auf dem Boden ab, zog sein Handy und stellte es aus.

»Aber wieso denn?«, begehrte Derya auf.

»Wenn wir schon dabei sind«, sagte ich, »dann verrate uns doch auch gleich, wem du von unserer Reise nach Edinburgh erzählt hast.«

»Aus welchem Grund hätte ich annehmen sollen, dass sie geheim ist?«

»Wem hast du davon erzählt?«

»Ich bin dir keine Rechenschaft schuldig, Lisa! Und mir gefällt dein Ton nicht.«

»Ladies and Gentlemen!«, rief Finley. »Wir sind alle etwas nervös.«

Ich atmete aus. »Übrigens wäre es gut, wir nähmen vorerst auch die Sim-Karten heraus.«

»Aber ich weiß nicht, wie das geht!«, nörgelte Derya.

In meinem Fall wusste ich es zwar, aber mir fehlte der spitze Gegenstand, die Büroklammer oder Nadel, um die Sim-Karte zu lösen. In den Tiefen meiner Jackentasche fiel mir Rosenfelds

Nadel mit dem Freimaurerzeichen in die Finger. Sie musste zwischen Geldbeutel und Handy gesteckt haben, als ich gestern Nacht den Inhalt meiner Taschen vom Blazer in die Lederjacke umräumte. Damit ging es. Finley hatte eine alte Klingelbox aus dem polyphonen Zeitalter, da pulte man sich tief unter den Akku. Richards Handy war wiederum von meiner Klasse. Er übergab es mir und ließ mich stupfen. Derya schaffte es am Ende bei ihrem selbst. Aber immer erst mal Aber sagen!

Inzwischen nahm Richard den Feuerlöscher wieder auf. Derya schaute zu. Ja, er war in Bestform, allemal für sein Alter. Die Muskeln seiner Unterarme bollerten lustvoll, Schweiß lief ihm die Schläfen hinab und malte Linien in den Staub auf seiner Haut. Zähne schimmerten zwischen seinen Lippen. Beim vierten Schlag purzelten mehrere Ziegel nach außen und schufen eine Scharte. Finley konnte, wenn er sich reckte, hinausschauen.

»Eine Baugrube. Wunderbar. Wir sind am Cow Gate. Go on!«

So haute Richard uns da raus. Wir konnten uns endlich durch die Scharte im Mauerwerk hinausquetschen. Es ruinierte Deryas Blazer. Ich hatte nichts an, was man noch ruinieren konnte. Über Schutt kibbelten wir in eine Baugrube hinunter. Auf drei Seiten stiegen schwarze Hinterhauswände in den nun fast dunklen Himmel. Gegenüber war ein lichter Maschendrahtzaun zu erkennen. Das Tor war allerdings verschlossen und drei Meter hoch. An einer Seite befand sich eine Rampe aus Bauschutt. Allerdings konnte man von Dr. Derya Barzani nicht erwarten, dass sie in Pumps und Rock hochkletterte, das Tor überstieg und sich auf der anderen Seite drei Meter auf den Fußweg fallen ließ. Interessanterweise nahmen die Männer das Hindernis Frau ohne Murren hin.

Richard zündete sich eine Zigarette an und schaute sich um. Schließlich entdeckte Finley eine verbogene Eisenschiene, die sich am Tor als Brechstange einsetzen ließ.

25

Wir besorgten uns in einem Fish'n'Chips & Hot Food Takeaway Shop je eine Tüte Heißes und Fettiges, das wir hungrig in uns hineinfraßen. Dabei hielten wir Ausschau nach einem Internet-Café. Derangiert und verdreckt zogen wir durch die Straßen, wie die fünf Freunde. Nur dass uns keine unermüdliche Autorin mit infantiler Phantasie schrieb – »Anne, kannst du mir mal bitte die Tomaten reichen?« –, sondern ein Sadist. Jemand, der mit uns ein Experiment machte. Genau das: ein Experiment. Was tut Lisa Nerz, wenn die Frau, die sie für sich ausersehen hat, mit Richard flirtet? Und was tut er? Wählt er? Ist das der Moment, wo es passiert? Wo er sich standesgemäß verliebt und sich von mir, seinem Irrtum, trennt. Und Finley, das Kamel? Probierte der es einfach, weil er annahm, dass ich auf ältere Herren stand? Oder interessierte er sich wirklich für mich? Würde er mich tatsächlich in seinem nächsten Aufsatz als Schöpferin des Begriffs Parapsychopath zitieren? Mir verknotete sich der Magen und ich versenkte den Rest der Tüte Fish and Chips im nächsten Mülleimer. War mir auch zu viel Essig dran. In die Internet-Spelunke, die von einem Pakistani oder Inder betrieben wurde, ging ich alleine hinein, während Richard Cipións Leine nahm und rauchte.

Ich legte bei Hotmail eine neue Adresse an und schrieb Wagner. Der Absender der Mail, mit der er mich benachrichtigt hatte, funktionierte bereits nicht mehr, also wählte ich seine reguläre Adresse. Er meldete sich postwendend über den Chat.

»Gespenst getroffen?«

»Jau!«, erwiderte ich. »Wat is?«

»Deine Firewall meldet mir einen Angriff.« Er hatte sie letztes Jahr bei mir eingerichtet. Ein Spezialsicherungssystem der Marke Wagner. »Du hast heute früh eine E-Mail mit Spyware im Anhang erhalten«, schrieb er. »Sie kommt als Einladung zu einem Journalistenkongress in Berlin daher. Stammt von Security Consulting & Detectives. Enthielt auch Spyware für dein

Handy. Habe sie gelöscht. Falls du die Mail auch aufs Handy bekommen hast, löschen.«

Ich wollte jetzt nicht nachgucken. Denn das hätte bedeutet, dass ich mein Telefon wieder hochfuhr. »Wer sind die?«

»SC & D hat Büros in London und Berlin. Ein Büro in Bielefeld wurde vor drei Jahren dichtgemacht. Hatten E-Mail-Verkehr eines Ministers abgefangen und ans *Bielefelder Abendblatt* weitergegeben. Das hatte dessen Beziehung zu einer Minderjährigen publik gemacht.«

Ich erinnerte mich nicht. »Verdammt, ich bin nicht prominent!«

»Hast du dich bei Handyortung registriert?«

»Nein.«

»Bist aber registriert.«

»Wie kann das sein?«

»Jemand anders hat deine Nummer beim Ortungsdienst registriert und dein Handy für sich freischalten lassen. Geht ganz leicht. Der einzige Schutz vorerst: abschalten.«

»Alles klar.«

»Ich kümmer mich um die Ortungsfirmen. Frage: Hast du im Flugzeug gesessen?«

»Ja.«

»Gib Acht auf dich, Lisa! Ein Shinobi ist unterwegs.«

Shinobi war ein Begriff von Wagner und seiner Gemeinde für verborgene Aktionen im Internet.

»Was tut er?«, fragte ich zurück.

»Weiß ich noch nicht«, antwortete er.

»Wer ist es?«

»Dito.«

Ich bedankte mich und schaute mir die Internetseite des Detektivbüros SC & D an: Pre-Employment Screening, Observation, Lauschabwehr, IT-Sicherheit, Korruptionsbekämpfung. Als Partner wurde neben einigen Großkonzernen in der Telekommunikations-Branche auch Inter-Q-Orporate genannt. Hm, ja.

Ich googelte noch schnell nach dem *Bielefelder Abendblatt*. Die Geschichte mit dem Minister war auf Anhieb nicht zu finden. Aber die Zeitung gehörte dem Medienkonzern Groschenkamp.

Ja, ebender Oiger Groschenkamp, Chef der Edmund-Gurney-Stiftung und der Böse im Spiel, wie ich seit einigen Wochen bestimmt wusste. Denn ihm gehörte auch der SMV, der Süddeutsche Medienverbund, und damit mein *Stuttgarter Anzeiger*. Und meine Kollegen streikten jetzt seit einer Woche gegen eine drastische Kürzung ihrer Gehälter.

»Was weißt du über Groschenkamp als Medienmogul?«, fragte ich Richard, als wir bei Nieselregen in den George Square zurückwanderten.

»Groschenkamp – übrigens Jahrgang 1928 – hat 1949 in Ostberlin eine Widerstandszeitung gegen die sowjetischen Besatzer gegründet. Wurde verhaftet, floh in den Westen, machte ein Vermögen an der Börse. Er kaufte Mitte der Achtziger in den USA den ersten Fernsehsender und eroberte mit erzkonservativen Inhalten schnell große Marktanteile. Seitdem kauft er auch Sender und Zeitungen. Setzt auf populistische Inhalte: Angst vor Überfremdung, Europafeindlichkeit, Politikverdrossenheit, gegen Abtreibung, für die Todesstrafe, die Kategorie. In Deutschland gehören ihm acht Prozent der Medienunternehmen, darunter die auflagenstärksten Boulevard-Blätter. Er hat in Monaco eine Yacht im Wert von 33 Millionen Euro liegen. Er selbst ist äußerst medienscheu. Es gibt kaum Bilder von ihm.«

»Das habe ich auch festgestellt. Aber wenn er die Paparazzi-Medien kontrolliert ... Und du hast nie gegen ihn ermittelt?«

Er warf mir einen kurzen Blick zu. »Nein.«

»Wagner sagt, das *Bielefelder Abendblatt* habe vor etlichen Jahren einem Minister eine Affäre mit einer Minderjährigen angedichtet. Eine private Überwachungsfirma namens Security Consulting & Detectives soll dabei E-Mails abgefangen haben.«

»Ich erinnere mich. Die Ermittlungen wurden eingestellt. Mit Groschenkamp hatte das allerdings nichts zu tun.«

Später saßen wir erschöpft in Finleys Büro. Er versuchte grummelnd, seinen Computer in Gang zu bringen und ins Internet zu kommen. Richard saß hauptsächlich schweigend im Clubsessel und kraulte Cipión, der sich auf seinem Schoß zusammengerollt hatte. Derya blätterte am Fenster in Büchern über Rosenkreuzer und das schottische Logenwesen. Ich saß auf einem Schemel in der Ecke und versuchte, die Augen offen zu halten.

»Wie es aussieht«, bemerkte Finley, »interessiert sich jemand für eure Reise. Vermutlich hat er auch unsere Computer lahmgelegt!« Er lachte.

»Ich habe nur meinem Freund Bescheid gesagt«, verteidigte sich Derya, »dass ich in Edinburgh bin. Das ist doch nur natürlich. Oder, Richard?«

So! Jetzt nannten sie sich schon beim Vornamen? Duzten sie sich auch?

Ich holte tief Luft. Aber Richard warf mir einen warnenden Blick zu. Er hatte mir vorhin mit dem Handy gehorcht, also gehorchte ich jetzt. Ich war auch plötzlich zu müde für das große Nerz'sche Theater.

»Ha!«, rief Finley. »Ich bin drin … nein, doch nicht.« Er sank in sich zusammen. »Mein Passwort stimmt nicht mehr!«

Richard stand auf, legte Cipión im Sessel ab und schaute Finley über die Schulter auf den Bildschirm. »Aber dann müsste es eine Meldung geben.«

»Was ist mit Héctor Quicio?«, fragte ich. »Hat der auch Zugang?«

»Das nehme ich stark an«, antwortete Finley. »Er hat die Experimente durchgeführt!«

Und er dürfte als Erster gestutzt und dann Rosenfeld informiert haben. Ja, so könnte es gelaufen sein. Rosenfeld hatte den Übersinnigen weiter getestet, womöglich ohne Héctor zu beteiligen. Es gab Streit. Ergebnis: Héctor war aus dem Institut in Alicante verschwunden.

»Haben Sie Kontakt zu ihm?«, fragte Richard.

»Er hat mir kurz vor Weihnachten letztes Jahr eine Mail geschickt«, sagte Finley. »Warten Sie. Ich schaue in meiner Mailablage nach. Hoffentlich funktioniert das wenigstens. Ah …«

»Ich hab's!«, rief Derya plötzlich. »Schaut mal!«

»Ja, am 15. Dezember«, sagte Finley gleichzeitig. »Héctor hat mir einen Aufsatz geschickt. Über die Gesichter von Bélmez. Er hat sich mit dem Direktor seines Instituts angelegt. Der hat öffentlich erklärt, die Gesichter seien aufgrund übersinnlicher Fähigkeiten zustande gekommen. In dem Aufsatz beschreibt Héctor, wie man diese Gesichter per Hand auf den Betonboden malt.«

Was für Gesichter? Hilfe, Chaos!

Auch Richard runzelte die Stirn.

»Müssen wir jetzt wissen, was es mit den Gesichtern von Bélmez auf sich hat?«, erkundigte ich mich.

»Nein«, Finley lachte, »das müssen Sie jetzt nicht wissen, wenn Sie es nicht wissen wollen. Aber es ist eine der schönsten Spukerscheinungen, die ich kenne, nicht so wüst und finster wie die anderen. Es begann 1971. Da sah eine gewisse María Gómez in ihrem Haus in dem kleinen andalusischen Dorf Bélmez ein Gesicht im Zementboden ihrer Küche. Weil sie Fieber hatte, hielt sie es für eine Halluzination. Doch das Gesicht am Boden wurde danach immer deutlicher. Es tauchten weitere Gesichter auf, auf dem Boden, an den Wänden. Sie sahen aus wie mit, sagen wir, dunkler Kreide auf Beton gezeichnet. Ließen sich aber nicht wegwischen. Sehr poetisch. Ein bisschen wie gotische Gesichter aus alten Inkunabeln. Bald blühten sie überall, Hunderte. Man trug den Betonboden ab und fand unter dem Haus zwei Skelette ohne Kopf. Das ganze Dorf, sagte man, sei auf einem alten Friedhof gebaut worden.«

Richards Aufmerksamkeit hatte er gewonnen. »Irgendwer im Dorf wird das noch gewusst haben.«

»Ich glaube nicht. Solches Wissen geht schnell unter. Nach

drei Generationen ist es weg. Aber vielleicht bleibt es ja in den Neuronen drin, also unbewusst, vielleicht wird solches Wissen sogar vererbt. Wer weiß. Jedenfalls haben sie den Estrich neu gemacht und, sagen einige, mit einer Acrylschicht versiegelt.«

»Weiß man das denn nicht genau?«, fragte Richard.

»Es ist ein Phänomen, das es seit vierzig Jahren gibt«, antwortete Finley. »Da erzählen viele Leute aufgeregt, was alles unternommen wurde, um zu beweisen, dass es sich hier um einen echten Zauber handelt. Das meiste ist Fabel. Ich war nicht dabei, als der Boden versiegelt wurde. Es sollen in ihm neue Gesichter entstanden sein. Eines davon sah aus wie der Generalísimo Franco auf einer Briefmarke aus den Neunzigern. Wissenschaftler der Asociación Española de Investigaciones Parapsicológicas machten Röntgenbilder, angeblich auch chemische Untersuchungen. Es heißt, man fand keine Farben, keine Stickstoffverbindungen. Der Chef der Asociación vertrat die Ansicht, die dunklen Sandkörner im Zement würden sich mit Hilfe geistiger Kräfte zu Linien und Gesichtern gruppieren. Wie das physikalisch möglich sein soll, dafür hat er keine Erklärung geliefert. Übrigens hat Hans Bender María einem Lügendetektortest unterzogen und festgestellt, dass sie ehrlich sei. Aber es muss ja nicht sie selbst gewesen sein, die diese Bilder fabriziert hat, nicht wahr? Sie glaubte, sie würden nach ihrem Tod verschwinden. Sie verstarb 2004, doch die Gesichter blieben. Die Bürgermeisterin des Dorfs wollte das Haus kaufen und ein Museum daraus machen, doch die Erben verlangten zu viel Geld dafür. Da erschienen im Geburtshaus von María, das noch billig zu haben war, auf einmal auch Gesichter.«

Ich musste lachen. »Eins zu viel, schätze ich.«

»Absolut! Das fand auch Héctor Quicio. Er hat zeigen können, dass man diese Zeichnungen auf Beton ganz gut mit einer Mischung aus Öl und Wasser hinbekommt. Wischt man die Böden, wie es in diesem Hause anscheinend üblich war, regelmäßig mit leicht öligem Wasser, werden sie immer schöner, die

Gesichter. Tageslicht lässt sie nachdunkeln, weil das Öl oxidiert. So hatte Spanien vierzig Jahre lang das schönste und friedlichste Wunder der Parapsychologie, nun hat es den Betrug des Jahrhunderts.«

»Aber es gibt doch Institute, die chemische Proben ziehen können«, sagte Richard verwundert. »In Zeiten des Elektronenmikroskops sind das doch Sachen, die nicht rätselhaft bleiben müssen.«

»Aber es kostet Geld. Und es fehlt das ernsthafte Interesse. Für Physiker und Chemiker ist es Betrug und nicht der Rede wert, für die, die glauben, ist es ein übersinnliches Phänomen, das nicht analysiert werden muss. Wenn Sie sich mit dem Thema länger beschäftigen, Richard, werden Sie feststellen, dass beide Parteien immer alle Register ziehen und verkünden, alle Beweise auf ihrer Seite zu haben. Auch wissenschaftliche Ergebnisse können verschieden gedeutet werden. Man unterwirft sie der Gesamtinterpretation einer Lage. Was passt, bleibt, was nicht passt, wird nicht beachtet. Héctors Chef hat in einem Gutachten erklärt, die Erscheinungen seien übersinnlicher Natur.«

»Also hat er Héctor rausgeworfen?«, fragte ich.

»Davon weiß ich allerdings nichts.«

»Außerdem«, rief Derya noch einmal von ihrem Stuhl, »habe ich hier was gefunden. Im *Book of Kells.* Das müsst ihr euch anschauen!« Sie stand mit ihrem Buch auf und trug es zu Richard, der inzwischen wieder im Sessel saß. »Das sieht aus wie dieses Steinmetzzeichen im Gewölbe, finden Sie nicht?«

Aha, sie siezte ihn noch.

Was alle wussten, nur ich nicht: Das *Book of Kells* war der kostbarste Gegenstand der westlichen Welt, so jedenfalls hatte man es im Jahr 1007 gesehen, als es aus der Kirche von Kells gestohlen wurde. Es war aber längst wieder da und lag in Dublin. Dreihundertvierzig Pergamentblätter, über und über bedeckt mit bunten Bildern und zarten und reich verschlungenen Ornamenten.

»Folio 124 …«, sagte Derya. Sie war auf einmal mit Eifer dabei, sie schob sich die Haare hinters Ohr, ihr Gesicht leuchtete, ihre Augen funkelten, ihre schönen Lippen waren halb geöffnet, ihr Blick lag vertrauensvoll auf Richard.

Das Foto im Buch zeigte eine Seite, die mit Treppenmustern bedeckt war. Wie eine Mischung aus Maya und Jugendstil, fand ich. Im oberen Teil hing irgendetwas, das aussah wie ein zweiköpfiger Pfau mit zusammengefaltetem Schweif. Die untere Hälfte wurde beherrscht von zwei mit den Spitzen zueinander stehenden Dreiecken, in deren Balken ein Text stand, den ich nicht lesen konnte. Quer darüber lag ein waagrechter Balken, ebenfalls mit Text. Das alles war mit reichlich Gold ausgestattet, wobei Richard klarstellte, dass die Mönche, die diese Illustrationen gefertigt hatten, kein Gold, sondern Arsenblende verwendet hatten. Und für das Rot die Kermesschildlaus, deren Farbstoff auch Campari rot färbte.

Igitt! Ich trinke nie wieder Campari.

»Tunc crucifixerant Xpi cum eo duos latrones«, buchstabierte Richard.

Ich konnte kein Latein, aber latrones verstand ich. Auf Spanisch sagte man ladrones zu Dieben.

»Dann kreuzigten sie …«, übersetzte er. »Nein, besser: Dann wurden mit ihm zwei Diebe gekreuzigt.«

Auch mir war klar, dass es hier um die Kreuzigung Christi ging und um die beiden Verbrecher, die links und rechts von ihm an Kreuzen hingen und ebenfalls sterben sollten. Ihre Ängste hatten mich schon als Kind beschäftigt. Der eine spottete, der andere bereute. Beide fühlten sich einig mit der Ordnung und nicht im Stich gelassen, ganz anders als der in ihrer Mitte. Er hielt sich für völlig unschuldig. Sie wussten, gegen welche Regel sie verstoßen hatten, Jesus dagegen kam bis zu seinem Tod nicht drauf, dass keine Gesellschaft sich einen fundamentalistischen Kritiker gefallen lässt. Deshalb stellte sich ihm wie jedem andern auch die große Frage des Individuums im Angesicht des Todes: »Warum ich?« Aber er fand die Antwort nicht.

»Hm«, machte Richard. »Die Dreiecke hier stehen mit den Spitzen zueinander.«

»Aber da, Richard, hier im Seitenband, da sind solche Quadrate mit Querstrich wie im Gewölbe. Dachte ich mir doch, dass es ein keltisches Motiv ist.«

Richard holte seine Lesebrille aus dem Jackett und beugte sich über das Bild. Finley trat dazu. Er trug sein Leseinstrument schon auf der Nase.

Ich setzte mich an seinen Computer und las derweil im Netz nach. Es ging zwar, aber lief wie in Zeitlupe. Seiten mit vielen Bildern ließen sich gar nicht öffnen. Doch so viel erfuhr ich: Das *Book of Kells* stammte eigentlich gar nicht aus dem irischen Kells, sondern war von irischen Mönchen auf der Insel Iona hergestellt worden.

Iona? Eine Insel der Inneren Hebriden an der Westküste Schottlands. Grabstätte von schottischen Königen. Auch Macbeth war dort beerdigt worden. Ich staunte. Den hatte es also tatsächlich gegeben?

»Dann auf nach Iona«, sagte ich.

Die drei blickten mich verstört an.

Richard nahm die Lesebrille ab. »Wozu?«

Wenn er so fragte, in diesem nachsichtig gequälten Ton, dann bürstete mich das auf Krawall. Aber er sah so erschöpft aus. Und neben ihm leuchtete die schöne Derya.

»Das *Book of Kells* ist dort hergestellt worden. Aber wenn du meinst, dass das Zeichen in den Gewölben ohne Bedeutung ist …«

Richard zog kaum merklich die Brauen zusammen. »Nein, das meinte ich nicht, Lisa.«

»Was dann?«

Derya schaute mich halb lächelnd an. Finley tat zerstreut. Stritten wir uns? War das jetzt das, was ich bei ermüdeten Paaren so oft beobachtet hatte? Die Erschöpfung vor dem finalen Aufbäumen. Richard und ich kabbelten uns ständig, ich provozierte ihn, er hielt kampflustig gegen. Ich stach, er parierte. Bisher hatte ich geglaubt, es gefalle ihm, er brauche das zur Belebung seiner schwäbischen Leisetreterei.

»Ich meinte«, sagte er geduldig, »es ist zwölfhundert Jahre her, dass dieses Buch gefertigt wurde. Ich glaube nicht, dass es für *uns* von Bedeutung ist.«

Derya sah enttäuscht aus. »Aber warum blättere ich dann wie nicht gescheit?«

Richard sah aus, als wolle er leicht gereizt darauf hinweisen, dass er weder mich noch sie zu irgendeinem Irrsinn investigativer Art angestiftet habe, aber er sagte es nicht. Natürlich nicht.

»Ich denke«, ergriff Finley freundlich lärmend das Wort, »morgen ist auch noch ein Tag. Sagt man nicht so? Und der Heilige Gral läuft uns nicht davon.« Er lachte.

Derya legte das Buch zurück auf den Lesetisch und griff nach ihrer Handtasche. »Gibt es hier in der Nähe ein Hotel?«

»Ihr geht nicht ins Hotel«, rief Finley. »Ihr schlaft bei Milly. Sie bietet Bed and Breakfast an. Das ist gleich um die Ecke. Ich rufe sie schnell noch an.«

Die arme Frau war schon im Bett gewesen und empfing uns in einem blauen Morgenmantel aus schimmerndem Chiffon mit roten und violetten Blumen. Sie zeigte uns zwei Zimmer, das eine so plüschig wie das andere. Der Bettüberwurf aus diesem glänzenden Chintz mit Volants und wildem Blumenmuster in Farbrichtung Hellblau, die Kissen in Richtung Hellgrün mit Rüschen, Volants an den Sesselkanten, geraffte Vorhänge aus fliegendem Chiffon mit Bommelkordeln, floral gemusterte Tapeten und Teppiche, rosafarbene Vasen mit Rosenmuster, hellgrüne Lampenschirme mit Blattmuster. Ich muss frühzeitig das Bewusstsein verloren haben.

26

Zum Frühstück gab es Black Pudding, Sausages und Kippers, was auf Deutsch barbarisch klingt: eingedicktes Blut, Würstchen und Bückling. Die anderen Elemente waren uns aus unserer Zivilisation bekannt: Spiegeleier, weiße Bohnen, gebackener Schinken, gegrillte Tomaten, Weißbrot und Tee. Ich frühstücke selten und kenne von daheim nur die von Richard dagelassenen Croissants. Aber was Milly uns auftischte, verlangte unbedingt Anerkennung und laute Beifallsbekundungen. Und der Hunger entstand beim Essen. Und was für einer.

»Ist das Haggis?«, erkundigte sich Derya schrill und deutete auf einen Klacks Schlamm auf ihrem Teller.

Richard grinste, während ich schaufelte, und nannte die Zutaten: Herz, Leber, Lunge und Nierenfett vom Schaf, Zwiebeln und Hafermehl im Schafsmagen zubereitet und ordentlich gepfeffert. Er war unerschrocken, was regionale Essgewohnheiten betraf. Als junger Mann hatte er sein Leben den riskanten Bedingungen in Südamerika anvertraut. Er war tief verborgen in seinem Herzen oder in seiner Erinnerung ein Abenteurer, auch wenn man es ihm heute nicht mehr ansah.

Wir saßen noch beim Essen, da kam Finley mit der Nachricht, dass aus unserem Rückflug heute wohl nichts werden würde. »Die haben Computerhavarie am Flughafen. Teile des Internets sind zusammengebrochen.«

Wir schauten uns an.

»Ich habe aber auch eine gute Nachricht!«, fuhr Finley fort. »Ich habe in der Nacht noch ein bisschen gekramt. Und, hurra, ich habe in einem Ordner die Kalteneck-Liste gefunden. Ich hatte sie mir mal ausgedruckt. Wenn Sie fertig sind mit Frühstücken, Richard, können wir nachher gleich …«

Richard war bereit, sein Frühstück sofort zu beenden. Aber Derya schob Finley ihren Teller hin.

»Und«, plauderte Finley weiter, während er in ein Würstchen

biss, »ich … hm … habe … hmhm … eine E-Mail bekommen … hmhmmm … von Héctor.«

»Ach!« Mir war plötzlich speiübel.

Finley schluckte. »Ihr werdet es nicht glauben, er ist …«, Finley schnurpste sich einen Streifen Frühstücksspeck in den Mund, »er ist auf Iona.«

Auf einmal erdrückte mich der gemusterte Plüsch des Diningrooms, der Nippes auf den Regalen, die Lämpchen, Deckchen, Schälchen in kräftigen Farben auf Basis von Ocker, Blau und Grün. Es ging nicht anders, ich musste mir eine Zigarette anstecken. »Was macht er denn dort?«

»Er untersucht einen Spuk.«

Richard zündete sich ebenfalls eine Zigarette an. »Und wieso schreibt er Ihnen?«

»Er will sich mit mir treffen. Übrigens erwähnt er, dass eine Stuttgarter Journalistin ihm geschrieben habe wegen der Kalteneck-Akten. Aber er hat das Passwort nicht, schreibt er. Ich habe die E-Mail ausgedruckt.« Finley griff sich ins Cordjackett und förderte ein gefaltetes Blatt zutage.

Der Brief stammte von Héctors Instituts-Mailadresse. Er war auf Englisch verfasst und mit »Hector« unterschrieben. Ohne Akzent. Darin stand, er sei seit drei Tagen auf Iona. Auf dem Reilig Odhráin – das war der Heilige Friedhof, wie uns Finley übersetzte – seien keltische Zeichen und das Quadrat der Kuldeer auf Steine und in die Erde graviert erschienen.

Richard ließ sich im Stuhl zurückfallen.

Derya sagte: »Aber das ist doch …«

»Und nachts wurden Lichterscheinungen beobachtet«, fuhr Finley fort. »Er schreibt, wenn ich es zeitlich irgendwie einrichten kann, würde er sich freuen, wenn ich käme und ihn mit meinem Fachwissen unterstützte. Eigenartig nur, dass ich gar nichts davon weiß. Normalerweise wenden sie sich an mich oder an mein Institut, wenn es irgendwo in Schottland spukt.«

Heute, im Rückblick, erscheint es kaum begreiflich, dass wir so gar nicht merkten, worauf es hinauslief. Aber man konnte es sich eben nicht vorstellen. Beim Frühstück mit Kippers und Haggis ahnte höchstens Richard etwas von der perversen Macht, die sich über uns hermachte, um, nachdem sie mit uns fertig war, den Globus zu überziehen.

»Wie weit ist es denn bis Iona?«, erkundigte ich mich.

»Fünf Stunden im Auto«, antwortete Finley.

»Wenn unser Flugzeug heute sowieso nicht geht …«

»Dann sollte ich aber dringend vorher noch ein paar Besorgungen machen«, sagte Derya.

Sie war im Gegensatz zu mir eine Frau, die Wäsche, Slipeinlagen, Nylonstrümpfe, einen sauberen Rock brauchte und Jeans, wenn es aufs Land ging. Die Männer schwiegen. Gegen den Wunsch einer Frau, Läden zu besuchen, durfte man nicht andiskutieren, wenn man keinen Eklat provozieren wollte. Richards Distanz zu weiblichen Gedankengängen war so groß, dass er nicht einmal fragte, was Derya zu besorgen haben mochte.

Es gab ihm und Finley außerdem Zeit, ins Institut zu gehen und sich die Liste mit den Klarnamen der Kalteneck-Experimente anzuschauen. Währenddessen klärte ich mit Hilfe von Millys Festnetztelefon, was mit unseren Flügen war.

Um zehn saßen wir in Finleys altem MG Rover und fuhren Richtung Westen aus Edinburgh hinaus. Die Autobahn war nur eine kurze Illusion, dann rollten wir auf einer Landstraße durch grüne Hügel mit verlorenen Ansiedlungen und unergründlichen Lochs.

Derya saß vorn neben Finley, Richard neben mir im Fond. Er ließ mit keinem Wimpernschlag durchblicken, ob Juri Katzenjacob auf der Liste der Kalteneck-Experimente stand.

Finley erzählte von seiner Indienreise. Sie hatte nur dem Zweck gedient, den mächtigsten Tantrik des Landes zu einem Zweikampf herauszufordern. »Tantra kennt man bei uns als ausdauernde Sexualpraktiken«, erklärte er. »Aber die Inder glauben, dass Tantra schwarze Magie ist. Man kann damit Menschen schaden, sie sogar töten. Allein mit Geisteskraft, mit Beschwörungen und Zaubersprüchen, so wie Harry Potter: Petrificus totalus!« Finley lachte vergnügt, während es mir kalt den Rücken hinunterlief.

Er hatte über Sanal Edamaruku, den Präsidenten von Rationalist International, den Tantrik Devendra Yasch aufgefordert, seine Kräfte vor laufender Kamera in einer Fernsehshow zu beweisen. Der Magier hatte behauptet, er könne jeden beliebigen Menschen innerhalb von drei Minuten durch Magie töten und stehe im Auftrag höchster Politiker.

»Tu es, habe ich zu ihm gesagt. Töte mich! Aus drei Minuten wurden drei Stunden, und ich blieb am Leben.«

Finley kicherte, die knochigen Hände an den Lenker geklammert. Richard krampfte jedes Mal, wenn der Wagen einen Lachschlenker machte.

»Die Sendezeit war zu Ende, Devendra murmelte, schwitzte und zauberte. Ich habe mich köstlich amüsiert. Devendra behauptete, ich müsse unter dem Schutz eines starken Gottes stehen. ›Ich bin Atheist!‹, habe ich gesagt. Ich habe ihm Revanche angeboten. Einen Monat später haben wir wieder eine Show gemacht. Die Presse hat im Vorfeld berichtet. Achtzehn Millionen Inder saßen vor dem Fernseher. Konzentrieren können die sich, die Jungs, das muss man ihnen lassen. Ganz großer Hokuspokus. Er hüpfte, er schrie, er schwitzte, er schüttelte mich, beinahe hätte er mich erwürgt. Stellen Sie sich vor, ich hätte wirklich live im Fernsehen wahnsinnig und schreiend unter Krämpfen mein Leben ausgehaucht. Nach drei Stunden schlich Devendra als gebrochener Mann von hinnen. Es war genial. Mein Freund Sanal Edamaruku kämpft schon seit Jahren gegen Aberglauben. Wir wollten den Bann brechen. Und er sagt, es sei uns gelungen. Viele Menschen in Indien haben nun weniger Angst. Wisst ihr, Tantriks agieren so selbstbewusst, sie treten so sicher und furchteinflößend auf, dass selbst Menschen unsicher werden, die überzeugt sind, dass nichts dran ist an schwarzer Magie. Man weiß es ja eben doch nicht so genau. Dann ist es nur noch ein kleiner Schritt bis zum Zusammenbruch aus Angst.«

»Und Sie waren sich immer sicher?«, fragte ich.

Finleys enzianblaue Augen begegneten mir im Rückspiegel. »Wenn Sie sich das Lachen verbeißen müssen, ist Magie ohnmächtig. Lachen Sie, Lisa! Das Lachen ist die stärkste Macht des Rationalisten.«

»Im Märchen ist es die Dummheit«, sagte Richard.

Derya drehte sich auf dem Vordersitz herum. »Im Märchen?«

»Ja, im *Märchen von einem, der auszog, das Fürchten zu lernen* von den Gebrüdern Grimm.«

»Erzählen Sie, Richard!«, rief Finley.

Wir fuhren durch grüne Landstriche, in denen fünf verstreute Anwesen einen Ortsnamen besaßen, während Richard ins Grimm'sche verfiel.

»Ein Vater hatte zwei Söhne, der eine gescheit und arbeitsam, der andere begriffsstutzig und zu nichts zu gebrauchen. Der ältere Sohn aber mochte nicht nachts am Friedhof vorbeigehen, und wenn am Feuer Schauergeschichten erzählt wurden, dann gruselte es ihn. Das fand der Jüngere verwunderlich. ›Immer sagen sie: Es gruselt mir! Es gruselt mir! Mir gruselt's nicht; das wird wohl auch eine Kunst sein, von der ich nichts verstehe.‹ Als ihn der Vater eines Tages zur Brust nahm, damit er mal was lernte, antwortete er: ›Ich will gern was lernen, ja, wenn es anginge, möchte ich lernen, dass mir's gruselt, davon verstehe ich noch gar nichts.‹ Der Vater klagte dem Küster sein Leid, und der sagte: ›Steck ihn zu mir, ich hobel den schon ab.‹ Er nahm ihn mit und ließ ihn die Glocke läuten. Dann einmal weckte er ihn um Mitternacht und schickte ihn den Kirchturm hoch an die Glocke. Er selbst, der Küster, verkleidete sich als Gespenst und stellte sich bewegungslos hin, damit der Junge Angst bekäme. Doch der hielt das Gespenst für einen Spitzbuben und warf ihn die Treppe hinunter.«

Finley lachte. »Ich liebe die Grimms.«

»Darauf zog der Junge in die Welt hinaus, um das Gruseln zu lernen, damit er auch eine Kunst verstehe, die ihn ernähren könne. Auf der Landstraße traf der Junge einen Mann, der ihm helfen wollte und ihn zum Henkersplatz führte, wo sieben Männer an den Bäumen hingen. Wenn er die Nacht dort verbringe, so werde er das Fürchten schon lernen. Der Junge tat, wie ihm empfohlen. Er machte Feuer und setzte sich. Und als der Wind die Gehängten gegeneinanderstieß, holte er sie runter, weil er dachte, sie frören, und setzte sie ans Feuer. Aber ihre Kleider fingen Feuer. Da wurde der Junge böse und hängte sie wieder auf. Die Nacht schlief er seelenruhig. Am andern Tag klagte er im Wirtshaus sein Leid, dass er das Gruseln nicht lerne. Der Wirt sagte, dazu solle wohl Gelegenheit sein, und erzählte ihm von einem verwünschten Schloss. Zudem habe der König dem, der es wagen wolle, drei Nächte in dem Schloss zu verbringen, seine Tochter versprochen, und die sei die schönste Jungfrau, die die Sonne bescheine. In dem Schloss steckten auch schöne Schätze, die von bösen Geistern bewacht würden. Doch schon viele seien dort hinein, aber noch keiner wieder herausgekommen.

Da ging der Junge vor den König und erklärte, er wolle drei Nächte in dem Spukschloss verbringen. Dem König tat der nette Junge leid, und er erlaubte ihm, drei Gegenstände mitzunehmen. Der Junge bat um ein Feuer, ein Messer und eine Werkbank. Und so verbrachte er die erste Nacht. In der ersten Nacht erschienen ihm ein paar Unholde und schwarze Katzen. In der zweiten Nacht gab es Geschrei und Gepolter, ein halber Mensch kam durch den Schornstein herabgefallen. Etwas später kam die andere Hälfte, die Stücke fuhren zusammen. Weitere Männer spielten mit neun Totenbeinen und zwei Totenköpfen Kegeln. Der Junge drehte die Totenköpfe auf der Drehbank rund und spielte mit. Um zwölf war der Spuk vorbei und der Junge schlief selig. Der König kam und fragte, ob er sich nicht endlich gegruselt habe. Darauf der Junge: ›Ei was, lustig hab ich mich gemacht!‹«

»Da hört ihr's!«, rief Finley und hob den Finger.

»In der dritten Nacht kamen sechs Männer und trugen einen Sarg herein. Es lag ein Toter darin. Der Junge dachte, er könnte ihn zum Leben erwecken, wenn er ihn am Feuer erwärmte. Zuletzt nahm er ihn sogar mit sich ins Bett. Und tatsächlich wurde der Tote warm und fing an sich zu regen. Allerdings war er nicht dankbar, sondern erklärte, er werde den Jungen jetzt erwürgen. Daraufhin warf der ihn wieder in den Sarg und machte den Deckel zu. Nachdem auch das keinen Erfolg gehabt hatte, kam ein bärtiger Mann. Er sagte: ›Nun sollst du lernen, was Gruseln ist, denn du sollst sterben.‹ – ›Nicht so hastig‹, antwortete der Junge, ›soll ich sterben, so muss ich auch dabei sein.‹«

Finley lachte. »Der macht's richtig. Ihr habt wirklich lustige Märchen.«

»Der Junge und der Alte stritten eine Weile, wer stärker sei, dann einigten sie sich auf einen Wettkampf. Der Alte führte ihn durch dunkle Gänge zu einem Schmiedefeuer, nahm eine Axt und schlug den Amboss in die Erde. ›Das kann ich besser!‹, sagte der Junge, nahm die Axt und ging zum andern Amboss. Der Alte trat herzu, und wie sein Bart so herabhing, spaltete der Junge den Amboss und klemmte den Bart des Alten hinein. Jetzt sei das Sterben an dem andern, rief der Junge und verprügelte den Alten, bis der um Gnade rief und ihm Reichtümer versprach. Im Keller des Schlosses standen in der Tat drei Kisten voll Gold. Eine davon gehöre dem König, eine den Armen und die dritte ihm. Um zwölf war auch dieser Spuk herum. Das Gruseln hatte der Junge zwar immer noch nicht gelernt, aber er hatte das Schloss erlöst, eine Schatztruhe bekommen und durfte die Tochter des Königs heiraten. Der junge König wurde jedoch nicht recht froh, auch wenn er mit seiner Gemahlin ein vergnügtes Leben führte. ›Wenn mir nur gruselte, wenn mir nur gruselte!‹, seufzte er allenthalben. Das verdross seine Frau. Aber sie hatte ein pfiffiges

Kammermädchen, das versprach Abhilfe. Es ging hinaus zum Bach und schöpfte einen Eimer voll Gründlinge. Und nachts, als der junge König schlief, zog seine Gemahlin ihm die Decke weg und goss das kalte Wasser mit den Fischen in sein Bett. Der Junge schreckte hoch, schauderte und sah mit Schrecken, wie die Fische um ihn zappelten. Und endlich wusste er, was Gruseln ist.«

»Wieso endet hier der Spuk um Mitternacht und in anderen Geschichten beginnt er um Mitternacht?«, erkundigte ich mich.

Wieder begegnete ich Finleys Blick im Rückspiegel. »Weil die beiden Stunden um Mitternacht nur bedeuten, dass es sich um eine Zeit handelt, wo die Sonne weit weg ist, auf der anderen Seite der Erde. Das ist ohnehin nie Punkt zwölf Uhr der Fall. Und so haben sich kulturell bedingt unterschiedliche Traditionen herausgebildet.«

Zu Mittag hielten wir am Loch Awe. Ein grauschwarzes Hotelschlösschen mit Dutzenden von Schornsteinen stand am schwarzen See. Viel Zivilisation war nicht zu erkennen. Aber die Bahn von Edinburgh nach Oban hielt hier. Richard und ich schickten Finley und Derya vor ins Restaurant, zündeten uns Zigaretten an und wanderten mit Cipión die Straße entlang. Urlaub war ein Abenteuer, für das Richard und mir der Sinn abging. Cipión sowieso, denn als Hund unterlag er dem Stress, ein fremdes Revier markieren zu müssen, in das er nie wieder zurückkehren würde.

»Gehe ich recht in der Annahme«, fragte ich, sobald wir allein waren, »dass du mir nicht sagen wirst, was dein Blick in die Kalteneck-Liste für Erkenntnisse gebracht hat?«

»Da gehst du recht.«

»Gibt es überhaupt Erkenntnisse?«

»Das kann ich dir auch nicht sagen.«

»Hat sich unsere Reise gelohnt?«

»Eine Reise lohnt sich immer.«

»Findest du?«

»Findest du es nicht auch merkwürdig«, sagte er, »dass Finley just heute eine E-Mail von Héctor bekommen hat?«

»Indeed! Sehr merkwürdig.«

»Und ausgerechnet auf Iona soll sich der Kerl aufhalten.«

»Und ausgerechnet heute verhindert ein Internetzusammenbruch unsern Rückflug!«

»Der ist real. Ich habe vorhin in Finleys Büro Radio gehört. Das ist was Größeres. Halb Großbritannien ist betroffen. Die Rede ist von Überlastung und dass Fachleute schon lange davor warnen, dass das Internet die Datenmengen nicht mehr bewältigt. Mit schuld ist wohl eine Meldung, in der angekündigt wird, dass das Internet heute zusammenbricht. Sie verstopft alles.«

Ich erinnerte mich plötzlich an das Twitter-Gewitter auf meinem Handy. »Ja. Ich habe gestern auch Dutzende von Twitter-Nachrichten bekommen, in denen einer den Zusammenbruch des Internets vorhersagte.«

Richard zog die Brauen hoch.

»Ich hatte allein über neunzig.« Und war nicht in dem Tweet ein Shinobi vorgekommen? Das Wort, das Wagner gestern auch erwähnt hatte. »In den Meldungen nannte der Prophet sich Shinobi. Und Wagner hat gesagt, es gäbe einen. Shinobis sind wie Ninjas japanische Untergrundkämpfer.«

»Ich weiß, Lisa. Die Verborgenen. Wir romantisieren sie. Im Grunde aber waren sie Spione und Meuchelmörder.«

»Er hat übrigens auch ein Erdbeben angekündigt.«

»So? Nun, die erste Meldung stammte wohl vom Twitter-Account der *New York Times.* Die hat aber dementiert und es als Panne bezeichnet. Eine Scherzmeldung sei aus Versehen veröffentlicht worden. Kann ja durchaus sein.«

»Glaube ich nicht. Ich glaube, Shinobi hat das Twitter-Konto der *New York Times* geknackt, und das wollen die nicht zugeben.«

»Aber dieselbe Meldung ist, wenn ich die Berichte richtig verstanden habe, auch in den Tweets von anderen großen Zeitungen erschienen, *Le Monde, El País, London Times, Prawda* … Hat er alle diese Konten geknackt?«

»Warum nicht?« Aber reichte ein verrückt gewordener Tweet, um eine Havarie auszulösen? »Wirkt, als hätte es jemand darauf angelegt, dass wir heute nach Iona fahren können. Das ist krass.«

»Es ist absurd.«

Auf der anderen Straßenseite tauchte hinter Mauerpfosten, Briefkasten und Schild ein kleiner Laden auf.

Zum Glück hielt Richard Cipión an der Leine, und zum Glück kurz. Und zum Glück war er reaktionsschnell und zupackend. Sonst wäre ich direkt in den dunklen Transporter hineingelaufen. Und wäre Cipión wie üblich eine halbe Dackellänge vor mir gegangen, hätte es ihn weggerissen und zermatscht.

»Jesses!« Ich hatte wieder mal zuerst nach links geschaut.

Die Bremslichter des schwarzen Transporters leuchteten kurz auf, dann verloschen sie. Das Auto beschleunigte und verschwand. Die gelben Kennzeichen ließen in Großbritannien keine Rückschlüsse auf die Heimatstadt des Fahrers zu. Es gab auch keinen Grund, mir das Nummernschild zu merken. Es war ja nichts passiert.

Ich atmete aus.

Nachdem wir wie aufgeregte Kinder am Straßenrand mit klopfendem Herzen zuerst nach rechts, dann nach links geschaut hatten und auch bestimmt kein Auto kam, überquerten wir die Straße. So kamen wir wieder zu Zigaretten und Richard zu einer Zeitung.

Unsere Bruchlandung war anscheinend ein reales Ereignis, das reich bebildert mehrere Seiten füllte.

27

Im Fährhafen von Oban – auch so eine schwarze Stadt, die in den Himmel stachelte – sah ich den dunklen Transporter wieder. Er fuhr vor uns auf die Fähre nach Craignure. Als er dort die Fähre verließ, erkannte ich einen jungen Mann und eine junge Frau hinter der Frontscheibe. Obgleich der Hafen auf der Insel Mull nur aus einem Anleger und einer Straße bestand, verlor ich den Transporter sofort aus den Augen. Was mich aber nicht weiter kümmern musste.

Die Straße bestand aus einer Fahrspur mit Buchten zum Ausweichen und machte aus 34 Meilen quer über die Insel eine große Reise durch eine Wildnis grüner Wellen, aus denen gelegentlich ein Fels hervorlugte, für den die Moosdecke nicht mehr gereicht hatte. Die Wolken hingen tief und ließen befürchten, dass wir am Ende nicht mehr zwischen Himmel und Erde hindurchpassen würden. Finley schob eine CD mit Paul McCartneys *Mull of Kintyre* in den Player. Womit allerdings das Kap von Kintyre gemeint war, eine Halbinsel, die sich woanders gen Irland reckte. »Still take me back to where my memories remain.«

Am Spätnachmittag erreichten wir Fionnphort. Das war eine Ansiedlung aus weißen Häuschen entlang einer Straße mit Laden, Restaurant, Bed & Breakfast und einer unendlichen Menge von Parkplätzen. Die letzte Fähre nach Iona ging um 18 Uhr. Wir stellten Finleys Wagen am Ferry Terminal ab, wo auch der schwarze Van stand. Er wirkte vor allem deshalb so schwarz, weil die Seiten- und Rückscheiben getönt waren. Ich spickte vorn hinein.

Viel lag nicht herum. Eine Sonnenbrille, Kugelschreiber, Landkarten und eine Visitenkarte, auf der ich den Schriftzug *Edinburgh Evening News* erkennen konnte. Offenbar interessierte sich die Presse bereits für den Spuk auf Iona.

Der Anleger befand sich in einer felsigen Bucht, wo die Fähre schon lag. Möwen hingen im Wind, kreischten und blickten lauernd auf uns herab. Fressen Möwen Dackel? Cipión schien sich nicht sicher zu sein. Er trottete mit angelegten Ohren dicht neben mir her.

Auf der anderen Seite des schmalen Wasserstreifens sah man eine grüne Erhebung, die Finley uns als Iona vorstellte. Die Insel sei so klein, wie sie aussah, keine fünf Kilometer lang, vielleicht anderthalb breit. Die höchste Erhebung hieß Dùn Ì und war hundertundeinen Meter hoch. Davor stand, eigenartig fremd, verloren und zugleich gigantisch, eine mächtige alte Abtei mit viereckigem Turm und massiven Gebäuden.

Das hatte ich nicht erwartet.

Richard kannte Iona schon, wenn auch nur aus einem Reisebericht von Theodor Fontane mit dem Titel *Jenseits des Tweeds*, womit nicht der Stoff, sondern der Fluss gemeint war, der England und Schottland trennte. Als Fontane hier war, im Jahr 1858, war die alte Benediktinerabtei nur Ruine gewesen. »Ein Platz für Seeadler und Möwennester, dennoch ein Ort gewaltiger Geschichte«, zitierte Richard, was Finley großzügig belachte. »Geschichte allerdings, viel Geschichte!« Denn von Iona ging in der Mitte des sechsten Jahrhunderts die Christianisierung Schottlands aus, weil nämlich der irische Mönch Kolumban, Columba, Callum oder Malcolm mit zwölf Gefährten im offenen Boot nach Schottland gesegelt war und diese kleine Insel der Inneren Hebriden ausgewählt hatte, um eine Einsiedelei zu gründen. Sie nannten sich Culdees, was in frühen irischen Manuskripten als Cele De auftaucht und »Verschworene Verbündete Gottes« bedeutet und später zu Coli dei latinisiert wurde, was nun wiederum an die culdei erinnerte, die Mönche, Einsiedler. Ein irischer, norwegischer und schottischer König nach dem anderen war nach dem Tod dort hinüber verschifft und die Road of the Dead hinauf zum Reilig Odhráin, dem Heiligen Friedhof, getragen worden.

Doch heute schien selbst das nicht mehr ganz sicher. Die Kuldeer waren von katholischen Römern vertrieben und die alten keltischen Kreuze noch später von fanatischen Puritanern ins Meer geworfen worden. Geschichte wurde zur Legende.

Gut vierzig Jahre nach Fontanes Besuch, Anfang des 20. Jahrhunderts, ließ der Duke of Argyll die Benediktinerabtei wieder aufbauen, was sich bis nach dem Zweiten Weltkrieg hinzog. In den Siebzigern geriet er in finanzielle Nöte und wollte die Insel verkaufen. Ein Aufschrei ging durch Schottland: Die Königsgräber aus zweihundert Jahren in Händen eines US-Amerikaners oder Australiers? Der *National Trust for Scotland* erwarb Iona dann für 1,5 Millionen Pfund. Mittlerweile ist die Anlage Zentrum einer reformierten christlichen Gemeinschaft, die Jugendliche, die Gott schon sehr nahe sind, noch näher bringen soll und sie darum aus allen Weltgegenden anzieht.

An diesem Mittwochabend waren es nur eine Busladung und gut ein Dutzend Insulaner, die das Schiff bestiegen. Das Pärchen von der Presse stand an der Bugreling. Sie war blond mit Pferdeschwanz und trug eine kurze rotbraune Lederjacke, er hatte dunkle Haare und eine Kameratasche über der Schulter. Eigentlich hätten sie Richard und mich ruhig erkennen können als die vom Loch Awe. Schon am Dackel. Aber sie schauten sich nicht um.

Die Überfahrt sollte zehn Minuten dauern. Möwen kreischten, das Wasser rollte klar unter uns hinweg. Es roch nach Öl, Sand, fauligen Muscheln und Urlaub. Derya hatte sich reingesetzt. Richard stand allein an der Reling und hatte den Blick auf die Insel geheftet. Was dachte er? Wer war er in diesem Moment? Staatsanwalt oder Reisender? War er gespannt, die Abtei von innen zu sehen? Erregte ihn der Anblick von Meer, Gischt und einer geschichtsschweren Insel unter launischem Wolkenhimmel? Oder klimperte er im Kopf eine Passage aus dem *Wohltemperierten Klavier*? Warum hatte er diese Reise unternommen? Was hoffte er zu finden?

Finley entdeckte ich auf der anderen Seite des Schiffs. »Die Flugzeuge fliegen immer noch nicht wieder«, begrüßte er mich.

»Ich habe mich gerade mit einem vom Schiff unterhalten. Das Internet ist jetzt auch auf dem Festland zusammengebrochen. Hunderttausende von Reisenden sitzen fest. What a shame, eine Schande, dass wir dermaßen abhängig vom Internet sind. Ist das hier nicht schön?«

»Sehr schön.«

Er musterte mich. »Wie macht man das, ohne dass man Bruderschaft trinken muss? Hier sagen wir einander unsere Vornamen, und dann ist alles klar. Aber bei euch muss man anschließend noch die Grammatik aushandeln.«

Ich lachte. »Das ist eine Generationenfrage. Facebook duzt alle. Und ich bin in Facebook.«

»Ah, very zeitgeistly!« Hinter dem Lausbubengrinsen lugte ein Mann hervor, der sich fragte, was er von dem anderen Mann im cognacfarbenen Anzug zu befürchten hatte, wenn er mich anbaggerte.

»Finley«, sagte ich. »Ich habe eine Frage zu deiner Show mit dem Tantrik.«

»Ja?«

»Ist es möglich, dass so einer einen Menschen tötet?«

»Wissenschaftlich belegt ist es nicht, aber es scheint möglich. Warum funktioniert Voodoo? In Australien heißt es Boning, weil man mit einem Knochen auf jemanden zeigt. Wir nennen es den soziokulturellen Tod. Ein Mensch übertritt die Regeln der Gemeinschaft, ein Magier klagt ihn innerhalb eines Rituals an und belegt ihn mit einem Todesbann. So hat es ein Physiologe 1942 in einem Artikel über den Voodoo-Tod beschrieben. Er vertritt die Ansicht, der Tod des Verurteilten sei das Ergebnis einer Reaktion des sympathischen Nervensystems. Du kennst das als Stress. Adrenalin wird ausgeschüttet, der Herz klopft, der Atem geht tiefer.«

»Die Fight-or-flight-Reaktion.«

»Exactly. Nur dass ein Mensch unter dem Todesbann nicht weiß, wogegen er kämpfen, wovor er fliehen soll. Das bringt ihn um. Ein Psychologe vertrat später die Ansicht, der plötzliche Tod sei ein Ergebnis absoluter Hoffnungslosigkeit. Der Wille zum Weiterleben geht verloren. Dafür sei das parasympathische Nervensystem verantwortlich. Es beruhigt und blockiert, insbesondere der Vagus-Nerv, der unseren Herzschlag bremst. Man nennt es darum den Vagus-Tod. Ich denke, es ist beides. Totaler Stress und völlige Hoffnungslosigkeit. Das sympathische und das parasympathische Nervensystem schlagen sich gegenseitig tot. Den Wechsel zwischen Stress und Depression halten Herz und Kreislauf nicht lange aus. Wir kennen das von Menschen, die lange erfolgreich gegen einen Krebs kämpfen. Dann sagt ihnen der Arzt, dass sie austherapiert sind. Eine halbe Stunde später können sie sich nicht mehr aus eigener Kraft bewegen. Sie legen sich hin und sterben innerhalb von zwei Tagen.«

»Hm.«

»Und noch etwas kommt hinzu. Sobald das stimulierende und das beruhigende Nervensystem aus dem Tritt kommen, setzt auch das rationale Denken aus. Logik greift nicht mehr. Du kannst dem Mann nicht sagen, dass er spinnt, dass er einer Suggestion erliegt. Last but not least blockiert Stress den Stoffwechsel. Man kann nichts mehr essen, nichts trinken. Man verdurstet. In Australien ist ein Fall aus dem Jahr 1978 dokumentiert. Ein Verurteilter starb innerhalb von vierundzwanzig Stunden. Allerdings ist nicht eindeutig geklärt, ob der Mann nichts mehr trinken konnte oder ob ihm die Gemeinschaft das Wasser vorenthalten hat.«

»Auch deshalb hatte der indische Tantrik keine Macht über dich. Er konnte dich aus seiner Gesellschaft nicht verstoßen, denn du gehörst in eine andere.«

»Guter Gedanke, Lisa! Aber ich kenne Europäer, die haben panische Angst vor dem Boning. Vor einigen Jahren haben wir im Institut eine Frau behandelt, die meinte, ein australischer Ureinwohner habe mit einem Knochen auf sie gezeigt und sie müsse jetzt sterben. Es ging ihr schlecht, sie war schwach und abgemagert, sie konnte nicht schlafen, nicht essen. Wir haben ihr erklärt, wie das physiologisch funktioniert. Aber das hat überhaupt nichts geholfen. Also habe ich mir mein Zaubererkostüm angezogen, einen großen Hokuspokus gemacht und einen Gegenzauber gesprochen.« Er lachte. »Sie stand auf und war geheilt.«

»Hätte Rosenfeld dem Tantrik auch standgehalten?«

»Oh! Warum fragst du mich das? Gabriel wurde von einem perversen Jungen getötet und aufgeschnitten. Oder nicht?«

Ich erinnerte mich gerade noch rechtzeitig, dass ich Finley nicht verraten durfte, was Richard mir unter dem Siegel der Verschwiegenheit erzählt hatte. »Aber …« Ich überlegte ausflüchtig. »Die Frage, die sich mir stellt ist … äh … warum hat er sich nicht gewehrt?«

»Vielleicht ist er überrascht worden.« Finley konnte auch sehr ernst werden. »Deine Frage hat einen guten Grund, nicht wahr? Nun, jeder Mensch hat seinen ganz eigenen point of breakdown. Oft kennen wir ihn nicht, bis es so weit ist. Gabriel war ein grandioser Wissenschaftler. Als Physiker hat er uns insgesamt ein gutes Stück weitergebracht, weil er Psi-Phänomene mit Modellen der Quantenphysik erklären konnte. Aber ich war mir bei ihm nie ganz sicher, ob er nicht zu denen unter uns gehört, die davon träumen, eines Tages den fliegenden Teppich zu entdecken, das von ihm zweifelsfrei wissenschaftlich belegte Spukereignis auf Makro-Ebene.«

»Du meinst, er glaubte?«

»Vielleicht hat er es für sich offengelassen. Was im Grunde nichts anderes ist als Glaube, isn't it?« Sein Blick schwenkte weg. »Ah, wir legen gleich an!«

In der Touristeninformation des kleinen, schwarz gesteinten Ortes namens Baile Mór besorgte man uns ein Doppel- und zwei Einzelzimmer im St. Columba Hotel. Derya war erleichtert zu wissen, wo sie ihr in Edinburgh gekauftes Köfferchen mit Inhalt hinrollen durfte. Reisen ist doch eigentlich purer Stress. Essen wir gleich oder später, hier oder woanders? Darf ich vorher duschen? Sollten wir erst die Abtei besichtigen, gibt es einen Föhn auf dem Zimmer? Meine einzige Frage an die Rezeptionistin von St. Columba lautete: »Ist ein Spanier namens Héctor Quicio hier abgestiegen?«

»Nein, tut mir leid.«

»Er soll einen Spuk auf dem Friedhof untersuchen. Vielleicht haben Sie davon gehört?«

»Nein.« Die junge Frau in der Rezeption lächelte unerschütterlich. »Hier hat es, seit ich denken kann, keinen Spuk mehr gegeben.«

Richard entfaltete desinteressiert einen Prospekt mit Inselplan. Zwei Straßen im Ort, eine Straße gen Süden halb in die Insel hinein, ein Querweg, die Abtei. Das war's. »Ah«, bemerkte er und deutete auf die Südspitze der Insel. »Da ist der Steinbruch. Hier hat man den grünen Marmor abgebaut.«

Finley und Derya ignorierten seinen Beitrag zur Sinnlosigkeit dieser Reise. Grüner Marmor? In meinem Kopf funkte immerhin etwas, aber es reichte nicht für eine komplette Erinnerung.

»Das Dinner wird bis acht Uhr serviert«, instruierte uns die Dame an der Rezeption. »Um neun ist Gottesdienst in der Abtei. Anschließend gibt es Tee und Gebäck bei uns im Aufenthaltsraum.«

Derya wollte duschen, Finley sich die Beine vertreten. Wir verabredeten uns für in einer Dreiviertelstunde im Restaurant.

»Dann werden wir eben alle Hotels abklappern«, seufzte ich, nachdem Richard unsere Zimmertür hinter uns zugezogen hatte.

Er warf die Leine aufs Doppelbett. »Es gibt keinen Héctor auf Iona.«

»Nur deshalb sind wir hier.«

»Es ist eine Falle, Lisa.«

»Und wer hat sie ausgelegt?«

»Ich weiß es nicht.« Er stand mit den Händen in den Taschen am Fenster und gab sich missmutig dem Luxusblick hin. Die

Wolken hatte es zerfetzt. Die Abendsonne, die noch lange nicht untergehen würde, beleuchtete Mull mit seiner sattgrünen Auflage dünner Vegetation, den rotbraunen Felsen und das dunkelblaue Wasser des Sunds.

»Und warum tappen wir einfach in die Falle hinein, Richard?«

»Ist dir schon einmal aufgefallen, dass wir nur dann ›einfach‹ sagen, wenn die Erklärung unseres Verhaltens höchst kompliziert wäre, viel zu kompliziert?«

Cipión sprang an ihm hoch. Er bückte sich und streichelte ihn. Dann drehte er sich um und nahm die Leine vom Bett.

»Und jetzt?« , fragte ich.

»Gehen wir die Hotels abklappern. Was sollen wir sonst tun?« Seine asymmetrischen Augen blitzten. Im Gegensatz zu mir konnte er sich ohne Protest mit Situationen abfinden. Im Grunde mochte er es sogar, wenn völlig ungewiss war, was in den nächsten Stunden passieren würde, gar nichts oder die Wende im Prozess. Am Ende würde er beweisen, dass er immer Herr der Lage war. Im Unterschied zu ihm geriet ich nur deshalb angstfrei in kritische Situationen, weil ich gar nichts vorherbedachte. Ich ließ mich vor allem von meinem Protest gegen alles leiten, was verlangte, dass man es akzeptierte.

Wir schnappten uns in der Hotelrezeption den Plan, auf dem auch Übernachtungsmöglichkeiten eingetragen waren, und wanderten ins Dorf. Möwen kreischten uns um die Ohren. »Glaubst du, dass sie Dackel fressen, Richard?«

»Ich glaube«, entgegnete er, »dass Héctors E-Mail an Finley ein Fake war. Jemand wusste, dass wir in Edinburgh waren und uns mit Finley getroffen haben.«

»Jemand, der sich ebenfalls für die Kalteneck-Experimente interessiert.«

»Möglich, aber nicht zwingend, Lisa. Vielleicht sollen wir nur nicht nach Stuttgart zurückkehren. Jedenfalls nicht heute.«

Zwischendurch betraten wir kurz das Ardoran House und fragten nach Héctor. Sie bedauerten.

»Die E-Mail passt auffällig zu unserer Unterhaltung gestern in Finleys Büro«, sagte ich. »Wir haben über Héctor geredet, über das *Book of Kells*, über Symbole und über Iona. Das würde bedeuten, dass unsere Unterhaltung mitgehört worden ist. Und zwar nicht über unsere Handys. Oder hast du deins inzwischen wieder an?«

»Nein.«

»Ich auch nicht. Finley auch nicht, glaube ich.«

»Derya habe ich vorhin auf dem Schiff telefonieren sehen.«

»Ihr Ton gefällt mir nicht«, sagte ich. »Ich traue ihr nicht.«

Richard drehte sich mit dem Rücken zum Wind, um sich unterm Jackett eine Zigarette anzuzünden. »Aber sie hat Rosenfeld nicht umgebracht.«

»Was macht dich so sicher? Hast du den Abend mit ihr verbracht?«

Richard bemühte ein Lächeln. »Nein, Lisa. Ich bin selber losgezogen und habe Rosenfeld totgezaubert, damit ich bei ihr freie Bahn habe. Aber sie hat ein Alibi. Sie war auf dem Weg nach Berlin.«

»Finley hat mir vorhin erklärt, dass es durchaus möglich ist, jemanden totzuzaubern. Sie nennen es den soziokulturellen Tod aufgrund von Uneinigkeit zwischen Sympathicus und Parasympathicus. Daraus folgt Vagus-Tod oder Stress-Verdursten. Vermutlich ist Juri Katzenjacob ein Tantrik.«

Wir schwenkten hinüber zum Bishop's House: Bed & Breakfast, aber kein Héctor Quicio.

»Soso«, antwortete Richard. »Der Junge aus Sigmaringen ist zehn Jahre lang bei einem indischen Meister in die Schule gegangen.«

»Steht er denn nun auf der Kalteneck-Liste?«

Meine Frage kam so schnell, dass sogar Richard nicht mehr imstande war, eine Reaktion zu unterdrücken. Er nickte kaum merklich oder tat zumindest etwas, was ich bei ihm als mimische und gestische Bestätigung zu werten gelernt hatte.

»Übrigens«, redete ich mit vordergründig halber Intelligenz, während die andere Hälfte im Hirn herumwuselte und zu verstehen versuchte, was das bedeutete, »musst du den Mord an Rosenfeld nicht auf dich nehmen, Richard. Derya glaubt insgeheim, dass Rosenfeld schwul war. Daraus schließe ich, dass sie nichts mit ihm hatte. Am Wochenende pflegte er, sagt sie, mit einem geheimnisvollen Freund in den Bergen zu wandern. Gern im Tannheimer Tal. Am Wochenende seines Todes wollte er mit Finley ins Allgäu und nach Neuschwanstein, auch wenn Finley behauptet, ihr Ziel sei Schaffhausen gewesen.«

»Reine Spekulation, Lisa.«

Im Iona Hostel war der Spanier auch nicht abgestiegen.

»Dann hat die Polizei also bislang keinen Wanderfreund ausfindig gemacht, der irgendwo in Ulm wohnt.«

»Nein.«

»Vielleicht hatte er doch was mit der Sekretärin Desirée!«

»Zumindest ist sie schwanger.«

Das überraschte mich jetzt nicht wirklich. »Von wem?«

»Sie sagt, von ihm.«

»Dann war sie es. Sie hat ihn mit dem Käsebrötchen vergiftet, das sie beim Bäcker geholt hat. Und zwar weil er sie und das Kind nicht haben wollte.«

»Ja, klar. Die Frau von heute hat Gift immer im Handtäschchen dabei.«

»Rohypnol zum Beispiel, die klassischen K.o.-Tropfen. Zusammen mit Alkohol, und den hatte Rosenfeld im Magen, macht es innerhalb von zwanzig Minuten bewusstlos. Bei Überdosierung kommt es zum Atemstillstand. Und gerade Flunitrazepam, also Rohypnol, kann man beim Screening schlecht nachweisen. Wenn die Leiche zwei Tage lang herumliegt, ist es, schätze ich, aussichtslos.«

Das Argyll Hotel hatte leuchtend blau bemalte Fensterrahmen. Auch dort war der Spanier nicht abgestiegen.

»Wo sind eigentlich die Leute alle?«, fragte ich mich laut.

»Beim Abendessen.«

Außer uns war niemand auf der Gasse. Falsch: Vor dem Post Office stritten sich zwei. Ich erkannte das Paar aus dem schwarzen Van. Sie gestikulierte, er blickte missmutig drein. In der Hand hielt er eine Kamera mit großem Teleobjektiv.

»Das sind die vom Loch Awe«, erklärte ich Richard, »aus dem Auto, in das ich fast hineingelaufen wäre. Du erinnerst dich.«

Richards Blick ging hinüber. »Unsinn.«

»Es sind Reporter von den *Edinburgh Evening News*. In ihrem Auto liegt eine Visitenkarte. Fragen wir sie doch mal gleich, was sie hier suchen.«

»Warte, Lisa«, sagte er.

In diesem Moment nahm der Mann die Frau am Ellbogen, drehte sie dem Gässchen zu und ging mit ihr davon. Egal. Wir würden sie unweigerlich wiedertreffen.

Die meisten der unerwartet vielen Gästeunterkünfte auf dem Inselplan hatten nur zwei bis drei Zimmer. Auf Ionas Straßen kann man außerdem immer nur umkehren. Weiter oben neben dem Iona Cottage gab es den einen Store, den nach meiner bisherigen Erfahrung jedes Dorf besaß. Er hieß Spar Shop.

Richard kaufte die *Edinburgh Evening News*, und ich erstand ein Anglermesser. Von hier ging die Straße südwestlich hinaus ins Zentrum der Insel. Dort befanden sich laut Inselplan auch noch einige Unterkünfte. Das Clachlan Corrach lockte mit Westblick auf den Atlantik und Ostblick auf Mull. »Was meinst du, wie weit das ist?«

Richard blickte in den Wind. »Ein Kilometer.«

Cipión stand mit hängenden Ohren und hängender Rute. Ihm reichte es längst. Kurze Beine wollen nicht weit laufen.

»Kehren wir um?«

Richard hörte nicht, er schlug die Zeitung auf. Auch der Wind zeigte Interesse. Aber Richard hatte viel Übung, einer Zeitung ihren Inhalt abzutrotzen. Übrigens sprach er dabei nicht gern. Er war nicht der Mann, der mich beim Frühstück mit den Skandalen der Landespolitik und Todesfällen behelligte. Falls wir mal zusammen frühstückten.

»Das gibt's doch nicht!«, rief er.

Er meinte nicht die bislang unerklärliche Havarie in Teilen des globalen Netzwerks, die, wie ich den Schlagzeilen entnahm, für chaotische Verhältnisse auf Flughäfen und Bahnhöfen sorgte, die Börse lahmgelegt und sogar die Nachrichtenredaktionen selbst ihres Inputs beraubt hatte.

»Professor Finley McPierson ist in den Vaults gestorben!«, sagte Richard verwundert. Er las, redete und übersetzte simultan. »Er ist seit gestern Abend verschwunden, nachdem er mit Gästen zu den South Bridge Vaults aufgebrochen war. Vermutlich ist er in einen Brunnen gestürzt. Vermisst werden außerdem die deutsche Psychologin Dr. Barzani und zwei weitere Personen.«

»Ah, dann sind wir jetzt Gespenster!«

Richard hatte keinen Nerv für dumme Scherze. »Anscheinend hat sich gestern Abend außerdem giftiges Gas in den Gewölben ausgebreitet. Steht hier. Methan, genauer gesagt.«

»Deshalb ist uns die Luft so knapp vorgekommen. Aber riecht man das nicht?«

»Methan ist geruchlos und hochexplosiv. Ein Funke und es hätte wie im Bergwerk zu einer Schlagwetterexplosion kommen können. Woher das Methan stammt, ist unklar, steht hier, aber geringe Methankonzentrationen misst man immer wieder in den Gewölben. Fäulnisprozesse unter Luftabschluss. Die schreiben, heute Morgen sei einem der Fremdenführer aufgefallen, dass der Strom abgestellt war. Glücklicherweise, denn hätte er den Lichtschalter betätigt, hätte es eine Explosion geben können. Die Stadt sei möglicherweise knapp einer Katastrophe entkommen, behaupten die hier.«

»Und die Leichen?«

»Die Feuerwehr war bis zum Mittag damit beschäftigt, die Luft abzusaugen und die Methankonzentration zu senken. Danach hat man Such- und Rettungstrupps losgeschickt. Und«, Richard schauderte, »kurz vor Redaktionsschluss ist man auf einen offen stehenden Brunnenschacht gestoßen, in dem nun die Leichen von McPierson und Barzani vermutet werden. Warum man sie dort vermutet, steht hier nicht.«

»Aber … wir haben doch den Brunnen wieder zugemacht.« Ich hetzte mit meinen Gedanken hinterher. »Das kommt mir vor wie … wie vorbereitet. Gib mir mal.«

Er gab mir das Blatt. Neben dem Artikel befand sich ein Foto von Finley McPierson. »Die Polizei«, endete der Artikel, »sucht nach den beiden weiteren Personen, die sich in Begleitung der Geisterforscher befunden haben sollen. Wie und warum sie dem Gas entkommen konnten, warum sie die beiden Wissenschaftler nicht gerettet und auch nicht die Polizei verständigt haben, ist noch unklar.« Ein Polizist wurde mit dem Satz zitiert: »Eine sehr mysteriöse Sache. Womöglich wurde hier ein Verbrechen begangen.«

»Ja, Kreuzdeifel! Na warte!« Ich schaute mich um, ob die beiden Gestalten von den *Edinburgh Evening News* irgendwo herumlungerten. Aber die Straße war leer.

Richard blickte finster vor sich hin. Sein Gehirn war besser als meines bei der raschen Folgenabschätzung. Es arbeitete.

»Spätestens morgen ist klar, dass es eine Falschmeldung ist«, sagte ich. »Und jemanden totsagen, der am andern Tag dem Konkurrenzblatt feixend ein Interview gibt, das ist der GAU für jede Zeitung!«

»Oder es ist … es ist eine Warnung«, sagte Richard bedächtig.

»An wen?«

Abrupt wandte er sich Richtung Hotel und marschierte los. Ich hob Cipión vom Boden hoch, klemmte ihn mir untern Arm und lief hinterher. »He, Moment! Wie meinst du das?«

»Finley und Derya sind so gut wie tot. So meine ich das, Lisa.«

»Warum die beiden, warum nicht wir?«

»Weil sie Geisterforscher sind, Lisa. So wie Rosenfeld.«

Tatsächlich wäre Finley schon gestern tot gewesen, wenn wir

ihn nicht abgefangen hätten, als er in den offenen Brunnenschacht trat.

»Was hast du jetzt vor, Richard?«

»Zu Abend essen. Und wir müssen überlegen, wie wir möglichst unauffällig die Insel verlassen können.«

Das Gefühl, dass er mehr wusste, als er sagte, wurde übermächtig in mir. Warum hatte er von all den Zeitungen, die der Laden anbot, ausgerechnet diese gekauft? Wieso nicht die *Times*? Oder die größte britische Boulevardzeitung *Evening Image*?

»Sag mal, Richard … He warte! Wer …«

Er drehte sich um. »Und vorerst kein Wort zu Finley und Derya, hörst du, Lisa! Sie fangen sonst bloß an zu telefonieren. Und dann …«, er stockte kurz, »… wissen sie, wo wir sind.«

»Das wissen sie sowieso. Die Reporter von den *Edinburgh Evening News* sind doch schon hier.«

»Aber dann wüssten sie, dass Finley und Derya am Leben sind.«

»Stimmt. Oder auch nicht. Reporter lesen ihre eigene Zeitung nicht, wenn sie unterwegs sind.«

Richard schaute mich zweifelnd an.

»Glaub mir, das eigene Blatt ist nicht immer die Lieblingslektüre von Journalisten. Und die beiden sind auf jeden Fall wegen uns hier. Sie sind vorhin an der Post vor uns geflüchtet. Und auf dem Schiff haben sie betont woandershin geschaut. Sie haben uns von Edinburgh aus verfolgt. Sie wussten, dass wir nach Iona wollten. Womöglich waren sie es, die eigenhändig die Mail von Héctor Quicio gefakt haben, um uns hierher zu schaffen! Aber warum?«

Er zuckte mit den Achseln.

»Wer lässt Finley und Derya totschreiben? Wer will zumindest ihren soziokulturellen Tod, Richard? Wer steckt dahinter?«

»Diese beiden kleinen Reporter jedenfalls nicht«, sagte er.

Wir hatten das St. Columba Hotel fast erreicht. Finley stand vor der Tür und winkte uns zu.

28

Zum Dinner gab es eine Rinderbrühe, eine halbe Languste mit Salat und Hammel mit grünen Bohnen, Yorkshire-Pudding und einer grünen Sauce mit Spearmintgeschmack, der es mir unmöglich machte, den Bissen runterzuschlucken. Kaugummi schluckt man nicht runter. Nur wohin damit? Ich kam schließlich auf die Idee, mich würdevoll auf die Toilette zu begeben und den Kaugummi in die Schüssel zu spucken.

Richard schwieg bis aufs kommunikationsrelevante Mindestmaß. Finley berichtete von seiner Erstürmung des Dùn Ì, der sich hinter der Abtei erhob. »Man hat einen wunderbaren Blick von da oben!« Derya bemerkte, die Zimmer seien sehr hell und freundlich. Von der Erstürmung der Dusche erzählte sie nicht. Das ist der Unterschied zwischen dem, was Frauen, und dem, was Männer erleben.

»Ich würde gern das Grab von Macbeth sehen«, sagte ich, um irgendwas zu sagen. Darüber lachte Derya.

Das Grab war, belehrte mich Finley, unter den verwitterten Grabsteinen der schottischen Könige nicht mehr zu identifizieren. »Die Kenntnis des genauen Orts ist über die Jahrhunderte verloren gegangen. Es ist beängstigend, wie schnell Wissen verschwimmt. Hundert Jahre reichen. Deshalb beharren Religionen so verbissen auf Wort und Schrift. Andernfalls wüssten schon unsere Kindeskinder nicht mehr, wie dieser Knilch hieß, den man irgendwo ans Kreuz genagelt hat.«

Zum Nachtisch gab es gedeckten Heidelbeerkuchen aus hoteleigener Bäckerei, leider nur ein Stück. Danach war es Zeit, zum Gottesdienst zu gehen. Das schien alternativlos.

»Aber den Hund kannst du nicht mit in die Kirche nehmen«, bemerkte Derya. »Kann der nicht mal eine Stunde im Hotelzimmer bleiben?«

»Was willst du denn in diesem Gottesdienst?«, fragte ich zurück. »Du bist doch Muslima? Verzeihung, Alevitin?«

»Willst du mir verbieten, einen christlichen Gottesdienst zu besuchen?«

»Nein.« Ich lächelte sie an. »Aber Achtung, der christliche Gott ist ein mächtiger Spuk. Nicht, dass mir hinterher Klagen kommen.«

Sie quälte sich ein Lachen ab.

Die Abtei wuchs unvermittelt aus der grünen Wiese empor und machte einen durchaus heiligen Eindruck. Im Gemäuer stand ein Iona-Kreuz, eines dieser langen, reich verzierten Stelen mit kurzem Querbalken und Sonnenkreis in der Kreuzung. Es hieß St. Martin's Cross, stammte aus dem achten Jahrhundert und markierte die Road of the Dead, die mit original mittelalterlichem Pflaster vom Hafen hier vorbei zur Oran's Chapel führte.

Cipión beschnüffelte interessiert den gestuften Sockel, der aus einem anderen Stein bestand und vermutlich jüngeren Datums war.

»Da, schaut mal!«, rief Derya und deutete auf den Fuß des Sockels.

»Ja, Kruzitürken!«

Da war es wieder, das Symbol des aus zwei Winkeln zusammengeschobenen Quadrats mit Diagonalbalken.

»Wir hätten uns doch mehr Mühe geben sollen herauszufinden, was es bedeutet«, sagte Finley.

»Es gehört zur Formensprache der frühen keltischen Christen, der Kuldeer«, sagte Richard. »Darum ist es hier. Das ist alles.«

»Ja, und in den Vaults, die erst im siebzehnten Jahrhundert – oder war's das achtzehnte? – gebaut wurden. Sehr logisch, Richard!«, sagte ich. »Und wir stoßen hier wie dort wie von Geisterhand geführt mit unseren Nasen darauf.«

Ich ging aufs Knie und besichtigte es von nahem. Auch hier war die Gravur im Stein tief und solide, die Ränder abgerundet, in den Scharten Erde und Sand. »Es wirkt, als sei es schon ewig hier.«

Das schien Richard nicht zu überraschen.

Ich verzichtete darauf, ihm die Anstecknadel aus Rosenfelds Schreibtisch unter die Nase zu halten. Er erinnerte sich sicher haargenau, dass ich sie in Kalteneck in der Hand gehabt hatte, und die anderen mussten es nicht unbedingt wissen. Vielleicht wollte er ja, dass sie glaubten, er messe dem Zeichen keine Bedeutung zu, obgleich es sich uns mit seiner Symbolkraft geradezu impertinent aufdrängte.

Im Augenwinkel sah ich eine Bewegung. Jemand richtete etwas Rohrartiges auf uns. Ich sprang auf und schaute. Aber da war es weg, verschwunden im Strom der Kirchgänger. Das genaue Hinschauen vertreibt das Gespenstische. Was auch immer ich mehr gespürt als gesehen hatte, es wurde überblendet von der Deutlichkeit bunter Windjacken, Schirme und Rucksäcke junger Leute.

»Wisst ihr, was ich glaube?«, sagte Finley. »Es will uns jemand zum Narren halten.«

»Ja, die Mail von Héctor ist auf jeden Fall falsch«, sagte ich.

»Aber …«, sagte Derya und schaute Richard mit großen Augen an.

»Jemand will, dass wir hier sind«, sagte ich. »Finley, wer wusste gestern, dass wir in die Vaults gehen würden?«

Er grinste. »Jeder im Institut. Ich gehe mit allen, die mich zum ersten Mal besuchen, in die Edinburgh Vaults.«

»Hast du es auch gesagt?«

»Gesagt?«

»Na, gesagt, ausgesprochen, mitgeteilt … in deinem Büro, am Telefon, einer Sekretärin?«

»Ja, sicher! Ich musste mir ja einen Schlüssel besorgen. Warum ist das so wichtig?«

»Ich glaube, dein Büro wird abgehört«, sagte ich.

Finley riss die Augen auf. »Indeed?«

Derya fröstelte.

»Nein, das kann ich mir nicht vorstellen«, rief Finley. »Das ist absurd.« Er lachte. »Wir tun doch nichts Weltbewegendes. Wir sind nur verrückte Forscher auf einem Grenzgebiet.«

»Der Gottesdienst fängt gleich an«, sagte Richard. »Wir sollten dann mal hineingehen.«

Ich blieb mit Cipión draußen und wunderte mich, dass Richard sich das antat. Seit der grauenvollen Trauerfeier für seinen Vater hatte ich ihn bei keiner religiösen Geste mehr beobachtet. Er hatte seinen Glauben von der Kirche geschieden.

29

Im Hotel setzte ich mich in den mit Sofas und Sesseln reichlich ausgestatteten Aufenthaltsraum und blätterte, während es draußen langsam dunkel wurde, alle verfügbaren Zeitungen durch.

Zwei Kellnerinnen begannen, die Anrichte an der Wand mit Teegeschirr und Tellern mit Gebäck zu bestücken.

Im *Evening Image* fand ich ebenfalls eine Notiz über das Methan in den Vaults und die Suche nach Leichen in einem Brunnenschacht. Der Artikel endete mit dem Satz: »Die Polizei fahndet in diesem Zusammenhang nach einem Mann aus Deutschland, um die fünfzig, fünfeinhalb Fuß groß, braune Augen, braunes Haar, gepflegte bis elegante Erscheinung, möglicherweise in Begleitung einer oder mehrerer Frauen.«

Die Kellnerinnen lächelten nett. Womöglich hatte man längst die Polizei angerufen. Ich fragte nach einem Internetzugang. Man wies mich in einen Raum mit zwei Computern. »Aber das Internet hat den ganzen Tag nicht funktioniert.«

Mit dem Internet-Explorer gab es, abgesehen davon, dass er sehr langsam war, jedoch kein Problem. Ich hatte schnell herausgefunden, dass die beiden Abendzeitungen *Edinburgh Evening News* und *Evening Image* dem Groschenkamp-Konzern gehörten. Aber bedeutete das was? Ihm gehörten weit mehr Zeitungen als diese beiden. Ich linkte mich auf die Online-Seite vom

Evening Image. Dort behandelten sie neben dem Internetchaos des heutigen Tages mit vielen spektakulären Bildern unter dem Titel »Das Wunder von Abington« auch das gestrige Flugzeugunglück. Es gab Fotos von Fluggästen, wie sie von der Autobahn den Hang hinaufkrabbelten.

Ich stutzte. Diese Fotos konnte es nicht geben, weil zu diesem Zeitpunkt kurz nach unserer Bruchlandung noch keine Presse auf der Autobahn gewesen war. Sie mussten nachgestellt oder von einem anderen, ähnlichen Ereignis geklaut worden sein. Oder sie hatten die Bilder einem der Passagiere abgekauft, der mit dem Handy Fotos geschossen hatte. In der Bildergalerie fand sich kein einziges Fotos, auf dem Richard, Derya oder ich zu sehen waren.

In den Triebwerken, hieß es, habe man die typischen geschmolzenen Ablagerungen von Vulkanasche gefunden. Sie stammten, so die Mutmaßung, von dem isländischen Vulkan Grímsvötn, der vor anderthalb Wochen ausgebrochen und einige Tage lang Asche in die Luft gepufft hatte.

Ich klickte mich zur Schottland-Seite des Blatts in den Artikel über das Methan und die Leichen in den Gewölben unter der Südbrücke von Edinburgh. Er war um 19 Uhr 21 aktualisiert worden. Demnach waren tatsächlich zwei Leichen aus dem Brunnen gezogen und zur Identifikation und Klärung der Todesursache dem Coroner übergeben worden. Es handle sich um einen Mann und eine Frau. Ihre Gesichter seien vermutlich von Ratten, die es offenbar da unten in apokalyptischer Zahl gab, bis zur Unkenntlichkeit verstümmelt worden. Wahrscheinlich handle es sich um Prof. McPierson und seine deutsche Kollegin Dr. Barzani. Ein DNS-Test müsse endgültigen Aufschluss geben. Aus Polizeikreisen verlaute, dass man von einem Gewaltverbrechen ausgehe. Die Leichen hätten Einschusslöcher aufgewiesen. Der Brunnen sei offenbar nach der Tat mit einem Deckel verschlossen worden. Er werde ebenfalls auf Genspuren untersucht.

Verflucht!

Zeugenaussagen zufolge, fabulierte das Blatt weiter, seien sie bei Eintritt in die Vaults in Begleitung wenigstens einer weiteren männlichen Person gewesen. Was für Zeugen?, fragte ich mich. Wir waren am Eingang in der Niddry Street keiner Menschenseele begegnet. Weiter hieß es: »Bei der Person dürfte es sich nach Recherchen des *Evening Image* um einen einschlägig vorbestraften, per internationalem Haftbefehl gesuchten Trickbetrüger und Hochstapler handeln, der sich vorzugsweise als Staatsanwalt ausgibt.«

Hammer! Das stand da wirklich.

Von der Polizei konnten die das nicht haben. Oder etwa doch? Vielleicht hätte ich mir in den letzten Jahren von Richard mal seinen Ausweis zeigen lassen sollen. Wer weiß, wer er wirklich war!

Ich hörte die Glocken der Abtei läuten. Vermutlich waren sie schon beim Vaterunser. Ich fuhr den Computer runter und zerrte Cipión aus dem Schlaf des erschöpften Hundes auf die Pfoten. Wenn die Zeitungen morgen Fotos von Richard veröffentlichten und ihn zum Outlaw erklärten, sollten wir die Insel verlassen haben und in einer großen Stadt untergetaucht sein.

Ein bisschen wurmte es mich übrigens schon, dass man mir keine böse Rolle an seiner Seite zugeschrieben hatte.

30

Draußen war es dunkel, windig und kalt. Noch war der Gottesdienst nicht zu Ende, niemand war unterwegs. Ich betrat das mittelalterliche Pflaster der Road of the Dead und gelangte zum Friedhof. Weil ich den Eingang nicht fand, nahm ich Cipión hoch und stieg kurzerhand über die Mauer. Der Boden war weich und wiesig und irgendwie auch abschüssig. Ich stolperte gleich hinter der Mauer und fiel.

Cipión fand das lustig.

Wie Gespenster standen die hohen Iona-Kreuze gegen den Himmel. Wabernde Lichter gab es aber keine. Nicht einmal Angst schwebte über den uralten Gräbern.

Ich rappelte mich wieder auf. Jetzt kamen auch die Ersten von der Kirche her den unbeleuchteten Weg herbei. Ich tappte innen an der Mauer entlang. Eine Kapelle baute sich vor mir auf. Endlich hatte ich den Ausgang gefunden, war aber bereits ins Hintertreffen geraten und eilte den Gottesdienstheimkehrern hinterher. Licht gab es erst wieder auf Höhe unseres Hotels.

Zwei Gestalten waren am Rand des Lichts stehen geblieben. Sie schmiegte sich gegen ihn, er legte den Arm um sie. Genau in dem Moment, wo mir klar wurde, wen ich vor mir hatte, wandten sie sich einander zu. Derya machte sich ein bisschen lang, Richard beugte sich ein bisschen hinab, sie küssten sich.

Ich stoppte so abrupt, dass es Cipión am Halsband zurückriss.

Das ist jetzt nicht, wie du denkst!

Es war kein flüchtiger, kein geraubter Kuss, sondern ein durchaus ausführlicher, bewusster und genüsslicher.

Doch, das ist genau so, wie du denkst, Lisa!

Hat sie es also geschafft! Nein, das ist unfair, ermahnte ich mich. Männer sind nicht die unschuldigen Opfer weiblicher Evakünste. Und warum sollte nicht er es gewesen sein, der ihr signalisiert hatte, dass er es zu schaffen wünschte.

Verdammt, Richard, du Granatendepp!

Ich bückte mich und ließ Cipión von der Leine. Er sauste los, rannte wie ein Blöder, kam an und sprang unverzüglich an Richard hoch. Die beiden lösten sich voneinander, nicht einmal besonders schnell. Sie fuhren nicht etwa schuldbewusst auseinander. Richard bückte sich, um den Schlappohrigen zu besänftigen und seine Krallen von Deryas edlen Jeans fernzuhalten. Dabei ging sein Blick die unbeleuchtete Straße entlang zu mir.

Ich setzte mich in Bewegung.

Er richtete sich wieder auf. Im Halbdunkel erkannte ich keine Regung auf seinem Gesicht. Es war schweigsam und selbstsicher wie immer. Derya dagegen trat einen Schritt zurück, lächelte leicht verlegen und schaute mich nicht richtig an.

»Wir müssen von hier verschwinden«, sagte ich. »Und zwar sofort. Wo ist Finley?«

»Er wollte …« Derya schluckte ihren Atem hinunter und fing noch mal an. »Er wollte in den Pub.«

»In welchen?«

»The Martyr's Bay«, antwortete Richard. Täuschte ich mich, oder hörte ich doch ein winziges Knickern in seiner Stimme.

»Wir müssen ihn holen. Sofort!«

Ich stach los. Sie hatten keine andere Wahl, als mir zu folgen. Sie taten es schweigend und einen halben Schritt hinter mir. Er wäre dran gewesen, mich zu fragen, was das sollte. Sie sah keine Veranlassung dazu. Mochte auch sein, dass sie sich nicht traute. Vermutlich dachte sie, es sei seine Sache, mich zu bändigen. Damit er meine Ohrfeigen abbekäme, nicht sie.

Nachts hatte selbst Baile Mór viele Straßen. Ich blieb stehen und stampfte unwillkürlich mit dem Fuß auf. »Verdammt, wo ist das?«

»Warum die Eile?«, fragte Derya.

Wie erklärte ich das diesen begriffsstutzigen Heinzen?

»Die Polizei …«

Motorgeräusche kamen auf einmal vom schwarzen Sund her. Zwei Boote näherten sich mit Lichtern und bösem Hummelgebrumm.

»Da kommt sie schon! Sie wollen …« Mir wollte Richards Name nicht über die Lippen kommen. »… den da verhaften. Er wird mit internationalem Haftbefehl gesucht. So steht es in der Zeitung. Und ihr – du, Derya, und Finley – ihr seid in den South Bridge Vaults erschossen und in den Brunnenschacht geworfen worden. Und jetzt suchen sie den da. Seine Genspuren sind am Brunnendeckel. Und die Presse ist auch schon hier, um Fotos von der Polizeiaktion zu machen. Nämlich dort.«

Ich hatte, während ich redete, im Schatten des Insel-Shops das

Pärchen von den *Edinburgh Evening News* entdeckt. Er richtete das schwarze Auge des Teleobjektivs auf uns.

»Aber …« Derya blickte sich entrüstet zu Richard um.

Doch der sagte nichts, sondern lief los – die Karte des verdammten Kaffs im Kopf – runter zum Hafen. Licht und Lärm einer Kneipe fielen auf die Straße, ehe die Tür sich wieder schloss.

Die grünen und roten Positionsleuchten der schnellen Motorboote flogen über die Wellen auf den Anleger zu. Sie sahen wirklich nach Polizeibooten aus.

Ich nahm Derya am Arm und zog sie in den Schatten der Querstraße.

»Ich verstehe nicht«, protestierte sie. »Das klärt sich doch gleich auf, wenn die Behörden feststellen, dass Finley und ich noch leben. Au, du tust mir weh!«

Da hatte ich wohl etwas zu fest den damenhaft muskellosen Arm geschraubt. »Sei froh, dass ich dir nicht den Hals umdrehe!«

»Ach, doch eifersüchtig? So kann man sich irren. Du seist nicht eifersüchtig, hat er gesagt. Es sei dir gleichgültig. Außerdem hättest du ständig Affären mit … mit Weibern!«

Das hatte er ihr erzählt? So privat waren sie geworden, vor allem er? Und so abfällig?

»Und er …« Sie riss sich los. »Er hat deine Kindereien gestrichen satt, verstehst du, er hat die Faxen dicke! Merkst du das nicht? Nein, du bist viel zu selbstbezogen und egoistisch. Du interessierst dich für niemanden außer für dich selbst. Allein schon wie du dich anziehst. Eine einzige Verkleidung!«

Sie schlenkerte den befreiten Arm und marschierte stramm die Straße hinunter. Doch Richard und Finley kamen ihr schon entgegen. Richard nahm Derya am Arm, eigentlich eher an der Hand, und brachte sie wieder mit.

Finley keuchte. »Was ist das? How funny, wir sind tot, höre ich? Und sie wollen Richard als Mörder verhaften?«

Die Bootsmotoren wurden gedrosselt, die Bugwellen verloschen, die Bugspitzen senkten sich, die Boote glitten an den Anleger. Ich zog mich ein paar Schritte in die Querstraße zurück, um vom Pier aus nicht sichtbar zu sein. Die anderen folgten wie gezogen. Gleichzeitig flammte auf der anderen Seite vor dem Laden Blitzlicht auf. Drei, vier Mal. Richard, Derya und Finley erschraken.

»Nichts wie weg hier«, raunte ich ihnen zu und gab Richard Cipións Leine. »Los! Immer die Straße entlang. Ich komme gleich nach.«

Ob sie mir Folge leisteten oder nicht, war mir momentan egal. Ich sprang über die Straße, direkt ins Teleauge hinein. Das Mädchen wich zurück und stolperte. Ich bekam das Rohr zu fassen, riss dem Burschen die Kamera vom Hals, schneller, als er japsen konnte, und schleuderte sie in die Landschaft. Sie zerschellte auf dem Asphalt der Straße.

»He!«, rief er.

»Keine Bilder!«, fuhr ich ihn an. »Und wenn ich euch noch einmal sehe, dann …« Ich zeigte ihm das Anglermesser, das ich erst vor ein paar Stunden genau in diesem Laden gekauft hatte.

Er wich zurück. Die junge Frau dagegen streckte ihre Hand aus, darin eine Karte. »Lass uns reden! Tausend Pfund für die Story.«

»Fuck off!«

Dennoch schnappte ich mir die Karte, fuchtelte noch mal kurz mit der Klinge und ließ sie stehen, um meinem Trupp hinterherzurennen. Als unten am Hafen die Bootsmotoren erstarben, hatten wir die letzten Lichter hinter uns gelassen und eilten auf der einen und einzigen Straße ins gigantische Dunkel der Insel.

»Wohin gehen wir?«, erkundigte sich Finley.

»In die Gegenrichtung«, antwortete ich. »Die Polizei geht sicher zuerst zu unserm Hotel.«

Richard widersprach nicht. Er hatte überhaupt noch nichts gesagt, seit ich ihn beim Fremdküssen erwischt hatte. Auch Derya atmete nur. Sie hatten mächtig mit sich zu tun. Ich eigentlich auch. Aber Finley fragte. Und so erklärte ich, was ich im Internet entdeckt hatte, während sie das Vaterunser herunterbeteten.

»Aber das klärt sich doch auf«, sagte er. Es war die einzig mögliche und vernünftige Reaktion. »Wir leben, wir können uns ausweisen. Wir sollten umkehren.«

»Und wenn das gar nicht das ist, was die wollen?«

»Was …« Sogar er schluckte jetzt. »Was sollen die denn wollen? Das sind Polizisten!«

»Bist du sicher? Hast du sie gesehen?«

Finley lachte entrüstet. »Wir sind in Großbritannien, Lisa. Wir leben in einem Rechtsstaat, don't we? Hier verschwinden keine Leute.«

»Wirklich? Ihr seid doch schon verschwunden.«

»Aber nur in der Presse! Und doch auch nur in zwei oder drei Zeitungen!«

»Und morgen bringen wieder drei Zeitungen die Story vom deutschen Hochstapler und Trickbetrüger, der zwei ehrenwerte Geisterjäger auf dem Gewissen hat. Und spätestens dann sollten wir die Hebriden, am besten die gesamten Britischen Inseln verlassen haben. Sonst lyncht uns noch der Mob.«

Finley lachte beklommen. »Das kann ich nicht glauben. Und Methan gibt es immer mal wieder in den Gewölben. Die von der Zeitung haben die Gefahr maßlos übertrieben.«

Trotzdem ging er mit uns weiter. Ein Dreiviertelmond breitete sein bleiches Licht über Straße und Hügel, wenn die eilenden Wolken es zuließen. Am Gehöft von Maol schlichen wir regelrecht vorbei. Noch ging die Straße geradeaus. Noch gab es eine Straße.

»Aber es geht nicht anders«, sagte Derya nach einer Weile. »Wir, Finley und ich, müssen zurück. Wir müssen zur Polizei gehen und alles erklären. Sie werden uns ja nicht gleich erschießen!« Sie lachte in die Stille.

Niemand sonst lachte.

Sie blieb stehen. »Das sind doch Phantastereien. Ich weigere mich, da mitzumachen. Ich gehe jetzt zurück.« Sie versuchte forsch zu klingen. »Wer kommt mit?«

Wir standen im Dunkeln, sahen unsere Gesichter nicht und scharrten mit den Schuhspitzen.

»Richard«, sagte sie. »Sei du wenigstens vernünftig.«

Es war ganz still. Man hörte eine Maus rascheln, den Wind in den Grashalmen flüstern, den fernen Ruf eines Nachtvogels.

»Oder lässt du mich den Weg allein machen, in der Finsternis?«

Die dunkle Gestalt, die Richard war, wankte. Wenn er jetzt die Wendung vollzog, wenn er sich umdrehte und mit ihr ging, dann … Ja, was …

Du wirst es überleben, Lisa.

Aber er nicht! Die Erkenntnis fuhr mir ins Gebein wie ein Blitz. Und Derya auch nicht. Und hatte ich Derya nicht großkotzig versprochen, dass, falls jemand auf sie schösse, ich mich vor sie stellen würde?

»Schluss mit dem Theater«, sagte ich und fasste sie am Handgelenk. »Hör auf herumzumaulen und komm!«

»He!«, knurrte Richard. »Sachte.«

Ich spürte seine Hand an meinem Arm oder dachte es auch nur. Es reichte, damit ich vollends ausknackte. Ich fuhr herum. Er riss schützend den Arm hoch und machte irgendwas mit dem andern. Im Reflex nahm ich die Bewegung auf und warf ihn mit seinem eigenen Schwung zu Boden. Cipión, der an seiner Leinenhand hing, spritzte notquietschend beiseite.

Stille.

Derya eilte herbei. »O Gott, Richard. Hast du dir was getan?«

Richard knurrte warnend. Er war nicht der Mann, der sich von Frauen aufhelfen ließ.

»Kinder, Kinder!«, sagte Finley. »Wir wollen uns doch nicht streiten.«

Gut, dass ich Richards Gesicht nicht sah. Sein Schweigen war eisig. Vermutlich war er stocksauer, vielmehr beleidigt. Auf den

Tod gekränkt. Ich hätte ihn gleich um Entschuldigung bitten müssen. Schon drei Sekunden später war es zu spät.

Seltsamerweise dachte nun niemand mehr ans Umkehren. Wahrscheinlich dachte keiner von uns irgendetwas Vernünftiges. Wir gingen einfach weiter, Finley vorneweg, ich mit Cipión hinter ihm und hinter uns Richard und Derya. Vielleicht hielten sie Händchen, vielleicht leckte er seine Wunden und sie tupfte mit einem Taschentuch.

Ich schaute mich lieber nicht um.

Die Straße endete an einem Weidentor. Dahinter ging es grasweich weiter. »Wir sollten zum Strand hinuntergehen«, sagte Finley. »Da gibt es Buchten. Vielleicht finden wir ein Boot.«

Ein vernünftiger Vorschlag.

»Wir müssen nur aufpassen. Hier gibt es irgendwo ein Moor. Bleiben wir also auf dem Pfad.«

Mir war plötzlich ganz schwach auf den Beinen. Ohne Zweifel der Schock. Was hatte ich nur getan! Ich wollte mich umdrehen, egal ob jetzt der richtige Zeitpunkt war, meine persönlichen Angelegenheiten zu klären.

Da, plötzlich, ein lüsternes Schnaufen.

Derya japste und drängte sich an Richard.

Vor uns standen unvermittelt mit langen Hörnern und glänzenden Nasen ein halbes Dutzend zottige Rinder.

»Sie züchten hier Schottische Hochlandrinder, und zwar Stiere«, sagte Finley.

»Stiere!«, rief Derya leise, aber entsetzt.

Cipión erinnerte sich wie ich an die große Rinderherde von Balingen und stellte die Rute. Viecher sehen im Dunkeln mehr als wir. Und sie finden sich gegenseitig interessanter als uns Menschen. Die jungen Bullen fixierten den Hund, nicht uns.

»Ganz ruhig weitergehen«, sagte ich. »Dann tun sie uns nichts.«

»Hoffentlich wissen die das auch«, bemerkte Finley und lachte leise.

Das nächste Hindernis tauchte in Gestalt eines Steilhangs vor uns auf, an dessen Fuß der Pfad endete. Links und rechts waren rostige Stacheldrahtzäune gezogen. Was dahinter krautete und sumpfte, war nicht auszumachen.

»Da muss es einen Weg geben«, sagte Finley.

Das hätte Richard vermutlich bestätigen oder verneinen können, denn er hatte mehrmals den Inselplan vor Augen gehabt, aber er sagte nichts. Finley zog seine kleine LED-Lampe aus der Tasche und funzelte den erdigen Abbruch ab. »Da kommen wir rauf.«

Derya widersprach nicht.

Finley probierte es als Erster. Mit seinen langen Beinen schaffte er die erdigen Stufen durchaus. Ich setzte Cipión an die Wand, hielt meine Hand an seinem Nacken und kletterte, während er sich tapfer hochkämpfte. Dann kamen Derya und Richard, sie voran, er dicht hinter ihr, sie haltend und dirigierend.

Und weiter ging es über eine weite felsige Anhöhe Richtung Süden. Plötzlich funkelten auch Sterne. Der Mond streute sein silbriges Licht über den kurzen Rest der Insel. Man konnte auf drei Seiten das Meer ahnen, manchmal sehen. Am Horizont standen die Positionsleuchten von Schiffen und drüben auf Mull glitzerten spärlich die Lichter von Fionnphort. Der Wind war frisch. Und ich hasste es. Mösenfurz! Wo war ich reingeraten? Wie hatte es Richard geschafft, dass ich mich jetzt schuldig und elend fühlte, obwohl er mit einer anderen herummachte? Wie kriegen die Männer das nur immer wieder hin, dass wir diejenigen sind, die ungerecht werden?

Und wer steckte hinter den gezielten Falschmeldungen? Wer hatte ein Interesse daran, Derya und Finley totzusprechen und Richard zum Outlaw zu erklären? (Und warum spielte ich dabei keine Rolle? Grummel!) Wenn es nicht völlig abwegig gewesen wäre, hätte ich den Beinahe-Absturz als ersten Anschlag auf uns – vielmehr Derya und Richard – deuten können. Falls nämlich – und diesmal dachte ich es bewusst und langsam – Rosenfeld wirklich den einen entdeckt hatte, der eine Quantenverschwörung zwischen einer Aschewolke und einem Flugzeug produzieren konnte. Dann wäre ich es gewesen, die den Erfolg vereitelt und die psychokinetische Verbindung mit meinem unbedingten Überlebenswillen im letzten Moment durchtrennt hatte. So dass die Motoren noch einmal angesprungen waren und uns eine ordentliche Notlandung ermöglicht hatten.

Erst jetzt, mitten in der Nacht, leuchtete mir unmittelbar ein, warum die Identität eines echten Parapsychopathen unbedingt geheim gehalten werden musste. Weil eine solche Macht benutzt werden wollte. Wozu auch immer. Aber war Juri Katzenjacob wirklich derjenige? Er saß im Gefängnis, er befand sich nicht in den Händen einer Geheimorganisation mit Weltmachtphantasien. Oder dachte ich das nur? War er längst geflohen, ausgetauscht, entführt, und niemand hatte es gemerkt oder zumindest öffentlich mitgeteilt? Einen Befreiungsversuch hatte es ja bereits gegeben.

Wir waren eine gute Stunde unterwegs, bis wir endlich über Erde und Geröll ans Ufer gelangten. Es war eine steinige Küste mit kleinen Buchten, in denen sich die heranrollenden Wellen schäumend verfingen. Boote waren hier eigentlich nicht zu erwarten. Wir stiegen die Wasserkante entlang über Felsen und Geröll und gelangten in eine regelrechte Schlucht. Hier war der Stein zackig und überraschend hell.

»Der Marmorsteinbruch!«, rief Finley. »Der Altar in der Abbey ist auch aus grünem Iona-Marmor.«

Mit einem Mal fiel es mir ein: der kristalline, von grünen Adern durchzogene Stein in Rosenfelds Schreibtisch, den ich vor 48 Stunden als Marmor identifiziert hatte. Der war dann also von hier.

»Warst du mit Rosenfeld mal hier, Finley?«, fragte ich.

»Ja. Aber das ist schon einige Jahre her«, antwortete er. »Schaut mal, ist das nicht ein Boot, was da liegt?«

31

Es war ganz aufs Land gezogen, vielleicht zweieinhalb Meter lang und besaß je eine Sitzbank vorn und hinten und eine Querbank für den Ruderer. Die Riemen lagen im Boot. Als hätte man es für uns hergerichtet.

Finley leuchtete hinein. »Sieht ordentlich aus. Aber ob es dicht ist, sehen wir erst im Wasser.«

»Passen wir denn alle vier hinein? Oder saufen wir ab?«, fragte ich.

»Ich habe keine Ahnung«, sagte Finley gut gelaunt. »Ich bin nicht sehr shippy. Ich bin eine Landratte.«

Derya hatte sich auf einen größeren Stein gesetzt und sagte nichts. Falls sie die unausgesprochene Idee unserer Flucht im Ruderboot infrage stellte, so wagte sie jedenfalls nicht, es laut zu tun.

Finley deutete ins Dunkel die Küste entlang und verkündete: »Da rüber geht's nach Irland. Da ist auch irgendwo die Bucht, wo Columba mit seinen zwölf Gefährten gelandet ist.«

Richard ruckelte am Boot und stellte fest, dass wir fähig sein würden, es ins Wasser zu schieben. Dann begutachtete er die Planken und die Riemen.

»Schaffen wir das?«, fragte Finley.

»Nicht nach Irland«, antwortete Richard. »Aber bis Mull sind es schätzungsweise zwei Kilometer. Das können wir in einer halben Stunde schaffen.«

Das machte Derya so viel Hoffnung, dass sie aufstand.

Also rein. Es schien ausgemacht, dass Richard rudern würde. Wozu tat er so was nur zum Spaß im Fitnessstudio? Außerdem war klar, dass einer von uns nasse Füße bekommen musste beim Abstoßen des Boots vom Ufer. Das war Finley, denn das britische Volk einschließlich der Schotten war gegen Kälte um ein Vielfaches unempfindlicher als wir heizungsverwöhnten Kontinentler. Richard reichte Derya die Hand und half ihr auf den Sitzplatz am Bug. Er selbst setzte sich auf die Ruderbank, zog das Jackett aus, gab es Derya und krempelte sich die Hemdsärmel hoch. Ich faltete mich zu Richards Füßen mit Cipión im Arm in die Planken, damit Finley, der uns ins Wasser schob und dann seine langen Beine mit einem Schwall Wasser ins Boot schwang, auf der Heckbank Platz nehmen konnte.

Das Wasser hob uns auf seine Schaukel. Richard begann zu ziehen. Sein erster Ruderschlag bescherte mir einen Schwapp Wasser in den Kragen. Sein Fuß, der ein Widerlager suchte, stupfte mich seitlich ins Gesäß. Sein Gesicht konnte ich nicht sehen, seine Knie gerade eben so. Ich spürte, dass er die Hand am Riemen über meinen Kopf führte, um das Blatt einzutauchen. Ich hörte das Klatschen der Wellen gegen den Bug und fühlte die Stöße der Wellen. Wasser gluckerte unterm Kiel, die Dollen knirschten, Richard atmete aus, wenn er zog. Und wenn die Wolken Mond und Sterne freigaben, sah ich Finleys Gestalt riesenhaft auf der Heckbank schaukeln. Er klammerte sich mit beiden Händen fest. Mit seinen nassen Hosen hatte er mich schon ein paarmal berührt und mit seinen Füßen hatte er mich getreten.

Cipión hechelte in meinen Armen. Er schnüffelte und schaute mit angespannten Muskeln um sich. Seine hektische Biologie fusionierte mit meiner. Eine Schnapsidee war das. Wie hatte es dazu kommen können, dass drei gebildete Menschen reiferen Alters sich dem Lisa-Nerz-System von fight or flight unterwarfen und in einer Nussschale der See anvertrauten, um vor einem Phantom zu fliehen? Weder Internet noch Zeitungen waren Realität. Mit Ausweisen und biologischer Präsenz konnten wir unsere Lebendigkeit belegen und beweisen, dass wir weder Hochstapler noch polizeilich gesuchte Mörder waren. Wenn es sich tatsächlich um Polizei gehandelt hatte, die in zwei Booten über den Sund gekommen war, dann hätte sich – da hatten Finley und Derya einfach recht – alles sofort aufgeklärt und das Phantom einer geheimnisvollen Macht, die uns totzauberte, in Wohlgefallen aufgelöst.

Hatte ich schon einmal darüber nachgedacht, was für komplexe Verhältnisse ich nicht erklärte, wenn ich »einfach« sagte? Konnten Derya und Finley einfach recht haben? In dieser Nacht jedenfalls nicht. Denn Richard hatte mich verstoßen, und ich kämpfte um etwas anderes als unsere Rettung. Nämlich um die Kontrolle über die Geschichte. Normalerweise hielt Richard mich mit einem »Unsinn, Lisa!« davon ab, andere in meine Verfolgungswahnvorstellungen hineinzureißen. Aber diesmal hatte er es nicht getan.

Was hatte ihn davon abgehalten? Deryas dunkle Augen, ihr schönes Lächeln, das zierliche Figürchen, Eleganz und Intelligenz? Hatte sie vor zwei Tagen im Institut auf Burg Kalteneck mit einem Handschlag in dem reservierten Geheimniskrämer die Lust zu Weltreise und Heldentum geweckt? Und nun ruderte er uns aus der Bredouille, so wie er uns gestern aus den Gewölben gehauen hatte, sich selbst befreiend aus der Stuttgarter Kesselenge und der in ihrer Originalität und Gewagtheit schon lang erstarrten Beziehung zu mir.

Nein, es hatte früher angefangen, etwas war bereits anders gewesen, bevor Derya ihn anrief, bevor ihrer beider Blicke ineinandertauchten. Er hatte mich in die Staatsanwaltschaft gebeten und mir seine Unsicherheit offenbart, ob es da nicht doch etwas gebe, was Juri Katzenjacob Macht verlieh. Womöglich hatte die von einem Lichtblitz und Scherben beendete Séance im Stehen auf Schloss Monrepos seinen Verstand um ein paar Grad aus der Peilung gerückt. Auch wenn er sich als Meister im Wegdiskutieren erwies, hatte sich irgendwo in seinen geistigen Tiefen der Spuk festgesetzt. Aber schon vor Gesine Meisners Geburtstagsfeier hatte er angefangen, sich mit dem Kalteneck-Fall zu beschäftigen. Und zwar mit der Edmund-Gurney-Stiftung und ihrem Vorsitzenden Oiger Groschenkamp. Womöglich war ich gar nicht dabei gewesen, als sich in ihm vollzog, was ihn nun zum Teil der Kalteneck-Verschwörung machte.

Bald waren wir so weit in den Iona-Sund hinausgerudert,

dass ich knapp über der Reling die Lichter von Baile Mór sehen konnte. Wenn ich über meine Schulter guckte, sah ich die Lichter von Fionnphort ungefähr ebenso weit entfernt auf und ab schaukeln.

Beunruhigend war allerdings, dass mein Hintern allmählich nass wurde. Wir zogen Wasser. Ich versuchte abzuschätzen, wie schnell es ging, und sagte erst einmal nichts. Beunruhigend war nämlich auch, dass sich auf dem Pier von Baile Mór etwas tat. Dunkle Gestalten liefen den Anleger herab. Die Maschinen der Motorboote starteten. Ein Autoscheinwerfer kroch die Straße entlang, die wir vor zwei Stunden aus dem Ort nach Süden hinausmarschiert waren. Vielleicht hatten die Reporter der *Edinburgh Evening News* der Polizei den Tipp gegeben.

»Sie suchen uns«, sagte ich.

Richard hatte die Schlagzahl bereits erhöht.

Finley drehte sich auf seinem Sitz um, und das Boot schaukelte heftig. »Oh, sorry!«

Richards Ruder verpasste erneut den richtigen Winkel und schaufelte mir einen Schwall Wasser über meinen Hinterkopf in den Kragen.

Cipión schüttelte sich unwillig, dass die Schlappohren knallten.

Das erste Motorboot legte ab. Auf Deck ging ein Scheinwerfer an, der zwar auch übers Wasser glitt, aber hauptsächlich das Ufer absuchte. Das Boot fuhr langsam Richtung Südspitze.

Kaltes Wasser schwappte mir zwischen die Beine. »Und das Boot ist leck!«, rief ich.

Richard hatte es ebenfalls notiert. Seine Füße standen längst bis zum Knöchel im Wasser. Das edle italienische Schuhwerk war hin. Er ruderte, was das Zeug hielt und sein unbedingter Siegeswille hergab.

Unterdessen startete das zweite Boot im Hafen von Baile Mór. Es stach in See und hielt direkt auf uns zu, genauer: auf den Hafen von Fionnphort, dessen spärliche Lichter nur sehr langsam näher kamen.

Am Pier lag die Fähre. Das konnte ich sehen. Auch die hellen Schaumränder der Wellen, die sich zwischen den Felsen von Mull zerschlugen.

Vielleicht würden wir es vor dem Motorboot schaffen, falls wir nicht vorher absoffen. Auch Derya hatte nasse Füße bekommen und die Beine hochgezogen. Mir reichte das Wasser inzwischen bis zum Gürtel. Cipión kletterte an mir empor. Am liebsten hätte er sich wie ein Papagei auf meine Schulter gesetzt.

Richard ruderte und keuchte. Endlich mal. Aber es war furchtbar, wenn man einen schaffen lassen musste und nichts tun konnte, um ihm zu helfen oder das Ganze zu beschleunigen. Drei Menschen, die den Atem anhielten und ganz still saßen, und einer, der sich die Seele aus dem Leib ruderte, um uns zu retten. Nur Cipión zappelte. Er wollte zu seinem geliebten Großmeister hinüber, ihn animieren, stupsen, lecken, ihn trösten.

Schon hörte ich das Wasser in die Kliffs klatschen. Der Mond hatte sich gerade mal wieder komplett verdunkelt. Die Lichter von Fionnphort waren hinter irgendetwas verschwunden, was man gerade auch nicht sah. Und von Iona her näherte sich das Polizeiboot. Ich konnte in der Bordbeleuchtung Leute erkennen, Männer in Uniformen. Der Weg in den Hafen war uns damit versperrt.

»Ihr könnt alle schwimmen?«, fragte Finley.

In diesem Moment huschten die Wolken vom Mond, und vor uns tauchte etwas ganz Schwarzes auf. Derya schrie: »Nach rechts, nach rechts!«

Richard, der mit dem Rücken zum Bug saß, musste ihr »rechts« in links übersetzen, bremste mit dem linken Ruder und legte sich ins rechte. Ein Schwall Wasser ergoss sich über mich. Aber das war jetzt schon egal.

»Ganz ruhig, wir schaffen es«, sagte ich.

Richard reagierte reflexhaft, nahm Spannung und Tempo raus, schaute sich sogar um. Das Motorboot brauste an uns vorbei. Sekunden später erfasste uns die Bugwelle. Wir knallten gegen einen Felsen, schlingerten weg, prallten gegen einen anderen Stein, unterm Kiel knirschte es, eine Planke brach, Wasser sprudelte empor. Wir sanken.

Derya war als Erste über Bord gegangen und stand bis zu den Hüften im Wasser. Finley sprang hinaus, Cipión rettete sein Leben mit einem Notsprung und kam mir abhanden. Nur Richard saß starr mit übersäuerten Muskeln. Kaum dass er die Riemen loslassen konnte. Er keuchte oder, wie wir in Schwaben sagen, er kotzte. Nur langsam kam Bewegung in ihn. Eine Welle warf das Boot in die Klippen, und es zerfiel. Meine Füße fanden Grund. Das Wasser ging mir bis zu den Oberschenkeln.

Cipión schwamm schnaufend um sein Leben. Ich fischte ihn aus dem Wasser und watete an Land. Derya hatte schon das Ufer erreicht, das an dieser Stelle nicht steil war. Große Kiesel bildeten eine kleine Bucht. Richard kam auch. Er keuchte noch immer, er wankte, er rutschte von einem der runden Kiesel ab und fiel auf Hände und Knie.

Finley meinte, ihm aufhelfen zu müssen, was bei achtzig Kilo angespannter Muskelmasse nicht so leicht war, denn auch Finleys große Hand reichte nicht, um Richards Oberarm zu umfassen. Er rutschte ebenfalls ab und hatte damit zu tun, sich selbst auf den Kieseln auszubalancieren. Dafür nahm Richard in alter Vertrauensseligkeit die Möglichkeit in Anspruch, sich in meine Lederjacke zu krallen und hochzuziehen.

Vom Boot waren in den schwarzen Wellen zwischen den Klippen nur noch ein paar Planken zu erkennen. Wäre es mitten auf dem Sund zerfallen und untergegangen, wären wir in ernsthafte Nöte geraten. Sie waren auch so schon nicht schlecht.

Mindestens bis zu den Hüften hinauf patschnass standen wir im Wind und lauschten, was jenseits der Felsnase am Pier passierte. Ein Kuriosum war, dass es Derya gelungen war, das ihr von Richard anvertraute Jackett zu retten. Es war wohl das einzige Kleidungsstück, das nicht tropfte.

Vom Hafen jenseits der Anhöhe erklang das Geräusch eines

startenden Autos. Scheinwerfer geisterten den Hang empor und verschwanden ins Dorf.

»Und jetzt?«, fragte Finley.

»Jetzt schauen wir, dass wir zu deinem Auto kommen«, antwortete ich.

Langsam kraxelten wir über die Klippen in den Hang. Das Haus, das oben auf der Landzunge stand, war finster. Fähre, Anleger, Straße und das kleine Gebäude mit dem hochtrabenden Namen Ferry Terminal lagen auf der anderen Seite verlassen im Schein der Straßenlaternen. Nur wenige Autos standen auf den Parkplätzen am Rand der Straße, darunter der schwarze Van und zwei Plätze weiter Finleys Rover.

»Wo hab ich denn …«, Finley begann hektisch in seinen Taschen zu suchen, »… den Autoschlüssel?«

»Oh, nein!«

Richard suchte ebenfalls in den Taschen seines Jacketts, das er sich nicht wieder übergezogen hatte, aber nicht nach einem Schlüssel, sondern nach den Zigaretten. Beim Versuch, mit noch immer vor Überanstrengung zitternden Händen eine Zigarette herauszuklopfen, verstreute er die drei, die noch drin gewesen waren. Ich zog meine aus der Brusttasche meiner Lederjacke, die wie durch ein Wunder nicht nass geworden waren, und half ihm aus.

Und da endlich sagte er wieder ein Wort: »Danke.«

32

Kurzum: Finley fand seinen Autoschlüssel nicht. Er hatte ihn im Hotel auf dem Nachttisch liegen lassen.

Was tun wir jetzt? Die Frage schwieg sich bei uns im Kreis herum. In nassen Hosen und Schuhen 34 Meilen oder elf Stunden über die Insel nach Craignure wandern? Daran mochte niemand denken.

»Da müssen wir wohl schauen«, sagte Finley, »ob wir im Ort jetzt noch ein Bett finden.«

Es war noch nicht Mitternacht. Das Projekt schien durchführbar. Wir wandten uns bergan. Die Haupt- und Landstraße von Fionnphort war nur auf einer Seite bebaut. Wir passierten den Ferry Shop und das Seaview mit Bed & Breakfast, das, wie eine rote Tafel zeigte, ausgebucht war. Ein Törchen weiter war die Tafel an der Mauer, die ein steiles weißes Haus umgab, grün.

Derya, die oben herum noch am zivilsten aussah, wurde vorgeschickt und klingelte. Nach einer guten Weile öffnete eine bunte Person von immensem Umfang, den der Brite mit »large« umschrieb, und enormer Freundlichkeit. Sie redete und lächelte, stellte sich uns als Heather vor, bat uns herein, schlug über unseren Zustand die Hände zusammen und erklärte uns erst dann mit Bedauern, sie habe nur ein einziges Doppelzimmer.

Ich und Derya in einem Zimmer? Geht gar nicht. Aversionen schossen empor. Und Derya und Richard beisammen? Nur über meine Leiche.

»Aber«, schlug Heather vor, »ich könnte eine Klappliege hineinstellen. Und einer von Ihnen könnte auf dem Sofa schlafen.«

Zuerst aber zeigte sie uns den Trockenraum, wo wir unsere nassen Klamotten aufhängen konnten. Im Zimmer, in das sie uns dann hinaufführte, glühten und blühten Chintz und Chiffon. Das Bett war groß und sah abgrundtief weich aus. Das Sofa war nur zwei Sitzplätze lang, und die Liege, die Heather brachte, versperrte, nachdem sie aufgestellt war, den Weg zur Tür. Aber es war warm. Mit freundlichsten Wünschen für eine gute Nacht und der Information, dass es um acht Frühstück gebe, ließ Heather uns allein.

Oje!

Wir hätten eigentlich nur ein bisschen lachen müssen und uns dann zu viert aufs Bett legen können. Aber dazu waren gerade zu viele Stacheln aufgestellt. Allein, wer machte den Anfang und zog sich vor allen anderen die nassen Hosen runter? Finley bot an, sich aufs Sofa zu legen, aber das war bei seiner Länge Tierquälerei. Uns Damen das Bett anzubieten war auch keine Lösung. Derya bekam Pickel bei der Vorstellung, neben meiner Unberechenbarkeit im Bett zu liegen. Und alle ahnten, dass ich ihr und Richard das Bett nicht kampflos überlassen würde. Richard wusste zudem, dass ich ein Messer in der Jackentasche hatte. Vernunft regierte gerade nicht zwischen uns, aber müde waren wir auch. Ich entschloss mich zu einer Geste von Größe im Verzicht und sagte: »Ich nehme das Sofa.« Das eröffnete Derya die Möglichkeit, die Liege für sich zu reklamieren, die ihr zudem reichlich Privatsphäre gestattete. Und die Männer konnten im Bett versinken. Sie hatten keinen Grund, heikel zu sein.

Derya, die sich um nichts in der Welt vor uns ausgezogen hätte, fand das Badezimmer und kam mit einem Morgenmantel wieder, der dort gehangen hatte. Nachdem sie unter der Decke lag, kam Richard dran, dann ich. Finley brachte schließlich unsere nassen Sachen hinunter in den Trockenraum. Und endlich konnten wir das Licht ausmachen.

Finley schlief zweifellos prächtig, denn er schnarchte ordentlich. Derya atmete nicht und raschelte nur hin und wieder. Richard hörte man gar nicht. Ich war sicher, ich würde nicht schlafen können, wachte dann aber mit steifem Hals und schmerzenden Gliedern doch erst bei Tageslicht aus dem Koma auf. Es war halb acht.

Finley und Richard waren nicht mehr im Zimmer, auch Cipión fehlte. Auf dem Bett lagen meine und Deryas knittrig getrocknete Sachen. Sie war dabei, sich anzuziehen.

Vorwurfsvolles Herumschweigen und Abneigung Demonstrieren ist nicht mein Ding. Wer den Mund zumacht, muss ihn auch wieder aufmachen. Und ich machte ihn auf, sagte »Guten Morgen« und bot Derya einen meiner in Edinburgh im Dreierpack gekauften Slips an, die immer noch in der Innentasche meiner Bikerjacke steckten und in ihrer Plastikhülle trocken geblieben waren.

Sie lächelte erleichtert und ging ins Badezimmer. Womit dieses für mich nun besetzt war. Ich schlüpfte in die knochentrockenen, aber salzig rauen Jeans und den Hoody, ging hinunter, wünschte Heather, die in einer winzigen Küche stand und rund um ihren Leib herum auf mehreren Gasflammen und Küchengeräten brutzelte, toastete und sott, einen guten Morgen und trat vors Haus.

Es war ein frischer heller Tag angebrochen, der Himmel zeigte hellblaue Stellen. Der Wind kam von der See her, Möwen kreischten, was die ungeheure Stille noch fühlbarer machte. Ich durchquerte den Garten und trat vors Tor auf den Grünstreifen. Fionnphort war leicht zu überblicken. Es genügte, die Straße empor oder hinab zu schauen. Gegenüber war, wie man bei Tageslicht besser sah, kein Haus, aber grüne Landschaft mit Hügeln.

Ich kramte nach meinen Zigaretten und fand dabei die Karte, die mir die kleine Journalistin gestern Nacht bei meinem Angriff auf die Kamera ihres Gefährten hingehalten und die ich geschnappt hatte.

Emma Reid, *Edinburgh Evening News* … Tausend Pfund hatte sie mir für unsere Story geboten. Nur, was war es eigentlich für eine? Das Boot, davon war ich mittlerweile überzeugt, hatte nur für uns im Marmorsteinbruch gelegen. Wir hatten es nehmen und damit im Sund untergehen sollen. Unseren sicheren Tod hatte es zwar nicht bedeutet, genauso wenig wie hundertprozentig vorherzusehen gewesen war, dass wir bis dorthin kommen und es besteigen würden, aber harmlos war es nicht. Wer dieses Abenteuer für uns geplant hatte – angefangen bei der fingierten Mail von Héctor Quicio –, musste uns gut kennen. Zumindest einen von uns. Wer hatte eigentlich gestern Abend entschieden? Wer führte unter uns vieren? Der schweigende Richard, die abernde Derya, der lustige Finley oder ich mit meiner Neigung zum Drama, sobald ich mich minderwertig fühlte? Von den Zeitungen übergangen, von Richard betrogen, von Derya verspottet, vom kamelbeinigen Finley angeflirtet. Ich reagierte, aber ich führte nicht.

Doch wenn ich es mir recht überlegte, war es Finley gewesen, der uns über die Insel geführt hatte. Er kannte sie. Er war mit Rosenfeld am Steinbruch gewesen. Und er hatte den Vorschlag gemacht, an der Küste ein Boot zu suchen. Aber hatte er ersaufen wollen? Nein. »Könnt ihr schwimmen?«, hatte er uns kurz vor dem Schiffbruch gefragt. Wetten, dass er selbst ein guter Schwimmer war, britischer Jugendmeister, Kanaldurchschwimmer. Das haben wir gleich. Ich zog mein Handy, überlegte kurz und ohne wirklich irgendetwas Zusammenhängendes zu denken, und aktivierte es. Wer weiß, ob es überhaupt noch funktionierte.

Smartphones brauchen eine Weile, bis sie sich sortiert haben. Ich blickte hoch.

Da kam Richard die Straße herunter.

Ich gebe zu, mein erster Impuls war, ihn nicht sehen, ihm die Schulter zeigen, ein Warnschild auf den Rücken heften. Auf ein Gespräch am Morgen bin ich grundsätzlich nicht vorbereitet. Er war Frühaufsteher, hatte mit Cipión einen Spaziergang gemacht und sich dabei vermutlich genau zurechtgelegt, was er mir mitzuteilen hatte, was zu erklären er für notwendig hielt und worauf wir uns als zwei erwachsene Menschen verständigen würden.

Er hielt einen Friedensabstand von zwei Metern. Der Wind hatte eine Strähne aus seinem Haar über seine Stirn gefegt. Seine Augen leuchteten bernsteinhell in der Sonne, sein Gesicht war wach, wenn auch unrasiert, auf seinen Lippen lag nicht ein Hauch von Scham, Gewissen oder Ängstlichkeit. Er war verliebt, der Tropf, und glaubte sich unverletzbar. Mir kam die Galle.

Lieber nicht. Wer weiß, was ich sage! Ich wandte mich dann doch ab.

»Moment, warte, Lisa«, sagte er.

Ich stoppte und drehte mich zurück. »Wenn ich dir einen Rat geben darf, Richard, dann lass es. Sag nichts. Vor allem sag es nicht in hypotaktischen Sätzen. Halt einfach die Klappe und geh mir aus den Augen.«

»Lisa!« Er warf einen raschen Blick hinüber zu Heathers steilem Haus, das nicht in Hörweite stand, trat einen Schritt näher und hob die Hände. »Bitte! Ich verstehe, dass du wütend bist, aber schlag mich nicht.«

Ich schnaubte. »Selten so gelacht!«

Er machte noch einen halben Schritt und senkte die Stimme. »Bitte, Lisa, lass dir was erklären.«

»Spar dir deine Erklärungen. Sie interessieren mich nicht. Wir sind geschiedene Leute, klar? Ich kündige dir hiermit meine Freundschaft.«

»Lisa, es ist nicht so, wie du …«

Ich lachte ihm ordentlich schrill dazwischen. »Hormone machen doch granatenblöd. Um diesen Satz zu sprechen, holst du so tief Luft? Ich hätte dich für intelligenter gehalten.«

»Hättest du oder hast du?«

Ganz ruhig, ermahnte ich mich. »Mein Lieber, heb dir die Grammatik fürs Gericht auf. Die du dort vernichten willst, sind dir ebenbürtig. Ich kann da nicht mithalten, weißt du. Ich habe kein Abitur und trage keine Spitzenunterwäsche!«

Er sah erschrocken aus. »Entschuldige, Lisa. Aber bitte, gib mir eine Minute.«

»Ha!« Ich machte einen Ausfallschritt gegen ihn, der ihn zurückfahren ließ. »Also gut!« Ich rüstete meine Fäuste. »Dann lass es uns austragen wie Männer!«

»Einmal reicht mir.«

»Oder bist du kein Mann? Ja, das wird es sein! Wie gut, dass wir gerade in Schottland sind. Hier darfst du einen Rock tragen! Derya wird dich sicher gern beraten. Sie liebt das Einkaufen.«

Das saß. Er sah nicht mehr unverletzlich aus.

Mir tat es sofort leid. So wie gestern mein Judowurf, der ihn vor Finley und Derya hatte zu Boden gehen lassen. Und nachher hatte er uns aus Seenot gerudert.

»Tschuldigung«, sagte ich. »Das war nicht fair.«

Sein Blick nahm meinen wieder auf. »Du hast wirklich jedes Recht, gekränkt zu sein. Es ist mein Fehler. Ich hätte es dir vorher erklären müssen.«

Ich musste schlucken. »Oha, immer korrekt, der Herr Rechtsliebhaber! Du, Lisa, pass auf: Ich werde mich morgen in Frau Dr. Barzani verlieben. Meinst du, das bringt's?«

Ein Lächeln flüchtete in seine Mundwinkel. »Lisa, ich ... ich bin nicht verliebt.«

In diesem Moment ging die Haustür auf und Derya erschien. Sie lächelte in die Sonne, streckte die Arme und rief: »Ah, was für ein herrlicher Morgen!« Dann schaute sie uns an. »Frühstück ist fertig.«

»Ja, gleich«, antwortete Richard.

»Gleich, Schatz!«, rief ich halblaut hinterher. Das konnte sie nicht gehört haben. Sie guckte trotzdem zwei Sekunden, schmunzelte amüsiert und durchaus siegessicher und ging ins Haus zurück.

»Na denn«, sagte ich und schickte mich an, ihr zu folgen.

»Moment.« Er sah gehetzt aus. »Hör mir zu: Derya ist die uneheliche Tochter von Oiger Groschenkamp ...«

Das stoppte mich dann doch.

»... und einer Kurdin aus Hatay, die bei der Geburt verstorben ist. Ihre Tante und Großmutter haben in Derya die Wiedergeburt ihrer eigenen Mutter erkannt und sie als kleines Kind bis zu ihrem fünften Lebensjahr durch Presse und Fernsehen gezerrt. Bis Groschenkamp sie da rausholte. Sie ist in Internaten in Genf und Lausanne erzogen worden. Ihr Vater hat die Stiftung wohl ursprünglich gegründet, um den Machenschaften dieser selbsternannten Gurus und Seelenwanderungsspezialisten durch wissenschaftliche Forschungen den Garaus zu machen. Inzwischen fördert er die Parapsychologie um seiner Tochter willen. Sie hat die Seelenwanderung zum Gegenstand ihrer Forschung gemacht, um mit dem Trauma ihrer Kindheit fertig zu werden.«

»Was für ein Trauma denn?«

»Lisa, kannst du dir das nicht vorstellen? Man hat ihr als kleinem Kind die Identität ihrer Mutter aufgedrückt und ihr signalisiert, dass sie nur dann Aufmerksamkeit und Liebe bekommt, wenn sie die Rolle spielt.«

»Aha! Und was ist daran so interessant für dich?«

»Nichts, abgesehen von der menschlichen Dimension natürlich ...« Er verfranste sich kurz und hustete. »Ich wollte sagen, ich bin eigentlich mehr an ihrem Vater interessiert. Als Staatsanwalt kann ich mich bei ihm nicht zu Besuch anmelden, weder offiziell noch inoffiziell. Und Leute, die er nicht kennt, empfängt er auch privat nicht. Er empfängt überhaupt niemanden.«

»Seit wann weißt du das?«

»Was? Dass Derya Groschenkamps Tochter ist?« Er zuckte mit den Achseln. »Seit einiger Zeit. Sie hat es mir aber gestern auch erzählt. Wir ... wir waren nämlich auch nicht im Gottesdienst. Wir haben uns im Kreuzgang ... unterhalten.«

»Und du willst mir jetzt verklickern, dass du dich an sie rangemacht hast, damit sie dich bei ihrem Vater einführt.«

»Sie hat sich eigentlich mehr an mich range... Nun ja, das entschuldigt es nicht.«

»Seit wann ist Betrug dein Mittel der Wahl? Und wie kommst du auf die Idee, dass ich da mitmache? Das verbietet mir schon die Solidarität unter uns Frauen.«

»Lisa, bitte. Es ist kein Spiel. Oiger Groschenkamp ist die zentrale Figur. Die Spinne im Netz. Er ist ... gefährlich.«

»So dramatisch? Auch das ist doch sonst nicht deine Art. Kann es sein, dass dir die Hormone den Verstand vernebeln? Zufällig ist die Tochter eine wunderschöne Frau mit Augen wie die Wonnen der Nacht und Lippen wie die Genüsse des Tages, gebildet und mit Doktortitel geadelt.«

»Sie interessiert mich nicht, nicht so ... wie du denkst.«

»Schade für dich. Denn ich fürchte, du wirst dich entscheiden müssen. Das ist der Moment, der auf jeden Mann zukommt, Richard. Uns beide kannst du dir nicht warm halten.«

Er hielt meinem Blick stand.

»Das ist auch Derya gegenüber nicht fair.«

»Ich bitte dich, sie ist kein Backfisch, dem ich das Herz brechen könnte.«

»Ach! Was weißt du über die Herzen der Frauen? Und was maßt du dir da an? Du missbrauchst ihre Gefühle für deine Zwecke und sprichst dich schon vorher kurzerhand schuldfrei. Mein Gott, Richard. Da muss nur die richtige Frau kommen, und die gute alte böse Herrenreitermentalität bricht sich Bahn.«

»Es reicht, Lisa. Ich verstehe ja, dass du wütend bist …«

Und Wut war ein großes Schiff, das lange nicht zum Halten kam, auch wenn man die Motoren drosselte.

»Und je kleiner der Affe, Richard, desto höher das Ross! Ich nehm's zurück. Gratuliere, mein Junge. Der Kandidat hat hundert Punkte: Du bist ein Mann.«

Er hob das Kinn und sagte tonlos: »Den Schwanzvergleich mit mir verlierst du, Lisa.«

Damit ließ er mich stehen, durchmaß den Garten und ging ins Haus.

Netterweise blieb Cipión bei mir. Ich rauchte endlich meine Zigarette. Ich glaube, sie qualmte mir zu den Ohren raus, so kochte in mir das Adrenalin. Mein Handy verlangte schon länger nach der Sim-Pin. Ich gab sie ihm. Drei SMS waren angekommen, die mich in meinem Namen fragten, ob mein Handy geortet werden dürfe. Ich lehnte in allen Fällen ab und dankte Wagner. Er hatte mich nicht nur bei allen Ortungsdiensten angemeldet und damit für fremde Personen gesperrt, sondern mir auch eine Mail mit einem kleinen Spyware-Abwehrprogramm geschickt, das ich aktivierte. Die hundert Twitter-Meldungen waren nach unten verschwunden und oben mit einer Latte von Facebook-Mails aufgefüllt worden.

Einer der typischen rudimentären Sätze der Facebook-Kommunikation sprang mir ins Auge. Dora Asemwald hatte kommentiert: »Shin Obi ist kein Baumarkt«.

Und Finley war zumindest kein so guter Schwimmer, dass er bei einer schnellen Internetsuche namhaft wurde.

33

Heather hatte in einem bunten Esszimmer ein schottisches Frühstück aufgetischt. Finley schmauste, Derya nippte, Richard stocherte im Bückling und mir war schon schlecht. Mit dem Toast brachte Heather untern Arm geklemmt eine Zeitung herein und verkündete fröhlich: »Die Zeitung ist da. Und über Sie steht da auch was.«

Mit dem gebotenen Anschein von Zurückhaltung riss Richard die Zeitung unter ihrem Arm hervor und klappte sie auf.

Das Blatt hieß *News of Scotland*. Die Schlagzeile lautete: »Gang of Four Evades Police«. Daneben ein Foto, das der Reporter gestern geblitzt hatte. Es zeigte Richard, wie er sich gerade abwandte, Finleys blitzende Brille und Derya mit Haaren übers Gesicht geweht. Zu erkennen war niemand. Von mir waren sowieso nur Arm und Schulter zu sehen. Außerdem gab es ein Foto vom St. Martin's Cross mit unseren vier Gestalten im Abendlicht und daneben noch mal groß Richards Gesicht. Ich hätte nicht mit dramatischer Geste die Kamera zerstören, sondern nur die Speicherkarte herausnehmen sollen.

»Und was schreiben die?«, fragten Finley und Derya.

»Sie sind gefährliche Terroristen«, verkündete Heather vergnügt. »Sie planen Anschläge und wollen die Welt in Angst und Schrecken stürzen. Sie beherrschen die schwarze Magie, ein Medium lässt für Sie Flugzeuge abstürzen, so wie das vorgestern. Funny, isn't it?«

»Wir saßen selbst in diesem Flugzeug«, sagte Derya entsetzt. »Das ist doch Unsinn. Wir hätten doch nicht uns selbst in Gefahr gebracht.«

Auf einmal ahnte ich, warum ich gestern keine Bilder von unserem Aufenthalt nach der Notlandung in Abington gefunden hatte. Es gab keine. Es sollte keine geben. Und ich wäre jede Wette eingegangen, dass auch die *News of Scotland* dem Groschenkamp-Konzern gehörten. Richard hatte recht. Oder vielmehr, er hatte es endlich eingesehen: Oiger Groschenkamp war der, um den wir uns kümmern mussten.

»Ich glaube kein Wort davon!«, versicherte Heather unerschütterlich in ihren geblümten Rundungen. »Die Zeitungen lügen doch alle.«

»Sehr vernünftig, Heather«, sagte Finley. »Sie sind klüger als wir alle.«

»Ist das wahr, Richard? Steht das da wirklich?«, fragte Derya.

Was er vorlas, war in der Tat schwindelerregend. Demnach hatte die Polizei den Tipp erhalten, dass sich eine mysteriöse und von der deutschen Polizei gesuchte Viererbande auf Iona aufhalte. Diese Individuen – ein Deutscher, eine Libanesin, ein Brite und eine weitere Person – hätten sich dem Zugriff der Polizei jedoch entzogen und seien in einem gestohlenen Boot geflüchtet. Dies sei nach Angaben seines Besitzers schadhaft gewesen und höchstwahrscheinlich im Sund gesunken. Von der Viererbande fehle derzeit jede Spur. Die sofort im Sund eingeleitete Suche sei ergebnislos verlaufen.

»Jetzt bin ich zum zweiten Mal tot«, bemerkte Finley lachend. »Doppelt genäht hält besser.«

Richard schaute ihn nachdenklich an. »Es muss sehr wichtig sein, dass ihr tot seid, Finley und du, Derya. Denn hier behaupten sie sogar, dass ein DNS-Test die Identität der in den Edinburgh Vaults gefundenen Leichen bestätigt habe. Das seid ihr. Und mit euch seien der Parapsychologie zwei herausragende Persönlichkeiten und brillante Wissenschaftler verloren gegangen. Die Todesumstände seien mysteriös. Hinweise auf Schussverletzungen hätten sich nicht erhärtet. Die genaue Todesursache sei unklar. Eine Methanvergiftung könne ausgeschlossen werden. Es stehe zu vermuten, dass der Sturz in den Brunnen zu tödlichen Verletzungen geführt habe. Ihr seid, behaupten die, der zweite und dritte Geisterforscher, die seit Jahresanfang unter mysteriösen Umständen ums Leben gekommen sind. Ende Januar sei in einem Dorf bei Stuttgart in Deutschland die Leiche von Prof. Rosenfeld entdeckt worden, eine Kapazität auf dem Gebiet der Telekinese, ebenfalls übel zugerichtet. Auch hier habe die eigentliche Todesursache bisher nicht geklärt werden können.«

»Look at that!«, rief Finley und schaute mich verschwörerisch an.

»Müssen die Geisterjäger rund um den Globus nun um ihr Leben fürchten«, resümierte das Blatt fragend, »weil sich ein Wahnsinniger und seine Spießgesellen für mangelnde Anerkennung übersinnlicher Fähigkeiten rächen wollen? Oder ist das Ziel ihres Mordzugs durch Europa ein anderes? Geht es womöglich um einen geheimnisvollen Mann, der enorme übersinnliche Kräfte besitzt und den diese Bande finden will, um die Weltherrschaft anzutreten?«

»Hui!«, schnaufte ich.

»Amazing!«, sagte Finley. »Das ist ein Spuk! Und ich durchschaue den Trick nicht.«

»Der Trick ist ganz einfach«, sagte ich. »Sie gehen von realen Fakten aus und erfinden den Rest, damit es nach etwas Großem aussieht. Das macht die Presse gern so.«

»Was meinen die denn damit?«, fragte Derya. »Ein Wahnsinniger und seine Spießgesellen? Wer sind wir denn ihrer Meinung nach?«

»Terroristen«, jubelte Finley. »Das wollte ich immer schon mal sein. Man bekommt so herrlich viel Aufmerksamkeit, und alle fürchten sich, und man wird gejagt und erschossen.«

Derya wurde blass.

Richard war vorübergehend verstummt. Fasziniert und angewidert starrte er in die Zeitung.

Finley nahm sie ihm weg und referierte mit dramatischer

Geste: »Genialer Kopf der Bande ist ein Deutscher, der sich bevorzugt als Staatsanwalt ausgibt. In kriminellen Kreisen wird er El Tio genannt … Das heißt ›der Onkel‹, nicht wahr?«

Richard nickte gequält. Er mochte es nicht, wenn man ihn öffentlich hochstilisierte. Es widersprach seiner Neigung zur Bescheidenheit.

»Er gilt als skrupellos«, fuhr Finley fort. »Sein Vermögen soll er mit illegalen Geschäften mit Waffen und Drogen gemacht haben. Er hat sich bereits mehrmals einer Festnahme entzogen und droht für den Fall seiner Verhaftung mit einer Rache, die – so steht es hier – die Welt ins Chaos stürzen wird.« Finley schaute amüsiert hoch. »Wie wirst du das bewerkstelligen, Richard. Wie stürzt man die Welt ins Chaos. Ah, richtig: Ein kleines Internetchaos hatten wir ja gestern schon.«

»Aber das können die doch nicht einfach so schreiben!«, rief Derya. »Das entbehrt doch jeglicher Grundlage.«

»Übrigens bist du die schöne und rätselhafte Geliebte unseres genialen Kopfes, eine Prinzessin aus dem Libanon. Und ich … hm … ich bin nur ein älterer Mann aus der Londoner Unterwelt, vermutlich ein Killer, und, sorry, Lisa, du bist nur eine weitere Person.«

Wir schauten uns ratlos an.

»Am besten, ich rufe im Institut an und sage meinen Leuten, dass ich noch lebe«, schlug Finley vor. »Sie könnten eine Pressemitteilung herausgeben.«

»Nein! Lieber nicht«, sagte ich. »Wenn du dein Handy benutzt, wissen die, wo wir sind.«

»Dann rufe ich vom Festnetz aus an. Heather hat sicherlich ein Telefon. Außerdem müssen wir hier weg. Wir brauchen ein Auto, ein Taxi. Ich denke, wir sollten so schnell wie möglich in die zivilisierte Welt zurück. Hier würde man uns erkennen, sobald wir auf die Straße treten.«

Mir fiel die Visitenkarte wieder ein, die ich vorhin erst in der Hand gehabt hatte. Ich fischte sie aus der Tasche und drehte sie überm Tisch in den Fingern. »Wie wär's, wenn wir uns von der Presse selbst kutschieren lassen? Dann kann sie uns schon mal nicht verfolgen.«

Richard hob den Blick.

»Diese Emma Reid hat mir gestern tausend Pfund für unsere Story angeboten.«

»Das ist aber wenig!«, rief Finley entrüstet.

»Sorry, Finley, ich hatte keine Zeit zu feilschen.«

»Ich verstehe nicht recht, was das bringen soll«, griff Derya ein. »Das scheint mir alles viel zu abenteuerlich gedacht. Wir sollten uns nicht auf die Ebene hinablassen, die diese Schmierfinken vorgeben. Ich halte es für vernünftiger, dem Spuk unverzüglich ein Ende zu bereiten. Wir sollten uns direkt zur Polizei begeben. Wir können unsere Identitäten zweifelsfrei belegen. Und dann klärt sich das alles rasch auf.«

»Nein«, sagte Richard.

Sie schaute ihn irritiert an.

Er schaute zurück. »Zum einen müssen wir von hier erst einmal zur Polizei kommen ...«

»Heather telefoniert draußen vermutlich längst mit der Polizei«, hielt Derya gegen. »Dann hat sich das sowieso erledigt.«

»Zum zweiten«, fuhr Richard ungerührt fort, »kann ein Gutteil der Informationen, die hier stehen, nur von der Polizei stammen. Und zwar nicht von der Ortspolizei, sondern von zentralen Stellen, die Zugriff auf internationale Polizeidatenbanken haben.«

»Und das bedeutet?«

Richard zuckte mit den Schultern. »Da kann ich nur spekulieren, Derya. Aber ein Polizeiapparat ist ein in sich geschlossenes System, das sich in Teilen der Kontrolle von außen entzieht. In hierarchisch geordneten geschlossenen Systemen können die seltsamsten Dinge geschehen. Unbescholtene Bürger sind plötzlich Schwerverbrecher, Ausweise sind gefälscht, DNS-Proben werden neu interpretiert. Es ist wie ein Spuk, Derya. Der ereignet sich auch nur, wenn Personen für einen gewissen Zeitraum ein geschlossenes System bilden, in das von außen niemand hineinschaut. Dann meldet sich der Geist eines Toten, dann sagt er Dinge, die niemand vorher wusste, dann zerplatzt plötzlich ein Glas, Gegenstände schweben, Lichter erscheinen.«

Oha! So interpretierte er also jetzt unser Tischrücken auf Monrepos. Im Gegensatz zu mir hatte er sich die Mühe gemacht, Fachbücher zu lesen. Und nun konnte er Derya mit den Theorien ihrer eigenen Zunft schlagen. Rechthaben war halt sein größtes Hobby.

»Ich denke«, schloss er, »wir sollten so schnell wie irgend möglich die Insel und überhaupt dieses Land verlassen.«

Falls wir noch können, dachte ich. Aber es war weit im Voraus gedacht, denn ohne Autoschlüssel konnten wir nicht einmal autark die Insel verlassen.

Ich wackelte noch mal fragend mit Emmas Visitenkarte.

Er nickte mir zu.

Ich öffnete mein Handy.

»Halt!«, rief Derya. »Wieso darf die mit ihrem Handy telefonieren, aber wir nicht?«

»Weil meines inzwischen spionagesicher ist und ohne offizielle Anfrage beim Telefonanbieter nicht mehr lokalisiert werden kann.«

»Und wenn diese Emma die Polizei auf uns hetzt?«

»Das wäre gegen ihre eigenen Interessen«, sagte Richard. »Sie bekommt ihre Story nicht, wenn uns die Polizei erschießt.«

»Sie müssen uns ja nicht gleich erschießen!«, besänftigte Finley. »Wir halten rechtzeitig die Hände hoch.«

»Aber es geht darum, dass wir tot sind, Finley«, gab ich zu bedenken. »Es geht um unseren, vielmehr deinen und Deryas soziokulturellen Tod.«

Er lachte und raufte sich dabei die weißen Haare.

Ich reichte Handy und Visitenkarte an Richard weiter. »Telefonier du. Du bist der geniale Kopf der Bande.«

Richard setzte die Lesebrille auf. Es klingelte lange. Dann nahm jemand ab. »Sie wollen die Story?«, eröffnete er ohne Umschweife.

Die Antwort oder Gegenfrage hörten wir nur quäken.

»Ja.«

Drüben auf Iona redete wieder jemand.

»Nein!«, sagte Richard.

Gequäke.

»Nein! Wir machen es so, wie ich es sage.« Ein grimmiges Lächeln huschte über sein Gesicht. »Sie nehmen die nächste Fähre.« Er schaute auf die Uhr. »Okay, dann die um 10 Uhr 30. Und dann warten Sie bei Ihrem Wagen. Draußen, nicht im Wagen.«

Gequäke.

»Nein, wir melden uns.« Damit tippte er das Gespräch weg und schaute uns nachdenklich an. Ich hatte immer schon gewusst, dass ein guter Staatsanwalt sich zum genialen Verbrecher eignet. »Der Vorteil dieses Kaffs am Ende der christlichen Welt ist«, sagte er, »dass man jeden Cop auf zwei Meilen Entfernung sieht.«

Eine andere Wahl hatten wir ohnehin nicht.

Wir gingen Heather in der Küche suchen. »Aber so können Sie nicht hinaus«, sagte sie. »Jetzt hat jeder hier die Zeitung gelesen. Außerdem bringen sie es in den Nachrichten.« Sie deutete auf den Fernseher, der zwischen Mikrowelle und Backofen stand. In einem Sender mit Nachrichtenlaufband befragte eine blonde Moderatorin gerade einen Mann über die Möglichkeiten, per Geisteskraft das Internet lahmzulegen.

»Ah!«, rief Finley. »Haben sie den alten John wieder ausgegraben. Der wettert schon seit Jahren gegen den Rationalismus und verkündet, dass eines Tages der große Psi-Meister kommt und uns das Fürchten lehrt. Die Geisterwelt schlägt zurück und solche Dinge.«

»An so etwas glaube ich nicht«, erklärte Heather. »Und mir tun die Leute leid, die sich dadurch ängstigen lassen. Übrigens weiß ich, was wir machen.« Zufällig war sie Herrin über den

Fundus einer Laienspieltruppe, die im Sommer auf den Hebriden den *Sommernachtstraum* und *Macbeth* aufführte. »Aber nicht in historischen Kostümen!«, betonte sie. »Sondern in zeitgenössischen, wenn auch traditionellen.«

Wir begaben uns unters Dach in einen großen Raum voller Kleider auf Kleiderstangen, mit großem Spiegel und einer Umkleidekabine. Mit geübtem Auge für Typus und Kleidergröße gab Heather die Kostüme aus. Derya überreichte sie ein hellblaues Kleid mit Hut im Stil des Sehen-und-gesehen-Werdens in Ascot. Für mich hatte sie ein schwarzes Schlauchkleid mit Pelz-Bolero und Lacklederstiefel, die bis übers Knie reichten. »Aber ein bisschen Farbe müssen Sie dazu schon auflegen in Ihrem Gesicht. Dann sieht man auch die Narben nicht so.« Bei Finley schwankte sie zwischen grauem Cut mit Stock und Bowler und altenglischem Landjunker mit Reitstiefeln und entschied sich für Letzteres. Bei Richard wiederum zauderte sie keine Sekunde. Liebevoll lächelnd überreichte sie ihm das, was er am meisten fürchtete: den Kilt. »Das ist der Tartan des Campbell-Clans, zu dem auch unsere Dukes of Argyll gehören.«

Richard schauderte. »Nein, das …«

»Oh, er wird Ihnen wundervoll stehen. Viele gibt es nicht, die den Kilt tragen können, glauben Sie mir. Aber Sie haben genau die richtige Figur. Nicht zu groß, ordentliche Schultern für das Jackett, schlanke Hüften, und Sie können Knie zeigen. Ich finde, ein Mann wird erst wirklich zum Mann, wenn er den Kilt tragen kann.«

»Oh, ja!«, rief Derya hingerissen. »Das *musst* du anziehen, Richard. Das sieht bestimmt umwerfend aus.«

Er kämpfte auf verlorenem Posten. Gegen Heathers Autorität und Deryas Wünsche kam er nicht an. Wenig später stand vor uns ein grimmiger Highlander in weißem Hemd mit Fliege unter dem schwarzen Argyll-Sakko mit Silberknöpfen und im blaugrünen Karorock mit Gürtel und Seehundfelltasche. Die strammen Waden steckten in zweimal umgeschlagenen Wollstulpen, die von beflaggten Gummibändern gehalten wurden. Und ins rechte Strumpfband schob Heather ihm in karierter Hülle den Sgian Dhu, den schwarzen Dolch, ein durchaus brauchbares stämmiges Messer. An den Füßen trug Richard schwarze Schuhe, die man befremdlicherweise bis über die Knöchel hoch schnürte.

Derya hatte die Hände vorm Kinn zusammengeschlagen und lächelte versonnen. Heather ging noch einmal vor Richard aufs Knie, um die Kiltnadel besser zu platzieren. Finley grämte sich, denn er besaß selbst einen Kilt und hätte ihn gern getragen. Und mir tat es grausig leid, dass ich vorhin den Schottenrock zu Hilfe genommen hatte, um Richard wirkungsvoll zu verletzen.

Unsere unansehnlichen Originalkleider versenkten wir in einem Jägerrucksack aus Heathers Fundus, den Finley schulterte. Mit Richards Kreditkarte bezahlten wir Bett und Frühstück und eine großzügige Leihgebühr für die Kostüme – allein Richards war locker 800 Pfund wert –, und um halb elf verließen wir das Haus und wanderten die Straße entlang, am Ferry Shop vorbei in Richtung Pier.

Und tatsächlich drehte sich niemand nach uns um und starrte uns offenen Maules hinterher. Keiner wunderte sich über einen Schotten im Rock, der mit einem Landjunker, zwei bunten Vamps und einem Dackel die Straße entlangschlenderte.

34

Dass wir nicht einer gemeinschaftlichen Hysterie erlegen waren, zeigte sich, als auf dem Parkplatz am Straßenrand Finleys Wagen explodierte. Es war keine große Explosion, aber der Rover brannte schnurzelnd ab. Wir hatten es von oben beobachtet. Ein gehetzter Iona-Tourist, der die Fähre noch erreichen wollte, hatte etwas schwungvoll eingeparkt und dabei den Rover gestreift. Der wackelte sichtbar, und ehe Finley zucken konnte, gab es einen Puff und Flammen hüllten den Wagen ein, schwarzer Rauch stieg empor.

Man glaubt es erst nicht. Das passierte im normalen Leben nicht. Das war Film, Fiktion, Phantasie. Nicht auszudenken, wenn wir uns gestern Abend reingesetzt und die Türen zugeschlagen hätten!

Derya brach in Tränen aus. Richard legte den Arm um ihre Schulter und zog sie an sich. »Scht, scht!«

»Ich wollte mir sowieso einen neuen kaufen«, bemerkte Finley.

Menschen versammelten sich in weitem Kreis um den brennenden Wagen. Vom schwarzen Van löste sich einer mit einer Kamera und machte Fotos.

»Besser, wir ziehen uns zurück«, sagte ich. »Hier dürfte demnächst die Polizei auftauchen.«

Ich gab Richard noch einmal mein Handy, und er rief Emma an, um sie zum Laden hoch in den Ort zu beordern. Wir kehrten derweil um und wanderten zurück. Im Ferry Shop kaufte Richard alle Zeitungen zusammen, die dort lagen. Dann kam auch schon der schwarze Van. Der Fotograf saß am Steuer. Emma und er schauten uns mit erstaunten Augen an, fassten sich aber schnell.

Sie stieg aus und öffnete uns die Seitentür. Schlafsack und Campingutensilien hatten sie auf einer Bank zusammengeschoben. Richard schickte Finley nach vorn auf den Beifahrersitz neben den Fotografen, der sich uns als Bob vorstellte. Er selbst rutschte, widerwillig den Rock um sich raffend, mit Derya auf die mittlere Bank. Ich setzte mich nach hinten zu Emma und versuchte irgendwie, das Schlauchkleid auf eine Länge zu ziehen, welche die Scham bedeckte.

»Let's go!«, befahl Richard.

Bob startete. Und ehe sich der Ladeninhaber oder jemand anders im Ort etwas denken konnte, rollten wir durchs hügelige Grün über die Landstraße gen Craignure.

»Das war doch Ihr Wagen, der da explodiert ist«, stellte Emma mehr fest als sie fragte.

»Würde es was ändern, wenn wir es bestritten?«, fragte ich zurück.

Derya drehte sich um. »Es ist doch alles verkehrt, was Sie über uns geschrieben haben. Es ist von vorn bis hinten falsch.«

»Das habe ich nicht geschrieben. Wir sind nur die Zulieferer. Und jetzt haben Sie Gelegenheit, uns Ihre Variante der Geschichte zu erzählen.« Die Kleine lächelte für ihr Alter ziemlich abgebrüht. Sie hatte ihr blondes Haar zum Schwänzchen gebunden, trug einen rosafarbenen Kopfhörer um den Hals, einen kurzen Jeansrock mit Leggins und eine enge Weste.

»Da wäre erstens zu sagen«, antwortete Derya, »dass wir nicht tot sind. Ich bin Dr. Derya Barzani, und da vorn sitzt Professor Dr. Finley McPierson.«

»Indeed?«

»Wir können uns ausweisen!«

Richard bremste sie mit einer Berührung seiner Hand und sagte auf Deutsch: »Wir werden uns denen gegenüber nicht ausweisen.«

Emma schien es ebenfalls nicht zu wünschen. »Und darf ich fragen, wer Sie beide sind?« Ihre Augen fluppten zwischen Richard und mir hin und her.

Keine Namen!, dachte ich. Richard dachte dasselbe, wie ich seinem Blick ansah. Und Finley war zu sehr Clown und vielleicht auch Brite, um vorschnell zu plaudern.

»Sind Sie El Tio?«

»Nein«, sagte Richard. »Den gibt es nicht. Und das wissen Sie genau.«

»Was haben Sie jetzt vor?«, fragte die junge Frau routiniert darüber hinweg. »Sie wollen nach Edinburgh?«

»Ja«, mischte ich mich ein, »und zwar, um Ihre Redaktion kurz und klein zu schlagen und dann anzuzünden.«

»Das ist nicht meine Redaktion. Wie gesagt, wir sind nur Zulieferer von Infos und Bildmaterial. Und wir sind ein freies Land. Hier herrscht Pressefreiheit!«

»Lügenfreiheit wäre das passendere Wort!«, bellte Derya über die Sitzlehne nach hinten.

»Wenn Sie meinen, etwas sei falsch dargestellt worden, dann können Sie es jetzt richtigstellen. Ich höre Ihnen zu.«

Derya holte Luft.

»Woher wussten Sie, dass wir nach Iona fahren würden?«, fragte ich schnell.

Emmas blaue Augen blinkten Quellenschutz, Quellenschutz. »Sorry.«

»Sie haben das Büro von Professor McPierson abgehört. Gegenüber befindet sich ein Park. Hinterm Zaun ist ein guter Platz, um sich mit einem Richtmikrofon aufzustellen. Haben Sie auch die E-Mail im Namen von Héctor Quicio geschrieben?« Ein viel beunruhigenderer Gedanke kam mir nebenbei. »Ja, Sie haben sie geschrieben. Aber warum zum Teufel ausgerechnet Iona? Warum haben Sie uns dorthin geschickt?«

Emma warf mir einen prüfenden Blick zu. »Ich habe Sie nirgendwohin geschickt.«

»Aber Sie wussten, dass wir in Finleys Büro über Iona gesprochen haben.«

Sie blinzelte. Der beunruhigende Gedanke schwoll in meinem Hirn zu einem Ballon.

»Nicht zu fassen!«, rief Derya. »Sie hören die Leute ab, Sie spionieren sie aus. Sie orten unsere Handys. Das ist doch illegal!«

»Nein, wir tun nichts Illegales. Wir legen keine Wanzen, wir zapfen keine Telefone an. Wir machen nur das, was jeder machen könnte, wenn er ein bisschen neugierig ist. Und wenn ein WLAN-Netz nicht passwortgeschützt ist, kann sich beispielsweise jeder von der Straße aus einloggen.«

»Sie wussten also, dass wir nach Iona fahren würden. Richtig? Aber dann wussten Sie doch auch, dass Finley McPierson und Derya Barzani am Leben und nicht von einem ominösen El Tio in den Edinburgh Vaults ermordet worden sind.«

»Ja, sicher. Wie gesagt, ich habe den Artikel nicht geschrieben. Wir sind nicht verantwortlich für das, was die Medien mit unseren Informationen machen.«

Ich stutzte, kam aber wieder mal nicht zum Nachdenken. »Warum zum Teufel sind Sie uns gefolgt? Was ist an uns so interessant?« Wenn man den Saum eines Kurzkleids mit beiden Händen in Knienähe halten will, ist ein Hardcore-Verhör nicht wirklich einfach.

Emma lächelte verschlossen.

»Sie sind gar keine Journalisten«, bemerkte Richard. »Für wen arbeiten Sie?«

Er stellte die Frage, dich ich hätte stellen müssen, wenn ich richtig zugehört hätte, statt aus ihr die Antworten herauszustupfen, die ich hören wollte. »Sie sind nicht von den *Edinburgh Evening News*. Und Sie heißen gar nicht Emma Reid. Richtig?«

»Doch, ich bin Emma Reid.«

Im Rückspiegel begegnete ich gleichzeitig dem Blick von Bob. Was er sagte, konnte ich nicht verstehen. Aber Finley rief es nach hinten. »Sie arbeiten für Security Consulting & Detectives.«

Ich sah Internetseiten scrollen: der Politiker mit seiner minderjährigen Geliebten und das *Bielefelder Abendblatt*, das sich für den Einblick in dessen E-Mail-Verkehr des Detektivbüros SC&D bedient hatte. Was aber nie bewiesen worden war, weil die Ermittlungen eingestellt wurden.

»Aber das ist doch eine Berliner Detektei«, bemerkte ich.

»Nein, sie hat ihren Sitz in Edinburgh und London«, widersprach sie.

»Das heißt«, unterbrach Richard uns in seiner bedächtigen Art, »Sie beschaffen den *Edinburgh Evening News* …«

»Und anderen Zeitungen.«

»… die Informationen, an die man legal nicht herankommt.«

»Soll das ein Verhör werden? Ich habe doch schon gesagt, dass wir nichts Illegales tun.«

Der beunruhigende Gedanke blähte sich auf und stieß an meine Schädelinnenwand. »Aber Sie haben …« Ich biss die Zähne zusammen.

Richard musterte mich fragend, kam aber nicht drauf. »Und die Zeitungen blasen das dann zu einer völlig an den Haaren herbeigezogenen Geschichte auf.«

»Noch mal: Dafür bin ich nicht verantwortlich. Wir liefern nur Fakten und Bilder. Und wenn Sie mir jetzt Ihre Geschichte erzählen …«

»Können Sie uns denn garantieren, dass die Zeitung das auch so druckt?«, fragte er.

Emma grinste abgebrüht. »Wenn ich es dem Konkurrenzblatt anbiete, dann könnte es klappen.«

Ich rekapitulierte die Fragen, die sie nicht beantwortet hatte – was hatte uns interessant gemacht, und warum hatte man uns nach Iona geschickt? –, und versuchte es mit einer dritten: »Dieses Zeichen am Sockel von St. Martin's Cross, haben Sie das hineingeschlagen und auf alt gemacht, um unser Interesse wachzuhalten?«

Emma blinzelte. »Welches Zeichen?«

Ich malte es mit dem Finger auf die Lehne vor uns.

»Ach, das Zeichen der Kuldeer? Das meinen Sie. Ich wusste gar nicht, dass es auf dem St. Martin's Cross ist.«

»Auf dem Sockel. Sie haben uns dort fotografiert.«

Emma lächelte abwartend.

»Kuldeer, sagen Sie?«, fragte Derya über die Rücklehne. »Woher wissen Sie überhaupt, dass dies das Zeichen der Kuldeer ist?«

»Es befindet sich in den South Bridge Vaults in einem Raum.« Emma schüttelte sich unwillkürlich. »Ich bin im Januar mit einer Gruppe der Céli Dé in die Gewölbe gestiegen. Und seitdem glaube ich, dass es Dinge gibt, die … na ja.« Sie lachte peinlich berührt. »Wissen Sie, ich war die ganze Zeit froh, dass ich nicht die Letzte der Gruppe war. Aber als wir dann rausgingen und der Führer hinter mir die Tür abschließen wollte, da … da habe ich ihm gesagt, es kommen noch welche, und er sagte: Nein. Sie sind die Letzte. Das … das war voll gruselig!«

Finley lachte.

»Und was bitte sind die Céli Dé?«, fragte ich.

»Das sind Amerikaner. Sie gehören einer keltischen christlich-orthodoxen Kirche an. Sie versuchen nach den alten Regeln des ersten Abts der Céli Dé zu leben, dem heiligen Maelrúain. Er hat 755 das erste Kloster in Tallaght gegründet.«

»Wo ist das?«

»Das ist heute ein Vorort von Dublin. In dem Kloster lebten Frauen und Männer gemeinsam, sie waren verheiratet. Sie haben sich um die Armen gekümmert, sie hatten besondere Gesänge, und sie haben viel gefastet und gebetet. Die Gruppe aus New York hat die alten heiligen Orte besucht. Und im Rahmen dessen wollten sie in den Gewölben den Raum sehen, wo sich das Zeichen der Kuldeer befindet.«

»Aber die Kuldeer gibt es doch seit dem zwölften Jahrhundert gar nicht mehr«, bemerkte Richard. »Sie wurden von der römisch katholischen Kirche assimiliert.«

»So heißt es offiziell. Aber es gibt auch Leute, die sagen, einige der ursprünglichen Céli Dé oder eben Kuldeer hätten überlebt, sie hätten sich fortgepflanzt und dabei ihren Glauben und ihre Riten erhalten, und es hätte immer ein geheimes Kloster gegeben, ein virtuelles Kloster gewissermaßen, denn eine Kirche oder ein Kloster gibt es nicht mehr. Es heißt, so haben mir die Amerikaner erklärt, sie hätten sich über die Jahrhunderte an wechselnden geheimen Orten getroffen, zeitweise auch in diesem Raum in den Edinburgh Vaults. Bis die ganze Gruppe überfallen und ermordet wurde, elf Menschen. Und als der Letzte sein Leben aushauchte, habe sich das Zeichen der Kuldeer in den Stein gebrannt.«

»Wieso gerade elf?«, fragte ich mich laut und dachte an die Hendeka, die Elfmänner der athenischen Gerichtsbarkeit.

»Es heißt, es hätten immer elf Priester sein müssen«, antwortete Emma, »um ein virtuelles Kloster zu bilden. Oder die Gemeinschaft wird von elf Männern geführt. So genau weiß ich das nicht.«

»Woher wissen Sie überhaupt etwas darüber?«

»Es gibt Internetseiten darüber. Ich habe mich damit beschäftigt, nachdem ich mit den Céli Dé aus Amerika da unten war. Sie nennen das Zeichen übrigens Gnomon. Das kommt wohl aus dem Griechischen.«

»Der Schattenzeiger bei einer Sonnenuhr«, murmelte Richard.

»Ja, richtig! Ich erinnere mich. Sie haben mir das erklärt. Früher waren das in die Erde gesteckte Pfähle mit einer Spitze, nicht wahr? Die Diagonale in dem Zeichen ist der Gnomon, er steht für Astronomie und Wissenschaft überhaupt. Die beiden Winkel stellen zweimal die Dreifaltigkeit dar, einmal nach oben in den Himmel weisend und zum andern gespiegelt in die Unterwelt, zum Zeichen, dass Gott alles umfasst, das Gute und das Böse. Es gibt einige, die vertreten die Ansicht, dass den Kuldeern heute Männer und Frauen aus den allerhöchsten Kreisen angehören, Politiker, Wissenschaftler, Unternehmer. Beispielsweise soll Michael Faraday einer gewesen sein.«

Richards und mein Blick trafen sich. Ich wusste, dass er wie ich an die Anstecknadel aus Rosenfelds Schreibtisch dachte. War Rosenfeld also Kuldeer gewesen? Gab es sie noch? Irgendwo?

»Es ist eine Geheimgesellschaft, die im Hintergrund die Welt regiert«, erklärte Emma mit dem Glitzern derjenigen in den Augen, die hinter dem großen Geheimnis des Weltkreisels einen Anstoßer vermuten. Das vermutet meine Mutter auch, aber sie glaubt, es sei Gott, der mit Gebeten zu erweichen sei.

»Und … äh …«, fragte ich, »woran spürt man das?«

»Was?«

»Dass die Kuldeer im Hintergrund die Welt regieren. Woran merkt man das? Es gibt ja auch andere, die das tun: die Banken, die Rüstungsindustrie, die Drogenbosse, die russische Mafia, die italienische, die chinesische und so weiter. Das spürt man. Was zeichnet jetzt aber die Kuldeer aus? Was ist ihr Ziel?«

»Ach so. Das weiß man nicht. Ich habe jedenfalls nichts darüber gefunden. Vielleicht wollen sie die Welt gerechter machen, die Armut beseitigen.«

»Dann gibt es sie nicht«, sagte ich. »Denn davon merkt man nun wirklich gar nichts.«

Derya lachte. »Das ist wahr.« Es war das erste Mal, dass sie eine Bemerkung von mir nicht bescheuert fand.

Wir passierten den Abzweig zum Torosay Castle, gleich darauf tauchten die ersten Häuser am Rand der schmalen Straße mit den Ausweichbuchten auf. Wir hatten Craignure erreicht. Der Ort bestand aus nicht viel mehr als ein paar weißen Häusern an der Wasserkante, einer Tankstelle, einer Kirche und dem Fähranleger.

»Okay«, sagte Richard. »Wir werden Ihnen erzählen, wer wir sind und was wir hier wollten. Wir sind nämlich tatsächlich auf der Suche nach … einem Psi-Agenten.«

»Indeed?«

35

Wir konnten sofort auf die Fähre fahren. Auf dem Weg hinauf auf die Passagierdecks wies Richard Finley leise an, den Fotografen keine Sekunde aus den Augen zu lassen. Er sollte zumindest nicht heimlich telefonieren können. Er selbst und ich würden Emma beobachten. Ich war sicher, er setzte darauf, dass Neugierde auf unsere Jagd nach einem Psi-Meister sie vorerst davon abhalten würde, die *Edinburgh Evening News* oder irgendeine andere Redaktion darüber zu informieren, dass sie uns aufgespürt hatte.

Richard erregte in seinem Kilt unter Touristen eine gewisse Aufmerksamkeit. Und es begann ihm zu gefallen. Er hatte seine

Haltung gefunden, schaute den Leuten gelassen in die Augen und gab sich mit nackten Knien, Seehundfellgürteltasche und Dolch in der Wollstulpe martialisch und zugleich friedfertig. Ohne weiteres traute man ihm den schottischen Meister im Baumstammwerfen zu.

Deryas hellblauer Ascot-Aufzug fand Beachtung auch nur bei den Fremden. Briten, so schien es, fanden das Exzentrische nicht bemerkenswert. Etwas mehr Blicke, vornehmlich von älteren Herren, erntete da schon ich in meinem Kurtisanen-Dress am Arm des Landjunkers Finley. Vermutlich konnte man sich nicht recht erklären, in welchem Nachtclub auf Mull er mich aufgelesen haben mochte.

Nach der Landung in Oban verließen wir das Herrschaftsgebiet der kreischenden Möwen, und die junge Detektivin begann uns auszufragen. Richard gab mit ersten absolut wahrheitsgetreuen, fast vertrauensseligen Antworten die Marschrichtung vor, und dann plauderten wir munter über Elmsfeuer, Tee und Gebäck in Abington und Drogerie-Einkäufe in Edinburgh, Brunnenschächte in Gewölben, seltsame Rosenkreuzerzeichen und das Gefühl, verfolgt zu werden. Das alles klang so dumm und handgestrickt, dass ich sicher war, davon würde morgen kein Wort in irgendeiner Zeitung stehen. Allerdings stand zu befürchten, dass Emma sich von uns verarscht fühlte.

»Letztlich«, erklärte ich, »sind wir nur deshalb nach Iona gefahren, weil es diese Computerhavarie gegeben hat. Sonst wären wir gestern zurückgeflogen.«

»Die haben Sie doch herbeigeführt!«, platzte Emma heraus.

»Was? Wie denn das?«

Sie lächelte wissend. »Sie machen mir nichts vor. You're the Psi-Master!«

»Fuck!«

»Ich habe es gleich gesehen. Nicht schlecht, die Verkleidung. Wenn man nicht so genau hinschaut, könnte man drauf reinfallen. Aber als Frau können Sie nicht wirklich durchgehen. Männern entgeht das vielleicht, aber eine Frau sieht so was.«

Derya lachte lauthals und völlig unangebracht. Es half auch nicht gerade, Emmas Analyse ins Wanken zu bringen. Im Gegenteil.

»Wenn Sie meinen, Emma.« Ich plinkerte sie an. »Warum treten Sie eigentlich als Journalistin auf?«

»Als Presse wird man überall reingelassen.«

»Und wie soll ich das Internet lahmgelegt haben?«

Emma zog einen Laptop aus ihrem Rucksack, fuhr ihn hoch und drehte ihn auf ihren Knien so, dass Richard von der Sitzbank vor uns und ich Einblick bekamen, wenn wir die Hälse reckten.

»Das hier hat vorgestern Nachmittag die *New York Times* getwittert.«

Ich las: »Internet will break down today caused by pure mental force of Shinobi. Earth will tremble, town will crumble.« Auf Deutsch: »Das Internet wird heute zusammenbrechen, verursacht durch Shinobis pure Geisteskraft« oder so ähnlich. »Die Erde wird beben, eine Stadt einstürzen.«

Ich musste lachen. »Das habe ich auch gekriegt. So was glaubt ihr doch nicht.«

Emma zog die Brauen hoch. »Das Internet *ist* zusammengebrochen. Außerdem gilt die *New York Times* als seriöse Quelle.«

»Uff!«

»Und was war deren Quelle?«, fragte Richard.

»Der CIA. Die *New York Times* hat die Meldung nach einer halben Stunde zurückgezogen, sicher auf Druck des CIA oder des amerikanischen Präsidenten.«

Richard lachte verblüfft. »Wie kommen Sie denn darauf?«

»Weil *Le Monde* gestern Abend ihre Meldung ebenfalls zurückgezogen hat, und zwar mit der Begründung, es sei die Übungsmeldung eines Praktikanten gewesen, die aus Versehen online gestellt wurde. Und eine deutsche Zeitung hat was Ähnliches behauptet. Doch dann hätte die Meldung ja nicht auch von der *New York Times* kommen können. Und das Internet ist ja zusammengebrochen. Jetzt haben sie Angst vor Schadensersatzforderungen.«

»Warum das?«, fragte ich blöde.

»Ein Zusammenbruch des Internets bedeutet Millionen-Verluste, nicht nur für Fluggesellschaften.«

»Gar nicht zu reden von den Schäden eines Erdbebens«, spottete ich.

»Aber es ist doch nur das Internet!«, rief Finley.

»Die halbe Industrie ist vom Internet abhängig«, sagte Richard. »Nicht nur wegen des schnellen E-Mail-Verkehrs, auch Lieferpläne, Lagerhaltung, die schnelle Abfrage von Transportwegen, Zügen, Flugzeugen werden übers Internet gemacht. Aber ich verstehe nicht, wie eine solche Meldung das Netz lahmlegen kann.«

Emma brauchte keine Erklärung mehr. »Weil diese Tweets sich ständig weiterverbreitet haben. Alle möglichen Leute haben das gelesen und weitergeschickt. Und jedes Mal, wenn sie weitergeschickt wurden, haben sie sich auch vermehrt. Allein ich habe sie mehrere tausend Mal bekommen. Total der Wahnsinn. Ein Virus enthält die Meldung aber nicht, sagen die Fachleute.«

»Da hat sich also«, frohlockte ich, »die Informationsmaschinerie gewissermaßen an der eigenen Spucke verschluckt.«

Richard konnte nicht verhindern, dass er mich ansah. Er hatte mich schon einige Male in allergrößter Hustnot erlebt, weil ich dazu neigte, Spucke statt Luft zu atmen.

»Sie hätte sich aber gar nicht derartig vermehren können, dass sie alles verstopft«, sagte Emma mit frühweisem Augenaufschlag. »Da ist es nicht mit rechten Dingen zugegangen.«

»Nein, Twitter ist gehackt worden«, sagte ich.

»Das ist nicht so … so einfach!«

»Ah, Sie haben es also auch schon probiert.« Ich erinnerte mich plötzlich an Dora Asemwalds Botschaft, die ich vorhin kurz vor meinem Austausch finaler Bösartigkeiten mit Richard in meinen Facebook-Benachrichtigungen hatte aufblitzen sehen. »Jemand hat den zentralen Zugang geknackt und auf die Accounts der Zeitungen zugegriffen.«

»Das wäre ein ziemlicher Skandal!«, sagte Emma widerstrebend.

»Dann kann es aber nicht gut der CIA gewesen sein, der die Meldungen storniert hat«, bemerkte Richard. »Zumal zumindest in Deutschland weder Geheimdienst noch Bundeskanzler den Medien irgendetwas befehlen können.«

Emma schmunzelte mit gesenktem Blick. »Glauben Sie das wirklich?«

Ich tippte unterdessen in meinem Handy die Mails durch und öffnete Dora Asemwalds Beitrag. Ihr Kommentar zur Bemerkung eines meiner FreundInnen über den Internetabsturz in Großbritannien lautete: »Shin Obi ist kein Baumarkt.«

Noch gestern Abend hätte ich das abgehakt als Witzelei innerhalb eines der typischen spätabendlichen Spiele, das Facebook-Kommentare zuweilen bis auf über hundert Beiträge hochtrieb.

Ich kannte Dora auch gar nicht persönlich. Es war noch nicht lange her, dass sie angefangen hatte, meine Posts zu kommentieren. Irgendwann hatte ich geahnt, dass sie in Stuttgart lebte. Und kürzlich war mir aufgefallen, dass in der Heusteigstraße an einem Eckladen ein Schild mit der Aufschrift »Galerie Dora Asemwald« hing. Ich war von meinem Fahrrad gestiegen und hatte an der Tür gerüttelt, das Gesicht beschattet und durchs Glas hineingeschaut, aber nicht viel sehen können außer Tischen, Computer und den Kacheln und Haken eines vormaligen Metzgerladens. Aufgemacht hatte niemand.

Ihr Kommentar stammte von heute Nacht halb zwei. Jetzt hätte ich gern ein ruhiges Eckchen gehabt, um ein bisschen zu chatten. Aber obgleich Emmas Klappcomputer internetfähig war, so saßen wir doch in einem Auto und fuhren durch grüne Hügel, arm an Hotspots. Um Dora musste ich mich kümmern, wenn ich wieder in Stuttgart war. Falls wir das jemals schafften.

»Und wie passt Ihre Theorie vom CIA damit zusammen, dass ich das Chaos verursacht habe?«

»Sie sind vom CIA?«, antwortete sie mit fragendem Satzende.

Ich gab es auf. Außerdem verlangte eine weitere Facebook-Benachrichtigung meine Aufmerksamkeit.

Sie stammte von Rosario, der hübschesten Freundin von Héctor Quicio, die ich vor ein paar Tagen gefragt hatte, ob sie wüsste, wo ich Héctor finden könne. Sie schrieb, sie habe seit einiger Zeit nichts mehr von ihm gehört. Sie habe unter seinen Facebook-Kontakten herumgefragt. Sein Freund Iván habe geschrieben, dass Héctor Anfang des Jahres nach Jávea gefahren sei. Er habe sich dort in eine Frau verliebt, eine Deutsche. Vielleicht sei er mit ihr nach Deutschland gegangen.

Als ich wieder hochschaute, war es still geworden im Wagen. Richard las schweigend die verschiedenen Zeitungen, die er gekauft hatte. Neben mir saß gegen die Seitenwand gelehnt ein müdes Mädchen, das gern geschlafen hätte. Wie viel Anteil hatte sie an dem Unsinn, der in den *Edinburgh Evening News* und im *Evening Image* erschienen war? Wie hoch war der Druck, den die Detektei auf ihre Mitarbeiterinnen und Mitarbeiter ausübte, die von den Zeitungen geforderten Skandale und Sensationen aufzuspüren? Als ich so jung war wie sie, hatte ich für die Frauenzeitschrift *Amazone* Interviewpartner erfunden, übrigens aus Faulheit, nicht aus dem politischen Bedürfnis heraus, die Weltverschwörung von Banken, Politik und Männern gegen uns Frauen anzuprangern.

Ich hatte Zeit, dem beunruhigenden Gedanken nachzugehen, der sich vorhin in meinem Kopf aufgebläht hatte.

36

Hätten wir es wirklich noch aufhalten können? Schwer zu sagen. Ich hätte Richard auf unserer Fahrt nach Edinburgh unbedingt beiseitenehmen und ihm von meiner Befürchtung erzählen müssen, dass die Detektei SC&D zugegen gewesen war, als er und Finley sich, vermutlich nicht schweigend, die Kalteneck-Akten in Finleys Ordner anschauten, in denen sich der Name eines Mannes befand, der damals in der Wasserburg Türen anstrich.

Aber es war eben nicht so leicht, Richard beiseitezunehmen, in diesen drei Stunden, die unsere Fahrt noch dauerte.

Bob hatte das Radio laufen. Die Nachrichten beschäftigten sich aufgeregt mit der Polizeiaktion auf Iona. Was uns so gefährlich machte, begriff ich nicht ganz. Offenbar stand eine Drohung mit Anschlägen auf technische Einrichtungen mit Hilfe mentaler Kräfte im Raum. Obgleich so ungefähr alles, was unsere Drohung an Fantasien hervorbrachte, durch vernünftige Menschen in Interviews sofort widerlegt wurde, hörte es sich über eine Stunde lang so an, als hätten Extraterrestrische die Herrschaft übernommen und Maschinen, Vulkane und Menschen manipuliert, um Katastrophen zu erzeugen. Auch mit der These der Gang of Four, die von den *Edinburgh Evening News* aufgebracht worden war – dabei stellte Bob das Radio noch lauter –, befassten sich die Radiomoderatoren, um sie unverzüglich als wenig glaubhaft zu widerlegen. Nicht einmal für den Leichenfund in den South Bridge Vaults habe man eine polizeiliche Bestätigung bekommen.

»Da!«, rief Derya. »Da hören Sie's!«

»Natürlich sagt die Polizei denen nichts«, antwortete Emma mit Augenaufschlag.

Derya schnaubte. »Sie leiden unter Paranoia, mein Kind.«

»Nein.« Emma lachte offen. »Es ist nur so: Der Sender hat kein Geld.«

»Was?«, entfuhr es Richard. »Sie bezahlen die Polizei für Informationen?«

»Wir nicht, dass das klar ist. Aber die Redaktionen, die tun es. Sie bezahlen die Polizei für Exklusivinfos. Das ist ein Geschäft.«

»Aber ein Leichenfund in den Vaults ist keine Exklusivinformation«, widersprach Richard. »Leichen werden offiziell dem Coroner überstellt. Ich kann bei ihm anrufen, und er sagt mir, ob es sie gibt oder nicht. Der *Guardian* hat das gemacht. Da steht, in dem Brunnen sei stark verwestes biologisches Material gefunden worden, vermutlich der Kadaver eines sehr großen Hundes.«

Derya schnaubte erleichtert. Und ich hatte an den Hound of Baskerville gedacht, in dem Moment, als Cipión vor Angst zitternd stehen blieb! Zufall?

»Glauben Sie wirklich, dass die Offiziellen immer die Wahrheit sagen?«

»Und Sie?«, fragte Derya streng über die Sitzlehne hinweg. »Sagen Sie immer die Wahrheit? Zumindest tragen Sie doch entscheidend dazu bei, dass sie öffentlich nicht gesagt wird.«

»Wer behauptet, er sage immer die Wahrheit, der lügt«, erwiderte das Mädchen. »Ich für meinen Teil liefere nur das, von dem ich glaube, dass es die Wahrheit ist. Wenn wir nicht sagen, was abgeht in der Welt, wenn die Presse es nicht schreibt, wer dann?«

Derya klappte den Mund zu und sagte nichts mehr.

Richard suchte, vermutlich aus alter Gewohnheit, Augenkontakt mit mir. Versteht die das denn nicht?, klagte sein Blick. Merkt die gar nicht, dass sie und ihre Auftraggeber selbst alles tun, um den Eindruck zu verstärken, dass man nichts glauben kann?

»Raststätten gibt es hier wohl keine«, bemerkte Derya mit dem gewissen Druck in der Stimme. Ich war auch für eine Pinkelpause. Die grandiose Landschaft mit ihren Oh-Ausblicken nahm quälende Gestalt an, wenn man nur noch Ausschau nach Erleichterung hielt.

Im Radio war die Explosion des Fahrzeugs von Prof. McPierson auf dem Parkplatz von Fionnphort dran. Spuren einer Bombe hatte die Polizei entgegen ersten Meldungen nicht gefunden. Vielmehr sei der offenbar bereits vorgeschädigte Benzintank durch den Aufprall des anderen Fahrzeugs gerissen, ein Reibungsfunke habe die Explosion verursacht. Und auf einmal lebte Finley McPierson wieder. Unbekannt sei allerdings, wo er und seine Begleiter sich aufhielten. Sie hätten die Nacht in einer Pension in Fionnphort verbracht, den Ort am späten Vormittag verlassen und seien seitdem nirgendwo wieder aufgetaucht.

»Na siehst du, Finley!«, rief ich nach vorn. »Alles wird gut. Man muss nur Geduld haben.«

Allerdings erfuhren wir nun, dass die Räume der Koestler Parapsychology Unit in Edinburgh gestern Nacht durchsucht und verwüstet worden waren. Wonach die Eindringlinge gesucht hatten, sei nicht bekannt.

Aber mir! Zumindest konnte ich es mir denken.

»Da!«, rief Derya. »Da könnten wir doch mal eine Pause machen.«

Es war ein weiß getünchtes Cottage mit dem erlösenden Namen Old Drover's Inn. Es bildete den Ort namens Luib. Bob fuhr den Van auf den Parkplatz.

»Übrigens«, raunte ich Richard zu, als wir ausstiegen, »Héctor Quicio ist verschollen.«

Er kramte nach den Zigaretten.

»Seine Freunde haben seit längerem nichts mehr von ihm gehört. Letzter bekannter Aufenthaltsort war Jávea. Aber jetzt muss ich erst einmal … Kannst du solange?« Ich drückte ihm Cipións Leine in die Hand und eilte Derya hinterher, überholte sie im urigen Pub und stürmte die Damentoilette.

Die Anlage hatte einen Vorraum mit Waschbecken, aber nur eine Kabine. Ich winkte Derya generös durch, lehnte mich irgendwo an und lauschte dem ureigentlich weiblichen und nur an solchem Ort vernehmbaren knistrigen Rascheln von Röcken und dem Reiben von zartem Stoff auf der Haut. Der in mir herrschende Überdruck verstärkte den Reiz angenehm in meine Lustorgane. Und wenn ich schon so allein stand, konnte ich ja auch mal kurz bei mir nachfassen.

Ich hörte, wie sie sich setzte. Die Klobrille knirschte. Ich wartete auf den erlösenden Dammbruch und das befreite Geplitschel in der Schüssel, doch drinnen blieb es still. Scham-Kontinenz, diagnostizierte ich. Frau Dr. Barzani war im Intimbereich unentspannt, zumindest, wenn sie mich vor der Tür wusste.

»Übrigens, Derya«, sagte ich, um die hochnotlauschige Stille zu durchbrechen. »Es tut mir leid, dass ich gestern … nun ja, so ruppig war.«

Sie ächzte. »Schon gut.« Noch immer kein Strullen.

»Ich hatte da was missverstanden.«

Endlich. Es war mir gelungen, sie abzulenken. Was gab es da misszuverstehen?, fragte sie sich. Ich hörte es förmlich.

»Ich dachte nämlich, bei ihm sei es was Ernstes, aber …«

Drinnen ratzte ein Absatz, und sie stieß hervor: »Ah, jetzt kommt das!« Sie konnte sogar kurz lachen. »Du willst mir sagen, er benutzt mich nur. Richard hat mir schon gesagt, dass du es damit versuchen wirst. Du hättest generell Probleme, Veränderungen zu adaptieren.«

Meine übervolle Blase bekam Beulen. Ich stotterte: »Ach, das … das hat er … wirklich gesagt?«

»Ja, du nimmst für dich in Anspruch, was du ihm nicht zugestehst.«

»So? Was denn?«

Wie lange dauerte das eigentlich noch da drinnen? Sie wusste doch, dass ich es schier nicht mehr verheben konnte, und drückte sich noch das letzte Tröpfchen aus der eingeschrumpelten Blase.

»Freiheit!«, rief sie und zog Klopapier von der Rolle, viel Papier. »Du beharrst auf deiner Freiheit, aber er soll absolut treu sein. Du schickst ihn nach Belieben fort, aber wehe, er bleibt mal weg. In all den Jahren, sagt er, ist dir anscheinend nie der Hauch des Gedankens gekommen, dass er für dich gerne mehr gewesen wäre als ein gelegentlicher Gast für die Nacht in deiner Wohnung.«

Nee, der Gedanke war mir wirklich nicht gekommen. Schon weil Richard eine viel schönere Wohnung in teurer Halbhöhenlage hatte. Außerdem konnte er kochen, er war Workaholic und exzessiver Freizeitsportler, und wenn er dann mal für ein oder zwei Stunden vor dem Zubettgehen oder am Sonntag zu Hause war, setzte er sich an den Bechstein-Flügel. Als Frau brauchte er mich nicht. Warum sollte er für mich mehr sein wollen als ein Nachtkrabb in meiner Wohnung?

Die Spülung toste. Derya gehörte zu denen, die erst spülten und sich dann den Schlüpfer hochzogen und zum Schluss die Nylons, falls sie welche trugen. Sie trug keine, denn Heather war nicht auf den Gedanken gekommen, dass es Frauen vom Kontinent im schottischen Mai etwas frisch fanden. Auch mir bobbelten Gänsehautnoppen auf den Schenkeln, was allerdings auch an der inneren Sprengung liegen mochte.

»Normalerweise«, der Schlüssel drehte sich und Derya erschien in hellblauem Chiffon in der Tür, »sind es die Männer, die nicht merken, wenn die Beziehung schon lange im Eimer ist. Aber in diesem Fall spielst du offensichtlich diesen Part.«

Ich stieß sie im Reinrammeln mit der Schulter an und griff ihr an die Arschbacken. »Wenn du dich da mal nicht auf dem Holzwurmweg befindest, meine Schöne!«

Sie hopste zur Seite. »Und außerdem bist du ihm viel zu ordinär.«

Ich schloss mich ein, zog das Kleid hoch und den Schlüpfer runter und setzte mich. Draußen rauschte das Wasser. Aus mir lief heiß der Zorn.

»Dann pass du mal auf«, rief ich von meinem Leibhocker aus, »dass er sich mit dir nicht langweilt. Wie ist das bei dir? Bist du schon jenseits?«

Stille. Dann das Klappern des Handtuchspenders.

»Ich meine«, legte ich nach, »bist du schon mit der Altweiberhitze durch? Ist deine Scheide schon trocken gefallen?«

Keine Antwort.

»Oder kommt da noch was?«

Stille. Ich raufte Klopapier von der Rolle.

»Aber keine Sorge. Es gibt ja Gleitgels. Das törnt mächtig an!«

Ich zog mir den Slip hoch, knickte auf den hohen Absätzen um und zog das Kleid so weit hinunter, wie es ging. Als ich die Tür aufriss, schaute ich in Emmas große müde Augen.

Hoffentlich konnte sie kein Deutsch.

37

Als wir uns Edinburgh näherten, teilte mir die Fluggesellschaft am Telefon mit, wir könnten am Abend fliegen. Emma und Bob setzten uns am Flughafen ab. Wenn sie der Polizei oder den Zeitungsredaktionen, für die sie arbeiteten, umgehend mitteilten, wo wir uns befanden, dann würden wir das Land an diesem Abend nicht unbehelligt verlassen können. Das war uns klar und den beiden auch. Wir sprachen nicht darüber. Sie um Nachrichtenstille zu bitten hätte keinen Sinn gehabt. Wir besaßen kein Druckmittel. Wir konnten nur hoffen, harmlos gewirkt zu haben. Oder aber darauf, dass sie es interessanter fanden zu wissen, dass ich der Psi-Master war, als uns der Polizei oder Presse auszuliefern. Damit hielten sie sich auch die Möglichkeit offen, mich später – wenn alle wussten, was sie jetzt schon wussten – als Exklusivinformantin nutzen zu können.

Finley bestand darauf, uns zum Check-in zu begleiten, falls es doch noch irgendwelche Probleme geben sollte. Und so war es. Als wir einchecken wollten, gab es uns nicht mehr. Wir waren aus der Passagierliste der vor zwei Tagen notgelandeten KL-Maschine verschwunden. Als ob wir niemals darin gesessen hätten. Logischerweise war auch unser Gepäck nicht auffindbar. Wir brachen den Versuch, unsere Identitäten wiederzugewinnen, schnell ab, um keine unnötige Aufmerksamkeit zu erregen. Es genügte, dass Richard im Gewand des Highlanders mit uns zwei aufgebrezelten Schnepfen im Schlepptau allenthalben Blicke auf sich zog.

Denn mittlerweile hatten die Ereignisse einen Tick ins Irreale bekommen. Auf der digitalen Werbetafel neben den Abflugzeiten waren kilometerlange Staus auf den Ausfallstraßen von London, Manchester, Glasgow und anderen Großstädten zu sehen. Den Tickerbändern zufolge waren die Menschen auf der Flucht vor einem Erdbeben. Es hatte sich nicht ereignet, es war nur angekündigt worden. Und zwar auf Facebook und Twitter. Shinobi hatte sich wieder gemeldet und seine Erdbebendrohung erneuert: »London Tower will fall into Thames. Der Tower wird in die Themse stürzen.«

Zwischendurch sah man unsere Gesichter, wie sie von Bob am St. Martin's Cross aufgenommen worden waren, alle vier grotesk vergrößert. Offenbar suchte uns die Polizei im Zusammenhang mit diesen Terrordrohungen. Offensichtlich waren Finley McPierson und Derya Barzani nun nicht mehr tot, sondern Teil der Gefolgschaft von El Tio, der den Shinobi in seiner Gewalt hatte. Es war nur noch eine Frage der Zeit, dass sie mir diese Rolle zuschrieben und ein Gesicht dazu produzierten. Womöglich meines.

Es war aussichtslos, für diesen Abend neue Flüge zu buchen. Finley schlug vor, dass wir uns ein Taxi in die Stadt nahmen und die Nacht bei ihm verbrachten. Aber Taxifahrer würden uns sofort erkennen. »Und ob du zu Hause sicher bist, würde ich auch bezweifeln«, bemerkte ich. »Mindestens ein paar Journalisten dürften auf der Lauer liegen.« Aber auch hier auf dem Flughafen war es nur eine Frage der Zeit, bis einer der Leute, die seit Stunden Löcher in die Luft glotzten, weil sie zwar gültige Flugtickets, aber keinen Flug hatten, Richard trotz des Schottenrocks und Derya oder mich hinter der Fassade von Make-up, rotem Lippenstift, extravaganten Kleidern, Hut und Lacklederstiefeln erkennen würde. Vor allem, wenn Emma diese Information an die Medien weitergab, für die sie arbeitete. Glücklicherweise war bisher wenigstens von einem Dackel in unserer Gesellschaft noch nicht die Rede gewesen.

»Dann rufe ich jetzt meinen Vater an«, sagte Derya. »Er soll uns sein Flugzeug schicken.«

Das klang supergut. Genial! Wie ein Märchen aus James Bond.

»Dafür müsste ich aber telefonieren.«

Ich gab ihr mein Handy.

Sie nahm es mit einem kleinen spöttischen Lächeln. Ich musste es ihr zugestehen. Es war nicht sonderlich souverän, dass ich kein Wort mit ihr sprach.

Während sie telefonierte, dirigierte Richard uns treppauf in die Halle mit den Sicherheitsschleusen zu den Flugsteigen, aber auch den Läden und Lounges. Immer in Bewegung bleiben. Alte Kriegstaktik. Finley schlenkerte seine Kamelbeine mit hinauf. Vorm Schaufenster eines Herrenausstatters, dessen Anzüge Richard sehnsüchtig musterte, beendete Derya ihr Telefongespräch und gab mir das Handy zurück.

»Er schickt sein Flugzeug. Aber ein paar Stunden wird das dauern.«

Die schwarz-weiß gewürfelten Schirmmützen zweier Polizisten blitzten zwischen den Leuten auf. Richard betrat mit wehendem Schottenrock den Laden. Wir folgten ihm und machten uns daran, die Verkäuferin ins Schwitzen zu bringen, der klar wurde, dass der schweigsame Schotte und seine beiden ausländischen Damen sich gänzlich neu einzukleiden wünschten, wobei eine – nämlich ich – sich für einen grauen Herrendreiteiler interessierte und Geld eine untergeordnete Rolle spielte. Cipión bekam ein Wasser hingestellt. Finley ließ sich, bevor wir alle in Umkleidekabinen verschwanden, mein Handy geben und rief in seinem Institut an. Er war blass, als ich ihn wieder sah.

Und es lag nicht daran, dass die Einbrecher gestern Nacht alle Computer zerschlagen hatten.

»In London hat es ein Erdbeben gegeben.«

»Was ist los?«, fragte Richard, der gerade in einem braunen Harris-Tweed, oder auf Deutsch Twill-Sakko, dazu passenden Beinkleidern und beigefarbenem Hemd aus der Umkleide trat.

»Ein Erdbeben in London«, flüsterte Derya.

»Schlimm?«, fragte ich Finley.

Das hatten die Kollegen im Institut ihm nicht sagen können. Sie hätten es gerade im Radio gehört.

»Es gibt ihn also doch«, sagte Derya fast feierlich. »Es ist möglich! Es geschieht gerade. Wir erleben einen historischen Moment. Zum ersten Mal sind wir dabei, können beweisen, dass Vorhersage und ein Ereignis, das auszulösen schwerlich in der Macht eines Einzelnen steht, aufeinander folgen.«

Finley kratzte sich den Kopf. Es war nicht auszumachen, was ihn mehr entsetzte, ein Erdbeben, dessen zerstörerische Wucht noch nicht bekannt war, oder die Vorstellung, dabei müsse Psi im Spiel sein. »Das ist nicht möglich, Derya«, sagte er. »Niemand kann ein Erdbeben prophezeien. Es ist nicht möglich! Es geht nicht. Wir sind uns doch einig, dass Hellseherei unmöglich ist.«

Derya schien sich da mit ihm nicht mehr so einig zu sein.

»Warum bestreitet ihr Parapsychologen eigentlich immer so vehement, dass Hellseherei möglich ist?«, fragte ich. »Mir ist es schon oft passiert, dass ich an jemanden denke, und schwupp ruft er an.«

»Das sind Gedankenverbindungen zwischen zwei Menschen, Lisa«, sagte Finley erregt. »Das ist Telepathie. Warum kann niemand auf der Welt zuverlässig vorhersagen, welche Kugeln der Lottoapparat auswirft. Damit wäre der Beweis ganz einfach, nicht wahr? Deshalb hat die Wissenschaft schon vor hundert Jahren aufgehört, ernsthaft darüber zu diskutieren, ob Hellseherei möglich ist.«

»Das ist nicht ganz richtig, verehrter Kollege«, widersprach

Derya. »Ich erinnere an die Versuche von Daryl Bem von der Cornell Universität in Ithaca, New York. In acht von neun Experimenten gab es statistisch signifikante Abweichungen vom Durchschnitt.«

»Aber wir haben seine Versuche nicht wiederholen können.«

»Was für Versuche?«, fragte ich.

»Zum Beispiel, eine Testperson sitzt vor einem Bildschirm, auf dem zwei Bilder mit zugezogenen Vorhängen zu sehen sind. Er soll nun entscheiden, hinter welchem der beiden sich ein erotisches Bild befindet ...«

»Da scheinen doch nur Männer für Männer Versuche anzustellen«, bemerkte ich.

Finley lachte gehetzt. »Nachdem die Probanden sich für das eine oder andere Vorhangbild entschieden hatten, bestimmte der Zufallsgenerator, wo das erotische Bild zu sehen sein würde. In 53 Prozent der Fälle, berichtet Bem, lagen die Probanden mit ihrer Prognose richtig. Das scheint aber nur bei erotischen Bildern richtig zu funktionieren. Und bei uns im Institut hat es gar nicht funktioniert. Die Frage ist ja immer, welchen Einfluss der Versuchsleiter auf das Geschehen nimmt, vor allem, wenn er unbedingt ein Ergebnis haben möchte. Dass ein Zufallsgenerator per Telekinese beeinflusst werden kann, wissen wir. Gut möglich, dass der Proband auch den Bildergenerator beeinflusst.«

Blieb also nur noch Telekinese. »Aber kann ein Telekinetiker ein Erdbeben auslösen?«

»Das wäre ... wäre ... absolutely outrageous, unerhört, incredible!« Finley schüttelte verzweifelt den Kopf. »Absolut unglaublich!«

Ich hatte bereits angefangen, über mein schlaues Telefon die Nachrichten-Seiten zu checken, und berichtete. Die *Tagesschau* wusste noch nichts von einem Erdbeben. Der SWR hatte jedoch eine Eilmeldung gepostet. Demnach hatte es östlich von London, bei Colchester, ein Beben der Stärke 3,0 auf der Richterskala gegeben. »In Großbritannien«, fügte der Sender hinzu, »ist eine Massenpanik ausgebrochen, weil es angeblich eine Vorhersage gegeben hat.«

Vielleicht bildete ich mir das nur ein, aber die Farbe der Luft hatte sich verändert, plötzlich herrschte Spannung auf dem Flughafen, fast Panik. Oder war es nur meine eigene, die ich nach außen projizierte? Lag es daran, dass gerade eine Gruppe von Leuten draußen am Schaufenster vorbeieilte? Mir kam meine grundsätzlich skeptische Haltung zu übersinnlichen Machenschaften abhanden.

»Es gibt ständig kleinere Erdbeben«, sagte Richard. Aber auch er klang nicht so sicher wie sonst. »Nur jetzt haben halt alle darauf gewartet. Es ist reiner Zufall. Und 3,0 ist nichts, das spürt man kaum. Da klappern höchstens die Tassen im Schrank.«

»Aber es ist passiert!«, ereiferte sich Derya. »Es gibt eine schriftliche Vorhersage. Ein Unbekannter behauptet, es werde ein Erdbeben geben. Und es hat sich ereignet. Auch wenn es nicht so stark war, dass der London Tower zusammengebrochen wäre. Aber es ist messbar, Finley. Es ist passiert.« Sie wischte sich die Strähne hinters Ohr. Sie schwitzte vor Eifer. Oder aus anderen Gründen.

»Ja«, sagte Finley ebenso aufgeregt, »aber genauso gut könnte ein Telekinetiker – nehmen wir an, Juri Katzenjacob – dem unbekannten Verfasser des Tweets mitgeteilt haben, dass er vorhat, am Abend ein Erdbeben auszulösen.«

»Katzenjacob sitzt im Gefängnis«, bemerkte Richard. »Und aus der U-Haft heraus ist es sehr schwer, jemandem außerhalb etwas mitzuteilen.«

»Sein Anwalt könnte das übernommen haben«, sagte ich.

»Ja, zum Beispiel!«, rief Finley.

»Bedenkt bitte«, sagte Richard dämpfend, »dass das Beben nicht in London stattgefunden hat, sondern in Colchester, siebzig Meilen weiter östlich. Falls das ein Erdbebengebiet ist, wäre zu fragen, wie groß die Wahrscheinlichkeit ist, dass innerhalb eines überschaubaren Zeitraums sich dort eine geringfügige Erdbewegung ereignet.«

»In Colchester hat es bereits heftige Erdbeben gegeben«, fiel Finley ein. »Vor gut hundert Jahren sind Häuser eingestürzt. Es war auch in London zu spüren.«

»Okay«, sagte Richard. »Dann schlage ich vor, wir verschieben die Frage und schauen, dass wir hier wegkommen.«

Die beiden Parapsychologen blickten sich dampfend an – Finleys Brille glitzerte, Derya zeigte Eckzähne hinter zum Aber geöffneten Lippen –, sahen aber ein, dass ein wissenschaftlicher Disput zwischen Umkleidekabinen und Kleiderstangen ungünstig verortet war, vor allem, wenn halb Großbritannien nach einem Mental-Terroristen fahndete.

Auf dem Flughafen war, als wir als drei Herren mit einer Dame und Dackel aus dem Laden traten, Unruhe ausgebrochen. Manche packten ihre Sachen und verschwanden. Viele konsultierten ihre Handys, telefonierten, andere standen beisammen und diskutierten, obgleich sie sich gar nicht kannten.

»Wir müssen zum GAT«, erklärte Richard.

»Zum was?«, fragte ich.

»Zum General Aviation Terminal, wo die Privatflieger abgefertigt werden. Finley, hast du eine Ahnung, wo der ist?«

Finley schaute sich um. Wir fragten uns dann hinaus aus dem Hauptgebäude und wanderten durch die Nacht. Auf dem Weg ließen wir unsere Waffen – Richard seinen schwarzen Dolch und ich das Anglermesser – in einem schönen finsteren Gebüsch zurück.

»Am besten, du kommst gleich mit, Finley«, sagte ich, als wir das Gebäude der Privatflieger betraten. »Wir brauchen jemanden, der erkennt, ob Juri Katzenjacob ein Parapsychopath ist oder nicht. Beispielsweise, ob er den Kronleuchter in Neuschwanstein zum Schwingen gebracht hat oder nicht.«

Finley überlegte tatsächlich. »Eine Reise im Privatjet sollte man sich nicht entgehen lassen. Einmal wie James Bond fühlen. Aber … ich habe morgen Vorlesung.«

Eine Stunde vor Mitternacht rollte die Maschine auf die Startbahn, die Triebwerke powerten, der Schub drückte uns in die Lehnen. Dann kippte der Flughafen von Edinburgh in die Tiefe. Geschafft! Ans Abstürzen dachte ich diesmal nicht. Es fühlte sich vielmehr an, als seien wir in letzter Minute dem schwarzen Gemäuer eines Spukschlosses entronnen. Der Blick zurück hatte vor allem Richard geschockt. Denn als der Stewart der Groschenkamp'schen Maschine im GAT auf uns zukam und wir aufstanden und uns von Finley verabschiedeten, erschien auf dem Fernsehbildschirm im Wartesaal auf einem Laufband die Nachricht: »Medien: Shinobi ist Juri Katzenjacob, 23 Jahre. Sitzt unter dem Verdacht, den deutschen Parapsychologen Rosenfeld getötet zu haben, in deutschem Gefängnis.«

Selten habe ich Richard so perplex gesehen. Derya musste ihn weiterziehen. Sein Blick sprang zu mir. Er wusste, er hatte mir nicht verraten, ob Katzenjacob auf der Liste stand. Wirklich nicht? Er zweifelte an seinem Verstand. Sprach er nachts im Schlaf? Hatte ich sein Hirn angezapft? War Telepathie möglich? Und wenn ja, hatte ich diese Information wirklich beispielsweise an Emma weitergegeben?

Es war die Stunde der Zweifel an allem und jedem. Wenn sogar die beiden Parapsychologen ins Schlingern kamen, weil sie sich den Zusammenhang zwischen Shinobis Twitter-Prognose und einem Erdbeben nicht erklären konnten. Niemand von uns konnte sich dem Gefühl entziehen, durch eine Geisterbahn zu rasen, von der wir niemals für möglich gehalten hätten, dass sie uns Angst machen würde.

»Finley und du, ihr seid ausspioniert worden von SC&D«, raunte ich Richard zu, als wir übers Flugfeld zur Maschine liefen und Derya zwei Schritte vor uns ging. »Falls ihr euch unterhalten habt, wurde es mitgehört.«

»Wir haben uns aber nicht über die Liste unterhalten. Keiner von uns beiden hat einen Namen ausgesprochen.«

»Aber die Liste befindet sich doch längst in der Hand der Presse. Ich bin absolut sicher, der Einbruch heute Nacht in Finleys Institut galt diesem Dokument. Und die Bastarde von der Zeitung haben die einzig möglichen Schlüsse daraus gezogen.«

»Aber auf der Liste stehen 169 Personen. Wieso kommen sie ausgerechnet auf Katzenjacob?«

»Richard, ich hätte auch nur einen Tag gebraucht. Dazu reicht Google. Vom Stichwort Kalteneck kommt man unbedingt auf Rosenfeld, auf seinen Tod und auf den Tatverdächtigen. Und wenn dieser Bursche auf der Liste der Kalteneck-Versuche steht, ist die Story rund.«

Der Journalist hatte nur des Deutschen mächtig sein müssen. Ach, nicht einmal das. Google übersetzte heutzutage zumindest Fakten leidlich zufriedenstellend. Und dann musste man nur alles zusammenbauen. Das Phantom der Gang of Four war schon da. Dazu kamen Anschläge per Geisteskraft auf zentrale technische Einrichtungen und Orte von Symbolkraft. Aus der Internethavarie gestern und einem kaum spürbaren Erdbeben heute ergab sich, dass alles Böse dieser Welt von einer Burg Kalteneck ausging, den gruseligen Namen Juri Katzenjacob trug und von deutschen Verbrechern nach Großbritannien getragen worden war. Ja, man hatte gar keinen anderen Schluss ziehen können. Es passte einfach gut. Zu gut.

38

Um halb zwei landeten wir in Fuhlsbüttel. Eine Limousine mit Chauffeur brachte uns in die Elbchaussee. Ich kam mir vor wie aus dem Kino getappt. Endlich verkehrte man wieder auf der richtigen Straßenseite. Die Gedanken liefen wieder in der Spur. Und so ruhig war diese alte Stadt mit ihrem Wind in den Bäumen, den hellen Häusern, dem Hafengeruch. Die Villa Groschenkamp stand hinter einer Mauer elbseitig unter Bäumen der nachts durchaus nicht stillen Elbchaussee.

Der Hausherr erwartete uns in einem Salon mit Marmorsäulen und Stuck an der Decke, Gemälden von Miró, Dalí und Max Ernst an den Wänden und tiefen Clubsesseln, Teetischen und einem Stutzflügel auf dem Teppich. Oiger Groschenkamp war ein fleischiger Alter mit randloser Brille und gepflegtem weißem Kinnbart. Er trug ein gestreiftes Hemd, Hosen und Jacke, die sich in nichts vom üblichen Rentnerschick unterschieden, außer dass Kenner wussten, dass sie das Zehnfache gekostet hatten. Er umarmte seine Tochter mit herzlicher Freude und wandte sich dann Richard und mir zu. Sein Blick war flink, sein Lächeln unangestrengt höflich. »Sie sehen weit gereist aus«, bemerkte er mit der leisen Stimme der Mächtigen. »Ich lasse Ihnen gleich einen Imbiss zubereiten.«

Derya schüttelte den Kopf. »Lass mal, Paps. Ich möchte eigentlich nur ins Bett.«

»Und Sie, meine Herren?«

Er konnte nicht anders. Die Narben in meinem Gesicht sorgten dafür, dass bei Zweifeln an meiner Geschlechtsidentität der Zeiger meist in Richtung Mann ausschlug. Ich sah keinen Grund, Groschenkamp zu korrigieren, Derya allerdings schon. »Paps, das ist Lisa Nerz«, sagte sie. »Eine Lokaljournalistin aus Stuttgart.«

»Angenehm«, sagte er. Ein lustiges und lüsternes Glitzern trat in die Augen des Alten. »Ich darf davon ausgehen, dass ich für meinen Irrtum nicht um Verzeihung bitten muss. Sie legen es darauf an.«

»Wie Sie meinen«, erwiderte ich.

»Der Hund ist stubenrein?«

»So alt ist er noch nicht, dass er inkontinent wäre«, antwortete ich.

Das lustige Glitzern verschwand aus den Augen des Alten, das lüsterne blieb.

»Und, Paps, das ist Dr. Richard Weber.«

»Sehr erfreut. Sie sind Staatsdiener, hat meine Tochter am Telefon angedeutet?«

Wie er den »Staatsdiener« auf den Teppich spuckte, klang es ungefähr so herablassend wie Deryas »Lokaljournalistin«. Mit zwei Worten hatten sie unsere soziale Position in Relation zu den Marmorsäulen der Villa definiert. Ich verspürte das Zucken von Unterschichtstolz und kramte nach Arbeiterliedern. Dabei vergab der Mann, der sich einen Privatjet hielt, Kleinkredite ins Schanzenviertel, wie ich mich erinnerte, finanzierte Nähereien, Miniläden, Übersetzungsbüros und Kleinwerkstätten, übernahm soziale Verantwortung. Allerdings, wie er uns signalisierte, mit der Haltung des Gutsherrn.

Richard besaß mehr Erfahrung als ich im Umgang mit den Schwächen derer, die Geld zum gewichtigen Teil ihrer Identität gemacht hatten. Meistens lernte er sie als Kriminelle kennen. Das setzte ihn früher oder später in eine Position der Überlegenheit. Erst am Morgen hatte er mir erklärt, Oiger Groschenkamp sei die zentrale Figur im Kalteneck-Fall, die Spinne im Netz. Und gefährlich. Er tat jetzt gut daran, aus dem Spuck-Wort Staatsdiener keinen Staatsanwalt zu machen. Nur als Mann an der Seite von Groschenkamps Tochter war er hier geduldet.

Er lächelte also sein knappstes Lächeln und sagte: »Bitte erlauben Sie mir, Ihnen im Namen aller dafür zu danken, dass Sie uns mit Ihrem Jet zu Hilfe geeilt sind.«

»Ein alter Mann freut sich, wenn seine Tochter ihm erlaubt, ihr einmal aus einer kleinen Notlage zu helfen.«

»Tja, mitgefangen, mitgehangen«, kommentierte ich. »Man muss nur die falschen Leute kennen, gell?«

Derya zuckte zusammen, aber ihr Vater lachte betont wohlwollend. »Haha. Dann muss ich es wohl als Ehre betrachten, wenn Sie mein Angebot annehmen, die Nacht in meinem Haus zu verbringen.«

Ich verbeugte mich.

»Gut, also wenn ich Ihnen sonst nichts Gutes tun kann …«

Er brachte uns hinauf in den dritten Stock. Derya besaß ein eigenes Zimmer in der Villa. Das ersparte Richard und mir die

Konfrontation mit seiner sonst womöglich fällig gewordenen Entscheidung, sich mit Derya das Zimmer zu teilen. Oiger öffnete mir und Cipión eine Zimmertür und wünschte mir, wohl zu ruhen. Dann ging er mit Richard weiter.

Im Zimmer herrschte der totale Blick über Elbe und Hafen mit der Landebahn des Airbus-Werks Finkenwerder, Lichtern, Kränen, Containerstapeln und Schiffen.

Das Bett war frisch bezogen, es lagen Handtücher bereit, es gab ein Bad mit Dusche und Wanne aus Marmor mit goldenen Wasserhähnen. Als ich frisch geduscht unter den Laken lag und das Licht löschte, war die Eroberung des Zimmers durch den Hafenblick so vollständig, dass ich kurz vor dem Koma hätte stehen müssen, um die Augen zumachen zu können. Es schwirrte mir auch zu viel im Kopf herum, was ich gern mit Richard besprochen hätte.

Ich hatte den Flug im Halbschlaf verplempert, nachdem sich Derya und Finley in der Wartehalle des GAT verbissen darüber gestritten hatten, wie das Price-Experiment zu bewerten sei, das in den siebziger Jahren bei der amerikanischen Führung die ernste Besorgnis ausgelöst hatte, Psi-Mächte seien größer als gedacht. Im Rahmen des US-Programms Stargate hatte ein gewisser Pat Price 1973 den Auftrag bekommen, ein geheimes sowjetisches Militärgelände im kasachischen Semipalatinsk auszuspähen, und zwar mit Hilfe spiritueller Kräfte. Er sollte sich dorthin denken und beschreiben, was er auf dem Gelände sah, von dem man heute weiß, dass es ein Atomtestgelände war, auf dem fast fünfhundert Atomexplosionen gezündet wurden, teils oberirdisch, teil unterirdisch.

»Price hat Industriegebäude skizziert«, sagte Derya. »Und den Stahlkran!«

»Der allerdings war dem CIA vorher schon bekannt«, antwortete Finley. »Im einfachsten Fall hat jemand Price davon erzählt, im andern hat er diese Information telepathisch übermittelt bekommen, und zwar aus unmittelbarer Umgebung.«

»Und was ist mit den Gaszylindern und den riesigen Stahlkugeln, die er skizziert hat? Die waren damals niemandem im Westen bekannt. Sie wurden erst ein Jahr später von Spionen fotografiert.«

»Ja, Derya, aber es ist kein Beweis für Hellseherei. Es gab genügend Menschen, die genau wussten, wie es in Semipalatinsk aussieht, nämlich alle, die dort arbeiteten. Und damit sind wir immer noch im Bereich der Telepathie. Was mich übrigens am Price-Experiment immer am meisten gewundert hat, ist, dass Price nicht herausbekommen hat, was sie dort machen. Das wäre doch das Mindeste gewesen, findest du nicht? Stattdessen skizziert er Kugeln.«

»Er hat sehr wohl gesagt, dass er vermutet, dass sie für Atomtests gedacht waren.«

»Er hat es vermutet. Vermutet hat das jeder. Aber er hat es nicht gewusst, Derya.«

Richard, der sich nach der Ruderei in der vergangenen Nacht wegen einsetzenden Muskelkaters etwas schwerfällig bewegte, hatte auf Deryas Geflüster nur einsilbig geantwortet. Ich hatte eigentlich wach bleiben wollen, um die beiden am Geturtel zu hindern, doch mein Bewusstsein hatte sich immer wieder in Sekundenschlaf verabschiedet. Dabei hätten wir so viel zu besprechen gehabt! Unendlich viel. Ich versuchte nach losen Enden zu haschen, die in meinem Kopf herumbaumelten. Sie entglitten mir, sobald ich sie zu fassen versuchte. In meinem Denken herrschte Elusivität.

Kann es diesen Ausschlag der Medien ins Fiktive wirklich geben? Journalisten wollen nichts Böses, aber sie wissen vieles nicht und füllen die Lücken. Doch ja, das ist möglich. Oder haben wir uns das alles nur eingebildet, verschworen zur Gemeinschaft der Famous Five im Abenteuerwahn? Es hatte keinen Sinn, darüber nachzudenken.

Wir müssen unbedingt beweisen, schärfte ich mir ein, dass Juri Katzenjacob das Erdbeben nicht ausgelöst hat. Richard muss klären, ob er Besuch vom Anwalt hatte. Ich muss herausfinden, ob Dora Asemwald weiß, wer der Shinobi ist, und ob der Twitterer Verbindung zu Katzenjacobs Anwalt hat. Und wir müssen nach Neuschwanstein.

Das Bett war der falsche Ort für meinen Zustand. Ich brauchte einen Computer mit Link in die bekannte Welt. Oder einen Fernseher, wenigstens ein Radio. Irgendwas, das mir versicherte, dass alles im Lot war, geerdet, genordet. Außerdem hatte ich Hunger. Ich hatte den ganzen Tag nichts gegessen vor lauter Stress, meinen soziokulturellen Tod in Beziehung zu Richard abzuwenden. Aber wollte ich daran sterben?

Um halb vier stand ich auf, zog mich an und verließ mit Cipión unterm Arm das Zimmer mit dem protzigen Hafenblick. Die Villa war ein Haus ohne Spuk. Selbst in tiefer Nacht wirkte es übersichtlich. Die Küche stammte aus Zeiten von Hanse und Hausangestellten, mittlerweile aber mit Stahl und Kochinsel eingerichtet. Der Kühlschrank war gut gefüllt und offenbarte den bodenständigen Geschmack des Hausherrn, wenn auch auf Delikatessniveau: Wurstwaren, Käse, Eier, Senf, ein Kartoffelsalat, Schinken, na ja, und eine Dose Beluga-Kaviar. Das musste schon sein.

Ich gab Cipión reichlich vom gekochten Schinken und belegte mir ein Brot mit Käse und Tomaten, dazu Cola. Auf dem Küchenbalkon, der seitlich hinausging, rauchte ich eine Zigarette und sah dem Himmel beim Hellwerden zu. Schließlich spülte ich Glas und Messer und beseitigte die Krümel. Gestärkt und zu Endgültigem aufgelegt, machte ich mich auf die Suche nach Groschenkamps Heiligtum. Esszimmer, der Salon, in dem wir empfangen worden waren, ein Konferenzzimmer mit langem Tisch und dann endlich das Arbeitszimmer.

Auch hier herrschte der Blick auf den Hafen. Oiger hatte den antiken Schreibtisch so gestellt, dass er seitlich das Fenster und gegenüber die Tür hatte. An dieser Wand hing eine auf Holz aufgezogene Weltkarte. Etliche Städte in Europa, in den USA, in Südamerika, aber auch im Nahen und ferneren Osten waren mit weißen und grünen Nadeln markiert. Der Tresor befand sich hinter einem Bild aus Picassos Massenproduktion im Rücken des Schreibtischs. In verglasten Schränken an der dritten Wand standen Aktenordner.

Ich knipste die Schreibtischlampe an und startete den Mac. Er war mit einem Passwort geschützt. Hätte ja sein können, dass nicht. Ich stellte ihn wieder aus.

Die Schreibtischschubladen waren nicht verschlossen. Sie enthielten deutlich mehr Zeugs, als reingehört hätte, um ordentlich zu wirken. Es gab die üblichen Büroutensilien wie Klebestreifen, Schere, Spitzer, Kugelschreiber, Büroklammern, aber auch Klemmbretter und schwarze Klemmen mit silbernen Bügeln. Eine Schublade enthielt Briefumschläge, eine weitere Papier verschiedenster Qualität mit und ohne unterschiedliche Briefköpfe. Außerdem gab es Gegenstände, von denen Oiger Groschenkamp größere Mengen besaß: beispielsweise Füllfederhalter, eine halbe Schublade voll, außerdem Schlüssel vom rostigen Bartschlüssel bis zum blitzenden Bohrmuldenschlüssel, auch eine Schublade voll, und eine Schachtel voller Blechnadeln und Abzeichen, darunter ein Bundesverdienstkreuz, eine Goldnadel im Standardtanz und eine Anstecknadel mit dem Wappen von Rorschach am Schweizer Bodensee. Und wie ich so krustelte, stieß ich auf die Anstecknadel mit dem Gnomon, dem Symbol, das Emma den Kuldeern zugeordnet hatte. Es war der Zwilling zu dem Pin aus Rosenfelds Schreibtisch.

Als ich meine Nase aus der Schublade zog, sah ich Oiger Groschenkamp im weinroten Hausmantel in der Tür stehen. Cipión hätte mich ruhig warnen können. Aber er stand wie immer stumm herum.

»So, haben Sie gefunden, was Sie suchen?«, fragte er.

»Ich suche nicht. Aber wenn Sie mich schon erwischen, eine Frage: Was bedeuten die Nadeln auf der Weltkarte?«

»Das ist mein Weltreich«, antwortete er. »Manche sagen dazu auch das Medienimperium von Groschenkamp. Grün sind die

Fernsehsender, weiß die Presseorgane.« Er kam herein und schloss die Tür. Das saftige Gesicht konnte auch hart werden. »Sie wühlen in meinen Sachen, und es ist Ihnen nicht einmal peinlich. Ich bin sehr gespannt auf Ihre Erklärung.«

»Ich habe die Leiche von Rosenfeld gefunden. Seitdem bin ich Gefangene eines Rätsels.«

Über sein Gesicht huschte ein Schatten. »Sein Tod ist ein großer Verlust für die Wissenschaft. Er stand vor einer großen Entdeckung.«

»Was für eine Entdeckung war das?«

»Darüber kann ich Ihnen nichts sagen.«

»Ach so, Sie meinen Juri Katzenjacobs übersinnliche Fähigkeiten. Sie glauben, Rosenfeld habe sie bewiesen oder hätte sie beweisen können. Das ist kein Geheimnis mehr. Als wir gestern Schottland verließen, haben sie es schon im Fernsehen gebracht. Die Presse hat uns verfolgt, oder genauer, Detektive eines internationalen Detektivbüros, das für die Presse – für Ihre Zeitungen – recherchiert, beobachtet, fotografiert und Leute abhört. Und dabei haben sie die Kalteneck-Daten abgegriffen.«

»Das klingt, als wollten Sie mir einen Strick daraus drehen.«

»Es ist Ihr Weltreich.«

Oiger Groschenkamp überlegte einen Moment. Der Saft kam in sein Gesicht zurück. Er machte eine einladende Geste und sagte: »Kommen Sie, gehen wir ein Stück in den Park. Da können Sie mir erzählen, was Sie so ärgert, dass Sie in meinen Sachen wühlen. Das wird dem Hund auch besser gefallen als mein Büro. Außerdem bin ich ein bisschen allergisch auf Hundehaare.«

Das Grundstück hinterm Haus reichte bis an die Elbe hinunter. Ein Weg schlug drei Serpentinen bergab und verschwand zwischen Uferbäumen. Hasen flüchteten, als wir von der Terrasse auf die Wiese traten, die Oiger Groschenkamp nicht vertikal, sondern nur horizontal abzuspazieren gedachte. Wir wanderten an einem Rosenbeet hin und her, während Cipión die Spur der Hasen aufnahm.

»Sie sind doch selbst Journalistin«, nahm Groschenkamp das Gespräch auf. »Würden Sie nicht auch etwas veröffentlichen, von dem Sie Kenntnis erhalten haben, auch wenn der Weg nicht ganz okay war?«

Würde ich. »Aber was die geschrieben haben und was im Fernsehen kam, war frei erfunden. Es diente dem einzigen Zweck, eine allgemeine Panik und Hetze auszulösen. Und ... wir sollten sterben dabei.«

»Das klingt, als wollten Sie mich dafür verantwortlich machen. Was werfen Sie mir konkret vor?«

»Dass Sie dahinterstecken. Es sind Ihre Zeitungen und Ihre Fernsehsender gewesen.«

Er lachte gurgelnd. »Meine Tochter hätte sterben können!« Er keuchte. »Glauben Sie wirklich, dass ich dahinterstecke? Aber ich gebe Ihnen recht, es wäre eine Ungeheuerlichkeit, wenn es stimmt. Man müsste es einen inakzeptablen Missbrauch der Macht der Medien nennen. Aber Sie täuschen sich, wenn Sie glauben, irgendwer stecke dahinter.«

Der Alte erwies sich als reichlich kurzatmig. Ich bremste meinen Schritt.

»Schon gar nicht ich. Wenn ich Einfluss nehmen wollte auf die Tagesarbeit der Medienunternehmen, in die ich mein Geld stecke, hätte ich viel zu tun, sehr viel, glauben Sie mir, Frau Nerz. Ich mische mich nicht einmal in die Besetzung der Chefredakteurs- und Geschäftsführerposten ein. Ich stelle nur eine Bedingung: Der Laden muss laufen. Er muss Gewinn abwerfen.«

Ich fragte mich, ob meine Redaktion mich zu Jahresanfang auf das Thema Geisterjagd und Parapsychologie angesetzt hatte, weil die Groschenkamp-Instanz es vorgeschlagen hatte: »Dieses Jahr machen wir in Parapsychologie. Ich habe da ein Projekt am Laufen, für das ich mediale Begleitung brauche. Sie werden sehen, das gibt ein Mordsgeschäft.«

»Sie glauben mir nicht«, bemerkte Groschenkamp. Inzwischen standen wir, und er atmete immer noch viel zu kurz. »Sie denken, ich gebe Themen vor. Sie glauben an den bösen Gott, der die Welt steuert. Die meisten Menschen glauben das. Geben Sie es ruhig zu, Lisa. Die Menschen sind dumm. Sie glauben, hinter dem Bösen müsste ein böser Mensch stehen, eine Verschwörung böser Menschen, die die Welt verändern wollen, der CIA, der US-Präsident, ein Medienmogul, ein Topterrorist, Sie wissen, wovon ich rede. Achtzig Prozent der Pakistaner glauben, dass der CIA die Twintowers in New York gesprengt hat. Und auch bei uns gibt es solche Leute. Aber da stecke nicht ich dahinter. Das seid ihr selbst. Ihr Journalisten. Ihr macht das.«

Mir gefiel nicht, dass er mich ihrzte.

»Sie als Journalistin, sagen Sie mir: Würden Sie gegen oder für etwas schreiben, weil ein Vorgesetzter es befielt und sich dabei auf mich beruft?«

»Nein.«

»Nein«, sagte er gleichzeitig mit mir. »Nein. Sie halten die Pressefreiheit in Ehren. Sie schreiben nach bestem Wissen und Gewissen. Betonung auf Wissen!« Er lachte mit verschleimter Lunge.

»Verstehe. Sie müssen Ihre Journalisten gar nicht erst auf Linie bringen«, sagte ich. »Sie haben nur konservative Zeitungen und Fernsehsender gekauft, Boulevardmedien, die sowieso die Stammtischthemen besetzen und Ängste schüren. Und mit dem Zwang, Gewinn zu machen, unterstützen Sie die Tendenz.«

Oiger lachte. »Gut beobachtet, Lisa. Mein Verbündeter ist die Dummheit der Menschen. Und die besondere Dummheit von euch Journalisten. Verzeihen Sie mir, ich will Ihnen nicht zu nahe treten. Aber Sie wissen doch, wie es ist. Ihr seid als Aufklärer angetreten, ihr seid so eifrig, so leicht zu provozieren. Ihr seid alle Pawlow'sche Hunde. Euch läuft der Geifer, wenn ihr bestimmte Schlüsselwörter hört, euch Linken genauso wie den Rechten. Und dann schreibt ihr los. Ihr wollt ein Unrecht aufdecken. Ihr wollt überhaupt aufdecken. Ihr wollt informieren …« Er hob den Finger und krähte es fast. »In-for-miiieren.«

Keuch, keuch. »Ihr glaubt, die Menschen müssten wissen, sie müssten informiert sein. Ihr wollt so viel Gutes: aufklären, belehren, die Welt besser machen, den Schwachen Gehör verleihen, zu ihrem Recht verhelfen, ihr wollt kritisch sein, die Mächtigen kontrollieren. Aber ihr werdet kontrolliert von eurem Wahn, zu entdecken, was noch keiner weiß. Keiner von euch will etwas Böses. Manche wollen sogar das Gute.«

Ein Journalist mache sich keine Sache zu eigen, auch keine gute!, dachte ich. Das war der wichtigste Grundsatz meines ersten Lehrers beim *Stuttgarter Anzeiger* gewesen.

»Und ihr tut alle das Gleiche«, fuhr Oiger kurzatmig fort. »Entdecken, aufdecken, Aufreger produzieren. Ihr seht etwas, das sieht nach Unrecht aus. Ein paar Fakten, ein paar Vermutungen, eine große Aufregung. Ob die Geschichte wahr ist, wen schert's? Niemand kann es beurteilen. Ihr auch nicht. Ihr glaubt ja, ihr wüsstet genau, was Sache ist. Ihr handelt nach bestem Wissen und Gewissen. Aber euer Wissen übertrifft an Weitblick dabei selten euer Gewissen.«

Er lachte. Er freute sich über die Klausel.

»Es ist ganz einfach. Glauben Sie mir. Ich muss gar nichts anordnen, ich muss nicht eingreifen, nicht lenken. Es geschieht von ganz allein. Und nicht alles gefällt mir, das müssen Sie mir glauben. Sie wissen doch, wie das läuft. Ihr Journalisten müsst nur den Eindruck haben, eine Sache sei geheim. Und schon versucht ihr, das Geheimnis zu lüften, je grausiger, je abartiger, desto besser. Und je mehr es von offizieller Stelle bestritten wird, desto mehr sind alle überzeugt, dass was Wahres dran ist.«

Ich begriff. »Sie haben uns Juri Katzenjacob hingeworfen. Sie haben ihn auf die Kalteneck-Liste gesetzt und ein Geheimnis daraus gemacht. Und die *Edinburgh Evening News* haben es zuerst gelüftet. Und nun werfen sich alle darauf, und Juri Katzenjacob ist in der Welt als der Böse, der Flugzeuge abstürzen lässt und Erdbeben verursacht.«

Oiger Groschenkamp lächelte mit rotem Gesicht. Und weiß

Gott, ich hätte nicht den Notarzt geholt, wenn er jetzt mit einem asthmatischen Anfall zusammengebrochen wäre.

»Ist es so?«, hakte ich nach.

»Das werde ich weder bestätigen noch dementieren. Ich kann Ihnen nur so viel sagen: Auch Sie werden der Wahrheit nie wirklich nahekommen. Aber was spielt das schon für eine Rolle, nicht wahr?« Er lachte röchelnd. »Der Mensch will keine Wahrheit, er will eine gute Geschichte, die er glauben kann.«

»Und Sie wollen, dass wir glauben, alles Böse werde von einem armseligen Nekrophilen verursacht, der im Knast sitzt. Und niemand wird jemals das Gegenteil beweisen können. Eine Angst mehr in dieser Welt, an der Sie und Ihre Medien sich dumm und dämlich verdienen.«

»Nun ja, dumm und dämlich bin ich schon, wenn Sie das so ausdrücken wollen.«

»Wozu machen Sie es dann?«

»Was mache ich denn?« Er blickte mich schlau an.

»Geld verdienen.«

»Sie meinen, wozu, wo ich doch mit einem Bein im Grab stehe. Das letzte Hemd hat keine Taschen.«

»Aber das vorletzte schon«, sagte ich. »Man sollte halt nur eines haben, wo man auch was reintun kann.«

»Ah, Brüder, zur Sonne, zur Freiheit! Jeder Mensch soll etwas Überflüssiges haben dürfen. Da bin ich bei Ihnen. Ich bin ein großer Freund der kleinen Leute.«

»Ich weiß. Das ist Ihr Schafspelz.«

»Meine liebe Frau Nerz, noch mal: Was tue ich denn? Was werfen Sie mir vor?«

Wir wendeten am Ende des Rosenbeets. Es hatte keinen Sinn, darauf zu antworten, oder vielmehr, für mich war es zu kompliziert.

»Oder andersherum«, stocherte er nach. »Was sollte ich Ihrer Meinung nach jetzt tun, um das zu verhindern, was Sie befürchten?«

»Verbieten Sie den Medien, die Sie besitzen, dass sie Detektive beauftragen, illegal Daten zu beschaffen.«

»Das habe ich nie erlaubt. Oder anders gesagt: Es hat mich niemand gefragt.«

»Verbieten Sie, dass die Journalisten an Informanten Geld bezahlen! Insbesondere an die Polizei.«

Er lachte. »Auch das habe ich mir nicht ausgedacht. Und wollen Sie wirklich, dass die vierte Gewalt im Staat weniger Mittel einsetzen darf, um an Informationen zu gelangen, als die Polizei, ja als der Staat selbst? Der Staat zahlt Anbietern von Daten schnell mal einige Millionen, wenn er vermutet, damit an Steuerhinterzieher heranzukommen.«

»Ihre Medien waren sehr dafür!«

»Sie nicht? Haben Sie selber Geld in der Schweiz?« Er musterte mich mitleidig abschätzend. Offenbar hatte er noch nicht über mich recherchieren lassen. Ein Fehler, der mir Hoffnung machte, sein System sei doch nicht so perfekt.

»Oberstaatsanwalt Weber war immer dagegen«, sagte ich.

»Oh ja, natürlich. Er scheint mir sehr ehrgeizig zu sein. Er will hoch hinaus. Ganz hoch. Und ich fürchte, Derya hat sich ziemlich in Ihren … verzeihen Sie, falls ich jetzt etwas Falsches sage … Ihren Begleiter verknallt. Ich fürchte, er nutzt ihre Schwärmerei nur aus, um an mich heranzukommen.«

»Warum sollte er das tun?«

In Groschenkamps Bronchien rasselte der Schleim. »Das wüsste ich auch gern. Ich zahle immer anständig meine Steuern.«

*

Während ich mit Oiger Groschenkamp das Rosenbeet auf und ab schritt und hoffte, er werde endlich ersticken und tot umfallen, geriet Richard im Haus auf Abwege. Jedenfalls gemessen an seinen Prinzipien. Vielleicht hatte er mich herumtreppeln gehört. Andererseits stand er sowieso gern früh auf. Denn morgens kamen ihm die Fragen, denen er ungern Macht über sich gewährte. Früh morgens, wenn die Vögel anfingen zu lärmen, war er empfindlich für Ärger. Dann regte er sich auf. Wieso war letztes Jahr Krautter Leitender Oberstaatsanwalt geworden und nicht er? Wo er doch wesentlich mehr Fälle zur Anklage und zu einem Urteil gegen den Angeklagten geführt hatte als Krautter. Zusammen mit der Steuerfahndung hatte er der Staatskasse im vergangenen Jahr ordentliche hundert oder hundertfünfzig Millionen Euro eingehandelt. Aber Richard hatte schon lange den Eindruck, dass seine Brillanz seinen Vorgesetzten Angst machte. Er war zu schnell, zu sicher, zu konsequent, wo ein gewisser Schlendrian politisch gewünscht war. Man wollte die risikofreudigen Investoren und Geschäftsführer hart an der Legalitätsgrenze nicht aus Baden-Württemberg verscheuchen. Ein bissle Chance auf krumme Geschäfte mussten sie schon haben. Mit der grünen Landesführung mochte sich das ändern. Vorausgesetzt, die konnte sich lange genug halten.

Wenn ihm solche Gedanken kamen, stand er auf. Außerdem sah er die Chance, mich unter vier Augen zu erwischen. Zwar hätte er stinksauer auf mich sein müssen, andererseits gelang es ihm nicht, Gefühle lange zu konservieren. Und seine Furcht vor meinen Verbalattacken war sehr gering. Es gab nicht mehr viel, was ihn traf und sein Selbstbild knacksen ließ. Im Vertrauen auf ein kleines konspiratives Gespräch, gewürzt mit ein paar feministischen Hieben unter die Gürtellinie, die ihn meines Interesses an ihm versicherten, zog er sich an und begab sich die Treppe hinunter.

Er sah gerade noch, wie Oiger und ich über die Terrasse in den von Morgentau benetzten Garten entschwanden. Damit war sein Projekt durchkreuzt. Er sah die Tür zu Groschenkamps Büro, gewissermaßen noch warm von kürzlicher Bewegung, und öffnete sie. Als Staatsanwalt durfte er ohne Erlaubnis des Inhabers nichts anfassen. Falls er fand, was er suchte, würde es im Prozess einem Verwertungsverbot unterliegen. Wenn er aber als Begleiter der Tochter des Hauses nach dem Vater suchte und dabei eine Tür öffnete und ein wenig bewundernd verweilte, statt den Raum, der ein Büro war, gleich wieder zu verlassen …

Die Karte von Groschenkamps Weltreich neben der Tür verstand er sofort. Das Medienimperium. Durchs Fenster sah er mich, wie ich mit dem Alten die Rosen bestrich. Er trat an den schönen alten Schreibtisch heran, tastete die unteren Kanten ab und fasste unter die Schubladen. Ein Schließfachschlüssel war schnell gefunden. Es hätte Richard auch gewundert, wenn Groschenkamp kein Schließfach gehabt hätte. Er ließ die Augen über die verglasten Aktenschränke gleiten. Um einen richterlichen Beschluss zu erwirken und Einblick in die Konten zu bekommen, hätte Groschenkamp Beschuldigter in einem Mord- oder Betrugsprozess sein müssen. Gefahr im Verzug, sprach Richard sich selbst vor, wohl wissend, dass es ein Scheinargument war und er in Teufels Küche kam, sollte das ruchbar werden, und zog den ersten Ordner heraus. Es gab ein Konto, über das die Kleinkredite an Privatpersonen abgewickelt wurden, das Stiftungskonto, drei Privatkonten und etliche Konten für Aktienfonds. Es dauerte, bis Richard sich durchfand, obwohl er reichlich Erfahrung besaß. Mit halbem Auge im Park, wo Groschenkamp und ich im trauten Gespräch auf und ab gingen und Cipión in der von Morgentau glänzenden Wiese Spuren hinterließ, und immer so stehend, dass er den Ordner schnell zurückstellen und die Glastür schließen konnte, scannte er Kontoauszüge und Geldbewegungen. Doch es konnte nicht ausbleiben, dass in einem unbestimmten Moment des sich Vertiefens seine Sinne die Verbindung zur Außenwelt verloren. Ab diesem Moment war Richard eine Zahl, die sich im Zahlenwerk bewegte, Konten wechselte, verschwand und wieder auftauchte, war er Teil der Verschwörung geworden, schaute nicht mehr nach dem Fenster, hörte nicht mehr, was im Haus hörbar gewesen wäre.

So gelangte ihm zur Kenntnis, dass Oiger Groschenkamp mich gerade draußen in einem Punkt belog. Zumindest legte es die Summe nahe, die Groschenkamp am Mittwoch Ende Januar, zwei Tage bevor Rosenfeld starb, vom Stiftungskonto auf ein Konto der L&P-Bank Zürich überwiesen hatte. Eine Million Euro. Es war dasselbe Konto wie auf der Karte, die Derya ihm und mir am Montagabend gezeigt hatte, die aus dem Buch, das sie von Rosenfeld ausgeliehen gehabt hatte. Demnach hatte Rosenfeld die Ziffern unverschlüsselt notiert.

Am Freitag der Woche darauf, nachdem Rosenfelds Leiche gefunden und Juri Katzenjacob verhaftet worden war, war das Stiftungskonto durch eine Überweisung von einem von Groschenkamps Privatkonten wieder ausgeglichen worden. Wie auch immer Groschenkamp diese Buchung dem Rechnungsführer der Stiftung erklären würde, sie würde in der Jahresbilanz nicht auftauchen.

*

»Von wem haben Sie zum ersten Mal«, fragte ich währenddessen Groschenkamp, weil uns noch ein längerer Rückweg an den Rosen entlang bevorstand, »den Namen Juri Katzenjacob gehört?«

»Ich habe ihn in der Zeitung gelesen. Er ist der Mörder von Rosenfeld. Entschuldigung, der mutmaßliche Mörder.«

»Geschenkt.« Ich fühlte mich nicht berufen, ihn in diesem Punkt zu korrigieren. »Und Sie bleiben dabei, dass Sie keine Ahnung hatten, dass er von Rosenfeld getestet worden war?«

Oiger atmete aus und sagte dann: »Nein.«

Ich schluckte. »Was, nein?«

Der Alte lachte. »Ich hatte durchaus eine Ahnung. Gabriel hat mir letzten Sommer von einem Mann erzählt, den sie gerade testeten, einem Maler, der in der Burg Kalteneck die Türen strich. Der hatte behauptet …«, Groschenkamp wurde wieder kurzatmig, »… er könne Computersysteme zum Absturz bringen, er könne Maschinen beeinflussen, eine Uhr stoppen und ein Metronom. Sie wissen, die Dinger, die bei Klavierschülern ticken, damit sie den Takt halten. Sie hätten sich auf eine Versuchsanordnung geeinigt, der Maler habe das Verlangte dann aber nicht zeigen können. Doch nachdem er gegangen war, funktionierte das WLAN-Netzwerk im Institut nicht mehr. Sie mussten den Service holen. Gabriel hat mir das nur en passant erzählt. Doch Anfang Januar rief er mich dann an und sagte: ›Wir haben ihn.‹ Mit diesen Worten: ›Es gibt ihn!‹ Er wollte allerdings noch ein paar Tests machen. Man könne nicht vorsichtig genug sein, meinte er. Er wollte Finley McPierson hinzuziehen. Wenn der dem Kerl nicht auf die Schliche komme, so Gabriel, dann müssten wir es akzeptieren. Ich solle mich schon mal darauf vorbereiten, dass wir die Million auszahlen müssten.«

»Hui! Und … äh …«

»Aber er hat den Namen nicht genannt. Es könnte also auch ein ganz anderer gewesen sein.«

»Die Million ist aber nicht ausgezahlt worden?«

»Nein. Zuvor hätte ich von Gabriel eine Dokumentation erhalten müssen. Dazu ist er vermutlich nicht mehr gekommen. Und vermutlich hätte unser Kuratorium weitere Tests verlangt.«

»Und es ist nach Rosenfelds Tod definitiv keiner mit einer Geldforderung an Sie herangetreten.«

»Nun … Ja, es gab schon welche, aber die gibt es immer, die haben sich bei mir beschwert, weil Rosenfeld sie angeblich nicht anerkannt hat. Aber das waren nur die üblichen Spinner. Ich kann Ihnen die Briefe zeigen, falls es Sie interessiert.«

Es interessierte mich. »Das heißt, es läuft jetzt irgendwo einer herum, der sich schwarzärgert, weil Rosenfeld tot ist. Eine Million Euro ist nicht nichts. Das nimmt man schon ganz gern mit, wenn man die Chance dazu hat. Vor allem, wenn man so dicht dran war. Oder wie sehen Sie das?« Wir hatten den Weg zur Terrasse fast geschafft. »Es spricht einiges dafür, dass es Juri Katzenjacob ist, nicht wahr? Er sitzt im Knast. Und es wäre wohl ziemlich unklug, wenn er behaupten würde, Rosenfeld schulde ihm eine Million.«

Wir stiegen die Treppe empor, und ich leinte Cipión an.

»Lisa«, begann der Alte, als wir oben waren. »Sie haben mich jetzt lange genug verhört. Nun darf ich Ihnen eine indiskrete Frage stellen. Was ist Ihr Interesse an der Sache?«

»Ich sagte doch schon, ich habe Rosenfelds Leiche gesehen …«

»Und da spielen Sie jetzt Detektivin? Warum?«

»Ein blöder Reflex.«

»Sie reden nicht gern über sich. Da haben wir schon etwas gemeinsam. Aber warum mischen Sie sich in Sachen ein, die Sie nichts angehen. Glauben Sie, die Welt wird dadurch besser?«

Ich musste lachen. »So ein Käse! Ich glaube nicht an die Besserung der Welt.«

»Woran glauben Sie?«

Es ging ihn nichts an, fand ich. Aber seine Frage appellierte an meine Eitelkeit. Niemand hatte mich bisher gefragt, was ich glaubte und was mich interessierte oder warum ich etwas tat. Nicht einmal ich selbst. »Ich … äh .. ich glaube an die Wahrheit.«

»Ach Gott, was bringt Ihnen die Wahrheit! Die Wahrheit hat die Menschheit noch nie weitergebracht. Es sind die Lügen, die uns beflügeln, der Glaube an Reichtum, an Macht, an … ja, an einen Gott, an die Erlösung durch technischen Fortschritt, meinetwegen auch durch Meditation. Es ist die Lüge vom Glück, dic uns antreibt.«

»Die hat nur das Töten beflügelt«, raunzte ich. »Und ich kann es auf den Tod nicht ausstehen, wenn einer den andern umbringt. Ich mag die Herrschsucht nicht, die sich darin offenbart. Ich möchte selbst entscheiden, wie ich lebe und wie lange. Und deshalb werde ich Rosenfelds Mörder die Tat beweisen.«

Wir betraten den Salon.

»Gut«, erwiderte Oiger Groschenkamp. »Da bin ich bei Ihnen. Und ich stelle Ihnen alles zur Verfügung, was Sie dazu brauchen, Fahrzeuge, Detektive, mein Flugzeug, die Medien, insofern Sie mir die Einflussnahme gestatten.«

Der Trottel merkte nicht, dass ich ihn für Rosenfelds Mörder hielt. Zumindest für den, der die Tat in Auftrag gegeben hatte. Telepathische Fähigkeiten besaß er jedenfalls nicht. Und er war ein Beispiel dafür, dass Reichtum nicht gleichzeitig auch intelligent machte.

»Danke«, sagte ich hochnäsig. »Ich komme schon zurecht. Und ich frage mich: Warum hätte Katzenjacob Rosenfeld umbringen sollen? Wo er doch nur von ihm die Million bekommen konnte.«

»Gute Frage«, antwortete Groschenkamp.

Als wir in den Flur bogen, stellte Cipión plötzlich die Rute, fing an zu wedeln und strebte zur Tür von Groschenkamps Arbeitszimmer.

»Du irrst dich, Cipión«, sagte ich lauthals und blieb stehen. »Die Küche ist dort.«

Oiger stoppte ebenfalls und schaute ratlos auf den Hund hinab. »Was will er denn? Hat er Hunger?«

»Oder Durst.« Ich zerrte Cipión zur Küche. Glücklicherweise folgte mir der Hausherr. So bekam Richard Gelegenheit, das Arbeitszimmer zu verlassen.

Cipión wollte natürlich nichts trinken.

»Verfressenes Biest«, fluchte ich entschuldigend. »Ich habe ihm vorhin hier etwas gegeben. Jetzt meint er, es müsse immer so sein.«

»Hm, hm.« Oiger hatte keine Erfahrung mit Hunden. Sie flößten ihm ein tiefes Misstrauen ein. Abgesehen davon, dass er überzeugt war, dass sie eine Allergie auslösten. Dabei ging sein Atem im Haus wieder relativ normal. Ich erinnerte mich, dass der Hamburger Journalist mir was von einer Agoraphobie Groschenkamps erzählt hatte. Weshalb man ihn so selten sehe.

Und schon stand Richard in der Tür und sagte: »Guten Morgen.« Ein winziges Augenzwinkern zeigte mir, dass ich mich auf Cipións Signale verlassen konnte.

»Sie sind ja alle Frühaufsteher, wie mir scheint«, bemerkte Oiger. Die Küchenuhr zeigte halb sechs. »Ich hoffe, Sie haben nicht ebenfalls mein Büro besucht.«

Richard lächelte auf seine reservierte schwäbische Art.

»Ihrer jungen Begleiterin kann ich das nachsehen. Aber Sie als Staatsanwalt bräuchten dafür einen richterlichen Beschluss. Und ich gehe davon aus, dass Sie sich an Recht und Gesetz halten.«

»Ich gebe mir Mühe«, versicherte Richard, »immer den richtigen Paragraphen parat zu haben.«

Seine Haltung widersprach der Unterwerfungsrhetorik. Er hatte den Kopf gesenkt und sich leicht seitlich gedreht. Oiger Groschenkamp war ein Mann und verstand die Signale von Körperhaltung und Blick intuitiv, genauso wie Cipión aus der Haltung eines andern Rüden las, was für eine Stellung er in der Gemeinde der Hunde beanspruchte.

»Und der lautet?«, fragte er streng.

»Gefahr im Verzug.«

Oiger hob den Kopf. Es war eine unbewusste Geste, die in der Hundesprache bedeutete: Ich entblöße meine Kehle, also beiß mich nicht. »Ah, so?«, sagte er. »Und von welcher Gefahr reden wir hier?«

Richard entspannte sich und lächelte. »Entschuldigen Sie, ich habe mich undeutlich ausgedrückt. Es war ein rein theoretisches Argument. Eine Berufsdeformation von uns Staatsanwälten. Unsereiner fühlt sich immer ein wenig im Hintertreffen. Da neigt man zu juristischem Brimborium. Ob ich hier wohl einen Kaffee bekommen könnte? Was meinen Sie?«

»Selbstverständlich.« Oiger drückte auf den Knopf des Kaffeeautomaten. »Sie wissen, wie diese Automaten funktionieren? Sie müssen nur warten, bis dieser Knopf hier grün wird.«

»Danke.«

Beide lächelten, und sie mochten sich ganz und gar nicht.

Mir zeigte Oiger dann den Ordner mit der Stiftungs-Korrespondenz. Ein halbes Dutzend Menschen hatte sich im vergangenen Dreivierteljahr beim Vorsitzenden der Edmund-Gurney-Stiftung beklagt, dass ihnen die Million zustehe, Rosenfeld sie aber entweder nicht zu den Tests zugelassen oder sie dabei reingelegt habe.

Darunter war eine Frau, die darlegte, sie könne den Tod riechen. Ungefähr vierzehn Tage bevor jemand stürbe, nehme sie einen besonderen Geruch war. Auch bei Menschen, die als völlig gesund galten, sei ihr das schon passiert. In großen Menschenansammlungen, in Bierzelten, bei Konzerten, sei es für sie eine besondere Belastung, wenn sie plötzlich röche, dass einer bald sterben werde. Sie sage nie etwas. Nur in drei Fällen habe sie etwas gesagt, einmal ihrer Mutter, kurz bevor deren Mutter starb, einer Mutter, die mit ihrem Kind zum Arzt gekommen war und neben ihr im Wartezimmer saß – auch dieses Kind starb, wie sie später erfuhr –, und einer Freundin, deren Mann bald darauf starb. Diese drei Menschen könnten also bezeugen, dass sie diese Fähigkeit besitze.

Oiger Groschenkamp hatte der Frau freundlich geantwortet und das Gutachten eines Humanbiologen beigelegt, das ausführte, dass die Fähigkeit, Gerüche als Ergebnis bestimmter Stoffwechselvorgänge wahrzunehmen, keine übersinnliche Fähigkeit sei, sondern auf einem besonders geschärften Sinn beruhe. In der Medizin setze man inzwischen auch Hunde ein, weil sie bei entsprechendem Training die Fähigkeit entwickelten anzuzeigen, ob jemand Krebs habe, teilweise sogar, welchen. Eine Erkrankung löse im Körper biochemische Veränderungen aus, die auch den Körpergeruch veränderten.

Eine andere Frau berichtete, sie habe schon mit siebzehn ihre besondere Begabung zur Hellseherei entdeckt. Ihre beste Freundin habe ihr ein Glasfigürchen geschenkt. Eines Abends fiel es vom Regal und zerbrach. Sie fühlte einen emotionalen Schmerz und habe gewusst, dass mit der Freundin etwas nicht stimmte. Vier Wochen habe sie danach nichts mehr von ihr gehört und sie auch nicht erreichen können. Dann habe die Freundin aus dem Krankenhaus angerufen und erzählt, sie habe versucht, sich das Leben zu nehmen. Ein andermal habe sie sich mit Freunden auf dem Heimweg von der Disko befunden. Als sie in eine Straße einbiegen wollten, habe sie ein ungutes Gefühl gehabt und ihren Freunden vorgeschlagen, einen Umweg zu machen und an der Tanke noch Alk zu kaufen. Zwei Tage später habe sie aus der Zeitung erfahren, dass in ebender Straße zwei Männer überfallen und niedergestochen worden seien, weil sie kein Geld dabeigehabt hätten. Sie habe sich darum bei Rosenfeld angemeldet, er habe aber nur einige wenige und kurze Tests mit ihr gemacht und ihr erklärt, sie habe keinerlei Psi-Begabungen. Bei den von ihr geschilderten Fällen handle es sich um das zufällige Zusammentreffen von beim Menschen weit verbreiteten unterschwelligen Ängsten mit zwei markanten Ereignissen. Diese Diagnose nannte die Schreiberin eine Unverschämtheit. Sie sei sehr enttäuscht, dass eine sie so bedrückende Fähigkeit nicht ernst genommen werde.

Zum dritten hatte ein Physiker aus Greifswald einen geharnischten Brief verfasst, in dem er Rosenfeld, McPierson und Quicio der Arroganz und Ignoranz bezichtigte und der Edmund-Gurney-Stiftung vorwarf, Scharlatanen und Betrügern aufzusitzen, die nur an ihren eigenen Vorteil dächten. Offenbar hatte Rosenfeld eine Zulassung zu den Kalteneck-Experimenten rundheraus abgelehnt mit dem Argument, er werde niemanden verleiten, seine Gesundheit aufs Spiel zu setzen. Dabei konnte der Physiker sogar ein Buch vorweisen, in dem er schilderte, dass er sich seit zwölf Jahren nur von feinstofflichem Licht ernähre und trotzdem bester Gesundheit erfreue. Damit der Vorsitzende der Edmund-Gurney-Stiftung auch bestimmt kapierte, worum es sich handle, lag eine zwanzigseitige Abhandlung bei, in der er seine These erläuterte, wonach Lichtenergie und Materie verwandt seien und er fähig, die Lichtenergie in seinem Körper in Nährstoffe zu verwandeln. Der Dokumentation lag der Ausdruck einer E-Mail von Rosenfeld bei, in der er knapp erklärte, es sei immer wieder verblüffend, mit wie wenig Kalorien ein Mensch tatsächlich auskommen könne. Und solange der Mann noch Gemüsesäfte trinke, sei sein Überleben gesichert, wenn ihm auch wegen des Mangels an Folsäure und Proteinen kein langes Leben beschieden sei.

»Was es nicht alles gibt!«, seufzte ich. »Aber ob gekränkte Eitelkeit reicht als Mordmotiv?«

»Wieso?« Oiger schrak hoch. Er war in einem Sessel in seinem Büro zusammengesunken und hatte gedöst, während ich an seinem Schreibtisch saß und den Ordner mit der Korrespondenz durchblätterte.

»Na, immerhin scheinen diese Leute besessen davon zu sein, dass sie eine spezielle Macht haben.«

»Glauben Sie?«, fragte er.

»Na, stellen Sie sich vor, Sie könnten per Geisteskraft Menschen lenken, Maschinen stoppen oder die Zukunft vorhersehen. Ansonsten sind Sie aber ein kleiner Angestellter, ein Anstreicher, ein frustrierter Lehrer, ein Milliardär, auf den die Politiker nicht hören. Aber diese eine Macht haben Sie ... Hätten Sie die nicht gern, Herr Groschenkamp?«

Die Äuglein des Alten fixierten mich.

Da war ich mir sicher.

Teil 3

Ja, liebe Zuschauer, das sind keine guten Aussichten

»Ich trank meinen Morgenkaffee und ahnte nichts Böses.
Es klingelte. Ich ahnte noch immer nichts Böses.
Der Briefträger brachte mir ein Schreiben.
Nichts Böses ahnend, öffnete ich es.
Es stand nichts Böses darin.
Ha!, rief ich aus. Meine Ahnung hat mich nicht betrogen.«

Die Ahnung von Erich Mühsam (1878–1934)

39

Ich will nicht so tun, als wüsste ich die Wahrheit und könnte sie Ihnen hier sagen. Die Wahrheit ist eine Illusion. Und wir haben eine Inflation an Wahrheit. Jeder hat seine eigene, und keiner glaubt mehr dem andern.

Wie hat es so weit kommen können?

Seit Sommer versuche ich, den Wust aufs Papier zu bringen. Die Sprache ist ein lahmer Hund. Sie nervt mit ihren sperrigen Gesetzen. Ich will immer alles auf einmal sagen: was am Anfang war, was es bewirkte, wie es sich verknüpft hat mit den Menschen, die mit mir unterwegs waren, und wozu es führte. Am liebsten in einem Satz, in drei Worten.

Oma Scheible versorgt mich mit Obst und abends einem warmen Essen. »Sie müsset schdark sei, jetzet, es hängt doch elles an Ihne!« Und Zigaretten, Kaffee. »Ich unterschtütz des eigentlich net, aber in dem Fall.« Und sie hält mich auf dem Laufenden. »Hen Sie g'hört, des mit der Gondel von dem Karussell auf dem Rummel. Einfach fort ischse floge! Was da hätt passiere könne! Des war wieder der Bue, der wo Psi kann, gell? Des Schiff, wo g'sunke isch, des war auch *der*, saget se im Fernsehe. Und jetzt des Kernkraftwerk in Frankreich.«

»Hören Sie nicht hin, Frau Scheible!«, sage ich. Aber sie kann es nicht lassen. Sie ist süchtig. Und jedes neue Unglück verstärkt die Unruhe. Jeden Sonntag bekommen die Sonntagsdemonstrationen von Andorra bis Lappland, von Feuerland bis Myanmar neuen Zulauf.

»Aber dass die den Tod von dem Bue fordere, des geht fei net«, meint Oma Scheible. »Ma isch doch Chrischt, oder net? Aber wie willsch'n Mensche schtoppe, der wo geischtig Verbreche begeht? Ich war am Sonntich jetzet au amal unte, obgleich man des obe ja auch hört, des G'schrei. Des macht mir Angscht. Des isch an Hass, wo die hen! Des isch wie'n Hexetreibe.«

Auch ich kann mich draußen derzeit nicht blicken lassen. Sie schreien mir hinterher. Meine Post wirft Oma Scheible gebündelt vom Briefkasten direkt in die Altpapiertonne. Mein E-Mail-Kasten quillt über von Bittbriefen und Beschimpfungen. Deshalb kommt jetzt Sally jeden Tag mit ihrer altersschwachen Senta und ihrem jungen Jack Russell namens Ghost, um Cipión zum Spaziergang abzuholen. Die Beamten, die im Polizeiwagen vor meiner Haustür Dienst tun, kennen sie inzwischen. Ich höre, es gebe sogar einen, der sich jetzt schon mehrmals auf diese Schicht getauscht hat. Boris soll er heißen.

Ich habe zwar Drohungen bekommen, aber eigentlich steht die Polizei wegen der Presse da. Einer ist schon hintenherum bei den Matuscheks durch die Küche ins Haus eingedrungen. Aber er wurde im Hochparterre von Oma Scheible gestellt. Es geht die Rede, sie habe mit einem Besen auf ihn eingeschlagen. Aber das könnte auch in den Bereich der Mären fallen, die derzeit Hochkonjunktur haben.

40

Beim Frühstück mit Blick auf den Hamburger Hafen bot Oiger Groschenkamp uns seinen Privatjet für die Heimreise nach Stuttgart an. Richard lehnte höflich dankend ab. Er habe in Hamburg noch einiges zu erledigen, er werde später den Zug nehmen.

Ich kannte ihn: Wenn er sich schon über seine Grundprinzipien unbedingter Gesetzestreue hinweggesetzt und ohne Einladung Privaträume durchsucht hatte – mit dem jesuitischen

Argument, als Deryas Verehrer Gast des Hauses zu sein –, dann musste er gehofft haben, etwas ganz Bestimmtes zu finden. Und er hatte es gefunden. Deshalb schien es ihm nun geboten, keine gemeinsame Sache mehr mit dem Delinquenten zu machen. Ich hätte zu gern gewusst, was er entdeckt hatte. Ich hätte ihm auch gern mitgeteilt, was Oiger Groschenkamp mir verraten hatte, aber entweder turtelte Derya mit ihm oder Oiger Groschenkamp prüfte ihn auf seine Eignung als Geliebter seiner Tochter.

»Warum sind Sie noch nicht Generalbundesanwalt? Ich kann mich für Sie starkmachen. Ich habe gute Kontakte. Oder ist Ihr Staatsexamen zu schlecht?«

Richard antwortete geduldig, aber knapp: »Mir fehlt der Ehrgeiz.« Oder: »Daran habe ich noch gar nicht gedacht.«

Groschenkamp lachte jedes Mal und blinzelte mir zu.

Erst als wir das Haus verließen und durch den Vorgarten gingen, hatte ich Gelegenheit, ihm zuzuraunen: »Juri Katzenjacob ist eine Gestalt von Groschenkamp. Er glaubt, dass die Berichterstattung über ihn und seine Psi-Anschläge die Auflagen und Quoten seines Weltreichs in die Höhe treibt. Ich wette, er war es, der versucht hat, ihn entführen zu lassen. Aber jetzt hat er gemerkt, dass er im Gefängnis genauso nützlich ist. Wenn nicht noch nützlicher. Denn so kommt niemand an ihn heran.«

»Das ist reine Spekulation, Lisa.«

»Er hat es praktisch zugegeben. Er hat förmlich triumphiert, denn er weiß, dass wir nichts machen können. Es ist ein Selbstläufer.«

»Ach was! Medienhypes gehen genauso schnell vorbei, wie sie entstehen. Das muss ich dir doch nicht erklären.«

»Er hat Rosenfeld umbringen lassen, Richard. Und sag jetzt nicht: quod erat demonstrandum. Ich kann kein Latein, es würde nichts nützen.«

»Und warum sollte er das getan haben?«

»Entweder um Juri für sich allein zu haben und alle Mitwisser auszuschalten, oder weil Rosenfeld am Ende herausgefunden hat, dass Juri gar nichts kann. Dass er ein Betrüger ist. Und dann hätte Juri ihm nichts mehr genützt.«

Richard warf mir einen raschen Blick zu.

»Wir müssen Héctor Quicio auftreiben, Richard. Er kann uns wahrscheinlich sagen, wie die Tests mit Juri Katzenjacob tatsächlich ausgegangen sind.«

»Positiv, Lisa. Groschenkamp hat vom Stiftungskonto eine Million Euro auf das Konto der L&P-Bank Zürich überwiesen, zu dem Rosenfeld die Nummer hatte. Wenige Tage vor Rosenfelds Tod.«

»Oh! Mir hat er gesagt, genau das habe er nicht getan. Nein, wenn ich es genau bedenke, hat er nur gesagt, er habe kein Geld an einen Parapsychopathen oder ans Institut überwiesen.«

»Nach Rosenfelds Tod hat er die Überweisung verschleiert, indem er sie aus seinem Privatvermögen ausgeglichen hat.«

Ich war perplex. »Und warum hat er das gemacht?«

»Dafür habe ich keine Erklärung.«

Und schon waren wir am Tor angelangt, wo das Taxi wartete. Derya drehte sich nach uns um.

Der Zug, den Richard nehmen wollte, ging um 16 Uhr 01. Derya schien entschlossen, die Heimreise mit Richard zusammen zu unternehmen. Also verabredeten wir uns für den Nachmittag am Bahnhof und strebten auseinander. Während Richard sich in den Finanzbehörden herumtrieb und Derya shoppen ging, nutzte ich die Zeit, um ins Schanzenviertel zu wandern, an der Tür einer Ex-Freundin zu klingeln, die nicht zu Hause war, und auf dem Schulterblatt zwischen einem Zeitschriften- und einem Fotoladen versuchte ich von einem Internetcafé aus Dora Asemwald auf Facebook anzustupsen. Sie reagierte aber nicht.

Außerdem musste ich mich bei der Chefredakteurin der Sonntagsbeilage entschuldigen, dass mein Artikel über Parapsychologie für die Sonntagsbeilage gestern nicht gekommen war und heute auch nicht kommen würde. Sie hatte ihn aber eh für später eingeplant, weil die Zeitungsredakteure auch kommende

Woche noch streiken würden und man Stehsatz brauchte. »Aber nicht mit meinem Artikel«, sagte ich. »Ich bin keine Streikbrecherin.« Das verstand sie.

Dann schaute ich, was die deutschen Medien über die gestrige Erdbebenhysterie in Großbritannien berichteten, und fand ein paar kleine Notizen in den Kuriositäten aus aller Welt. Der *Gute Tag* war schon ein Stück weiter. Unter dem Titel »Der Spuk von Kalteneck« fragte er: »Wieso wurde der Malergeselle Juri Katzenjacob noch nicht angeklagt? Die Ermittlungen scheinen zu stocken. Der Fall ist mysteriös. Anscheinend kann die Polizei dem mutmaßlichen Mörder des Spuk-Professors Rosenfeld die Tat nicht nachweisen. Ist hier Übersinnliches im Spiel? Ist Juri Katzenjacob möglicherweise der geheimnisvolle Unbekannte, der in der mittelalterlichen Burg in einem schwäbischen Dorf bei Stuttgart alle parapsychologischen Tests bestanden hat?«

Ja, Scheiße!

Vielleicht hätte ich sofort den nächsten Zug nach Berlin nehmen sollen, um die Redaktion zu zerlegen. Vielleicht wäre dann alles ganz anders gekommen. Aber ich war gefangen in der Vorstellung, ich dürfe gerade jetzt Richard und Derya nicht aus den Augen lassen, es ihnen nicht zu einfach machen. Ich war schließlich von meiner Mutter mit dem Gebot großgeprügelt worden, dass man es sich selbst und folglich auch anderen niemals leicht machen durfte.

Bis zur Belauerung im Zug war aber immer noch Zeit. Ich erinnerte mich, dass der komische kleine Verlag mit dem Katzenemblem und dem Wollknäuel auf den Büchern in Hamburg saß. Ich war letzten Herbst auf der Frankfurter Buchmesse in dessen Stand gestolpert, kurz bevor ein Wahnsinniger mich erschoss.

Mein schlaues Telefon verriet mir, dass ich nur das Schulterblatt runter und rüber ins Karolinenviertel gehen musste. Die Glashüttenstraße empfing mich mit Kleinbetriebsamkeit, Gründerzeithäusern in Gassenenge, viel Fußweg, Gusseisenzäunen vor winzigen Vorgärten, dem *Café Klatsch*, ein paar Läden und Galerien, einem Goldschmied. Der Verlag befand sich in einem Laden im Suttereng, wie man in Schwaben sagt, vier Stufen runter. Im Schaufenster lagen auf Fußknöchelhöhe Bücher, die Unruhe und Aufklärung verhießen. Womöglich würde eines Tages doch auch einmal eines von mir dort liegen. Lisa Nerz in Hamburg. Schräg!

Der Empfang unten war nach dem ersten Schrecken über den Dackel herzlich. Es gab Kaffee, Kuchen wurde geholt, wir qualmten und quatschten, Else, Iris, Dörte und ich. Ich erzählte von unserer Reise durchs Spukland, wir schütteten uns aus vor Lachen, dann wurden wir ernst.

»Die Medien überziehen den Globus mit einer Fiktion«, sagte Else. »Wir merken es nur nicht. Doch dann liest du mal was, wo du dich auskennst, und du stellst fest, es stimmt ja gar nicht. Sie haben es nicht verstanden, sagst du dir. Aber ich glaube, es ist ein Prinzip. Es geht gar nicht mehr darum, herauszufinden, wie etwas wirklich ist. Die mögen Angst. Das folgt der Weichenstellung des Neoliberalismus, Ethik ist privater Luxus. Und, hey, das ist jetzt keine Verschwörungstheorie, ja! Wir leben in einem selbstreferenziellen System, in dem das Soziale auch nur Mittel zum Zweck ist, genau wie Wissen oder Wahrheit. Über allem steht der Gewinn. Die Illusionsquote muss mit der Krise steigen.«

So schüttelte Else mal eben eine perfekte Analyse der Medien aus dem Ärmel, die in ihrer Brillanz wiederzugeben meine intellektuellen Fähigkeiten nicht reichen.

»Wenn sie jetzt«, sagte ich, »Juri Katzenjacob für alle Katastrophen verantwortlich machen, dann gute Nacht, Deutschland.«

»Ich stelle es mir gerade vor«, antwortete sie.

»Das muss man verhindern!«, sagte Iris.

»Man muss eben beweisen, dass er diese Fähigkeiten nicht hat«, meinte Dörte.

»Und wenn er sie doch hat?«

»Glaubst du das wirklich, Lisa?«, fragten sie. »Hältst du das für möglich?«

»Nein.«

Das gab uns Luft, weiterzudenken.

»Wenn er sie hätte«, sagte Else, »müsste man ihn dazu bringen, dass er sie nicht anwendet. Zwingen könnte man ihn dazu ja wohl nicht.«

»Ich glaube«, sagte ich leise, »ich habe ihn schon einmal bezwungen. Als unser Flugzeug notlanden musste.«

Keine lachte mich aus. Wir taten mal eben so, als wäre das eine denkbare Variante eines rein zufälligen Ereignisses mit viel Glück im Unglück. Juri hatte die Triebwerke der Maschine zum Stoppen gebracht, und ich hatte sie wieder angeworfen.

»Psychokinese ist nur dann möglich«, erklärte ich der gebannt lauschenden Runde, »wenn eine Verschwörung stattfindet. Man sagt Verschwörung, weil genau das geschieht, was eine Verschwörung auszeichnet. Eine Gruppe, die sich nach außen völlig abschottet, handelt mit einem gemeinsamen Ziel. Bei der Psychokinese werden Mensch und tote Gegenstände zu Teilen eines Systems. Sie sind synchronisiert wie Quanten. Sie tun dasselbe, sie biegen in dieselbe Richtung ab, auch wenn sie kilometerweit voneinander entfernt sind. Es fließt keine Energie, es wird kein Signal gesendet. Und es geschieht nur, was physikalisch möglich ist. Auch wenn es unwahrscheinlich erscheint. Es werden keinerlei Gesetze der Physik verletzt.«

Das hatten sie sich noch nie überlegt. Sie hatten überhaupt noch nie über Spukerscheinungen nachgedacht. Warum auch? Man fragt sich eigentlich immer nur, ob man nun glaubt, dass es so was gibt, aber nicht, wie es funktionieren könnte, ohne dass man Gott, die Geister Verstorbener oder die Kräfte extraterrestrischer Mächte zu Hilfe nehmen muss.

»Wie war das denn, als du die Schmidt-Maschine beeinflusst hast?«, fragte Else. »Wie hat sich das für dich angefühlt?«

Das war die erste richtige Frage, die mir in der ganzen Geschichte jemand stellte. Ich überlegte. »Es war gar kein Gefühl. Ich habe nicht an mich gedacht, ich habe mich nicht beobachtet.

Ich bin eingetaucht und war die Lichter, die im Kreis herumlaufen sollten. Es ist … ja, es ist wie Sex. Wenn es einem kommt, hört man nichts mehr, die Welt ist ausgeblendet. Man denkt nichts. Wenn man beispielsweise denkt, jetzt habe ich einen tollen Orgasmus, dann wird das nichts oder es ist schon vorbei. Ja, und hinterher war ich total ausgepowert.«

»Glücklich?«

»Doch … ja. Stolz! Es ist anstrengend. Man muss sich konzentrieren, so sehr, dass man tatsächlich nichts anderes mehr wahrnimmt, nichts mehr hört oder sieht. Sobald man wieder was denkt, ist der Zauber vorbei. Dann macht die Maschine, was sie will, und man selber auch. Als das Flugzeug sich dem Boden näherte, habe ich irgendwann gedacht: Springt an, ihr blöden Triebwerke. Da war kein Raum für Zweifel. Ich habe nicht gedacht, jetzt denke ich, sie sollen anspringen, und vielleicht klappt es dann und sie springen an, und das wäre dann Psi. Da war kein Raum für Konjunktiv und Potentialis. Ich wollte, dass sie anspringen, und es hat mich nicht überrascht, als sie es taten. Und umgekehrt: Ich hätte nicht gedacht, ›Springt an‹, wenn keine Chance bestanden hätte. Dann hätte ich gedacht: ›O Gott, wir stürzen ab! Das kann doch nicht wahr sein‹ oder so ähnlich.«

Die drei Frauen schauten mich an wie ein Wundertier, das man gern in seiner Mitte hatte. Das war schön. Ich vergaß, mich aufzumanteln, und spürte, dass ich ich war, auch wenn ich nichts darstellte. Ganz ungewohnt. Daraus hätte vielleicht sogar was werden können, wenn ich mich in diesem Augenblick entschlossen hätte, in Hamburg zu bleiben und im Karolinenviertel einen Herrenausstatter für Damen aufzumachen.

»Wenn du ihn schon einmal bezwungen hast«, sagte Else, »dann könntest du ihn vielleicht noch einmal bezwingen.«

Ich dachte an Finleys Kampf gegen den Tantrik. »Ja, in einer öffentlichen Show. Er muss ein Metronom stoppen und ich sorge dafür, dass es weiterläuft. Die Wette würde ich gewinnen.

Es würde ihn aber nicht davon abhalten, das nächste Flugzeug vom Himmel zu holen oder zumindest hinterher zu behaupten, dass er es war.«

»Hat er das jemals behauptet?«

»Nein. Bisher nicht, soviel ich weiß.«

Wir glaubten ja auch gar nicht, dass irgendwer zu so etwas fähig wäre. Andererseits fühlten wir sehr deutlich, dass wir uns in einem System befanden, das auf dem Weg war zu kippen. In vielen Fällen, wo man aus momentanen Fakten düstere Zukunftsprognosen entwickelt, erfüllen sie sich nicht. Aber in diesem Fall machten wir gar keine Prognosen. Wir spürten nur, dass etwas begonnen hatte, was wir einige Wochen später mit Fassungslosigkeit betrachten würden. Und ich weiß nicht mehr, aus welchem meiner Halbgedanken die Idee entstand, ich müsste alles noch einmal durchdenken und den Augenblick finden, wo ich Teil der Verschwörung geworden war, um mich daraus zu lösen und den Spuk zu beenden.

»Es ist nämlich«, erklärte ich, während draußen Hosenbeine und Unterleiber am Schaufenster vorbeigingen, »der Beobachter der Feind jedes Spuks.« Mir fiel erst jetzt wieder ein, was Finley mir auf dem Weg durch die Vaults erzählt hatte und was mir so unwichtig erschienen war, dass ich vergessen habe, es zu erwähnen. »Ein Freund von Finley hat Séancen gemacht, bei denen sich seltsame Dinge ereigneten, Lichter entstanden, ein Tuch schwebte. Er wollte es filmen, stellte eine Kamera auf. Sie machten eine Séance und irgendwas Schönes geschah. Als sie es dann auf Video anschauen wollten, stellte sich heraus, dass die Kamera nicht funktioniert hatte. Beim nächsten Mal achtete man darauf, dass die Kamera aufzeichnete, aber nichts geschah in der Séance. Es scheint, als wüsste das System, ob es beobachtet wird oder nicht. Wobei niemand der Teilnehmer wusste, dass die Kamera nicht funktioniert hatte. Finley hat seinem Freund den Rat gegeben, nur mit halbem Auge hinzugucken, sprich, die Kamera nur einen Ausschnitt des Raums filmen zu lassen. Daraufhin ereigneten sich tatsächlich wieder seltsame Dinge. Aber immer so, dass die Kamera sie nur halb erfasste. Beispielsweise schwebte ein Tuch nur am unteren Bildausschnitt. Skeptiker hätten immer noch sagen können, man sähe die Hand nicht, die das Tuch hochhalte. Andererseits hat keiner der Teilnehmer gewusst, welchen Ausschnitt die Kamera jeweils aufzeichnet.«

Also musste ich Beobachterin werden, schlussfolgerten wir.

»Ich bin Verlegerin«, sagte Else. »Ich würde vorschlagen: Schreib es auf. Schreiben ist seit jeher die Methode, sich der entscheidenden Momente der Biografie bewusst zu werden, sie noch einmal zu beobachten, wa? Dann verlieren sie die Macht über das Unbewusste.«

Leider waren wir gezwungen, die Weiberverschwörung überstürzt aufzulösen, weil ich zum Zug musste. Wir schieden mit der Beschwörung, dass ich diesmal nicht eine Stunde nach unserem Kaffeeklatsch mit Weltpolitik erschossen werden würde.

Im Zug versuchte ich, an das Leben und seine Fragen von vor dreieinhalb Tagen anzuknüpfen.

»Wann fahren wir nach Neuschwanstein, Richard? Du hast es versprochen.«

»Ach Gott, dieses Kunstschloss!«, sagte Derya.

»Rosenfelds Tod hat mit Neuschwanstein zu tun. Das Medium der Haunt Hunters aus Sigmaringen liegt mir seit Tagen in den Ohren. Es drohe große Gefahr und so.«

Derya lachte auf. »Das ist doch Blödsinn!«

»Und, Richard, ich möchte, dass alle mitkommen, die bei der Geisterbeschwörung auf Monrepos dabei waren, Meisner, Krautter, Kallweit …«

»So haben wir aber nicht gewettet, Lisa.«

»Doch. Es war immer klar, dass alle mitmüssen! Einer von uns hat uns damals auf Neuschwanstein gehievt. Und der oder die soll uns nun verraten, warum. Du musst Meisner und Krautter …«

»Nein, ich werde Krautter nicht fragen. Der würde sich bedanken, wenn ich ihm mit einem derartig absurden und im Übrigen desavouierenden Ansinnen käme.«

Wenn Richard fremdsprachlich wurde, ließ er nicht mit sich reden. Allerdings war mir neu, dass er sich vor einem Vorgesetzten duckte.

»Wenn du ihn nicht fragst, dann frage ich ihn eben!«

Er schnaubte und entfaltete eine großformatige überregionale Zeitung.

Die Fahrt verlief ohne Zwischenfälle und schweigsam. Derya las einen Krimi und Richard verschanzte sich hinter seiner Zeitung. Ich schaute aus dem Fenster und bemühte mich, durch meine bloße dicke Anwesenheit zu stören. Zuweilen blickte Derya zu Richard hinüber. Er reagierte nicht. Er – das wusste ich aus Erfahrung – vermisste Gespräche nicht.

Gegen zehn Uhr nachts stiegen wir im Stuttgarter Hauptbahnhof aus. Richard bot Derya an, sie in seinem Wagen nach Holzgerlingen zu bringen. Allerdings mussten sie sich erst einmal mit dem Taxi zum Flughafen bringen lassen, wo Richards Limousine stand.

Ich marschierte mit Cipión durch den Park in die Neckarstraße. Das war's dann erst mal mit uns.

41

Als Samstag früh die Läden aufmachten, war ich die Erste, die sich einen Laptop kaufte. Auf dem Rückweg radelte ich durch den verfrühten Stadtsommer in den Heusteig und klopfte Dora Asemwald aus ihrer Galerie.

Sie war eine schlaksige Schönheit mit spitzen Ellbogen, spitzen Haaren und spitzem Mund, schön, flüchtig und blitzgescheit. Es war sogleich Vertrautheit da, wie immer, wenn Facebook-Freundschaften dreidimensionale Gestalt annahmen. Wir saßen unter Fleischerhaken vor dem alten Kühlschrank an einem Tisch, auf dem sich ein Computerbildschirm an den andern reihte, und plapperten.

Ja, sie kannte den, der zuerst im Twitter-Account der *New York Times* und dann in fünf weiteren großen Zeitungen die Vorhersage platziert hatte, dass das Internet zusammenbrechen würde. »Er hat den Tweet signiert«, sagte Dora. »Diese Hacker sind doch alle eitel. Im wahren Leben sind sie nichts, unbekannt, unbedeutend. Und wenn sie so einen Coup landen, wollen sie, dass Insider wissen, dass sie es waren. Der hier ist total der Fan von Ninjas, Samurais und dem ganzen japanischen Schwerterzeugs. Er nennt sich Force of Shinobi.«

»Und wie hat er das hingekriegt, dass sich die Meldung derartig rasant verbreitet hat?«

»Sie hat sich an den Shinobi-Virus gehängt, der in vielen Computern sitzt. Das Wort Shinobi ist der Trigger. Er aktiviert, dass sich die Mail mehrfach an alle Adressen des Postfachs verschickt. Absolut likely, dass so was zum Breakdown des Internets führt. Bei uns in Deutschland ist der Virus nicht so verbreitet.«

Force of Shinobi hieß im Leben Pio Janssen und hatte seinerzeit zur Informationstechnologie-Abteilung des *Stuttgarter Anzeigers* gehört, die nach dem Aufbau des Online-Bereichs komplett entlassen worden war. Was er jetzt tat, wusste Dora nicht. Sie hatte ihn zuletzt vor knapp zwei Jahren gesehen. Damals lebte er im fünften Stock in der Reinsburgstraße mit einer Cannabiszucht zusammen. Die genaue Adresse wusste sie nicht mehr. Wir knatterten auf Doras Vespa in die Reinsburgstraße und versuchten ganz oben an der Mündung in die Rotenwaldstraße das Haus zu identifizieren. Wir linsten über die Eisentore zwischen den Gebäuden in die Hinterhöfe, aber Dora erkannte nichts wieder.

Den Rest des Tages war ich damit zugange, meinen neuen Klappcomputer in Betrieb zu nehmen. Als der Internetzugang lag, konnte ich immerhin verifizieren, dass Finley tatsächlich gut schwimmen konnte. In einem Interview mit der *London*

Times, das etliche Jahre alt war, stand, dass er zu einer Zeit Triathlet gewesen war, als man sich in Europa noch gar nicht für den Ironman-Wahnsinn auf Hawaii interessierte.

Hatten wir unser Iona-Abenteuer also doch allein ihm zu verdanken? Unter vier Freunden ist immer einer der Verräter. Aber was hätte Finley damit erreicht? Dass endlich alle über Parapsychologie redeten?

Das Wochenende verbrachte ich auf der Flucht vor mir selbst, samstags bei einem Konzert in der *Röhre* und auf dem Frühlingsfest, erst in, dann hinter einem Festzelt (im Zustand fortgeschrittenen Elends) und sonntags mit Cipión und einer Sonnenbrille langsamen Schrittes im Wald.

Der erste Bericht im Kommerzfernsehen entging mir, aber Oma Scheible unterrichtete mich. »Hen Sie des g'sähe? In England hen se Angscht vor'em Hexer, der wo bei uns in Haft sitzt. Der Juri Katze'jacob. In England hat er erscht oin Flugzeug abstürze lasse, ein Erdbebe ausg'löst und jetzet zwoi Züg zammestoße lasse, hen se g'sagt. Älles nur durch Geischteskraft.«

»Unsinn, Frau Scheible«, sagte ich.

»Aber des könnet die doch net erfunde hen. Des wär doch g'loge.«

»Das sind bestimmte Zeitungen und Fernsehsender, die an so was Interesse haben, weil es den Leuten Angst macht und die Auflagen und Quoten steigert.«

Ich irrte mich. Wenige Tage später war das Thema auch im Öffentlich-Rechtlichen angekommen. Das *heute journal* verkaufte den Bericht als Schmunzler über unsere britischen Nachbarn. In Großbritannien habe jedes anständige Haus einen Geist, behauptete der Moderator, aber was unsere Nachbarn derzeit umtreibe, gehe weit über die natürliche Neigung des Briten zum Spleen hinaus. Der Film berichtete von einem notgelandeten Flugzeug, von einer Computerhavarie auf Ansage, einem Erdbeben, das einer Prognose gefolgt sei, von Juri Katzenjacob, der unter schaurigem Verdacht in einem Stuttgarter Untersuchungsgefängnis sitze und womöglich mit bösen Gedanken Böses schaffe, so zumindest der Glaube vieler Briten. Neuen Auftrieb habe die Furcht vor dem bösen Geist bekommen, als vor vier Tagen in Kent auf offener Strecke zwei Züge ineinanderfuhren – wobei acht Menschen starben –, weil die Signalanlagen versagt hatten. Und nun, so der Bericht, schieden sich die Geister an der Frage, ob ein in Deutschland unter Mordverdacht inhaftierter, mutmaßlich nekrophiler junger Mann für ein Zugunglück verantwortlich gemacht werden könne. »In den britischen TV-Sendern tobt derzeit die Redeschlacht der Parapsychologen, Ghost Busters und Rationalisten.«

Ich schrieb dem ZDF eine zornige Mail. »Ich habe mitgekriegt, wie es anfing«, schrieb ich. Die eigentliche Geschichte sei die, dass die Presse zwei Tage lang mit gut platzierten Falschmeldungen vier unbescholtene Bürger, drei davon aus Deutschland, durch Schottland gejagt und so in die Enge getrieben habe, dass sie fast im Sund von Iona abgesoffen wären. Es müsse bedenklich stimmen, dass ein Detektivbüro für die Groschenkamp-Presse Handys lokalisiere, Computer anzapfe und Leute mit Abhörtechnik ausspioniere. Und breitbrüstig warf ich die Frage auf, warum der Korrespondent, der diese Geschichte als britische Skurrilität erzählte, nicht gemerkt habe, dass der Beginn der Hysterie in der Behauptung lag, dass in den Edinburgh Vaults zwei Parapsychologen zu Tode gekommen seien, die nachweislich nicht tot waren, und dass dafür ein El Tio aus Deutschland verantwortlich sei, ein Drogenpate mit Weltherrschaftsfantasien, den es auch nicht gab.

Darauf bekam ich nie eine Antwort. Niemand wollte von mir die Wahrheit wissen. Dachte ich. Erst viel später habe ich allerdings festgestellt, dass mein Mailprogramm die Mail nicht versendet hatte. Spuk!

In diesen Tagen rief ich auch den Reporter der *Allgäuer Zeitung* an, der seinerzeit über den Besuch Rosenfelds in Neuschwanstein einen Bericht geschrieben hatte. »Ach ja, richtig, die Fotos«, seufzte er. »Ich habe tatsächlich noch eines gefunden. Da hatte ich einfach in die Menge fotografiert. Es ist die ganze Gruppe um Rosenfeld drauf. Ich schicke Ihnen das Foto jetzt.«

Ich vergrößerte es auf meinem Bildschirm bis zu dem Punkt, wo es in Pixel zerfiel. Im dichten Gedränge derer, die im Innenhof auf den Beginn ihrer Führung warteten, erkannte ich tatsächlich Rosenfeld an seiner Trekkingkleidung. Nur eine Person stand so dicht bei ihm, nämlich untergehakt, dass ich sie ihm zuordnen konnte. Und das war – Überraschung! – Desirée Motzer. Fröstelig schmal in schwarzem Mäntelchen und kniehohen Stiefeln mit hohen Absätzen. Da schau her! Was um alles in der Welt hatte Rosenfeld bewogen, das Sonnenscheinchen auf die heikle Mission mitzunehmen? Wenn es um den Beweis ging und um eine Million Euro, da mussten alle den Mund halten können. Nun gut, es gab keinen Grund, einer Desirée zu unterstellen, dass sie den Mund nicht halten konnte, nur weil sie ins Büro das kleine Schwarze anzog. In der Tat hatte sie nichts gesagt.

Ich strich mit der Computerlupe über weitere Personen in Rosenfelds Nähe. Zweite Überraschung: Der Alte mit der Schiffermütze und einem dicken Mantel sah verflucht nach Oiger Groschenkamp aus. Dasselbe saftige Gesicht, der weiße Kinnbart. Das hatte er mir ebenfalls gründlich verschwiegen.

Zwischen ihm und Rosenfeld, etwas weiter hinten stehend, machte ich einen Burschen in Arktisjacke, Schal, Schirmmütze und Kapuze mit dunklen Brauen und dunklen Augen aus. Vielleicht Héctor Quicio, vielleicht auch nicht. Es wurde Zeit, dass ich ihn auftrieb. Und wenn ich nach Alicante flog!

Juri Katzenjacob kannte ich nur von Fotos, aber der, der auf Desirées anderer Seite stand, sah so aus, als könnte er es sein. Er musste es sein, denn sonst hätte die Reise der Gruppe keinen Sinn ergeben.

Von den fünfen, die Anfang des Jahres in Neuschwanstein gewesen waren, war nur Desirée für mich erreichbar, um mir von dem Besuch zu erzählen. Ich rief in Holzgerlingen an. Aber kein Mensch nahm ab. Das Schicksal der Journalisten an einem Freitagnachmittag.

Montag erfuhr ich erst im Lauf des Tages über diverse Links in Facebook, dass der *Gute Tag* und das *Bielefelder Abendblatt* die Schraube noch mal angezogen hatten. Beide berichteten über die Wasserburg in tiefster schwäbischer Provinz, die schaurige Leiche, das verschlossene Zimmer, eine Giebeluhr, die auf 20 Uhr 03 stand – 23, die Zahl der Illuminaten –, und über das Zeichen einer ominösen protestantischen Sekte, die sich Culdees nannte und von der Gruppe der Elfmänner geführt werde, den Hendeka, welche die Welt per Mind-Control regiere. Die fast gleichlautenden Artikel gipfelten in der Frage: »Wurde Juri Katzenjacob von den Elfmännern für ihre finsteren Zwecke manipuliert? Wurde er dazu ausersehen, die Welt in Angst und Chaos zu stürzen? Musste der angesehene Physiker und Parapsychologe Gabriel Rosenfeld sterben, weil er das Talent von Katzenjacob erkannt hat?«

Woher, verdammt, wussten die das? Über die Kuldeer hatten wir in Schottland gesprochen. Das konnte der *Gute Tag* von den Kollegen haben. Aber wir hatten dort nicht über das verschlossene Zimmer und auch nicht über die stehengebliebene Uhr geredet. Schon gar nicht über die Hendeka, die Elfmänner der athenischen Gerichtsbarkeit, die Richard aus den Ziffern der Uhrzeit errechnet hatte: 8 plus 3 sind 11. Das hatten Derya, Richard und ich am Vorabend unserer Schottlandreise auf Kalteneck besprochen.

Und das bedeutete?

Ich musste nach Holzgerlingen. Mit Desirée Motzer hatte ich ja auch noch was zu klären. Bevor ich in meinem Schubladenkram den Wanzendetektor gefunden hatte, rief Kitty zu Salm-Kyrburg an und fragte, wann denn nun unsere PU in Neuschwanstein stattfände. Die Zeit dränge. Janette habe mehrere Visionen gehabt, es drohe große Gefahr, sehr große.

»Ich arbeite dran!«, hechelte ich. Ich bin nicht dafür geboren, viele Dinge gleichzeitig zu machen. Es ist eine Erfindung der Männer, dass Frauen multitasking-fähig seien. Sie bezwecken damit, dass eine Frau es für ihre herausragende Begabung hält, gleichzeitig Excel-Tabellen auszufüllen, Kaffee zu kochen, an den nächsten Termin des Chefs zu denken und sich dabei seine langwierigen Urlaubserinnerungen anzuhören, ohne sich zu beschweren.

42

Die Burg Kalteneck lag gleißend in der Dorfsonne. Maiglöckchen blühten an der Böschung. Enten zogen ihre Bugwellen durch den glitzernden Graben. Die Eingangstür unten stand offen. Im Vortragssaal waren Frauen dabei, Stühle aufzustellen. Ein Plakat kündigte einen Vortrag in der Reihe Lebenshilfe an. »Kann ich Kontakt zu Verstorbenen aufnehmen?«

Auch die Tür oben war offen, Desirées Schreibtisch nicht besetzt, der Computer kalt. Rosenfelds Büro stand sperrangelweit offen. Der Schreibtisch war leer. Es sah nicht aus, als hätte Derya als neue Institutsleiterin die Absicht, in dieses Büro umzuziehen. Ihres am Ende des Gangs war auch viel schöner. Ich tappte nach hinten. Das Ledersofa mit Tisch und zwei Sesseln war das Erste, was mir in den Blick kam. Der Schreibtisch, daran erinnerte ich mich, stand im toten Winkel weit nach rechts in die Ecke des Raums geschoben.

Dort saß sie, blickte auf und gab einen Ton unangenehmer Überraschung von sich. Sie hatte ihr teerschwarzes Haar zu einem Knoten gebunden. Ich hatte zwischendurch vergessen, wie appetitlich sie aussah. Am beinahe Ende des Tages war der Lippenstift auf den vollen Lippen verblasst, doch die Augen lagen immer noch in ihrem zur Mandel stilisierten Bett aus Kajal, Mascara und Lidschatten. Sie trug einen leichten roten Blazer und eine gemusterte Bluse. Weiblichkeit kann so schön sein!

»Hallo«, sagte ich. »Ich suche Desirée Motzer.«

»So!« Derya schob sich eine Strähne hinters Ohr. »Sie ist krankgeschrieben, seit einer Woche.«

»Was hat sie denn?«

»Das darf ich Ihnen …äh«, ihre Braue zuckte, »dir nicht sagen, abgesehen davon, dass ich es nicht weiß.«

Ich freute mich, dass sie sich ans Du erinnerte, auch wenn wir es wüst eingeführt hatten. Immerhin hatte ich ihr mal mit Unterwäsche ausgeholfen.

Sie besann sich, lächelte sogar. »Ich nehme an, es gibt Probleme mit der Schwangerschaft.«

»Ach ja.« Das leuchtete ein, beruhigte mich aber nicht. »Ist es wirklich von Rosenfeld?«

»Das weiß ich nicht. Warum fragst du?«

»Sie war zusammen mit Rosenfeld in Neuschwanstein.«

Derya zog die Brauen hoch.

Ich zog mein Handy, rief das Foto auf, das ich am Freitag bekommen hatte, und vergrößerte es auf dem Display. »Du kennst doch Héctor Quicio. Ist er das?«

»Da ist ja mein Vater!«, rief sie überrascht. »Das hat er mir gar nicht erzählt.«

»Mir auch nicht. Und der da?«

Sie kniff die Augen zusammen. »Ja, das könnte Héctor sein.«

»Und das ist Juri Katzenjacob, nicht wahr?«

»Ich denke schon.« Derya gab mir das Handy zurück.

»Und nun würde ich gern mit Desirée reden.«

»Ich auch«, sagte Derya überraschend entschlossen. Sie schlug ein Adressbuch auf und blätterte. Dann nahm sie den Telefonhörer.

Ich begann mich zu entspannen. Wenn jemand zum Telefon

greift, ist der erste Schritt zur Normalität getan. Es war gut, nicht allein zu sein. Richards Überblick fehlte mir. Ob er sich wohl mit Derya traf?

Sie legte wieder auf und sagte: »Geht niemand ran. Ich probier's jetzt noch auf ihrem Handy.« Sie tippte und ließ es klingeln. »Nur die Mailbox.«

»Wohnt sie hier in Holzgerlingen?«

»Nein, in Stuttgart.« Sie blickte ins Adressbuch. »In der Adlerstraße. Keine Ahnung, wo das ist.«

»Stuttgart-Süd. Türkische Läden, alte Häuser.«

»Ihr Vater hat ihr die Wohnung gekauft, soviel ich weiß. Vielleicht ist sie überhaupt zu ihren Eltern gegangen. Falls sie liegen muss, wäre das sinnvoll. Ihre Eltern wohnen, glaube ich, in Heslach. Schauen wir mal im Telefonbuch.«

Ich ging um den Tisch herum, um einen Blick auf den Bildschirm zu bekommen. Sie duftete nach Rosen, Amber und einem Hauch Schweiß. Nachdem wir die Postleitzahl von Heslach herausbekommen hatten, konnten wir gezielt im Telefonbuch-Portal suchen. Es gab nur einen Motzer.

»Der ist es«, sagte Derya.

Sie griff erneut nach dem Telefon. Ich diktierte ihr die Nummer. Es tutete. Dann meldete sich jemand. Derya fragte, ob Desirée bei ihnen sei. Offensichtlich lautete die Antwort Nein. Derya stürzte sich in eine Erklärung: »Ach, ich finde nur eine … eine Adresse nicht, eine Telefonnummer, und ich wollte Desirée fragen, ob sie mir weiterhelfen kann. Vielen Dank, Frau Motzer. Nein, bitte machen Sie sich keine Mühe. So wichtig ist es auch wieder nicht.« Sie legte auf und schaute zu mir empor. »Die Mutter weiß nichts davon, dass Desirée krank ist.«

»Wann hat sie zuletzt mit ihrer Tochter Kontakt gehabt?«

»Das habe ich nicht gefragt.« Derya runzelte die Stirn. »Aber ich glaube, sie hat gesagt, letzte Woche irgendwann, Anfang letzter Woche.« Sie lächelte entschuldigend. »Ist das denn so wichtig?«

Ich hatte ein extrem ungutes Gefühl. »Dann werde ich wohl bei ihr zu Hause vorbeifahren müssen. Oder wir rufen gleich die Polizei an, vielmehr du rufst sie an.«

»Du glaubst doch nicht …« Angst klirrte in ihrer Stimme. »Und was soll ich der Polizei denn sagen? Nachher ist es falscher Alarm, und wir haben alle verrückt gemacht.«

»Wenn es deine Tochter wäre, was würdest du tun?«

Sie sprang plötzlich auf und lief ins Zimmer hinein. Als sie sich zu mir umdrehte, war irgendwas mit ihr geschehen. Ihre Augen blitzten. »Warum glaubt eigentlich jeder, ich müsste mir nur vorstellen, ich hätte ein Kind, damit ich mich so verhalte, wie er es wünscht? Als ob Frauen nur als Mütter Entscheidungen treffen könnten und ansonsten herzlos sind.«

»Oh!«

»Dass ausgerechnet du in dasselbe Horn bläst! Wo gerade du dir alle Mühe gibst, dich nicht als Frau ertappen zu lassen. Du bist sogar Feministin, hat mir Richard erzählt. Oder bist du das nur, wenn es dir in den Kram passt?«

»Was erzählt er dir eigentlich ständig für Sachen über mich?«

»Ich bin Psychologin, Lisa. Schon vergessen?«

»Ach was! Und er heult sich bei dir aus oder was?«

»Nein, Lisa. So gut solltest du ihn kennen, dass er sich nicht ausheult. Ganz im Gegenteil. Er versucht, dir gerecht zu werden. Im Grunde ist er mächtig stolz auf dich.«

»Ach, so kommt das bei mir aber gar nicht an.«

»Was erwartest du? Dass ich die Vermittlerin zwischen euch beiden spiele?«

»Triffst du dich noch mit ihm?«

»Wir haben uns ein Mal getroffen.«

»Und?«

Sie lächelte schief. »Ich fürchte, du hattest recht. Sagen wir es so: Sein Interesse an mir ist nicht ungeteilt.«

Ich starrte sie an wie Tiefbahnhof.

»Ich will damit sagen, er hat mich tatsächlich als Türöffner benutzt. Ich hätte es selbst merken können. Aber ich habe es für Interesse an mir gehalten, dass er sich nach meinem Vater erkundigte. Eine Berufsdeformation von uns Psychologen. Wir fragen einen Menschen, den wir kennenlernen wollen, immer irgendwann nach den Eltern. Mein Vater war für mich, als ich Kind war, der reine Schrecken. Er hat mich gezeugt und meine Mutter dann ziehen lassen. Als ich fünf Jahre alt war, kam er mich plötzlich besuchen. Vier Wochen später wurde ich in einen Flieger gesetzt und landete in Hamburg. Mein Vater hatte mich gekauft, wie mir später klar wurde. Eine Erklärung bekam ich dafür nicht. Er hielt es für ausgemacht, dass mir der Vorteil einer westlichen Erziehung und Ausbildung von selbst einleuchten würde. Aber ich habe von heute auf morgen meine Familie verloren, alle Menschen, die mir lieb waren, mein Dorf mit den Hühnern, den Kindern, den vertrauten Wegen, dem klaren Licht. Ich kam ins regnerische Hamburg, ich musste Deutsch lernen. Dann hat er mich in Schweizer Internate gesteckt.«

»Richard hat mir erzählt«, ich musste grinsen, weil wir uns hier erzählten, was der Mann uns jeweils übereinander erzählt hatte, »deine Tanten hätten in dir die Wiedergeburt deiner Mutter gesehen. Und das hätte … nun ja … deine Identität … wie drückt man das aus?«

»Das ist richtig. Bis heute geht es mir so, dass ich manchmal eine fremde Identität in mir fühle, meine Mutter. Deshalb reagiere ich empfindlich darauf, wenn jemand an meine Muttergefühle appelliert.«

»Tut mir leid.«

»Schon gut. Konntest du ja nicht wissen. Und es ist richtig. Ich habe einen Schaden weg. Ich kann keine Kinder bekommen, obgleich man bei mir organisch nichts feststellen kann. Ich bin nie schwanger geworden. Ich habe einfach höllisch Angst, bei der Geburt zu sterben und in der Seele meines Kindes herumspuken zu müssen.«

Das komplizierte Einfach, da war es wieder. Aber es war komplett stimmig. Ich nickte.

»Rational betrachtet, bin ich meinem Vater dankbar, dass er mich da rausgeholt hat«, fuhr sie fort. »Ohne ihn wäre ich heute die unglückliche Ehefrau eines alevitischen Bäckers oder Korbbinders und würde an Reinkarnation glauben. Andererseits könnte ich mit der Mutter in mir vermutlich besser leben, denn es wäre von meiner Umgebung als natürlich betrachtet worden. So aber jette ich durch die Welt und decke den Betrug hinter solchen Berichten auf, immer auf der Suche nach dem einen Fall, der nicht zu widerlegen ist. Dann dürfte ich glauben, meine Mutter, die ich nie kennengelernt habe, lebe in mir fort. Genetisch tut sie das natürlich, aber ...« Sie unterbrach sich. »Ich will dich nicht mit den Theorien zur Reinkarnation langweilen. Aber es ist nicht üblich, dass die Seele der Mutter im Moment ihres Todes in ihre Tochter übergeht. Normalerweise bringt sie eine Weile in einem Zwischenreich zu, wo sie einen neuen Astralleib bekommt. Wird man dann wiedergeboren, hat man zwar Eigenschaften und Erfahrungen des Menschen, der man vorher war, nicht aber eine bewusste Erinnerung daran. Etwa so, wie wir uns ja auch nicht daran erinnern, wie wir als Babys oder Kleinkinder waren. Das Gehirn ändert seine Struktur und verschließt diese frühen, vorsprachlichen Erinnerungen. Erinnerungen an das Vorleben hat man, so die Auffassung, nur bei einer sehr schnellen Reinkarnation. Ich erinnere mich nicht, was ich als kleines Kind getan habe, dass meine Tanten in mir meine Mutter wiedererkannten. Ich kenne nur die Geschichten, die man immer wieder erzählte. So soll ich Orte in Deutschland beschrieben haben, die ich nicht kennen konnte. Es gab auch keine Bilder von meinem Vater im Haus, seinen Namen hat man mir nicht genannt. Das behaupten zumindest meine Tanten. Dennoch habe ich ihn erkannt, als er die Dorfstraße herunterkam. Ich bin zu ihm gelaufen und habe seinen Vornamen gerufen, wie eine Frau, die zu ihrem Mann eilt. Daran erinnere ich mich, auch wegen des allgemeinen Schreckens, den das auslöste. Und dafür habe ich bis heute noch keine Erklärung gefunden.«

Sie hob die Hand zu ihrer Stirn und sah plötzlich verloren aus, wie sie mitten im Zimmer stand, vom Licht erdrückt.

Ich trat zu ihr und legte die Arme um sie.

Sie schauderte, dann gab sie nach und kuschelte sich in meine Arme.

»Wie ist das eigentlich?«, fragte ich. »Wandern Seelen von Frauen immer nur in weibliche Körper und die von Männern in männliche? Oder könnte der Dalai Lama auch mal eine Frau sein?«

Sie zuckte. Erst dachte ich, sie weine, aber sie lachte. »Der Dalai Lama sicher nicht! Oje!« Sie gluckste. »Ansonsten … Nun, die einen sagen, wir tun es ständig, weil wir so verdammt interessiert sind am andern Geschlecht, dass wir es sein wollen. Die anderen sagen, es gibt den Geschlechterwechsel, aber nur, wenn es einen Grund dafür gibt.«

Sie versuchte, sich zu individualisieren, aber ich ließ sie nicht los.

»Je länger ich mir anschaue«, fuhr sie fort, »wie der Mensch sich mit dem Rätsel seines Todes quält, desto mehr glaube ich, dass die Belohnung für einen guten Menschen nicht die Wiedergeburt in einem besseren Menschen mit schönerem Körper und glücklicherem Geschick ist, sondern umgekehrt. Je mehr wir absteigen auf der Leiter der Selbstreflexion und des Bewusstseins unserer selbst, desto weniger quälen wir uns mit dem Gedanken an unseren Tod. Affen und Elefanten trauern, sagt man. Aber wissen sie auch, dass sie selbst sterben werden, und vor allem: Haben sie Angst davor? So große, dass sie sich an eine Religion klammern, die ihnen Himmel oder Hölle verspricht, vor allem aber, dass du nie tot bist, nie das Bewusstsein deiner selbst verlieren wirst? Ich sage dir: Die Seele des Dalai Lama ist erst erlöst, wenn sie nicht mehr in einem Kind wiedergeboren wird, das erneut Dalai Lama wird, sondern in einem Wurm. Der kann niemanden verletzen, nicht töten, er muss nicht um inneren Frieden ringen, er fürchtet den Tod nicht. Das ist die Erlösung, Lisa. Der arme Dalai Lama ist noch ganz weit weg davon.«

Ich strich ihr die Strähne hinters Ohr und küsste sie auf die Schläfe.

Sie ruckelte sich ein in meinem Arm. »Tiere fürchten sich nicht vor einem Spuk. Und weißt du, warum?«

»Weil sie ihren Tod nicht kennen.«

»Und wir Parapsychologen sind die Schlimmsten. Was ist diese fieberhafte Suche nach der geistigen Kraft, welche die Materie bezwingen kann, anderes als die Suche nach dem Heiligen Gral, der ewiges Leben verleiht? Um seinetwillen haben Menschen einander umgebracht, aber es gibt ihn nicht. Wir jagen ein Phantom.«

Und dennoch hat Juri Katzenjacob den Kronleuchter im Thronsaal von Neuschwanstein zum Schwingen gebracht, dachte ich, aber ich sagte es nicht. Desirée war verschwunden. Doch nicht die Toten und das morbide Geschäft der Geistermacher sollten jetzt herrschen, wenn wir Lebenden uns um Lebendige kümmerten.

Derya drehte sich zu mir. Sie war kleiner als ich und schaute zu mir auf. Ihre Lippen waren halb geöffnet, die Nasenflügel gebläht. »Ich bin aber nicht lesbisch.«

»Ist nicht nötig. Du hast einen schönen Arsch. Wie findest du meinen?«

Sie langte hin und lachte. »Schön! Fest. Und da ist es weich!«

Lustschauer liefen mir den Rücken hinab bis ebendorthin. Ich tauchte meine Hand unter ihr Jackett und grabschte mich bis zu ihrer Brust hoch. Sie steckte in einem Bügel-BH mit Tittenpolster. Um die Knospe zum Blühen zu bringen, musste ich unter die Bluse und unter das Gerät. »Hm, du hast handfeste Brüste.« Ich zog ihre Hand an meinen Vorbau.

Sie gehorchte willig. »Und deine ist … hm … nimm mir's nicht übel … etwas klein. Also aus Männerperspektive vielleicht.« Sie kicherte lüstern. »Aber ich find's okay. Könnte es sein, dass du in deinem früheren Leben ein Zehnkämpfer warst?«

»Nein, ich war ein Eunuch. Ich bin die Wiedergeburt der dritten Art.«

Sie lachte.

Ich erforschte ihren Bauchnabel, der in erregenden kleinen Wechseljahrespolstern lag, sie kniff mich in den Bauchspeck über meinem Sixpack. Im weiteren Verlauf der Forschung entdeckten wir das haarige Dreieck, das Schambein, die Arschfalte. Die Kleider wurden störend und beiseitegetan. Wir erreichten die Scham, drangen in die Schlucht vor und gelangten schließlich zum Trichter.

43

Das Klappen einer Tür und Schritte rissen uns aus unserem nun ruhenden nackten Aufeinander auf dem Ledersofa.

Es kam jemand.

Ich sprang auf, lief zur halboffenen Tür und drückte sie ins Schloss. Leider hatte sie keinen Schlüssel stecken. Derweil sammelte Derya eilig ihre Kleider zusammen und begann, lautlos kichernd, sich anzuziehen: Slip, BH, Hemd, den Rock …

Die Schritte kamen unterdessen heran und verstummten genau hinter mir an der Tür. Knöchel klopften gegen das Holz. Die Klinke senkte sich und drückte sich in mein Hüftfleisch. Das Türblatt ruckte.

Ich lehnte mich mit meinem ganzen Gewicht dagegen.

»Derya! Bist du da?«, sagte der auf der anderen Seite mit leichter Verwunderung in der Stimme. Kein Irrtum möglich. Es war Richard.

»Moment«, rief Derya. Derweil heftiges Knöpfen der Bluse.

Ich legte den Finger an die Lippen und machte wilde Zeichen, die sie so verstand, dass sie meine Klamotten aufsammelte und mir brachte. Allerdings musste Richard, wenn er nicht blind war, Charlotte Brontë draußen auf dem Parkplatz erkannt haben. Und richtig:

»Ist Lisa bei dir?«, fragte er durch die Tür.

Derya schaute mich entsetzt an. Allerdings eher mitleidig als um sich selbst besorgt. Sie fing sogar an zu grinsen.

Ich überlegte fieberhaft. Konnte ich meine Würde notdürftig herstellen, wenn ich Schlüpfer und Hemd überzog? Falls ich es schaffte, denn dazu hätte ich die Tür verlassen müssen.

»Lisa!«, rief er. »Bist du hier?«

Unter diesen Umständen war meine Würde nur noch durch nackte Frechheit zu retten. Außerdem war Derya inzwischen angezogen. Ich trat von der Tür weg und öffnete sie weit.

Richard fiel die Kinnlade runter. Allein das war es wert.

Drei Sekunden starrten wir uns an. Dann sagte er: »Aha, die Nerz'sche Kriegsführung.«

Derya drehte sich um und entzog sich seiner optischen Inquisition durch einen Schritt hinter ihren Schreibtisch, wo sie so tat, als müsse sie jetzt ihren Computer herunterfahren.

»Nur ein kleiner Striptease«, verkündete ich. »Ich hatte halt gedacht, ich könnte sie rumkriegen, wenn sie meine Narbe überm Herzen sieht.«

Richard senkte den Blick und presste die Lippen zusammen.

»Nein, Lisa«, widersprach mir Derya und schaute Richard herausfordernd an. »Dazu gehören immer zwei. Sorry, Richard.«

»Keine Ursache«, antwortete er und fuhr sich durch die Haare. »Es tut mir leid, dass ich störe, aber, Derya, ich müsste dringend etwas besprechen mit dir.«

»Aber selbstverständlich.« Sie kam eilfertig hinter dem Tisch hervor und verließ, während Richard sich mit etwas verspätetem Takt zurückzog, den Raum.

Ich hörte ihre Schritte ins Foyer weggehen und zog mich an. Und zwar hastig, denn mir fiel ein, dass es nicht gut war, wenn sie hier etwas miteinander besprachen. Die Stiefel anziehend hüpfte ich den Gang entlang und rief mir voraus: »Moment! Wartet mal! Ich muss euch was sagen!«

Richard schaute mich streng an. »Wenn du uns bitte noch einen Moment entschuldigen würdest, Lisa.«

»Nein, ich entschuldige nichts.« Dabei legte ich den Finger auf die Lippen, zog den Wanzendetektor und sagte: »Desirée Motzer ist unauffindbar. Hoffentlich ist ihr nichts zugestoßen.«

Alarm trat in Richards Augen.

»Sie geht jedenfalls nicht ans Telefon«, sagte Derya. »Aber vielleicht ist sie auch nur beim Arzt. Was machst du denn da, Lisa?«

Ich legte noch mal den Finger auf die Lippen und stellte den Wanzendetektor an, der mir die Gegenwart von elektronischem Ungeziefer optisch, nicht akustisch anzeigte. Und in der Tat, die Leuchtdioden flackerten munter. Ich deutete Richtung Tür.

Sie folgten mir. Die Dioden blieben erst dunkel, als wir auf den Steg zugingen. Ich überquerte ihn sicherheitshalber und blieb erst auf dem Parkplatz zwischen Richards Limousine und meiner Brontë stehen, um die beiden zu informieren. »Das ganze Institut ist verwanzt.«

»Aber …«, fuhr Derya auf.

»Es wird abgehört. Oder, Derya, hast du jemandem erzählt, was wir hier besprochen haben?«

»Wieso?«

Richard holte einen Zeitungsausschnitt aus seinem Jackett, entfaltete ihn und zeigte ihn ihr. »Das hier stand am Freitag im *Guten Tag* und im *Bielefelder Abendblatt*.« Es hatte ihn genauso wie mich hierher getrieben. Vermutlich hatte er es auch schon am Freitag probiert. »Der Artikel enthält Informationen, die nur von einem von uns stammen können, beispielsweise die Sache mit den Elfmännern und der 23.«

Derya überflog den Artikel und schaute uns erschrocken an. »Darüber habe ich weder mit Ingmar noch mit sonst jemandem gesprochen. Warum auch? Natürlich habe ich meinem Freund was erzählt. Aber nicht das. Das ist ja ungeheuerlich. Es ist doch auch völlig falsch!«

Ich horchte auf. »Ingmar? So heißt dein Freund?«

»Ingmar Neuner.«

Ich schrie auf. »Das ist der Pressesprecher von QarQ!«

Ich fasste es nicht. Erstens, weil es so war, zweitens, weil ich es nicht gewusst hatte, und drittens, weil es Meisner spätestens von dem Moment an klar gewesen sein musste, als sie sich Deryas Alibi von ihrem Freund bestätigen ließ. Und ich konnte mir nicht vorstellen, dass sie es nicht auch Richard erzählt hatte. Wieso regte ihn das nicht auf?

»Ist das verboten?«, erkundigte sich Derya.

»Nein, aber … äh …« Worüber musste ich mich jetzt aufregen? Es fiel mir nicht ein. Die wenigen Personen, die in ihrem Leben das Niveau der Elite erstiegen hatten, kannten sich halt untereinander.

Richard faltete den Artikel zusammen, steckte ihn in sein Jackett zurück und stellte fest: »Wenn das Institut elektronisch abgehört wird, ist hinlänglich geklärt, wie das Blatt an seine Informationen gekommen ist.«

Derya lachte entrüstet auf. »Hinlänglich? Richard, du bist gut. Sind wir schon so abgestumpft? Ich glaube das nicht! Nicht hier in Deutschland!«

»Warum sollte das Detektivbüro SC&D seine Spione nur in Schottland haben?«, bemerkte ich. »Der *Gute Tag* und das *Bielefelder Abendblatt* gehören wie die *Edinburgh Evening News* zum Weltreich deines Vaters. Dahinter steckt Methode. Wenn wir hier abgehört wurden, dann ist auch klar, dass sie genau wussten, was wir in Edinburgh wollten und mit welcher Maschine wir fliegen würden.«

»Du willst doch nicht sagen, dass die wollten, dass unser Flugzeug abstürzt. Das wäre doch auch gar nicht möglich. Niemand kann eine Aschewolke dirigieren.«

»Falls die Aschewolke wirklich der Grund für das Motorenversagen war.«

»Das war sie«, sagte Richard energisch. »Es ist ungefähr genauso unmöglich, in wenigen Stunden jemanden zu organisieren, der die Triebwerke eines Flugzeugs so manipuliert, dass sie versagen.«

»Aber es könnte jemand die Elektronik gestört haben«, sagte ich.

»Aber doch vermutlich nur, wenn er selbst im Flugzeug gesessen hätte«, antwortete Richard. »Und dann hätte er bereit sein müssen, mit uns zu sterben. Nein, Lisa. Außerdem erklärt das die Spuren der Aschewolke nicht. Es war Zufall.«

»Aber es war kein Zufall, dass die in Edinburgh auf unser Kommen vorbereitet waren. Und dass sie uns in den Südbrückengewölben in Schwierigkeiten gebracht haben. Jemand hat den Deckel vom Brunnen gezogen und die elektrische Anlage lahmgelegt. Es war ein Anschlag auf uns. Finley wäre beinahe in den Brunnen gestürzt. Natürlich war es nicht vorhersehbar, dass es Finley sein würde, aber ein oder zwei von uns hätten es sein können, Richard. Die töten. Zumindest nehmen sie in Kauf, dass jemand umkommt. Das Boot lag für uns am Marmorsteinbruch bereit, und es sollte sinken. Sie wollten, dass wir sterben.«

Richard schüttelte den Kopf. Er tat es aber wohl mehr mit Blick auf Derya. »Bestenfalls wollten sie uns ein bisschen Angst machen.«

»Aber warum denn?«, rief Derya.

»Wir sollten mit dem Wissen untergehen, was auf der Kalteneck-Liste steht, die Richard in Finleys Büro gesehen hat«, erklärte ich. »Und weil es nicht geklappt hat, haben sie Finley und dich einen Tag lang totgeschrieben. Es war eine Drohung an euch, an Finley, dich und Richard. Verratet nichts, hört auf oder …«

»Wer sind *die* eigentlich?«, fragte Derya.

»Die sind immer die, die man nicht genau kennt«, antwortete ich. »Die Agenten des Bösen. Die Verschwörer, die die Welt beherrschen wollen.«

»Das sind Hirngespinste!«

»Unterschätz die Macht der vierten Gewalt im Staat nicht, Derya. Wenn die Journaille etwas wirklich will, dann kann sie locker Staatsmänner stürzen, Konsumenten in Angst und Panik versetzen, die Fleischindustrie oder die Autoindustrie zerstören, Börsenkurse manipulieren, Staaten in den Ruin treiben. Und dein Vater ist sich dieser Macht sehr wohl bewusst.«

»Er würde niemals mein Leben in Gefahr bringen!«

Das war allerdings überlegenswert.

»Und außerdem gibt es doch auch eine Verantwortung der Medien«, beschwor sie uns. »Es sind doch auch noch die da, die nicht mitmachen.«

»Auf die hört aber niemand«, sagte ich. »Angst, Neid und Zorn hat der Mensch sofort, glauben tut er gleich, Vernunft und kritische Distanz muss er sich erst mühsam erarbeiten. Und wir sind halt alle ebbes faul. Das muss ich dir als Psychologin doch nicht erklären.«

»Jaja!« Sie drehte sich verzweifelt um.

Die verwanzte Wasserburg reckte ihr niedliches Fachwerk in den Giebel und blähte stolz ihre weißen Mauern mit den Widerlagern, die bis ins Wasser reichten. Ihre Fenster glänzten. Sie konnte nichts dafür und wusste es auch.

Ich wandte mich an Richard, der sich in finsterer Nachdenklichkeit eingeschwiegen hatte. »Das Büro SC & D hat seine Zentrale in Berlin. Kannst du nicht die Kollegen von der Berliner Staatsanwaltschaft mal anspitzen?«

Er zog das Handy. »Jetzt klären wir erst einmal, wo Desirée abgeblieben ist.« Er wandte sich ab und ging ein paar Schritte zur Straße hinauf. Die ersten Teilnehmer am Vortrag über die Kontaktaufnahme zu Verstorbenen bogen auf den Parkplatz ein und wanderten über die Brücke.

»Wieso veranstaltet ihr so einen Schwachsinn hier?«, fragte ich Derya.

»Wir stellen nur den Raum zur Verfügung. Das ist ein Verein für Lebenshilfe.«

Richard kam wieder. »Die Polizei schickt ein Fahrzeug zu Frau Motzers Wohnung.« Er schaute mich an. »Was macht dich glauben, dass ihr etwas zugestoßen sein könnte?«

Ich griff in die Jacke und zog nun mein Handy hervor. Das Foto vom Reporter der *Allgäuer Zeitung* war noch offen. Es war natürlich zu winzig, als dass man etwas hätte darauf erkennen können. Richard hätte die Brille aufsetzen müssen und schaute gar nicht hin. »Rosenfeld ist Anfang Januar nach Neuschwanstein gefahren, und zwar mit Juri Katzenjacob.«

Er schaute mich finster an.

»Ich habe das Foto erst seit Freitagnachmittag, Richard, von einem Kollegen. Ich werde es nachher sofort Meisner schicken. Desirée war mit von der Partie, außerdem Héctor Quicio und Oiger Groschenkamp.«

Richard zog die Brauen hoch.

»Rosenfeld ist tot. Héctor ist seit Monaten verschwunden …«

»Aber wir wissen nicht, ob er tot ist!«, wandte Derya ein.

»Meisner hat schon eine Anfrage an die spanischen Behörden gestellt«, erklärte Richard.

»Aber wenn«, überlegte Derya laut, »Gabriel, Héctor und mein Vater tatsächlich mit Juri irgendwelche Ergebnisse erzielt hätten, dann hätten sie es mir doch erzählt. Gabriel bestimmt.«

»Nicht unbedingt«, sagte Richard.

Wir schauten ihn an.

»Er könnte vertraglich gebunden gewesen sein. Beispielsweise, wenn ein Geldgeber Verschwiegenheit zur Bedingung gemacht hätte. Die Edmund-Gurney-Stiftung hat zwar die Million ausgesetzt, aber die Versuche mussten ja auch finanziert werden, Reisekosten, Versuchsanordnungen, technische Ausrüstung, da kommt schnell was zusammen.«

»Ein solcher Vertrag ist mir nicht bekannt«, sagte Derya. »Gabriel hätte mich als stellvertretende Institutsleiterin fragen müssen.« Sie musterte Richard misstrauisch. »Wie kommst du auf so eine Idee?«

Er deutete ein ablehnendes Lächeln an.

»Dienstgeheimnis«, übersetzte ich. »Vermutlich haben Desirée und Héctor diesen Vertrag ebenfalls unterzeichnen müssen.«

»Bitte, Lisa!«, rief Derya. »Muss denn partout alles darauf hinauslaufen, dass Héctor tot ist?«

Und Desirée, dachte ich.

»Ich kann mir einfach nicht vorstellen, was für einen Grund es geben sollte, Menschen zu ermorden, nur weil man bei ein paar Telekinese-Tests noch nicht entdeckt hat, wie die Versuchsperson betrogen hat! Was sollte das bringen? Richard! Das glaubst du doch nicht wirklich!«

Er gab sich einen Ruck, schaute sie an und sagte routiniert: »Derya, ich bin tatsächlich heute gekommen, weil ich dich bitten möchte, mich zur Staatsanwaltschaft Stuttgart zu begleiten. Kollegin Meisner hat ein paar Fragen an dich. Und ich auch.«

»Was für Fragen denn?«

Das wiederum wollte er vor mir nicht näher erläutern. »Du hast natürlich das Recht, einen Anwalt hinzuzuziehen …«

Sie riss die Augen auf.

»… aber du wirst nicht als Beschuldigte befragt, sondern als Zeugin.«

Das hatte er für mich gesagt, damit mir meine Phantasie nicht durchging. Oder aber … ein tückischer Gedanke kam mir … er bootete mich aus. Immerhin bekam er so eine schöne lange Fahrt in einem klimatisierten Daimler mit ihr zum Turteln.

»Keine Sorge«, lächelte ich Derya an, »Richard ist der ehrlichste Mann, den ich kenne. Bevor sie dir als Tatverdächtiger die Daumenschrauben anlegen, muss eine Rechtsbelehrung stattfinden, sonst dürfen sie nichts von dem verwerten, was du sagst, nicht mal deinen Namen.«

Und während ich redete, trat ich an sie heran, legte meine Hand unter ihr schmales Kinn und küsste sie … ach nein, nur ein schöner Traum. Er zerplatzte. Denn Richard verlor die Contenance. Ehe ich's begriff, packte er mich am Jackenkragen und pflanzte mich beiseite.

»Es reicht, Lisa!«

Es ist sicher ein netter Zug von mir, dass ich Zorn nicht tragisch nehme. Jetzt hat mir aber kürzlich einer, der als Coach in Betrieben frustrierte Belegschaften und jähzornige Chefs ins gegenseitige Verständnis bringt, erklärt, dies sei ein ziemlich kindliches Verhalten. Den Zorn der Eltern erst mal wegkichern, die freche Krabbe spielen, noch mal nachlegen und austesten, wann die Ohrfeige knallt. Kinder müssen zuweilen schmerzhaft lernen, wann sie Grenzen überschreiten.

Ja, ich gebe zu, ich habe unlängst den Coach aufgesucht, weil ich keine Ahnung habe, wie ich das mit Richard wieder hinkriege. Denn leider antwortete ich: »Mach hier keinen Stress, Richard! Damit beeindruckst du uns nicht.«

»Scher dich zum Teufel!«, stieß er hervor.

Eigentlich ließ er mich nur los, aber er tat es mit einem solchen Impuls, dass ich zwei Schritte rückwärts taumelte und mit dem Hintern gegen Charlotte Brontë prallte. Sie wackelte bedauernd.

Als ich wieder Perspektive hatte, befanden sich die beiden Schönen mit Niveau bereits auf dem Weg zu seinem Wagen.

»Hol euch der Katzenjacob!«, schrie ich. »Ich bin dann nicht mehr da!«

Ich hörte Derya einen Ton von sich geben, aber ehe sie sich umdrehte, hatte ich mit dem Schlüssel den Eingang in mein Auto gefunden und ließ mich auf den Sitz fallen. Lisa, was hast du wieder angerichtet? Geht's eigentlich noch?

44

Ich buchte meine Flucht nach Alicante für Donnerstag. Der Tod von Desirée Motzer war am Mittwoch nur eine Randnotiz in der Zeitung. Die Polizei hatte sie tot in ihrem Bett gefunden, erstickt am eigenen Schleim. Außerdem alkoholisiert. Ich rief Meisner an.

»Das rechtsmedizinische Gutachten ist eindeutig«, antwortete sie mir. »Keine Fremdeinwirkung.«

»Aber Desirée war schwanger. Da trinkt man keinen Alkohol!«

»Offenbar halten sich nicht alle Frauen daran.«

»Desirée war mit Rosenfeld und Juri Katzenjacob in Neuschwanstein. Beide sind tot. Und dass dafür nicht Oiger Groschenkamp verantwortlich ist, glaube ich erst, wenn auch er tot ist.«

»Hören Sie, Frau Nerz. Ich schätze Sie, das wissen Sie. Aber es ist wirklich besser, Sie mischen sich hier nicht ein!«

»Warum ist das besser? Was hat Derya Barzani denn vorgestern für Angaben gemacht?«

Meisner gab einen Ton des Unwillens von sich. »Für Auskünfte ist die Pressestaatsanwältin zuständig.«

Irgendwas hatte sich verändert in der Staatsanwaltschaft. Wenn sogar Meisner formell wurde. Ich spürte Angst. Alles bröckelte. Abends saß ich neben der gepackten Reisetasche auf der Couch vor dem Fernseher und schnitt mir die Fußnägel, als die Ziehung der Lottozahlen begann.

Wollen wir doch mal sehen, sagte ich mir, legte die Schere weg und starrte auf die Fee und das Ziehungsgerät: Die 4! Ich will die 4 als erste Kugel. Mehr nicht. Die 4.

Die Trommel begann zu rugeln, die Kugeln kullerten. Und jetzt bitte die 4 so hinrollen, dass sie zuerst von der Bahn aufgeschippt wird, wenn die Trommel stoppt und sich rückwärtsdreht. Es ist ganz leicht. Die 4 bitte!

Die Reihe der Kugeln wurde zum Loch gehoben, die erste Kugel fiel, und ich sah schon, dass es nicht die 4 war. Aber es war die 23, die Zahl für Psi. Immerhin eine Antwort. Wir spielen Psi. Ja, das tun wir. Und dann fiel die zweite Zahl. Und sie war tatsächlich die 4.

Auf der dritten Kugel stand die Zahl 32, spiegelverkehrt zu 23. Also wirklich! Das grenzte an Spott. Und dann kam, wie um das Spiel mit mir auf die Spitze zu treiben, die 44.

Ende. Ich nahm meine Nagelschere wieder und bückte mich zum kleinen Zeh.

Es gibt nur sehr wenige Zahlen, hier 49, und jede lässt sich interpretieren, hätte Richard eingewendet. Zum Teufel mit Richard! Ich schnitt tief in den kleinen Zeh. Blut quoll. Ich tropfte ins Badezimmer und suchte Pflaster.

Aber ist doch wahr, Richard! Vier Zahlen in einem unmittelbaren und engsten Zusammenhang mit meinem Entschluss, Psi zu betreiben und die 4 zu sehen zu bekommen. Da gibt es nichts mehr zu deuteln! Da musst sogar du die Klappe halten. 4 und 44, 23 und 32, zwei Gruppen, drei Ziffern, dreimal die 4 und einmal Psi und sein Spiegelbild. Da passt kein Zweifel mehr dazwischen.

So also funktionierte das. Es ist ganz einfach, wenn es geschieht. Und als es geschah, kam es mir selbstverständlich vor. Die Antworten hatten gepasst, es waren die eines eigenwilligen Individuums gewesen, das sich nicht befehlen, aber mit sich reden lässt und Spaß an einem kleinen Schlagabtausch hat. Jetzt weiß ich auch, warum ein Telekinetiker sich nicht einfach mal kurz die Lottozahlen werfen lassen kann, die er auf dem Schein angekreuzt hat. Er befiehlt nicht, es ist ein Dialog unter Gleichen. Psi ist Harmonie. Alle Teile eines Systems und in ihm das menschliche Individuum handeln gemeinsam, keines beherrscht das andere. Der menschliche Geist unterwirft nichts. Er ist nur dabei, wenn etwas Außerordentliches passiert, und macht mit.

Am andern Morgen – sehr früh am Morgen – begriff ich, warum Meisner so grätig gewesen war, denn mir fiel auf dem Flughafen der *Gute Tag* in die Hände.

»Stuttgarter Staatsanwalt verwanzt Psi-Institut«, titelte er. Nach dem noch immer nicht aufgeklärten mysteriösen Tod des renommierten Parapsychologen Gabriel Rosenfeld Ende Januar dieses Jahres, hieß es im Artikel, seien aufgrund einer Anzeige der Institutsleiterin Derya Barzani von der Polizei Abhörwanzen im Institut in Holzgerlingen sichergestellt worden. »Aus einem internen Bericht, der dem Blatt vorliegt, geht hervor, dass die Stuttgarter Staatsanwaltschaft bereits Anfang Februar eine externe Sicherheitsfirma beauftragt hat, in der Wasserburg Kalteneck Abhörtechnik zu installieren. Zum damaligen Zeitpunkt standen die jetzige Institutsleiterin Barzani und die inzwischen verstorbene Sekretärin unter Tatverdacht. Die Ermittler gingen von einer Eifersuchtssituation aus, nachdem die Sekretärin erklärt hatte, sie sei von ihrem Chef schwanger.« Man habe gehofft, fuhr das Blatt fort, aus den Gesprächen und Auseinandersetzungen der beiden nähere Hinweise zu erhalten. Eine richterliche Genehmigung sei der ermittelnden Staatsanwältin Meisner zuvor verweigert worden.

So also stellte sich Klein Moritz Ermittlungen vor. Wohl zu viele Krimis geguckt oder was?

Der *Stuttgarter Anzeiger*, den ich im Flugzeug bekam, hatte bereits das Dementi der Staatsanwaltschaft. Es gebe weder diesen internen Bericht, noch habe die Staatsanwaltschaft irgendwo Abhörtechnik installieren lassen, schon gar nicht von einer externen Firma, deren Namen man aber gerne erfahren würde, um gegen sie zu ermitteln.

45

Wir landeten kurz nach acht auf dem für Touristenströme organisierten Flughafen Alicante. Es musste geregnet haben in der Nacht. Auf der Straße standen Pfützen, es roch nach Katzen und Müllkippe. Eine Stunde später rollte ich mit Cipión auf dem Beifahrersitz im Gebläse der Klimaanlage eines Leihwagens in Richtung San Vicente del Raspeig durch eine von langem pfleglosem Gebrauch zerschundene Landschaft: flach, kahl, erdig, zuweilen bewässert, was zu geometrisch angeordneten giftgrünen Massenwucherungen führte.

Ich gestehe: Obwohl ich als Fremdsprachensekretärin Spanisch gelernt hatte, war ich noch nie in Spanien gewesen. Von Lebensgelassenheit und Flamenco-Schwüle keine Spur. Die Küste wurde von unfreundlicher Industrie und Autobahnen beherrscht. Am Horizont langweilte sich ein Meer. Menschen, soweit hinter Autoscheiben erkennbar, waren genervt und hatten es eilig.

San Vicente grenzte an den Campus der Universität Alicante und war um halb zehn morgens ein menschenleeres Kaff des weißen Grauens. Häuser wie Schuhschachteln ohne Dächer. Meine Gier nach Kaffee führte mich in eine dunkle Bar in abgehalfterter Gegend. Der Wirt war unrasiert. Von der Nacht war noch ein Gast übrig geblieben – genauso wie die Olivenkerne, Papierservietten und Zahnstocher auf dem Boden –, der eine mächtige Tüte rauchte.

»Un café, por favor!« Wie hieß hier Kaffee ohne Milch? »Negro?«

Der Barkeeper lächelte nicht. Und würde auch nie lächeln. »American coffee?«, fragte er knapp zurück, als hätte ich Mondisch gesprochen.

»Si no lleva azúcar ni otra mierda dentro!«, pampte ich. »Wenn da weder Zucker noch andere Scheiße drin ist.« Doch auch dieser Beweis meiner einheimischen Wortmacht bewog ihn nicht, vom Englischen abzurücken, wenn es schon sein musste, dass er die Kiefer bewegte. Als ich mir eine Zigarette zwischen die Lippen steckte, deutete er nur wortlos auf das Nichtraucherschild. Meinen Blick zu dem andern mit dem Joint ignorierte er.

»Gilipollas!«, dachte ich. Fatzke!

Von der Bitterkeit eines feindseligen Kaffees gestärkt machte ich mich zehn Minuten später auf die Suche nach der spanischen Asociación Española de Investigaciones Parapsicológicas. Die Urbanisation Girasoles sah auch so aus wie jüngst urbanisiert, bebaut, verkabelt und bepflanzt. Keine Palme war groß geworden. Hinter weißen Mauern standen Ferienvillen mit Türmen und Rundbögen, viele bereits wieder verlassen. An etlichen Toren hingen »se vende«-Schilder. Die Häuser standen zum Krisenverkauf. Seltsam, dass in so einer Gegend ein spanisches Institut angesiedelt war. Zweimal fuhr ich am Tor vorbei, so klein war das Schild. Auf mein Klingeln reagierte niemand. Ich überstieg die Mauer – Cipión passte unterm Tor durch – und erkannte, warum auch niemand mehr öffnen würde. Anstelle der Fensterscheiben klafften rußige Löcher. Es roch nach kalter Asche.

Ich erinnerte mich, dass ich vorhin an der Baracke der Guardia Civil vorbeigefahren war, und kehrte zurück in den Ort. Eine junge Frau in grüner Uniform mit hellgrünem Hemd saß hinter einem Tisch an einem Computer. Überall waren Eimer aufgestellt, in die es von der Decke tropfte. Ich stellte mich als Journalistin aus Deutschland vor, die das Institut für Parapsychologie habe besuchen wollen und nun feststellen müsse, dass es abgebrannt sei. Ihr Befremden schwand, als ich hinzufügte: »Ich heiße Lisa.«

Sie hieß Desamparado, hilflos, und erzählte, dass es in der Siedlung Girasoles vor vier Wochen gebrannt habe. Alles vernichtet. Vermutlich ein Kabelbrand. Girasoles, fiel mir ein, bedeutete Sonnendreher und erinnerte daran, dass Sonnenblumen ihre Gesichter mit dem Lauf der Sonne drehen.

»Eigentlich wollte ich Héctor Quicio besuchen.«

»Ah, Héctor!«, rief sie und lächelte plötzlich wie in Rückschau auf intimere Momente. »Der ist zurück nach Jávea gegangen. Seine Eltern haben dort ein Restaurant, am Arenal.«

Das war eine unerwartet leicht gewonnene Information.

Ich stoppte noch einmal kurz auf einem der Parkplätze rund um die Universität, betrat den wasserverspielten grünen Campus und fand eine Cafeteria, wo ich, ohne ein Wort sagen zu müssen, ein Brötchen mit Thunfisch bekam. Dann fuhr ich die Küste entlang gen Norden. Das Meer war blau und müde verglichen mit der schottischen Nordsee und ihren kreischenden Möwen.

Freiheit ist die grinsende Larve der Einsamkeit. Unwillkürlich dachte ich an Juri Katzenjacob. Der sehnte sich aus seiner Zelle hinaus, hinauf zu den Flugzeugen und holte sie herunter. Und ich rollte in einem Auto, das mir nicht gehörte, eine Straße zwischen Himmel und Felsküste entlang, auf der Flucht vor dem Anblick meines Beziehungsdesasters. Ich war aus dem sozialen Gefüge gefallen. Niemand würde die nächsten Tage mehr als Floskeln mit mir austauschen. Mit niemandem würde ich mich beraten können. Es gab mich nicht mehr. Wenn mich hier der Tod holte, würde es lange dauern, bis in Stuttgart jemand auf meine Spur kam. Vielleicht nie.

Cipión schaute mich vorwurfsvoll an. Ich stellte die Klimaanlage aus.

Am Horizont baute sich ein Urviech aus Fels auf, das seine Pranken bis ins Meer vorschob. In der Bucht am Kap klebte Jávea in weißer Enge über einem zusammengedrängten Hafen. Die Zone von Badeschlappen und Sonnenmilch, der Arenal, befand sich südlich an einem kleinen Sandstück in der langgezogenen Bucht. Hier standen Restaurants wie eine Hecke.

Ich fing links an, bestellte einen café americano und fragte den Kellner nach Héctor Quicio. Er war eine Saisonkraft aus Salamanca und kannte hier niemanden. Im nächsten Restaurant waren die Kellnerinnen Portugiesinnen, der Kellner Peruaner, der Besitzer ein Russe, und der Geschäftsführer kam aus Torrevieja. Doch er nannte mir einen Imbiss, der von Alteingesessenen betrieben wurde. Dort bestellte ich einen Teller boquerones. Die Frau, die mir die in Öl und Essig eingelegten Sardellen brachte, wurde munter, als ich nach Héctor Quicio und seinen Eltern fragte.

»Ja, der Vater ist gerade gestorben, aber nicht mal zur Beerdigung hat sich der Junge blicken lassen. Er ist im Winter gekommen, um den Eltern im Lokal zu helfen, aber keine vierzehn Tage hat er es ausgehalten. Sie haben das Lokal, La flor del mar, an der Straße zum Parador. Julia wird verkaufen müssen. Vielleicht hat sie schon verkauft. Das weiß ich nicht.«

Ich fuhr die Avenida del Mediterráneo entlang, eine geflickte Straße ohne Seitenbefestigung und Glanz. Hier gab es auch keinen Strand, nur rotschwarzen Fels, der einst in Quadern abgebaut worden war. Wasser stand in viereckigen Löchern. Es roch nach Krabbenkadavern und faulenden Fischköpfen. Die wenigen Restaurants am Straßenrand hatten ihre prallen Zeiten längst hinter sich. La flor del mar, die Meeresblüte, war geschlossen.

Ich tappte mit Cipión an Müllsäcken vorbei, die von einer Katze oder Ratten aufgerissen und geplündert worden waren, ums Haus herum. Auf einer Leine hingen Badesachen, Schnorchel und Tauchermaske zum Trocknen. Eine Terrasse aus Beton ragte direkt ins Rauschen des Meeres. Dort saß im Schatten einer zerschlissenen Marquise eine hagere Frau von Mitte vierzig in kurzen Jeans und Trägershirt auf einem Plastikstuhl vor einem Eimer. In der einen Hand hielt sie einen Lappen, in der andern eine Schere. Auf dem Boden häuften sich Stachelschalen von Seeigeln.

»Hola, me llamo Lisa«, sagte ich.

Es war ein trostloses Gesicht, das sich mir zuwandte.

»Y esto es Cipión!«

»Cipión?«, sagte sie mit von langem Schweigen steifen Lippen,

»das ist doch einer der beiden sprechenden Hunde von Cervantes. Manche sagen, er sei dumm und naiv, aber er prahlt wenigstens nicht so wie Berganza.«

»Meiner spricht gar nicht«, erwiderte ich. »Er bellt nicht mal.«

»Recht hat er. Was gibt es schon zu sagen. Ich heiße Julia.« Sie hob die Hand mit einem Seeigel. »Willst du?«

»Äh!«

»Hast du es schon mal probiert? Vorsicht, Cipión!«

Eine Berührung mit den Stacheln der ausgehöhlten Seeigel reichte dem Gedackelten, um sich pikiert hinzusetzen und den Kopf über unsere Gefräßigkeit zu schütteln.

Julia schnitt einen Seeigel mit der Schere unten auf, kippte das Wasser hinaus, schnippelte die Stachelspitzen ab und reichte mir das Tier auf einem Lappen. Man schlürfte die fünf roten Stränge, die wie ein Seestern in der Innenschale klebten. Es war lecker, muss ich sagen, austernmäßig.

»Ich hole sie selbst aus dem Meer. Jeden Tag«, sagte sie. »Es ist eine kalorienarme und eiweißreiche Nahrung.«

Ein bisschen mehr Kalorien hätten ihr allerdings gutgetan. Ich bot ihr eine Zigarette an und gab ihr Feuer. Zu Stuttgart fielen ihr zuerst Mercedes und Porsche ein.

»Mein Sohn hat mal in Stuttgart gearbeitet. In einem Dorf in der Nähe.«

»Ja, in Holzgerlingen.«

Ihre Augen fixierten mich nur ungern. Sie erwarteten Schmerzen.

»Ich habe ihn nicht kennengelernt«, erklärte ich. »Aber ich suche ihn. Ich war schon in San Vicente. Aber das Institut für Parapsychologie ist abgebrannt.«

»Es ist sowieso geschlossen worden. Der Leiter hatte behauptet, die Gesichter von Bélmez seien wahrhaftiger Spuk, aber nun war es doch nur Betrug. Da hat man ihm die Gelder gestrichen. Und Héctor hatte ihn überführt. Da musste er natürlich gehen.«

»Wo ist er jetzt?«

Julia zog den Rauch tief in die Lungen und schaute in den Himmel zwischen Meer und der zerschlissenen Sonnenschutzplane. »Ich habe bisher geglaubt, dass er wieder nach Deutschland gegangen ist, in das Institut. ›Mach dir keine Sorgen‹, hat er zu mir gesagt. ›Wir werden bald viel Geld haben.‹«

Und darauf wartete sie nun. Deshalb saß sie hinter ihrem Restaurant und ernährte sich von Meeresfrüchten, nach denen sie selbst tauchte.

»Wann war das?,«, fragte ich.

»Am 23. Januar. Da ist er nach Dénia gefahren. Er wollte sich mit jemandem treffen, jemandem aus Deutschland. Es war ein Sonntag. Sie wollten auf den Montgó steigen. Das ist der Berg.« Sie deutete blicklos hinter sich auf den Saurier. »An dem Tag hat es ein Unwetter gegeben. Drüben in Dénia. Die halbe Stadt war überschwemmt, ein Mensch kam ums Leben. Ich habe mir nichts gedacht, als Héctor abends nicht zurückkam. Er wird nicht können, habe ich gedacht, bei diesem Wetter. Sein Handy funktionierte nicht. Aber es hat oft nicht funktioniert. Wir haben Witze darüber gemacht. Die Geister stören sein Handy. Er hatte doch so viel mit Geistern zu tun. Zwei Tage später bin ich hinübergefahren und habe gefragt, wer der Tote ist. Es war eine alte Frau.«

»Und wen er treffen wollte, weißt du nicht?«

»Einen Kollegen von da, wo er gearbeitet hat.«

»Wie hieß der?«

»Weiß ich nicht mehr genau. Es klang wie Yuli.«

»Juri?«

»Vielleicht.«

Hatte irgendwer nachgeprüft, was Juri Katzenjacob im Januar gemacht hat, eine Woche bevor Rosenfeld starb? »Und der wollte Héctor Geld verschaffen?«

»Das weiß ich nicht. Héctor hat es mir nicht erklärt. Oder ich habe nicht zugehört. Meinem Mann ging es schlecht. Ich war in Sorge.« Die Mutter ohne Mann und Sohn schaute mich an. »Kennst du diesen Juri?«

»Der, den ich kenne, sitzt im Gefängnis. Der Chef des Instituts, in dem Héctor gearbeitet hat, ist tot. Könnte sein, dass Juri ihn getötet hat. Wann ist Héctor hierhergekommen? Weißt du das noch?«

»Am Sonntag nach Dreikönig.«

Dreikönig war der sechste Januar. Der Artikel über Rosenfelds Besuch in Neuschwanstein stammte vom Montag, dem 10. Januar. Das kam hin. Und schon eine Woche später hatte er sich in Dénia mit Juri verabredet? Das gab der Sache einen neuen Dreh. Womöglich hatten die beiden einen Betrug ausgeheckt, um an die Million zu kommen. Und offenbar erfolgreich, denn Oiger Groschenkamp hatte die Million überwiesen. Allerdings nicht direkt an Juri, sondern auf ein Schweizer Konto, dessen Nummer Rosenfeld kannte. Vielleicht war Héctor an die Nummer gelangt und hatte das Konto geplündert. Dann war er mit dem Geld nach Spanien geflohen. Juri hinterher. Und es war zum finalen Streit gekommen auf dem Montgó.

Ich schaute hoch zum Rücken des Sauriers und erkannte das Kreuz. Aber nicht zu diesem waren sie gestiegen, sondern zum andern, zum Dénia-Kreuz, wie Julia mir erklärte.

Zwei Orte im Kreuzkrieg.

46

Im Parador kaufte ich mir für zwei Wochen und zweihundert Euro pro Nacht den Blick aufs Meer. Die Leute, die in dem alten franquistischen Hotel zwischen Zimmer mit TV und Hotspot, Bar, Terrasse und Ausflügen ins Hinterland in steter Sorge um ihre Limousinen Luxusurlaub machten, waren auch nicht die, mit denen ich zu reden pflegte.

Das Cabo San Antonio trennte die beiden Kreuzfeinde. Auf

dem Pass lag ein Schießplatz, wo man sonntags auf Tontauben schoss. Im Vergleich zum steilen und harten Jávea war Dénia auf der anderen Seite eine weiche bürgerliche Stadt, die sich mit Hunderten weißer Ferienhäuser an die Flanke des Montgó schmiegte. Unten im Zentrum fingen Cafés unter Platanen die Touristen ab, bevor sie in die Gassen gingen, wo die Einheimischen abends die Stühle vors Haus stellten, während hinter ihnen im Fenster der Fernseher lief. Es war alles darauf angelegt, dass der Gast nur Kellner kennenlernte. Nicht einmal die Schwelle zum Lokal überschritt er. Einheimische liefen in ihrer Parallelwelt die Fußwege entlang, zuweilen genervt, weil sie Bummler in kurzen Hosen und Sandalen mit Socken umrunden mussten. Eine Berührung gab es nicht. Wozu auch hätte ich die Maklerin im Kostüm oder die Rathausangestellte in schwarzen Hosen und weißer Bluse ansprechen sollen? Und die Männer waren alle ziemlich kurzbeinig, hatten Handys wie Colts am Gürtel der Hose, aus deren Tasche der Schlüsselanhänger baumelte, und guckten entweder impertinent nicht weg oder gar nicht hin. Nein, wir hatten uns nichts zu sagen. Ohnehin sprachen sie einen Dialekt, das Valencianische, das sie für eine eigene Sprache hielten und für ein politisches Programm, allein weil es einst unter Franco verboten gewesen war. Niemand lächelte, weil ich nicht erwartete, dass man Deutsch mit mir sprach. Im Gegenteil: Kellner, Apotheker, Zigarettenverkäufer und Sherry-Händler demonstrierten mir durch Nichtverstehen, dass ich, wenn ich mir schon die Mühe gemacht hatte, eine hispanische Sprache zu lernen, doch besser gleich Valencianisch gelernt hätte. Ansonsten war es besser, ich hielt mich dort auf, wo alle Touristen sich aufhielten. Beispielsweise im Auto.

Wenn du auf den Berg willst, hatte Julia mir erklärt, musst du nach La Pedrera fahren und den Schildern zur Marquesa 6 folgen. Dort hatten die gebaut, die weder wussten, wohin mit ihrem Geld, noch mit sich selbst. Sie selbst waren alle nicht da, aber sie hatten Architekten korrumpiert, ihnen Villen zu bauen, die aussahen wie die Alhambra mit Hufeisenbögen und Palmen im Innenhof oder wie Zuckerbäckerschlösschen oder Gefängnisse. Zuweilen standen SUVs hinter den gusseisernen Toren, hier und dort werkelten Gärtner. Einer wies mir den Aufstieg gen Himmel.

Nach einer halben Stunde bergan verlangte Cipión getragen zu werden. Ich begegnete niemandem. Der Irrsinn der Marquesa blieb unten liegen, Zikaden herrschten. Die Einsamkeit roch nach Pinien, Thymian und sonnenwarmem Holz. Hummeln summten, Orchideen blühten. Ich atmete aus und ein. Was für ein Ausblick über die Bucht und die Stadt, die niemals Fremde aufnahm, auch wenn sie sie beherbergte. Die Zivilisation gruppierte sich spielzeugklein um den Hafen, in dem krachend die Ibiza-Fähre anlegte.

Ich erlag dem großen Lächeln des Überblicks und beschloss, Richard ehrlich um Verzeihung zu bitten. »Rede wieder mit mir«, würde ich sagen. »Ich habe echt was gelernt. Wer sich alle Freiheiten nimmt, ist am Ende allein.«

»Du denkst doch wieder nur an dich, Lisa«, sprach er. »Es tut dir um deinetwillen leid, wegen der Folgen für dich.«

»Seit wann interessieren dich Motive? Das Ergebnis zählt. Ich werde dich nicht mehr absichtlich verletzen.«

»Leider war es einmal zu viel, Lisa. Ohne Ehrlichkeit geht es jetzt nicht mehr.«

Ehrlichkeit? »Das ist zu viel, Richard. Meine Schwertgosch könnte ich zähmen – vielleicht –, aber meine Gedanken?«

So allerdings wird auch keine ehrliche Bitte um Entschuldigung draus. Nix hatte ich gelernt. Viel hatte ich noch zu denken, klarzustellen und zu beschließen. Bis zum Dénia-Kreuz war es noch weit, und der Pfad, der auf dem Bergrücken kaum sichtbar war, führte über Felsbrocken, zwischen denen Stachelgehölz stand, das Fehltritte bestrafte.

Das musste heute nicht sein. Vielleicht morgen oder übermorgen. Auch würde ich auf diesem Saurier die Leiche von

Héctor nicht einfach so finden, nicht mal mit Cipións Gespür für Leichen.

Ich kniff, ich kehrte um.

Als es dunkel war, holte ich Julia ab und ging mit ihr im Hafen von Jávea essen: Salat, Tapas und Lamm. Sie aß wie jemand, der schon lange keinen Teller mehr vor sich gehabt hatte, und erzählte Schicksalsschläge. Ihre Mutter hatte sich erhängt, ihr Vater war als Fischer bei einem Sturm ertrunken, ihre Schwester in den Pyrenäen vom Blitz erschlagen worden, ihr Bruder hatte sich in Alicante den goldenen Schuss gesetzt, ihre erstgeborene Tochter war von einem Auto überfahren worden, ihr Mann an Krebs gestorben.

»Ich habe es jedes Mal gewusst«, erklärte sie mir. Ihre Mutter habe sie als Foto an der Wand gesehen, wo kein Foto hing, ihre Schwester in den Wolken, die plötzlich deren Gesichtszüge angenommen hätten, die Tochter habe sie aus dem Kinderzimmer rufen hören, obgleich sie nicht zu Hause war. Zur Härte ihres Geschicks gesellte sich die Angst vor diesen Visionen.

»Und Héctor?«, fragte ich. »Hast du den gesehen?«

Sie schüttelte den Kopf. »Am Tag des Sturms nicht und überhaupt nicht. Deshalb glaube ich, dass er lebt.«

Am andern Tag erkundigte ich mich in Dénia bei der Policía Local, die im beflaggten Rathaus untergebracht war, nach dem Unwetter vom Sonntag nach Dreikönig. Ohne mir auch nur ein Mal in die Augen zu schauen, erklärte mir der Beamte lustlos, was solche Regenfälle anrichteten. Das Wasser rauschte durch die barrancos, die trockenen Bachbetten, nach unten. Waren sie verbaut oder von Unrat verstopft, was in den Siedlungen oft der Fall war, dann bahnte sich das Wasser woanders seinen Weg, riss Autos mit, spülte Gärten weg, tötete. Nach Julias Sohn hätten Polizei und Jäger mit ihren Hunden gesucht. »Er ist nicht auf dem Berg, glauben Sie mir.«

In Las Marinas, wo die Touristen in ihrer Welt am Strand unter sich waren, trieb ich mich tagelang herum und fragte Kellner, Ladenbesitzer und Hotelangestellte, ob Anfang Januar ein Juri Katzenjacob hier gewesen war.

»Juri, el diablo?«, fragte einer. »Der bei euch im Gefängnis sitzt? Ich habe es im Internet gelesen. Er hat in England ein Erdbeben ausgelöst. Er wird noch großen Schaden anrichten, glaub mir!«

Die ersten Abende verbrachte ich in den Rand- und Rotlichtbaracken, wo Briten und Deutsche für Deutsche und Briten Rummel machten. In einem Fitnessstudio, das hier gimnasio hieß, begegnete ich am dritten Tag dem dunklen forschenden Blick einer jungen Frau mit Kurzhaarschnitt. Sie hieß Rufa und sprach Kastilisch mit mir. Ich erfuhr: Culturismo nannte man hier den rüden Muskelaufbau. Rufa führte mich dann in einen Lesbenclub ein, ganz oben an der Carrer Vía Láctica gelegen, der Milchstraße, die das Cap San Antonio bis unter den Kiefernwald hinaufkurvte. Der Club wurde von einer Niederländerin betrieben. Die Frauen sprachen untereinander Valencianisch und ich sagte nicht viel. Ich lernte: Im erzkatholischen Spanien konnte frau Hand in Hand mit einer Frau die Hauptstraße entlanggehen, ohne exkommuniziert zu werden, zumindest in Dénia. Rufa war die Haushälterin von Padre Antonio, und der interessierte sich ohnehin mehr für Fußball. Aber Sex war auch nicht die Lösung.

An den Zeitungsständern der Touristenläden lärmten am achten Tag die deutschen Zeitungen wieder mit riesigen Schlagzeilen. Das *Bielefelder Abendblatt* berichtete von illegalen Methoden und Schlamperei in der Stuttgarter Staatsanwaltschaft. Hausdurchsuchungen würden zu schnell und zu oft durchgeführt, richterliche Beschlüsse zu spät oder gar nicht beantragt. Insbesondere das Dezernat für Wirtschaftsdelikte unter Leitung von Oberstaatsanwalt Dr. Richard Weber sei bekannt für brutale Razzien gegen Mittelständler und Unternehmer auch bei Fällen, in denen es um vergleichsweise niedrige Summen im fünfstelligen Bereich gehe. Verdächtige würden gegängelt und unter Druck gesetzt, der anwaltliche Beistand ihnen oft über Tage verwehrt.

Oje, oje. Das dem Pedanten in Person!

Im Hotel fand ich eine Nachricht von Dora Asemwald auf meinem Laptop. Sie hatte herausgefunden, dass der Shinobi Pio Janssen nach Berlin gegangen war. Fast gleichzeitig sei er im Netzwerk LinkedIn aufgetaucht, wo er als Arbeitgeber das Detektivbüro SC&D angegeben habe.

Im *heute journal*, das ich auf meinem Hotelbett online schaute, war von einem »Abhörskandal bei der Stuttgarter Staatsanwaltschaft« die Rede. Man hatte einen Chef einer Gebäudereinigungsfirma aufgetan, der schilderte, wie er von Steuerfahndung und ermittelndem Staatsanwalt – »Ja, das war dieser Dr. Weber!« – bedroht und regelrecht zu einem Geständnis gezwungen worden sei. »Sie kriegen nirgendwo in Deutschland wieder eine Konzession, wenn Sie nicht kooperieren«, so habe die Formulierung gelautet. Ja, sein Telefon sei auch abgehört worden. Man habe ihn mit Aussagen konfrontiert, die er Freunden gegenüber gemacht habe.

Die Pressestaatsanwältin durfte im selben Beitrag erklären, die Vorwürfe seien völlig aus der Luft gegriffen, man erwäge eine Klage wegen Rufschädigung und übler Nachrede. Dazu lächelte sie, und ich dachte: Die kenne ich doch. Ein rotes Busenwunder formierte sich in meiner Erinnerung: Meisners Fünfzigster und das Tischrücken, Nadja Locher, die junge Staatsanwältin.

Von so einer musste Richard sich jetzt das Vertrauen erklären lassen! Er war erledigt. Tot. Ich drückte, ohne nachzudenken, seine Telefonnummer. Aber er nahm nicht ab.

Panik!

Besaß er eigentlich die alte Armeepistole seines Vaters noch? Betrank er sich? Das war der Moment, wo ich bei ihm hätte sein müssen. Würde ich morgen einen Flug kriegen? Oder sollte ich mich besser gleich in den Mietwagen setzen und die zweitausend Kilometer durch die Nacht nach Stuttgart rasen? Wie lange würde das dauern? Achtzehn Stunden wenigstens. Wenn er nicht tot in seiner Wohnung lag, war er dann im Amt.

Ich spielte mit dem Gedanken, Kriminalhauptkommissar Christoph Weininger anzurufen und schnell hinüberzuschicken in die Kauzenhecke, damit er bei Richard klingelte. Christoph hätte gemurrt, aber er hätte es getan. Allein schon, weil es ihm ein innerer Durchmarsch gewesen wäre, seinen Erzfeind geschlagen zu sehen.

Aber ich rief nicht an. Der Link zu meiner Lisa-Welt war gerissen. So kam es mir vor. Womöglich würde Christoph mich gar nicht hören, nicht verstehen, mich schon nicht mehr kennen. Das also war die Konsequenz aus meinem bockigen Entschluss, mal kurz spurlos zu verschwinden, um eine Lücke zu hinterlassen. Aber ich hatte mich geirrt. Ich hinterließ keine Lücke. Niemand fragte nach mir, niemand hatte mir eine Mail geschickt, um zu erfahren, wo ich war. Nicht einmal Sally schien noch an mich zu denken, Richard gleich gar nicht, Meisner nicht, niemand. Ich lebte nicht mehr.

Da gab es nur noch eins: Ich verließ das Zimmer, begab mich an den hoteleigenen Sandstrand, wanderte bis an dessen finsterstes Ende, zog mich aus, ging ins Ende Mai noch eisige Wasser und nahm mir die letzte Freiheit, nämlich die zu ersaufen. Es war zwar unfair Cipión gegenüber, aber auch in Spanien gab es Tierheime. Leider konnte ich schwimmen. Es klappte nicht.

Also Schluss mit der Weinerlichkeit. Es wurde dringend Zeit, dass ich die Angelegenheit abschließend klärte, erbarmungslos und ehrlich mit mir selbst. Ich musste wieder hoch auf den Berg mit den zwei Kreuzen. Immer wieder, wenn es sein musste, so lange es eben dauerte, bis sich im Nerz'schen Betonkopf was bewegte.

Ich kehrte in mein Zimmer zurück und schrieb Meisner eine Mail, in der ich ihr mitteilte, dass sich Juri Katzenjacob im Januar in Dénia aufgehalten haben und dort mit Héctor Quicio zusammengetroffen sein könnte.

Da endlich machte ich mich auf die Suche nach der Leiche, die ich war. Tag für Tag fuhr ich die Serpentinenstraße über den Berg nach Dénia hinunter, suchte mir irgendeine Stichstraße in der Urbanisation Richtung Berg und stieg über Stein und Gestrüpp hinauf, zuerst bis zur Calle de Colonía, dem Weg, der an der Flanke des Sauriers entlangführte, dann die barrancos hinauf, in denen lang und dünn der Spargel wuchs und Orchideen blühten. Einmal stieg ich vorne hoch zum Jávea-Kreuz, ein anderes Mal von hinten hinauf zum Dénia-Kreuz. In meinem Schädel tat sich nicht viel. Ich dachte nur immer wieder: Mehr als um Verzeihung bitten kann ich schließlich nicht. »Das musst du doch akzeptieren!«

»Nein, Lisa«, sprach er in mir. »Was ich muss, musst du schon mir selbst überlassen.«

»Wieso muss ich das?«, schrie ich in den Lärm der Zikaden. »Darf ich nicht auch selber entscheiden, was ich muss?«

So kamen wir nicht weiter. Der Berg fraß die Tage. An Héctor dachte ich schon lange nicht mehr.

Der letzte Tag vor dem gebuchten Rückflugtermin begann glühend heiß. Heute wirst du es schaffen, dachte ich. Dieser Tag war anders als die andern. Allein der Trupp Arbeiter war seltsam, der neben der Straße, die ich hinauffuhr, einen Kanal von Ästen, Unrat und ausgebleichtem Palmlaub befreite. Es gab noch viel zu tun, wie ich erkennen konnte. Die Röhren unter den Zufahrten zu den Grünstücken sahen ziemlich verstopft aus.

Ich parkte, wo die Straße am Grün des Berges endete, und stieg einen Pfad hinauf zum Halbhöhenweg, wo ich Cipión auf seine eigenen vier Kurzbeine stellen konnte.

Ich war kaum zehn Minuten unterwegs, da roch es brenzlig. Urplötzlich knatterten Flammen um ein Bäumchen herum in die Höhe, schwarzer Rauch warf sich zwischen mich und den Blick über die Stadt.

Der Berg ist an sich riesig. Ein Feuer musste nicht ausgerechnet bei mir ausbrechen. Das war kein Zufall. Und in der Tat, ich sah zwanzig Meter unter mir jemanden davoneilen. Ich zog mein Handy und fotografierte den Mann. Er verschwand dort zwischen den Häusern mit ihren blauen Pools, wo ich mein Auto abgestellt hatte.

Dieser Weg war mir versperrt, denn der Wind trieb Feuer und Qualm dort entlang. Cipión nieste. Ich packte ihn untern Arm und eilte. Unterhalb des Wegs barsten knallend die knorrigen Stämme der uralten Steineichen, die gnomenhaft zwischen den Felsen hockten, Funken regneten auf mich herab. Hier und dort fanden sie Nahrung und gebaren Feuerstellen, die sich schnell ausbreiteten. Ich bog in den steilen Hang ab, nur nach oben konnte ich noch entkommen.

Und ich verurteilte mein wehleidiges Spiel mit dem Ersaufen vor einer Woche. Das jetzt war tödlich. Und der Montgó ist kein freundlicher Berg. Er zeigt dem Fremden seine Pfade nicht. Zwischen scharfkantigen Felsköpfen stacheln Disteln und Mäusedorn. Ich schürfte mir Hände und Beine blutig. Und dann stand ich unversehens direkt unter der Felswand. Höher ging nicht, unter mir war Feuer und Rauch. Maria hilf!

Sie half. Ich erkannte schräg über mir die Höhle in der Wand. Sogar einen Pfad gab es, der dorthin führte. Die Höhle überraschte überdies mit einem kleinen Wasserbecken. Ich kroch so tief wie möglich hinein, setzte Cipión auf den Boden, der gierig Wasser schlappte, und redete mir ein, dass Feuer nicht in Höhlen kriecht. Zu kalt, zu dunkel und – entscheidend – es gab keinen Luftzug hinein.

Immerhin drangen jetzt schon mal die Sirenen von Feuerwehrautos zu mir herauf.

Auch wenn mich in Stuttgart niemand vermisste, so war ich hier immerhin einem Menschen wichtig genug gewesen, mich zu verbrennen. Zufall konnte das nicht sein. Der Brandstifter musste mich gesehen haben. Und ich war die Einzige weit und breit gewesen. Wenn er trotzdem Feuer gelegt hatte, dann, um mich zumindest in Not zu bringen.

Ich wählte den Euronotruf 112 und erklärte dem Mann, der ihn entgegennahm, dass ich auf dem Berg in einer Höhle säße. »La Cova de l'Aigua?«, fragte er zurück. Ich hatte keine Ahnung, aber so viele Wasserhöhlen gab es wohl nicht. »Bleiben Sie, wo Sie sind! Es wird jemand kommen, Sie holen.«

Das Feuer kam mir dann doch sehr nahe, es nagte am Grünzeug und trockenen Geäst und schaute auch bei mir herein. Schlimmer war allerdings der Qualm. Er strich von unten herein, sammelte sich unter der Decke und waberte nur langsam wieder hinaus. Cipión nieste in wildem Protest, und ich legte mich auf den Boden und atmete unterhalb des Rauchs feuchte, erdige Luft. Dann war auch das vorüber, und das lange Warten begann.

Im Kopf ging ich die Kontakte der letzten zwei Wochen durch. Es waren sehr viele gewesen, die ich angesprochen hatte. Es musste nur einer von ihnen zum Telefon gegriffen oder per E-Mail Meldung gemacht haben – an wen auch immer –, dass hier eine schräge Person mit Narben im Gesicht und Dackel nach Juri Katzenjacob fragte und nach Héctor suchte.

Nehmen wir an, es war Oiger Groschenkamp, der verhindern wollte, dass ich Héctor fand.

In Neuschwanstein musste sich etwas ereignet haben. Rosenfeld hatte es auf der improvisierten Presseinformation für den Journalisten der *Allgäuer Zeitung* heruntergespielt. Weil der Geldgeber Groschenkamp es so wollte. Anschließend hatte er die Million überwiesen. Und zwar auf ein Schweizer Nummernkonto, damit die Entdeckung vor der Öffentlichkeit geheim blieb. Danach hatte Groschenkamp Rosenfeld eine Karte der Bank mit der Nummer des Kontos übergeben.

Juri und Héctor hatten sich schon ins Fäustchen gelacht. Doch dann hatte es Streit gegeben. Das Treffen von Juri und Héctor hier in Dénia bekam nur Sinn, wenn es ums Geld gegangen war. Hatte Héctor es wirklich mitgebracht? Und war Juri dann gekommen, um seinen Teil einzufordern? Richard hätte mir sagen können, ob die Million noch auf dem Nummernkonto lag oder nicht. Aber er sprach ja nicht mit mir. Nun gut, ich konnte auch selber denken. Warum nämlich hätte, wenn er im Besitz einer Million gewesen wäre, Juri nach Holzgerlingen zurückkehren sollen, um Rosenfeld zu töten? Nein. Héctor hatte das Geld nicht an sich gebracht. Die beiden hatten sich über etwas anderes gestritten. Vielleicht darüber, ob Rosenfeld wirklich umgebracht werden musste, damit man das Nummernkonto plündern konnte.

Juri hatte vermutlich kein Problem darin gesehen, Héctor aber sehr wohl. Vielleicht hatte er es nicht geplant, doch dann hatte es sich günstig ergeben, als das Unwetter über ihnen niederging, und Juri hatte Héctor in irgendeinen Abgrund geschubst. Juri hatte den Streit definitiv überlebt, er war nach Holzgerlingen zurückgekehrt und hatte Rosenfeld getötet. Vielleicht weil Rosenfeld inzwischen gemerkt hatte, dass er betrogen worden war, und ihm die Million verweigerte. Womöglich hatte Juri sich das Geld nun selbst holen wollen. Doch die Visitenkarte der Bank mit der Nummer des Kontos befand sich zu diesem Zeitpunkt nicht mehr im Institut, sondern in einem Buch aus Rosenfelds Regal, das sich Derya ausgeliehen hatte.

Zwei Zeugen der Ereignisse von Neuschwanstein waren damit beseitigt. Héctor konnte nicht mehr reden, Rosenfeld war tot. Allerdings konnte Juri nicht auch Desirée als weitere Zeugin von Neuschwanstein getötet haben. Als sie starb, saß er schon im Gefängnis.

Es sei denn, er konnte es tatsächlich: jemanden totzaubern. Die Vorstellung war erstaunlich schwer zu vertreiben. Sie nährte sich aus Ängsten. Vielleicht hatte es im Fall Desirées gereicht, dass Juri ihr die Nachricht zukommen ließ, er werde sie per Geisteskraft töten. Daraufhin war sie in den Seelenzustand verfallen, den Finley mir auf der Fähre nach Iona geschildert hatte, das tödliche biologische Patt zwischen Stress und Depression.

Am frühen Nachmittag holten mich drei Männer in Brandschutzkleidung aus der Höhle. Auf der Polizeistation im Rathaus zeigte ich ihnen das Foto vom Brandstifter. Sie kannten den Mann. »Bodenspekulation«, erklärten sie mir, mit dem hier üblichen Gestus des »Das müssen Sie nicht so genau wissen. Sie wollen es auch gar nicht wissen. Sie wollen nur Sonne und Meer«.

Ich schickte ihnen das Bild vom Handy auf ihren Mailkasten und machte meine Aussage. Das dauerte einige Stunden. Immerhin erbot sich einer der Polizisten dann, mich zurück an den Berg zu der Stelle zu fahren, wo mein Auto stand.

Die Arbeiter waren im barranco noch nicht viel weitergekommen als am Morgen. Einer stand unten im Bachbett und stocherte mit einer Stange in die Röhre einer Zufahrt zu einem Grundstück. Ein anderer warf ein verrostetes Bettgestell in den Pick-up. Mein uniformierter Chauffeur hielt und rief aus dem Fenster nach einem Paco. Einer der Männer drehte sich um. Was sie in ihrem maunzigen Dialekt besprachen, verstand ich nicht. Aber Cipión schnüffelte plötzlich in die Luft. Er hatte seine Mundwinkel zurückgezogen und war angespannt. Etwas gefiel ihm nicht.

Da rief der Mann im Graben etwas und kletterte hastig zu uns herauf. Der Polizist war plötzlich nervös und stieg aus. Ich tat es ihm nach und setzte Cipión auf den Boden. Seine Rute hing.

»Bleiben Sie weg!«, befahl mir der Polizist. Aber ich sah genug, bevor er sich entschloss, mich anzufassen und vom Kanal wegzuschieben.

Im Wust von Ästen, Plastikflaschen, bleichen Palmblättern und Geröll erkannte ich eine Rippe und ein paar Röhrenknochen, von denen einer von Fetzen eines Sportjackenärmels undefinierbarer Farbe umschlungen war. Weiter unten lag ein Turnschuh mit Inhalt.

47

Als ich in Stuttgart landete, schwirrten die Nachrichten über Laufbänder und Ticker, dass die Polizei die Redaktionsräume des *Guten Tags* und des *Bielefelder Abendblatts* durchsucht habe, um Beweismaterial für illegale Abhörmaßnahmen zu sichern. Am Abend sah ich im Fernsehen, wie kistenweise Akten aus den Redaktionsräumen getragen wurden. Ein Berliner Oberstaatsanwalt erklärte, es werde Wochen dauern, bis alles gesichtet worden sei.

Besser wäre es gewesen, man hätte es nicht getan. Aus dem Abhörskandal wurde plötzlich ein Angriff auf die Pressefreiheit. Was als Kleinkrieg der Groschenkamp-Presse gegen die Stuttgarter Staatsanwaltschaft, namentlich Richard Weber, begonnen hatte, brodelte nun als Fehlverhalten der Staatsorgane in der *Tagesschau.* »Die Stuttgarter Staatsanwaltschaft gerät erneut unter Druck.«

Da war die Rede von einer Luxusreise von Oberstaatsanwalt Weber, der nur maßgeschneiderte Anzüge und handgefertigte Schuhe trägt, in Begleitung zweier Damen (Standbilder von mir und Derya eingeblendet) nach Edinburgh mit einem Tagesausflug auf die schöne Hebrideninsel Iona, einschließlich eines folkloristischen Ausflugs in Landestracht. Dazu eine Sequenz von Richard im Schottenrock. Abholen lassen hatte sich der feine Herr mit seinen beiden Damen vom Privatjet (Bild) des Milliardärs Oiger Groschenkamp. Anschließend eine Übernachtung in der Villa an der Elbchaussee. »Was ist Weber für ein Mann?«, fragte der Reporter und gab die Antwort: ein ehrgeiziger Wirtschaftsstaatsanwalt, der längere Zeit in Argentinien gelebt habe, mit dem vormaligen baden-württembergischen Ministerpräsidenten Mappus auf Du und Du gewesen sei (Richard beim Überqueren der Straße mit der Robe überm Arm), Tennispartner der örtlichen Prominenz (Richard auf dem Tennisplatz auf der Waldau bei einem bissigen Aufschlag), der seine Herkunft aus engherzig pietistisch-schwäbischer Provinz nie ganz habe abstreifen können. In der Stuttgarter Staatsanwaltschaft gelte er (Richard am Schreibtisch beim Umblättern von Akten) seines Übereifers wegen schon seit längerem als Belastung.

Oma Scheible war so aufgeregt, dass sie klingelte, statt ihren Schlüssel zu benutzen. »Hen Sie des g'sehe? Wer hätt au des denkt. Der Herr Weber isch so ein feiner Mann. Aber i ka ihn sogar verschtehe. Wemmer immer mit so reiche Leut zu tun hat, die wo Millione verdienet, dann will mer halt au mal teilhabe.«

»Frau Scheible, wie lange kennen Sie Herrn Weber jetzt …«

»Ha, zehe zwölf Johr werre's scho sei.«

»Trauen Sie ihm so etwas zu?«

Die Alte ließ die Augen kreisen. »Eigentlich net. Aber des könnet die sich doch net elles aus de Finger g'soge hen.«

»Doch, sie können!«

»Des saget Sie, wo Sie selber Schurnalischtin sind. Des isch doch Ihre eigne Zunft.«

»Darum, Frau Scheible.«

Ich bereute zutiefst, dass ich selbst einst als *Amazone*-Redakteurin Interviewpartnerinnen erfunden hatte. Warum hatte mich keine innere Instanz daran gehindert? Es war eigentlich egal gewesen. Es hatte keine Bedeutung gehabt. Aber so fängt es an. Mit einer kleinen Fälschung. Wir hatten es alle schon getan: aus einer Hausdurchsuchung eine Razzia gemacht, aus einer Vernehmung ein Verhör, aus einem Kursrückgang einen Börsencrash, aus einem Unfall eine Katastrophe. Die journalistische Realität schwebt immer ein paar Meter über der Wirklichkeit da unten in den Straßen.

Oma Scheible überlegte es sich. Dann glitzerte sie mich an. »Übrigens, wemmer scho mal zamme schwätze: Hen Sie an Zerwürfnis?«

»Wie kommen Sie darauf?«

»Wo Sie jetzt weg waret, ischer nüberkomme, emmer wieder. I hen ihn dann amal abpasst. Hen Sie dem nix sagt? Richtig b'sorgt ischer g'wese.«

Mir war kurz ganz schwindelig vor Glück. Andererseits war er nun vermutlich zusätzlich verschnupft, weil er sich bei Oma Scheible nach meinem Verbleib hatte erkundigen müssen wie ein vor die Tür gesetzter Kater.

Ich fuhr auf den Haigst hinauf und klingelte an seiner Tür in der Kauzenhecke. Aber er machte nicht auf. Es brannte auch kein Licht oben. Sein Handy empfahl mir, es zu einem späteren Zeitpunkt noch mal zu versuchen.

Ich schlief schlecht und stand vor Sonnenaufgang auf, stellte mich ans Küchenfenster, von wo ich die Einfahrt zum Parkplatz der Staatsanwaltschaft sehen konnte, und wartete. Aber bis neun bog kein diplomatendunkler Daimler ein. Panik! Ich rannte raus, die Treppen hinunter, stürzte auf die Straße und lief in Staatsanwältin Meisner hinein, die auf dem Weg zum Bioladen war, um sich für die Mittagssünde ein süßes Stückle zu kaufen.

»Hoppla!«

»Ah, hallo! So ein Zufall ... äh ... haben Sie meine Mail bekommen? Man hat Héctor Quicios Leiche in Dénia gefunden.«

»Die Ermittlungen im Fall Katzenjacob liegen jetzt bei der Bundesanwaltschaft in Karlsruhe.«

»Wieso das denn?«

»Offenbar ist er ein Fall für die öffentliche Sicherheit. Ich habe mir das nicht ausgedacht, glauben Sie mir. Aber vielleicht besser so, wenn wir mit ihm nichts mehr zu tun haben.«

»Es ist nie klug, Zeitungsredaktionen durchsuchen zu lassen.«

Meisner zuckte mit den Schultern. »Richard war auch dagegen.«

»Wo ... äh ... wo ist er eigentlich gerade?«

Meisner musterte mich. »Er ist für zwei Wochen auf der Schwäbischen Alb wandern. Bis wieder Ruhe einkehrt.«

»Was? Ist er schon suspendiert?«

»Nein. Er hat regulär Urlaub. Hat er Ihnen nichts gesagt?«

»Doch, ja, klar. Ich dachte nur …«

Meisner wollte nicht wirklich wissen, was ich dachte. Sie gierte nach einem süßen Stückchen.

»Haben die Durchsuchungen wenigstens was ergeben?«

»Kann man noch nicht sagen. Und ich darf es Ihnen auch gar nicht sagen.«

48

Ist Ihnen schon mal aufgefallen, dass die Wahrheit durch nichts von der Lüge zu unterscheiden ist? Durch gar nichts. Beide sehen absolut gleich aus.

Auf meinem Tisch liegt die Schauderliste der diesjährigen Unglücke und Katastrophen, die der *Gute Tag* kürzlich unter dem Titel »Wie weit reicht Juri Katzenjacobs Macht?« veröffentlicht hat. Sie besteht, da Beweise nicht zu erbringen sind, hauptsächlich aus Fragen: Wie konnte sich der EHEC-Erreger verbreiten, obgleich die angeblich verdächtigen Kleesamen bereits zwei Jahre zuvor aus Ägypten importiert wurden? Wieso fuhr die Flussfähre *Bulgaria* mit voller Kraft auf der Wolga, obgleich der Motor defekt war? (Sie sank innerhalb von Minuten.) Wieso stoppte ein Blitzeinschlag in Ostchina den einen Hochgeschwindigkeitszug, während der andere weiterfuhr und in den ersten raste? (Drei Waggons stürzten dabei von der Brücke.) Wieso führte ein Erdbeben in Japan zur Kernschmelze von gleich vier Atommeilern?

Die Liste hat über hundert Positionen, Flugzeugabstürze, Massenkarambolagen, Industriepannen. Die Zahl der Toten summiert der Redakteur auf 12 154, nicht mitgerechnet die Toten des Erdbebens in Japan. Die Liste der Beinahekatastrophen ist genauso lang. Was beispielsweise hat der *Norwegian Epic* bei ruhiger See auf dem Pazifik ein autogroßes Loch in den Rumpf geschlagen? Wo kam die Aschewolke her, die ein niederländisches Flugzeug in Schottland zur Notlandung zwang? Wie konnten sich drei Schrauben am Riesenrad auf dem Prater lösen?

Es herrscht Endzeitstimmung auf den Straßen und Feststimmung bei den Informationsmedien. Sogar die Privatsender entdecken, dass stündliche Nachrichten ein Pfund mit Suchtpotenzial sind, das Werbeeinnahmen anzieht.

Es ist wie ein Rausch. Wir sind dabei, wenn irgendwo auf der Welt ein Flugzeug abstürzt, Züge zusammenstoßen, Schiffe sinken, Gaspipelines explodieren, Autos ineinanderrasen, Tornados Städte vernichten, Jahrhunderthurrikane ihre Sintfluten über New York ausgießen, die Menschen im Dutzend sterben, die Hinterbliebenen, Freunde und Nationen weinen, sich umarmen, Blumen niederlegen, ihr Unbegreifen ausdrücken und immer öfter auch – selbst in den letzten Winkeln Chiles, Tibets oder Nordkoreas – den deutschen Satan und Hexer verfluchen, bitten oder anflehen, innezuhalten. Das alles erfahren wir brühwarm, es wird berichtet, diskutiert, erklärt, wiederholt. Die Informationsmaschinerie brummt wie nie. Und immer mehr gibt es zu berichten. Die Welt ist nicht friedlicher geworden, sondern wahnsinnig.

49

Es ging richtig los, als das an sich seriöse und nicht zum Groschenkamp-Konzern gehörende überregionale Blatt *Die Zeitung* den Skandal bei der Stuttgarter Staatsanwaltschaft neu justierte.

»Sitzt Juri Katzenjacob zu Recht in Haft?«, fragte *Die Zeitung*. »Sechs Monate ist es her, dass er unter dem dringenden Tatverdacht der Störung der Totenruhe verhaftet wurde, doch bisher hat die Stuttgarter Staatsanwaltschaft keine Anklage zustande gebracht.«

Und, ging es weiter, was habe es mit dem Befreiungsversuch auf sich, den es im Februar gegeben haben soll, als der Gefangenentransport mit Juri Katzenjacob auf dem Weg zu einem Haftprüfungstermin etwa eine halbe Stunde vor dem geschlossenen Rolltor des Hintereingangs zum Amtsgericht stand, weil die Technik versagt habe und das Tor nicht zu öffnen gewesen sei? Der Angriff auf die grüne Minna sei letztlich an seiner dilettantischen Ausführung gescheitert, nicht am professionellen Eingreifen der Polizei. Ein mitgeführter Sprengsatz habe einen der drei Angreifer an Ort und Stelle getötet, ein Polizeibeamter sei schwer verletzt worden. Die Hintergründe der Tat seien völlig unklar. Bereits wenige Tage nach der Aktion hätten in Rumänien zwar zwei Brüder unter Tatverdacht festgenommen werden können, doch zur Aufklärung könnten sie nichts mehr beitragen, denn der eine sei kurz nach der Festnahme in Auslieferungshaft an einer Sepsis verstorben, der andere sei erhängt in seiner Zelle aufgefunden worden.

Du meine Güte. Die auch? Es war wie bei den andern. Auf den ersten Blick sah es nach Mord aus, schaute man aber genauer hin, verflüchtigte sich die Tat. Ich zählte und kam auf sieben solcher Fälle im Umkreis von Juri Katzenjacob: Gabriel Rosenfeld, Héctor Quicio und Desirée, die drei Rumänen und, nicht zu vergessen, Angela K., die kurzzeitige Freundin Juris aus Böblingen. Und war nicht auch der Steuerberater Rosenfelds überraschend verstorben? Dann wären es acht.

»Spuk?«, fragte der Redakteur. »Nein, vermutlich Schlendrian und Schlamperei im Schwabenländle. Und die Frage muss gestattet sein, was da los ist. Rosenfelds Leiche ist nicht von der Polizei, sondern von einer gewissen Lisa Nerz gefunden und sogar fotografiert worden. Wurden bei dieser Gelegenheit entscheidende Spuren verwischt und neue gelegt, die den Fall heute unlösbar erscheinen lassen? Nerz hat in der Vergangenheit schon von sich reden gemacht, weil sie sich für Leichen interessiert und der Polizei immer wieder gehörig ins Handwerk pfuscht. Es ist ein offenes Geheimnis, dass der unlängst in die Kritik geratene Oberstaatsanwalt Weber ein persönliches Verhältnis zu dieser schillernden Figur der schwäbischen Transvestitenszene hat. Er muss sich jetzt die Frage gefallen lassen, ob er nicht zuweilen seine Dienstpflicht zur Verschwiegenheit vernachlässigt hat.«

Ihr Schweine!

»Und nun hört man ganz und gar Erstaunliches aus der Stuttgarter Staatsanwaltschaft«, endete der Artikel. »Offenbar glauben die Juristen neuerdings an übernatürliche Kräfte. Juri Katzenjacob, so ist zu vernehmen, stelle eine Gefahr für die allgemeine Sicherheit dar. Deshalb hat jüngst die Bundesanwaltschaft in Karlsruhe übernommen. In Großbritannien gilt Juri Katzenjacob bereits als Hexenmeister, der für Zugunglücke verantwortlich gemacht wird und dessen vermeintliche Prophezeiung eines Erdbebens Anfang Mai zu einer Massenpanik geführt hat. Doch seit wann glauben deutsche Juristen an Übersinnliches? Und wo findet sich der Richter, der diesem Spuk ein Ende setzt und den jungen Mann unverzüglich auf freien Fuß setzt? Wenn der Malergeselle die ihm vorgeworfene Leichenschändung tatsächlich begangen hat, so möge man ihn anklagen. Wenn man sie ihm nicht beweisen kann, so muss er freigelassen werden. In jedem Fall erwarten ihn höchstens drei Jahre Haft. Und in solchen Fällen ist Untersuchungshaft eigentlich nicht üblich, zumal hier weder Fluchtgefahr vorliegt noch Verdunklungsgefahr.«

Ich raufte mir die Haare. Der konnte was erleben! Nein, stopp! Was wollte ich denn überhaupt erzählen? Wenn die Presse anfing, nach den Leichen zu graben, die ich im Keller hatte, dann gute Nacht. Sie machen uns fertig, einen nach dem andern! Erst Richard, jetzt auch mich.

Angst ist kein Ausdruck für das, was mich ansprang. Klebriges Grauen. Am liebsten hätte ich mich bei der Bürste in der Ecke hinterm Klo zusammengekauert und wäre nie wieder rausgekommen. Denn ein Spuk polterte durch meine Wohnung. Der Fernseher brüllte, die Zeitungen wucherten, das Radio kreischte. Vielleicht massakrierten sie jetzt gerade Cipión. Und ich war zu feige, ihm zu Hilfe zu kommen.

Nach ein oder zwei Stunden, in denen nichts geschah, wagte ich mich wieder zu bewegen. Ja, die Welt drehte sich noch. Stadtbahnen fuhren in die Haltestelle Stöckach vor meinem Fenster. Volk wartete. Autos rollten über die neu gepflasterte Schienenabzweigung Hackstraße. Der Bunker der Staatsanwaltschaft bleichte wie eh und je unter der Sonne. Ganz normaler Alltag. Das wird immer bleiben. Die Jungs und Mädels mit den Zigaretten in den Händen, die den Hochbahnsteig hinaufgehen, der Wind in den Linden vor dem Zeppelingymnasium, dass Cipión rausmuss, mir Sally im Tauben Spitz ein Pils hinstellt, dass die Benzinpreise steigen und wir darüber schimpfen.

Das ändert sich nicht, auch wenn die öffentliche Aufmerksamkeit für einen von Juri Katzenjacobs Verteidiger beantragten Haftprüfungstermin nächste Woche auf einmal gigantisch ist.

50

Mit Cipión an der Leine und argloser Miene wanderte ich am Tag der Haftprüfung vor zum Neckartor. So viele Polizeiautos hatte ich bei uns noch nie gesehen, obgleich an der Neckarstraße nicht nur die Staatsanwaltschaft, sondern auch das Amtsgericht liegt. Im Innenhof des Amtsgerichts rannten Kameramänner und ihre Reporter hin und her. Aber hier würden sie weder die grüne Minna noch Katzenjacob zu Gesicht bekommen, denn in Stuttgart saßen die Ermittlungsrichter in einem Gebäude unmittelbar hinter der Staatsanwaltschaft.

Ich ging vor bis zur Cannstatter Straße und schlenderte sie entlang. Die Tankstelle und der rechte Streifen dahinter waren von Polizeiautos zugestellt. Sie stritten sich mit den Kameraleuten und der freien Presse, die ans Tor heranwollten, durch das Katzenjacob zum Haftrichter gefahren werden würde.

Ich kehrte um, kürzte über die Heilmannstraße ab und ging die Neckarstraße zurück bis zum Gebäude des Roten Kreuzes, das seine Wand an der der Staatsanwaltschaft wärmte. Ich war nicht der einzige Schlauberger, der hoffte, durch dieses Gebäude dem Gebäude der Ermittlungsrichter nahezukommen. Ein paar Journalisten diskutierten mit zwei Mitarbeitern des Roten Kreuzes, die ihren Eingang verteidigten.

Nach allen Gesetzen der Normalverteilung realistischer Ereignisse wär's das auch für mich gewesen. Aber als ich mich abwandte, um Plan B in Angriff zu nehmen, war Cipión weg. Die Leine baumelte schlaff an mir herunter, vom Halsband hing nur noch der Ring im Verschlusshaken.

»Cipión!«, schrie ich.

Da kam auch schon eine junge Frau, gefolgt von einem jungen Mann, zur von den beiden Männern hart verteidigten Tür heraus und fragte: »Ist hier der Halter eines Dackels?«

»Ja, ich!«

»Kommen Sie!«, sagte die Frau. »Wir können ihn nicht einfangen, er entwischt uns immer wieder«, erklärte der Mann.

»Das hat er doch noch nie getan!«, sagte ich. Man sagt so was in solchen Situationen. Man hat das nicht unter Kontrolle.

»Tja, es gibt immer ein erstes Mal«, antwortete der Mann. Auch dazu gibt es keine Alternative. Zuweilen werden wir von Situationen gesprochen, nicht von uns selbst.

Doch damit war ich drin.

»Da entlang.« Sie streckte den Arm aus.

Ich rannte den Gang hinunter, bog um eine Ecke und stand plötzlich draußen im Hinterhof. Drüben bei der Staatsanwaltschaft rauchte ein Pulk junger Menschen vor einer Hintertür.

»Haben Sie einen Dackel gesehen?«, rief ich ihnen zu.

Man deutete auf die Tür. »Da!«

Ich stürzte an ihnen vorbei hinein. Einer folgte mir. »Moment! Sie können nicht einfach …«

»Pst!«, machte ich.

Wir lauschten, ich meinte Cipións kurzbeinigen Galopp auf Linoleum zu hören und lief los. Eine Treppe hinauf, um eine Ecke.

»Warten Sie!«, keuchte hinter mir der junge Raucher. »Nicht so schnell. Ah, da vorn ist er ja!«

Am Ende des Gangs hatten sich Leute versammelt, die uns allesamt den Hintern zukehrten. Gesine Meisner schaute sich als Erste um und sagte: »Da kommt sie ja schon!«

Der andere, der sich umwandte, während er ein Bündel Freude mit Fell zu beruhigen suchte, war Richard.

»Tschuldigung«, hechelte ich. »Er ist mir abgehauen.«

»Das haben wir uns schon gedacht«, lächelte Meisner.

Tja, Cipión hatte wohl Sehnsucht nach Richard gehabt, dem von ihm heiß geliebten Alpha-Rüden der Dreierbande, die wir einst gewesen waren. Aber das sagte ich nicht. Und Meisner wusste entweder immer noch nichts über unser Zerwürfnis oder sie wollte es nicht ansprechen. Richard sagte selbstverständlich auch nichts. Er versuchte, mich nicht anzuschauen, aber gerade Augen unterwerfen sich selten unserem Willen. Natürlich trafen sich unsere Blicke. Wenn auch kurz. Vermutlich schaute ich bettelnd. Er wandte seinen Blick ab, und zwar mit einem Wimpernschlag der Gleichgültigkeit, der mich zusammenschnurzeln ließ. Leider war jetzt ganz und gar der falsche Zeitpunkt für ein Wort, den Stein zu erweichen.

Stattdessen ging ich aufs Knie, zog Cipions Leine durchs Halsband, dem der Ring fehlte, und machte einen Knoten.

Und schon raunte es durch die Gruppe: »Er kommt, das ist er!«

Juri Katzenjacob war mit der rechten Hand an einen Uniformierten geschlossen. Ein zweiter ging auf seiner anderen Seite. Der Gruppe folgte der Verteidiger, über den ich nicht viel mehr wusste, als dass er den Fall erst kürzlich übernommen hatte und ein versierter Strafverteidiger für schwierige, weil von den Medien begleitete und emotionalisierte Fälle war. Er kam aus Hamburg, hieß Lothar Nöthen und war ein blonder Mensch mit roten Backen und schnarrender Stimme, der sich selbst supertoll fand. Ich hatte ihn einmal im Fernsehen schnarren hören.

Juri Katzenjacob war größer, als ich gedacht hatte, warum auch immer. Ein breitschultriger junger Mann mit glattem Gesicht, kräftigem Kiefer, vollen Lippen, kurzem strohblondem Haar, grauen Augen. Er ging mit langen Schritten und schwankte dabei leicht hin und her. Er strahlte mehr Männlichkeit aus, als auf den Fotos zu erkennen gewesen war. Er strotzte gewissermaßen vor Männlichkeit. Das war einer vom Land, der sich nach der Kirmes mit den Burschen vom Nachbardorf um die Mädchen prügelte. Kein introvertiertes Opfer. Sein Blick war nicht nach innen gerichtet, sondern suchte uns, die Gaffer, die Schaulustigen, die ein Monster sehen wollten.

Die Beamtinnen und Beamten vom Gericht, die eben noch vor mir gestanden hatten, waren etwas zurückgewichen. Plötzlich war Cipión die Vorhut, und er tat, was tapfere kleine Hunde tun, wenn Fremde auf sie zukommen und sie die Ihren hinter sich wissen: Er stellte die Rute steil und knurrte.

Juris Blick fiel auf den Kurzbeinigen, der sich aufstruppte, stieg die Leine und meinen Arm empor und landete in meinen Augen. Vielleicht lächelte ich ihn sogar an. Auf jeden Fall tat ich mit meinem Gesicht das, was man tut, wenn man jemanden auf der Straße erkennt. Und er reagierte darauf, er konnte gar nicht anders. Sein Schritt stockte, der der Polizisten, die ihn führten, auch. Er hob die linke Hand, die nicht geschlossen war, formte mit den Fingern eine Pistole, zielte auf mich und feuerte. Seine Lippen formten für mich unhörbar das Wort »Peng«.

Der Beamte an der anderen Seite riss ihn unwillkürlich etwas heftig zu einer Tür, durch die sie verschwanden. Das Letzte, was ich von Juri sah, war ein Lächeln auf seinem Gesicht, das Vergnügen über den blitzkurzen Moment einer unerwarteten Kommunikation mit der Welt außerhalb von Gefängnis und Gerichten, die ihm Spaß gemacht hatte. Und ich wusste, dass er wusste, dass dies für sehr lange Zeit die letzte Gelegenheit gewesen war, im Vorbeigehen jemandem zu begegnen und spielerisch Kontakt aufzunehmen.

Gemurmel brandete auf. »Diese Augen!«, sagte jemand. »Unheimlich und kalt.«

»Da fehlen einem die Worte!«, schimpfte Meisner entrüstet.

»Er war's!«, sagte ich.

Sie schaute mich mit ihren warmen Augen an. »Soso.«

»Er hat Rosenfeld getötet«, präzisierte ich. »Die Drosselmarke und die Nachzehrer-Inszenierung sind reine Ablenkung. Damit hat er die Spuren des eigentlichen Tötungsakts verdeckt. Wahrscheinlich hat er ihm mit irgendwas direkt ins Herz gestochen.«

»Glauben Sie, auf diese Idee seien unsere Fachleute nicht auch schon gekommen?«, fragte Meisner. »Leider ist das Herz fehlend. Und leider wissen wir immer noch nicht, wie er den Raum wieder verlassen hat. Denn leider ist die Leiche von einer Journalistin gefunden worden, die leider immer wieder von sich reden gemacht hat, weil sie über Leichen stolpert und der Polizei gehörig ins Handwerk pfuscht.«

An Richards Miene sah ich, dass er den Artikel auch gelesen hatte. Er ließ sich jedoch zu keinem Signal des Mitgefühls verleiten. Dabei hatte ich ihn, als die Zeitungen über ihn herfielen, immerhin mehrmals anzurufen versucht, was er auf seinem Handy gesehen haben musste.

»Nur weil ich dort war«, verteidigte ich mich, »haben Sie ein Foto von der Lage der Leiche, bevor Arzt und Polizei sie verändern mussten. Und Sie wollen mir sicher nicht unterstellen, dass ich sie so hingelegt habe. Zumal ich dann selbst nicht mehr aus dem Raum herausgekommen wäre.«

»Bei Gott nicht, Frau Nerz.« Sie lachte freundlich.

»Geben Sie es zu, Sie sind gottfroh, dass Sie das Geschiss mit dem Fall von der Backe haben.«

Sie grinste. »Na, Lust auf einen Kaffee? Kommen Sie, bei mir kriegen Sie einen. Und du auch, Richard. Es sind böse Zeiten, da muss man zusammenhalten, gell?«

Er gab keinen Hinweis, dass er das auch so sah. Aber sein Weg war derselbe wie der von Meisner und mir.

»Wie war das Wandern auf der Schwäbischen Alb?«, fragte ich.

»Schön.«

»Stopp, Richard«, sagte Meisner, als er Anstalten machte, zum Treppenhaus abzubiegen. »Ich muss euch beiden was erzählen.«

Als wir um den ovalen Tisch vor Kaffeetassen saßen, eröffnete sie uns, dass ihr letzter Amtsakt als zuständige Staatsanwältin vor zwei Wochen die Anordnung gewesen war, Juri Katzenjacob aus der JVA Stammheim in eine andere Justizvollzugsanstalt zu verlegen. »Hauptsächlich zu seinem eigenen Schutz. Die Mahnwache mit den schwarzen Armbinden vor der JVA Stammheim ist einfach zu groß geworden. Danach habe ich Katzenjacobs Zelle auseinandernehmen lassen. Und da haben wir ein iPad gefunden und einen starken Empfänger, dem der Störsender für Handys nichts anhaben kann. Katzenjacob stand also in ständigem Kontakt mit der Außenwelt. Er konnte sogar im Internet surfen. Den Sender haben wir in einem Schuppen auf freiem Feld unweit der JVA gefunden. Katzenjacob hatte keine Zeit mehr, sein iPad zu löschen. Daher wissen wir, dass er beispielsweise die genauen Daten eures Flugs nach Edinburgh besaß. Auch ein Foto von einer Boeing 737 haben wir gefunden.«

»Oha!«

»Außerdem hat er Flugpläne, Schiffsfahrpläne, Zugfahrpläne, Bilder von Kreuzfahrtschiffen und deren Routen, Fotos von Atomanlagen, Kraftwerken, vom BASF-Werk in Ludwigshafen, Ölplattformen, Gaspipelines und Rechenzentren gespeichert.«

Wir schauten uns erschrocken an.

»Aber …«, stammelte ich. Meine zuletzt gehegte Überzeugung war ja die gewesen, dass Juri mit Héctor einen großen Betrug geplant hatte. Folglich besaß er eben keine parapsychologische Begabung.

»Das beweist zunächst nur«, nahm Richard als Erster das Wort, »dass Katzenjacob sich intensiv mit Verkehrsmitteln und technischen Systemen beschäftigt hat. Es sagt nicht mehr über ihn aus, als dass er vermutlich von sich selbst glaubt, er besitze übernatürliche Fähigkeiten.«

Ich verdaute eine Weile.

Es war jedes Mal ein erstaunlicher Kraftakt, sich ins realistisch Wahrscheinliche zurückzudenken. Dass Juri glaubte, er könne Verkehrsmittel beeinflussen, hieß keineswegs, dass es ihm in auch nur einem Fall gelungen war. Nicht einmal in dem Fall unseres Edinburgh-Flugs. Und ich musste auch nicht sterben, weil er mit dem Finger auf mich geschossen hatte. Erstens hatte ich das mit einer richtigen Pistole gerade erst überlebt, und zweitens gibt es im Westen keinen soziokulturellen Tod. Wer bei Facebook entfreundet wird, hat Tausende, mit denen er sich neu befreunden kann. Und seit neuestem gibt es ja auch noch Google+.

Tatsächlich hatte Juris Blick mich nicht beunruhigt. Das war kein Monster, das mich angeschaut hatte, sondern ein ziemlich resignierter junger Mann, der hoffte, dass seine Rechnung aufging, und ahnte, dass es nicht so sein würde.

»Die entscheidende Frage ist nicht, ob er es kann, Gesine«, sagte Richard und riss mich aus meiner Trance. »Die entscheidende Frage ist, was passiert, wenn diese Information oder gar die Liste mit den Fahrplänen und Kraftwerken an die Öffentlichkeit gelangt. Zumal, wenn dann zufällig in einem Kraftwerk ein Unfall passiert, das auf der Liste steht.«

»Oder ein Flugzeug abstürzt.«

»Ich kann übrigens Lottozahlen beeinflussen«, sagte ich.

Die beiden Staatsmächte schauten mich entgeistert an.

»Doch, im Ernst. Ich weiß jetzt, wie es funktioniert. Ich habe mir eine 4 vorgestellt, und es fiel die 23, die Zahl für Psi, dann kam die 4, dann fiel die 23 spiegelverkehrt, nämlich als 32, und dann kam die 44.«

Richard zog die Brauen hoch, vermied es aber, mich direkt anzusehen.

»Sie glauben doch nicht im Ernst«, rief Meisner entrüstet, »dass dieser grässliche Bursche die Motoren Ihres Flugzeugs gestoppt hat! Ich bitte Sie, Frau Nerz. Jetzt machen Sie mal halblang!«

»Ich weiß nur, irgendwas geht, aber es geht nicht so, wie wir es uns immer denken. Wir haben keine Macht über die Gegenstände, aber manchmal sind wir in einem verrückten System mit ihnen verbunden und treiben zusammen Schabernack. Und irgendwer glaubt, dass es geht. Nämlich der, der Katzenjacob mit den Daten beispielsweise unseres Edinburgh-Flugs versorgt hat.«

»Oiger Groschenkamp«, sagte Richard.

Wir starrten ihn an. Leute beschuldigen war an sich nicht seine Art. Er verlangte zuerst Beweise.

»Dann hätte er aber den Tod seiner eigenen Tochter in Kauf genommen«, wandte Meisner ein.

»Nein, Gesine. Eben nicht. Begreif doch: Es ist alles Fiktion. Die Daten können auch nach unserer Schottlandreise auf das iPad gelangt sein. Damit es so aussieht, als ob unsere Notlandung im Plan von Katzenjacob gelegen hätte.«

»Dann wollte er … uns gar nicht töten?«

»Nein, Lisa. Er will uns nicht töten. Es soll nur so aussehen. Er will, dass wir glauben, da gebe es eine Macht. Denn so wie wir es glauben, werden bald alle glauben, dass es diese Macht gibt, die tötet. Wir persönlich sind ihm dabei völlig egal.«

»Er hat dich gerade mit Hilfe seiner Presseorgane vernichtet, Richard. Du bist ihm nicht egal. Und ich auch nicht.«

»Doch. Wir sind nur Spielmaterial. Es geht nicht um Personen. Es geht um ein Thema, mit dem man Geld verdienen kann. Und es ist auch nicht er selbst, der da agiert. Es sind die Leute seines ... ja, seines Weltreichs. Viele verschiedene. Sie handeln gemäß der Maxime: Skandale schaffen, Leute hetzen, Angst erzeugen, das Unheimliche hochschreiben. Wir werden Groschenkamp nie nachweisen können, dass er diese Kampagne befohlen hat. Groschenkamp fordert von den Blättern und Sendern, die er besitzt, einfach nur ...«

Einfach!

»... dass sie Gewinn abwerfen. Wie wir gerade jetzt bei den Streiks beim *Stuttgarter Anzeiger* gegen Kürzungen der Einstiegsgehälter und beim Weihnachtsgeld sehen, eine Zeitung wirft nur dann Gewinn ab oder macht zunächst mal keine Verluste, wenn man wenige Leute schlecht bezahlt, aber viel Arbeit machen lässt – dann ist es eine seriöse Zeitung –, oder aber wenn man eine ordentliche Menge Leute ordentlich bezahlt und eine Zeitung vollschreiben lässt, die an die niederen Instinkte appelliert. Es funktioniert ja sogar bei uns. Wir sitzen hier und fragen uns, ob Katzenjacob seine spirituellen Finger in unserer Notlandung hatte. Es funktioniert. Und die Zeitungen werden uns von nun an immer weiter versorgen. Sie werden nur noch nach Nachrichten suchen, die bestätigen, was wir glauben sollen und wollen. Bald werden wir alles, was auf der Welt an Schrecklichem passiert, auf Juris Fähigkeiten beziehen. Wir werden gebannt auf neue Katastrophen warten, die uns die Medien pünktlich liefern.«

Meisner stöhnte. »Ich wusste gar nicht, dass du so ein Schwarzseher bist, Richard. Du machst einem ja richtig Angst. Aber es stimmt schon. Ich achte seit neuestem mehr auf das, was die Nachrichten bringen. Aber was gewinnt Groschenkamp damit?«

»Geld, Gesine. Unsicherheit und Informationshunger bedeuten hohe Auflagen, hohe Quoten, hohe Werbeeinnahmen. Außerdem hat Groschenkamp über Jahrzehnte gezielt Sicherheitsfirmen übernommen, Detektivbüros, Wach- und Schließgesellschaften, Unternehmen für Internetsicherheit, Datenschutz und Sicherheitsmanagement für Flugzeuge. Ihm gehört die Mehrheit an Inter-Q-Orporate. Die investiert derzeit in die Entwicklung von Computerprogrammen zum Schutz der Börsen vor Crashs im Computerhandel. Und der Mutterkonzern QarQ konnte sich unlängst über einen fetten Auftrag für Sturmgewehre und Polizeipistolen freuen. All diesen Unternehmen nützt es, wenn Bürger und Politiker Angst haben.«

»Groschenkamp ist über achtzig«, bemerkte ich. »Er wird nicht mehr viel von seinem Geld haben. Er hat jetzt schon mehr als genug. Das letzte Hemd hat keine Taschen. Hat er selbst gesagt.«

Richard lachte knapp. »Aber er möchte seiner Tochter eine große Tasche hinterlassen. Er möchte, dass sie ihn nicht vergisst.«

Auch eine Art von Seelenindoktrination und eine weitere Art, über den Tod zu siegen. Arme Derya.

»Was ist eigentlich mit den Ermittlungen gegen das *Bielefelder Abendblatt* und den *Guten Tag* und das Büro SC&D?«, erkundigte ich mich.

»Eingestellt«, antwortete Meisner. »Und ehrlich gesagt, ich bin heilfroh, dass derzeit Ruhe herrscht, was die Staatsanwaltschaften und die Presse betrifft.«

»Mir wäre lieber, es ginge weiter gegen uns«, sagte Richard, »und nicht so sehr um Katzenjacobs übersinnliche Fähigkeiten. Aber ich fürchte, der Zug ist abgefahren.«

Dem war nichts hinzuzufügen.

»Übrigens«, fragte ich Meisner, »war Juri Katzenjacob nun Mitte Januar in Dénia?«

»Geflogen ist er jedenfalls nicht«, antwortete sie. »Aber er könnte natürlich mit dem Auto gefahren sein. Seine ehemaligen Kollegen können nicht sagen, ob er abwesend war. Der Malerbetrieb hatte die ersten drei Januarwochen Betriebsferien. Und er selbst macht keinerlei Einlassungen.«

»Er hat Héctor umgebracht, dann Rosenfeld.« Ich wusste es

gewiss. »Juri wollte das Geld auf jeden Fall, um jeden Preis. Er hat im vergangenen Sommer die Uhr auf Kalteneck mit einem Stahlstift gestoppt, damit Rosenfeld ihn zu den Versuchen zulässt und …«

»Nein«, antwortete Meisner. »Der Stahlstift, den Sie mir in den Briefkasten gesteckt haben, den hat er nicht angefasst. Die Genspuren darauf sind nicht von Juri Katzenjacob.«

»Ach so? Von wem dann?«

Meisner zuckte mit den Schultern.

»Katzenjacob fühlt sich ziemlich sicher«, versuchte ich meinen Eindruck von der Begegnung mit ihm in Worte zu fassen. »Er … glaubt, dass seine Rechnung aufgeht. Ich denke, Groschenkamp hat ihm den Anwalt besorgt.«

Richard nickte. »Nöthen gehört zu einer Anwaltskanzlei, die auch für Groschenkamp arbeitet. Er sucht sich allerdings bekanntermaßen gern selbst spektakuläre Fälle.«

»Er wird dafür sorgen«, fuhr ich fort, »dass Katzenjacob nur wegen Störung der Totenruhe verurteilt wird. Solange spielt Juri den undurchsichtigen Unschuldskerl, den die Presse zum Hexer, Totdenker und Telekinese-Teufel stilisiert. Später wird er dann in den TV-Shows der Groschenkamp-Medien auftreten. Als Magier. Es ist alles durchgeplant. Nächstes Jahr ist er wieder frei. Dann holt er sich die Million vom Schweizer Konto, die Groschenkamp ihm bereits überwiesen hat.«

»Ja, das Schweizer Konto!« Meisner warf Richard einen fragenden Blick zu. »Es läuft allerdings auf den Namen von Derya Barzani.«

»Ach! Wie das? Sie hat uns doch die Karte …« Ich schaute Richard an.

Das war es also gewesen, was er an jenem verhängnisvollen Abend unseres endgültigen Zerwürfnisses so dringend mit Derya bei Meisner zu besprechen gehabt hatte.

»Aber wieso zeigt sie uns die Karte und behauptet, sie müsse Rosenfeld gehören, weil sie in einem seiner Bücher lag?«

Nicht er, sondern Meisner antwortete mir: »Ihr Vater hat das Konto für sie in ihrer Jugend angelegt. Sie hat uns erklärt, sie könne sich nicht erinnern, davon gewusst zu haben. Möglich, dass die Karte mit der Nummer hintendrauf schon lange in ihrem Besitz sei. Sie könne sich nicht erinnern. Sie wisse auch nicht, wie sie in das Buch hineingekommen sei. Wir konnten dann immerhin klären – vielmehr sie hat es durch einen Anruf bei ihrem Vater geklärt –, dass die Überweisung der Million vom Stiftungskonto auf ihr Nummernkonto ein Versehen seinerseits gewesen sei. Als er seinen Irrtum bemerkte, habe er sofort die Summe aus seinem Privatvermögen ausgeglichen.«

Eine Seifenblase zerplatzte. Demnach hatte die Überweisung offenbar außer ihrer zeitlichen Koinzidenz nichts mit Rosenfelds Tod und dem Fall Katzenjacob zu tun. Ich ließ mich gegen die Rückenlehne fallen.

»Aber …«, fiel mir ein. »Derya muss doch gesehen haben, dass sie selbst die Nummer notiert hat. Es muss ihre Handschrift sein.«

Da endlich sagte auch Richard etwas. »In der Tat ist die Nummer wohl von Groschenkamp auf der Karte notiert worden. Ich vermute sogar, dass Groschenkamp das Konto seit einigen Jahren dazu benutzt, die Defizite des Instituts in Holzgerlingen auszugleichen. Rosenfeld ist ein paarmal in der Schweiz gewesen. Ich nehme an, er hat Geld geholt, um sein und Deryas Gehalt zu bezahlen.«

»Oje! Dann ist das ganze Institut also am Ende nichts weiter als die vom reichen Papa finanzierte Fiktion eines Arbeitsverhältnisses für Derya, damit sie ihr Reinkarnationstrauma aufarbeiten kann.«

Meisner lachte fatal. »Ja, Väter können furchtbar sein!«

Einen Moment saßen wir schweigend. Cipión lag Richard zu Füßen, eins mit sich und der Welt.

»Übrigens kannst du gerne eine rauchen, Richard«, sagte Meisner. »Je älter ich werde, desto wichtiger erscheint mir Toleranz.« Dabei warf sie ihre Tasse um und übergoss ihre blaue Hose mit Milchkaffee. »Wie ungeschickt. Das sollte ich besser gleich rausmachen.«

Und schon war sie zur Tür hinaus.

Richard und ich starrten erst einmal erschrocken auf unsere Kaffeetassen. Ich überlegte, ob das Angebot Meisners, eine Zigarette zu rauchen, auch für mich galt. Richard rührte sich nicht. Ich hob vorsichtig den Blick zu ihm hinüber. Er schaute mich an.

»Richard ... äh ... Es tut mir ...«

Er hob die Hand. »Sage jetzt nichts, was du später bereust.«

War das komisch? Ich versuchte zu lachen. Er blieb ernst. So was konnte er gut. Sich nicht anstecken lassen von sozialer Buhlerei.

»Es tut mir aber wirklich leid, Richard. Ich habe mich ...«

Er schnalzte abwehrend mit der Zunge.

Ich schluckte. »Dann möchte ich dir einen Deal vorschlagen.«

»Ich mache keine Deals.«

»Unentwegt, bei jedem zweiten Prozess. Ich verlange dieselben Rechte wie einer deiner Kriminellen, denselben Respekt.«

Er war durchaus gespannt. »Was möchtest du vorschlagen?«

»Zwei Jahre auf Bewährung.«

Er lehnte sich zurück. Und wartete.

»Dafür räume ich meine Vergehen ein und gelobe ...«

»Nein, Lisa. So geht das nicht.«

Ha! Er nannte meinen Namen. »Wie dann?«

»Gar nicht.«

»Okay.« Ich nahm alles Persönliche aus meinem Gesicht. »Ich glaube, wir brauchen einander, wenn wir da heil rauskommen wollen. Ich will dich anrufen können, wenn ich etwas herausgefunden habe. Also bitte, lass uns miteinander umgehen wie ... wie ...«

Vernünftige Menschen, Kollegen, Freunde? Ich verwarf alles. Er würde an allem etwas auszusetzen haben. Ich war nicht vernünftig, Kollegen waren wir nie gewesen und Freunde, das war ihm als Schwabe zu intim. Er war nicht in Facebook, weil man sich da mit Kreti und Pleti befreunden musste.

»Wie zwei … zwei Kohlrabis«, vollendete ich.

In seinen Mundwinkeln zuckte was.

»Das ist das unerotischste Gemüse, das ich kenne, labbrige Blätter, fasrige Strünke, verursacht nach Genuss Blähungen.«

Das sparsamste seiner Lächeln erschien, aber es reichte bis in die Falten seiner Augen.

51

Der Ermittlungsrichter setzte Juri Katzenjacobs Haftbefehl nicht aus. Das hatte der junge Mann sich selbst zuzuschreiben, weil er, nachdem man im Sitzungsraum die Schließen abgenommen hatte, zum Fenster sprang und es zu öffnen versuchte. In der Folge stieß er außerdem Todesdrohungen gegen das Gericht aus sowie gegen den Bundespräsidenten, die Bundeskanzlerin und den Papst, dessen Besuch in Deutschland wir im September erwarteten. Man werde schon sehen, was man davon habe, wenn man ihn einsperre.

Das sagte Pressestaatsanwältin Nadja Locher in die Mikrofone, wie wir abends in der *Tagesschau* sehen konnten. Sie hätte es besser nicht gesagt, denn was sie da in ihrer grenzenlosen politischen und sozialen Unerfahrenheit ausplauderte, wurde gierig von den Medien aufgegriffen und zur realen Gefahr hochstilisiert, die uns bis heute verfolgt. Der Begriff Geistesterrorist oder mental terrorist wurde in den folgenden Tagen geboren.

Rechtsanwalt Nöthen stand auf verlorenem Posten, wenn er erklärte, hier werde jemand allein aufgrund seines Verhaltens und von Vermutungen, die an Irrationalität beispiellos seien, in U-Haft gesperrt und nicht aufgrund der Schwere der Vorwürfe oder gar erdrückender Beweise. Die Drohungen, die sein Mandant während der Haftprüfung ausgestoßen habe, das sei doch jedermann klar, seien völlig aus der Luft gegriffen und Katzenjacob keineswegs fähig, sie wahrzumachen, genauso wenig wie jeder andere, der hier vor ihm stehe.

Aber vielleicht wurde auch er geschmiert vom System Groschenkamp. Denn im Gefängnis war Juri Katzenjacob nicht nur sicherer aufgehoben als draußen, sondern wirkte auch rachsüchtiger und gefährlicher. Er wurde tatsächlich zum Fluch für unser Rechtssystem. Er wünschte uns Tod und Verderben. Aber man konnte ihn dafür nicht belangen. Man konnte nur ohnmächtig zuschauen.

Jeder bereitete sich nach seiner eigenen soziokulturellen Urteilskraft auf die Katastrophen vor, die er kommen sah. Man installierte Schließanlagen, bunkerte sich ein, kaufte unverderbliche Lebensmittel, suchte Trost in Kirchen und esoterischen Zirkeln, feierte Feste, als ginge morgen die Welt unter. Die Fußball-WM der Frauen, hoffnungsvoll und siegessicher von ARD und ZDF beworben, wurde auch nicht zur Erlösung, denn die deutschen Damen flogen im Viertelfinale raus. Dafür hatte *er* gesorgt.

Oma Scheible stand jeden zweiten Tag schief in meinem Salon, gestikulierte und klagte: »Schrecklich! Hen Sie des mit dem Bus g'hört. Und äll die Kinder tot. Im Fernsehe hen se g'sagt, der sei plötzlich in die Donau gerast, obwohl der Motor aus war. Des war *er*, des sag i Ihne. Und des mit dem Riesenrad aufm Prater. Wie sollte sich denn sonscht drei Schraube auf einmal löse?«

Glücklicherweise hatte sich das Riesenrad so langsam geneigt, dass man die Gondeln und den Prater evakuieren konnte, ehe es wie losgelassene Mikadostäbe auseinanderfiel.

»Bitte, Frau Scheible«, beschwor ich sie, »glauben Sie nicht alles, was das Fernsehen sagt.«

»I woiß scho. Aber ma macht sich halt so seine Gedanken.«

Machte ich mir auch, denn mich sprang die Erinnerung an mein Gespräch mit QarQ-Pressesprecher Ingmar Neuner an. Es war Monate her. Damals hatte er bestritten, genug Phantasie für den Einsatz eines Psi-Meisters zu haben, aber als Beispiel den Einsturz eines Riesenrads genannt. Ich war mir fast sicher, dass er es gewesen war, der Juri im Gefängnis Stammheim per Sender mit massenhaft technischen Daten versorgt hatte. Juri, das Versuchskarnickel für QarQ. Über Derya war er immer halbwegs auf dem Laufenden gewesen.

52

Bei Cloppenburg schlugen Männer eines Dorfs einen jungen Mann tot, der verdächtigt worden war, eine Katze zu Tode gequält zu haben. Und in diesen Tagen begannen die Sonntagsdemonstrationen.

In Stuttgart versammelte man sich nachmittags in der Neckarstraße vor der Staatsanwaltschaft. Wir waren die Ersten, glaube ich, bundesweit. Man trug schwarze Armbinden und hielt schwarze Plakate oder Pappkartons hoch. Von Anfang an trat der EU-Abgeordnete Michael Strohberg als Prediger auf. »Das Böse darf keine Macht über uns haben. Niemals darf einer über viele herrschen. Lasst uns stärker sein als das Böse. Lasst es uns aus der Welt vertreiben.«

Schnell gab es auch in Berlin, Hamburg und München Exorzismus-Demonstrationen am Tag des Herrn. Leute sagten in Fernsehkameras: »Man muss eine Lösung finden«, »Das ist Terror!«, »Verhungern lassen!« Am dritten Sonntag redete man schon von einer Million Demonstranten im ganzen Bundesgebiet. Nach dem, was ich von meinem Küchenfenster aus sehen und zählen konnte, erhöhte sich die Zahl allerdings zumindest in der Neckarstraße nicht nennenswert. Es waren um die anderthalbtausend, welche den Stöckach gänzlich blockierten.

Aber unter der Woche sah man zunehmend Leute mit schwarzen Armbinden durch die Stadt laufen.

Eines Tages ertappte ich auch Oma Scheible mit so einer schwarzen Binde an den Briefkästen.

»Ma muss a Zeiche setze! Des muss aufhöre!«, erklärte sie.

»Und was verlangen Sie, dass geschieht?«

Sie schaute mich an. »Der kann doch mit uns net mache, was er luschtig isch. Da muss a Lösung her.«

»Und die wäre: ihn töten?«

»Ha noi. Des geht natürlich net so oifach.«

Nein, einfach war es nicht. Auch Strohberg verwahrte sich in zahllosen Interviews gegen die Unterstellung, er fordere den Tod von Juri Katzenjacob. Er sei Christ, kein Barbar. Aber er stelle der Politik und den Kirchen die Frage, was sie einem Geistesterroristen entgegenzusetzen hätten, der mit unheilvollen Mächten in Verbindung stand und unschuldige Menschen, Kinder, mit offenbar unbändigem Hass verfolgte und sie zu Tode ängstigte.

Es gab natürlich immer wieder auch Versuche, das Phänomen zu erklären. Die Medien beschuldigten sich selbst, sie hätten die Panik regelrecht herbeigeredet. Man führte Statistiken an, die zeigten, dass sich im laufenden Jahr nicht mehr Katastrophen und Unglücke mit Verkehrsmitteln ereignet hatten als in anderen Jahren. Aber es änderte nichts daran, dass Juri Katzenjacob die Welt beunruhigte bis nach Chile, Tibet, Laos oder Tasmanien. In Mexiko stürzte ein Bus in eine Schlucht – das war *er* –, auf der A1 fuhr eine Familie in den Tod – das hatte *er* getan –, bei einem Gewittersturm fiel ein Baugerüst um und tötete ein Kind – *er*!

Geschäftstüchtige Indios aus Peru verdienten sich eine goldene Nase mit dem Verkauf von Amuletten und Pachamamas. Australische Ureinwohner, Inder, Vietnamesen, Thailänder und Inuits sprachen Schutzzauber über Häuser und Autos. Magier-Vermittlungsagenturen schossen wie Pilze aus dem Boden. Sicherheitsfirmen verkauften Faraday'sche Käfige zum Schutz vor Psi-Wellen, manche ließen sich ihre Häuser mit engmaschigen Blechnetzen überziehen, manchen genügten an allen Hausecken Blitzableiter, auch wenn Parapsychologen und Journalisten nicht müde wurden zu betonen, dass Psi nichts mit elektromagnetischen Wellen zu tun habe.

In Facebook wurde auf der Seite »Verteidigungsfall, Schutz der Zivilbevölkerung und Paragraph 115a Grundgesetz« insgesamt über zwei Millionen Mal »gefällt mir« angeklickt. Eine weitere Seite forderte die Regierung in Baden-Württemberg auf, »gemäß Paragraph 115i des Grundgesetzes festzustellen, dass die zuständigen Bundesorgane außerstande sind, die notwendigen Maßnahmen zur Abwehr der Gefahr zu treffen und ihrerseits zu handeln, sprich: den Untersuchungsgefangenen, der die deutsche Gesellschaft und die Welt wie Geiseln in Angst und Schrecken hält, unverzüglich anzuklagen und ein Todesurteil herbeizuführen«.

Und in der *Zeitung* erschien eine ziselierte Betrachtung über Helden und Weltherrscher. »Jedes Jahr feiern wir die Hitler-Attentäter als Helden«, hieß es da. »Das impliziert die Annahme, dass ein Mensch, der Tod über sehr viele Menschen bringt, aufgrund eines privaten Beschlusses getötet werden darf. Im Zweiten Weltkrieg starben immerhin 55 Millionen Menschen infolge der Entscheidung eines einzelnen Diktators. Im Rückblick erscheint uns die Billigung eines Attentats leicht vertretbar. Umso eher, als sie niemandem gelungen ist. Hitler scheint einen sechsten Sinn für Gefahren gehabt zu haben oder er hatte stets unverschämtes Glück. Auch der Tod von Pol Pot hätte vermutlich vielen Kambodschanern, nämlich knapp 2 Millionen, das Leben gerettet. Über Osama bin Ladens Tod hat sich sogar unsere Bundeskanzlerin unverhohlen gefreut. Bei der bisher bekannten Art organisierten Massenmordes sind die Täter Diktatoren, Feldherren, Terroristen, mächtige Männer, gegen deren totale Macht der Einzelne, der Attentäter, antritt und sein Leben riskiert. Das erscheint uns nicht nur heldenhaft, sondern sogar moralisch geboten. Doch hier und heute haben wir es mit einem Mann zu tun, der ohne gesellschaftlichen Rückhalt, ohne Macht oder Selbstbestimmungsrecht in einem Gefängnis sitzt. Ihn zu töten ist nicht tapfer. Es nützt auch nichts, dass die Boulevard-Medien ihn zu einem Ungeheuer stilisieren, zu einem Hexenmeister, gar dem Satan persönlich. Wobei sie uns freilich den letzten Beweis schuldig bleiben. Genauso wie ihn uns die Justiz schuldig bleibt. Psi – das haben wir alle in den letzten Wochen und Monaten lernen müssen – hinterlässt keine Spuren. Es ist keine Kraft, die man zum Absender zurückverfolgen könnte. Einen Channeler kann man nicht orten wie ein Handy. Ergo wäre seine Tötung nicht viel mehr als eine Hinrichtung ohne Gerichtsurteil, ein Meucheln aus allgemeiner Angst und Teufelsgläubigkeit heraus, und wir wären als Gesellschaft zurückgefallen in die Zeiten der Hexenverbrennungen, in denen der böse Leumund das Todesurteil sprach.«

Am selben Tag, einem Freitag, fiel in Stuttgart nach einem Gewitter zur abendlichen Hauptverkehrszeit das Ampelleitsystem aus und alle standen stundenlang im Stau. Leider waren an diesem Tag besonders viele im Auto unterwegs, weil außerdem der öffentliche Nahverkehr bestreikt wurde. Eigentlich eine Bagatelle, aber Michael Strohberg schrie am Sonntag unter meinem Fenster: »Wir sind mit unserer Geduld am Ende!«

Er rechnete vor, dass ein Häftling den Steuerzahler pro Tag 62 Euro koste, das seien 22 600 Euro im Jahr. Dem stünden, so Strohberg, Ausgaben pro Schüler im Jahr von nur 4700 Euro gegenüber. »Sind uns unsere Schulkinder und ihre Zukunft weniger wert als diejenigen, die unserer Gesellschaft durch Egoismus und Gewalt schaden?«, rief er. »Schickt *ihn* auf eine einsame Insel, sag ich. Isoliert ihn. Schneidet ihn ab von Internet und Telefon. Werft alle zwei Wochen Nahrung und Medikamente zu ihm hinab. Wenn er den Hubschrauber zum Absturz bringt, dann schneidet er sich nur ins eigene Fleisch. Vielleicht kommt er dann endlich zur Besinnung. Unsere Geduld ist erschöpft!«

Daraufhin stürmten zwanzig junge Kerle über ein Fenster die Staatsanwaltschaft, traten Türen ein, rissen Computer von den Tischen, Telefone aus den Wänden, warfen Akten aus den Fenstern und sprühten mit schwarzer Farbe »Korrupte Bande« und »Mörder!« an die Wände.

Der Schock ging so tief, dass kurzfristig Besinnung einkehrte.

Der *Stuttgarter Anzeiger* veröffentlichte ein Interview mit Staatsanwalt Dr. Richard Weber.

Erstmals und exklusiv äußerte er sich zu den Vorwürfen der Bestechlichkeit und Rechtsbeugung, für die sich eigentlich zu diesem Zeitpunkt schon niemand mehr interessierte. Und er machte sich nicht gerade sympathisch mit der arroganten Aussage, es sei nun einmal seine Aufgabe, Wirtschaftsstraftaten zu verfolgen, und wenn er einem Verdacht nicht nachgehe, weil es politisch opportun sei oder eine Kleinstadt gerade diesen Investor nicht verlieren wolle, dann könne man ihm mit Recht Korruption vorwerfen. Und was die Reise-Affäre betreffe, könne er nur sagen, die Journalisten des *Bielefelder Abendblatts* hätten schlecht recherchiert und seien an der Wahrheit nicht interessiert gewesen. Er habe seinem Vorgesetzten darlegen können und tue es hiermit auch in aller Öffentlichkeit, dass er dem Besitzer des Privatflugzeugs bereits auf dem Flughafen Edinburgh den einer Flugreise entsprechenden Betrag auf dessen Konto überwiesen und für die Weiterreise von Hamburg nach Stuttgart den Zug benutzt habe.

Zum Schluss durfte er immerhin noch darauf hinweisen, dass die Idee, Juri Katzenjacob auf eine einsame Insel zu verbannen, mit dem deutschen Rechtssystem und dem ersten Artikel des Grundgesetzes, »Die Würde des Menschen ist unantastbar«, nicht vereinbar sei.

»Aber irgendetwas muss man doch machen, um die Machenschaften dieses Menschen zu unterbinden«, ereiferte sich der Fragesteller.

Richards Antwort: »Es gibt keine Machenschaften. Sie unterstellen mit diesem Begriff, dass Juri Katzenjacob über die Fähigkeiten verfügt, irgendetwas anzurichten. Das ist jedoch nicht der Fall. Er kann es zwar behaupten. Aber man muss es auch beweisen können.«

»Aber das Gegenteil können Sie eben auch nicht beweisen. Was ist mit der Liste, die man in seiner Gefängniszelle auf einem iPad gefunden hat? Sie enthielt Angriffsziele, darunter das Riesenrad auf dem Prater und ein Flugzeug, das in Schottland notlanden musste.«

Das hatten die von Ingmar Neuner, da war ich mir sicher.

»Ich muss Sie korrigieren«, erwiderte Richard. »Auf dieser Liste steht kein Riesenrad. Und ich möchte hier an alle appellieren, insbesondere an die Medien, sich mit Mutmaßungen und falschen Bezügen zurückzuhalten. Die Ängste sind hausgemacht.«

»Herr Weber, wir bedanken uns für das Gespräch.«

3sat sendete an vier Abenden hintereinander eine vierteilige Dokumentation über Psi, die anfangs überraschende acht, später dreizehn Millionen Zuschauer anschauten. Man sah Nina Kulagina ihre Salzstreuer und Streichhölzer über das Tischtuch ziehen. Sie hielt die Hände darüber, aber sie berührte sie nicht. Man sah Menschen in den Edinburgh Vaults vor Angst schlottern und Finley McPierson die Physiologie des Spukempfindens erläutern. Ja, und ich sah endlich die Gesichter von Bélmez und Héctor Quicio, der erklärte, wie man sie mit Öl und Wasser herstellte.

Richard wurde parallel dazu von einem Dutzend Radiosendern interviewt, wo er immer wieder dasselbe sagte: »Die Statistik zeigt uns, dass es in diesem Jahr bisher nicht mehr Unglücksfälle und Katastrophen gegeben hat als in anderen Jahren.« Und: »Bevor wir uns darüber Gedanken machen, wohin wir Juri

Katzenjacob verbannen, müssen wir die ihm zur Last gelegten Taten auch beweisen.«

Wenn man ihn fragte, ob es denn in Ordnung sei, dass der Staat für einen Strafgefangenen in Deutschland das Fünffache ausgebe wie für einen Schüler, antwortete er: »Sie gehen von falschen Zahlen aus. Ein Schulkind kostet den Staat laut Statistischem Bundesamt gut 10 000 Euro im Jahr. Und für einen Strafgegangenen wenden wir etwa 11 000 Euro auf. Da sehe ich keinen großen Unterschied. Und Sie müssen bedenken, dass man ein Schulkind ja nicht hinter Schutzmauern, Sicherheitstechnik und Schließanlagen verwahren muss.«

Und schließlich wurde er zu Anne Will in die Sonntags-Talkshow nach dem *Tatort* eingeladen. Unter anderen Umständen hätte er mich mitgenommen. Unter den vorliegenden erfuhr ich von seinem Auftritt nur, weil Oma Scheible und Sally die Trailer im Fernsehen gesehen hatten und mich informierten. Wir schauten alle in meiner Stube.

53

Mit dabei waren der Europaabgeordnete Michael Strohberg mit schwarzer Armbinde, Kurt Bodnang, Chefredakteur vom *Guten Tag*, und die üblichen Verdächtigen, vom faltigen Unternehmer über den bellenden Politiker bis zum berufsdummen Sportler.

Richard wies streng wie immer auf die Statistik hin und auf die sich aus unserem Rechtssystem ergebende Pflicht, einem Verdächtigen die ihm zur Last gelegten Taten zu beweisen.

»Schick sieht er aus«, bemerkte Sally.

»Aber wie soll man *ihm* das beweisen?«, schrie ihn Michael Strohberg sofort an. »Das ist doch Augenwischerei und Volksverdummung, was Sie hier betreiben.«

Das Publikum applaudierte frenetisch. »Arsch!«, rief Sally.

»Wer schreit hat unrecht«, erklärte Oma Scheible. Anne Will

verschob die Lippen gegeneinander und bat darum, sachlich zu bleiben.

»Es ist bisher nicht erwiesen«, sagte Richard, »dass Herr Katzenjacob überhaupt übersinnliche Fähigkeiten besitzt. Er ist vom Freiburger Institut für Parapsychologie über mehrere Tage eingehend getestet worden. Mit negativem Ergebnis. Er hat nicht einmal die Standard-Experimente mit Zufallsgeneratoren bestanden.«

»Ja, das behaupten Sie!«, schrie Strohberg. »Weil es in Ihrem Interesse liegt, dass wir nicht die Wahrheit erfahren. Sie wollen, dass Ruhe herrscht. Sie wollen die Bevölkerung dumm halten, das kennt man ja.«

Applaus.

»Sie täuschen sich, Herr Strohberg. Ich finde Dummheit und Ruhe langweilig.«

Auch das gab Applaus. Sally klatschte mit.

»Also gut, Herr Weber. Gehen wir davon aus, *er* sei getestet worden. Aber wer sagt uns, dass *er* die Herren Professoren nicht getäuscht hat?«

»Ich vermute, Herr Professor Dr. Dr. Lucadou versteht sein Handwerk. Und es ist bekannt, dass man Psi-Fähigkeiten nicht so einfach verheimlichen kann. Nimmt sich eine Person nämlich vor, keinen Effekt zu erzeugen, erzeugt sie einen signifikanten Negativausschlag in der Statistik, der rechnerisch erkennbar ist. Und Katzenjacob hatte ein Interesse daran, zu zeigen, dass er telekinetische Fähigkeiten hat.«

»Das ist doch alles Lüge! Sie können uns hier das Blaue vom Himmel runter erzählen. Wir können es nicht überprüfen.«

Richard zog die Brauen hoch.

»Wie Sie vielleicht wissen«, fuhr Strohberg fort, »ist der Beweis einer PK-Begabung bereits bei einer Abweichung von 2,1 von der normalen Zufallsverteilung erbracht. Und das ist bei *ihm* der Fall. Ich berufe mich dabei auf Experimente, die im Institut Kalteneck in Holzgerlingen noch von Professor Rosenfeld durchgeführt worden sind.«

»Ich bin kein Fachmann für Parapsychologie wie Sie«, erwiderte Richard, »deshalb kann ich zu der Zahl nichts sagen. Zudem frage ich mich, woher Sie diese Information haben. Die Kalteneck-Experimente wurden anonymisiert. Die Klarnamen sind passwortgesichert hinterlegt. Eine Zuordnung der statistischen Auswertung zu Personen ist mithin nicht möglich.«

»Ich habe die Liste gesehen.«

»Wo denn?« Richard beugte sich vor. »Ein Ausdruck dieser Liste wurde bei einem Einbruch in das Koestler-Institut in Edinburgh im Mai von Unbekannten gestohlen!«

»Ich befinde mich jetzt hier nicht in einem Verhör oder wie? Glauben Sie mir, ich weiß, dass Katzenjacob telekinetische Fähigkeiten besitzt. Geben Sie endlich zu, Herr Weber, dass Sie nicht mehr weiterwissen. Warum sonst hätten sie *ihn* völlig isoliert? Warum darf er weder fernsehen noch telefonieren? Warum werden alle Briefe, die er schreibt oder bekommt, vom Sicherheitspersonal gelesen? Warum darf ihn niemand besuchen außer seinem Anwalt?«

»Weil das bei Untersuchungshäftlingen so üblich ist.«

»Ich will Ihnen sagen, warum das so ist. Weil auch Sie überzeugt sind, dass er gefährlich ist. Geben Sie sich einen Ruck, Herr Weber, gestehen Sie Ihre Ohnmacht ein, geben Sie zu, dass Sie nicht weiterwissen.«

Das Publikum applaudierte heftig.

Anne Will verschob die Lippen und fragte die anderen: »Hand aufs Herz! Glauben Sie an übersinnliche Fähigkeiten?«

Es fiel natürlich der Satz: »Ich glaube schon, dass es mehr gibt zwischen Himmel und Erde, als unsere Schulweisheit sich träumen lässt.«

Und Richard antwortete: »Ja, so ungefähr sagt es Hamlet zu Horatio, nachdem ihm der Geist seines Vaters erschienen ist. Es hat mich immer gestört, dass hier ›philosophy‹ mit Schulweisheit übersetzt wird.«

»Bevor es linguistisch wird«, unterbrach Will erneut, »an alle die Frage: Glauben Sie, dass Hellseherei, Gedankenlesen und Telekinese möglich sind? Herr Friedrich, Sie als Innenminister müssen den Papst schützen, wenn er am 22. September nach Deutschland kommt.«

Ich sah Richard an, dass er bereit war, eine wissenschaftliche Differenzierung zwischen den drei Begriffen zu machen, aber er wurde nicht gefragt und hielt den Mund.

Der bayrische Lockenkopf versuchte klarzumachen, dass er es für völlig ausgeschlossen hielt, dass ein U-Häftling den Papst in Gefahr bringen konnte, zumal bei so einem Gast ohnehin höchste Sicherheitsstufe herrsche.

Da krachte es im Studio, und ein Schweinwerfer baumelte kurz oben durchs Bild. Zum Glück besaßen die Dinger Fangseile.

»Jessas«, seufzte Sally. »Meine Nerven!«

Wie war eigentlich, fragte ich mich plötzlich, im Bundestag der Bundesadler aufgehängt? Und sollte nicht der Papst im Bundestag reden? Ich stand auf, setzte mich an meinen Klappcomputer und suchte Bilder. Der Adler war nach seinen Bonner Anfängen in Gips und Holz nun im Reichstag vom Stuttgarter Architekten Behnisch aus Aluminium gemacht, wog irgendwelche zwei bis drei Tonnen und war an vier Seilen aufgehängt. Nur vier. Zwei an jedem Flügel. Wenn einer riss, hielt immer noch der andere.

»Was macht er denn?«, rief Sally. »Lisa, schau mal!«

Wir sahen groß Richards Gesicht, glattrasiert mit dem willensstarken Kinn und mit der kleinen Narbe frühkindlicher Verletzung am Lid. Im gleißenden Studiolicht leuchteten seine Augen hell wie Bernsteine. Er hatte sich vorgebeugt und fixierte nacheinander jeden. »Am besten«, sagte er gerade, »versteht man, was Parapsychologie ist, wenn man es selbst erlebt. Es ist viel einfacher, als Sie denken. Ich schlage einen kleinen Versuch vor. Hier und jetzt.«

»Was soll das denn wieder? Ich lasse mich von Ihnen nicht an der Nase herumführen!«, rief Strohberg. »Das Thema ist viel zu ernst, als dass wir uns hier Albernheiten hingeben!«

»Sie halten es für eine Albernheit, wenn ich Ihnen sage, dass ein parapsychologisches Ereignis möglich ist und wir es erzeugen können?«, fragte Richard lächelnd.

Ich spürte, wie die Spannung bei den Leuten im Studio zunahm. »Es geht nicht, Richard«, sagte ich. »Es sind zu viele Beobachter dabei! Zu viele Kameras!«

»Jetzt lass ihn doch mal!«, rief Sally.

»Was haben Sie denn vor?«, fragte Anne Will mit leichter Bangigkeit in der Stimme.

»Meine Freundin hat mich darauf gebracht«, sagte er. »Sie hat kürzlich die Lottoziehung beeinflusst.«

Sally schaute mich groß an. »Wirklich, echt? Wie viel hast du gewonnen?«

»Pscht!«, machte Oma Scheible. »I verschtah nix.«

Warum nannte er mich öffentlich seine Freundin? Ich verstand auch nix.

»Nein, sie hat keinen Sechser gewonnen«, fuhr Richard fort. »Aber es gab Übereinstimmungen bei den Zahlen.«

Durch die Sitzenden ging ein Ruck, teils der Skepsis, teils der Aufmerksamkeit. Ich hielt den Atem an. Erstens, weil er mich öffentlich als seine Freundin präsentierte, und zweitens, weil er meine Geschichte so ernst nahm.

»Ein ähnliches Experiment können wir hier auch machen.« Er griff sich in die Jackentasche, streckte dann die Hand aus und zeigte uns fünf Würfel in seinem Handteller.

»Es geht nicht!«, wiederholte ich. Es war die blanke Angst davor, dass er sich blamierte. »Zu viele Kameras! Glaub mir!«

»Scht!«, zischelte Sally.

»Und jetzt sollen wir uns eine Zahl wünschen?«, fragte Kurt Bodnang vom *Guten Tag*. »Und wenn wir uns alle verschiedene Zahlen wünschen?«

»Es spielt keine Rolle«, erwiderte Richard. »Ich werfe die

Würfel, und wir sehen, was sie uns erzählen. Entscheidend ist nur, dass Sie sich darauf einlassen. In diesem Moment bilden wir ein komplexes System, das sich einig darin ist, diese Würfel zu manipulieren.«

»Aber …«, muckte Friedrich und winkte dann ab. »Versuchen wir es. Was müssen wir tun?«

»Ich mache da nicht mit!«, sagte Strohberg.

»Das müssen Sie auch nicht«, antwortete Richard. »Aber wenn Sie völlig sicher sein wollen, dass Sie nichts beisteuern, dann sollten Sie aufstehen und den Raum verlassen.«

Das wollte der Europaabgeordnete aus Winnenden dann auch wieder nicht.

»Gut«, sagte Richard und schloss die Faust um die Würfel. »Ich schlage vor, dass wir uns ein paar Sekunden darauf konzentrieren, dass die Würfel nachher ein bestimmtes Bild ergeben.«

»Was für ein Bild?«, fragte Will.

»Beispielsweise einen Dreierpasch oder einen Dreier- und einen Zweierpasch oder die Summe 23. Wir werden uns hier schon einig werden.« Er schaute alle an. Dann wandte er sich zum Publikum um. »Sie können übrigens gerne mitmachen. Bereit? Dann los. Konzentrieren wir uns!«

»Ich weiß nicht, was ich mir vorstellen soll«, sagte Sally gehetzt. »Sechs Sechsen? Da stellen sich doch jetzt alle was anderes vor. Wie soll das denn gehen?«

Ich dachte gar nichts. Ich war perplex. Verarschte Richard uns gerade mit seiner tieferen Kenntnis vom Wesen der Wahrscheinlichkeit? Und warum tat er das? Er hatte doch gar kein Interesse daran, dass die Leute an mentale Kräfte glaubten. Oder doch?

Oma Scheible hatte ihre Äuglein auf die Mattscheibe geheftet und murmelte beschwörend vor sich hin.

Es war ein seltener Moment in der Geschichte der Talkshows: Die ganze Runde schwieg. Währenddessen streckte Richard langsam seine Faust mit den Würfeln in die Mitte aus und drehte sie so, dass sie zu Boden fallen mussten, wenn er die Finger öffnete. Fast entging mir der Moment, und ich bin sicher, auch für die andern kam es unmerklich. Auf einmal kullerten die Würfel über den Boden, die Kameras haschten nach Augen.

Sally zappelte auf dem Sofa. »Was ist nun, was ist? Mann!«

Es war der Fußballer, der aufstand und in die Hocke ging, um die Zahlen abzulesen. »Fünf, drei, vier, eins, zwei.«

»1, 2, 3, 4, 5«, sagte Richard.

»Scheeeeiiiiiße!«, rief Sally leidenschaftlich beeindruckt. »Das gibt's doch nicht!«

Richard lächelte. »Ein in der Tat sehr schönes Bild.«

Anne Will lachte verblüfft. Strohbergs Miene war finster und etwas erschrocken, der Fußballer setzte sich wieder hin und bemühte sich, gar nichts zu denken. Innenminister Friedrich rieb sich das Kinn.

»Hm«, überlegte der Unternehmer, »jetzt müsste man wissen, wie hoch die Wahrscheinlichkeit für so eine Reihe ist.«

»Sie liegt bei 1,5 Prozent«, antwortete Richard. »Aber das ist nicht wichtig. Psi ist das nicht zufällige Zusammentreffen unseres Willens mit dem statistischen Ausreißer eines Zufallsgenerators. Nicht mehr und nicht weniger.«

»Ah«, machte Sally. »Wie meint er das jetzt?«

Während Richard der Runde geduldig erklärte, dass es sich bei Psi nicht um eine Kraft oder Macht handelte, sondern darum, dass sich Elemente eines Systems, dessen Teil der menschliche Geist war, in einem winzigen Moment ihres Daseins synchron verhielten, versuchte ich, dasselbe Sally und Oma Scheible zu erklären.

Richard wandte sich schließlich an Strohberg und sagte: »Ich habe gehofft, Sie davon überzeugen zu können, dass die Taten, die Sie Herrn Katzenjacob unterstellen, in der Form nicht möglich sind. Wobei ich nicht in Abrede stellen will, dass es Phänomene gibt, die wir mit der klassischen Physik nicht erklären können.«

»Sie haben doch die Würfel manipuliert!«, antwortete Strohberg. »Sie führen uns permanent an der Nase herum. Sie manipulieren und betrügen! Ihnen kann man nichts glauben. Nur weil ich Katzenjacob für gefährlich halte, heißt das noch lange nicht, dass ich jeden Zaubertrick für Psi halte.«

Die Moderatorin machte einen energischen Versuch, die Gesprächsführung zurückzuerobern, und brachte den Fall Schleyer ins Spiel. »Damals hat ein niederländischer Hellseher den Ort gesehen, wo Arbeitgeberpräsident Hanns Martin Schleyer 1977 von der RAF gefangen gehalten wurde. Leider hat ihm die Polizei offenbar nicht geglaubt.«

Sie schaute den Innenminister an. Der schaute zum Staatsanwalt hinüber. Richard nickte. Und weil offenbar niemand reden wollte, sagte er: »Ja, es liegt zumindest eine Akte darüber im IGPP-Archiv, also dem Archiv des Instituts für Grenzgebiete der Psychologie und Psychohygiene in Freiburg. Hans Bender hat zwei Sonderermittlern, die vermutlich eigenmächtig gehandelt haben, damals den Kontakt gemacht. Bender hielt den Niederländer für einen der besten Hellseher. Er konnte Personen und Gegenstände finden, allerdings war er erfolgreicher in spielerischen Situationen. Bei Mord und Verbrechen versagte er meist. Bender notierte damals, es habe für die Polizisten detaillierte und zentrale Erkenntnisse gegeben, aber er hat nicht notiert, welche. Die Polizei observierte später ein bestimmtes Wohngebiet in Köln, möglicherweise aufgrund der Angaben dieses Hellsehers. Aber auch das ist nicht belegt. Es ist einer der vielen Fälle, bei denen sich die Wahrheit hinter der mächtigen Legende nicht mehr rekonstruieren lässt.«

»Man hat immerhin aufgrund der Aussagen des Hellsehers das Auto gefunden, mit dem Schleyer entführt wurde!«, rief Strohberg empört. »Ich finde es langsam unerträglich, wie Sie uns hier belügen. Und ich wiederhole … nein, jetzt lassen Sie mich ausreden, Sie hatten Ihre Show, Herr Weber, alle haben Ihnen zugehört, jetzt hören Sie mir zu. Ich wiederhole meinen

Vorschlag: Lasst ihn uns aus unserer Mitte entfernen. Lasst ihn uns auf eine unbewohnte Insel bringen. Dort mag sein Geist zur Ruhe kommen. Dort mag er sich auf sich selbst besinnen, statt sich mit der Störung von Flugzeugen und Atomkraftwerken zu beschäftigen. Dort wäre er von jeglicher Information über unsere Welt abgeschnitten. Er könnte unsere Gehirne nicht mehr anzapfen.«

»Telepathie ist etwas anderes als Telekinese«, bemerkte Richard freundlich. »Und soweit ich informiert bin, spielen Entfernungen grundsätzlich keine Rolle.«

Daraufhin unterbrach die Moderatorin mit der Bemerkung, jetzt werde es zu fachspezifisch, und ließ das Publikum befragen.

Eine Frau weinte: »Meine Kinder haben nachts Alpträume. Sie trauen sich nicht einmal mehr Roller zu fahren. Wir fühlen uns unseres Lebens nicht mehr sicher. Nennen Sie das ein würdiges Leben? Muss ich mir denn über die Menschenwürde eines perversen Leichenschänders wirklich Gedanken machen? Muss der Rechtsstaat einen Teufel schützen?«

Es ist kompliziert, und daran scheitern wir.

54

Noch während der Talkshow klingelte mein Handy. Unbekannte Nummer. »Haben Sie übersinnliche Fähigkeiten, Frau Nerz? Wie viel haben Sie im Lotto damit gewonnen? Sind Sie bereit, dies unseren Zuschauern live in einem Test zu beweisen?«

»Nein«, sagte ich und drückte ihn weg.

Es riefen noch einige andere an, aber ich nahm nicht ab. Am Montagmorgen standen drei Männer mit Kamerataschen, ein Fernsehteam und ein Kleinbus mit Satellitenschüssel vor meiner Tür in der Neckarstraße.

Ich verließ das Haus mit dem Nötigsten zum Überleben –

Laptop, Spionageausrüstung und ein paar Klamotten im Rucksack – durch die Küche von Matuscheks und den Hinterhof Richtung Werrastraße und kroch mit Cipión bei Sally in der Urbanstraße unter.

Ein guter Zeitpunkt für eine Reise nach Berlin. Sally konnte Cipión für ein paar Tage nehmen, und ich setzte mich in den Zug. In Berlin nahm ich per LinkedIn Kontakt mit Pio Janssen auf.

Er wohnte in der Auguststraße, wo die Fußwege aus alten DDR-Betonplatten waren, im vierten Stock eines renovierten Altbaus mit Lift, saß im Rollstuhl und verließ nie das Haus. Eine Multiple Sklerose, erklärte er mir. Er hatte sich und sein Leben hinter Bildschirmen in einem Zimmer verschanzt, dessen Fenster nach hinten hinausging, und hackte für das Büro SC&D im weltweiten Netz Informationen zusammen. Mich kannte er sehr gut. Er hatte Wagners Schutzwälle für meine Systeme ausgetrickst und besaß derzeit mehr als ich, nämlich meine gesamte Kommunikation und alle Berichte, die ich auf dem Laptop gespeichert hatte, der mir nach der Notlandung in Schottland abhandengekommen war.

»Wenn du die Daten wiederhaben willst«, bot er an, »schick ich dir den Link.«

Seit Mai war mein Handy für ihn allerdings nicht mehr zu orten gewesen. Dafür konnte er mir sagen, dass ich am Sonntag die Talkshow geguckt hatte, denn über den intelligenten Stromzähler der EnBW, die unser Vermieter uns hatte einbauen lassen, damit wir unseren Stromverbrauch kontrollierten, konnte er ablesen, ob wir energieintensive Programme wie Actionfilme oder eher statische wie eine Talkshow sahen. Dazu hatte er mein Passwort für den Internetabruf meiner Daten umgangen.

»Warum interessierst du dich eigentlich für mich?«, erkundigte ich mich.

»Ich nicht! Nicht persönlich. Es ist ein Auftrag.«

»Von wem?«

Pio blinzelte. »Das kann ich dir nicht sagen.«

»Erst Richard Weber, jetzt ich! Ist es nicht so?«

»Dieser Staatsanwalt Weber ist ziemlich cool. Der reißt was!«

Ich versuchte es anders. »Warum hast du in der *New York Times* diesen Tweet gepostet, dass das Internet zusammenbricht?«

»Es ist zusammengebrochen!«, grinste er. »Und die Erdbebenpanik war fett. Zeigt wieder, die Leute hängen an ihrem Scheißleben!«

»Warum hast du dir ausgerechnet diesen Tag ausgesucht?«

»Wer sagt eigentlich, dass ich das war?« Pios Gesicht gehörte zu denen, die nichts verbergen konnten. Sein Mund wollte schweigen, seine Augen waren stolz wie Oskar.

»Die E-Mail von Héctor war genial«, lobte ich ihn ein bisschen. »Wir sind voll drauf reingefallen. Aber eins kapier ich nicht. Wozu?«

»Chaos schaffen, Verwirrung stiften. Die Welt ist zu ordentlich.«

»Woher wusstest du, dass wir dort waren?«

Er grinste seine Bildschirme an. »Infos mögen mich. Sie kommen zu mir. Ich bin ein Shinobi. Der Katzenjacob ist übrigens der Samurai. Der ist euch über.«

»Ich bin ihm begegnet«, sagte ich.

»Cool. Und … wie … wie ist er?«

»Er besitzt eine gigamäßige mentale Kraft. Das spürt man gleich.«

»Von ihm werden wir noch viel hören! Die werden sich alle umgucken. Das bisher war Pipifax. Die Show beginnt erst. Die Leute sind total bescheuert, dass sie Angst vor ihm haben. Er wird uns befreien. Wir sind Sklaven unserer Technik, der Autos, der Maschinen, der Computer. Wir sind total unfrei. Es wird Zeit, dass wir das begreifen.«

Das musste gerade er sagen. Der Widerspruch fiel ihm offenbar nicht auf.

»Man muss auch keine Angst haben. Er will niemandem schaden. Die Leute, die Angst haben, dass ihr Flugzeug abstürzt, weil *er* das will, die nehmen sich alle viel zu wichtig. Sie glauben, *er* stelle ihnen nach. Aber er trachtet niemandem nach dem Leben. Es sind wir selbst, die wir Opfer der Technik werden, der wir uns verschrieben haben. Man will schnell irgendwohin und nimmt das Flugzeug. Aber es sind Scheißziele, es ist unwichtig. Niemand zwingt uns, von hier nach dort zu hetzen. Es sind immer wir selbst.«

Er redete eine halbe Stunde so weiter. Nach seiner Überzeugung konnte nur Opfer von Katzenjacobs mentalen Fähigkeiten werden, wer daran glaubte, dass er Opfer werden konnte. Und zwar weil er sich zu wichtig nahm und weil er, statt bewusst zu leben, blind von einem Ort zum nächsten jettete. »Du weißt, was ein Vampir ist?«, erklärte er mir dann. »Im Mittelalter gab es das auch bei uns. Man hat sie Nachzehrer genannt. So einer ist im Grab nicht verwest und hat die Lebenden zu sich herabgezogen. Aber nur, wenn sie glaubten, dass er das kann. So ist das mit dem Katzenjacob auch.«

Ich bot Pio Janssen schließlich dreitausend Euro für Informationen über Arbeitsweise und Struktur von SC&D. Er zögerte kaum. »Ich will sowieso aussteigen. Das hat keine Zukunft mehr.«

Ich stellte mein Aufnahmegerät im Kugelschreiber an, und er legte alles offen.

Am Beispiel eines CDU-Spitzenkandidaten für eine Landtagswahl im hohen Norden erklärte er mir, wie so eine Kampagne ablief.

»Wir bekommen den Auftrag, jemanden zu durchleuchten. Seine Wohnung wird verwanzt, sein Auto bekommt einen Peilsender, wir knacken sein Handy, seinen Computer, lesen die Mails und so weiter. In diesem Fall hatten wir schnell raus, dass er eine Schülerin gefickt hat. Die Informationen gehen an den Auftraggeber zurück. In dem Fall an die Zeitung. Was dann passiert, ist nicht mehr unsere Sache. In dem Fall ist der Kandidat zurückgetreten.«

Die Auftraggeber waren meistens Zeitungen des Groschenkamp-Konzerns. Aber es gab auch andere. »In eurem Fall«, sagte er am Ende des Tages endlich, »kam der Auftrag von Ingmar Neuner, das ist …«

»… der Pressesprecher bei QarQ.«

»Es sollte verhindert werden, dass ihr die Verbindung zieht zwischen dem Konzern und den Kalteneck-Experimenten. Die schottischen Kollegen sollten euch behindern und euch ein bisschen Angst machen. Die Instrumente zeigen sozusagen.« Er lachte.

»Wir hätten sterben können dabei!«

Pio blickte verwundert. »Echt jetzt?«

»Dann gehörte Katzenjacob also von Anfang an QarQ, richtig?«

»Also ich glaube, in Wirklichkeit steckt eine Art Freimaurerloge dahinter.«

»Die Kuldeer?«

Er blinzelte. »Vielleicht nennen sie sich so. Sie sitzen in der Schweiz am Bodensee. Sie organisieren geheime Treffen mit den mächtigsten Politikern und mit Banken- und Wirtschaftsbossen. Dort wird entschieden, wo der nächste Krieg stattfindet und welcher Diktator verschwindet und welcher gehalten wird. So was alles.«

Ich musste noch lange zuhören und buchte es als Spinnerei ab.

Im Hotel Augustinenhof schrieb ich über Nacht die Aufzeichnung ab. Anderntags um zehn rief ich in der Redaktion der *taz* an, der einzigen Zeitung, von deren Unabhängigkeit ich überzeugt war. Man lud mich gleich zu einem Gespräch in das Haus mit dem Riesenpimmel an der Fassade ein. Mein Renommee als Schwabenreporterin Lisa Nerz reichte allerdings nicht als Ausweis für meine Fähigkeiten zu investigativem Journalismus. Ob ich Ingmar Neuner mit meinen Recherchen konfrontiert hätte. Das waren Gebote der journalistischen Sorgfalt und Redlichkeit, von denen ich keine Ahnung hatte.

Neuner ließ sich telefonisch verleugnen. Mit dem Bild des dicklichen Jungkarrieristen von der Internetseite im Kopf – übrigens fünfzehn Jahre jünger als Derya – wartete ich auf der anderen Straßenseite vor dem Tor der QarQ-Zentrale am Potsdamer Platz, bis er herauskam und die U-Bahn ansteuerte. Er bestieg die U2, stieg an der Schönauer Allee wieder aus, spazierte die zugeparkte Greifenhagener Straße hinauf und schloss die Tür zu einem der schnieke renovierten Gründerzeithäuser auf. Ein Transporter der Deutschen Paketpost hielt auf der Straße und stoppte den Autoverkehr. Der Bote trug ein Paket in ein Café Zuckerfee. Wirklich eine Zuckerbergecke, die Schwabenresidenz Prenzlberg. Ohnehin kam mir Berlin reichlich verträumt vor. Hier mussten die Linksabbieger an jeder Kreuzung erst den Gegenverkehr abwarten. Im eiligen Stuttgart hätte das zum Verkehrskollaps geführt.

Ich zählte langsam bis fünfzig. So viel Zeit kostete es Neuner schätzungsweise, in den zweiten Stock hinaufzulaufen, bei sich einzutreten, sich für den Feierabend locker zu machen und arglos zu werden. Dann klingelte ich.

»Ja?«, tönte die Gegensprechanlage.

»Paketpost!«, rief ich.

Er hatte das Jackett schon ausgezogen und schaute mir befremdet entgegen. »Ich habe nichts … oh!« Er hatte mich erkannt und versuchte die Tür zu schließen. Ich sprang die mir noch fehlenden drei Stufen hinauf und schlitterte mit dem Stiefel in die Tür, stieß sie auf und schubste ihn in die Wohnung.

»He!«, rief er.

»Lisa Nerz ist mein Name«, sagte ich. »Schwabenreporterin Lisa Nerz. Wir haben mal telefoniert. Inzwischen kennen Sie mich sicher von Fotos. Sie lassen uns ja seit Monaten ausspionieren. Widerspruch ist zwecklos. Wie würde es Ihnen gefallen, wenn ich das Ihrer Freundin Derya erzähle?«

Seine Brauen zuckten geringschätzig.

»So, das ist Ihnen egal. Interessant. Na ja, Derya vögelt ja auch mit dem Staatsanwalt. Haben Sie ihn deshalb in Misskredit schreiben lassen?«

»Hören Sie, Frau … äh … Nerz.«

»Ich höre.«

Die Altbauwohnung war verstuckt, aber zugleich mit Glas und Stahl ausgestattet, wie ich am Rand bemerkte.

»Ich weiß ja nicht, wer Ihnen da was erzählt hat«, sagte er. »Ich sehe nur, dass Sie sich fürchterlich aufregen, so wie Sie hier reinplatzen.«

Ich merkte, wie mein Aggressionspegel sank. Ich musste überlegen.

»Was wollen Sie denn von mir?«

Ich suchte nach meinem Standpunkt. »Die Zeitung, für die ich schreibe, hat mir gesagt, ich soll Sie mit dem Sachverhalt konfrontieren.«

Er lächelte. »Welche Zeitung ist das denn?«

»Sage ich Ihnen nicht. Sie sollten lieber nach dem Sachverhalt fragen. Oder kennen Sie den schon?«

»Sie gehen ja mächtig ran! Darf ich Ihnen was anbieten? Kaffee, einen Sekt?« Er wandte mir den Rücken zu – eine Geste der Furchtlosigkeit – und ging voran ins Wohnzimmer.

Wenn ich ihm folgte, hatte ich verloren. Denn dann hatte ich mich auf seine Vorgaben eingelassen. Also blieb ich im Flur. Da stand eine Kommode, auf ihr ein Festnetztelefon, ein iPhone im Aufladegerät und eine sinnlose chinesische Vase.

Ich gab der Vase einen Stoß. Sie kippte, fiel und zerschellte auf den Dielen.

Das brachte Neuner rasant zurück in den Flur. »Was tun Sie denn?«

»Entschuldigung«, sagte ich. »Eine schöne Kommode. Antik?«

Ich riss mit mehr Kraft, als nötig gewesen wäre, eine Schublade raus und ließ sie auf den Boden fallen. Handschuhe, Schals, Schlüssel, eine Taschenlampe, Batterien und zwei Hanteln sprangen über den Boden. Die Schublade barst.

»He!«, schrie Ingmar. »Was soll das denn?«

»Ich möchte, dass Sie mir eine Antwort geben.«

»Ich beantworte Ihnen überhaupt keine Fragen.«

»Ich stelle auch keine Fragen. Ich will nur eine einzige Antwort.«

»Und ich hole jetzt die Polizei.«

»Tun Sie das.« Dabei fegte ich Telefon und Handy von der Kommode. Das Telefon zerschepperte in einer Flurecke. Das Handy schien weniger empfindlich.

Doch Ingmar beging den Fehler, mir in die Parade zu fahren. Als er meinen Arm packte und mich wegzog, trat ich an ihm vorbei und hakelte ihm den Fuß weg. Er fiel rückwärts. Es war ein sanfter Judowurf, der der Enge des Flurs Rechnung trug. Außerdem milderte ich seinen Fall, indem ich ihn zunächst am Handgelenk festhielt. Doch immerhin lag der Chef der Öffentlichkeitsarbeit des QarQ-Konzerns nun vor mir auf dem Boden.

»Was machen Sie denn für Sachen?«, sagte ich. »Warum so ein Aufstand? Ich will von Ihnen doch nur hören, dass Sie den Vorwurf weit von sich weisen, Sie hätten die Firma SC&D Anfang des Jahres, nach meinem Anruf bei Ihnen, beauftragt, mich und meine Gefährten auszuspionieren. Hätten Sie mir auch am Telefon sagen können. Aber Sie haben sich ja verleugnen lassen.«

»Ich hatte zu tun!« Er richtete sich auf und rieb sich den Ellbogen, machte aber keine Anstalten aufzustehen. Bodenkontakt war in seiner Heldenrolle nicht vorgesehen.

»Also, was ist nun?«, fragte ich. »Dementieren Sie? Los. Das kann doch nicht so schwer sein. Meine Redaktion verlangt das Dementi.«

»Ich werde Sie anzeigen!«

»Gut. Dann klären wir das vor Gericht. Ich werde genau darlegen, warum ich Ihr Mobiliar zerstöre.«

Ich stieg über seine Beine hinweg und ging in die Küche. Da stand ein festlicher Kaffeeautomat. Ich stöpselte ihn aus, hob ihn hoch und ließ ihn auf die Bodenkacheln fallen. Dabei wurde auch eine der Terracotta-Platten gespalten. »Sie wollten Juri Katzenjacob befreien lassen. Bei der Aktion wurde ein Polizist schwer verletzt. Nicht zu reden von dem Rumänen, der dabei sein Leben verlor. Dafür kommen Sie ins Gefängnis.«

»Hören Sie auf!«, rief er und kam auf die Beine.

Ich holte einen Topf aus der Schublade und schleuderte ihn gegen die Rauchglastür der Hängeschränke über der Cerankochplatte. Sie splitterte. Der Topf haute außerdem einen Sprung ins Ceranfeld. »Und das ist für unseren Stress in den Edinburgh Vaults und dafür, dass Sie das Leben Ihrer Freundin Derya aufs Spiel gesetzt haben.«

»Das war ich nicht!«

»Ah! Ein Dementi. Na bitte, es geht doch.«

Ich holte die Pfanne aus der Schublade und schleuderte sie in die nächste Glastür der Hängeschränke. Dabei köpfte es auch Dutzende von Sektflöten. »Und das ist für die Abhörtechnik in der Burg Kalteneck und dafür, dass Sie Katzenjacobs iPad mit Fahrplänen und technischen Daten gefüllt und dies später an die Presse weitergegeben haben.«

Er zuckte, als wollte er mich erneut angreifen, unterließ es aber.

»Kein Dementi? Wäre auch unklug, denn ich würde dem Richter Beweise vorlegen.« Ich bückte mich und hob die Pfanne auf.

»Nein, bitte!«, flehte er und hob die Hände. »Was wollen Sie denn von mir?«

»Hören Sie auf damit«, sagte ich. »Lassen Sie uns in Ruhe. Pfeifen Sie die Meute zurück.«

»Das … das ist nicht so einfach, wie Sie denken«, sagte er zu meiner Verblüffung.

»Was?«

Er sank auf einen der schönen alten Holzstühle am Küchentisch. »Sie überschätzen meinen Einfluss auf die Medien. Man kann eine Spur legen, aber ist die Meute erst mal los, kann man sie nicht zurückpfeifen. Zumindest ich nicht. Die hören nicht auf mich! Die lassen sich doch von einem Pressesprecher nichts sagen.«

»Wäre ja auch noch schöner!«

Er schaute mich an, als zweifle er erst jetzt an meinem Verstand. »Dann sind wir uns ja einig.«

»Nein.« Ich warf die Pfanne durch die Schiebetür ins Wohnzimmer, ohne zu schauen, wohin. Es krachte irgendwas, das nach elektronischer Anlage klang. »Dann rufen Sie Groschenkamp an, sagen Sie ihm, dass er die Kampagne abblasen muss.«

»Das kann ich nicht. Glauben Sie mir! Groschenkamp hat damit gar nichts zu tun. Also mit dem, worum es uns ging. Ja, wir haben Kalteneck überwacht. Das stimmt. Aber nicht Ihretwegen. Wir hatten Ende letzten Jahres die Befürchtung, dass Rosenfeld uns … uns Ergebnisse vorenthält. Derya hatte was angedeutet, da war ein Maler, der seltsame Effekte erzielte. Aber Rosenfeld hat behauptet, da sei nichts dran. Ich glaube, er war als Wissenschaftler so fasziniert, dass er ihn uns nicht überlassen wollte, bevor er ihn nicht durchgetestet hatte.«

»Und was hatten Sie vor mit diesem Psi-Agenten, den Rosenfeld für Sie entdecken sollte?«

Ingmar Neuner seufzte. »Ich persönlich gar nichts. Aber eine Abteilung von Inter-Q-Orporate wollte herausfinden, wie man elektronische Systeme vor einem Telekinetiker schützen kann. Deshalb haben wir die Testreihen finanziert. Seit Jahren gibt es Gerüchte, die Chinesen hätten einen Telekinetiker, der Computersysteme manipulieren kann. Darauf wollten wir vorbereitet sein. Und zwar schnell. Wenn Sie mich fragen … totaler Schwachsinn. Ich glaube nicht an so was.«

»Und warum haben Sie nach dem gescheiterten Befreiungsversuch umgeschwenkt und Katzenjacob mit diesem iPad und entsprechenden Presseinformationen zum Psi-Monster gemacht?«

»Damit die Chinesen denken, dass wir auch so einen haben?«, sagte er mit Fragezeichen am Schluss des Satzes.

»Herr Neuner, wir danken für das Gespräch. Und den Schaden können Sie bei Ihrer Spukversicherung geltend machen. Derya wird Ihnen sicher gern bescheinigen, dass hier ein Poltergeist gewütet hat.«

55

Pio Janssen überlebte es nicht. Als ich ihn am Abend von einer Telefonzelle aus anrief, konnte er kaum noch atmen, hustete und redete fiebrig wirr. Ich schickte den Notarzt hin. Der Shinobi starb noch in derselben Nacht in der Charité an einer Infektion mit Legionellen. Sein Haus wurde evakuiert, nach der Infektionsquelle gesucht.

Das bekam ich in meinem Hotel mit, das in derselben Straße lag. Ich packte sofort meinen Kram, bezahlte und fuhr mit der U-Bahn kreuz und quer durch Berlin, ging in zwei Lokale vorn rein und hinten raus, ließ mich von einem Taxi an den Wannsee fahren, bestieg ein Ausflugsschiff und verließ es in Potsdam wieder. Als ich sicher war, dass mir niemand gefolgt sein konnte, fuhr ich mit dem Zug nach Bochum. Dort nahm ich mir am Nordring ein Hotel, vervollständigte meine Dokumentation, lagerte sie von meinem Laptop auf einen Rechner in der Wolke des Internets aus, schickte den Link per Mail an die *taz*-Redakteurin und rief sie an, um ihr das Passwort mitzuteilen. »Nur für den Fall, dass mir was zustößt. Dann ist es euch freigestellt, was ihr mit den Informationen macht. Vorerst aber möchte ich nicht, dass irgendwas veröffentlicht wird. Es sterben zu viele. Und immer so, als ermorde sie einer.«

»Aber für Pios Tod kannst du doch nichts«, sagte sie. »Die Inkubationszeit bei Legionellen beträgt zwischen zwei und zehn Tagen. Sie haben Legionellen im Heizkessel des Hauses gefunden. Vier weitere sind infiziert. So eine Infektion verläuft meistens nicht tödlich. Pio ist vermutlich daran gestorben, weil er Vorerkrankungen hatte.«

Ja, ja.

Auf Zypern explodierten zwei Container mit Schießpulver. Fünfzehn Menschen kamen ums Leben. In Indonesien brach ein Vulkan aus. Und in der Ukraine forderten zwei Grubenunglücke über dreißig Menschenleben. Am Sonntag gingen bundesweit zwei bis drei Millionen Menschen mit schwarzen Armbinden und schwarzen Plakaten auf die Straße und forderten die Verbannung von Katzenjacob.

Ich kehrte in die Neckarstraße zurück. Leider nicht unbemerkt. Mein Telefon klingelte ab fünf Uhr früh. Als ich es ausstöpselte, klingelte es alle halbe Stunde an meiner Tür. Ich holte die Polizei. Kriminalhauptkommissar Christoph Weininger organisierte freundlicherweise ohne dienstlichen Auftrag mit Hilfe seiner Freunde vom Ostendrevier eine Wache vor meiner Haustür.

In Luxemburg kamen fünfzehn Menschen ums Leben, weil der Blitz einschlug und eine Open-Air-Bühne in die Konzertbesucher stürzte.

In den frühen Morgenstunden des 15. Augusts, meiner katholischen Mutter besser bekannt als Mariä Himmelfahrt, feuerten zwölf Männer des Schützenvereins Höllental vom Parkplatz am Druckkammerzentrum aus einem 60-mm-Mörser eine Granate, die im östlichen Flügel der fünfsternig angeordneten Justizvollzugsanstalt Freiburg einschlug und einen Wachmann und zwei Strafgefangene tötete. Ein Meisterschuss, da waren sich die Kenner einig, denn noch am Tag zuvor hatte Katzenjacob in der Zelle gesessen, die getroffen wurde. Leider hatte der Informant aus der JVA es versäumt, die Zwölfmänner rechtzeitig zu informieren, dass Katzenjacob nach Karlsruhe verlegt worden war, weil die Polizei vage Kenntnis von Anschlagsplänen erhalten hatte.

Bundeskanzlerin Merkel meldete sich aus dem Sommerurlaub und gab auf einer Pressekonferenz eine Erklärung ab. Man nehme die Sorgen und Ängste der Bürger ernst, sagte sie, sie habe bereits vor einiger Zeit führende nationale und internationale Parapsychologen und Physiker beauftragt, Juri Katzenjacob eingehend zu testen und auf mögliche übersinnliche Fähigkeiten hin zu überprüfen. Sie – Merkel – sei jedoch überzeugt, dass die ihm unterstellten Fähigkeiten nicht existierten, und erhoffe sich insbesondere von den Medien, aber auch den Bürgerinnen und Bürgern mehr Gelassenheit im Umgang mit diesem Thema. Unser Rechtsstaat schließe jegliche Form von Zwangsmaßnahmen gegen eine Person aus, solange kein richterliches Urteil gefallen sei. Sie fordere darum, auch im Sinne der juristischen Fairness, die Justizbehörden dringend auf, schnellstmöglich Anklage zu erheben und eine richterliche Entscheidung herbeizuführen.

Die Opposition beantragte eine Sondersitzung des Bundestags in der Sommerpause.

Jüngsten Umfragen zufolge glaubten nun gut achtzig Prozent der Deutschen an Wahrsagerei, Telepathie und Telekinese. Eine Wahrsagerin, die von sich behauptete, sie berate Politiker und die Polizei, prognostizierte für den Berlin-Besuch des Papstes einen Angriff durch den gefallenen Engel Luzifer. Dabei schien niemandem aufzufallen, dass Juri den Papst nicht in Berlin brauchte, um ihn mental anzugreifen. War auch nicht so wichtig, denn der *Gute Tag* drehte munter weiter.

»Kann nur sie noch Katzenjacob stoppen?«, fragte er in fetten Lettern. Daneben mein Gesicht, mein Name. »Lisa Nerz, die finanziell unabhängige schwäbische Szenelesbe. Sie wurde letztes Jahr niedergeschossen. Seitdem hat sie telekinetische Fähigkeiten.«

Verdammt. Darüber hatte ich mit niemandem gesprochen! Hörten sie jetzt schon meine Gedanken ab?

»Bei einem Test im Institut für Parapsychologie in Holzgerlingen hat die Frau, die lieber Männerkleider trägt, phänomenale Werte erzielt. Kann sie wirklich Lottozahlen beeinflussen? Der *Gute Tag* hat nachgefragt. Die Staatliche Toto-Lotto GmbH Baden-Württemberg bestätigt uns: Es gingen in den letzten Monaten auffällig oft Lotto-Gewinne aus fünf oder sechs Treffern nach Stuttgart.«

Lustig. Ich schaute gebannt zu, wie eine gewisse Lisa Nerz aus mir heraustrat und zu einer Figur der Fabulationswelt wurde.

»Die Hardcore-Emanze mit der Narbe im Gesicht war von Anfang an in den Fall Rosenfeld verwickelt. Sie fand die Leiche. Aus der Staatsanwaltschaft verlautet: Von ihr stammt das einzige Foto, das die Leiche zeigt, wie sie ursprünglich gelegen hat. Wegen dieses Fotos sitzt Juri Katzenjacob in U-Haft und wartet auf seine Mordanklage. Er beteuert seine Unschuld. Aber ist er wirklich unschuldig? Und wenn es stimmt, dass er übersinnliche Fähigkeiten besitzt, so ist Lisa Nerz womöglich die Einzige, die ihn stoppen kann. Bekommen wir bald den Kampf von Hexe gegen Hexer zu sehen?«

Das war nicht mehr so lustig.

Mein Facebook-Konto wurde überrollt von Freundschaftsanfragen, Beschimpfungen und religiösen Belehrungen. Über meinen Blog bekam ich in unfassbarer Zahl Bettel-Mails, in denen mir wildfremde Leute und kriminelle Abzocker aus Kenia mitleiderregende Notlagen schilderten, die ich mit meiner Begabung leicht lindern könne. Fremde Leute beschrieben mir ihre übersinnlichen Erfahrungen und baten um Rat oder stellten klar, dass sie die spirituelle Macht hätten, Juri zu stoppen. Ich koppelte meine öffentliche Existenz komplett von meiner privaten ab, schloss meinen Blog und meldete mich in Facebook unter einem Decknamen an, den ich hier nicht verrate.

56

»Ja, leben wir denn in einem Tollhaus?«, polterte Meisner. »Kann man das denn gar nicht stoppen! Sind denn alle irre geworden? Dich laden sie auch nicht mehr zu ihren Talkshows ein.«

Richard lächelte zufrieden. »Ich habe die Regeln verletzt. Jetzt gelte ich als unberechenbar.«

»Aber es war doch sehr eindrucksvoll.«

»Eben. Ich habe der Moderatorin die Schau gestohlen. Das geht gar nicht.«

»Waren die Würfel eigentlich manipuliert?«

»Nein«, sagte Richard. »Und eigentlich hatte ich gehofft, dass dies klar geworden wäre. Wie übrigens auch, dass dieser Strohberg gar nicht an Telekinese glaubt. Er benutzt Katzenjacob nur, um sich als Volkstribun zu etablieren.«

Wir saßen tief unten im Stuttgarter Kessel im Tauben Spitz und hielten Kriegsrat. Sally versorgte uns mit Maultaschen, Rostbraten und Salat und mehr oder weniger alkoholischen Getränken. Wenn ich Meisners knappe und etwas konspirative Einladung, »Kommen Sie heute Abend zum üblichen Treffpunkt, Richard ist auch da«, richtig deutete, dann hatte er das Treffen vorgeschlagen. Mit mir direkt kommunizierte er immer noch nicht wieder, jedenfalls nicht mit technischen Hilfsmitteln wie Telefon oder Computer. Wobei ich ihm zugutehielt, dass es eine reine Vorsichtsmaßnahme sein mochte. Schließlich wurde meine biologisch-soziologische Existenz derzeit lückenlos überwacht, um daraus Informationen für die Fabulationswelt zu ziehen.

Mein Wanzendetektor, von dem ich nie geglaubt hatte, dass ich ihn so oft ernsthaft brauchen würde, hatte im Tauben Spitz übrigens nicht ausgeschlagen. Darum berichtete ich, was ich in Berlin von Pio Janssen erfahren hatte. Bei der Darstellung meines Interviews mit Ingmar Neuner ließ ich die Aktivitäten des Poltergeistes weg.

»Das hilft uns nicht weiter«, sagte Meisner, »Neuner ist sicher klug genug, seine Aussage nicht vor der Polizei zu wiederholen. Und die Spur zum Auftraggeber endet an der Leiche eines Russen aus dem Mafiamilieu. Die russischen Behörden schreiben seinen Tod einem Bandenkrieg zu.«

»Und leider ist auch der mitteilsame Kronzeuge tot. Wie der Zufall so spielt. Jetzt sind es sieben außer Rosenfeld. Desirée, Angela K., drei Rumänen, Pio Janssen und Héctor. Zählt man den Russen dazu und Rosenfelds Steuerberater, wären es neun.«

Richard runzelte die Stirn.

Meisner seufzte. »Man mag nicht an Zufall glauben, gell?«

»Gibt es denn neue Erkenntnisse?«, fragte Richard.

Sie schüttelte den Kopf. »Einzig Héctor Quicio gibt Spielraum für Spekulationen. Juri war, wie wir inzwischen wissen, tatsächlich in Dénia. Aber eine Gewalttat ist nicht nachzuweisen. Als Angela K. und Desirée starben, saß Katzenjacob längst in U-Haft. Desirée ist zudem definitiv allein in ihrer Wohnung verstorben. Angela K. kam bei einem tragischen Unfall ums Leben. Der Fahrer des Wagens war ein Siebzehnjähriger, der keinerlei Verbindung zum Fall Rosenfeld hat.«

»Dann müssen wir wohl mit dem unheimlichen Gespenst namens Zufall leben«, bemerkte Richard.

Sally brachte eine zweite Runde Getränke.

»Ich habe gehört, Sie wollen nach Neuschwanstein fahren«, sagte Meisner gemütlich. »Richard hat so was angedeutet.«

»Tatsächlich? Er will aber nicht. Und die Fahrt hat nur Sinn, wenn alle mitkommen, die bei unserem Tischrücken an Ihrem Geburtstag dabei waren. Außerdem möchte ich Finley McPierson mitnehmen. Er ist Spezialist für Zauberkunststücke und Betrug. Und mich belämmert seit Monaten Kitty zu Salm-Kyrburg, dass wir fahren, denn ihr Medium spürt große Gefahren.«

»Klingt interessant. Also ich käme mit. Ich war noch nie in Neuschwanstein. Los, Richard, hab dich nicht so! Schadet doch nicht. Ob allerdings Krautter mitkommt, da habe ich so meine Zweifel.«

Richard lächelte. »Er wird. Ich werde ihn erpressen.«

»Was?« Meisner lachte. »Womit denn?«

»Er war Ende letzten Jahres mit einem Gast aus den USA in Neuschwanstein. Krautter hat sich die vollen Fahrtkosten erstatten lassen, obgleich seine beiden Nichten mit dabei waren.«

»Was du so alles weißt!«

Ich verkniff mir meine Verwunderung. Was hatte sich verändert seit unserer Fahrt von Hamburg nach Stuttgart?

»Ich weiß sogar«, sagte Richard, »dass Krautter Generalbundesanwalt werden soll. Die jetzige geht Ende September in Pension. Es heißt, unsere Bundesjustizministerin will Krautter vorschlagen. Unser Generalstaatsanwalt betreibt das.«

»Ach!« Meisner schnaubte. »Wegloben ist auch eine Möglichkeit.«

»Aber eine schlechte«, antwortete Richard grimmig. »Schwache Männer sind gefährlich. Wenn ich Krautter zwingen kann, mit uns zu fahren, weil er sich fürchtet, dass ich andernfalls seinen kleinen Spesenbetrug offenlege, dann hat er verloren.«

»Willst den Posten wohl selber haben«, spöttelte Meisner. »Aber dann musst du dich mit dem Fall Katzenjacob herumschlagen.«

»Ich würde ihn an die Stuttgarter Staatsanwaltschaft zurückgeben.«

»Bloß nicht!«, schrie Meisner.

Richard lächelte. Er hatte sich irgendwie verändert. Schwer zu fassen. Er wirkte entspannter als sonst. Trennungen sollen ja zuweilen guttun. Sie befreien schlafende Talente. Seit er sich nicht mehr von mir aufknöpfen ließ, war Richard bereits als Magier in einer Talkshow aufgetreten und hatte mich nebenbei dem öffentlichen Medieninteresse ausgeliefert. Undenkbar, dass er sich der Folgen seiner Behauptung, ich hätte die Lottozahlen beeinflusst, nicht bewusst gewesen war. Verfolgte er einen

Plan oder hatte er die Peilung verloren? Siegessicher wirkte er eigentlich immer. Und er war seit jeher am besten, wenn er auf verlorenem Posten stand. Er war im Herzen ein Hasardeur. Er konnte alles aufs Spiel setzen, um einen Gegner zu vernichten. Nur, wer war hier eigentlich sein Gegner? Wirklich Oiger Groschenkamp? Oder doch vielleicht LOStA Krautter? Das war jetzt nicht zu klären.

Ich schlug erst einmal einen Tag für unsere Fahrt nach Neuschwanstein vor und erbot mich, zehn Karten für die letzte Führung um halb sechs zu bestellen.

»Und diese Geisterjäger hätten nichts dagegen«, fragte Meisner, »dass McPierson uns begleitet? Der hustet denen doch was.«

»Die sind dermaßen von ihrer Sache überzeugt, dass sie sich von Professionalität nicht einschüchtern lassen. Im Gegenteil, Kitty erhofft sich, dass Finley ihre parapsychologischen Untersuchungen adelt. Dann kann sie damit werben: Von Professor Finley McPierson zertifiziert. Garantiert echt.«

»Das wird sicher lustig«, sagte Meisner. Sie zog ihren immer noch papiernen Terminkalender.

Richard griff sich ebenfalls ins Jackett, zog aber weder Terminplaner noch Zigarettenschachtel heraus, sondern einen Briefumschlag, dem er einen Brief entnahm. Er entfaltete ihn und reichte ihn mir über den Holztisch.

Zuerst fiel mir das kleine Quadrat ins Auge, das Gnomon, das Zeichen der Kuldeer. Es prangte rechts oben. Darunter stand: »Wartegg-Konferenz, Schloss Wartegg, Von Blaarer Weg, CH-9404 Rorschach«, dabei eine Telefonnummer.

Der Brief lautete: »Sehr geehrter Herr Dr. Weber, im Namen des Lenkungskreises erlaube ich mir, Sie zur diesjährigen Konferenz vom 16.–18. September nach Schloss Wartegg einzuladen. Falls Sie Fragen haben, stehe ich Ihnen jederzeit telefonisch zur Verfügung. Mit freundlichen Grüßen, Reto Federer, Generalsekretär.«

»Hä? Was ist das?«

»Die Wartegg-Konferenz, Lisa, ist eine Tagung, die einmal im Jahr abgehalten wird. Die erste dieser Art fand Anfang der sechziger Jahre in Rorschach statt, das liegt auf der schweizerischen Seite des Bodensees, damals in der Zehntscheuer. Seit das Schloss Wartegg renoviert ist, findet sie dort statt und heißt Wartegg-Konferenz.«

»Dann ist es wahr? Den Weltlenkungsausschuss, von dem Pio Janssen gesprochen hat, den gibt es wirklich?«

»Allerdings ist er nicht so geheim. Es gibt nur keine Erklärung am Schluss, deshalb ignorieren ihn die Medien weitgehend. Aber es stimmt, zu dieser Konferenz kommen hohe Staatsmänner, Wirtschaftsbosse und Wissenschaftler, um einen Gedankenaustausch über ein jeweils aktuelles weltpolitisches Thema zu pflegen. Während des Kalten Kriegs sollen dort sowjetische Führer mit amerikanischen Präsidenten zusammengekommen sein. Sicher ist, dass die Konferenz die Annäherung der USA an China auf den Weg gebracht hat. Man beschloss, dass ein Tischtennisspieler aus den USA die Tischtennis-Weltmeisterschaft 1971 nutzen sollte, um eine Freundschaft zu einem chinesischen Spieler aufzubauen. Ein Jahr später besuchte Nixon China. Daher der Begriff Pingpong-Diplomatie.«

Meisner lachte, obgleich sie es wusste. Aber vielleicht doch auch nicht so genau.

»Und … äh …« Ich wusste nicht einmal mehr, was ich fragen sollte. Doch: »Du … du hast also von Anfang an gewusst, dass das Gnomon ihr Zeichen ist!«

»Nein. Ich wusste es nicht, bis ich vor ein paar Tagen diesen Brief bekam. Ich habe mich aber nach unserer Schottlandreise bei einem Wappenkundler erkundigt. Nach seinen Angaben ist dieses Gnomon ein altes römisches Steinmetzzeichen, wie man es an der Porta Nigra in Trier findet. Zweites Jahrhundert nach Christus. Es ist mit der Christianisierung nach Schottland gekommen und im neunzehnten Jahrhundert zum Zeichen der Kuldeer geworden.«

»Und was haben diese Wartegger mit den Kuldeern zu tun?«

»Vermutlich besteht die Verbindung nur noch in der Symbolik. Tagesordnung und Gästeliste werden beispielsweise von einem zehnköpfigen Lenkungsausschuss und einem Generalsekretär ausgearbeitet.«

»Die Elfmänner! Die Hendeka! Scheiße!«

»Sicher auch ein gewollter Bezug zur Athener Demokratie.«

»Die ja so demokratisch gar nicht war«, bemerkte Meisner. »Sondern ziemlich elitär.«

»Und worum geht es dieses Jahr?«, fragte ich. »Im Brief steht ja nicht viel drin.«

»Ich habe gestern Reto Federer angerufen. Es soll um Katzenjacob und das Kalteneck-Experiment gehen. Denn …« Er zögerte. »Ich weiß es nicht sicher, aber ich vermute stark, dass es die Wartegg-Konferenz selbst war, die es angestoßen hat.«

»Richard, ich bitte dich!«, rief Meisner. »Es ist so schon kompliziert genug!«

»Rosenfeld und Groschenkamp müssen jedenfalls mal eingeladen gewesen sein«, stellte ich fest. »Sie besitzen beide die Nadel.«

»Ja, aber vor allem trägt die Datensammlung der Kalteneck-Experimente, die ich in Edinburgh in Finleys Aktenordner gesehen habe, das Gnomon.«

Ich konnte nicht einmal mehr »Was?« ausstoßen. Das also war die eigentliche Brisanz des Dokuments gewesen. Richard hatte sie mir verheimlicht, während er mich mit der Bestätigung zufrieden stellte, dass Katzenjacob auf der Liste stand.

»Und die haben jetzt dich eingeladen?«, konstatierte ich etwas wurmstichig in der Seele.

Er deutete ein Lächeln an. »Sie haben auch Derya und Finley eingeladen – und … dich.«

»Aber ich habe keinen solchen Brief bekommen!«, rief ich.

»Wann haben Sie denn zuletzt Ihre Post gesichtet?«, fragte Meisner.

Ich bedachte, dass ich seit Tagen die Post direkt aus meinem Briefkasten in die Papiertonne warf.

Aber das war nicht der Punkt. Richard drehte seinen Umschlag um und sagte: »Es ist keine Briefmarke darauf, wie du siehst. Die Einladungen werden per Boten zugestellt. Du bekommst deine demnächst. Ich habe Reto Federer den Hinweis gegeben, dass du dem Boten die Tür öffnen wirst, wenn er zweimal kurz, einmal lang und dann wieder kurz klingelt.«

Ich atmete aus. Es wurde langsam Zeit, dass ich das Nerz'sche Minderwertigkeits-Protest-Geschrei aufgab. »Und was sollen wir dort?«

»Berichten«, antwortete Richard.

»Wie, berichten?«

»Wie wir das machen, wird uns nicht vorgeschrieben. Alle Diskussionen sind offen. Wir haben am Samstagvormittag anderthalb Stunden Zeit, die wir gestalten können, wie wir wollen. Und ich denke, zu erzählen hast du genug.«

»Ich? Nee!«

Meisner grinste. »Dass ich das noch erlebte. Lisa Nerz lässt sich einschüchtern. Tja, Staatsmänner sind eben doch was anderes als Staatsanwälte, gell?«

Ich fand das gar nicht komisch. Und selbstverständlich war ich zu stolz, auch nur zu erwägen, Richard bei der Ausgestaltung meines Vortrags um Hilfe zu bitten. Ich erkundigte mich stattdessen bei Karin Becker im Archiv des *Stuttgarter Anzeigers*. Sie wusste, dass Präsentationen vor gemischtem Publikum nie länger als eine halbe Stunde dauern durften. Oberstes Limit. Es sollte doch eine Diskussion entstehen.

Worüber wollen die diskutieren?, fragte ich mich seitdem.

57

Finley McPierson meldete sich aus den USA und sagte zu, in Stuttgart zu sein, wenn wir nach Neuschwanstein fuhren. Und es klingelte zweimal kurz, dann lang und wieder kurz an meiner Tür, und ein junger Mann übergab mir von Angesicht zu Angesicht die Einladung zur Wartegg-Konferenz. Ich begab mich in Klausur, um meinen Vortrag auszuarbeiten. War auch besser so, denn in der Parallelwelt war ich zur Jagd freigegeben. Weil ich mich weigerte, mit der von ihnen geschaffenen Existenz identisch zu werden, rächten sie sich mit übler Nachrede.

»Ist sie die heimliche Geliebte von Katzenjacob?«, fragten die einschlägigen Blätter unter einem Foto von mir im Anzug mit Schlips und Kippe im Mundwinkel, das bei einer Feier des Frauencafés Sarah vor zwei Jahren geschossen worden sein musste. Herausgezoomt meine Fratze mit Narben und einem tückischen Blick aus den Augenwinkeln. Vermutlich war ich im Begriff gewesen, die Fotografin zu erschlagen. »Nutzt sie skrupellos ihre privaten Beziehungen zur Staatsanwaltschaft aus, um Informationen an Katzenjacobs Verteidiger weiterzugeben?« Oder: »Nerz ist kein unbeschriebenes Blatt. In den neunziger Jahren arbeitete sie für das Emanzenblatt *Amazone*. Damals kamen die renommierte Feministin Louise Peters und eine Redakteurin des Lesbenkampfblatts auf nie ganz geklärte Weise ums Leben. Ihr Vermögen hat die bekennende Lesbe von ihrem Ehemann geerbt, einem Reutlinger Industriellen, der unter bis heute ebenfalls ungeklärten Umständen bei einem Autounfall das Leben verlor. Fuhr Lisa Nerz damals den Wagen gegen einen Baum? Sie selbst ist seitdem durch Narben entstellt.«

Na! Sie hätten sich ruhig mal entscheiden können, ob ich mein Vermögen nun per Lotto-Manipulation gewonnen oder geerbt hatte und ob ich Juris Gegnerin war oder seine Geliebte. Aber so war eben für jeden was dabei. Auch die Frage, ob ich

Rosenfeld nicht nur fotografiert, sondern auch ermordet hatte, wurde immer wieder gestellt.

Denen geht es nicht um mich, schärfte ich mir täglich ein. Es geht nur um eine Story, die sich gut verkauft. Das hatte Richard gesagt, als es ihn und Meisner traf. Und bitte sehr, er war immer noch Staatsanwalt.

Die Medien und die Wirklichkeit sind einfach zwei Welten mit nur sehr kleiner Schnittmenge. Ganz einfach und höchst komplex. Was die schreiben, senden und sagen, hat nichts mit meinem Leben auf dem Asphalt zu tun. Im Bioladen wird die Bedienung nie einen Zahn zulegen. Das ist auch eine Welt für sich, eine schlurfende, langsame. Und mein Tabakverkäufer liest die Zeitungen nicht, die er verkauft. »Steht doch nichts drin, was mich was angeht. Nur Tote und Katastrophen und Schuldenkrise.«

Oma Scheible hörte auch nicht auf, mir das Essen zu bringen. Entrüstet jetzt. »Sie send doch gar net lesbisch, des wüsst i! Und dass die jetzt anfanget, dem Katzenjacob zuzuschreibe, er wär für das Erdbebe in Japan verantwortlich, des isch der Gipfel! Als ob oiner alloi so ebbes könnt. Des isch doch auch reschpektlos dene Tote gege'über. Dass die sich net schämet!«

58

Ich verkleidete mich bürgerlich mit Rock, Bluse und Blazer, damit man mich nicht gleich erkannte, und begab mich zu unserem Treffpunkt am Karlsplatz, wo auf dem Busparkstreifen Kittys schwarzer Kleinbus mit dem lila Schriftzug »Haunt Hunter's Agency« stand. Am Lenker saß einer ihrer Mitarbeiter.

»Oh«, bemerkte Finley amüsiert. »The greengrocer's apostroph!«

»Bitte?«, fragte ich.

Er deutete auf den Schriftzug. »Der falsche Genitiv. Unsere pakistanischen und indischen Gemüsehändler schreiben gern mal tomato's. Die Hunters sind doch hier wohl Plural. Jäger …« Er lachte. »Klingt im Deutschen gleich wie der Singular. Also müsste es Haunt Hunters'«, er malte ein Apostroph in die Luft, »Agency heißen.«

»Nein!«, sagte Kitty. »Das glaube ich nicht. Wir haben extra jemanden gefragt.«

Vermutlich einen Greengrocer oder den von Micha's Lädle.

Richard kam direkt vom Gericht mit dem Talar überm Arm und weißer Krawatte. Meisner hatte sich den Tag freigenommen und mit Anorak und festem Schuhwerk ausgestattet. Der Leitende Oberstaatsanwalt Krautter trug einen dunklen Anzug und schlechte Laune. Nadja Locher war wegen ihres fatalen Auftritts nach dem Haftprüfungstermin von der Presseabteilung in die Abteilung für Drogendelikte versetzt worden und um rund fünf Kilo vollbusiger geworden. Roswita Kallweit war aufgeregt wie ein Schulmädchen. Das Medium Janette drückte mir mit ernster Miene die Hand und sagte: »Gott wird es Ihnen danken! Sie erweisen der Menschheit einen großen Dienst.«

»Warten wir's ab«, antwortete ich mit unangenehmen Noppen auf der Haut.

Bei durchwachsenem Wetter rollten wir um Viertel nach eins auf die A8 Richtung Füssen im Allgäu. Finley war vergnügt und erzählte Schnurren aus seinem Leben. Kittys blonde Energie und Rechthaberei hatten es ihm angetan. Er kam gerade aus Kalifornien, wo ein Hypnotiseur sein Unwesen trieb.

»Er behauptet, er könne die geistige und körperliche Stärke eines Menschen durch Hypnose in Sekundenschnelle erhöhen.«

Kitty nickte. »Das habe ich auch schon erlebt. Das ist phänomenal! Unsere geistigen Kräfte sind unerschöpflich.«

»Aber ja«, feixte Finley, »und zwar die aller. Und sofort! Es ist erstaunlich.« Er schaute sich um. »Damit Sie alle wissen, wie das geht: Der Hypnotiseur setzt eine Frau aus dem Publikum – angeblich eine Freiwillige – unter Hypnose und befielt ihr, stark zu sein wie Eisen. Dann legt er sie über zwei Stühle, so dass ihre Körpermitte ohne Stütze ist.«

Das hatten wir alle auf die eine oder andere Weise schon gesehen.

»Und nun lässt er ein paar Jugendliche über sie hinweglaufen und behauptet, dies sei nur mit Hypnose möglich, nur sie verleihe der Frau die nötige Stärke.«

»Ja, natürlich«, sagte Kitty. »Das ist wirklich so. Man glaubt es kaum, wenn man das sieht!«

»Da haben Sie recht, Kitty«, sagte Finley. »In der Tat, man glaubt nicht so recht, was man da sieht, don't you? Deshalb bin ich aufgestanden und habe den Hypnotiseur um die Gelegenheit gebeten, meine Kräfte mit seinen zu messen. Er wollte das natürlich nicht, aber das Publikum hat es für einen Teil der Show gehalten und erwartet, etwas Spektakuläres zu sehen zu bekommen. Ich habe eine andere Person aus dem Publikum geholt. Die Frau, die ich zuerst gefragt habe, wollte nicht, aber ein nicht eben starker Mann, der erklärte sich bereit, sich über die Stühle zu legen. Im Gegensatz zu dem Hypnotiseur habe ich auf den ganzen pseudohypnotischen Hokuspokus verzichtet. Der junge Mann hat sich über die Stühle gelegt, ich habe dieselben jungen Leute auf seinen Bauch steigen lassen. Und was glauben Sie, Kitty, was ist passiert?«

Das war keine Frage, auf die er wirklich eine Antwort erwartete. Ihm genügte es, in Kittys Augen Unsicherheit zu erkennen.

»Brach der Mann unter dem Gewicht zusammen? Nein. Er fühlte sich sogar recht wohl. Und er war erstaunt, wie wenig Kraft nötig ist, um in dieser Lage einen andern Menschen zu tragen. Es ist nur etwas Selbstvertrauen nötig. Es ist ein uralter Trick, der mit Hypnose nicht das Geringste zu tun hat. Natürlich stellte sich dann noch heraus, dass der Hypnotiseur die Freiwillige aus dem Publikum vorher angeheuert hatte. Sie war eine

Schauspielerin. Und solche Vögel quacksalbern über Jahre an Menschen herum, die mit einer Krankheit zu ihnen kommen!«

»Aber«, wehrte sich Kitty tapfer, »ich kenne Fälle …«

»Ja, wir kennen immer Fälle! Wir lassen uns zu gern betrügen.«

So ging es die halbe Fahrt. Finley hatte seinen Spaß, Kitty weniger.

Man hätte schon eher mal wieder über Land fahren sollen, dachte ich. Es erdete. Egal, welche Bilder um den Globus wehten, das Geschiebe unserer Autos blieb gleich, die Drängler, die Raser, die Autofahrer mit Hut. Unverändert kegelten die Berge des Albtraufs mit der Burg Teck uns in den Albanstieg. Auf der Albhochfläche war die Getreideernte schon vorüber. Und wie immer hatten die Landwirte geklagt: zu viel Sonne, zu viel Regen, Missernte, Einbußen, Preissteigerungen. Es war ein uraltes Spiel, auf das wir Jahr für Jahr hereinfielen. Aber es war mir erst dieses Jahr aufgefallen. Man kann halt über alles klagen. Die Wahrheit findet sich zuverlässig in der Toilettenanlage einer Raststätte. Körperliche Bedürfnisse sind bezwingend und kosten Geld.

Wäre da nur nicht die Frau gewesen, die mich am Waschbecken stellte. »Sie sind doch diese Lisa Nerz! Mein Mann spielt jede Woche Lotto. Immer mit den gleichen Zahlen. Können Sie da nicht was für uns tun? Ich sage Ihnen die Zahlen.«

Als es alpenländisch wurde, wandte sich Finleys Begeisterung den Kuhglocken und Häusern mit Holzbalkonen zu. Schloss Neuschwanstein enttäuschte ihn. Er hatte es zu hoch im Bergriegel gesucht und fand es zu klein. »Man sieht es ja gar nicht.«

Die Eroberung des Schlosses dauerte zwei Stunden. Parkplatz anfahren, den Kartenverkauf ansteuern. Die Schalter waren für lange Schlangen ausgelegt. Jetzt, anderthalb Stunden vor der letzten Führung, waren die Warteschleusen leer. Man winkte uns ohnehin gleich in ein Hinterzimmer, wo ich ein Vermögen hinblätterte. Dann Toiletten suchen, dann eine halbe Stunde auf steiler Straße den Berg hochwandern. Kallweit keuchte, Meisner stapfte munter, Krautter marschierte und erzählte von Wandertouren in den Hochalpen, Janette und Kitty hatten sich untergehakt und bummelten, Finley schleuderte kamelig seine Beine im Takt mit Richards. Sie überholten den Pferdewagen mit den Lauffaulen und kamen außer Sicht.

Dann zwischen Andenkenkiosken warten, Schirme, Krüge und Tiroler Hüte mit Gamsbart besichtigen. Ein Mann starrte mich an. Ich kaufte mir einen Schal und wickelte ihn mir bis über die Nase hoch. Es war zu spät. Der Mann murmelte mir hinterrücks ein »Hexe!« in den Kragen, als er loszog, weil auf der Anzeigetafel die Nummer seiner Führung aufleuchtete.

Richard fuhr herum. Aber da war der Kerl bereits in der Menge verschwunden.

Unsere Nummer war die letzte auf der Tafel. Wir rückten wieder hundert Meter weiter vor ins Torhaus zum Innenhof. Hier Rucksäcke abgeben, die technische Ausrüstung (Gaußmeter, Thermometer) in den Taschen am Körper unterbringen (Finley steckte sich sogar einen Zauberstab unter die Jacke), warten, bis an den Schranken unsere Nummer erschien. Der Innenhof leerte sich rasch. Die Gruppen vor uns verschwanden im Fünf-Minuten-Takt. Es war eine automatisierte Logistik, die praktisch ohne Personal auskam.

»Ich will ja nichts Falsches sagen«, bemerkte Meisner mit Blick zu den grauen Türmen, »aber das sieht aus wie ein Pappmaschee-Schlösschen im Ludwigsburger Märchenpark. Waren Sie schon mal hier, Mr. McPierson?«

»Nein«, antwortete Finley, der aus dem Land der echten alten, feuchten und finsteren Spukgemäuer kam. »Mich ruft man nur in Schlösser, in denen ein Geist umgeht. Das hier ist zu neu. Hier ist keine Weiße Lady gestorben, Sie verstehen? Dieser verrückte König Ludwig, der hat sich doch im Starnberger See das Leben genommen, er hat sich ertränkt, nicht wahr?«

»Das ist keineswegs so sicher«, sagte Richard. »Dort, wo man die Leichen fand ...«

»Waren es zwei?«

»Die von König Ludwig und die von Obermedizinalrat von Gudden, der Ludwig an diesem Tag über seine Entmündigung informiert hatte. Sie lagen im Starnberger See in Ufernähe. Guddens Uhr war im Wasser über eine Stunde später stehen geblieben als die von Ludwig. Daher ließ sich die These nicht aufrechterhalten, dass von Gudden Ludwig am Selbstmord habe hindern wollen. Außerdem konnte Ludwig schwimmen, und da ertrinkt man nicht.«

In der Tür tauchte eine junge Frau auf, das Kinn in einem dicken Schal, die Hände in Wollhandschuhen. Wir durften uns in Marsch setzen.

»Auf ihren Sterbebetten«, erzählte Richard weiter, »sollen der königliche Leibfischer und der königliche Leichenbeschauer ihren jeweiligen Töchtern gestanden haben, dass Ludwigs Leiche im Rücken zwei Einschusslöcher aufgewiesen habe.«

»Oh, very interesting!«, rief Finley.

»Pst!«, machte Kitty. »Wir sollten uns nun konzentrieren. Wir sollten, wann immer es geht, die Augen schließen.«

»O ja, fein, konzentrieren wir uns. Darf ich Ihre Hand ergreifen, Kitty? Sie sehen ja nichts mit geschlossenen Augen.«

Kitty bewies Kaltblütigkeit. Sie ließ sich von Finley nicht aus dem Konzept bringen. Richard nahm mich bei der Hand und ich packte die kalte Hand von Nadja Locher. So verbunden traten wir ein, was bei den anderen Gruppenmitgliedern für Getuschel sorgte. Aber in diesen Zeiten der Geisterbeschwörung auf Bergkuppen, in Steinkreisen oder auf Druidenplätzen war man mittlerweile an allerlei rituelles Verhalten gewöhnt. Zwei der Gruppenmitglieder trugen schwarze Armbinden.

Wir betraten eine lichtarme Halle von freud- und glanzloser Pracht. Ich vermisste den Hauch von Weihrauch, der für mich zu katholischer Architektur gehörte. Unser Medium Janette schauderte. Und Finley lag falsch. Es war ein unheiliges Gebäude voller Spuk in den Gängen, Treppenhäusern und Räumen, die wir nicht betreten durften. Unser Weg führte uns zügig in den goldenen Thronsaal.

»Augen auf!«, raunte ich Finley zu.

Aber seine blauen Augen hinter den Brillengläsern wanderten bereits hinauf in die Kuppel, aus deren Zenit die Kette herauskam, an welcher der riesenhafte, zweistöckige Radleuchter hing.

Während die Fremdenführerin uns in dem byzantinischen Kitsch die Wandgemälde erklärte und die Besucher »Schön!« flüsterten, erklärte Richard Finley leise die Statik: Doppel-T-Stahlträger, die Säulen nicht aus Marmor, sondern aus mit Stuck verkleideten Rohren, die Kuppel nicht aus Ziegeln gewölbt, sondern in einem Eisengerüst.

»Um die einst 96 Kerzen anzuzünden«, sagte die Fremdenführerin fröstelig, »kann man den Leuchter herunterlassen. Er besteht aus vergoldetem Messing, ist einer byzantinischen Krone nachempfunden und wiegt eine Tonne.«

»Sechsundneunzig«, rief Richard erfreut, »die Zahl des Vielecks, mit dem Archimedes den Näherungswert von Pi bestimmt hat, dem für alle Kreise dieser Welt gültigen Quotienten aus Umfang und Durchmesser. Bei Archimedes kam 3,142857 in Periode heraus. Die echte Zahl Pi ist natürlich keine periodische Zahl, sondern eine transzendente Zahl mit unendlich vielen Stellen hinterm Komma.«

Roswita Kallweit kannte ihren Chef im diesem Zustand höherer mathematischer Leidenschaft offenbar noch nicht. Sie starrte ihn offenmäulig an. Auch Nadja war sich nicht sicher, was davon zu halten war. LOStA Krautter mochte Richards Art, sich bei Frauen interessant zu machen, nicht. Außerdem ärgerte er sich, weil ihm klar geworden war, dass er mit einer einzigen unbedacht abgerechneten Fahrt den Karrieresprung in die Bundesanwaltschaft verbaselt hatte. Das Einzige, was ihn tröstete, mochte sein, dass der Oberstaatsanwalt trotz seiner Rechenkünste auch keine Chance hatte, nicht nach der Pressekampagne gegen ihn.

Meisner sagte: »Und was hilft uns das?«

»Pi«, erklärte Richard, »ist eine Zahl, die man an allen bedeutenden Bauwerken bis zu den ägyptischen Pyramiden findet. Sie spiegelt das Mysterium der Verschwörung von Kreisumfang und Durchmesser wider.«

Meisner gluckste.

Kitty hatte vorübergehend vergessen, ihre Augen zu schließen, und schrak zusammen, als unser Medium Janette an ihrer Hand wankte und stöhnte. Sie besann sich jedoch schnell auf ihren Job. »Ist jemand hier?«

»Ja«, antwortete Janette mit tiefer Stimme.

Falscher Zeitpunkt. »Wenn Sie dann bitte auch kommen würden!«, rief die Fremdenführerin.

»Das geht jetzt nicht«, sagte Kitty energisch und hob das Gaußmeter. »Wir spüren etwas. Es sind Kräfte. Es ist jemand hier, der Geist eines Toten. Wer bist du?«, wandte sie sich hastig an Janette.

Die machte ihre Sache meisterhaft. »Ga… Gabriel. Ich bin …«

»Keine Nachnamen!«, zischte ich.

»Gabriel.«

Die letzten unserer Gruppe, die zur Tür hinausgegangen waren, drehten sich um und kamen wieder herein in den goldblauen Saal mit seinem kleinteiligen Mosaikboden, in dem nie ein Thron gestanden hatte.

»Bitte!«, rief die Fremdenführerin. »Die nächste Gruppe kommt gleich.«

»Nein, wir sind die letzte«, widersprach ich.

»Was willst du, Gabriel?«, rief nun Meisner rasch.

Wir standen Hand in Hand im Halbkreis. Nur Finley schlenkerte seine Beine durch den Saal, die Augen auf den Kronleuchter geheftet. Er griff unter die Jacke und förderte seinen schwarzen Zauberstab zutage, an dessen Spitze er etwas festmachte, dessen Sinn ich nicht erkannte. Dann machte er wilde Zeichen, die ich so verstand, dass wir die Schlossführerin ablenken sollten. Das besorgte LOStA Krautter, ohne es zu wollen. »Da mache ich nicht mit!«, sagte er. »Das ist zu albern!«

»Nicht kneifen!«, raunzte Meisner. Es gab ein kurzes Gerangel, aber sie hielt ihn fest. Im Augenwinkel sah ich Finley sich hinterm Rücken der Fremdenführerin strecken und mit dem Stöckchen den unteren Rand des Leuchters berühren.

»Dies ist eine Geisterbeschwörung«, wandte ich mich an die Leute, die inzwischen alle wieder da waren. »Sie wird eine Viertelstunde dauern. Bitte seien Sie mucksmäuschenstill, egal, was passiert.«

»Das ist doch die aus der Zeitung«, wisperte es reihum. »Diese Lisa Nerz. Da schauen wir doch mal, was die zustande bringt.«

Nadja Lochers Hand zappelte an meiner rechten, Richards Hand war warm und entspannt.

Die Fremdenführerin hätte sicher irgendwelches Sicherheitspersonal rufen können. Sie schien aber neugierig geworden zu sein und wartete mit vor der Brust gekreuzten Armen. Eine Viertelstunde mochte drin sein, wenn wir die Letzten waren, auch wenn ich in den Tiefen des Schlosses bereits die Putzkolonne nahen hörte.

Was Finley gemacht hatte, hatte ich nun auch nicht mitbekommen. Inzwischen stand er friedlich grinsend vor der goldenen Wand und hatte die Hände im Rücken übereinandergelegt.

»Wo bist du zu Hause, Gabriel?«, spulte Kitty das Standardprogramm ab.

»In …« Janette hustete. »Nicht hier!«

»Warum bist du heute hier?«

»Es droht Gefahr, große Gefahr!«

»Was für eine Gefahr?«

Janette zögerte. Dann schüttelte sie den Kopf.

Kitty nickte mir aufmunternd zu. Ach ja richtig, die Narben.

Nur mir öffnete sich der Geist. Oder Richard, denn seine Narben waren tiefer. Aber das wusste Kitty nicht.

»Was ist das für eine Gefahr?«, fragte ich.

Janette schüttelte wieder den Kopf. Tja, Gefahren ahnen und sie benennen waren zweierlei Dinge. Janette kannte die Angst, wusste aber nicht wovor.

»Warum droht uns Gefahr?«, fragte ich.

»Der Tod ... der Tod ...«

Irgendwo donnerte eine Tür ins Schloss, Schritte entfernten sich eilig. »Hu!«, machte jemand vom Publikum. Dann Gelächter.

»Sterben müssen wir alle, Gabriel. Woran bist du gestorben?«

»Der weiße Mann ... der weiße Mann ... er hat mich getötet.«

»Der Maler«, flüsterte Nadja Locher. »Katzen...«

»Pst!« Ich stoppte sie mit einem Schulterrunkser und rief schnell: »Wie hat er dich getötet?«

»Mit dem ... mit dem ... ja, dem schwarzen Dolch.«

Mein Puls stolperte. Hatte nicht Richard für einige Stunden am Wollstrumpf über seiner Wade den schwarzen Dolch der Schotten getragen? Das konnte Janette nicht wissen. Oder doch? Richards Hand war nicht mehr ganz so ruhig.

»Wer hat den schwarzen Dolch getragen?«, fragte ich. Im selben Moment wurde mir bewusst, dass ich, ob ich es wollte oder nicht, eine Richtung vorgab.

»Ich weiß nicht.«

»Ist er unter uns?«

Ich spürte förmlich, wie ein Ruck durch die Runde ging. Was um alles in der Welt ritt mich da?

»Nei... ich ... ich weiß nicht«, sagte Janette. »Vielleicht.«

Abbrechen!, dachte ich.

»Jemand unter uns kennt ihn?«, nahm Richard das Wort. Seine Hand hatte sich fest um meine geschlossen.

»Ja«, antwortete Geist Janette geradezu erleichtert.

Das passte. Ich hatte Juri Katzenjacob immerhin schon mal in die Augen gesehen. Meisner kannte ihn, Richard hatte ihn ebenfalls gesehen, Krautter vermutlich auch. Alles wieder im grünen Bereich.

Da rief jemand – keiner von uns – gellend: »Der Leuchter! Er bewegt sich, er schwingt! Da! Seht doch!«

Alle Blicke fuhren zum Leuchter wie Magnete ans Metall.

»Quatsch!«, sagte Meisner.

»Doch!«, rief die Frau, eine rüstige Siebzigjährige mit schwarzer Armbinde. »Ich habe es ganz deutlich gesehen. Gerade eben.«

»Aber dann müsste er jetzt auch noch schwingen«, sagte Meisner resolut.

»Ich finde auch, dass er sich bewegt«, sagte Nadja Locher.

Wir starrten hoch, wir atmeten, der tonnenschwere Leuchter atmete mit. Es kam einem wirklich so vor, als schwinge er. Es war frappierend. Finley amüsierte sich vermutlich köstlich über diesen Betrug, den unsere lebendige und aufs Beseelen erpichte Physiologie an uns beging.

»Es kommt einem nur so vor«, ergriff die Fremdenführerin unvermittelt das Wort. »Es ist eine optische Täuschung.«

»Wie?«, fragte Richard erstaunt und drehte sich zu ihr um. »Wodurch kommt sie zustande?«

Auf einmal war die Trance gebrochen. Rosenfelds Geist war verweht, Janette und Kitty ärgerten sich, alle andern waren gottfroh, dass sie die schwitzigen Hände der Nachbarn loslassen konnten.

»Das kann ich Ihnen leider nicht erklären«, sagte die Fremdenführerin verlegen lächelnd. »Ein Physiker unter den Besuchern hat das mal erklärt. Da hatte auch plötzlich jemand den Eindruck, dass er sich bewegt. Es muss irgendwas mit den Rundbögen und dem Licht zu tun haben. Tut mir wirklich leid. Und wir sollten dann jetzt wohl …«

Diesmal folgten wir ihr. Kitty hatte eine Gruppe Interessierter im Gefolge und verteilte Karten ihrer Agentur. Ich hielt mich dicht neben Richard, der jeden, der sich mir geldgierig oder sonst wie neugierig näherte, mit seinem Blick wegscheuchte. Krautter stellte der Fremdenführerin Fragen zu den Gemälden, die zeigten, dass er schon mal hier gewesen war. Und Finley fing an haltlos zu lachen, als wir das groteske Schlafzimmer König Ludwigs betraten, das ganz und gar mit böser stachliger Gotik aus schwärzestem Holz ausgestattet war. Nebenan ein grüner Leibstuhl mit integrierter Spülung. Damals schon. Ja, ja. Und elektrische Klingeln, Zentralheizung und dampfbetriebene Aufzüge hatte der Knabe auch schon gehabt. Ludwigs berühmte Grotte war allerdings eher enttäuschend kurz und klein, aber täuschend echt. Fünf Meter Bärenhöhle. Nur nicht so tropfig. Sie soll ja dann den Ungetreuen des Königs Beweis genug gewesen sein, dass er den Verstand verloren hatte. Sein Tod war die Folge.

»Ein bisschen wie bei Neureichs«, bemerkte Meisner im Meistersingersaal. »Die Farben haben keinen Glanz.«

Eine halbe Stunde nach Eintritt waren wir durch und standen in der Cafeteria unterm Stahlgebälk des Thronsaals.

»Eine erstaunliche Ingenieursleistung«, bemerkte Richard. »Jede Zeit braucht Verrückte, die Geld für technische Innovationen ausgeben.«

»Und der Leuchter schwingt wirklich«, sagte Finley vergnügt.

»Mach Sachen!«, rief Meisner. »Also ich brauche jetzt einen Kaffee. Wie geht das jetzt hier? Ah!« Sie drückte auf den Knopf des Kaffeeautomaten.

Finley tat es ihr nach. »Man kann es nur schwer erkennen. Vermutlich sehen es nur einige Menschen mit guten Augen. Wenn man ganz still steht und über eine Stange am Leuchter einen Punkt an der Wand anpeilt, dann sieht man, dass der Leuchter sich hin und her bewegt.«

»Und Sie haben solche Adleraugen?«, fragte Meisner.

Wir stellten nach und nach Tassen unter den Automaten und trugen sie an der Kasse vorbei zu den Glastischen. Krautter saß bereits mit Nadja Locher an dem Tisch, von dem aus man einen Blick hinab zur Marienbrücke und zum Alpsee hatte.

»Ich habe ein Messgerät«, erklärte uns Finley, als wir saßen. Er zeigte uns sein schwarzes Stöckchen. An der Spitze befand sich eine bewegliche Klemme, am andern Ende ein Seilzug, um die Klemme zu öffnen. Außerdem legte er uns zwei daumennagelgroße Viertelkreise aus Pappe mit je einer kleinen, beweglich aufgehängten Nadel vor. »Sie funktionieren wie Seismografen. Ich klemme sie mit meinem Zauberstab am Ring des Kronleuchters fest. Die Nadel hängt im Lot. Wenn sich der Leuchter aus dem Lot bewegt, zeichnet die sehr weiche Bleistiftmine an der Nadelspitze einen Kreisausschnitt auf die Pappe. Eine Erfindung von mir. Dann muss man sich nicht stundenlang darüber streiten, wer was gesehen hat. Und seht ihr? Es gibt einen Ausschlag. Der Kreisbogen ist schätzungsweise zwei Zentimeter lang. Auf diesem hier ist er größer als auf dem andern. Demnach schwingt der Leuchter eher quer zum Schiff.«

»Er bewegt sich also wirklich und wahrhaftig«, stellte ich fest.

»Und zwar durch uns!«, rief Kitty. »Ich habe eine sehr starke Präsenz gespürt. Du doch auch, Janette? Da war eine große Energie in uns.«

»Nein, Kitty«, widersprach Finley, »ich fürchte, wir können gar nichts dafür. Ich gehe jede Wette ein, dass er auch schwingt, wenn niemand im Thronsaal ist. Vielleicht nicht immer, aber immer mal wieder. Meistens vermutlich.«

Und als Rosenfeld mit Katzenjacob hier war, hatte er auch geschwungen. Richard und Meisner dachten sicher dasselbe. Aber vor Kitty mussten wir das nicht besprechen.

»Es ist eben ein Ort der Energie«, klügelte sie. »Es gibt solche Orte. Vermutlich hat König Ludwig darum instinktiv diesen Platz für sein Schloss ausgewählt.«

»Und wie erklären Sie das Phänomen?«, fragte Krautter von seinem Aussichtstisch herüber den Parapsychologen.

»Da gibt es verschiedene Möglichkeiten. Ich bin weder Baustatiker noch Ingenieur. Das müssen die herausfinden. Aber denkbar wäre, dass manchmal der Wind auf die Seitenwand prallt oder sich in irgendeinem Bauelement verfängt, so dass es zu leichten Schwingungen in den Stahlkonstruktionen kommt, die sich bis in den Leuchter fortsetzen. Das ist gar nicht ungewöhnlich. Alle Hochhäuser und Türme schwingen.«

»Wieso müssen wir immer eine rationale Erklärung suchen!«, klagte Kitty. »Können wir es denn nicht einfach einmal so stehen lassen, dass wir keine Erklärung haben. Es gibt Dinge auf der Welt, die wir mit unserem Verstand nicht begreifen können.«

»Da haben Sie ja soooo recht«, rief Finley. »Ich werde zum Beispiel nie begreifen, wieso ein Flugzeug fliegt mit all den Stühlen und Sitzen und Leuten darin und nicht zu vergessen den vielen Kartons voller Tomatensaft.«

Immerhin konnte Kitty darüber lachen.

Ich betrachtete das Pappsegment mit der feinen Zeichennadel. Am spitzen Ende befand sich eine Klemme, wie ich sie auch in Groschenkamps Schreibtisch gesehen hatte. Das Klemmteil war schwarz. Mit zwei beweglichen Metallbügeln konnte man es auseinandersperren.

»Wie nennt sich das?«, fragte ich Richard.

»Flügelklemme.«

»Das könnte es gewesen sein«, raunte ich ihm zu. »Das unscharfe Ding auf dem Foto, der Käfer, du erinnerst dich?«

Nach einer Sekunde Hirnsuche hatte er's auch. Wir sprachen, ohne es auszusprechen, von dem Gegenstand, der auf meinem verwackelten Foto von Rosenfelds Leiche noch drauf gewesen war, aber von der Kriminaltechnik später nicht mehr fotografiert werden konnte.

Finley hatte die Pappe mit einem der beiden Flügel verdrahtet, so dass das Gebiss nach oben zeigte und ohne langes Gefummel sogar mit einem Stock von unten an eine Lampe zu klemmen war.

»Simple, but it works!«

»Genial«, bestätigte Richard.

Wir verließen das Schloss durch einen milchig beleuchteten Tunnel, während sich hinter uns Schlüssel in Schlössern drehten. Auf dem langen Fußmarsch durch den Wald hinunter ließ sich Richard mit Finley zurückfallen. Auch ich tat langsam, egal, ob es den beiden nun passte oder nicht, und erklärte Finley die Sache mit dem Gegenstand auf dem Foto. »Könnte es sein, dass so eine Flügelklemme verwendet wurde, um die Leiche an die Tür zu ziehen?«

»Ah!«, rief Finley und kratzte sich hinterm Ohr. »Hm! Darf ich ein paar Fragen stellen zu der Situation, wie die Leiche gefunden wurde?«

»Bitte«, erwiderte Richard.

Finley rieb sich die Hände. »Dann lasst uns Sherlock Holmes spielen. Die Leiche lag mit den Füßen zur Tür?«

»Ungefähr so weit entfernt, dass man die Tür nur einen armbreiten Spalt öffnen konnte«, antwortete ich.

»Und lag sie gerade? Genau in der Achse?«

»Wir haben nur ein paar unscharfe Fotos, die Lisa gemacht hat.«

»Oh, starke Nerven!«

»Auf den Fotos sieht die Leiche gerade aus«, fuhr Richard fort, »sie lag auf dem Rücken, die Beine parallel, die Arme nach oben gerichtet.«

»So wie man jemanden an den Füßen in eine Position zieht? Ja?«

»Die Analyse der Blutspuren ergibt ein ähnliches Bild. Die Leiche wurde drapiert und … äh … manipuliert.«

»Sie wurde aufgeschnitten«, erklärte ich. »Die Organe wurden herausgeholt, zerschnitten und neben ihn gelegt, Darm, Nieren, Leber, Lunge. Eine sehr blutige Angelegenheit.«

Finley schüttelte sich. »Verstehe. Die entscheidende Frage scheint mir, ob sie erst manipuliert und dann mit den Füßen zur Tür gezogen wurde, oder umgekehrt.«

»Es ist sehr … viel Blut geflossen«, überwand sich Richard zu sagen. »Bei Auffindung der Leiche etwa 60 Stunden nach der Tat war es bereits eingetrocknet. Es gab verschiedene Schichten aus verschiedenen Stadien der … der Operation. Unsere Spezialisten bei der Polizei sind der Ansicht, dass die Lage der Leiche mehrmals verändert wurde. Erst zum Schluss wurde sie so arrangiert, wie Lisa sie fotografiert hat.«

»Und dabei hat man keine Fußabdrücke von Katzenjacob gefunden?«

»Doch, etliche. Das hat ihn überführt. Er hat den Fehler begangen, seine Schuhe nur abzuwaschen, statt sie zu vernichten.«

»Und wo ist das Problem? Die Tat kannst du ihm damit nachweisen.«

»Ich war und bin nicht der ermittelnde Staatsanwalt, Finley. Wir wissen zwar, dass der Beschuldigte die … die Manipulationen vorgenommen hat, das Tötungsdelikt können wir ihm aber nicht nachweisen, und wir wissen nicht, wie er den Raum anschließend verlassen hat.«

»Er hat einen Strick um die Füße des Toten gebunden, ihn unter dem Türspalt durchgezogen, den Raum verlassen und dann die Füße der Leiche zur Tür gezogen.«

»Es sind aber keine Faserspuren von einem Strick an seinen Hosenbeinen oder Schuhen gefunden worden.«

»Deshalb habe ich an die Klemme gedacht«, sagte ich. »Könnte er nicht den Strick mit einer oder mehreren Klemmen an den Hosensäumen befestigt haben?«

»Gute Idee, Lisa!«, rief Finley. »Der Haken bei allen Zaubertricks ist jedoch, dass sie in der Theorie gut klingen und in der Praxis nicht funktionieren. Man muss sie ausprobieren. Dabei würde sich zum Beispiel herausstellen, dass man die Klemmen nicht mehr abkriegt oder dass sie zu schwach sind. Was wird Gabriel gewogen haben, etwas über 70 Kilo? Natürlich minus 69 Gramm. Das ist das Gewicht, das die Seele hat.«

Ich schaute ihn vermutlich ziemlich entgeistert an.

»Aber ja, Lisa! Der Erste, der das Gewicht der Seele bestimmt hat, war 1907 ein Arzt in Massachusetts. Er hängte das Bett eines Sterbenden an einer sehr genauen Waage auf. Demnach war das Bett nach dem Tod 21 Gramm leichter. Ein paar Niederländer haben dann zeigen wollen, dass man den Astralkörper des Menschen physikalisch nachweisen kann. Sie kamen beim Abwiegen sterbender Patienten im Moment des klinischen Todes auf eine Differenz von 69 Gramm.«

»Ach, so einfach ist das? Da müssen wir jetzt nur noch Tiere wiegen, wenn sie sterben, und wissen endlich, ob sie eine Seele haben.«

Finley lachte. »Nein, so einfach ist das nicht. Der Amerikaner hat Hunde gewogen und keine Differenz feststellen können. In den dreißiger Jahren hat aber ein Lehrer auf einer Balkenwaage sterbende Mäuse gewogen. Sobald sie tot waren, stieg ihre Waagschale nach oben.«

Richard gab einen erschreckten Ton von sich. Das »Gewogen und zu leicht befunden« war der Alptraum seiner Jugend unter der Knute eines pietistischen Fanatikers und Balinger Waagenbauers als Vater gewesen.

»Allerdings reduzierten die Mäuse ihr Gewicht nicht, wenn man sie in einem luftdicht verschlossenen Behälter sterben ließ.«

Richard stöhnte. Ich sah ihm an, was er dachte. Kann die Seele also Glas nicht durchdringen?

»Was wiegt denn die Luft der Lunge so?«, fragte ich.

»Ein Liter Luft wiegt 1,2 Gramm«, antwortete Finley prompt. »Selbst wenn sich in der Lunge eines Sterbenden sensationelle 5 Liter befinden würden, käme man nicht annähernd an 21, geschweige denn 69 Gramm heran.«

»Gut, also«, nahm ich den Faden wieder auf, »das Gewicht der Seele dürfte nicht ins Gewicht gefallen sein, als Katzenjacob Rosenfelds Leiche zur Tür gedreht hat.«

»Aber ob unsere Idee funktioniert, kann ich erst sagen, wenn ich es ausprobiert habe.«

»Das heißt, auch der Täter hätte es vorher ausprobieren müssen?«, vergewisserte sich Richard.

»Also meiner Erfahrung nach klappt nichts auf Anhieb.«

»Folglich wäre die Tat von langer Hand geplant gewesen.«

»Das würde ich meinen«, sagte Finley.

Richard schwieg nachdenklich. Planung machte den Unterschied zwischen Störung der Totenruhe und Mord, zwischen höchstens drei Jahren und lebenslänglich.

»Habt ihr euch eigentlich schon mal gefragt«, sagte Finley nach einer Weile, »warum es so aussehen sollte, als hätte niemand mehr den Raum verlassen können? Das ist doch ziemlich kompliziert. Und wozu?«

Ich schaute zu Richard hinüber, der auf Finleys anderer Seite ging und meinen Blick nicht erwiderte. Hatte ich mich das schon mal gefragt? Nein.

»Die plausibelste Erklärung scheint uns«, antwortete Richard, »dass ein übersinnliches Geschehen vorgegaukelt werden sollte. Zunächst hat der Beschuldigte bestritten, dass er in dem Raum war. Als man ihn mit den Blutspuren an seinen Schuhen konfrontierte, hat er sich insoweit eingelassen, dass er erklärte, er wisse nicht, wie er in das Zimmer hineingekommen sei, er habe Rosenfelds bösen Geist unschädlich machen müssen. Wie er aus dem Raum hinausgekommen sei, wisse er auch nicht, er habe plötzlich wieder unten im Eingangssaal auf dem Boden gelegen. Solange die Anklage nicht zeigen kann, wie der Beschuldigte den Raum verlassen hat, ist es schwierig, ihm die Tat nachzuweisen. Bisher kann nur eine Störung der Totenruhe mit dem Beschuldigten in Verbindung gebracht werden. Das könnte das Ziel der Inszenierung gewesen sein.«

»Very sophisticated. Ihr habt sehr schlaue Mörder hier in Deutschland. Eure Malergesellen kennen sich gut aus mit dem

Strafgesetz. Und sie sind wahre Illusionskünstler. Bei uns gehen sie einfacher zu Werke.«

»Bei uns auch«, sagte ich.

»Und wenn es nicht das Ziel der Inszenierung war«, fragte er mit Sherlock-Glitzern hinter der Brille, »sondern nur ein Nebeneffekt?« Er lachte. »Aha, ich sehe euch sprachlos. Sorry, ich wollte mich hier nicht schlauer machen als die Polizei. Ich halte große Stücke auf die Polizei.«

»Egal, welchen Zweck die Inszenierung hatte«, bemerkte ich, »die Frage bleibt, wie Katzenjacob aus dem Raum herausgekommen ist.«

»Da gibt es vermutlich eine ganz einfache Erklärung. Ich schaue mir die Örtlichkeit morgen einmal an. Das hätte ich längst tun sollen, aber es hat mich ja keiner darum gebeten.«

59

Ich schlief die halbe Nacht nicht. Eine Panikattacke nach der andern walzte mich ins Bett. Geister rumorten mir durch den Leib. Das innere Grollen schrieb ich dem sauerkrauthaltigen Essen in Neuschwanstein zu, das wir in einem Lokal verschlungen hatten, bevor wir heimfuhren. Mein Elend aber hatte andere Ursachen. Ich gehörte nicht mehr mir. Ich gehörte jedem. Jeder konnte mich ansprechen, mich beschimpfen, etwas von mir verlangen, mich in irgendeine Pflicht nehmen. »Tun Sie endlich was! Erlösen Sie uns! Geben Sie mir Geld. Verbrennen Sie!«

Was hatte Richard mir angetan! Aber hatte er das vorhersehen können? Und warum hatte ich den Staatsanwälten von meinem Zahlenspiel mit dem Lottoapparat überhaupt erzählt? Ich kann was, was ihr nicht könnt! Lisa Nerz kindisch. Und jetzt: Lisa Nerz verängstigt. Lisa Nerz wütend! Stress und Depression. So stirbt es sich soziokulturell. Dagegen ist eine auf mich gerichtete Pistole ein Dreck. Eine ehrliche Sache. Peng und Schluss.

Aber das hier? Ich verstehe es nicht einmal. Auch Richards Verhalten nicht. Mitleidlos und kaltschultrig hatte er mich an unsere Kohlrabi-Vereinbarung erinnert, als ich in einer Pinkelpause auf der Autobahn Trost und Nähe suchte. »Warum nennst du mich dann im Fernsehen deine Freundin?«, keifte ich. »Ist das die Weber'sche Kriegsführung? Mich der öffentlichen Rufmordlust ausliefern, weil du es alleine nicht schaffst?«

Für einen Moment hatte er maßlos erschrocken ausgesehen, doch dann hatte er dichtgemacht, sich zu Nadja Locher gewendet und sie gefragt, wie es ihr in der neuen Abteilung gefiel.

Ich hatte ihn verloren. Panik! Alles entzieht sich mir.

Gegen Morgen gelang es mir, die Angst mit dem Gedanken flachzuprügeln, dass mir jetzt nur noch einer helfen konnte, der sich mit der menschlichen Kriegslust auskannte. Ich schrieb eine Mail an einen Mann, den ich vor Jahren einmal für die Sonntagsbeilage als Coach für große Betriebe interviewt hatte und dessen Namen ich hier nicht nennen werde. Er antwortete morgens um sechs und bot mir einen Termin gleich für den Nachmittag an.

Daraufhin schlief ich zwei Stunden, dann klingelte mein Handy. Es war aber niemand dran. Kein Spuk, sondern der Telefonwecker. Für neun hatte Richard sich mit Finley in Holzgerlingen verabredet.

Auf dem Autobahnsystem rund um Stuttgart herrschte gigantischer Stau. Ich hatte Zeit, mehrmals Nachrichten zu hören.

Mein Sender meldete: »Holzgerlingen: Der im Zusammenhang mit dem Tod des Parapsychologen Rosenfeld verhaftete Malergeselle Katzenjacob hat offenbar doch übersinnliche Fähigkeiten. Nach Informationen der Berliner Zeitung *Guter Tag* wurden im Institut für Grenzwissenschaften und Parapsychologie im Sommer vergangenen Jahres Telekinese-Versuche gemacht, die Katzenjacob erfolgreich bestanden habe. Die Zeitung beruft sich auf einen Testbericht aus dem Institut, der ihr vorliege. Wie Institutsleiterin Barzani dem Blatt bestätigte, wurden die Tests abgebrochen, als Katzenjacob Tötungsfantasien offenbarte. Man habe Strafanzeige gestellt. Die Stuttgarter Staatsanwaltschaft habe es jedoch abgelehnt zu ermitteln.«

Schluck!

Ich suchte einen Privatsender und hörte um neun auf Höhe Böblingen die simple Variante ohne Quellenangabe: »Juri Katzenjacob kann offenbar per Geisteskraft töten. Das hat das Institut für Geisterforschung in Holzgerlingen festgestellt. Demnach seien Tests mit ihm abgebrochen und Strafanzeige gegen ihn gestellt worden. Die Stuttgarter Staatsanwaltschaft habe aber keinen Grund gesehen zu ermitteln. Nun werden in Berlin Befürchtungen laut, der wegen Leichenschändung inhaftierte Katzenjacob aus Sigmaringen könne während des Papstbesuchs in Deutschland einen mentalen Terroranschlag begehen.«

Richards Benz stand schon auf dem Parkplatz an der Wasserburg. Für ihn hatte es offenbar keinen Stau gegeben. Die Welt ist ungerecht zu Nerzen.

Als ich mit Cipión ins Institut für Grenzwissenschaften hechelte, kroch Finley bereits auf allen vieren durch Rosenfelds ehemaliges Büro. Richard und Derya standen in der Tür. Sie drehten sich indigniert um, als ich hereinpolterte. Nein, ich war ungerecht. Zu ihnen war die Welt auch böse. Sie sahen ziemlich verstört aus.

Ich verschluckte mein Verräterin-Geschrei und sagte stattdessen nur: »Ich habe gerade Nachrichten gehört.«

»Es ist alles frei erfunden«, sagte Derya. »Es gibt keinen solchen Testbericht. Und ich habe dem *Guten Tag* nichts erzählt. Ich lege sowieso immer gleich auf, wenn einer von denen anruft, nachdem mir einer angedroht hat, was er alles über mich schreiben wird, wenn ich nicht kooperiere.« Sie schüttelte sich.

»Oje, so schlimm?« Ich wollte ihr tröstend über den Arm streichen, bremste mich aber, denn ihre Miene war auf einmal mit Stacheln gespickt.

Ja, richtig, auch sie hatte ich gekränkt, als ich sie benutzte, um Richard zu provozieren. Oder zu strafen. Es war zu spät, ihr zu sagen, dass mich ihre schönen Beine und ihr Hintern schon bei unserer ersten Begegnung in ein Gespenst verwandelt hatten. Warum hätte sie mir glauben sollen? Und so spannten sich giftige Nesselfäden zwischen uns auf, in denen wir zuckten. Allein Cipión konnte sich frei bewegen und Richard zu einem Lächeln und Streicheleinheiten zwingen.

»Habt ihr wirklich was gewusst und Ermittlungen abgelehnt?«, fragte ich.

Richard schaute vom Dackelglück auf und fauchte: »Glaubst du diesen Unsinn jetzt etwa auch schon?«

»Ah!«, rief Finley dazwischen. »Gut, dass du da bist. Die Dame und der Herr wollen sich nicht auf den Boden legen und Leiche spielen.«

Ich tat es. Derya und Richard zogen sich derweil zu einer Krisenberatung zurück.

Eine halbe Stunde lang probierte Finley mit Strick und Klemmen an mir herum. Dann war klar, dass die Klemmen nicht stark genug waren. Außerdem hätte die Polizei an der unteren Türkante Spuren der Aktion finden müssen, Fasern, Abrieb, womöglich sogar eine Kerbe.

»Und was ist das dann auf meinem Foto?«, fragte ich.

»Ein Orb?«

»Was?«

»Das sind kleine weißliche Flecken, die entstehen, wenn Blitzlicht auf hohe Luftfeuchtigkeit trifft und sich darin spiegelt. Manche halten sie für Geister.«

»Haha. Es war aber nicht weiß, sondern schwarz mit Lichtstreifen. Und auf den Polizeifotos war es nicht drauf.«

»Ich müsste mir das Foto anschauen.«

»Ich schicke es dir per Mail.«

»Übrigens gibt es einen einfachen Weg, den Raum zu verlassen. Nämlich hier.« Er öffnete den Wandschrank hinter der Tür. Immer noch standen dort Tonbänder in Schachteln.

»Das hat die Polizei alles schon überprüft«, sagte ich.

Finley räumte dennoch unverdrossen ein Fach frei, langte hinein und tastete die Rückwand ab. Dann steckte er seinen Kopf hinein. Als er wieder rauskam, war seine Stirn gerunzelt. »Ist der Schrank hier nach der Tat gestrichen worden?«, fragte er mich.

»Glaube ich nicht. Aber das müsste Derya wissen.«

Wir stöberten sie und Richard in ihrem Büro auf. Sie saßen auf dem Ledersofa. Derya hatte sich an ihn gelehnt, er hatte den Arm um sie gelegt. Sie richtete sich langsam auf und strich sich die Haare aus dem Gesicht. Richard zog seinen Arm ein.

»Sag mal, Derya, Darling«, sagte Finley, »ist der Schrank in Gabriels Büro kürzlich innen gestrichen worden?«

»Du meinst, nach seinem Tod? Nein. Warum?«

Er drehte sich wortlos um und lief zurück. Ich folgte ihm. Dann zeigte er mir, was ihn beschäftigte. Ein etwas liebloser Innenanstrich hatte nicht nur die Querbretter mit den Wänden verpinselt, auch die Nut zwischen Rückwand und Seitenwänden war von Farbe verklebt. Das hatte ich auch schon gesehen.

»Aber er konnte nur hier hinaus! Es geht nur hier!«

»Die Nägel hinten stecken seit Jahren in der Sperrholzplatte.«

Das wollte er sehen. Wir begaben uns raus aus Rosenfelds Büro zu der Tür zum Dachboden. Sie hakte immer noch an der Schwelle.

Finley rieb sich das Kinn. Dann bückte er sich. Die Dielen waren mit einem Stück rötlich-braunem Linoleum bedeckt. Die Platte lag dort schon lange, die Dielen zeichneten sich darunter ab. Finley hob sie hoch. Darunter Holz. »Hat die Polizei sicher auch schon alles angeguckt, ich weiß«, sagte er. »Aber schau mal.« Er stampfte mit dem Fuß auf. An der Wand klang es anders. Er versuchte, seine langen Finger zwischen Wand und Boden einzuhaken. Und plötzlich hoben sich die Dielen am Stück. Sie waren auf einen Rahmen genagelt.

»Da haben wir den Geheimgang.«

Vor unseren Füßen öffnete sich ein Schacht, an dessen einer Wand Tritte aus Eisenkrampen in die Tiefe führten. Cipión wünschte sich einen Rüssel, um hineinschnuppern zu können, ohne an die Kante treten zu müssen.

Der Schachtboden war im Licht von Finleys Taschenlampe gut erkennbar. Er musste auf Ebene des unteren Stockwerks liegen. Und es fehlte die Wand zu Rosenfelds Büro. Der Schacht reichte hinüber bis unter den Einbauschrank.

Finley rannte zurück, räumte den Boden des Wandschranks aus und tastete leise vor sich hin fluchend das Brett ab. Er versuchte an verschiedenen Stellen die Fingernägel einzuhaken. »Farbe!«, fluchte er und klappte ein Messer auf. »Aber was für ein Pfusch! Die Seitenwände sind auch beschmiert! Ha!«

Mit kleinen Knacksern löste sich das Brett aus dem Rahmen. Es war vor allem an den Rändern dick eingepinselt worden. Auf der Unterseite war ein Schubladengriff angeschraubt, der ziemlich frisch aussah.

»Der Betrüger ist entlarvt!«, rief Finley.

Sein Geschrei lockte die anderen herbei. Richard sah ehrlich beeindruckt aus. »Warum hat die Polizei das nicht entdeckt?«

»Weil die Nahtstellen mit Farbe verklebt waren. Man musste annehmen, dass diese Platte nach dem Anstrich niemand mehr angehoben hat.«

»Ja, aber …«, sagte Derya.

»Katzenjacob hat alles zugemalt und insbesondere die Ränder der Bodenplatte, bevor er in den Schacht gestiegen ist und die Platte von unten in den Rahmen gezogen hat. Es gibt kaum Schleifspuren. Sehr raffiniert … sehr gut überlegt. Das muss ich schon sagen. Der Knabe hat Talent.«

»Na!«, sagte Richard streng. Er mochte unsere Neigung nicht, Kriminelle für ihren Einfallsreichtum zu bewundern, vor allem, wenn dabei jemand ums Leben gekommen war.

Ich schnüffelte gleichzeitig meiner Erinnerung dem Farbgeruch nach, der mir beim ersten Eintritt ins Institut aufgefallen war. Hier oben war dann der Geruch nach Eisen und Tod stärker gewesen.

»Ich habe mich gleich gefragt«, redete Finley weiter, »wieso in dieser Ecke hinter der Tür ein Wandschrank ist. Ein komischer Platz. Es muss vorher etwas anderes dort gewesen sein. Ich glaube, es war der Schacht für den Essensaufzug. Küchen sind in solchen alten Burgen immer unten, aber die Herrschaften wollten oben in ihren Räumen speisen.«

»Die Küche liegt dort«, sagte Derya und deutete auf den Boden in Richtung ihres Büros.

»Also im Querhaus«, stellte Finley fest. »Damit ist der Schacht genau an der Nahtstelle, nicht wahr? Irgendwann hat man den Fahrstuhl nicht mehr gebraucht und einen Einbauschrank an seine Stelle gesetzt. Das Wissen um den Schacht ging verloren. Erst Katzenjacob hat ihn wiederentdeckt. Es muss unten in der Küche den Ausstieg oder Einstieg geben. Das schaue ich mir nachher an.«

»Er hat ihn entdeckt, als er vor zwei Jahren im Zuge der Renovierung Malerarbeiten ausgeführt hat«, sagte ich. »Vermutlich auch am Einbauschrank. Er hat dieselbe Farbe wie die Türen.«

»Und er hat den Griff besorgt und angeschraubt, damit man die Bodenplatte von unten leichter manövrieren kann«, ergänzte Finley, hob die Hand und forderte mich zum sportlichen High-Five auf.

»Unfassbar!«, stieß Derya hervor. »Wozu hat er das getan?«

»Vielleicht, um hier ein und aus gehen zu können«, schlug ich vor. »Vielleicht mag er es, wenn es für ihn keine Schranken gibt.«

Richard griff nach dem Handy im Jackett und sagte: »Dann

sollten wir hier nichts mehr anfassen. Am besten, wir verschließen den Raum. Und die KT muss her. Wenn deine Theorie stimmt, Finley, dann müssen sich Fingerspuren von Katzenjacob auf der Platte und im Schacht befinden. Er wird kaum Handschuhe getragen haben, als er den Schacht entdeckte.«

»Kaum«, bestätigte Finley, während wir ins Foyer traten. Er grinste Richards Rücken an, der ein paar Schritte weiter Richtung Deryas Büro gegangen war, und zwinkerte mir dann zu. »Da lösen wir ihm den Fall, und was tut er? Anordnen und telefonieren. Very German, indeed.«

»Du täuschst dich«, grinste ich zurück. »Er freut sich unbändig. Sonst hätte er ›Unsinn‹ oder ›Bullshit‹ oder so was gesagt. Siehst du nicht, er tanzt vor Freude.«

Finley lachte.

Derya schnaubte tadelnd. »Er hat jetzt wirklich andere Sorgen!«

Das war meine Chance, Mitgefühl zu zeigen. »Ja, es ist ungeheuerlich. Die wollen der Stuttgarter Staatsanwaltschaft partout was am Zeug flicken.«

»Hast du dich denn immer noch nicht daran gewöhnt, Lisa«, sagte Richard von hinten kommend sanft, »dass es keine Zielrichtung gibt in dieser Mixtur aus Faktenfitzeln und Phantasie? Es geht nicht um Personen oder Wahrheit, nicht einmal um Politik. Es geht einzig und allein darum, ein Thema von hohem Gesprächswert zu eskalieren. Übermorgen berichten sie, ich hätte mir das Leben genommen. Und niemand guckt nach, ob es stimmt. Es ist egal. Es ist nur eine Geschichte. Ein Bestseller für die Medien. Das weißt du doch, Lisa.«

Derya schüttelte den Kopf. »So abgeklärt kann ich das nicht sehen. Ich kann nicht glauben, dass so etwas in unserem Land möglich ist.«

Finley grinste. »Warum sollt ihr Deutschen besser sein als wir Briten?«

In seinem Land bereitete man sich inzwischen auf das finale Erdbeben vor, das Katzenjacob auslösen würde. Zu viele Leute verkauften ihre Häuser und verließen das Land, die Grundstückspreise fielen rasend schnell, Kredite wurden nicht mehr bedient, Großbritannien stand vor einer weiteren Immobilien- und Bankenkrise.

60

Derya machte das Institut dicht – bis die Kriminaltechnik anrückte, würde es noch ein paar Stunden dauern – und wir spazierten zum Gasthof Waldhorn. An die Mauer des Parkplatzes war die Burg Kalteneck gemalt, von hinten mit viel Wasser im Graben und einem Wasserrad im Vordergrund.

Finley bestellte einen Schwabenteller, Richard Rostbraten, Derya den Salat mit Putenstreifen und ich Kässpätzle. Für Finley kam ein Weizenbier, für Richard eine Apfelsaftschorle, für Derya ein Mineralwasser und für mich ein Pils. Dann saßen wir, die Hände auf dem Tischtuch, unter schwerer Holzdecke. Und plötzlich verspannen sich die Fäden neu, rot und grün aus weicher Wolle. Finley prostete Derya zu, die sich zwischen mir und Richard geborgen fühlte. Richard suchte meinen Blick. Und in mir herrschte plötzlich Frieden. Wir besprachen den Fall.

»Wir wissen jetzt, wie Katzenjacob den Raum verlassen hat, aber ein Beweis, dass er Rosenfeld getötet hat, ist das nicht«, eröffnete ich. »Haben wir uns schon einmal gefragt, ob an jenem Freitagnachmittag noch jemand im Institut war, nachdem ihr – du, Derya, und Desirée – gegangen wart?«

»Die Polizei hat sich das gefragt, aber keine Hinweise gefunden.«

»Ah, der große Unbekannte!«, warf Finley ein. »Wobei er uns bekannt ist, wir nur derzeit nicht wissen, wer es ist.«

»Es muss jemand sein, der nicht zum ersten Mal im Institut war.«

»Kannte er den Schacht?«

Wir grübelten.

»In diesem Kaff, allemal in dieser stillen Gegend, fällt ein fremder Wagen doch auf, oder jemand, der in einem Taxi kommt.«

»Ja«, sagte Derya. »Die Leute beobachten genau, wer ins Geisterhaus geht.«

»Gibt es irgendwo eine Überwachungskamera? Vielleicht oben bei den Läden?«

»Nein, alles schon abgefragt.«

»Vielleicht hat irgendwer Fotos gemacht. Es war ein sonniger Wintertag, Eis auf dem Graben, Schnee, die Sonne in kahlen Zweigen.«

»Wie sollen wir da rankommen?«

Ich würde meine Facebook-Freunde anspitzen, aber das sagte ich nicht. »Derya, würde dein Vater dir sagen, ob er hier war?«

Sie überlegte. »Unser Verhältnis ist nicht so, dass er mir gegenüber Rechenschaft ablegt.«

»Dann fragen wir bei der Deutschen Flugsicherung nach, ob am 29. Januar ein Privatjet auf dem Stuttgarter Flughafen gelandet ist. Und noch eine Frage: Warum hat dein Vater dir Ende Januar eine Million auf dein Schweizer Konto überwiesen?«

Sie schaute Richard an.

»Nein, er hat es mir nicht erzählt.«

Sie zog die Hände vom Tisch. »Ich weiß es nicht. Ich kannte das Konto nicht. Ich habe mich nie für das Geld meines Vaters interessiert. Ich verdiene meinen Lebensunterhalt selbst.« Sie schaute scheu zu Richard hinüber und senkte den Blick. »Zumindest dachte ich das immer. Es war ein Irrtum. Mein Vater hat über dieses Konto die Gehälter von Gabriel und mir bezahlt. Er hat das Institut finanziert.«

»Nehmen wir mal an, dein Vater war hier«, sagte ich. »Zur Krisenbesprechung wegen Katzenjacob. Nehmen wir an, es gab Streit. Vielleicht hat Katzenjacob Geld gefordert. Vehement und unter Androhung von Gewalt. Und Rosenfeld hat für Freitagnachmittag nicht nur dich, Finley, sondern auch Deryas Vater hergebeten, um dem Burschen klarzumachen, dass er keine Aussicht habe, die Million zeitnah zu bekommen.«

Finley nickte. »So ungefähr hätte ich ihm das vertickert … wie sagt man?«

»Verklickert.«

»Hat man eigentlich Erklärungen dafür gesucht, warum der Raum abgeschlossen war? Ich frage, weil bei einem Zauberkunststück jede Handlung wohlüberlegt ist. Wenn ein Schlüssel in einem Schloss herumgedreht und anschließend weggeworfen wird, dann soll das von der Falltür ablenken.«

»Was hier zutrifft.«

»Ist der Schlüssel eigentlich inzwischen gefunden worden?«, fragte ich Richard.

»Nein. Taucher haben den Wassergraben abgesucht. In Katzenjacobs Wohnung hat man ihn auch nicht gefunden. Übrigens auch nicht bei Desirée Motzer, die nach derzeitigem Stand der Ermittlungen zuletzt gegangen ist.«

Finley zog die Brauen hoch.

»Denkbar wäre«, erklärte ich ihm, »dass Desireé Rosenfeld ein mit Gift beträufeltes Käsebrötchen gegeben hat. Beispielsweise könnte sie Rosenfelds Büro verschlossen haben und gegangen sein, während er starb.«

»Hu, was für ein Gift denn?«

»Flunitrazepam, auch K.-o.-Tropfen genannt. Kann man als Flunies im Szenehandel oder übers Internet erwerben. Und es ist posthum gar nicht so leicht nachweisbar.«

»Aber warum?«

»Sie war schwanger von Rosenfeld. Vielleicht gab es Streit, er war gemein, sie wollte Geld und Anerkennung, die Ehe von ihm, hat ihm zeigen wollen, welche Macht sie hat. Vielleicht wollte sie ihn nicht töten, sondern nur mal bewusstlos machen und übers Wochenende einschließen. Oder es hat sie die finale Megärenwut gepackt.«

»Und Katzenjacob hätte nur … abgestaubt?«

Schon am folgenden Tag schickte Finley mir eine Mail, in der er überzeugend darlegte, dass der rätselhafte Gegenstand auf meinem Foto eine Spinne sein müsse. Das erkläre, warum er später verschwunden war. Spinnen können wegkrabbeln.

Ich ging in Klausur mit den Facebook-FreundInnen, die ich in meine neue Existenz mitgenommen hatte. Einer besorgte mir bei der Deutschen Flugsicherung die Information, dass der Privatjet von Oiger Groschenkamp tatsächlich am Freitag, dem 29. Januar aus Paris kommend um 16 Uhr 23 auf dem Flughafen Stuttgart vom Tower »clear to land« erhalten hatte und um 21 Uhr 10 mit Ziel Hamburg wieder gestartet war.

Mehrmals postete ich den Aufruf, mir Fotos von jenem Winterfreitag rund um die Burg Kalteneck zu schicken. Von einem Freund von Freunden meiner Freunde kamen schließlich zwei Bilder, auf denen Buben eine Schneeballschlacht veranstalteten. Auf einem war ein großer dunkler Wagen zu sehen, der auf den Parkplatz am Steg einbog. Das Ludwigsburger Kennzeichen war gerade eben zu entziffern.

Also rief ich Kriminalhauptkommissar Christoph Weininger an. Jan-Marcel – diesmal fiel mir der Name seines Sohnes gleich ein – ging es gut. Nein, er werde erst nächstes Jahr eingeschult. Christoph zierte sich wie üblich ein bisschen, dann besorgte er mir bei der Datenstation den Halter des Wagens. Es handelte sich um die Limousine eines Fahrdiensts, der Scheichs, Popstars, asiatische Königssöhne und Milliardäre kutschierte, die nicht mit dem Taxi fahren wollten.

Hab dich, Oiger! Jetzt möchte ich dich nur auch noch auf den Überwachungskameras des Flughafens sehen. Dora Asemwald versprach mir, sich darum zu kümmern. Sie kannte da jemanden.

Teil 4

Die Wartegg-Verschwörung

»Wir können nun nicht mehr verkennen, auf welchem Boden wir uns befinden. Die Analyse der Fälle des Unheimlichen hat uns zur alten Weltauffassung des Animismus zurückgeführt, die ausgezeichnet war durch die Erfüllung der Welt mit Menschengeistern, durch die narzisstische Überschätzung der eigenen seelischen Vorgänge, die Allmacht der Gedanken und die darauf aufgebaute Technik der Magie, die Zuteilung von sorgfältig abgestuften Zauberkräften an fremde Personen und Dinge, sowie durch alle die Schöpfungen, mit denen sich der uneingeschränkte Narzissmus jeder Entwicklungsperiode gegen den unverkennbaren Einspruch der Realität zur Wehr setzte.«

Sigmund Freud in: *Das Unheimliche*, 1941

61

»Und auf Burg Kalteneck hat es nie gespukt?«

Derya drehte sich zu mir um. »Doch. Das haben uns die Vorbesitzer erzählt. Im Gewölbekeller wurde eine violette Dame gesehen. Wir haben sie dann wohl vertrieben.« Sie lachte.

»Sicher die Gräfin Elisabeth von Henneberg«, sagte Richard und schaute in den Rückspiegel. Sein Blick begegnete kurz meinem. »Die Burg gehörte Anfang des 14. Jahrhunderts der Gräfin von Württemberg, Gemahlin von Eberhard dem Zweiten von Württemberg, genannt der Greiner. ›In schönen Sommertagen, wann lau die Lüfte wehn, die Wälder lustig grünen, die Gärten blühend stehn, da ritt aus Stuttgarts Toren ein Held von stolzer Art, Graf Eberhard der Greiner, der alte Rauschebart‹, heißt es in Uhlands Ballade vom Überfall auf den Grafen in Wildbad.«

Finley lachte.

»›Drum ihr dort außen in der Welt, die Nasen eingespannt! Auch manchen Mann, auch manchen Held, im Frieden gut und stark im Feld, gebar das Schwabenland!‹ So endet wiederum Schillers Ballade über den Tod von Eberhards Sohn auf dem Schlachtfeld. Eberhard bezwang die Reichsstädte und eroberte für Württemberg unter andrem Calw und Böblingen. Gräfin Elisabeth ist übrigens in der Stuttgarter Stiftskirche begraben.«

»Und warum zum Teufel«, fragte ich, »sollte sie dann auf Burg Kalteneck spuken?«

Richard zuckte mit den Achseln. »Was weiß ich? Vielleicht

hat sie seinerzeit die Mordbuben auf ihren Mann gehetzt, der in Wildbad in der Quelle plantschte und nur mit Hilfe eines Hirten nackt in den Wald fliehen konnte. Womöglich hat sie ihren Sohn gegen den Vater aufgehetzt, der dann in der Schlacht bei Döffingen fiel – das ist fünfzehn Kilometer von Holzgerlingen entfernt. Es war die letzte große Schlacht zwischen dem Schwäbischen Städtebund und den Ritter- und Fürstenbünden.«

»Ja«, schwärmte Finley, »im Spuk kommt all das zutage, was die Geschichte verschweigen will. Der Spuk bedrängt die nachfolgenden Generationen mit dem, was verarbeitet werden will: Mord und Macht, Reue und Rache, Verrat und Verschwörung. Im Spuk lebt mit uns, was es nicht geben soll, was wir verdrängen wollen: Gewalt, Blut, Angst, Obsessionen und Verfall.«

Im Rückspiegel sah ich ein Lächeln in Richards Augenfalten. Er lenkte mit Ruhe seinen schweren dunklen Daimler durch die Fährnisse des Freitagnachmittagverkehrs. Derya saß duftend neben ihm, Finley, Cipión und ich hatten uns im Fond eingerichtet. Wir hatten die Staus am Albaufstieg und bei Merklingen bewältigt, auf der A7 Ulm umfahren und befanden uns bereits auf der A96 Richtung Lindau. Die sommerliche Herbstsonne brannte mir ins Ohr. Die Bäume hatten sich schon einen leichten Braunton eingefangen, junge Bussarde kreisten. Es war eine heitere Fahrt. Es schien alles abgefallen und erledigt, was bislang unter uns wüst gehakt hatte. Wir hatten uns auf dem Parkplatz vorm Bahnhof getroffen, wo Richard mit seinem Wagen wartete, und uns sofort zur vertrauten Gemeinschaft der fünf Freunde verschworen, überrascht und amüsiert, uns gegenseitig so herausgeputzt zu sehen.

Von uns war Cipión der Einzige, der sich über sein Erscheinungsbild keine Gedanken gemacht hatte. Finley war seiner Vorstellung von einer Landpartie in guter Gesellschaft mit dunkelgrauen Hosen, einem hellgrauen Ellbow-Patch-Jackett mit Einstecktuch, einer blau-weiß gestreiften Krawatte und einem weißen Hemd begegnet. Dass Richard seine alltägliche Eleganz noch toppen konnte, hätte keiner vermutet, aber es war ihm mit einer Harmonie abgestufter Cognac- und Brauntöne gelungen, von den Socken bis zu den Manschettenknöpfen in der Farbe alten Messings. Derya war auf hohen Absätzen und schlanken Beinen dem S-Bahn-Treppenmund entstiegen. Sie trug einen schlichten schwarzen Rock, eine prallfarbige Seidenbluse und einen beigefarbenen Blazer, die zusammen eine stabile Basis bildeten für ihr orientalisches Gesicht. Ihren Goldschmuck hatte sie auf wenige schwere Stücke beschränkt. Vier Kulturen, denn ich trug Hardcore: Lederhose, Sparks, Crunch-Shirt, Nietengürtel und Weste, Diamant im Ohr und Sonnenbrille. Außerdem hatte ich mich in Weißblond umgefärbt, damit mich nicht jeder gleich erkannte, meine Haare rattenkurz schneiden lassen und die Narben komplett mit Make-up verdeckt.

Gleich hinter Lindau begann der Stau durch Bregenz am silberblauen Bodenseeufer entlang. Es dauerte eine Stunde, bis wir an der kleinen Grenzstation zur Schweiz ankamen, wo man uns durchnickte. Wir rollten durchs Schwemmland des Altrheins. Der See war von Segeln gesprenkelt.

»Vor allem wegen des Flugplatzes St. Gallen-Altenrhein«, erläuterte uns Richard, »ist man wohl bei diesem Veranstaltungsort geblieben.«

Er lag zwischen Bodenseeufer und der Straße, auf der wir fuhren, und fiel vor allem deshalb ins Auge, weil dort ein großes Flugzeug mit blauer Schnauze und blauem Streifen stand.

Ich musste zweimal hinplinkern. »He, da steht United States of America drauf.«

Richard wandte kurz den Blick. »Das ist die Air Force One.«

»Die aus dem gleichnamigen Film mit Harrison Ford?«

»Ich bezweifle, dass Petersen im Flugzeug des Präsidenten drehen durfte.«

»Heißt das, Obama ist hier, und das sogar noch vor uns?«

Da wurde Derya etwas unruhig und zupfte an ihrer Bluse.

»It'll be nice to meet him«, bemerkte Finley ungewöhnlich bestürzt.

Richards Wagen hielt jedoch unerschütterlich die Spur. Sein Navi schickte uns, noch bevor wir richtig nach Rorschach hineinkamen, den Berg hinauf zu einem Waldstück mit unauffälligem Abzweig. Zwei Polizisten stoppten uns, ehe wir uns fragen konnten, ob wir richtig waren. Sie verlangten unsere Einladungen und Ausweise zu sehen und wiesen uns auf einen Parkplatz an einem Gemüsegarten, wo bereits etliche dunkle Limousinen standen. Besonders panisch schienen die Sicherheitsmaßnahmen nicht zu sein, zumindest waren sie nicht sichtbar. Vielleicht hätten wir sogar bis vors Tor fahren können, aber Richard war Schwabe und neigte nicht zu pompösen Auftritten, Finley war Anhänger des Understatements, Derya eine Frau und ich ohnehin derzeit nicht sonderlich cool. Allerdings wäre ich vorgefahren.

Wir schlenderten einen Weg hinunter, bis sich zwischen alten Bäumen einer englischen Parkanlage hochzeitskleidweiß das Renaissanceschlösschen mit Treppengiebel, Turm und Nebengebäuden zeigte. Vor einem schmiedeeisernen Torbogen standen drei Herren in dunklen Anzügen und eine hochschwangere Frau.

»Das ist Carla Bruni!«, wisperte Finley ziemlich laut. Ihm brach das Testosteron aus.

Den mit der Hand am Schlips erkannte sogar ich augenblicklich: Joschka Fischer. Einen Mann mit großer Nase erkannte wiederum Richard: John Chipman, Generaldirektor des IISS, des Internationalen Instituts für Strategische Studien in London. »Ein leidenschaftlicher Warner vor dem Cyberkrieg.« Der dritte war ein General im blauen Doppelreiher mit grauen Haaren. Vermutlich Nato. Er rauchte.

Im Hof hinterm Schnörkelgittertor empfing uns ein Schwarzlivrierter. Der Eingang in die Hotelrezeption hatte etwas von

Seiteneingang, allerdings aufgewertet durch eine Tür aus abgeschmirgeltem Holz mit einer prächtigen Rocaille, so einem Ohrmuschelornament, wie aus dem Stuck der Rokokokirche von Birnau über den See hinweg gestohlen.

Eine junge Frau, die über alle Zähne lächelte, gab Zimmerkarten, eine Gästeliste und die Tagesordnung aus. Jemand wurde mit Richards Autoschlüssel losgeschickt, unser Gepäck zu holen. Für uns ging es eine barock geschwungene Treppe hinauf. Ein wieseliger Mann rannte an uns vorbei, die Treppe hinunter. »Pardon!«

Sarkozy?

Der Hotelangestellte lieferte Derya und Finley in ihren Zimmern ab und öffnete für Richard und mich ein Doppelzimmer, in dem für Cipión Näpfe aus Porzellan und ein Körbchen bereitstanden. Der eine Napf war mit Wasser gefüllt, neben dem andern stand eine Dose Hundefutter. Die Möbel waren aus hellem Holz ohne Schnörkel, dafür war das Parkett mit seinen dunklen Quadraten umso auffälliger. Zwischen unseren Betten stand eine Nachtkonsole mit Lampe.

»Wo möchtest du schlafen?«

»Mir egal«, antwortete Richard. Die Gästeliste interessierte ihn mehr. »Groschenkamp ist nicht da. Aber … hm …« Er blickte hoch. »Übrigens, das Dîner ist um 19 Uhr 30. Dunkler Anzug.« Da ich nichts sagte, setzte er hinzu: »Die Dame trägt ein elegantes Kostüm oder Kleid.«

Ich lachte.

Er lächelte. »Das nennt sich Dresscode, Lisa.«

Bis es Zeit war, den Dresscode zu entschlüsseln, sah ich noch eine Stunde Freiraum und ging mit Cipión in den Park, damit er sich austobte.

Hinten herum hatte das Schloss moderne Anbauten, ein Glastreppenhaus beispielsweise und Balkone. Die alten Freitreppen, Terrassen und ein barocker Seiteneingang schliefen im Schatten von Dornröschengebüsch und großen alten Bäumen.

Auf dem Weg stand ein älterer Mann mit weißem Vollbart und wachem Blick. Musste ich ihn kennen? Stress!

Er lächelte und sagte auf Deutsch: »Guten Abend. Sie sind Lisa Nerz, nicht wahr? Sie kennen mich wahrscheinlich nicht. Ich heiße Hermann Haken. Ich bin Physiker. Ich beschäftige mich mit Synergetik.«

Ich guckte bildungsfern.

»Das ist die Lehre vom Zusammenwirken von Elementen gleich welcher Art. Später hat man dazu Chaostheorie gesagt. Es geht um Selbstorganisation.«

»Ah, interessant. Spuk ist doch auch eine Art von Selbstorganisation, oder?«

»Vielleicht können Sie mir das sagen. Ich habe gehört, Sie können die Lottozahlen beeinflussen.«

Ich musste lachen. »Alles Lüge! Es erstaunt mich, dass Sie von mir gehört haben. Können Sie mir erklären, worum es hier geht? Warum diese bombastische Besetzung? Sarkozy habe ich schon gesehen. Obama soll hier sein. Was zum Teufel bewegt die, hier zu erscheinen?«

Der Alte lächelte. »Sie haben Angst.«

»Wovor denn?«

»Vor der Macht des Irrationalen. Denen laufen ihre Völker aus dem Ruder. Unser System ist gekippt. In Amerika, Spanien oder Russland geht es nicht anders zu als in Deutschland. Die Leute glauben niemandem mehr. Der Einzelne glaubt nur noch sich selbst und seinen Sinneseindrücken. Und die, das erleben wir täglich, lassen sich leicht betrügen. Je mehr die Vernünftigen unter den Wissenschaftlern und Politikern die Existenz von Psi-Mächten bestreiten, desto mehr fühlen sich die Menschen belogen. Jeder hat schon mal unerklärliche Dinge erlebt, folglich lügt in seinen Augen, wer sie bestreitet. Die Medien haben so viele Lügen in Umlauf gebracht, dass niemand mehr über ein rationales Kriterium verfügt, zu entscheiden, was Wahrheit ist und was Lüge. Das ist der Untergang jeglicher Politik. Ein demokratisches System ist nicht mehr funktionsfähig, wenn es keine Instanz gibt, der man glauben kann, weil es kein Instrument mehr gibt, Glaubwürdigkeit herzustellen.«

»Welches Instrument müsste das sein?«

Der Physiker zuckte mit den Schultern. »Ich weiß es nicht. Der Journalismus hat seine Kreditwürdigkeit verspielt. Vermutlich will man die Medien zur Abkehr von ihrer Neigung zur Skandalisierung verpflichten. Ich denke, die Staatschefs denken insgeheim aber auch an die Möglichkeit, eine Person zu schaffen, der man wieder glaubt.«

Ich grinste. »Und Obama möchte dieser Jesus sein.«

»Die Gefahr besteht. Und ich sage Gefahr, weil ein solcher Heilsbringer uns zurückwerfen würde in vordemokratische Zeiten religiöser Gefolgschaft. Nun, wir werden sehen.« Damit entließ der Alte mich aus seinem gedankenhellen Blick. »Ein hübscher Hund. Wie heißt er denn?«

»Cipión.«

Ein sehr kleiner Mann rannte einen Weg weiter oben an uns vorbei. Er hatte ein Handy am Ohr und gestikulierte wild. »Maledetto! ... Culona inchiavabile!« Das war Italienisch und ohne Zweifel ordinär.

Vom See herauf kam eine Gruppe Herren, darunter ein salopp gekleideter Mann mit Brille und grauem Schnauzer: Ignacio Fernández Toxo, Generalsekretär der größten spanischen Gewerkschaft und seit Mai dieses Jahres Präsident des Europäischen Gewerkschaftsbunds. Er diskutierte mit Josef Ackermann, dem Chef der Deutschen Bank, und Kurt Bodnang, Chefredakteur des *Guten Tags*, der bei Richards Talkshow dabei gewesen war. Bodnang erkannte mich sofort als Dr. Webers Freundin, obgleich ich nicht dabei gewesen war, und stellte mich den andern vor. Sie schüttelten mir mit lächelnder Skepsis die Hand. Ignacio erklärte: »Es wird dringend Zeit, dass die Medien lernen, nicht auf die Emotionalisierung der werktätigen

Massen zu zielen, sondern auf deren Aufklärung und politische Befähigung.«

Ich stimmte ihm zu. »Übrigens«, wandte ich mich an Bodnang, »sollten Sie endlich Ihre Bluthunde zurückpfeifen.«

»Die Presse hat die Pflicht zu ...«

»... zu lügen oder wie? Ich bin nämlich keine bekennende Lesbe! Wenn Sie schon über meine sexuelle Orientierung schreiben lassen, dann bitte richtig.«

Er hob nur indigniert die Brauen.

»Ich bin ein polyamanter Cyborg, Sie Pimmelblümchen!«

Ich glaube, er war sich nicht sicher, ob er mich verstanden hatte. Vermutlich dachte er, ich spräche Isländisch und das klänge nur so ähnlich wie Deutsch.

Ich hatte mich wieder mal verslapstickt, bat die Herren, mich zu entschuldigen, und flüchtete ins Hotel.

Dort blieb ich in einer schwarzbetuchten Menge stecken. Alle starrten dahin, wo US-Präsident Obama Bundeskanzlerin Merkel die Hand schüttelte. Sie fasste ihm auf den Unterarm, er klopfte ihr auf die Schulter, sie legte die Hand an seine Flanke, er fasste sie am Ellbogen. Keiner der beiden konnte das gestische Dominanzgefecht für sich entscheiden, und so wandten sie sich hastig dem französischen Staatspräsidenten Sarkozy zu, der Merkel auf beide Wangen küsste und trotz seiner wirklich bemerkenswert geringen Größe irgendwie sogleich der Potenteste war. Der britische Premierminister konnte ihm die Schau nicht stehlen. Merkel lächelte Grübchen wie ein kleines Mädchen, während die Herren Komplimente machten, war aber offensichtlich schlagfertig genug, die Männer zum Lachen zu bringen, wobei sie zurücktraten.

Das gab dem russischen Präsidenten Medwedew den nötigen Raum für seinen Auftritt. Denn ein russischer Präsident kann nicht auftreten, ohne mindestens fünf Schritte zurückzulegen und dabei seine animalische Kraft zu zeigen. Der Bär Medwedew tat es mit derselben asymmetrischen Aktion – ein Arm schwang, der andere blieb starr – wie sein Mentor Putin, und mit dem verdruckten Gesicht eines Schulbubs. Da übersah man den EU-Kommissionspräsidenten fast.

Joschka Fischer stand abseits an der Barocktreppe, streichelte seine Krawatte und amüsierte sich auf intellektuell hohem Niveau. Ich hatte mich mit Cipión hinter den Leuten entlanggeschlichen und wollte mich an ihm vorbeidrücken, aber sein Blick sprang mich an. So war es recht, schließlich stattete ich mich so martialisch aus, damit man mich nicht übersah. Gewöhnlich beschloss man dann allerdings, lieber keinen Kontakt mit mir aufzunehmen. Auch Joschka zögerte. Er war wie ich Asphaltkind, unterschichtig scheu. Aber er hatte sich als Student einmal auf der Flucht vor den Bullen umdrehen und zurückschlagen müssen, um zu begreifen, dass Angst vor Autorität kein Lebensplan war. Noch immer sprach er nicht gern Leute an, andererseits wusste er, dass er überzeugte, sobald er anfing zu reden.

»Stopp!«, knarzte er. »Davonlaufen geht nicht mehr. Da musst du jetzt durch. Je eher, desto leichter wird es nachher.«

Die Leute drehten sich um. Entweder man flüsterte Obama und Merkel meinen Namen zu oder sie hatten mein Bild bereits im Kopf, jedenfalls wandten sie sich uns zu, es öffneten sich die Reihen der Zuschauer, und Fischer schubste mich ins Foyer.

Zuerst die Dame, schärfte ich mir ein. Alte Schlösser, alte Schule. »Guten Abend, Frau … äh … Dr. … äh … Kanzlerin …«

Sie lächelte nachsichtig. »Wir sind auf Sie schon sehr gespannt, das darf ich sagen.« Sie schaute Obama an.

»Good evening, Mr. President. How do you do?« Ich schaute ihm fest die Augen.

»Fine, thank you.« Er schaute mir ebenso fest in die Augen, ergriff meine Hand und legte seine andere Hand auf meinen Unterarm.

Mir stellten sich die Stacheln. Ich mag es nicht, wenn Männer ungefragt nachfassen. Der wie alle anderen setzte dreist darauf, dass frau vor Zuschauern keinen Fußfeger einsetzt, um den Griff zu lösen. Seine Bodyguards hätten mich vermutlich auch gleich erschossen.

Obama war ziemlich groß und ein Alphatier, aber es schien ihn anzustrengen. Das Lächeln, zu dem sein Gesicht schnell bereit war, verdrückte er noch schneller in die Mundwinkel. »Nice to meet you, Ms. Nerz«, sagte er, wobei er meinen Namen wie Nörz aussprach. »Ich bin gespannt, was Sie uns erzählen werden.« Endlich ließ er meine Hand los. »Man sagt mir, Sie haben eine große mentale Kraft. Und wenn ich richtig informiert bin, sind Sie die Einzige, die dem Bösen bisher entgegentreten konnte.«

Bezog er sich etwa auf unser Flugzeugabenteuer in Schottland? Von meinem Befehl an die Motoren hatte ich doch nur den Frauen im Verlag erzählt. War damals etwa der CIA schon dabei gewesen? Nein. Vermutlich war nur mein Computer mit meinen Audiofiles und Notizen inzwischen Allgemeingut.

»Lassen Sie mich Ihnen sagen, Ms. Nörz: Ich habe großen Respekt vor Ihrer Kühnheit. Man hat mir erklärt, Sie lassen sich von Gespenstern keine Bange machen. Ganz so wie …« Er lächelte und sagte auf Deutsch: »Einer der auszog, das Furchten zu lörnen.«

Fischer lachte in sich hinein.

»This is a great German Märchen, by the Grimm Brothers. Ich habe es meinen Kindern oft vorgelesen. Deutschland hat furchtlose Literaten. Es ist wichtig, sich keine Furcht einjagen zu lassen.«

»Niemand von uns fürchtet sich«, sagte Sarkozy.

Obama ignorierte den Kleinen und legte mir wieder die Hand auf den Unterarm. »See you, Lisa.«

Damit war ich entlassen. Ich schüttelte die Anhaftungen fremder Dominanz vom Ärmel und stieg hoch in mein Zimmer. Es war keine Zeit, die revolutionäre Faust zu ballen und die

Internationale zu singen. Unser Gepäck war angekommen, ich musste mich umziehen. Meine Hände flatterten jedoch dermaßen, dass Richard mir helfen musste, die Manschettenknöpfe reinzupfriemeln und die Krawatte zu binden. Er steckte selbst in einem dunklen Anzug. Seiner war im Gegensatz zu meinem maßgeschneidert und fiel einen Tick aus der Konvention, denn er war nicht blauschwarz wie meiner und vermutlich der aller anderen Herren, sondern besaß einen untergründigen, wenn auch kalten Braunton.

»Du bist einfach der schönste Mann, den ich kenne, Richard.«

»Einfach?«

»Und ein granatenkomplizierter pietistischer Bescheidenheitssimulant. Bist du sicher, dass du so mit mir runtergehen willst? Oder soll ich doch lieber das kleine Schwarze anziehen?«

Er hob die Brauen zu einem unausgesprochenen: Seit wann kümmert dich, was ich mir wünsche? »Nein«, sagte er nach einem Moment der Verblüffung mit glaubwürdigem Nachdruck. »Nein, Lisa. Es ist umgekehrt. Ich war eigentlich immer stolz darauf, dass eine so autonome Person wie du mich mitschleppt.«

Schluck. »Eigentlich?«

Er lächelte. »Ich gebe zu, so manches Mal habe ich mich schon gefragt, ob es auch etwas weniger schrill ginge. Aber aus reiner Bequemlichkeit. Ich weiß manchmal den Unterschied nicht zwischen Spielregeln, die uns einengen, und Regeln, die wir unbedingt brauchen. Gerade heute.«

Darüber musste ich später mal nachdenken. »Richard, die erwarten alle was von mir«, sagte ich kleinmütig.

»Ja, sicher, Lisa. Wundert dich das?«

»Aber ich habe doch gar nichts gemacht!«

»Du hast die Lottozahlen beeinflusst. Das macht ihnen Hoffnung, dass du mächtiger bist als Katzenjacob.«

»Warum nur hast du bei der Talkshow von meinem kleinen Intermezzo mit dem Ziehungsgerät erzählt?«

Er zog es vor, nicht zu antworten.

»Glaubst du es denn auch, Richard?«

Er rückte meinen Krawattenknoten gerade. »Katzenjacob ist ein Betrüger. Das Problem, das wir mit ihm haben, ist nicht real. Es ist das Ergebnis einer Mission, die Millionen von Gläubigen erzeugt hat. Diese Konferenz will den Kreuzzug der Medien zerschlagen.«

»Darum ist der Chef des *Guten Tags* hier.«

»Und die Vertreter anderer führender Medien in Europa.«

»Nur Groschenkamp nicht.«

»Er hat bereits verloren. Bodnang ist von ihm abgefallen, er hofft, der Abhörskandal geht an ihm vorüber, wenn er hier den braven Chefredakteur gibt, der das rein kommerziell orientierte Regime des Groschenkamp-Imperiums denunziert. Die Banken werden den Medien viel Geld bieten, damit sie nicht mehr mit Marktgesetzen argumentieren können.«

»Das ist doch …« Mir fehlten die Worte. »Das ist doch Einflussnahme auf die … die …«

»Wolltest du Pressefreiheit sagen?«

Hatte ich eigentlich sagen wollen. »Aber das geht doch nicht, dass sich hier ein paar Herren gegenseitig Geld zuschieben und mal kurz an der Weltschraube drehen. Wo sind wir denn?«

»Das ist die Wartegg-Konferenz, Lisa. Hier wird die Marschrichtung der Politik festgelegt. Wartegg ist die Freimaurerloge der Industriestaaten. 1988 hat die Konferenz die deutsche Wiedervereinigung beschlossen. Sonst hätten es die Ungarn nie gewagt, ein halbes Jahr später den eisernen Vorhang aufzumachen. Hier haben die USA den Westen auf den Krieg gegen Saddam Hussein eingeschworen. Hier bekamen die Banken den Freibrief, Kredite in die Volkswirtschaften zu pumpen, ohne später dafür haftbar gemacht zu werden, wenn die Immobilienblasen platzen.«

»Und was ist unsere Rolle, Richard?«

»Wir sind die Kasperle, die ihnen die heißen Kartoffeln aus dem Feuer holen.«

»Warum sollten wir das tun?«

»Weil es in unserem Interesse ist.« Er trat zurück und musterte mich in meiner Nerz'schen Pracht. »Und darum bist du gut so, wie du bist.«

»Das klingt, als hättest du das alles geplant. Es ist mir unheimlich.«

»Red keinen Unsinn, Lisa.«

Nein, echt! Aber vielleicht machte er das wie ich mit der Lottomaschine. Da hatte ich auch nichts geplant und trotzdem so mitgespielt, dass sich was fügte.

62

Es waren etwa fünfzig Leute, die sich zum festlichen Dîner einfanden. Ich entdeckte nur vier Frauen: IWF-Präsidentin Lagarde, Merkel, Derya und Carla Bruni. Meine Genderidentität war dagegen zweifelhaft. Und keineswegs kannten mich alle oder waren auch nur erfreut, mich zu sehen. Derya zog viel mehr Interesse auf sich. Sie trug ein Cocktailkleid in schweren Farben, die ihrem Figürchen Gewicht und Größe verliehen. In ihr Lächeln verguckten sich die Herren, in ihren dunklen Augen versanken sie. Ein jeder wurde zum Idioten, die einen unverhohlen, die anderen nur in ihrer Vorstellung.

Richard raunte uns hin und wieder Namen zu. »Da drüben, das ist der Physiker Hermann Haken. Seltsamerweise hat er nie den Nobelpreis bekommen, obgleich er uns den Laser erklärt hat. Dessen Erfinder hatten ihn nämlich für einen Lichtverstärker gehalten, bis Haken zeigen konnte, dass er das Ergebnis von Selbstorganisation des Lichts ist. Irgendwo muss hier auch … ja, da drüben, der mit der Brille, das ist der große Linguist Avram Noam Chomsky aus den USA.«

»Die generative Transformationsgrammatik«, lachte Finley. »Was hat man ihn gehasst dafür! Aber heute weiß die moderne Hirnforschung, dass er recht hatte damit, dass die Sprachregeln in unseren Köpfen tatsächlich anders strukturiert sind als in einer Grammatik. Wir formen sie so um, dass wir mit einer minimalen Anzahl von Regeln eine große Anzahl von Sätzen bilden können. Ganz schön mutig, ihn einzuladen.«

»Wieso?«, fragte ich.

»Er hat so ungefähr alles kritisiert, was die USA an Außen- und Kriegspolitik betrieben haben und betreiben, angefangen beim Vietnamkrieg bis hin zum Irakkrieg«, erklärte Richard. »Er hat zwar zur Wahl von Obama aufgerufen, aber ob er das heute noch so sieht ...«

Tatsächlich saßen Obama und Chomsky an diametral entgegengesetzten Enden der vier Tafeln.

Nach dem Essen versammelte man sich mit Getränken in einem Zimmer mit Kamin. Dem Raum fehlte allerdings sowohl die altenglische Clubatmosphäre als auch die klassizistische amerikanische Gediegenheit, was Sarkozy zu Spott über die schweizerische Demokratie provozierte. Unnötig zu sagen, dass sich die Staatsoberhäupter am Kaminfeuer einrichteten, wobei der kleine Mann, der schon während des Essens mehrmals mit dem Handy am Ohr aufgestanden und hinausgerannt war, irgendwie der Gelackmeierte war. Ich habe immer vergessen, Richard zu fragen, wer das war. Und jetzt ist es nicht mehr wichtig.

Der Generalsekretär Reto Federer sprach eine Begrüßung und lud zu interessanten Gesprächen und einem ergebnisreichen Gedankenaustausch ein. Die erste Stunde moderierte er, denn es ging vor allem darum, dass all die versammelten Alphatiere sich reden hörten. Hinten bröckelte die Gemeinde bald in Richtung Raucherzimmer.

Wann auch Richard verschwand, bekam ich nicht mit.

*

Er ging nicht ins Raucherzimmer, sondern stieg das Treppenhaus der Angestellten bis in den vierten Stock hinauf. Reto Federer hatte ihm bei einem Telefonat unabsichtlich verraten, dass er von ganz oben unterm Dach über den schönen See blicken konnte.

Die Tür des Büros war nicht abgeschlossen. Andernfalls hätte er mich geholt, in der Hoffnung, dass ich mein Pickset dabeihatte. Richard empfand nicht die geringste Scheu, die Klinke hinunterzudrücken und einzutreten. Hier ging es nicht um gerichtsverwertbare Informationen. Die Wartegg-Konferenz würde nie angeklagt werden. Und schon gar nicht von ihm.

Der schwarze See mit seinen Lichträndern stand feierlich im Fenster. Er verschwand, als Richard Licht anmachte. Er schaute sich kurz um – Schreibtisch, Telefon, Ablage, Computer, Drucker, Aktenschränke – und wandte sich den Aktenschränken zu. Die Protokolle der Konferenzen waren nach Jahren sortiert in Ordnern abgeheftet. Richard zog den von vor drei Jahren heraus und studierte die Gästeliste. McPierson fand er nicht, wohl aber Rosenfeld, Groschenkamp und Bodnang. Ein Jahr vor der ersten großen Bankenkrise war es um die Macht des Spirituellen gegangen. Beschlüsse wurden generell nicht protokolliert. Aber Rosenfeld hatte die schriftliche Fassung seines Referats über Telekinese dagelassen, gefüllt mit Beispielen, angefangen beim träumenden Computer über die Rache des Schachcomputers bis hin zu einem Börsencrash vor zehn Jahren, bei dem der Computerhandel auf nicht restlos erklärbare Weise außer Kontrolle geraten war. Seine These war, dass hochkomplexe und zudem sehr dynamische Systeme wie die elektronischen sich am besten eignen, von einem Psi-Agenten manipuliert zu werden. Das Referat schloss mit den Worten, dass Wirtschaft und Politik dringend mehr Geld für die Psi-Forschung bereitstellen müssten, wenn wir nicht Gefahr laufen wollten, dass unsere Börsen und computergestützten Finanzsysteme oder auch die immer komplexer werdende

Elektronik in Flugzeugen, Schiffen und Privatfahrzeugen eines Tages von einer Einzelperson oder einem Staat gezielt angegriffen würden.

Das war die Bestätigung. Das Kalteneck-Experiment war aus der Wartegg-Konferenz hervorgegangen. Groschenkamp und Teile der Industrie hatten es als Interessenten finanziert, darunter QarQ, dessen damaliger Aufsichtsratsvorsitzender auch auf der Gästeliste stand. Und nun musste man den Geist wieder loswerden, den man gerufen hatte. Wenn er auch auf ganz andere Weise wirksam geworden war. Hatte man damals mit der narrativen Kraft der Medien gerechnet, den Globus mit einer Fiktion zu überziehen?

Richard stellte den Ordner zurück und blätterte in ein paar weiteren. Die Identität der Elfmänner ging aus keinem hervor. Unter den Gästen unten hatte Richard außer dem Generalsekretär Reto Federer kein Gesicht entdeckt, das er nicht der Gästeliste zuordnen konnte. Und im Internet hatte er rein gar nichts gefunden. Die Wartegg-Konferenz schien sich den Status von Vor-Internet-Zeiten erhalten zu haben, ein Büro, Papier und Safe. Den Safe entdeckte er hinter einer Reproduktion von Cézanne. Nach Richards Erfahrung hängte man niemals ein wertvolles Original vor einen Safe. Es waren immer entweder dilettantische Gemälde oder diese allseits bekannten Drucke in Bilderrahmen. Der Tresor war mit einer Tastatur gesichert. Richard überlegte. Das Wort Hendeka glitt durch die Neuronen. Acht plus drei. Er tippte 8311.

Das Schloss knackte, die Tür sprang auf. In der viereckigen Höhle lagen Stapel großer Geldscheine in diversen Währungen auf einem braunen Umschlag. Richard zog den Umschlag unter den Millionen hervor. Er war nicht zugeklebt und enthielt ein Blatt mit elf Namen, darunter der von Reto Federer, mit Adressen, fünf davon in der Schweiz, vier in Deutschland und zwei in Großbritannien. Keinen davon kannte Richard. Er legte sie in seinem Gedächtnis ab für den Fall, dass es irgendwann einmal gut sein würde, sich an sie zu erinnern, tat den Bogen in den Umschlag zurück, schob ihn unter die Geldscheine, schloss den Safe und verließ das Büro.

*

Inzwischen war unten ein Imbiss ausgerufen worden. Ich stieß am Buffet mit Merkel zusammen. Wir griffen gleichzeitig nach derselben Gabel. »Nach Ihnen«, sagte ich höflichkeitsdeppert.

»Nein, bitte«, sagte sie.

»Nee, nee!« Dieses Oberhandgefecht gewinne ich. Aber elegant. »Wenn Sie mir auf die Finger schauen, dann landet das Felchenfilet garantiert im Obstsalat.«

Sie kicherte. »Was denken Sie, warum nie Fernsehkameras dabei sind, wenn wir ans Buffet gehen.« Sie musterte die Platten und legte die Hand auf den obersten Knopf ihres Blazers. »Man sollte ja eigentlich auch gar nichts essen nach achtzehn Uhr.«

»Wenn ich immer nur täte, was man sollte …«

Sie musterte mich von der Seite. »Haben Sie sich den Anzug eigentlich anfertigen lassen?«

»Nein. Aber ich weiß eine Adresse in Hamburg. Die kann ich Ihnen geben.«

»Lieber nicht. Der unfickbare Fettsteiß muss Blazer tragen, sonst bekommen wir eine Staatskrise, weil die Presse tagelang *Brigitte* spielt.«

»Ups!«

Sie kicherte vergnügt. »Sie können doch Italienisch.«

Ein Fehler im Dossier über mich, das man ihr offenbar vorgelegt hatte. Aber ich kam nicht dazu, ihn zu korrigieren.

»Culona inchiavabile … Ich habe es mir übersetzen lassen.« Sie schaute sich kurz um, beugte sich zu mir und wisperte: »Und wissen Sie was? Je ordinärer der Idiot, desto größer das Kompliment. Oder würden Sie sich von dieser italienischen Kindergeburtstagsgurke hmhmm lassen wollen?«

Wir lachten uns einen Arsch. Ich fand die Behauptung unseres Berliner Korrespondenten übertroffen, dass Merkel zwar öffentlich eine fürchterliche Phrasenschleuder war, aber abseits der Mikros eine Schwertgosch. Frau wird halt nicht Kanzlerin, wenn sie aufs Machogedöns der alltäglichen Büro- und Konferenzkommunikation nicht immer noch eins draufsetzen kann. Das fand durchaus meine Anerkennung, rein frauensolidarisch gesprochen.

»Und wissen Sie, was ich dabei am komischsten finde?«, raunte sie mir ins Ohr. »Dass den seine eigene Justiz abhört. Und dann gibt sie es auch noch an die Presse! Dagegen ist unser Groschenkamp-Abhörskandal die reinste Krabbelgruppe.« Sie wandte sich ab. »Ja?«

Von der anderen Seite hatte sich ein junger Mann genähert, der so jung gar nicht mehr war, diesen Eindruck aber durch seine dienernde Haltung erweckte. Er raunte ihr etwas ins Ohr. Sie schnaufte, entschuldigte sich bei mir und ging mit ihm beiseite. Ihre Miene versteinerte plötzlich.

Ich schaute mich nach Richard um. Er steckte gerade sein Telefon weg, orientierte sich und kam auf mich zu. Mit blankem Entsetzen im Gesicht.

»Was ist los?«

»Hier muss es irgendwo einen Fernseher geben.«

Die Idee hatten auch andere, die einen Stab besaßen, der sie beständig informierte. Minuten später hatten wir einen Seminarraum erobert, in dem ein Hotelangestellter den Fernseher anwarf und CNN anzappte. Stühle gab es nicht genügend, aber setzen wollte sich sowieso keiner.

»Hostage in Rumania – Geiselnahme in Rumänien«, raste auf dem Laufband unten vorbei, während eine blonde Moderatorin einen Korrespondenten in Bukarest befragte, der sich gleich nach dem Interview nach Sambata de Sus begeben würde.

Denn in diesem transsilvanischen Kloster hatte eine unbekannte Gruppe zahlreiche Geiseln genommen, Kinder, Anwohner und Touristen, deren Nationalität noch nicht bekannt war. Regelrecht im Ort zusammengetrieben hätten sie die Menschen und mit vorgehaltenen Maschinenpistolen ins Kloster gejagt. Dort hielten sie sich jetzt verschanzt. Die Aktion hatte dem Vernehmen nach bereits um die Mittagszeit begonnen. Es hatte aber ein paar Stunden gedauert, bis Sicherheitskräfte aufmarschiert waren und das Geschehen über örtliche Nachrichtenagenturen und Sender den Weg in die weltweiten Medien gefunden hatte.

Ich überlegte kurz, was die gemacht hätten, wenn in dieser gottverlassenen Gegend niemand angerückt wäre, wenn es niemand bemerkt oder zur Kenntnis genommen hätte. Erschießt man Geiseln, wenn keiner hinguckt?

Seit kurzem, erklärte uns der Korrespondent, sei nun die Forderung der Geiselnehmer bekannt. Sie laute: »Da die Staaten, insbesondere Deutschland, nicht imstande sind, den Strigoi zu vernichten, fordern wir die Herausgabe und Überstellung von Juri Katzenjacob an uns, um die Menschheit von dem Dämon zu befreien.«

»Was ist ein Strigoi?«, fragte die Moderatorin.

»Das ist der rumänische Begriff für einen Untoten, einen Vampir. In dieser Kultur ist die rituelle Vernichtung von Strigois noch sehr lebendig. Man verbrennt das Herz und gibt die Asche in Flüssigkeit aufgelöst verschiedenen Personen zu trinken.«

Die Moderatorin zeigte einen Anflug von Ekel. »Müssen wir also davon ausgehen, dass diese Gruppe Katzenjacob töten will?«

»Solange wir so wenig über die Leute wissen«, antwortete der Korrespondent, »ist über ihre wahren Absichten schwer etwas zu sagen. Dem ersten Anschein nach wollen sie den Tod Katzenjacobs erreichen. Aber es könnte sehr wohl auch sein, dass ihre Aktion den Zweck verschleiert, den Mann aus dem Gefängnis freizupressen. Katzenjacob stammt aus Rumänien und ist in Deutschland bei Adoptiveltern aufgewachsen. Und es hat schon einmal einen Befreiungsversuch gegeben. Auch damals kamen die Angreifer aus Rumänien.«

»Das ändert doch jetzt alles«, sagte jemand auf Französisch hinter mir.

»Geben wir den rumänischen Bastard raus, und fertig!«, rief ein anderer der versammelten dunklen Anzüge.

Die Staatschefs sagten zunächst nichts, sie ließen reden.

»Wenn wir die Wahl haben zwischen dem Leben von Kindern und dem eines Mörders, dann weiß ich, was ich zu tun habe.«

»Katzenjacob ist nicht des Mordes überführt«, sagte Richard, und es war schlagartig still. »Außerdem gibt es nicht den geringsten Beweis, dass er die ihm unterstellten telekinetischen Fähigkeiten hat.«

»Ja, das sagen Sie immer!«, rief Bodnang.

»Es ist darum nicht weniger richtig.«

»Aber die haben Kinder in ihrer Gewalt!«, rief Bruni, hochschwanger.

Richard drehte sich um und sagte sanfter, als er beabsichtigt hatte, und auf Französisch: »Würden Sie Ihren Sohn dem sicheren Tod ausliefern, Madame Bruni, weil eine Terrorgruppe andere Kinder in ihrer Gewalt hat?«

Sie presste die geschlossene Faust gegen die erregten Lippen und wandte sich ab.

»Aber Katzenjacob hat doch gar keine Verwandten mehr«, sagte jemand. »Seine Adoptiveltern sind tot. Das wissen wir doch. Ums Leben gekommen bei einem mysteriösen Unfall.«

Mir war eisig ums Genick. Menschen mit Macht und Millionen, mit Amts- und Adelstiteln waren offensichtlich mit demselben kranken Menschenverstand ausgestattet wie ein Stammtisch im Alten Krug.

»Vielleicht wollen sie ihn ja gar nicht töten«, mutmaßte einer. »Sie wollen ihn nur freipressen. Die Möglichkeit besteht doch.«

»Wir brauchen mehr Informationen, ehe wir entscheiden.«

»Wer kann so etwas überhaupt entscheiden?«, ächzte Finley leise halb hinter mir.

Derya hatte die Hände vor den Mund gelegt und schüttelte

den Kopf. »Wir können nicht die Verantwortung übernehmen für das, was andere anrichten.«

Dann eroberten die Ethiker die Diskussion. »Wir sind nicht erpressbar!«, behauptete einer. »Wir lassen uns nicht von einer Horde fehlgeleiteter Fanatiker dazu verführen, unsere humanistischen Werte zu verraten!«

»Auf eine Geiselnahme muss mit den Mitteln der Polizei geantwortet werden.«

»Gibt es ein Ultimatum?«

»Ja, es gibt ein Ultimatum«, ergriff der britische Premier das Wort. »Es endet Montagabend um Mitternacht.«

»Nach unseren Informationen«, setzte der russische Bär hinzu, »sind sechs russische Staatsbürger unter den Geiseln. Es handelt sich um eine internationale Touristengruppe, die aus Bukarest zu einem Tagesausflug in dieses Kloster gefahren ist: ein US-Bürger, zwei Litauer, zwei Italiener, fünf Ungarn, zwei Polen und eine Schulklasse aus Tschechien. Aus dem Ort sind fünfzehn Kinder einer ersten Klasse, zwei Lehrer und zehn Erwachsene im Kloster. Es sollen insgesamt um die sechzig Menschen sein. Wir haben Rumänien bereits die Hilfe unserer Sicherheitskräfte angeboten.«

Merkel zählte im Hinterkopf rasch die diplomatischen Verwicklungen durch, die anstanden, wenn man das Leben eines Untersuchungsgefangenen gegen das von Bürgern des halben ehemaligen Ostblocks abwog. Außer Russland und Polen war keines dieser Länder hier vertreten.

»Könnten wir denn nicht schlüssig beweisen, dass Juri Katzenjacob keine übersinnlichen Fähigkeiten besitzt?«, fragte der Synergetiker Hermann Haken aus seinem weißen Bart heraus.

»Wie beweist man, dass jemand keine Fähigkeiten hat, wenn man im umgekehrten Fall kaum beweisen könnte, dass er sie hat?«, sagte der Linguist Noam Chomsky. »Ist jemals bewiesen worden, dass Nina Kulagina Gegenstände bewegen konnte? Mr. McPierson, Sie haben sie gefilmt. Ich frage Sie: Gibt es den Beweis?«

»Ich fürchte, nein«, antwortete Finley. »Viele meinen zwar, Unerklärbarkeit sei Beweis genug, aber den wissenschaftlichen Beweis, der auf Wiederholbarkeit basiert, gibt es in keinem Fall von Telekinese im makrophysikalischen Bereich. Was wir haben, ist eine sehr lange Reihe wunderlicher Fälle, die auch von meiner Zunft zuweilen mit großer erzählerischer Leidenschaft dargestellt werden. Entweder die Protagonisten sind längst verstorben oder es fehlt das Geld, die Phänomene und Agenten einer aufwändigen Prüfung zu unterziehen. Das Kalteneck-Experiment hat leider auch nichts dazu beigetragen, die Dinge klarer zu machen. Im Gegenteil! Es hat nur Illusionen geweckt und den Spinnern Hoffnungen gemacht.«

»Aber in uns steckt unzweifelhaft ein großer Glaube an Synergien aller Lebewesen, Stoffe und Kräfte«, sagte Haken.

»Und der erzeugt Realität«, ergänzte Chomsky. »Womöglich darf er als Beweis gelten. Wenn wir unsere Mythen, Märchen und Legenden betrachten, so sehen wir unser Erzählen geprägt von der tiefen Überzeugung, dass der menschliche Geist Teil des allgemeinen Weltgeschehens ist, von ihm beeinflusst wird und es beeinflusst.«

»Ja, man könnte schon denken«, sagte Finley, »was so mächtig in den Strukturen unseres Denkens verankert ist, muss seine Entsprechung in der Realität haben, deren Teil wir sind. Aber …«

»Ja dann«, entfuhr es mir, »dann zaubern wir Katzenjacob halt einfach weg.«

Auf einmal war es mucksmäuschenstill. Ja, zum Teufel, seit wann hörte man mir zu? Ich bin doch nur eine kleine Genderakrobatin.

Finley begriff sofort und nickte.

»Wie genau lautet Ihr Vorschlag, Ms. Nörz?«, erkundigte sich Obama aufmerksam.

Ich holte Luft, aber Richard streifte meine Hand mit seiner und raunte mir kaum hörbar zu: »Nicht vor allen.«

Er hatte recht, aber was verlangte er von mir? Wie sagte ich den anwesenden Hallodris der Macht, dass es besser ist, wenn sie nicht wissen, was ich mir denke?

»Ja, also … ich würde doch gerne vorher noch …«

Der Oberstaatsanwalt sprang mir mit dem ganzen Gewicht seiner eindeutigen Männlichkeit bei. »Wir bitten darum, uns kurz im kleinsten Kreis beraten zu dürfen.«

Merkel hatte es längst verstanden. »Dann kommen Sie mal mit«, sagte sie und bahnte uns einen Weg hinaus.

Das Hotelpersonal führte uns in einen kleinen Raum mit Büchern und Ausblick über die Bäume hinweg auf das von Ufergeglitzer gesäumte schwarze Nichts des Bodensees. Wir saßen noch nicht, da erschienen auch Obama und Medwedew. Wie sie es geschafft hatten, die anderen Wichtigheimer diplomatisch wegzubeißen, blieb für mich im Dunkeln.

Obama schlug seine langen Beine übereinander. »Sie haben das Wort, Lisa.«

»Entschuldigen Sie«, unterbrach Richard. »Aber können wir sicher sein, dass dieser Raum nicht abgehört wird?«

Keiner antwortete.

»Wenn ich einst bei meinen Reisen in die DDR etwas Wichtiges zu besprechen hatte«, fuhr Richard im defensiven Plauderton fort, »bin ich mit meinen Freunden hinaus in den Wald gegangen, weit weg vom Haus.«

Merkel nickte. »Es ist eine schöne laue Nacht, meine Herren.«

Medwedew blickte etwas verkniffen drein. Aber auf Obamas Gesicht flackerte Abenteuerlust.

Ich holte Cipión aus unserem Zimmer, und wir taten so, als wollten wir uns im Park unter dunklen Bäumen Richtung See die Beine vertreten. Obama schnorrte bei Richard eine Zigarette. Merkel fragte nach dem Rorschach-Test in der Psychologie. »Das ist doch dieser Klecksbildertest?«

»Ja«, antwortete Derya. »Aber er hat nichts mit Rorschach zu tun, also dem Ort hier. Übrigens auch der Wartegg-Test nicht, bei dem der Proband Linien zu Zeichnungen ergänzen muss. Sie sind nach ihren Erfindern benannt, einem Schweizer aus Zürich und einem Leipziger.«

Was für ein Zufall!

Und jetzt diese Geiselnahme. Was für eine Generalversammlung des Bösen. Und ich spazierte mit einem Friedensnobelpreisträger ohne Frieden, einem Juristen, der die Opposition von unfreien Gerichten nach Sibirien schicken ließ, und einer Physikerin ohne Sinn für Wahrscheinlichkeitsrechnung durch die Nacht. Warum sollte ich denen eine Idee schenken? Lassen wir es doch kippen, das System ihrer Macht. Was interessiert mich der Umsatzrückgang bei den Flug- und Kreuzfahrtgesellschaften?

Der Parkweg endete an einer schmalen Straße. Sie führte durch eine schummrige Bahnunterführung mit Graffiti auf die Ausfallstraße. Rechts funzelte verlassen eine Tankstelle, ihr gegenüber standen dunkle Gebäude eines Jachthafens. Es hätte weiter drüben sogar einen Zebrastreifen gegeben, aber die Staats- und Regierungschefs überquerten die Straße wie kopflose Hühner.

Im Grünstück auf der anderen Seite baute sich ein großes Schild vor uns auf. »Bei Einbruch der Dämmerung haben Badegäste und übrige Personen die Anlage zu verlassen«, lautete die Badeordnung Hörnlibuck. Vermutlich setzte man in der urdemokratischen Schweiz »Wegweisung und Busse bei Zuwiderhandlung« auch gegen russische und amerikanische Präsidenten durch.

Doch inzwischen hatten uns sechs Bodyguards eingeholt. Wer wollte uns da noch aufhalten? Übers golfkurz geschnittene Grün tappten wir bis zum in Stein gefassten Ufer der Bucht, wo zarte Wellen aus dem Dunkel anlandeten und sich mit kleinen Geräuschen brachen.

Während die Bodyguards dreier Staatschefs die Hörnlibuck weiträumig absicherten, erteilte Obama mir unter freiem Sternenhimmel noch einmal das Wort. »Sagen Sie uns, Lisa, was Sie sich ausgedacht haben.«

»Warum eigentlich, Barack?«

Richard zuckte zusammen. Nerz'sche Revoluzzerreflexe zur Unzeit.

»Because you can!«, antwortete der US-Präsident.

»Es soll Ihr Schaden nicht sein«, sagte der russische Präsident.

Ich holte tief Luft. »Wenn Sie glauben, dass ich von Ihnen oder irgendwem ...«

Da sagte Richard: »Weil sich Kinder unter den Geiseln befinden, Lisa.«

Ja, richtig. Mein Gefüge fiel wieder ins Lot. Ich lasse mir von niemandem, auch nicht von diesen Demokratiedarstellern, die Peilung nehmen. Wer sich provozieren lässt, hat schon verloren. »Also gut.«

Wir rückten zur Verschwörung zusammen. »Wir hören, Lisa«, sagte Barack. Angela nickte, Dmitri steckte die Hände in die Hosentaschen.

»Okay. Es sind schon etliche Menschen tot, die in einer bestimmten Beziehung zu Juri Katzenjacob gestanden haben. Acht insgesamt. Was diese Todesfälle unheimlich macht, ist die Tatsache, dass sie aussehen, als hätte es keine äußeren Einflüsse gegeben. Die Leute scheinen einfach so gestorben zu sein, durch eigene Hand, an einer Krankheit, durch ein Unwetter.«

Dmitri machte Miene, als sei dies für ihn nicht unheimlich, sondern selbstverständlich. Die Vergiftung des russischen Ex-Spions Litwinenko mit radioaktivem Polonium war seinerzeit allerdings nicht besonders unauffällig geschehen.

»So was gibt es wirklich«, ergänzte Finley. »Ich kenne Fälle, bei denen sich in einem Menschen urplötzlich der Gedanke festsetzt, dass er sterben wird. Manche sterben dann. Juri könnte durchaus die Fähigkeit haben, vor allem natürlich jetzt mit seiner Fama als Totdenker, bei bestimmten Menschen Angststress auszulösen, der mindestens in eine schwere Depression führt.«

»Ich bin«, fuhr ich fort, »Juri Katzenjacob einmal begegnet. Es war nur ein Augenblick.« Ich unterschlug, dass er die Hand zur Pistole geformt und auf mich gezielt und geschossen hatte. Warum ich es verschwieg, wusste ich in diesem Moment nicht. »Und ich fand, von ihm geht etwas Düsteres aus, etwas Lebensabgewandtes. Als ob er unsere Vitalität hassen würde. Er erzeugt auf seltsame Weise Stress.«

»Dergleichen habe ich nicht beobachtet«, sagte Derya. »Und ich bin ihm ein paarmal begegnet, als er auf der Burg Kalteneck als Maler tätig war.«

»Aber du hattest keine Beziehung zu ihm«, bemerkte ich. »Du wolltest nichts von ihm, und er wollte nichts von dir. Du hast ihn kaum wahrgenommen.«

»Nun gut«, unterbrach uns Angela. »Was wollen Sie uns denn nun vorschlagen, wie wir unsern Vampir loswerden.«

»Es ist nur eine Idee«, sagte ich in den Wind vom See. »Finley ist ja nicht nur Geisterforscher, er hat auch Illusionskunst gelernt, um Betrüger entlarven zu können. Er könnte in einer großen Show vor den Medien aus aller Welt Juri Katzenjacob wegzaubern. Natürlich nur zum Schein.«

Angela legte die Fingerspitzen aneinander, Dmitri kickte ein Ästchen über die Befestigungsquader ins Wasser. Barack stand still im Rasen.

»Und je weniger davon wissen, desto besser«, ergriff Richard das Wort. »Das Verschwinden von Katzenjacob darf von niemandem in Zweifel gezogen werden können. Sonst hört der Spuk nie auf.«

»Und wie soll das geschehen?« Barack blickte Finley an.

»Darüber muss ich nachdenken. Aber ich kann jetzt schon sagen, ein guter Zaubertrick erfordert einen hohen technischen Aufwand und viel Planungszeit. Es müsste ja ein neuer Trick sein, den nicht die halbe Garde der Zauberkünstler schon kennt.«

»Mit anderen Worten, bis Montag ist das nicht zu schaffen? Wie viel Zeit brauchen Sie?«

»Zwei oder drei Monate.«

»So viel Zeit haben wir nicht«, bemerkte Angela.

»In Bregenz gibt es eine Seebühne«, überlegte Richard und deutete über den See. »Sie hat sicher die Technik, um jemanden von der Bühne verschwinden zu lassen.«

»Gute Idee, Richard«, lächelte Finley, »aber das ist das Manko. Jeder weiß, dass Bühnen geheime Türen im Boden haben.«

Auch wieder wahr.

»Man müsste auf freier Fläche mit Spiegeln arbeiten.«

»Sie bekommen von uns alle erdenklichen Fachleute zur Seite gestellt, Finley.«

»Vielen Dank, Barack, aber darin steckt auch ein Problem. Sehr viele Leute werden hinterher plaudern können.«

»Und wer sollte das überhaupt sein, der Juri wegzaubert?«, fragte Derya. »Es dürfte ja niemand sein, von dem man weiß, dass er Illusionskünste beherrscht. Damit käme Finley schon mal nicht infrage.«

»Das ist doch klar, es ist unsere kühne Lisa Nörz.«

»Aber …«, protestierte ich.

Da begegnete ich Richards asymmetrischem Blick. Mir wurde inwendig kalt. Hatte er genau das vorhergesehen? Kann einer so was vorhersehen? Hatte er darum in dieser vermaledeiten Talkshow herumgetöpert, seine Freundin – für die Presse sofort identifizierbar – könne die Lottozahlen beeinflussen? Damit ich am Ende zum mentalen Gefecht gegen Katzenjacob antrat und die Welt mir glaubte, dass ich stärker war als er?

»Das wird niemals funktionieren«, sagte Derya an meiner Stelle.

»Es muss!«, sagte Commander Barack Obama.

Erster Offizier Angela Merkel nickte. »Ich kann mir nicht vorstellen, dass wir einen Untersuchungsgefangenen an Mordbuben ausliefern. Auch wenn eine Mehrheit der Bevölkerung dafür wäre.

Davon würde sich unser Rechtsstaat, der auf christlichen Werten basiert, nie wieder erholen. Andererseits können wir nicht untätig zuschauen, wie in Rumänien Geiseln getötet werden.«

»Die Geiselnehmer werden ihr Ultimatum verlängern«, sagte Leutnant Dmitri Medwedew, »wir werden ihnen sagen, dass wir Katzenjacob unschädlich machen, dafür aber noch etwas Zeit brauchen.«

»Und dann machen wir High Noon.« Finley rieb sich die Hände. »Lisa gegen Juri, einer verschwindet, der andere bleibt übrig. Hoffentlich wird es unsere Lisa sein.«

»Nächste Woche kommt der Papst nach Deutschland«, bemerkte die Kanzlerin auf einmal.

»Dann soll er doch Katzenjacob wegbeten«, sagte ich. »Als Stellvertreter Jesu auf Erden müsste er doch ein paar Wunder draufhaben. Glauben Sie, der alte Ratzinger macht da mit?«

»Nein, das meinte ich nicht.«

»Was dann?«

Sie zögerte.

Ich ahnte, was sie dachte. »Halten Sie es für möglich, dass der Lammert seinen Bundestag für eine Zaubershow hergibt?«

Finley war auch schon auf der Spur. »Katzenjacob begeht einen Anschlag auf den Papst, während der im Bundestag redet – das Gespenst malt die Presse ja ohnehin bereits an die Wand –, Lisa verhindert das und eliminiert ihn. Peng! High Noon!«

Es hatte was. Es gefiel uns. Der Vorteil war, man würde keine Zaubershow ankündigen und Medien einladen müssen, denn sie waren alle schon da. Das Ereignis würde sich scheinbar spontan vor den Augen der Öffentlichkeit ergeben und darum glaubwürdig wirken. Blieb noch die nicht ganz unwesentliche Frage, was genau passieren sollte.

»Und wo befindet sich Katzenjacob währenddessen?«, fragte Derya, die sich nicht hatte anstecken lassen von unserem Schabernackgeist. »Er müsste doch bereit sein mitzumachen. Wenn er sich weigert, brauchen wir gar nicht weiterzuüberlegen.«

»Ich rede mit ihm«, sagte ich. »Vorausgesetzt, die Staatsanwaltschaft erteilt mir die Erlaubnis dafür.«

»Das wird sie!«, sagte Merkel. »Nicht wahr, Herr Dr. Weber?«

»Ich bin nicht der ermittelnde Staatsanwalt. Der Fall liegt bei der Bundesanwaltschaft. Es handelt sich um ein laufendes Ermittlungsverfahren. Da ist es nicht üblich, dass Nicht-Familienmitglieder ...«

»Dies ist ein Sonderfall, das werden Sie doch begreifen!«

Richard lächelte. »Ich gebe mir Mühe.«

Erst im Morgengrauen betraten wir unser Hotelzimmer. »Und du hast es doch geplant, Richard!«

»Du doch auch.« Er zog sich das Jackett aus und knöpfte die Weste auf, löste die Krawatte.

Ich synchronisierte mich mit ihm. »Ich kann gar nicht planen!«

Er unterbrach sich beim Hemd. »Nun gib mal nicht so an, Lisa.«

Ich unterbrach mich beim Hosenknopf und trat an ihn heran. Er drehte sich halb zur Seite und hielt meine Hand mit dem Unterarm weg. Das hatte er inzwischen gelernt, denn wenn der Gegner sich abwendet, kann der Judoka keinen Wurf ansetzen. Ich musste um seine Schulter herumwandern und mich erneut aufbauen.

Er stellte sich, schaute mir in die Augen und sagte ungewöhnlich heftig: »Beantworte mir mal eine Frage, Lisa!«

»Ja.«

»Warum akzeptierst du es nicht?«

»Du hast das Doppelzimmer bestellt, nicht ich!«

»Das ist keine Antwort. Liegt es daran, dass du grundsätzlich nicht akzeptierst, wenn jemand nicht so will wie du? Willst du nur stärker sein, dich durchsetzen? Worum geht es dir?« Er senkte den Blick und schnaubte: »Ach, was soll's.«

Oje, das meinte er! Er stellte die Liebesfrage. Mich packte Rührung. »Du bist wütend!«

»Ja, ich bin wütend«, antwortete er und war es schon ein kleines bisschen weniger. Es funktionierte. Mein Coach hatte recht. Sag dem andern, dass du seine Gefühle verstanden hast. Das mildert sie.

»Und worüber bist du wütend, ganz konkret?«

»Wenn du das nicht weißt, dann hat es keinen Sinn, weiterzureden.«

»Ich denke mir, dass du sauer bist, weil ich dir Derya entführt habe«, antwortete ich.

»Nein, so gut solltest du mich kennen, Lisa. Wenn ich mich über deine Affären aufregen würde, wären wir schon längst geschiedene Leute. Aber ich finde, Privates sollte privat bleiben. Und wie du …« Er schluckte. Es fiel ihm schwer auszusprechen, was ihn wirklich gekränkt hatte. »Wie du mich vor … vor Derya …«

»Ich habe dich vor ihr lächerlich gemacht. Nein, nicht lächerlich, sondern …« Coach, hilf, wie sage ich es so, dass es ihn nicht erneut schmerzt. Ich hatte den Weißrücken desavouiert, als Mann ins Abseits gestellt und es demonstrativ zelebriert vor den Augen einer der schönsten Frauen im Land. Er fühlte sich vor Derya als Versager.

»Ja«, sagte er und nahm es mir ab, es auszusprechen, »du hast mich zum Hornochsen gemacht, wo ich …« Ein Lächeln zuckte in seinen Mundwinkeln. »Wo ich gern als Stier reüssiert hätte.«

»Das war voll unterirdisch von mir! Ich habe zwar genau das gewollt, aber es war kein Zeichen von Größe, sondern ein echt schäbiger Zug. Ich war ziemlich von der Rolle, weil du plötzlich … ich meine … äh … wie sage ich das? Weißt du, ich bin mir deiner immer sicher gewesen. Es hat mich total geschockt, dass du plötzlich mit der rummachst.«

»Du gehst nämlich insgeheim davon aus, dass ich alter Sack dankbar sein darf, dass du dich mit mir abgibst.«

»Nein!«, rief ich. »Quatsch.« Oder doch?

Er lächelte nachsichtig. »Warum sonst erlaubst du es dir, noch woanders auf deine Kosten zu kommen? Das geht doch nur, wenn du annimmst, dass ich es dir verzeihe, weil ich dir verfallen bin.«

»Ist das so?« Ich war entsetzt.

»Nein.«

»Also, warum unterstellst du es mir dann? Hältst du mich für so blöd? Meinst du, ich würde gar nichts begreifen von Beziehungen und so?«

»Jetzt bist du wütend.«

»Und du freust dich!«

»Ja. Ich bin konservativ. Und dieses rhetorische Geziere mit Ich-Botschaften und gespiegelten Gefühlen habe ich schon den ganzen Tag im Geschäft.«

»Du arroganter Affe! Du bist mir doch verfallen!«

Er lachte.

Die Dramaturgie erforderte, dass wir am anderen Tag unsere Vorträge hielten, ich über meine Recherchen, die mich unter anderem bis zur Totensteige geführt hatten, an der Juri Katzenjacobs Adoptiveltern im Gegenlicht der Sonne verstorben waren, und Derya und Finley ihren über den Forschungsstand zur Telekinese, der den Zuhörern nun aber den Gedanken nahelegen musste, es könne eben doch eine Macht stärker sein als die von Katzenjacob, und Tantriks hätten nicht nur deshalb Erfolg, weil sie das Opfer in den Stress des soziokulturellen Todes schickten, sondern weil sie besondere geistige Kräfte besaßen.

Finley war hinterher ziemlich geknickt. »Für mich war die Wahrhaftigkeit der Wissenschaft bislang das höchste Gut«, sagte er, als wir im Auto saßen und gen Stuttgart rasten. »Und heute habe ich das Blaue vom Himmel herunter gelogen, um die halbe Welt zu täuschen. Als Wissenschaftler bin ich tot.«

Derya hatte sich weniger verbiegen müssen, denn insgeheim glaubte sie. Sie war entschlossen, weiterzuleben.

»Finley«, fragte Richard in den Rückspiegel, »warum warst du vor drei Jahren nicht eingeladen? Da hat man hier schon mal über Parapsychologie geredet und das Kalteneck-Experiment beschlossen. Deryas Vater war hier und Rosenfeld.«

»Davon weiß ich nichts«, antwortete Finley. »Aber vielleicht hat man einen Ungläubigen wie mich nicht dabeihaben wollen.«

»Ich war auch nicht dabei«, sagte Derya. »Und ich habe nicht einmal gewusst, dass Gabriel und mein Vater hier waren.«

Unwillkürlich stellte ich mir den alten Groschenkamp in seiner Villa an der Elbchaussee vor, so wie ich ihn gesehen hatte, als ich von den Schubladen seines Schreibtischs hochschaute und er neben der Tür stand vor der Karte seines Weltreichs, das nun zerfallen würde.

Und noch etwas hatte ich gesehen. Aber das fiel mir ums Verrecken nicht ein.

63

So nahm das Verhängnis seinen Lauf. Am Montag klingelte mich KHK Christoph Weininger aus dem Bett und verkündete, er solle mich zur JVA Karlsruhe fahren. Warum, konnte er mir nur so erklären: »Dein Weber hat mich angerufen und mich darum gebeten.«

Wenn ein Feind den andern bittet, sagt man nicht Nein. »Siehste mal! Er vertraut dir mehr als jedem anderen Bullen.«

»Auf die Ehre kann ich verzichten!«

Der September tat sich schwer, den Sommer zu verabschieden. Die Sonne klebte auf den winterfertig gemachten Äckern, dem welken Gras, dem trockenen und zum Sterben bereiten Laub an den Bäumen. Und in mir rollte ein Klumpen hin und her. Finley betrachtete sich als wissenschaftlich tot, weil er die Möglichkeit in Aussicht gestellt hatte, dass ich Katzenjacob besiegen könnte. Während unserer Besprechungen und Planungen übers Wochenende war auch mir die Ahnung gekommen, dass ein derartiger Betrug alle beschädigte, auch mich. Danach würde ich nicht mehr so leben können wie jetzt. Ich wäre die, die die Welt gerettet hat. Ich habe nie berühmt sein wollen. Nie! Denn dann schauen einem alle beim Leben zu.

Nur Richard zeigte keine Erosion durch Moral, Zweifel oder Angst. Er hielt die Zügel fest in der Hand. Während Christoph und ich die A8 rauf- und runterbrausten, änderte er auch unser Ziel. Er rief mich an und sagte: »Ihr fahrt zur Bundesanwaltschaft.«

»Wieso?«

»Weil, Lisa. Euer Besuch wird streng vertraulich behandelt. Keine Aufzeichnungen, niemand hört mit.« Er kannte die Generalbundesanwältin schon lange, noch aus ihren Zeiten als Hamburger Wirtschaftsstaatsanwältin und Fachfrau für Steuerhinterziehung.

Das Gebäude der Bundesanwälte in Karlsruhe gehörte zu dem Typ kristalliner architektonischer Solitäre, bei denen sich die eine Hälfte der Kulturbürger in Wutbürger verwandelt und die andere in Weltbürger. Die Generalin empfing Christoph und mich per Handschlag. Es war eine ihrer letzten Amtshandlungen vor ihrer Pensionierung, und sie missfiel ihr. Ich glaube, sie verzieh mir mein reichlich unseriöses Auftreten in Leder und Narbe nur, weil sie Richard vertraute. Vielleicht auch, weil sie mich aus den Medien kannte.

»Gibt's was Neues von der Geiselnahme?«, fragte ich. »Wir haben nicht Radio gehört auf der Fahrt. Ich vertrage die geballte Aufregung nicht mehr.«

Sie lächelte kompliziert. »Nein, nichts. Aber ich kann auch bloß Fernsehen gucken. Man bemüht sich, das Ultimatum zu verlängern. Einige Kinder sollen Sprenggürtel tragen, die hochgehen, falls das Kloster gestürmt wird.«

Das war der Stand von gestern. Aber es war typisch für diese Tage, dass wir uns alle genau das erzählten, was wir aus Radio, Fernsehen, Zeitungen und Internet wussten.

Der Untersuchungshäftling warte bereits im Vernehmungsraum, fuhr sie fort. Es sei sichergestellt und sie verbürge sich auch dafür, dass unser Gespräch nicht mitgehört werde. Ob wir beide mit dem Beschuldigten sprechen würden?

»Nein, nur ich.«

»Sie wissen, dass Sie mit einem Untersuchungshäftling nicht über ein laufendes Verfahren sprechen dürfen.«

»Ja«, sagte ich.

Die Generalin verabschiedete sich und verschwand den Gang hinunter in der Sinfonie von Grautönen. Christoph ging eine oder zwei rauchen. Ein Beamter brachte mich zum Vernehmungsraum. Er war klein, das Fenster vergittert. Die verspiegelte Glasscheibe, die ich aus anderen Vernehmungsräumen kannte, fehlte. Ich bin sicher, es gab Kameras in den Lampenlamellen an der Decke, aber ich sah sie nicht. In einer Ecke stand ein Tisch für die Protokollantin. Er war leer. In der anderen Ecke stand ein uniformierter Polizist.

Juri Katzenjacob saß breitbeinig am Tisch und dachte nicht dran, die Knie zusammenzuziehen, als ich eintrat. Hätte ich auch nicht getan, wenn man mir die Hände geschlossen hätte, immerhin vorn wie zur Gerichtsverhandlung.

»Würden Sie ihn bitte aufschließen«, forderte ich den Polizisten auf.

»Das darf ich nicht.«

»Wem soll ich sagen, dass man Sie anrufen und Ihnen die Anweisung erteilen soll? Der Generalin oder der Bundeskanzlerin?«

Nachdem ich ihn dann noch überzeugt hatte, dass er auch nicht anwesend sein durfte, um mich zu schützen, falls Juri gewalttätig wurde, war ich mit dem Malergesellen allein.

Der Bursche hatte sich inzwischen normal hingelümmelt und die Unterarme auf den Tisch gelegt. War ja auch eine gute Show gewesen, die ich ihm geboten hatte. Ich setzte mich ihm gegenüber, stellte in der Brusttasche meiner Jacke die als Kugelschreiber getarnte Filmkamera mit Mikro an und legte gleichzeitig, um ihn abzulenken, eine Schachtel Zigaretten auf den Tisch. Er nahm sich eine, ich gab ihm Feuer.

»Ich heiße Lisa«, sagte ich. »Ich bin Journalistin. Wir haben uns schon mal gesehen.«

Er hob die Hand und formte eine Pistole: »Peng!«

»Übrigens bin ich vor beinahe einem Jahr wirklich angeschossen worden.«

Er lächelte halb. »Ja, ich weiß.«

»Woher?«

»Daher.« Er schaute mich herausfordernd an. Seine blauen Augen lagen tief in den Höhlen. Er war schmal geworden und verglichen mit den Fotos aus den Zeitungen um Jahre gereift. Seine Arme waren mit dicken Muskeln bepackt. Offenbar verbrachte er viel Zeit im Kraftraum. »Ich weiß so etwas«, sagte er. »Ich habe das zweite Gesicht. So nennt man das doch.«

»Ich bin an der Totensteige gewesen, wo deine Adoptiveltern ums Leben gekommen sind.«

Er nahm einen tiefen Zug und blies den Rauch gegen die Decke. Der Stängel zwischen seinen Fingern zitterte leicht. »Und, was hast du da gesehen?«, fragte er schließlich.

»Eine Straße.«

Er schwieg und rauchte.

»Weißt du übrigens, warum ich nicht gestorben bin, als der Kerl vor einem Jahr auf mich geschossen hat?«

Sein Blick kam zu mir zurück. »Will ich's überhaupt wissen?«

»Weil ich stärker bin als die andern, als die Leute, die du kennst, als deine Eltern zum Beispiel. Und als Rosenfeld und Desirée, als Héctor oder Pio Janssen.«

Beim letzten Namen runzelte er die Stirn.

»Und als die drei Rumänen, die dich befreien sollten.«

Er zuckte mit den Brauen. »Was soll das werden? Ein Verhör?«

»Ich bin nicht von der Polizei. Das weißt du. Und ich weiß, dass du Rosenfeld umgebracht hast.«

Er zog an der Zigarette. »Ohne Anwalt sage ich nichts.«

»Du wirst sterben, Juri.«

»Klar, irgendwann stirbt jeder.«

»Aber du stirbst heute Abend, spätestens morgen.«

Er lächelte. Dazu zog er die Mundwinkel herab, nicht nach oben. »Haltet ihr es nicht mehr aus? Wollt ihr mich verbrennen wie eine Hexe auf dem Scheiterhaufen? Oder sollst du mich hinrichten? Haben sie dich geschickt?«

»Nein, du wirst nach Rumänien ausgeliefert. Im Kloster Sambata de Sus warten ein Dutzend Bewohner des Dorfs, in dem du geboren bist, darauf, dass Deutschland dich ausliefert im Austausch gegen sechzig Geiseln. Die rammen dir dann einen Eichenpfahl ins Herz. Oder was die so mit einem Strigoi machen.«

Juri richtete sich auf. »Ich bin kein Strigoi! Kein Untoter! Ich bin lebendig. Ich bin aus Fleisch und Blut.« Er hieb sich mit der Hand auf den Bizeps des anderen Arms. »Ich trinke kein Blut, ich esse den Gefängnisfraß. Das könnt ihr nicht machen!«

»Aber du ziehst die Leute ins Grab, Juri.«

Er schob mit der Kuppe seines Mittelfingers ein Aschestäubchen über den Tisch, statt sich über meine abwegige Behauptung zu beschweren. Sie ging ihm reibungslos in den Kopf. Nach einer Weile hob er die Augen und schaute mich an. »Übrigens, ich habe den Geisterprofessor nicht umgebracht.«

»Ich darf mit dir darüber nicht sprechen.«

»Der Alte war's, der Vater von dieser Kanakenschlampe.«

»Oiger Groschenkamp?«

»Keine Ahnung, wie der heißt. Er hat den Professor kaltgemacht.«

»Warst du dabei?«

»Ich kam gerade rauf. Er stand in der Tür vom Büro, mit der Schere in der Hand ...«

Die Schere! Derya hatte sie gesucht am Montag nach der Tat. Sie war bis heute verschwunden.

»Er hatte sie offen in der Hand, er hat mit einem Blatt zugestochen. Mitten ins Herz. Der Professor lag am Boden. Man hat gar nicht groß was gesehen, ich meine, kein Blut und so. Bei einem Stich ins Herz fließt fast kein Blut. Der Alte war total starr. Er hat's nicht kapiert. Ich bin rein und hab gesehen, dass der Professor tot war. Er ist tot, habe ich gesagt. Da hat er mir Geld angeboten, wenn ich es auf mich nehme. Eine Million, hat er gesagt. Ich habe gesagt, du spinnst, dafür gehe ich lebenslänglich in den Bau. Er hat gesagt, für im Streit nicht. Ich soll sagen, ich hätte mich mit dem Professor gestritten. Wegen Geld. Weil ich die Million hätte haben wollen, wo für die Kalteneck-Experimente ausgesetzt ist. Der Alte wollte vor Gericht bestätigen, dass ich Anspruch hätte und Rosenfeld sich geweigert hätte, weil er noch Tests machen wollte. Und dann hat er plötzlich die Tür zugezogen und abgeschlossen, und ich war noch drin. Ich soll es mir überlegen, hat er durch die Tür gesagt. Wenn ich ihn raushalte, dann kriege ich die Million. Der hat gedacht, ich würde da bis Montag sitzen bleiben.« Juri lachte hart.

»Aber du hast gewusst, dass du durch den Fahrstuhlschacht unterm Einbauschrank rauskannst.«

Er schaute mich halb überrascht, halb anerkennend an.

»Die Polizei ist dir nicht draufgekommen, Juri, aber meine Freunde und ich. Ganz schön ausgeklügelt.«

Der Bursche lächelte durchaus zufrieden. »Ich hatte ja Zeit.«

»Du hast gedacht, so kämst du davon.«

»Ja. Blöd, ich weiß.«

»Und das Herz, warum hast du das mitgenommen?«

»Da hätte man doch gleich gesehen, dass der Professor erstochen worden ist. Aber wenn man nicht weiß, wie einer gestorben ist, kann man niemanden anklagen, habe ich mal gehört.«

»Da hast du falsch gehört. Was hast du mit dem Herz gemacht?«

»Ich habe es irgendwo in den Wald gelegt, für die Füchse. Und die Schere, die habe ich vergraben.«

»Weiß dein Anwalt das?«

»Ich hab's ihm erzählt, ja. Aber er sagt, man kann nicht beweisen, dass es der Alte war. Die Polizei hat keine Spuren von ihm gefunden. Und ich täte mir nur schaden, wenn ich vor Gericht den Alten beschuldige. Sowieso könnte man mir nichts nachweisen außer Leichenfledderei, und da bekäme ich höchstens drei Jahre. Dass ich das gemacht habe, das rettet mich jetzt, sagt mein Anwalt. Hätte ich gar nichts gemacht, würde ich als Mörder gelten. Aber so …«

»Und die Nadel in Rosenfelds Ohr? Die zugeklebten Augen, die Steinchen? Was sollte das?«

Juri wurde auf einmal eckig und ängstlich. »So halt. Man … man muss die Toten töten. Sie holen einen sonst. Man darf ihnen nicht in die Augen sehen, der Mund darf nicht offen stehen. Das ist wichtig! Ich habe gesehen, wie sie ganze Familien geholt haben. Die Leute lachen darüber, aber ich weiß es. Der Tod ist böse und gierig. Sehr gierig.«

»Aber die Untoten haben dich doch schon erwischt, Juri. Du bist doch schon selber so einer. Du bist ein Nachzehrer. Du ziehst die Leute ins Grab.«

»Nein!« Er sprang auf.

Ich ebenfalls. »Desirée ist tot, Juri!«

»Aber Kitty nicht!«, fauchte er.

»Wieso? Ach so, ich verstehe.« Kitty hatte es mir vor langer Zeit ja erzählt. Bei meinem ersten Telefonat mit ihr. »Der Blumenkasten. Er ist auf sie herabgefallen, als sie wegging, nachdem sie dir erklärt hatte, dass du zu jung bist für sie und sie zu alt, und dass sie schon einen Freund hat. Da hast du sie totgedacht. Aber sie war stärker als du. Der Kasten hat sie nur an der Schulter erwischt. Sie hat überlebt. Aber Desirée nicht. Du hast sie haben wollen, aber sie wollte dich nicht.«

»Eine Schlampe ist das!«

»Weil sie dann doch lieber den Professor hat haben wollen als einen wie dich? Wundert dich das? Du stinkst nach Tod, Juri.«

Er sank in sich zusammen und setzte sich wieder.

Ich pegelte meinen Kampfalarm herunter.

»Und jetzt ist Desirée tot. Strafe muss sein.«

»Nein. Strafen tut nur Gott. Seine Gerechtigkeit ist grausam.« Er stöhnte. »Ich habe gebetet, dass er nicht auf mich hört ... weil, ich kann meine Gedanken nicht kontrollieren, und Gott hört alles, was wir denken, jeden Gedanken, und wenn ich bei jemandem denke, ›stirb!‹, dann passiert es. Vielleicht will er mich damit bestrafen. Weil ich nicht aufhören kann, dass ich böse denke. Weil ich als Kind einmal mit Diavol paktiert habe.«

Er benutzte das rumänische Wort für Teufel wie einen Eigennamen. Was er über seinen kindlichen Pakt mit dem Teufel erzählte, war dann ziemlich hermetisch, voller Drachen, Blut und Schwerter, denen er entkommen war. Psychologen würden sich damit auseinandersetzen müssen. Ich ahnte, er war als Kind misshandelt worden. Hass umhüllte ihn dick und dampfend wie ein feuchter Mantel in einem überheizten Raum. Ich wollte es so genau nicht wissen.

»Und warum musste Héctor sterben?«

»Weiß ich nicht! Woher soll ich wissen, warum die Leute sterben müssen?« Er blitzte mich an. »Die sterben halt.«

»Aber du hast gedacht: Stirb! Warum?«

»Er wollte den Professor betrügen. Er wollte, dass ich dem Professor was vorspiele. Dass die Computer sich aufhängen und die Uhr am Giebel stehen bleibt, nachdem ich das Haus verlassen habe.«

»Warum bist du zu ihm nach Dénia gefahren?«

»Bin ich nicht. Ich hatte Urlaub. Den Héctor habe ich auf der Straße getroffen, rein zufällig.«

Wie groß war die Wahrscheinlichkeit dafür? Ich versuchte, wie Richard zu denken: Ferienflieger und Billigangebote in Online-Portalen begrenzen die Ziele vermutlich auf einige wenige pro Saison.

»Er hat vorgeschlagen, dass wir zusammen auf den Berg steigen. Die haben da einen Berg. Da hat er wieder davon angefangen, dass wir den Professor abzocken. Ich würde eine Berühmtheit, hat er gesagt. Ich würde in Fernsehshows eingeladen. Ich habe ihm gesagt: Und was soll ich da machen? Ich blamier mich doch! Aber er brauchte das Geld. Sein Vater war krank oder so was. Das hat mich nicht interessiert. Ich habe Nein gesagt und bin umgekehrt. Mehr weiß ich nicht.«

»Aber du weißt, dass Héctor tot ist.«

»Mein Anwalt hat es mir gesagt. Vorher habe ich es nicht gewusst.«

»Wer hat die Uhr auf Schloss Kalteneck mit dem Stahlstift gestoppt? Du?«

»Nein, er.«

»Das lässt sich überprüfen.«

Meisner musste nur die Spanier bitten, den bisher unbekannten Genabdruck des Materials vom Stahlstift mit dem von Héctor zu vergleichen. Dann wäre auch das geklärt.

»Ich war's nicht«, sagte Juri. »Ich habe es nicht nötig, zu betrügen.«

»War er es, der vorgeschlagen hat, dass ihr nach Neuschwanstein fahrt?«

»Kann sein.«

»Und was ist dort passiert?«

»Die haben gesagt, der Leuchter hat geschwungen. Das ist passiert. Ich habe es nicht gesehen. Man hat es nur auf Messgeräten gesehen. Ich habe damit nichts zu tun. Ich habe nie behauptet, dass ich so etwas kann. Gegenstände bewegen. Das kann ich nicht. Vielleicht hat Héctor was gedreht. Der war wegen irgendwas sauer auf den Professor. Ich glaube, wegen der Desirée. Die Schlampe hatte nämlich mit mir nie was, ich falle auf solche nicht rein, aber mit ihm hatte sie was. Ich glaube, sie haben gemeinsame Sache gemacht. Am Anfang wenigstens. Desirée hat nämlich zu mir gesagt, ich soll mich zu Versuchen melden und Héctor könnte mir helfen.«

»Wieso hat Desirée dir so etwas vorgeschlagen, Juri?«

»Keine Ahnung. Ich steck nicht drin in den Köpfen von den anderen Leuten.«

»Wie ist sie darauf gekommen, dass du so was könntest? Du bist Maler!«

Er kam ein bisschen aus dem Tritt. »Ich … ich hatte ihr erzählt von … dass ich manchmal schon geglaubt habe, alle würden sterben, mit denen ich was zu tun habe, wenn … wenn sie mich mies behandeln.«

»Okay.«

»Sie hat gesagt: Wir teilen uns die Million, Héctor, sie und ich.«

Das war durchaus vorstellbar. Drei Habenichtse, die über den Rand in den großen Geldtopf guckten. Und als Desirée in Rosenfelds Bett kletterte, fiel das Verschwörertrio auseinander. Héctor ergriff die Flucht oder Rosenfeld jagte ihn davon, nachdem er durch Desirée von den Betrugsabsichten erfahren hatte. Juri fühlte sich verraten und stellte Héctor in Dénia zur Rede. Der zuckte mit den Schultern. Juri verfluchte ihn oder zeigte mit einem Knochen auf ihn oder was er so tat, um Menschen glauben zu machen, dass sie sterben würden, weil sie ihn, Juri, getäuscht hatten. Daraufhin war Héctor so durch den Wind, dass er beim Gewitter am Berg abstürzte. Und Desirée erkrankte an Angststress und wurde leichte Beute für den Tod.

So könnte es gewesen sein.

64

»Bei uns hat er kein Wort gesagt!«, bruddelte Christoph, als wir wieder auf der Autobahn waren. »Und bei dir redet er wie ein Buch. Einfach so.«

»Nicht einfach so. Sondern weil er glaubt, dass ich stärker bin als er.«

Christoph schnaubte. Er war ein guter Bulle, sachlich, fleißig, korrekt, sportlich, machte seine Schießübungen, klingelte bei allen Zeugen und tippte sich die Fingerkuppen ab, um ihre Aussagen zu Protokoll zu nehmen. Er war in fast jeder Soko mit dabei und schloss, obwohl er es hasste, hinterher auch noch die Akten ab. Er kannte alle klassischen Fallmuster, nur Phantasie hatte er keine. »Was hat das denn damit zu tun?«

»Manche Menschen vertrauen sich gern Stärkeren an.«

»Wieso bist du stärker als er?«

»Ich kann Judo und er nicht, er kann nur Bankdrücken. Und ich bin ihm mental überlegen. Er hat mich nicht töten können.«

»Er hat es doch gar nicht versucht!«

»Doch. Wie du weißt, bin ich angeschossen worden, letztes Jahr auf der Buchmesse. Und in der Welt von Spuk und Quantenverschwörung ist Zukunft und Vergangenheit eins, es ist alles gleichzeitig.«

»Das ist mir zu hoch, Lisa.«

»Ich will damit sagen: Er glaubt daran, dass irgendeine Macht die Leute tötet, wenn er es will. In seiner Kindheit war es mal notwendig. Es hat ihn gerettet und ihm das Gefühl von Macht gegeben. Wenn er sich heute underdoggisch fühlt, dann sucht er nach diesem Gefühl der Macht, er fürchtet sich aber auch davor. Er glaubt, dass seine Adoptiveltern in den Tod gerast sind, weil er sie zum Teufel gewünscht hat. Mittlerweile bezieht er jeden Tod auf sich und seine finsteren Wünsche. Und es fällt ihm schwer, darüber zu schweigen. Er will es erzählen. Kann schon sein, dass manche, denen er es erzählt hat und die ihn nicht gerade fair behandelt haben, Angst bekommen. So was, sagen Voodoo-Forscher, kann bewirken, dass Leute vor Angst krank werden und tatsächlich sterben. Aber in mir sieht Juri jemanden, bei dem seine Macht versagt.«

Dass ich Juri einen Ausweg angeboten und er ihn angenommen hatte, durfte ich Christoph nicht sagen.

Genau das ist es!, dachte ich auf einmal. Wie lange suchte ich schon nach dem Moment, wo ich Teil der Verschwörung geworden war und sich seltsame Dinge zu ereignen begonnen hatten? Zwischen Karlsbad und Pforzheim fand ich ihn. Es war nicht mal eine Überraschung. Ich hatte es immer gewusst. Die Kugel hätte mein Herz treffen müssen, ein Meisterschütze hatte sie mir geschickt, aus nächster Nähe. Und Juri hatte mit seinem zweiten Gesicht gesehen, dass in meiner linken Titte eine Narbe juckte. Außerdem hatte Kitty zu Salm-Kyrburg immer erklärt, nur jemand mit Narbe könne Rosenfelds Geist das Geheimnis entreißen. Ja, klar, es war alles totaler Humbug, aber verdammt, was für vertrackte Zusammenhänge!

Und ich wunderte mich nicht. Das ist das Entscheidende. Man wundert sich nicht, wenn man Teil einer Seltsamkeit ist. Das Gefühl der Harmonie ist zu dominant, man weiß sich einig mit dem eigenen Geschick. Es fügt sich einfach. Es hat so kommen müssen.

Sicher hatte es vorher in meinem Leben auch schon solche Momente gegeben, aber es war nicht mehr wichtig, sie zu durchdenken. Es würde genau dasselbe herauskommen: Ich habe die Fähigkeit zu wollen, ohne darüber nachzudenken, ob es sinnvoll ist oder aussichtsreich. Wenn ich intellektuell unter Affenniveau agiere, fast ohne Bewusstsein, dann flutscht es. Reflexion stört, sie macht dich zum Beobachter. Und der Beobachter vernichtet den Zauber der Synergie.

»Übrigens hat er Oiger Groschenkamp beschuldigt, Rosenfeld mit einer Schere erstochen zu haben.« Das durfte ich Christoph durchaus erzählen.

»Eine reine Schutzbehauptung.«

»Aber die Schere fehlt seitdem.«

»Davon weiß ich nichts.«

»Es hat euch niemand gesagt, dass die große Schere fehlt. Aber ihr habt im Büro keine solche gefunden, stimmt's? Und Groschenkamp war zur fraglichen Zeit definitiv in Stuttgart. Er ist auf dem Flughafen gelandet. Er hat einen Ludwigsburger Fahrdienst beauftragt, ihn nach Kalteneck zu fahren. Du hast für mich deshalb die Datenstation abgefragt. Jetzt könnt ihr bei denen offiziell mal nachfragen. Juri hat Groschenkamp mit der Schere ertappt. Und Groschenkamp hat ihn dann in Rosenfelds Zimmer eingeschlossen.«

Plötzlich fiel mir ein, was ich in Groschenkamps Büro gesehen, aber nicht verstanden hatte.

»Und vermutlich lässt es sich sogar beweisen, Christoph. Groschenkamp hat in seinem Schreibtisch eine Schublade voller Schlüssel. Anscheinend kann er Schlüssel nicht wegwerfen. Es sind Unmengen. Und wenigstens ein moderner Bohrmuldenschlüssel ist darunter. Ich habe ihn gesehen. Wenn Groschenkamp tatsächlich Rosenfelds Büro von außen abgeschlossen und den Schlüssel im Reflex abgezogen, eingesteckt und erst in Hamburg wiederentdeckt hat, dann hat er ihn in diese Schublade geworfen. Man bräuchte nur ein paar Beamte vorbeizuschicken …«

»Nur? Groschenkamp wird uns was husten! Oder sein Anwalt. Ohne Beschluss geht gar nichts. Und den unterschreibt uns kein Richter. Zumal wir in Stuttgart raus sind aus dem Fall.«

Eine halbe Stunde später war dann alles wieder ganz anders. Kaum hatte mich Christoph vorm Bioladen in der Neckarstraße abgesetzt und während ich noch nach meinem Haustürschlüssel kramte, rief Richard an und sagte: »Groschenkamp ist tot. Derya hat mich gerade angerufen.«

»Was? Gerade hat Juri Katzenjacob ihn beschuldigt …«

Und gleich befand ich mich wieder auf der Berg- und Tal-

Autobahn nach Karlsruhe, diesmal in Richards Limousine. Das Autoradio lief leise und tickerte auf die Nachrichten zu.

»Nix Neues in der Geiselnahme?«

Er schüttelte den Kopf und stellte das Autoradio dennoch lauter. »Ich begreife es nicht. Die bedrohen Kinder mit dem Tod, nur weil sie einen töten wollen, den sie für den Tod anderer verantwortlich machen. Verstehst du das?«

»Es ist wie Krieg. Da gibt es auch gutes Töten und böses Töten. Je nachdem, auf welcher Seite man steht.«

»Aber man nimmt nicht die eigenen Leute als Geiseln.«

»Doch, Richard. Die Medien nennen das menschliche Schutzschilde.« Manchmal auch Schilder, aber das sagte ich nicht.

In den Nachrichten brachten sie an zweiter Stelle schon, dass der Hamburger Medienmogul Groschenkamp überraschend im Alter von 84 Jahren verstorben sei. Das habe die Tochter bestätigt.

Nach dem, was Derya Richard am Telefon gesagt und was er mir referiert hatte, war Oiger Groschenkamp nach dem Frühstück blau angelaufen und zusammengebrochen. Er hatte noch reanimiert werden können, erwachte aber nicht mehr aus dem Koma. Als Derya gegen Mittag in Hamburg eintraf, war er bereits verstorben. Er hatte schon seit längerem an einem Lungenemphysem gelitten. Das war, wie Richard wusste, eine irreversible Blähung von Lungenbläschen. Und es erklärte auch Groschenkamps Kurzatmigkeit. »Aber das ist wahrscheinlich nicht ursächlich für seinen Tod gewesen. Es sieht eher so aus, als sei der Herzschrittmacher stehen geblieben.«

»Und zwar etwa um die Zeit, als ich bei Juri Katzenjacob im Vernehmungsraum saß. Vielleicht ist doch was dran, Richard. Vielleicht gibt es diese Nachzehrer doch, und Juri ist so einer. Rosenfeld hat es vermutet. Hätte er Juris Begabung anerkennen wollen, hätte er ihn testen müssen. Um den Beweis zu erhalten, hätte er zusehen müssen, wie Menschen sterben, die Juri totdenkt. Das konnte er selbstverständlich nicht tun.«

»Unsinn!«

»Wissen wir es, Richard? Von Juri geht etwas aus. Wenn er einen anguckt, glaubt man plötzlich, dass es den bösen Blick gibt.«

»Doppelter Cheeseburger, Lisa. Käse!«

Ich musste lachen. Aber mir war nicht zum Lachen. »Ich weiß nicht, Richard, ich weiß nicht, ob ich das kann.« Ich korrigierte mich. »Ob ich es will. Es ist doch Betrug.«

Er schaute mich kurz an.

»Wieso stört dich das nicht, Richard? Mir kommt es vor, als würden wir Verblendeten Sand in die Augen streuen. Sie sehen eh schon nix, und dann sind sie ganz blind.«

»Es ist der falsche Zeitpunkt für Aufklärung, Lisa. Ich weiß nicht, wie wir mit unseren Kräften anders verhindern könnten, dass in Sambata de Sus Geiseln getötet werden.«

»Vielleicht töten sie nicht.«

»Und wenn doch?«

Gegen halb zwei schüttelte ich erneut der Generalbundesanwältin die Hand. »Gibt es etwas Neues?«, erkundigte sie sich.

»Nichts Neues«, antwortete Richard. »Neun Personen, acht Männer und eine Frau aus dem transsilvanischen Ort Viestea de Sus, halten in Sambata de Sus 59 Menschen in ihrer Gewalt, darunter 31 Schulkinder. Sie haben das Gelände rund ums Kloster vermint. Einer von ihnen trägt ständig den Funkauslöser für die Sprengladungen in der Hand. Dieser Auslöser wird in unregelmäßiger Folge an andere weitergegeben, so dass die Sicherheitskräfte nie wissen können, wer ihn gerade hat. Die Rumänen haben jetzt immerhin britische, russische und zwei US-Spezialisten ins Land gelassen.«

»Es ist ein furchtbares Dilemma. Das Verfassungsgericht soll jetzt ein Gutachten erstellen, ob unser Rechtssystem unter solchen Umständen die Auslieferung erlauben würde. Aber wie soll das gehen?« Sie schüttelte den Kopf. »Und das Ultimatum ... endet es wirklich heute um Mitternacht?«

»Ich habe keine anderslautenden Informationen. Aber vielleicht können wir Bewegung in die Sache bringen. Wir haben neue Hinweise auf die Täterschaft im Fall Rosenfeld.«

Ich berichtete der Generalbundesanwältin und einem herbeigerufenen Bundesanwalt von Juris Aussage und meinen Recherchen. Meine illegale Kameraaufzeichnung von Juris Aussage erwähnte ich dabei natürlich nicht. Richard schlug vor, ein paar Hamburger Beamte in Groschenkamps Villa zu schicken, damit sie die infrage kommenden Schlüssel an sich nahmen, die dann so schnell wie möglich nach Holzgerlingen verbracht werden sollten. »Groschenkamps Tochter, Frau Dr. Barzani, hält sich in seiner Villa auf. Ich rufe sie an. Sie wird die Beamten ohne Beschluss einlassen.«

So wurde es gemacht.

65

Die Geiselnahme war wie nicht anders zu erwarten Aufmacher der *Tagesschau*. Ich sah das weiße Geviert des Klosters hinter den Bergen in sanften Wiesen, belagert von Militärfahrzeugen, Polizeiwagen und Pressefahrzeugen mit Satellitenschüsseln. Ein Reporter in schusssicherer Weste berichtete von dramatischen Szenen – Eltern der gefangenen Kinder schrien und weinten – und einer Zuspitzung der Lage. Man habe am Nachmittag auch Schüsse gehört. Derzeit herrsche Unklarheit, ob eine Geisel erschossen worden sei. Es liefen fieberhafte Verhandlungen, um das Ultimatum zu verlängern, denn man höre aus Deutschland, dass es im Fall Katzenjacob möglicherweise eine neue Wendung gebe. Dann meldeten sie den Tod von Oiger Groschenkamp. Und danach kam der Bericht von einer eilig am Abend einberufenen Pressekonferenz der Bundesanwaltschaft. Der Beamte, mit dem ich am Mittag gesprochen hatte, verlas eine Erklärung. Darin hieß es, aus neuen Indizien und Zeugenaussagen ergebe sich im Tötungsdelikt Rosenfeld ein dringender Tatverdacht gegen den heute verstorbenen Unternehmer Oiger Groschenkamp. Obgleich weitere Ermittlungen notwendig seien, um den Verdacht zu erhärten, scheine es der Bundesanwaltschaft in Anbetracht der derzeit aufgeheizten Atmosphäre dringend geboten klarzustellen, dass gegen den Beschuldigten Juri Katzenjacob kein hinreichender Tatverdacht mehr bestehe, ursächlich für den gewaltsamen Tod von Professor Rosenfeld am 29. Januar dieses Jahres verantwortlich zu sein.

Juris Verteidiger, Lothar Nöthen, hatte man auch noch irgendwo in Sankt Pauli am Eingang zu einem Revuetheater abgepasst, wo er mit leicht verwunderter und gleichzeitig triumphierender Miene in die Kamera sagte, er sei froh, dass sein Mandant vom Vorwurf des Mordes entlastet sei, und hoffe, dass allenthalben wieder Vernunft in die öffentliche Diskussion einkehre. Er werde umgehend die Entlassung seines Mandanten aus der Untersuchungshaft beantragen und gehe davon aus, dass der zuständige Richter bereits morgen, spätestens aber übermorgen darüber entscheide.

Ich bin absolut sicher, dass Richard den zuständigen Richter genau in diesen Minuten ins Gebet nahm. Eine für die Öffentlichkeit unauffälligere Möglichkeit gab es nicht, Juri Katzenjacob bis Donnerstag aus dem Gefängnis zu kriegen und nach Berlin zu schaffen, wo er verschwinden würde. Es wunderte mich nicht einmal. Es fügte sich eben eins ins andere, als verschwöre sich die Welt, um sich eines Alptraums zu entledigen.

Am andern Morgen wachten wir mit der guten Nachricht auf, dass die Geiselnehmer von Sambata de Sus ihr Ultimatum auf Donnerstagabend verlängert hatten, um, wie es in einer im Internet veröffentlichten Erklärung hieß, dem Westen und den deutschen Behörden Gelegenheit zu geben, die notwendigen organisatorischen Maßnahmen zu ergreifen, um Katzenjacob entweder nach Rumänien zu bringen oder aber selbst eine endgültige Lösung herbeizuführen.

Schön, dachte ich. Wir haben also Zeit.

Die Fernsehsender taten, was sie immer tun, wenn ihnen die Eilmeldungen ausgehen, weil sich die Lage nicht ändert. Sie filmten Volk. In diesem Fall rumänische Menschen, die Fäuste reckten und »Tod dem Katzenjacob!« schrien. Einige erklärten, dass sie die Aktion der Geiselnehmer richtig und notwendig fanden. Ich weiß inzwischen, dass sie dafür von dem Reporter, der die Aufnahmen drehen ließ, Geld bekommen hatten.

Später las ich in einem Dossier des *Guten Tags* mit dem Titel *Die Kalteneck-Verschwörung*, dass es Spitz auf Knopf gestanden habe. Man habe bereits einem älteren Dorfbewohner die Pistole ins Genick gehalten, als in letzter Minute ein Telefonat von US-Präsident Obama persönlich die Geiselnehmer bewegen konnte, ihr Ultimatum zu verlängern. Obama habe dabei nicht nur auf die Langsamkeit der deutschen Demokratie mit ihrer unabhängigen Justiz verwiesen, sondern vor allem auch durchblicken lassen, dass die USA ebenfalls an einer endgültigen Lösung des Problems Katzenjacob interessiert seien.

Ein Politologe verstieg sich zu der These, die Weltmächte hätten ein großes Interesse daran haben müssen, diesen einen zu beseitigen, der im Rückblick als der Kristallisationskeim einer sich zur Pandemie auswachsenden Massenunruhe erscheine. »Mit schwarzen Armbinden hat es begonnen. Einmal auf den Geschmack gekommen, versammelten sich bei jeder Gelegenheit nie gesehene Menschenmassen auf den Straßen, um gegen alles und jedes zu protestieren: in Israel gegen den sozialen Absturz der Mittelschicht, in den USA gegen die Finanzmärkte, in Griechenland für die Drachme, in Spanien gegen Jugendarbeitslosigkeit, in Großbritannien gegen Reichtum, nicht zu reden von den Protesten gegen die Diktaturen in Libyen, Syrien und im Jemen.«

Die Aktion der neun Geiselnehmer sei exzellent vorbereitet gewesen, schrieb der *Gute Tag* Monate später in seinem

Dossier. So habe man im Vorfeld Nahrung und Wasser für zwei Wochen ins Kloster geschafft, um von einer Versorgung von außen unabhängig zu sein. Sogar ein eigener Internetanschluss sei gelegt worden, damit die Geiselnehmer die Medien verfolgen konnten und die Hoheit über die Information behielten. Dies lege den Verdacht sehr nahe, die Aktion sei vom rumänischen Geheimdienst, der bekanntlich von der Mafia unterwandert sei, durchgeführt, zumindest aber gesteuert worden. Und zwar aus wirtschaftlichen Gründen. Denn seit Auflösung der berüchtigten Securitate leide der Geheimdienst an Geldmangel. Deshalb betreibe er seit Mitte der neunziger Jahre über Strohmänner aus der Vorgängerorganisation Hotels, Busunternehmen, Autowerkstätten, Fabriken und zwei rumänische Fluggesellschaften. Und nicht nur der Tourismus, sondern vor allem die Fluggesellschaften hätten ja bekanntlich wegen der grassierenden Flugangst drastische Einbußen hinnehmen müssen. Der Serviciul român de informaţii stehe deshalb vor der Pleite.

Aber ob ich das nun alles so glauben will …

*

Am Nachmittag unterbrachen alle Sender ihr Programm, um mitzuteilen, dass Katzenjacobs Haftprüfungstermin für morgen, Mittwoch, angesetzt war.

In diesem Augenblick wurde Richard schlagartig klar: Die Aussage von Juri Katzenjacob konnte nicht der Wahrheit entsprechen. Sie enthielt einen entscheidenden Fehler. Er schaute sich noch einmal meine Aufnahme von Katzenjacobs Einlassung an, die ich ihm auf einem USB-Stick überlassen hatte. Aber eigentlich war es nicht nötig.

Da war es auf einmal der völlig falsche Moment, dass der Stuttgarter Generalstaatsanwalt Richard zu sich einbestellte. Der General hatte offenbar wieder mal das Bedürfnis, dabei zu sein, indem er sich wenigstens unterrichten ließ. Am besten, Richard brachte es gleich hinter sich.

Beinahe hätte er laut herausgelacht, als der General ihm eröffnete, dass er ihn, Richard, für das Amt des Generalbundesanwalts vorschlagen werde, nachdem LOStA Krautter als Kandidat des Bundesjustizministeriums wegen vehementer Kritik und Zweifeln an seiner Eignung gekippt worden war. Nur mühsam fand Richard den Ton, um sich für das in ihn gesetzte Vertrauen zu bedanken und sich Bedenkzeit auszubitten.

Was es da zu bedenken gebe?

Es gab nichts mehr zu bedenken. Aber für den Generalstaatsanwalt mussten Argumente gefunden und ausgesprochen werden. Der Vorwurf, er habe Beschuldigte unter Druck gesetzt und sei in die Abhöraffäre um die Burg Kalteneck verwickelt, werde immer hervorgeholt werden, sobald sein Name fiel. Er sei angeschlagen nach der Pressekampagne.

Der General resignierte aus Respekt und schrieb, wie Richard durchaus registrierte, den Mangel an Begeisterung bei seinem Untergebenen der Anspannung zu.

Als es dunkel wurde, stand Richard allein in dem kleinen Raum, den er sich für zwei Tage als Büro im abhörsicheren Betonkeller der Stuttgarter Staatsanwaltschaft eingerichtet hatte, und fütterte den Aktenvernichter.

Roswita Kallweit hatte er nach Hause geschickt. In all den Jahren, die er sie kannte, war sie eigentlich nur aus ihrem Tran erwacht, wenn es um Katzen ging. Dann konnte sie spitze Schreie ausstoßen. Doch jetzt hatte sie sich als effiziente Organisatorin erwiesen, die ihm zur richtigen Zeit Telefonnummern zugeschoben und ihn an Termine und Verabredungen erinnert hatte, ohne an ihre gesetzliche Arbeitszeit zu denken. Vielleicht lag es daran, dass sie die Operation »Katze« genannt hatten.

Wie der Trick genau aussah, an dem Finley in Berlin arbeitete, würde Richard erst morgen erfahren. Aber ob er gelang oder nicht, das hatte an diesem Dienstagabend schon keine Bedeutung mehr. Letztlich würde es auf Dauer ohnehin nicht geheim zu halten sein, auch wenn Finley sein Team bei allen Göttern und Müttern absolute Verschwiegenheit hatte schwören lassen. Vermutlich hatte er zusätzlich jedem Einzelnen mit der Verdammnis zum soziokulturellen Tod gedroht, falls er jemals auf die Idee kommen sollte, ein Buch zu schreiben oder zu plaudern.

Richard sehnte sich mehr denn je nach einer ehrlichen Lösung: das Eingeständnis des Staates, in dem er lebte und leben wollte, dass man das Dilemma nicht lösen könne. Wir liefern niemanden in den sicheren Tod aus. Wir töten nicht. Die Geiselnahme in Sambata de Sus war ein Verbrechen, das als solches von Sicherheitskräften bekämpft werden musste. Auch wenn ihm selbst der Gedanke unerträglich war, dass eine Geisel, womöglich ein Kind, starb.

Darum gab es im Grunde nur eine einzige Lösung. Sie war genauso undenkbar, und dennoch war es ganz einfach, sie zu denken. Es war das Selbstverständlichste der Welt. Nur besprechen würde er sie nicht dürfen, auch mit mir nicht. Ja, vor allem nicht mit mir.

Der Impuls wurde übermächtig in ihm, über die Straße zu gehen, die Treppen zu mir hinaufzueilen – immer zwei Stufen auf einmal –, mit seinem Schlüssel meine Wohnungstür aufzuschließen, sich von Cipións Begrüßungspanik anfallen zu lassen. Ein Glücksschauer lief ihm über den Rücken, als er an die Wiederaufnahme der Routine dachte: der Kaffee, die Kabbelei, bis ich endlich an seine Knöpfe langte.

Warum war er mir eigentlich so böse gewesen? Er verstand es nicht mehr. Wie hatte es passieren können, dass Derya den Kompass seiner Sinne derartig aus der Peilung hatte bringen können? Sie war schön, intelligent und kultiviert. Doch die Begleitumstände langweilten ihn schon jetzt: das Drama ihrer Entscheidung für ihn, ihre romantischen Erwartungen, die Unterhaltungen über gemeinsamen Urlaub, Zukunftspläne, Blumen,

Liebesbeweise. Der weibliche Gedankenapparat aus Gefühlen, Sehnsüchten, Unsicherheiten und Ansprüchen interessierte ihn nicht und würde auf Dauer den Reiz des Neuen zunichtemachen. Und für ein Projekt, das nach anderthalb Jahren ausgereizt sein und in Wiederkehr erlahmen würde, eine Beziehung aufzugeben, die ihn immer wieder reizte – im guten wie im ärgerlichen Sinn –, schien ihm unklug.

Er stoppte sich: unnötige Gedanken. Es war zu spät. Und ihn drückte die Blase.

Da klingelte das Telefon auf dem Tisch. Es meldete sich Prälat Georg Gänswein, Privatsekretär von Papst Benedikt dem Sechzehnten, um ihm mitzuteilen, dass Seine Heiligkeit der Bitte um eine telefonische Audienz in Anbetracht der Umstände, wie sie ihm vom Freiburger Erzbischof und Vorsitzenden der Deutschen Bischofskonferenz, Kardinal Zollitsch, geschildert worden seien, nunmehr entspreche. »Ich verbinde.«

Kurze Totenstille, dann schnarrte einer: »Laudetur Jesus Christus.«

»In aeternum, amen«, antwortete Richard.

Zweifellos wusste man im Vatikan inzwischen alles über ihn, auch dass die lateinische Sprache die einzige Gemeinsamkeit war, die er, der Protestant, mit dem katholischsten aller Katholiken hatte. Deshalb blieb er dabei. »Me miseretur interpellationis – ich bedaure die Störung«, sagte er. »Aber es handelt sich um eine außerordentliche Lage.«

»Loquere – sprich!«

»Danke. Ich setze voraus, dass Eure Heiligkeit über die aktuellen Ereignisse informiert ist. Juri Katzenjacob wird – ungeachtet der Frage, ob er morgen freigelassen wird oder nicht – einen Anschlag auf Eure Heiligkeit verüben, wenn Ihr in Berlin seid, allerdings nicht mit Waffengewalt, sondern mit Geistesgewalt.«

»Wir warnen vor der allzu intensiven Beschäftigung mit dem, was sich Paranormalität nennt«, erwiderte Benedikt.

»Der Glaube ist Paranormalität genug und einzig geeignet, den Ängsten und Gefahren zu begegnen im Vertrauen auf Gottes Macht.«

»Zweifellos«, sagte Richard und begann sich in Kreisen dem zu nähern, was alle des Lateins kundigen Ohren an weiteren Telefonanschlüssen mithören würden. Richard hätte das Gespräch weit mehr genossen, wenn seine Blase etwas weniger Druck gehabt hätte. Er fand Ratzingers Geist schnell in der Auffassung, wenn auch unüberhörbar eitel, sobald ihm eine intellektuelle Rückkehr ins uralt Ewige gelang. Ein einsamer Mann, dachte Richard, allein mit seiner großen Liebe zu Jesus Christus, deren Erwiderung ihn zu wundern und, mehr noch, fast zu Tränen zu rühren schien.

»Ich möchte und muss sicherstellen«, endete Richard, »dass Ihr mit einer überraschenden Manifestation rechnet und gewärtig seid, dass man sie in der öffentlichen Wahrnehmung als die Aktion eines bösen Geistes gegen Eure Heiligkeit ansehen wird. Man wird erwarten, dass Eure Heiligkeit ihm die göttliche Macht entgegenhält.«

»Wollen Sie andeuten, wir hätten uns auf ein Spiegelgefecht mit einem selbsterklärten Satan einzulassen?«

»Wie Eurer Heiligkeit zweifellos bekannt ist, werden in Rumänien seit Samstagnacht neunundfünfzig Menschen in einem Kloster als Geiseln gehalten.«

»Wir fühlen mit den Kindern und deren Eltern in ihrer unaussprechlichen Angst. Wir beten für sie.«

Richard lächelte grimmig in den Hörer. »Ich verstehe durchaus, dass Eure Heiligkeit sich nicht auf ein ungewisses Spiel einlassen möchte, das für die katholische Kirche verloren gehen könnte. Aber die Welt wartet auf ein Zeichen, das dem Spuk ein Ende setzt. Miserere nostri, Benedictus, erbarme dich unser.«

Stille.

»Was soll ich tun?«, fragte Josef Ratzinger.

»Es wäre hilfreich, wenn Eure Heiligkeit im Moment des

Schreckens und der allgemeinen Erregung furchtlos und im Vertrauen auf Gott gelassen bliebe.«

»Da kann ich Sie beruhigen. Ich bin ein alter Mann, ich kann nicht mehr herumspringen.«

»Gratias vobis ago – ich danke euch.«

»Si deus pro nobis, quis contra nos!«

Sie schieden im Geist der Verschwörung, und Richard eilte, um zu pinkeln. Beim Händewaschen fragte er sich, ob Ratzinger seinen eigenen Sprüchen mehr glaubte, seit er Papst war. »Wenn Gott mit uns ist, wer kann dann gegen uns sein!« Ja wer? Der Mensch immer.

Da meldete sein Handy ihm eine Eilmeldung der *Tagesschau*: »Geiselnehmer in Sambata erschießen Geisel und werfen Leiche aus dem Fenster.«

Richard musste sich kurz gegen den Handtuchspender lehnen. Warum nur? Warum? Aber er wusste es.

Er schüttelte den Anflug von Schwäche ab, eilte ins Kellerbüro zurück und griff nach dem Telefon, das im selben Moment läutete.

Der Mann im Außenamt bestätigte Richards Befürchtungen. »Es ist eine Warnung. Wir haben eine Nachricht der Geiselnehmer. Sie sind aufgeschreckt durch den Haftprüfungstermin. Sie befürchten, Katzenjacob wird freigelassen und wir können ihn dann nicht mehr ausliefern.«

»Und eine Erstürmung?«

»Lehnt der rumänische Präsident rigoros ab, zumindest zu diesem Zeitpunkt.«

Sie arbeiteten drei Stunden daran, über die Außenministerien und über russische und rumänische Geheimdienste die Nachricht zu lancieren, dass Katzenjacob am Donnerstagabend aufgehört haben würde zu existieren.

*

Den Weg zu mir fand Richard an diesem Abend nicht. Ich wäre auch gar nicht zu Hause gewesen. Ich saß mit Dora Asemwald hinter einer Wand von Bildschirmen in ihrer Galerie, die gar keine war, sondern ein Grafikbüro, und guckte Filme von Überwachungskameras in der Abfertigungshalle des Stuttgarter Flughafens vom Freitag, dem 29. Januar an. Die hatte ihr einer vom Sicherheitsdienst überlassen, der auf keinen Fall genannt werden wollte. Unser Problem war: Wir fanden Derya Barzani nicht.

66

Mit Cipión im Rucksack stand ich um sechs auf dem Flughafen. Nur Richard war nicht da. Als man uns zum Boarding aufrief, erreichte ich ihn immerhin auf dem Handy. Er hatte verschlafen, saß aber im Taxi. In letzter Minute kam er angehastet, zwar ordentlich im Anzug, aber ohne Krawatte. Die hing ihm aus der Jackentasche. Er befand sich in einer Zwischenwelt: zu müde zum Schlafen, zu aufgekratzt, um sich lebendig zu fühlen. Und ich sah ihm sofort an, dass er entschlossen war, etwas vor mir zu verbergen.

»Schrecklich, das mit der Geisel«, bemerkte ich. Die Nachrichten hatten zwar am Morgen gemeldet, der Mann sei vermutlich an einem Herzinfarkt verstorben, bevor die Kugel ihn traf, aber das Signal war eindeutig: Lasst Katzenjacob nicht frei. »Und du hast die halbe Nacht herumtelefoniert, oder?«

»Stell dir vor«, sagte er in erzwungenem Plauderton, als wir uns in der Businessklasse anschnallten, »ich habe gestern sogar mit Papst Benedikt dem Sechzehnten telefoniert.«

»Oh! Und?«

»Er ist sehr verliebt.«

»Wie bitte?«

»In Jesus Christus. Was denkst du denn? Eine ziemlich homoerotische Angelegenheit, wenn ich es recht bedenke.«

Ich bekreuzigte mich. »Sag das niemals laut, Richard! Andererseits hab ich in meiner Jugend Maria geliebt. Sie stand in Holz geschnitzt mit milchprallen Brüsten auf meiner Kommode.«

»Ihr Katholiken versteht es halt, hintenrum auf eure Kosten zu kommen.«

»Während ihr Pietisten vorzeitig an Moralinübersäuerung sterbt!«

Darauf antwortete er nicht mehr. Von einem Moment zum andern versank er in Schweigen, stellte zwischen sich und mir eine Wand mit dem Schild auf: Frag mich nicht!

Wir starteten in den Sonnenaufgang. Cipión schaute aus seinem Rucksack vorwurfsvoll herauf. Das immerhin bemerkte Richard und streckte die Hand aus, um ihn hinter den Ohren zu kraulen.

»Was von Derya gehört?«, erkundigte ich mich.

»Warum?«

»Richard, das ist eine ganz einfache Frage. Sie heuchelt Interesse, darauf antwortet man mit einer belanglosen Information. Beispielsweise könntest du mir sagen, wann die Beerdigung ist, was mir völlig am Arsch vorbeigeht. So was nennt sich Gespräch.«

»Am Montag«, antwortete er. »Und wenn es dich nicht interessiert, warum fragst du?«

Himmel, Arsch! Ich verlor den Spaß. »Was bist'n so empfindlich?«

»Tut mir leid. Ich habe heute Nacht, wenn es hochkommt, zwei Stunden geschlafen. Ich hatte Verschiedenes zu … zu ordnen.«

»Zu ordnen?«

An dieser Stelle hätte er mir verraten können, dass er, kurz bevor der Papst anrief, Derya aus seiner Zukunft verabschiedet hatte und zu mir zurückgekehrt war, aber wahrscheinlich nahm er an, ich wüsste es: Für den Schwaben ist gedacht so gut wie geschwätzt.

Und im Grunde war es längst nicht mehr sein Thema. Doch das wurde mir erst später klar. Im Moment war ich viel zu sehr damit beschäftigt, die Tür zu ihm zu suchen.

»Ich habe gestern stundenlang Filme aus Überwachungskameras von der Schalterhalle am Flughafen angeschaut.«

Er reagierte automatisch. »Wo hast du die her?«

»Vom Freund einer Freundin aus Facebook. Ich hatte sie schon vor Wochen gefragt, ob sie an die Filme rankommt.«

»Warum?«

»Nur so. Jedenfalls ist mir aufgefallen, dass Derya nirgendwo zu sehen ist. Sie ist am Freitag, als Rosenfeld starb, definitiv nicht nach Berlin zu ihrem Freund geflogen.«

Richard schloss die Augen und sagte nichts.

»Ihr Alibi ist falsch.«

Er entklebte mühsam seine Lider. »Die Polizei hat ihr Alibi überprüft. Das tun die routinemäßig. Ich nehme an, sie haben die Passagierliste eingesehen.«

»Menschen machen Fehler. Und in diesem Fall besonders, denn er ist verhext. Hast du es dem alten kurzatmigen Groschenkamp wirklich zugetraut, dass er einem trekkinggestählten Mann eine Schere ins Herz rammt? Und worüber hätte er sich dermaßen mit Rosenfeld zoffen sollen? Über Geld? Nein, Richard. Es war Derya. Und ihr Vater ist gekommen, um sie aus dem Schlamassel zu holen.«

»Und was für ein Motiv sollte sie gehabt haben?«

»Sie hat entdeckt, dass ihr Chef mit Desirée gepimpert hat. Vielleicht hat das Sonnenscheinchen mit ihrer Schwangerschaft herumgeprahlt, während Derya noch davon ausging, dass Rosenfeld und sie das Paar sind. Was sie mir in Schottland über Rosenfelds möglicherweise homosexuelle Neigungen und einen geheimnisvollen Wanderpartner erzählt hat, war frei erfunden. Ein Ablenkungsmanöver. Oder hat man diesen Wanderfreund inzwischen aufgetan?«

Richard antwortete nicht.

»Derya hatte die Gelegenheit, Rosenfeld zu töten, Richard. Nachdem Desirée gegangen war, hat sie ihn zur Rede gestellt. Ein Wort gab das andere, die Schere fiel ihr in die Hand, sie stach zu. Vermutlich hat sie es nicht gewollt. Aber da lag er dann tot auf dem Rücken. In Panik rief sie ihren Vater an, der immer alles für sie geregelt hat. Er kam, und Juri Katzenjacob hat ihn mit der Schere in der Hand erwischt. Unterdessen hockte Derya verstört in ihrem Büro. Und Groschenkamp nutzte die Gelegenheit, Juri zum Täter zu machen.«

Richard schüttelte stumm den Kopf.

»Wieso nicht?«

»Hör auf, gegen Derya zu stänkern, Lisa. Ich bin nicht in der Verfassung, mich mit dir zu streiten.«

Ich schnappte nach Luft. »Als ob es mir nur darauf ankäme ...«

»Lass gut sein. Du irrst dich. Du irrst dich grundlegend, Lisa.«

»Aber wieso? Erklär es mir!«

Er ließ den Blick müde über die Köpfe der Passagiere schweifen. »Nicht hier.«

Wir landeten auf dem sonnigen Flughafen Tegel. Keine Gelegenheit, Richard zu fragen, auch im Taxi nicht, das uns in sagenhaften zehn Minuten ins Zentrum zum Hotel Adlon brachte, dem Nobelschuppen vorm Brandenburger Tor, von Osten aus gesehen, wo Finley seit Sonntag residierte. Es stellte sich heraus, dass man auch im Adlon nicht morgens um halb neun einchecken konnte. Wir stöberten Finley im Frühstücksraum auf und zogen uns auf sein Zimmer zurück, wo er uns fröhlich den Stand seiner Vorbereitungen erläuterte, während Richard fünf Zigaretten rauchte.

»Der Papst macht mit?«, erkundigte sich Finley.

»Zumindest weiß er, dass wir das erwarten«, antwortete Richard.

»Er sollte aber, wenn der Bundesadler ...«

»Um Gottes willen«, sagte Richard zerstreut. »Das Ding wiegt

Tonnen! Wenn das aufs Bundestagspräsidium kracht, gibt es Tote.«

»Aber ich sage doch gerade, er wird nicht fallen. Es sieht nur so aus. Die Techniker kommen gut voran.«

»Ach so.« Richard war wirklich total neben der Spur. Er schaute auf die Uhr und sagte: »Lisa und ich haben um halb zehn einen Termin im Kanzleramt.« Er schaute mich an, ohne mich zu sehen. »Deinen Ausweis hast du dabei?«

Gehörte zu meiner Standard-Jackentaschenbestückung.

»Gut. Dann sollten wir jetzt los.«

Finley bot uns an, unser Gepäck und Cipión vorerst bei ihm im Zimmer zu lassen. Wir verließen das Hotel, eilten blicklos unterm Brandenburger Tor hindurch und wandten uns nach rechts ins Regierungsensemble aus alter und neuer Architektur. Hinter weißen Containern mit Sicherheitsschleusen für Besucher tauchte das Gebäude mit der Glaskuppel auf. Wie ließen es hinter uns und überquerten den von Platten gestreiften Rasen. Noch gehörte die Leere im Spreebogen eilenden Anzugträgern und Journalisten, die zum ARD-Haus wanderten.

Das Kanzleramt leuchtete in der Sonne, arg vertraut von Flachbildschirmen und gleichzeitig fremd, wenn man es räumlich sah. Ein Uniformierter stand an der Schranke der Einfahrt und versuchte, uns nicht in die Augen zu schauen, aber deutlich zu machen, dass er uns im Auge hatte. Wir standen eine Weile herum, dann holte uns ein Polizist ab und führte uns hoch in einen kleinen Raum, wo wir von zwei Beamten in Uniform einem Sicherheitscheck wie am Flughafen unterzogen wurden: Jacke aus, Schlüssel aus der Hose, Pistolen aufs Band, abpiepsen lassen. Eine Angestellte des Kanzleramts nahm uns auf der anderen Seite in Empfang und führte uns zum Fahrstuhl.

Übrigens ein tolles Gebäude, aber es gab keine Zeit, irgendwas zu begreifen: breite Betontreppen, kräftige Farben, Flaggen und andere Symbole, Licht und porscheblaues Blech.

»Ist jetzt nicht eigentlich Kabinettssitzung?«, bemerkte Richard.

»Ja, ich bringe Sie dorthin«, antwortete die Dame.

Ein Anflug des Erstaunens zeigte sich auf seinem Gesicht. Er war sichtlich wieder bei der Sache. Zumindest für den Moment.

Der Fahrstuhl hielt im sechsten Stock. Man ließ uns dann noch eine Viertelstunde warten. Ich fragte unsere Begleiterin, wer hinter der verschlossenen Tür saß. Sie zählte Minister auf und überraschte mich mit der Information, dass auch die Leiter der im Kanzleramt untergebrachten Abteilungen zum Kabinett gehörten, darunter die Abteilung 6, Bundesnachrichtendienst. Der regierte also immer mit.

Gern hätte ich Richard gefragt, was wir denen da drin eigentlich erzählen wollten. Durften wir den in der Klausur auf Schloss Wartegg mit Obama und Merkel ausgeheckten großen Bluff verraten, oder mussten wir lavieren? Aber Richard kehrte mir den Rücken zu und blickte zum Fenster hinaus auf den Reichstag, in dessen Glaskuppel die Morgensonne ein Feuerwerk entfacht hatte. Ein wie lupengebündelter Strahl traf uns in diesem Augenblick.

Endlich kam ein rötlich blonder Mann in grauem Anzug, der sich als Hausherr gebärdete. Seine Zunge stieß intern an beim Sprechen, und seine Stimme hielt sich in der Nase auf. Ich kannte ihn, aber wie er hieß, keine Peilung. Er gab uns auch gar nicht die Hand und ließ uns eher unwirsch in eine Art modernen Gemeindesaal mit Knöpfchenlichtern an der Decke, einem rotbraunen ovalen Tisch und halbrunden Bänkchen beim Fenster, in das der Berliner Fernsehturm seine Kugel hielt.

Es roch nach Kaffee und Diskussionsbedarf.

Alle Gesichter waren mir lächerlich vertraut. Wie eine Serie von Déjà-vus. Ich widerstand der Versuchung, die Gespenster meines einstigen Fernsehkonsums mit einem saloppen »Grüß Gottle allerseits!« zu grüßen. »Ach, Sie auch hier? Und Sie … fleißig, fleißig.«

Stattdessen versuchte ich den Raum so schnell wie möglich

zu erfassen. Die schwarzen Lehnen, von denen eine fehlte, wo trotzdem einer saß, die fünfstrahligen Stuhlfüße ohne Rollen, Berge und Kinder auf dem mit dickem Pinsel gemalten Bild an der Kopfwand, der goldene Uhrwürfel in der Mitte des polierten Tischs, die Messingglocke zu Händen der Chefin, die Batterien von Wasser- und Saftflaschen zwischen den Sitzenden.

Es standen zwei Stühle für uns am Ende des Tischs, wo ein weiteres Déjà-vu aus dem Fernsehen saß, das einen Stapel Zeitungen vor sich liegen hatte. Der Pressesprecher. Der regierte also auch mit. Die Titelei der obersten Zeitung lautete: »Der Kampf des Guten gegen das Böse! Wird der Papst ihn gewinnen?« Die Zeitung, die darunter hervorspickte, fragte: »Was passiert bei der Papstrede im Bundestag? Schlägt Katzenjacob zu?«

Einer mit breitem Schädel und Baseballmütze griff nach der silbernen Thermoskanne neben sich, ließ den Deckel aufploppen und schenkte sich ein. Es pinkelte, die Flaschen klirrten, als er die Kanne zurückstellte und mit einem Finger den Deckel draufdrückte. Er merkte, dass man ihn anschaute – vielleicht war das sogar seine Absicht gewesen –, und hob entschuldigend die Hände.

Die Chefin erklärte, dass man eben die Lage in Sambata de Sus besprochen habe und bestürzt sei über den Tod einer Geisel, für den man derzeit noch keine Erklärung bekommen habe. Für uns kurz zusammengefasst: Die Lage sei sehr instabil. Präsident Obama habe in einem persönlichen Telefonat den Präsidenten Rumäniens noch gestern Nacht dazu bewegen wollen, den Befehl zur Erstürmung zu geben. Aber dieser habe sich geweigert. Er werde nicht das Leben der rumänischen Staatsbürger, von Frauen und Kindern gefährden, nur weil der Westen zu schwach sei, einen perversen Zigeunerbalg, so seine Worte, zur Hölle zu schicken. Und wörtlich habe er hinzugefügt: »Ich lasse mir von einem Niggerboy nicht dreinreden.«

»Hammer!«, entfuhr es mir.

Die Déjà-vus lächelten.

Merkel rhabarberte noch eine Weile, und ich verguckte mich derweil in die Thermoskanne. Genau solche Dinger hatten wir zu Zeiten meiner Anwesenheitspflicht beim *Stuttgarter Anzeiger* gehabt. Hatten die nix Schickeres hier als dieses Plopp auf, Plopp zu? Irgendeinen gab es immer, der den Deckel nicht richtig zudrückte.

Ich fand erst wieder aus dem Bann der Kanne, als die Kanzlerin die Frage stellte: »Katzenjacob wird ja dann wohl heute aus der U-Haft freikommen?«

Richard zu meiner Rechten holte Luft und sagte: »Ja.« Einen Augenblick schien es, als werde er nichts weiter sagen, doch dann fuhr er fort: »In diesen Minuten wird ein Richter beim Landgericht Stuttgart auf Antrag der Verteidigung den Haftbefehl aussetzen. Und zwar ohne Auflagen. Herr Katzenjacob ist dann frei zu gehen, wohin er will.«

»Und er kommt hierher?«, fragte der Hausherr mit der Nasenstimme, dem, wie ich später erfuhr, der Bundesnachrichtendienst unterstellt war.

Richard nickte.

»Und er plant einen mentalen Anschlag auf den Papst. Richtig?«

»Er hält sich für den gestürzten Engel Luzifer und will ein Zeichen setzen. Er ist überzeugt, telekinetische Fähigkeiten zu besitzen.«

»Aber er besitzt sie nicht!«, vergewisserte sich eine Frau mit grauer Haartolle, die ihr in die Stirn hing.

Richard nickte wieder nur. Seine Biologie neben mir atmete, als nerve dies alles seinen Verstand fürchterlich.

Der Blick der Haartolle traf mich. Der bestimmte Blick, etwas zu lang für einen unter Frauen. Hi, Schwester, grüßte ich zurück. Soso!

»Ich glaube schon, dass es Dinge gibt, die wir mit unseren wissenschaftlichen Methoden nicht erfassen können«, sagte ein blondes Mädchen am Tisch.

»Dies ist doch eine Diskussion um des Kaisers Bart!«, trötete ein anderer tadelnd. »Schauen Sie sich die Hysterie draußen im Lande an! Wer das gesehen und erlebt hat und weitermacht wie bisher, hat seinen Beruf als Politiker verfehlt.«

Was wollte er damit sagen? Egal. Es gibt in jeder Runde einen, auf den niemand mehr hört.

»Warum nehmen wir diesen Kerl nicht einfach wieder fest?«, nuschelte einer, der statt der menschlichen eine gekochte Rinderzunge im Mund zu haben schien. »Gefahr im Verzug.«

»Was würde das nützen?«, fragte Richard zurück.

Begriffsstutzigkeit.

»Das Problem, das wir haben«, zwang sich Richard auszuführen, »ist doch entstanden, weil der Bursche im Gefängnis sitzt und die Leute glauben, er holt von dort mit geistiger Kraft Flugzeuge vom Himmel. Es ist also völlig wurscht, wo er ist. Eine Festsetzung würde uns keinen Vorteil verschaffen.«

Allgemeines Zurücklehnen.

»Aber es ist für uns von Vorteil, wenn er hierherkommt. Katzenjacob wird vom Moment seiner Freilassung an lückenlos überwacht. Wir werden immer wissen, wo er sich aufhält. Wenn er den Papst sehen will, wird er sich in einer großen Menschenmenge befinden.«

Mehr sagte er nicht. Ich rätselte. Worauf wollte er hinaus? Einige am Tisch verstanden ihn unweigerlich so, als deute er die Möglichkeit einer finalen geheimdienstlichen Aktion aus der Anonymität der Menge heraus an. Aber ich kannte Richard. Er erwog niemals das Töten als Möglichkeit zur Lösung eines Problems.

»Und wenn er nichts tut?«, sagte der Minister mit der gekochten Rinderzunge im Mund. »Dann kann die Polizei nicht zuschlagen. Es würde ja auch nichts nützen. Dann säße er nur wieder im Gefängnis. Verstehe. Man müsste …« Er brach ebenfalls ab. »Oder tut er was, fuchtelt er mit den Armen, stößt er Flüche aus?«

Richard zuckte mit den Achseln.

Ein bisschen weniger maulfaul hatte ich mir einen Sitzungshengst wie ihn in Aktion schon vorgestellt. Konferenzen bestreiten war sein Tagesgeschäft, verhandeln, überzeugen und manipulieren. Doch offenbar war es hier nicht wichtig oder nicht nötig.

»Aber wenn er doch völlig harmlos ist?«, fragte das Mädchen anklagend.

Plötzlich spürte ich Richards Anspannung in meinem eigenen Körper. Es zerriss ihn schier. Ich hatte das krasse Gefühl, dass er kurz davor stand auszurasten. Oder vor Ekel zu kotzen über den Anspruch dieses gemütlichen Haufens, alles, was er für sich längst geklärt hatte, noch einmal durchzukauen. Ich zog die Möglichkeit in Erwägung, dass Richard am Ende war, dass er nicht mehr konnte.

»Wenn wir nun einen Unschuldigen verfolgen!« Die Erkenntnis schien das Mädchen überraschend zu treffen.

»Das ist …«, Richard räusperte sich, »… nicht die Frage, Frau Ministerin. Es ist leider so, dass weltweit Millionen Menschen glauben, er bedrohe uns, er bedrohe den Papst. Ja, es ist absurd!« Er atmete aus. »Wir müssen uns zur eigenen Schande eingestehen, dass es uns nicht gelungen ist, dem Spuk, der uns nun schon über ein halbes Jahr in Atem hält, Einhalt zu gebieten. Und jetzt zeigt sich, wie gefährlich es ist, wenn man irrationalen Vorstellungen und abstrusen Ängsten freien Lauf lässt. Wir haben den Demagogen und den Medien das Feld überlassen. Vielleicht wollten wir es so. Es war uns gerade recht, hat es doch von anderem, was politisch wichtig gewesen wäre, abgelenkt.«

Unwillige Unruhe lief um den Tisch.

»Ja, wir waren zu schwach, den Wahnvorstellungen und Halbwahrheiten den unerbittlichen Geist der Aufklärung entgegenzusetzen. Und nun …« Er hustete. »… leiden in Rumänien Kinder, Frauen und Männer Todesangst, weil ein paar Irre meinen, sie müssten …« Die Stimme versagte ihm.

Peinlich berührtes Schweigen.

Ich musste was tun.

»Aber haben nicht Sie selbst, Herr Dr. Weber, uns«, hob vom anderen Ende die Schwester mit der Haartolle wieder an, »in einer Talkshow, die ich als denkwürdig bezeichnen möchte, eindrücklich vorgeführt, dass wir alle miteinander fähig sind, mit unserem Geist Gegenstände zu beeinflussen, in diesem Fall Ihre fünf Würfel?«

Richard hob das Kinn. Ich hörte ihn mit den Zähnen knirschen.

»Und nun wollen Sie uns glauben machen«, bohrte die Schwester weiter, »dieser Katzenjacob könne keine solchen Fähigkeiten haben?«

»Nein!«

Man stutzte und wartete auf mehr. Es kam nicht.

»Also was, bitte, sollen wir denn nun glauben?«

»Die Aktion bei der Talkshow«, knurrte Richard, »hatte den einzigen Zweck, Anwesende und Zuschauer glauben zu machen, dass wir – vernünftige Leute wie Sie und ich, schwankend zwischen Skepsis und Sehnsucht nach Macht – imstande sein könnten, Juri Katzenjacob mit seinen eigenen Waffen zu schlagen. Und zwar, weil wir es unbedingt wollen. Und genau das ist es, was wir – eine kleine Gruppe – morgen tun werden.«

»Wie?«, fragten einige.

Aber die graue Tolle gab so schnell ihr Rederecht nicht ab. »Dann war es also Betrug. Die Würfel waren manipuliert?«

Richard winkte resigniert ab.

»Habe ich es mir doch gedacht! Und dass Ihre Freundin«, sie musterte mich vom Kopf bis zum Tisch, »die Lottozahlen beeinflusst … Ich meine, behaupten kann man das ja immer. Wir können es nicht nachprüfen. Sie haben uns belogen, die Öffentlichkeit belo–«

»Nein!« Das war ich, die das rief. Urplötzlich fiel mir dabei die Thermoskanne ins Auge, die der Breitschädelige mit der Baseballkappe vorhin benutzt hatte. Eine silberne Bombe.

Ich stand auf. »Plopp!«, sagte ich und deutete auf diese Kanne.

Und Pfupp, machte der Deckel und sprang auf.

Der mit der Baseballmütze erschrak. Ein paar kapierten es nicht gleich und mussten es sich erklären lassen, die anderen fühlten sich unangenehm unheimlich berührt.

»Sehen Sie«, sagte ich, »es funktioniert! Aber es klappt nur, wenn man leichten und spielerischen Geistes ist und nicht zweifelt.«

Wie immer glaubte sich sofort einer zur Entzauberung berufen, hier die Schwester mit der Tolle. »Das ist doch nichts Übernatürliches. Es ist der Überdruck durch den Kaffeedampf! Wenn man den Deckel nicht richtig zumacht – nicht wahr, Herr Kollege? –, dann springt er auf. Ist mir auch schon passiert.«

»Genau das ist das Geheimnis«, antwortete ich. »Es geschieht nichts, was nicht geschehen könnte. Psi ist, dass es genau dann passiert, wenn ich es denke. Dass wir uns einigen, die Kanne und ich, dass wir uns verschwören auf der Ebene der Quanteneigenschaften eines Systems, das wir bilden.«

»Könnten Sie auch meinen Deckel abspringen lassen?«, erkundigte sich eine lustige Frau mit lustigen halblangen Haaren.

»Nein, das kann ich nicht. Denn eben noch waren Sie Teilnehmer einer Seltsamkeit, jetzt sind Sie Beobachter. Der Spuk scheut die Beobachtung. Das ist auch wieder wie in der Quantenphysik. Bekanntlich kann man das Verhalten von Quanten nicht beobachten, ohne den Effekt zu verhindern. Das zeigt sich beim Doppelspalt-Experiment. Es ist also Physik, keine laue Ausrede von mir.«

Die Kanzlerin nickte. »Quantenphysik, jaja. Hat man sich an einer Stelle Klarheit verschafft, wird es an anderer Stelle wieder ungewiss.«

Kleines Gelächter.

»Aber wir müssen jetzt schon noch mal nachfragen«, schnarrte der Hausherr mit der Nasenstimme. »Sie haben eben gesagt, Sie würden morgen etwas tun, das dem entspricht, was Sie uns glauben machen wollten, nämlich, dass wir Katzenjacob mit mentalen Kräften unschädlich machen könnten. Haben wir Sie da richtig verstanden?«

»Ja«, sagte Richard.

»Und, bitte, was werden Sie tun?«

Richard suchte nach einer Antwort und fand keine.

»Wir werden«, sagte ich an seiner Stelle, »Juri Katzenjacob entgegentreten. Sollte er irgendetwas versuchen, sind wir da und halten gegen. Mit ... mit all unseren Kräften. Ich werde morgen, wenn der Papst spricht, im Bundestag auf der Tribüne sitzen. Ich bin Juri Katzenjacob zweimal begegnet, einmal habe ich mich länger mit ihm unterhalten. Er ... er glaubt, dass Menschen gewissermaßen von alleine sterben, weil er es so will. Weil er es denkt. Unter uns: Er wird versuchen, Papst Benedikt zu töten.«

Unruhe.

»Es würde, wenn es ihm gelänge, wie ein natürlicher Tod aussehen oder wie ein Unfall. Aber es wird ihm nicht gelingen. Das garantieren wir. Ich bin mit ihm eine geistige Verbindung eingegangen. Er weiß ziemlich gut, was in mir vorgeht, und ich weiß ungefähr, was in ihm vorgeht. Er weiß also auch, dass ich hier bin. Was immer er tut, er wird damit auch gegen mich antreten. Und deshalb wird er verlieren. Er wird ein für alle Mal verlieren! Er ... er wird aufhören zu existieren. Er wird verschwinden! Davon bin ich überzeugt.«

Kein einziger sagte Aber.

»Draußen«, fuhr ich fort, »werde ich verstärkt von den stärksten derzeit bekannten Magiern und Medien, insgesamt gut ein Dutzend. Sie werden Juri gewissermaßen abschirmen. Abgesehen davon, dass die Polizei ihn überwacht.«

Die Kanzlerin nickte und senkte ihren Blick zur Seite weg.

»Und ... wenn man Katzenjacob beim geringsten Versuch,

etwas anzurichten … erschießen würde?«, schlug jemand vor, den ich nicht orten konnte.

»Gedanken sind nicht strafbar!«, antwortete Richard genervt. »Und es gibt keinen Beweis, dass Juri tatsächlich mentale Kräfte besitzt. Auch wenn Sie es offensichtlich immer noch glauben!«

Merkel blinzelte. »Außerdem: Wir werden hier niemals die Möglichkeit erörtern, jemanden zu erschießen, nur weil wir vermuten, dass er etwas Böses denkt.«

67

Am Nachmittag holte Richard Derya vom Bahnhof ab. Wir fuhren zu den Hackeschen Höfen, wo Finley im Stockwerk über der Blindenwerkstatt Otto Weidt, in der einst Juden als Bürstenbinder überlebt hatten, mit seinem Team den Trick vorbereitete. Weil die Zeit fehlte, hatte er sich auf einen einfachen Trick beschränken müssen, der mit Feuer und Rauch arbeitete. Minutiös gingen wir den Ablauf und unsere jeweiligen Aufgaben durch. Richard war wieder voll bei der Sache.

»Was war denn los heute früh?«, fragte ich ihn bei einem Pinkelspaziergang mit Cipión, den wir zum Rauchen nutzten.

Er antwortete mit der Gegenfrage: »Was willst du? Ist doch gut gelaufen. Du hast sie überzeugt. Darum ging es.«

»Aber es gefällt dir nicht.«

»Es gefällt mir vieles schon lange nicht mehr. Ach, schau mal, das ist Chamisso!«

Ich gab es auf.

Cipión hatte im Grünstreifen am Sockel eines Denkmals mit langhaariger Büste das Bein gehoben.

»*Peter Schlemihls wundersame Geschichte*, die kennst du doch.«

Selbstredend nein.

»Die Geschichte von einem Mann, der seinen Schatten an den

Teufel verkauft und erst dann merkt, dass ein Mensch ohne Schatten ein Ausgestoßener ist. Sein einziger Trost: Er gelangt an Siebenmeilenstiefel. Sie erlauben es ihm wenigstens, mit einem Satz von dem Ort zu verschwinden, wo es für ihn unangenehm wird.«

Am Abend fuhren wir ins Regierungsviertel, besichtigten die Örtlichkeiten und spielten den Ablauf durch. Und mir kamen Zweifel.

»Das durchschauen die doch. Ich soll dastehen und die Arme heben wie Jesus und so tun, als spräche ich einen Gegenzauber. Das nimmt mir doch niemand ab.«

Finley lachte. »Hast du eine Ahnung, was die Leute einem alles abnehmen, wenn sie verzaubert sind.«

»Aber unter den Massen von Menschen, die überall herumstehen, wird einer sein, der sich vom Feuerzauber nicht ablenken lässt und genau sieht, wie Juri in die Spree fällt.«

»Mag sein, aber er wird sich hinterher unsicher werden. Es wird Dutzende verschiedener Zeugenaussagen geben, einige werden auch gesehen haben wollen, wie Juri gen Himmel fährt und seine Seele vom Teufel geschnappt wird.«

»Aber es sind jede Menge Kameras überall, Finley, Fernsehkameras, Handykameras. Irgendwer wird hundert Pro in irgendeine Lücke hinter deinen Kulissen gefilmt haben.«

»Das Risiko werden wir minimieren. Es gibt bis heute Tricks, beispielsweise von David Copperfield, die nicht entschlüsselt werden konnten, obgleich sie gefilmt wurden. Und die Spree ist trübe. Man wird die Taucher nicht sehen, die Juri unter Wasser in Empfang nehmen und wegbringen.«

»Aber die Luftblasen. Ein Schlauer sieht sie und interpretiert sie richtig.«

»Es sind sowieso Taucher dort«, sagte Richard. »Bei Sicherheitsstufe eins immer.«

Seine Aufgaben morgen waren koordinatorische. Er würde über digitale Funkkanäle Kontakt mit der Polizei und uns halten.

Beim Absacker in der sinnlosen Pracht der mit einer Bar bestückten Lounge des Hotels Adlon gestand ich Derya, dass ich sie verdächtigt hatte, Rosenfeld aus Eifersucht erstochen zu haben.

»Ich weiß«, lächelte sie. Ihr Blick zuckte zu Richard hinüber. Hatte er ihr das wirklich erzählen müssen?

Richard hielt den Blick auf seine Hände gesenkt, die mit der fast leeren Zigarettenschachtel spielten. Ja, er hatte es ihr erzählen müssen, denn ich hatte ihn dann doch noch einmal verunsichert.

»Ich steckte im Stau«, erklärte sie mir. »Es hatte gerade angefangen zu schneien, alles rund um Stuttgart stand. Als mir klar wurde, dass ich den Flughafen nicht mehr rechtzeitig erreichen würde, bin ich direkt zum Bahnhof gefahren und habe den Zug nach Berlin genommen. Die Polizei hat das alles überprüft. Zum Glück hatte ich die Fahrkarte noch.«

»Sorry, musste sein.«

Wieder ging ihr Blick zu Richard. »Ihr seid schon ein seltsames Paar«, bemerkte sie. »Manchmal habe ich den Eindruck, ihr würdet sogar eure Mütter der Polizei ausliefern, wenn …«

Richard stand abrupt auf, murmelte »Entschuldigt« und eilte, sich die kalte Zigarette in den Mund steckend, hinaus.

»Was hat er denn?«

»Er hat einmal komplett die Nerven verloren, als die Polizei seine Mutter unter Mordverdacht festnahm. Er war drauf und dran, den Beamten zu erschlagen.«

Finley lachte.

»Oh!«, sagte Derya und strich sich eine schwarze Strähne hinters Ohr. »Dann wird er sicher auch verstehen, dass ich die Sache mit meinem Vater nicht auf sich beruhen lassen kann. Ich bin felsenfest überzeugt, dass er mit Rosenfelds Tod nichts zu tun hat. Er war zwar kein Heiliger, weiß Gott nicht, aber er war kein Mörder. Er hat die Dinge mit Geld geregelt, er hat immer gesagt: Geld ist das wirkungsvollste Mittel überhaupt. Jeder nimmt es, und niemand muss Gewalt anwenden. Mein Vater hielt Gewalt für das Überflüssigste auf der Welt. Wer satt ist und Arbeit und Haus und Familie hat, feuert keine Raketen, hat er immer gesagt. Wenn das hier vorbei ist, werde ich gerichtlich vorgehen und eine Untersuchung erzwingen, die seine Unschuld beweist. Das bin ich meinem Vater schuldig.«

Nun ja, Verwandte waren immer von der Unschuld eines kürzlich verstorbenen Familienmitglieds überzeugt, vor allem, wenn das Verhältnis zu Lebzeiten nicht unbedingt reibungslos gewesen war.

»Wie kommt ihr eigentlich darauf, dass Deryas Vater es gewesen sein soll?«, fragte Finley.

Er kannte Juris Aussage noch nicht. Ich berichtete ihm.

»Aber das geht doch gar nicht«, sagte er überrascht.

»Was geht nicht?«

»So wie Juri es schildert. Demnach stand Deryas Vater nicht im Büro, sondern in der Tür oder sogar davor, nicht wahr? Und Gabriel lag leblos auf dem Rücken in seinem Büro. Wie genau lag er? Nehmen wir an, Groschenkamp hat im Streit nach der Schere gegriffen, die auf Desirées Schreibtisch lag oder in einem Köcher steckte, und zugestochen. Was passiert, wenn man jemanden ins Herz trifft?«

»Die Person steht ein paar Sekunden, ist erstaunt, dann kippt sie um, verliert das Bewusstsein und stirbt. Und nichts kann sie retten.«

Derya schüttelte sich.

»Dann müsste Gabriel mit den Füßen noch in der Tür oder aber sehr dicht dahinter gelegen haben. Juri kam, sah Deryas Vater mit der Schere in der Hand und unseren Gabriel auf dem Rücken längs ins Büro gefallen. Nach seiner eigenen Aussage ging er hinein und stellte fest, dass Gabriel ins Herz getroffen war. Und jetzt kommt's: Er behauptet, Groschenkamp habe rasch die Tür zugezogen und von außen abgeschlossen.«

Mir ging ein ungutes Licht auf. »Oje!«

»Ja!«, sagte Finley. »Die Tür geht, wie wir alle wissen, nach innen auf und wird bis zum Wandschrank zurückgeschlagen. Ein Bürotürschlüssel steckt gewöhnlich innen. Damit haben wir das erste Problem: Wie ist es Groschenkamp so schnell gelungen, ums Türblatt herum zu greifen und den Schlüssel abzuziehen? Er hätte ins Zimmer treten müssen, und ein junger Mann wie Juri hätte gut Zeit gehabt, aufzuspringen und einzugreifen oder den Raum zu verlassen. Und das zweite Problem: Wie hat er die Tür zuziehen können? Gabriels Beine waren im Weg. Deryas Vater, ein alter asthmatischer Mann, hätte viel Schwung und Kraft aufwenden müssen, um mit dem Türblatt den Körper auf dem Boden beiseitezuschieben, und Juri hätte wiederum Zeit genug gehabt zu verhindern, dass er eingeschlossen wird.«

Und der Rechtsmediziner hätte an Rosenfelds Bein die Marke einer Türkante erkennen müssen. Asche auf mein Haupt! Ich war meinem Wunsch und der Suggestivkraft von Juris mürrischer Geschwätzigkeit erlegen. Aber nicht nur ich.

»Ich kann dir also jetzt schon sagen, Derya«, lächelte Finley, »die Behauptung, dein Vater habe Juri dort eingeschlossen, wird einer Überprüfung nicht standhalten.«

»Und was heißt das nun?«, fragte sie.

Finley zuckte mit seinen knochigen Schultern.

»Das heißt«, antwortete ich, »Juri hat mir eine falsche Geschichte erzählt. Es heißt, er war es selbst. Er hat Rosenfeld getötet. Es ist so, wie es für uns immer ausgesehen hat. Und er hat mir sogar verraten, wie er es gemacht hat. Nämlich mit der Schere. Fragt mich nicht, warum. Vielleicht gab es Streit ums Geld. Juri wollte es haben, Rosenfeld wollte es nicht geben. Vielleicht hat Rosenfeld ihn für einen Betrüger gehalten, oder er hat sich geweigert, ihn zu testen, weil Juris Begabung darin besteht, Menschen unter Stress zu setzen und in den Tod zu treiben. Juri fühlte sich betrogen und ist ausgerastet. Hernach hat er das Herz entfernt, was im Programm seiner makaberen

Lust an Leichen ohnehin enthalten war. Er hat einige Zeit bei der Leiche verbracht, das steht fest. Er hat seine Lust befriedigt und sich in Ruhe etwas ausgedacht, um hinterher nicht als Mörder dazustehen. Er hat Farbe geholt, hat die Tür von innen abgeschlossen, hat Rosenfelds Körper so gelegt, dass die Füße die Tür fast berührten und niemand den Raum mehr durch die Tür verlassen konnte, hat im Einbauschrank das unterste Brett entfernt, die Ränder mit Farbe eingepinselt, ist hinausgestiegen und hat von unten mit dem Griff das Brett in den Rahmen gezogen. Übers Wochenende ist die Farbe getrocknet. Für die Polizei sah es so aus, als sei das Brett nie bewegt worden.«

Derya seufzte tief, langte zu mir herüber und drückte meine Hand. »Danke, Lisa.«

»Allerdings«, musste ich leider einwenden, »fällt mir keine Erklärung dafür ein, warum die Tür von Rosenfelds Büro abgeschlossen war und sich der Schlüssel in der Schublade deines Vaters in Hamburg befand.«

»Aber das ist doch ganz einfach!«, rief Finley mit gedämpfter Stimme. »Es ist doch erwiesen, dass Deryas Vater an jenem Freitag auf Burg Kalteneck war.«

Ich nickte. »Es ist bis fast zur Tür belegt.«

»Dann war er es, der Juri erwischt hat. Ich stelle es mir so vor: Juri ist längst im Büro zugange …« Ein kleiner Schauder schüttelte den Schotten. »Er wendet Groschenkamp den Rücken zu, die Leiche liegt weit im Büro, die Tür ist vielleicht angelehnt. Bestimmt sogar. Groschenkamp erfasst die Lage, er weiß, dass er als alter Mann keine Chance hat. Er muss zudem fürchten, ebenfalls Opfer zu werden. Er ist aber so geistesgegenwärtig, den Schlüssel von innen abzuziehen, die Tür zu schließen und von außen abzuschließen. Dabei zieht er den Schlüssel im Reflex heraus und steckt ihn in die Tasche.«

»Gut gemacht! Allerdings hätte er dann umgehend die Polizei verständigen müssen«, bemerkte ich.

»Vielleicht stimmt Juris Aussage in diesem Punkt ja. Sie haben durch die Tür hindurch diskutiert. Und Juri hat ihm etwas angeboten, das Groschenkamp nicht ausschlagen konnte.«

»Ja, genau! Er hat sich Groschenkamp als mächtiger Tantrik angeboten, als der, der mit Geisteskraft Menschen in Angst und Schrecken versetzen, Unfälle provozieren, ja sogar töten kann. Groschenkamp hat erkannt, was für eine Geschichte das ist, was für ein Geschäft. Womöglich hat er sogar daran gedacht, Juri in einer TV-Show zu vermarkten. Aber das wäre nur gegangen, wenn er nicht als Mörder verurteilt wird, der mit eigener Hand zusticht. Darum musste es auch so aussehen, als sei Rosenfeld wie durch Zauberhand in einem hermetisch abgeschlossenen Büro ums Leben gekommen. Ich vermute, Derya, es war dein Vater, der Juri erklärt hat, wie er sich verhalten muss, damit der Tatort nach einem Spukgeschehen aussieht und er überdies mit einer kurzen Haftstrafe davonkommt.«

Derya schlug die Hände vors Gesicht. »Nein, das will ich nicht glauben!«

»Rosenfeld wäre ohnehin nicht mehr lebendig geworden, Derya. Vermutlich hatte Juri mit seiner blutigen Arbeit längst begonnen. Und wahrscheinlich hat er deinem Vater auch gedroht. Und zwar damit, dass er ihn totdenkt. Dein Vater hat miterlebt, wie der Kronleuchter in Neuschwanstein ins Schwingen geriet. Er konnte sich der Suggestivkraft des Burschen nicht entziehen, genauso wenig wie … wie ich.«

Im Augenwinkel sah ich Richard in die Lounge zurückkehren.

»Aber«, muckte Derya ein letztes Mal auf, »einen Beweis dafür gibt es nicht. Es gibt doch auch keinen, dass Juri …«

»Still!«, unterbrach ich sie. »Und nichts davon zu Richard. Es würde ihn verrückt machen zu wissen, dass wir morgen einem Mörder helfen, ungestraft davonzukommen und mit neuer Identität ein neues Leben anzufangen.«

Im Fahrstuhl zu unseren Zimmern hoch, auf Tuchfühlung zwischen Derya und Richard, fiel mir noch etwas ein. Juri hatte nachweislich ein Elektrokabel vom Computer benutzt, um Rosenfeld von hinten zu erdrosseln. Auch wenn er es de facto postmortal getan hatte. Das bedeutete, er hatte nicht bemerkt, dass der Treffer mit der Schere tödlich gewesen war. Erst im Nachhinein hatte er die Erklärung gefunden, die er auch mir präsentiert hatte: Es fließt so gut wie kein Blut nach außen, wenn man das Herz trifft. Das war ein starkes Indiz, dass er Rosenfeld in jedem Fall hatte umbringen wollen. Er hatte ihn zweimal getötet.

Oben im Zimmer zog Richard mich gleich hinter der Tür an sich und küsste mich. Er fickte, als sei es das letzte Mal.

68

So kam *der* Tag. Die Sonne plemperte herum. Halb Berlin Mitte verfranste sich in Absperrungen. Aber ich gehörte zu den VIPs mit Ausweis am Bändel, die zum Reichstag durchgeschleust und zu den Tribünen hochgebracht wurden, wo ich eine Stunde zu früh meinen Platz links vorn einnahm und auf die leeren violetten Stühle der Abgeordneten hinunterschaute.

Finley stand zu diesem Zeitpunkt dem ARD-Studio gegenüber an der Reichstagsbuchhandlung und wartete darauf, dass die Beamten in Zivil ihm Katzenjacob brachten, um mit ihm ein paar Schritte am Reichstagsufer entlang bis zu der Stelle zu gehen, wo an der Ufermauer entlang eine Treppe zum Fluss hinunterführte. Dort würden sie sich am Geländer hinstellen und warten. Damit Juri Katzenjacob nicht vorzeitig erkannt wurde, würde er Sonnenbrille und Kapuze tragen.

Ich gebe zu, dass in mir der Wunsch zuckte, die Leute würden ihn erkennen und sich in einen rächenden Mob verwandeln, bevor Finley ihn wegzaubern konnte. Aber wollte ich, dass

Pilger, die sich hier im Heiligen Geist versammelt hatten, zu Kains wurden? Ich rettete mich in die Vermutung, dass man, auch nachdem einer eine neue Identität bekommen hatte, Ermittlungen gegen ihn aufnehmen konnte. Allerdings wenn man Katzenjacob in einem Jahr dann wegen Mordes vor Gericht stellte, würde man seine alte Identität wieder hervorholen müssen. Dann wäre alles, was wir heute taten, umsonst gewesen. Abgesehen natürlich davon, dass wir die Geiselnehmer in Transsilvanien überlistet hätten und die Kinder längst wieder frei waren.

Unten gingen Parlamentsdiener im Frack hin und her und verteilten bedruckte Blätter auf den Tischen. Die Tribüne füllte sich allmählich mit dunklen Anzügen und Damen mit Frisuren in raschelnden Kleidern.

Gleichzeitig baute Derya auf dem Schiffbauerdamm ihren Camcorder auf, der über den Fluss hinweg stets Katzenjacob am andern Ufer im Fokus haben würde. Sie hatte Cipión bei sich, dem keine besondere Aufgabe zukam außer der, Kinder und Mütter zu erfreuen und von der Tatsache abzulenken, dass Derya an einer Stelle filmte, wo der Papst garantiert nicht vorbeikommen würde. Neben Derya waren noch drei andere von Finleys Team mit Kameras und videofähigen Handys unterwegs. Denn wir selbst mussten die Hoheit über die später in den Medien verbreiteten Bilder erringen.

Richard würde vermutlich herumwandern und telefonieren. Mit Finley und Derya zusammen hatte er mich zum Bundestag gebracht und mir, bevor ich durch die Schranke ging, ein »Mach's gut!« ins Ohr geatmet. Ich hatte ihm Cipións Leine übergeben. Er hatte meine Hand umschlossen und nicht gleich loslassen wollen. Sogar geküsst hatte er mich, wenn auch etwas flüchtig und verlegen. Noch nie hatte er mich in der Öffentlichkeit geküsst, nie vor seinen Freunden oder meinen. Derya lächelte vor sich hin und schaute weg, Finley dachte sich nichts dabei und klopfte mir auf die Schulter. »Toi, toi, toi!«

Das hing mir jetzt nach. Wir waren an einem Kiosk vorbeigekommen, ich hatte mir Zigaretten gekauft, er aber nicht, obgleich in seiner Schachtel von gestern Abend nur noch wenige Stängel gesteckt hatten. Vielleicht kaufte er sich nachher welche. Er würde viel Zeit haben, das zu tun. Aber warum nicht gleich?

Die Tribünen waren mittlerweile schwarz vor Menschen aus einem langen Leben in Villen mit Aufgaben, Verdiensten und Goldschmuck. Auch die Abgeordneten strömten herein, mit knacksenden Knöcheln wie in eine Kirche. Wir setzten uns aufrecht.

Und stolz erkläre ich jetzt hier, dass ich mich nicht bekreuzigte, als der Heilige Vater hereinkam. Vielleicht war das unsere Rettung. Nämlich, dass ich nicht in die religiöse Verschwörung geriet.

Ich schaute auf die Uhr. Finley hatte den Zeitablauf genau festgelegt. Ich hatte noch 35 Minuten, bis ich dran war, und versuchte meine Gedanken dem sanften Wellengang des Nichts anheimzugeben.

Bundestagspräsident Lammert sprach von seinem Präsidiumspult herab: »Unser heutiges Verständnis der Grundrechte ist geprägt von der Aufklärung, der wir nicht nur die Herausforderung des Glaubens durch die Vernunft verdanken, sondern auch die Trennung von Kirche und Staat, die zu den unaufgebbaren Fortschritten unserer Zivilisation gehört.«

Dann wollte der Sechzehnte der Gesegneten, an pastorale Erhabenheit gewöhnt, den Parlamentspräsidentenstand von Lammert stürmen und musste ans Rednerpult der Abgeordneten degradiert werden. Darüber lachte man nicht. Ich aber doch, wenn auch nach innen.

Mit Gelächter vertreibt man den Spuk, hatte Finley mir erklärt. Richard hatte uns dazu die Geschichte von einem, der auszog, das Fürchten zu lernen, erzählt.

Da stand der alte Mann in Weiß nun am Pult unter dem Bundesadler, schaute uns aus seinen bläulichen Augenhöhlen heraus mit diesem schüchternen und, wie Richard gefunden hatte, zugleich etwas eitlen Lächeln an und jonglierte mit Worten wie Naturrecht und Positivismus, ohne den Atem dafür zu haben. Gern hätte ich Richard neben mir gehabt, damit er dagegenklügelte.

»Wenn in unserem Umgang mit der Wirklichkeit etwas nicht stimmt«, sagte mit alterssteifer Zunge der Redner, »dann müssen wir alle ernstlich über das Ganze nachdenken und sind alle auf die Frage nach den Grundlagen unserer Kultur überhaupt verwiesen.«

Noch eine Minute. Inzwischen hatten Finleys Helfer draußen hinterm Parlamentsgebäude an der Stelle, wo sich Juri im Feuer verzehren würde, aus ihren Jacken kreisförmig Substanzen rieseln lassen, die bunt verbrennen und Geländer und Treppe zum Wasser hinunter in dichten Rauch hüllen würden. Auf dem Display meines Handys, das ich stumm geschaltet hatte, erschien verabredungsgemäß Richards Anruf. Er ließ es nur einmal klingeln.

Ich schaute hoch zum Adler. Mit einem kaum wahrnehmbaren Ruck lösten sich die beiden Seilzüge, und der von mir aus gesehen rechte Flügel gab um ein erstes Grad nach. Dafür war eine Winde verantwortlich, die sich ab jetzt automatisch abspulte. Der Vorgang sollte genau zwölf Minuten dauern.

»Auch der Mensch hat eine Natur«, behauptete Benedikt, »die er achten muss und die er nicht beliebig manipulieren kann. Der Mensch ist nicht nur sich selbst machende Freiheit. Der Mensch macht sich nicht selbst. Er ist Geist und Wille, aber er ist auch Natur, und sein Wille ist dann recht, wenn er auf die Natur hört, sie achtet und sich annimmt als der, der er ist und der sich nicht selbst gemacht hat. Gerade so und nur so vollzieht sich wahre menschliche Freiheit.«

»Der Adler bewegt sich«, raunte ich meiner Nachbarin zu. »Sehen Sie das auch? Er hängt schief.«

Sie schaute, dann sagte sie zu ihrem Mann: »Der Adler hängt schief, siehst du das? Der senkt sich rechts ab!«

Die Bewegung war so langsam wie die Bewegung des Mondes am Himmel. Man musste einmal weg- und dann wieder hinschauen.

»Der Adler!«, raunte es von mir weg und die Tribüne hinauf. Die Welle kam bei den Kameraleuten an. Eine Kamera schwenkte nach oben. »Der Adler, der Adler!«, rief jemand. »Er fällt!«

Von den Abgeordneten hatte längst auch der eine oder andere seinen Augen nicht getraut. Jetzt wachten sie auf. Inzwischen hatte das Viech deutlich Schlagseite.

Zeit für mich. Ich stand auf und streckte einen Arm nach vorn. Deshalb kann ich heute sagen, ich gehöre zu den Auserwählten, die vom Heiligen Vater direkt angeschaut und wahrgenommen worden sind. Auch wenn der halbe Plenarsaal zwischen uns lag, ich begegnete seinem Blick aus dunklen Höhlen. Er war vorgewarnt und dennoch überrascht. Zumal er sich nicht umgedreht hatte und nicht wusste, was sich hinter ihm ereignete. Er hob seinerseits den Arm und segnete mich.

»Danke, alter Knabe!«, dachte ich. »Wär aber nicht nötig gewesen.« Störte fast. Katholisches Gedankengut ist Zweifelgut, es nagt an meiner gewissenlosen Einigkeit mit mir selbst. Verstehst du, Heiliger Vater, ich habe einfach zu viel Sex!

Zum Glück musste ich nicht wirklich telekinesen.

Schon eilten Lammert und Saaldiener nach vorn, um Seine Heiligkeit vom Rednerpult zu holen. Lammert fasste ihn sogar am Ellbogen, was die Heiligkeit sich mit einem ungeduldigen Ruck verbat.

»Juri Katzenjacob! Das ist Katzenjacob!«, hörte ich es nun um mich herum raunen. »Er hat einen Anschlag angekündigt. Er soll in Berlin sein!«

»Und wer ist das? Was macht der denn da?«

»Das ist eine *die*. Das ist die, die die Lottozahlen beeinflussen kann. Ihr Bild war in der Zeitung. Lisa Nerz. In der Zeitung haben sie gebracht, dass nur sie Katzenjacob stoppen kann.«

Ich stand nur da, inzwischen ganz normal mit gesenktem Arm, starrte den Adler an und tat so, als würde ich mit meiner telekinetischen Kraft den sich unaufhaltsam senkenden Bundesadler stoppen. Dass keine Fluchtpanik ausbrach, sondern alle blieben, war sicherlich den Ministern zu verdanken, die gestern Vormittag mein Thermoskannen-Plopp-Kunststückchen erlebt hatten. Man starrte zu mir herauf. Die Leute auf den Tribünen starrten zu mir herüber. Immer wieder drehte man sich nach dem Adler um. Es war so still, dass ich befürchtete, man werde die Seilwinde hören.

So musste ich stehen bleiben, bis der Adler stillstand.

Und draußen, jenseits des Paul-Löbe-Hauses am Spreeufer, nahm das Verhängnis seinen Lauf. Wenn alles so lief, wie Finley es geplant hatte, dann hatte Juri seine Maske fallen lassen und stand umringt von entsetzten Zuschauern als Satan mit hypnotisierendem Blick inmitten eines Kreises kleiner blauer Flammen, die allmählich größer wurden und ihn schließlich in schwarzen Rauch hüllen würden. Wenn der verzogen war, stand hier der Adler still, und Juri würde nicht mehr da sein.

Da hatte ich urplötzlich einen Flash.

Mein Gott, bitte nicht! Darum hatte Richard sich keine Zigaretten mehr gekauft. Er würde sie nicht mehr brauchen, denn er würde mit Juri Katzenjacob sterben! Sein Kuss vorhin zum Abschied, seine grimmige Zerstreutheit bei der Kabinettssitzung, seine gierige Versöhnung mit mir heute Nacht, sein Unwille, sich auf dem Flug nach Berlin mit meinem Verdacht gegen Derya auseinanderzusetzen – es hatte viele kleine Zeichen gegeben.

Wie hatte ich annehmen können, er hätte nicht ebenfalls durchschaut, dass Juris Schilderung vom Auftritt Groschenkamps auf Burg Kalteneck nicht stimmen konnte? Vielleicht war es ihm schon klar gewesen, als die Bundesanwaltschaft reichlich vorschnell ihre Pressekonferenz abhielt und Groschenkamp beschuldigte. Doch da war es noch darum gegangen, Katzenjacob aus der U-Haft freizubekommen, damit man ihn öffentlich verschwinden lassen konnte. Es war unabdingbar gewesen, um die Geiselnehmer in Sambata de Sus zum Einlenken zu bewegen. Dazu sah er keine Alternative.

Aber er hatte das Gutachten des Rechtsmediziners seinerzeit gelesen und im Gedächtnis, auf das er sich verlassen konnte. Hätte dort etwas von einem postmortalen Trauma am Bein Rosenfelds gestanden, das von einer Türkante herrühren mochte, so hätte er sich erinnert.

Er hatte vor uns dieselben Schlüsse gezogen wie Finley, Derya und ich gestern Abend. Und nun würden wir – auch er, Richard, der Staatsanwalt aus Leidenschaft für Recht und Gerechtigkeit – einen Mörder dem Zugriff der Justiz entziehen und ihn der Anonymität einer neuen Identität überlassen, wo er vielleicht wieder morden würde, um seine nekrophilen Gelüste zu befriedigen. Und diesen einen Menschen, der womöglich noch sterben musste, bevor Juri Katzenjacob als ein anderer erneut verhaftet wurde, konnte Richard weder vor seinem Gewissen noch vor anderen verantworten. Wenn in einigen Jahren etwa bei einem Prozess gegen Katzenjacob die Wahrheit unseres Zaubertricks ans Licht kam, würde er als derjenige dastehen, der wissentlich einen Mörder dem Zugriff der Behörden entzogen hatte. Noch weniger aber konnte er es vor sich selbst rechtfertigen. Richard hasste das Töten wie kein anderer, den ich kannte. Er hasste Gewalt. Er litt mit den Hinterbliebenen. Er litt, wo andere litten. Er konnte einen Mörder nicht laufen lassen. Doch wie die Dinge lagen, konnte er ihn jetzt auch nicht wieder festnehmen und ins Gefängnis stecken lassen. Denn niemals konnte Deutschland einen Staatsbürger irgendwohin ausliefern, wo ihm der sichere Tod drohte.

Und so hatte Richard beschlossen, selbst die Forderung zu erfüllen und die Affäre Katzenjacob zu beenden. Und weil er mit einem Mord, aus welchen ehrenwerten Gründen auch immer, nicht leben konnte, musste er gleichzeitig sein eigenes Leben beenden. Er würde sich opfern.

Aber wie würde er es tun?

Keine Ahnung.

Ich hatte noch wenige Minuten! Der Adler hing schon erbärmlich schief. Bald würde er seinen Sinkflug stoppen. Und Juri verpuffte. Wie viel Zeit hatte ich? Ich schaute auf meine Uhr. Fünf Minuten! Das reichte nicht. Egal! Ich drehte mich um, stolperte über Füße zur Treppe, rannte die Tribüne hinauf. Der Fahrstuhl – wo? Niemand zu sehen. Doch, zwei Polizisten, die sich an der Garderobe langweilten.

»Helfen Sie mir!«, flehte ich sie an. »Ich muss in vier Minuten am Reichstagsufer sein, Ecke Wilhelmstraße. Bitte. Es geht um Leben und Tod.«

Die Polizisten blieben cool.

»Juri Katzenjacob ist dort! Ich weiß es. Ich muss … ihn … stoppen!«

Der Name scheuchte die Polizisten auf. Der eine nahm sein Funkgerät und rief den Einsatzleiter. Der andere war mutiger. Er rannte mit mir die Treppen hinunter, dann hinaus ins Gegatter der Absperrungen. Er kannte sich wenigstens aus im Labyrinth. Wir rannten die Rampe vor dem Reichstag hinunter und nach rechts am Parlamentsgebäude entlang, welches das Spreeufer abriegelte. Dort auf der Uferpromenade standen Menschen dicht an dicht. Wir mussten uns durchkämpfen. Eine Rauchsäule fast am andern Ende der Promenade wies uns den Weg und hielt meine Hoffnung am Leben.

Zum Schluss boxten wir uns durch, denn die Menschen hatten sich rings um die Stelle verdichtet, wo es rauchte.

Flammen züngelten auf dem Steinboden. Juri Katzenjacob war gerade noch zu erkennen in den Rauchschwaden, die der Wind gen Osten zog. Er stand da, groß, breitschultrig, trotzig und hustend. Finley hatte uns erklärt, dass der Rauch ihn binnen dreißig Sekunden einhüllen würde. Solange sollte Juri die Luft anhalten. Sobald er nichts mehr sah, sollte er dem Leitfaden zur Treppe folgen und ins Wasser steigen, wo er von Tauchern empfangen und mit Sauerstoff versorgt werden würde. So ganz schien es nicht zu klappen.

Ich sah Finley. Er stand im Kreis der Zuschauer und knetete sich das Kinn. Ein Polizeiwagen hielt auf der nahen Brücke. Beamte stiegen aus und begannen sich den Weg zu bahnen. Einer hatte einen Feuerlöscher in der Hand. Sie würden dem pyrotechnischen Spuk ein Ende bereiten, wenn Richard sie nicht stoppte. Wo war er überhaupt?

Jemand erkannte mich und rief: »Das ist die aus der Zeitung!«

Ich trat vor und auf Juri zu, streckte die Hand aus und schrie ihn an: »Verschwinde!«

Da explodierten zu seinen Füßen die letzten Substanzen, der Rauch wurde schwarz und undurchdringlich. Juri war nicht mehr zu sehen. Ein Raunen ging durch die Menge. Es war der Moment, wo im Bundestag auch der Adler zum Stillstand kam.

Im Augenwinkel sah ich den Polizisten, der mich hergebracht hatte, vortreten. In diesem Augenblick stand Richard plötzlich im Kreis, den die Menge bildete. Er steckte das Handy in die Tasche seines cognacfarbenen Anzugs. Seine Augen waren schmal, das Kinn gesenkt.

Eine halbe Sekunde stand er still.

»Nein!«, schrie ich und wollte ihn packen.

Aber da war er schon nicht mehr erreichbar. Zwei Schritte, ein Sprung, und er war in der Rauchsäule verschwunden.

Ich hatte zu viel Schwung, stolperte und fiel den Schaulustigen vor die Füße.

Ein Schrei ging durch die Menge.

Ich rappelte mich hoch, ließ die Lederjacke von mir rutschen und stürzte mich in den Rauch. Zu spät. Ich bekam niemanden mehr zu fassen. Ungebremst prallte ich gegen das Geländer.

Richard hatte es geschafft. Juri war zwar einen Kopf größer als er, jung und kräftig, aber gegen die äußerste Entschlossenheit des Älteren hatte er keine Chance gehabt, zumal er seinen Gegner auch nicht gesehen haben dürfte. Es musste die beiden direkt in die Spree katapultiert haben. Nein! Es geschah gerade!

Ich hörte den satten Plumps einer schweren Masse, die auf der Wasserfläche aufschlug, fand die Stelle, wo das Tor zum Treppenabgang offen war, und sprang ins Leere.

Für eine Sekunde sah ich Licht und im Augenwinkel ein Polizeiboot dümpeln. Dann knallte das Wasser mir eisig um die Ohren. Ich riss die Augen auf. Die hellen Fassaden der Häuser verwischten sich über mir in Wellen. Trübes Grün umhüllte mich.

Und ich erkannte ein dunkles Gewurstel, das nach unten sank.

Ich hasse Wasser, es ist mir zu träge, und man kann nicht atmen. Und ich bin keine geübte Schwimmerin, schon gar keine Taucherin. Aber man kann es sich eben manchmal nicht aussuchen.

Ich kam irgendwie runter und sah die aufgerissenen Augen Juris, der sich zappelnd wie ein Käfer auf dem Rücken gegen das wehrte, was ihn hinunterzog. Ein nicht abzuschüttelndes Gewicht aus stahlharten Muskeln und Entschlossenheit. Richard hatte die Stirn zwischen Juris Schulterblätter gepresst, seine Arme über dessen Brust verschränkt und mit der einen die andere Hand umschlossen. Nicht zu öffnen. Blut zog in Fäden von seinen Händen, denn mit den Fingernägeln versuchte Juri, sie zu lösen.

Jetzt wusste ich auch, warum sich Richard, solange ich ihn am Morgen noch gesehen hatte, keine Zigarette angezündet hatte. Er brauchte Sauerstoff in den Muskeln, und zwar mehr als Juri. Und die Chance war groß, dass er ihn haben würde, denn er war gut trainiert und hatte sich vermutlich wie ein Sportler auf diesen Angriff vorbereitet.

Wo, verdammt, waren die Taucher, die Juri hätten in Empfang nehmen sollen? Hatte Richard sie weggeschickt? Als Herr über die Kommunikation und Koordination?

Luftblasen stiegen auf, Juri hatte den Mund weit offen.

Ertrinken ist der furchtbarste Tod, den ich mir vorstellen kann. Er dauert etwa drei bis fünf Minuten. Der Atemreflex ist unbezwingbar, aber weil statt Luft Wasser kommt, setzt ein Hustenreflex ein und verschließt die Stimmritzen. Man schluckt das Wasser. Dagegen revoltiert der Magen. Er erbricht sich. Dabei löst sich der Stimmritzenkrampf, der Atemreflex zieht mit dem Erbrochenen Wasser in die Lunge. Dort bildet sich Schaum. Süßwasser diffundiert außerdem sofort per Osmose aus der Lunge in die Blutbahnen. Das Blutvolumen verdoppelt sich innerhalb einer Minute, das Herz versagt vor Überanstrengung.

Das war es, was ich sah. Juri schluckte bereits. Sein Körper strecke sich in Richards furchtbarem Klammergriff. Im nächsten Moment würde alles unumkehrbar sein. Wer erst einmal Süßwasser in den Lungen hat, ist kaum noch zu retten, selbst wenn man ihn rausholt und noch einmal reanimieren kann. Die Lunge ist aufgebläht, schaumig und hart. Und wer wieder atmen kann, läuft höchste Gefahr, binnen einer Woche an einer irreversiblen Lungenentzündung zu sterben.

Juri hatte praktisch keine Chance mehr. Und was ihm nicht gelang, würde auch mir nicht gelingen: Richards Hände zu öffnen. Verfluchter Auftrieb! Außerdem ging mir der Sauerstoff aus.

Verdammt, Benedikt, hilf! Wozu hast du mir deinen Segen erteilt? Diesen unnötigen, den ich nicht erbeten habe, der mich zurückzerrt ins Katholische, wiedereingliedert, abhängig und gläubig macht. Jetzt tu halt auch was dafür!

Ich bekam Juris Sweatshirt zu fassen. Er krallte sich augenblicklich an mich. Ich musste ihm die Faust in den Solarplexus rammen. Das drehte das Paket weg. Es drohte mir zu entgleiten.

Ich konnte gerade eben so noch Richards Schulter packen. Er war ein steinharter Klumpen Muskeln geworden, eingeschlossen und komplett gefangen in seinem Willen zu töten und dabei zu sterben. Ich bin sicher, er nahm nichts mehr wahr.

Es gab nur einen Weg: Ich musste seinen Tod beschleunigen. Wenn ein Würgegriff judomäßig richtig saß, verlor der Gewürgte allein deshalb das Bewusstsein, weil man die Halsschlagadern abklemmte. Das vertrug das Gehirn nicht.

Aber Richards starke Halsmuskulatur schützte ihn. Und mein Zwerchfell zuckte schon, wollte atmen. Letzte Möglichkeit. Ich ging ihm von hinten an den Hals. Seine Halsbeuger waren hart wie Eisenträger. Seine Haut weich und glatt. Ich fand die Stelle vor den Halsbeugern und drücke längs meine Zeigefingerkanten tief in sein Fleisch.

Du Vollidiot! Kein Mörder ist es wert, dass du dein Leben hergibst!

Urplötzlich löste sich das Paket auf. Der eine schwebte fort, in den andern hatte ich mich verkrallt, den ließ ich nicht los, den zog ich hoch, weil ich selber dringend Luft brauchte. Da erschienen auch plötzlich andere in schwarzen Neoprenanzügen, die Taucher.

Dann Licht, Luft. Ich schnappte und hustete, ging wieder unter vor lauter Erschöpfung, kämpfte mich nach oben, wurde gepackt, gezerrt.

Das Feuer auf der Promenade war gelöscht, wie ich sah, der Rauch hatte sich fast verzogen. Menschen drängten sich am Geländer. Ein Polizist stand an der Treppe.

»Richard!«, schrie ich und schlug um mich. »Ihn müsst ihr retten!«

Sie waren schon dabei. Zwei Taucher zerrten ihn aus dem Wasser und schleiften ihn wie einen Sack die Treppe hinauf auf die Promenade, wo er in sich zusammenfiel.

Als ich endlich auch aus dem Wasser war, lag er bereits auf dem Rücken auf dem Boden. Seine Augen waren geschlossen, die Lippen bläulich, das Gesicht friedlich und wehrlos. Zwei Sanitäter gingen gerade neben ihm auf die Knie. Die Polizisten drängten die Leute weg, auch mich.

Ein zweiter Rettungswagen gesellte sein Blaulicht zum ersten, der an der Brücke stand. Jemand gab mir meine Lederjacke. Cipión kam angerannt an der Leine von Derya. Sie wurde ebenfalls von der Polizei abgefangen und weggehalten. Aber sie ließ Cipión los. Er stürzte sich auf Richard, stupste ihn, wedelte ihn an. Aber sein großer Meister regte sich nicht. Die Hände blieben tot.

»Bitte nicht! Nein! Lasst mich zu ihm!«

Aber man hielt mich fest. Zwang mir eine Decke auf. Derya legte den Arm um mich und strich mir nasses Haar aus dem Gesicht. »Scht! Ganz ruhig, Lisa. Die machen das schon. Du kannst ihm jetzt nicht helfen.«

Zwei Sanitäter bahnten sich mit einer Trage den Weg durch die Menge. Polizisten hielten die Bresche für den Rückweg frei. Zu viert hoben sie das inzwischen in Goldstanniol eingewickelte Paket auf die Trage, dann liefen sie zum Rettungswagen. Die Türen fielen satt ins Schloss, der Wagen startete mit Blaulicht, schaltete das Martinshorn zu, wendete und raste davon.

Finley stand bleich bei uns mit Cipión an der Leine. »Er wird es schaffen! Bestimmt!«

69

Im Polizeiauto fuhren wir ins Hotel. Wir verabredeten uns in fünf Minuten unten. Finley würde ein Taxi bestellen, Derya brachte mich bis zur Zimmertür. »Geh unter die Dusche!«, ermahnte sie mich. »So viel Zeit haben wir. Und pack ein paar Sachen für ihn ein. Waschbeutel, Schlafanzug.«

Bibbernd trat ich in unser Zimmer und ließ Cipión von der Leine. Er schnüffelte routinemäßig an Richards ordentlichem kleinem Reisekoffer vorbei, der gepackt neben dem Schrank stand. Nicht hingucken! Ich schälte mich aus den nassen Klamotten. Die heiße Dusche half nicht wirklich gegen das Zittern.

Beim Griff in meine unordentliche Tasche nach Jeans und Pullover fiel mir ein Briefumschlag in die Hände. Er war zugeklebt, vorne drauf stand in Richards akkurater Schrift mein Name.

Ich musste mich aufs Bett setzen. Darum also war er noch mal umgekehrt, nachdem wir heute früh das Zimmer verlassen hatten. Mir einen Abschiedsbrief hinlegen. O Gott, Richard!

Ich habe keine Ahnung, was ich anzog. Die Lederjacke war das Einzige, was trocken geblieben war. Ich steckte den Umschlag in die Innentasche.

Und jetzt? Ich brachte es nicht fertig, Richards Koffer zu öffnen und seinen Kulturbeutel und einen Schlafanzug herauszunehmen. Da war ich auf einmal abergläubisch wie in meinen katholischen Kindertagen.

Gott ist ein Sadist. Er enttäuscht, wo wir mit ganzem Herzen wünschen. Er verlangt Hoffnungslosigkeit und Demut, bevor er schenkt. Eine simple Rechnung: Dann ist der Dank größer.

Mit Richards zivilisatorischem Überlebenskit in der Klinik zu erscheinen kam mir vor, als würde ich mich über die Möglichkeit hinwegsetzen, dass man mir mitteilte, er habe es leider nicht geschafft. Was ich dann tun würde? Keine Ahnung. Durchdrehen, einfach nur durchdrehen.

Aber vorher musste noch Alltag gedacht werden. »Du bleibst hier!«, schärfte ich Cipión ein.

Dann griff ich doch in Richards Köfferchen, zog eines seiner Sakkos heraus und breitete es auf dem Teppich aus. »Leg dich da drauf. Aber mach keine Knitter. Er bringt mich sonst um!«

Dumm rausgeschwätzt haut auch um. Und kaltes Wasser stoppt Tränen nur bedingt.

Als ich unten ankam, wartete das Taxi schon, das uns zur Charité bringen sollte, Mittelallee, Internistische Notfallversorgung.

Derya saß hinten neben mir und streichelte meine Hand.

Finley hatte sein Lächeln gänzlich verloren. »Warum hat er das getan?«, murmelte er immer wieder. Aber sprechen konnten wir nicht vor dem Taxifahrer.

Dafür sprach er. Sie hätten es gerade in den Nachrichten gebracht, im Bundestag habe es einen Attentatsversuch auf den Papst gegeben. Der Bundesadler sei beinahe heruntergefallen. Er glaube ja nicht, dass dieser Katzenjacob dafür verantwortlich sei. So 'n Quatsch glaube er nicht. »Aber sie sagen, der Katzenjacob soll am Bundestagsufer gewesen sein. Und plötzlich hat er sich in Feuer und Gestank aufgelöst. Und nu isser weg. Sie suchen ihn, heißt es, in der Spree! Aber ich wette, der taucht nie wieder auf. Wenn Sie mich fragen, das ist alles Verarsche. Die Medien haben den erfunden. Oder der CIA oder der KGB. Oder die Griechen.« Ich begegnete seinen braunen Augen im Rückspiegel. »Sind Sie nicht die, die die Lottozahlen beeinflussen kann?«

»Nein!«

»Schade, sonst könnten Sie mir mal einen Sechser zaubern. Wenn Sie mich fragen, das mit der Geiselnahme in Transsilvanien ist auch nur so eine Erfindung der Medien. Oder waren Sie dort? Ich nicht. Ich glaube jedenfalls nur noch, was ich mit eigenen Augen sehe.«

Die Charité ist ein komplettes Viertel am Spandauer Schifffahrtskanal. Es hat seine eigenen Tore und besteht aus starren alten Klinkerbauten mit Erkern und Türmen an breiten Straßen. Ich erwartete Pest, Lepra und Lazarett, gestärkte Schwesternschürzen und Häubchen, aber es war dann doch bloß ein Krankenhaus.

»Herr Dr. Weber?« Die Frau an der Information runzelte hinterm Flachbildschirm die Stirn. »Den habe ich hier nicht.«

Was? Schon in der Leichenkammer? Die Knie versagten mir.

Finley übernahm für mich. Mit britischer Geduld, aber hochgezogenen Augenbrauen zwang er die Frau zu telefonieren und bekam heraus, dass Richard sich im CBF, im Campus Benjamin Franklin, befand: Herz, Kreislauf und Lunge.

»Lebt er noch?«, fragte ich.

»Das kann ich Ihnen leider nicht sagen«, sagte die Frau.

Die Taxifahrerin, die uns zum Hindenburgdamm brachte, erzählte uns, dass der Bundesadler während der Papstrede beinahe abgestürzt wäre. Sie sei ja an sich Protestantin, der Papst sei ihr an sich egal, aber ein Anschlag bei uns in Deutschland, das gehe natürlich gar nicht. Jetzt werde gesagt, das sei wieder der Katzenjacob gewesen, er habe ja so was angekündigt. Aber dann sei diese Nerz aufgestanden und habe einen Gegenzauber gesprochen. Sie habe es vorhin im Fernsehen gesehen.

Ich passte auf, dass sie mich nicht im Rückspiegel sehen konnte.

»Und gleichzeitig, heißt es«, redete sie gegen unser Schweigen an, »ist sie an der Stelle erschienen, wo der Katzenjacob gestanden hat. Und ein Feuer hat ihn verschlungen. Ich habe es mit eigenen Augen gesehen. Sie haben es im Fernsehen gezeigt. Einer hat sogar noch versucht, den Katzenjacob zu retten. Heutzutage kannst du ja nirgendwo mehr hin, ohne dass dich einer filmt und in Youtube stellt. Der hat sich richtiggehend ins Feuer gestürzt! Mitten hinein. Verstehen Sie das? Da versucht der doch wirklich, dieses perverse Schwein zu retten. Es ist der Staatsanwalt, heißt es, der in der Talkshow aufgetreten ist. Der immer gesagt hat, der Juri sei kein Mörder. Gibt sein Leben für so einen! Nichts wie Angst und Schrecken hat der verbreitet. Verstehen Sie das?«

Trotz der Schockblase, in der ich durch Berlin rollte, dankte ich der narrativen Kraft, der immensen Fähigkeit des Menschen, nur das zu sehen, was er erwartet.

Im CBF fand die Frau am Empfang Richards Namen sofort. Finley nahm den Zettel mit der Abteilung in Empfang und führte und fragte uns durch die Gänge, bis uns eine Pflegerin stoppte und bat, uns in eine Ecke mit Grünzeug zu setzen und zu warten.

Wie lange? Dazu könne sie nichts sagen. Wie es stehe? »Sind Sie mit ihm verwandt, seine Frau? Dann kann ich Ihnen leider keine Auskunft geben.«

»Ich bin seine Lebensgefährtin!«

»Tja, er wird wohl gerade operiert, aber …«

»Wieso operieren sie ihn?«

Dazu konnte die Pflegerin wirklich nichts sagen. Sie versprach, der Stationsärztin Bescheid zu geben.

»Vielleicht hat er sich was gebrochen beim Sturz die Treppe hinunter«, überlegte Derya.

Es klang, als könne er damit nicht mehr den Süßwassertod sterben.

»Nun setz dich mal hin, Lisa! Und ich schaue, ob ich irgendwo einen Kaffee bekomme.« Sie ging.

»Er wird es schaffen«, sagte Finley zum wiederholten Mal und setzte sich neben mich. »Er … er hat Juri nicht retten wollen, nicht wahr, Lisa?« Finley gab sich selbst die Antwort, schüttelte den Kopf und lachte erstaunt. »Nein, natürlich nicht. Warum auch. Das wäre ja Blödsinn gewesen. Er wollte ihn …« Seine blauen Augen standen teichgroß vor meinem Blick.

Ich nickte und legte den Finger auf die Lippen.

Der Schotte nickte bedächtig, dann stand er auf, schlenkerte seine Kamelbeine ans Fenster und blieb dort mit auf dem Steiß ineinandergelegten Händen stehen.

Ich stand ebenfalls auf, setzte mich wieder, lehnte mich an, beugte mich vor, streckte die Beine. Es nützte alles nichts. Schließlich langte ich in meine Jackentasche und zog den Umschlag mit meinem Namen darauf hervor. Es war einer von der länglichen Sorte, fein gerippt, cremefarben, aus schwerem Papier und fühlbar gefüttert. In meiner Jugend hatte meine Mutter so etwas handgeschöpftes Büttenpapier genannt. Das nahm man nur für Briefe, die was hermachen mussten: Gratulationen, Todesanzeigen.

Ich schlitzte ihn mit dem Finger auf. Mir klopfte das Herz, die Luft blieb mir weg. Ich musste erst einmal eine Pause machen. Ausatmen, einatmen. Dann reichte die Kraft wieder. Ich zog das gefaltete Blatt aus dem Umschlag. Es war ebenfalls aus dickem, leicht geripptem cremefarbenem Papier und hatte ein Wasserzeichen.

Der Brief war nicht so gefaltet, wie ich es vom Bescheid des Finanzamts kannte oder von Rechnungen, nämlich so, dass die Adresse im Umschlagfenster erschien und die Anrede im oberen Drittel sichtbar war. Hier war vielmehr das obere Drittel ebenfalls nach vorn gefaltet, so dass sich der Inhalt so lange verbarg, bis ich das Blatt auseinandergefaltet, ja im Grunde entrollt hatte.

»Meine liebe Lisa …«

Eine neue Tachykardie nahm mir den Atem.

Kurze Pause. So was kann man doch nicht lesen! Wie stellte er sich das vor! Dass ich den ersten Brief, den ich jemals in meinem Leben von ihm bekommen hatte, gerührt las, nachdem ich soeben erfahren hatte, dass er gerade kalt und mit Laken über dem Gesicht von einem Praktikanten in den Keller des Krankenhauses gefahren wurde. Wie denkst du dir das, Richard?

Doch das Blatt schummelte sich vor meine Augen. Und die lasen. Und das Gehirn lauschte mit halbem Ohr, fand es so schrecklich nicht, fokussierte sich, wollte es verstehen.

Ich fing noch mal von vorn an.

»Meine liebe Lisa, ich fürchte, es wird dir sehr schwerfallen, meine Entscheidung zu akzeptieren. Im umgekehrten Fall wäre ich dir ewig böse. Mir ist bewusst, dass ich dich vorher ins Vertrauen hätte ziehen müssen, aber ich musste davon ausgehen, dass du alles getan hättest, um meinen Plan zu vereiteln. Ich zumindest hätte es getan. Ich hätte dich im Hotelzimmer eingesperrt, in Ketten gelegt und sediert.«

Ich musste schmunzeln. Ich hätte es so gemacht, aber er nicht. Er hätte mich in Polizeigewahrsam nehmen lassen.

»Wir kennen uns jetzt seit dreizehn Jahren …«

So lange schon. Ja, Zahlen, die waren seine Freunde.

»Und ich bin dir bis heute dankbar, dass du mich gepackt und in dein Leben gezogen hast. Ich weiß, wie sehr du es hasst, wenn Männer einsame Entscheidungen treffen. Es tut mir leid. Ich kann nicht anders. Ich höre dich sagen: Es geht immer anders. Aber ich habe deinen Optimismus nicht, deine Zuversicht …«

Es war mir neu, dass ich so was hatte.

»Mir ist mein ohnehin nicht sonderlich starker Glaube an die Vernunft der Menschen in den letzten Monaten vollständig abhandengekommen. Ich sehe voraus, dass eine Geiselbefreiung blutig ausgeht und viele Menschenleben fordert. Andererseits ist die Forderung der Geiselnehmer leicht zu erfüllen. Zudem wäre ein böser Spuk ein für alle Mal beendet. Liebe Lisa, bitte glaub jetzt nicht, dass es mir leichtfällt, mich von dir zu trennen. Im Grunde ist es meine eigene Feigheit, dass ich dir nicht sage, was ich vorhabe. Ich weiß, ich würde den Abschied nicht ertragen, wenn ich ihn von dir mit Gewalt nehmen müsste.

Damit ist nicht alles gesagt. Es ist eigentlich fast nichts gesagt. Ich kann nur hoffen, dass du dein Herz der Zwiesprache mit der Erinnerung nicht verschließt. Ich habe nicht jede Sekunde mit dir genossen, aber dich jede geliebt.«

Nein, lügen erlaubte er sich nicht. Nicht einmal jetzt.

»Ich weiß, dass du mich gern deinen Lebensabschnittsirrtum nennst, aber ich weiß auch, dass du deinen Irrtum nicht bereust. Bitte verzeih mir! Es wäre meinen 69 Gramm Seele eine Beruhigung. In ewiger Liebe, R.«

Die Buchstaben verschwammen stellenweise vor meinen Augen. Seltsam. Dann erkannte ich, dass der Brief mit Tinte geschrieben war. Und Tinte zerfließt, wenn sie nass wird.

Keine Ahnung, wie lange ich so saß. Die Zeit hatte eine Lücke. Ich war erst wieder da, als Derya sich neben mich setzte, die Hände auf meinen Unterarm legte und sagte: »Komm! Die Ärztin will mit dir sprechen.«

Finley drehte sich um.

Ich sprang auf. »Lebt er? Oder ist er tot?«

Ein Bett, ausgerüstet mit Tropfgalgen, kam hinten um die Ecke. Ein Pfleger schob es, eine Ärztin ging nebenher. Ich lief los. Es hätte auch ein Irrtum sein können. Aber es war keiner.

Richard öffnete die milchkaffeebraunen Augen und griff im selben Moment nach meiner Hand. Er lächelte.

*

Die Leiche Juri Katzenjacobs wurde übrigens nie gefunden. Heute glaube ich, dass die Taucher ihn, wie verabredet, tief unten im Wasser abgefangen und weggeschafft haben. Jetzt lebt er mit neuer Identität irgendwo in einer großen Stadt. Vielleicht in Ihrer Nachbarschaft. So ein blonder Kerl mit niederschmetternder Ausstrahlung, bei dem man unweigerlich an November und den eigenen Tod denkt.

Also passen Sie auf sich auf!

Christine Lehmann

»Es sind nicht nur die Figuren, die Lehmanns Krimis haushoch aus den Niederungen der deutschen Kriminalliteratur hervorstehen lassen. Wunderbar geformte Bilder aus der Wirklichkeit, literarischer Realismus verdichtet in wenigen Worten: witzige und kunstvolle Krimis mit Klassikerqualitäten.« *krimiblog.de*

Vergeltung am Degerloch

Nerz 1 · Ariadne Krimi 1165 · ISBN 978-3-88619-895-5

Gaisburger Schlachthof

Nerz 2 · Ariadne Krimi 1167 · ISBN 978-3-88619-897-9

Pferdekuss

Nerz 3 · Ariadne Krimi 1171 · ISBN 978-3-88619-171-8

Harte Schule

Nerz 4 · Ariadne Krimi 1157 · ISBN 978-3-88619-887-0

Lisa Nerz trägt gern Männerkleidung und genießt es, ihre arrogante blonde Volontärin zu triezen. Als auf einem Stuttgarter Schulhof ein ermordeter Lehrer liegt, nimmt sie die Fährte auf und folgt ihr bis in höchste Kreise, wobei sie Kopf und Kragen riskiert …

Höhlenangst

Nerz 5 · Ariadne Krimi 1161 · ISBN 978-3-88619-891-7

Dunkel sind die Höhlen der Schwäbischen Alb. Doch das kann eine Journalistin wie Lisa Nerz nicht schrecken – wenn Gerüchte von Mord und Korruption umgehen, steckt sie ihre Nase auch ins finsterste Fledermausnest.

Allmachtsdackel

Nerz 6 · Ariadne Krimi 1169 · ISBN 978-3-88619-899-3

»Ganz stark! Ein Kommentar zur globalen Situation, situiert im Schwabenland. Christine Lehmann kann das, souverän und überzeugend.« Thomas Wörtche, *kaliber38*

»Lehmanns Schwaben-Western: Rinder, Söhne, Pietisten. Do legscht di nieder!« *arte/Krimiwelt*

Christine Lehmann

Nachtkrater

Nerz 7 · Ariadne Krimi 1173 · ISBN 978-3-86754-173-2

Als Lisa Nerz zu sich kommt, ist sie nicht mehr am Bodensee, wo sie eben noch mit Richard Weber Spargel aß. Sie ist nicht mal mehr auf der Erde – sondern unterwegs zur Mondstation Artemis! Was soll sie hier? Ist das die Strafe, weil sie schon wieder einen Mord gewittert hat?

»Witzig. Fulminant. Ultralunar.« Tobias Gohlis, *arte/Krimiwelt*

»Am Ende haben wir uns derart gut amüsiert, dass wir ein schweres Problem aus den Augen verloren haben: Gibt es überhaupt eine Forschungsstation auf dem Mond?« Thomas Wörtche, *DeutschlandRadio Kultur*

Mit Teufelsg'walt

Nerz 8 · Ariadne Krimi 1179 · ISBN 978-3-86754-179-4

In ihrem achten Fall stößt Lisa Nerz auf blinde Flecken im deutschen Sorgerecht, entdeckt ungeahnte Eigenschaften bei Staatsanwalt Richard Weber und bringt sich in Teufels Küche.

»Ein gelungenes Lesevergnügen, das grundsätzliche Fragen nach Recht und Unrecht in Sachen Kindeserziehung stellt. Der mitreißend-ironische Stil zieht den Leser so in seinen Bann, dass man das Buch nur ungern weglegen möchte – auch wenn dies dem Kindeswohl dienen würde.« Stefan Schweizer, *literaturkritik.de*

Malefizkrott

Nerz 9 · Ariadne Krimi 1185 · ISBN 978-3-86754-185-5

Lisa Nerz, Ritterin von Zweifels Gnaden, reitet zwischen die Windmühlen des deutschen Literaturbetriebs, während Sancho Richard Weber mit süffisanter Melancholie seine ganz eigenen Strippen zieht – was für ein Spektakel! *Malefizkrott* ist Actionthriller, Burleske und Medienromanze, ein Abenteuerroman aus dem Literaturdschungel.

»Wenn ein Axolotl auf eine Malefizkröte trifft: Wer die Diskussionen um Helene Hegemann auch nur am Rande verfolgt hat, wird den ›Fall‹ schnell wiedererkennen in Lehmanns Malefizkrott. Eine scharf beobachtete Literaturbetriebssatire mitsamt Kriminalfall.« Sylvia Staude, *Frankfurter Rundschau*

Christine Lehmann

Notorisch Nerz

Acht Kurzkrimis · Ariadne Krimi 1181 · ISBN 978-3-86754-181-7

Lisa Nerz und »ihr« Staatsanwalt suchen die Wahrheit im schwäbischen Wein, decken ein Spukrätsel in Jena auf, lernen das eigenwillige Geschichtsverständnis von Uhlbach kennen und knobeln mit der Hamburger Mathematiker-Elite …

Notorisch Nerz versammelt acht Lisa Nerz-Eskapaden, schelmisch, hauchfein und dunkel: ideal zum Kennenlernen oder als Nachschub für Unersättliche.

»Gerade für Einsteiger eröffnet sich das Spektrum um die Serienfigur, ihre Facetten und Erfahrungen. Lisa wird flirtend gezeigt, unsicher, ängstlich, kaltschnäuzig, smart, schnell und offen.« Sabina Schutter, *TitelMagazin*

»Christine Lehmann schreibt mit Herz und, eine Rarität im D-Krimi, (Wort-)Witz.« Tobias Gohlis, *Die Zeit*

»Christine Lehmann kann besser und witziger Hochdeutsch als fast alle andern deutschen Krimischreiber.« Michael Schweizer, *Kommune*

»Einsam, aufsässig und notorisch respektlos – ein klarer Fall von hardboiled woman.« *Konkret*

»Misstrauisch und provokant, reizbar und schredderzüngig: Die Streitlust von Lisa Nerz drückt sich in der Dynamik, Frechheit, Wendigkeit ihrer Sprache bestens aus.« Thomas Klingenmaier, *Stuttgarter Zeitung*

»Um eine Figur wie Lisa Nerz glaubwürdig zu gestalten, muss eine Autorin schon was können. Und tatsächlich kann Christine Lehmann viel mehr. Das hat so viel Tempo, und die Figuren sind so liebevoll charakterisiert, da verbinden sich dynamischer Vorwärtsdrang und fortgesetzte Seitwärtsbewegung zu einer durchweg unterhaltsamen Provinzinvestigation. Mehr davon!« Ekkehard Knörer, *Perlentaucher*

Monika Geier

»Monika Geier ist eine versierte Stilistin und hierzulande eine der Besten des Geschäfts.« Ulrich Noller, *Deutsche Welle: Bücherwelt*

Müllers Morde

Ariadne Krimi 1200 · ISBN 978-3-86754-200-5

Müllers Morde ist die Geschichte eines Duells. Auf der einen Seite steht Müller, der raffinierte Täter, der natürlich nicht wirklich Müller heißt. Sein Gegenspieler ist der unkonventionelle Historiker Rick Romanoff, der mangels festem Einkommen mit antiken Artefakten dealt. Zwischen Atlantis-Mythos und Emissionshandel, Illusion und Wissenschaft entspinnt sich ein mörderischer Zweikampf, der für keinen ohne Folgen bleibt.

»Wie stets gelingt es Geier, einen glaubwürdigen Plot in einer überzeugenden Szenerie anzusiedeln, die wundervoll absonderlich und gleichzeitig grandios alltäglich ist. Das funktioniert dank kurioser Figuren, die nie ins Überzeichnete abgleiten, und intelligent-verschrobener Dialoge, die mitunter haltloses Entzücken evozieren.« Kirsten Reimers, *CULTurMAG*

»Es gibt eine Menge Action und Suspense, wohldosierten, ziemlich trockenen Humor – und es gibt den willkommenen Mehrwert einer Geschichte, an der man sich als Leserin und Leser selbst aufs Schönste die Zähne – nein, nicht ausbeißen, sondern schärfen kann. Und es gibt so etwas wie eine Vision. Die einer halbwegs gerechten Krimiwelt, in der Monika Geier mit ihrer Kunst endgültig über das Chichi der biederen Bestsellerbastelei triumphiert.« Dieter Paul Rudolph, *Krimicouch.de*

»Sehr gut geschrieben, sehr temporeich, wohl dosiert, wohl kalkuliert und höchst spannend … Versehen mit einer kritischen Sicht auf die Welt, Präzision, Tempo, eine Fülle überraschender und schräger Einfälle, plastische Tiefenzeichnung der Charaktere, kleine Gemeinheiten und hintergründiger Humor, eine nahezu perfekte Spannungsdramaturgie und ein ganz eigener Stil. All das macht *Müllers Morde* nicht nur zum bislang besten Krimi von Monika Geier, sondern auch zu einem der besten in diesem Jahr erschienenen.« Theo Schneider, *SWR2*

Dominique Manotti

Einschlägig bekannt

Aus dem Französischen von Andrea Stephani
Ariadne Krimi 1198 · ISBN 978-3-86754-198-5

Der ultimative Polizeithriller, ausgezeichnet mit der *Trophée 813* für den besten französischen Kriminalroman 2010.

»Unter den Autoren der Welt ist Dominique Manotti einzigartig. Im fiktiven Pariser Vorort Panteuil inszeniert und konglomeriert sie wie ein zeitgenössischer Shakespeare die Malaise der Banlieues. Verschärft wird der analytische Blick durch die Perspektive: Es ist die eines Kommissariats, das alle Widersprüche des Polizeiapparats auszutragen hat. Man liest Seite um Seite mit wachsender Empörung, Verzweiflung und Bewunderung. Manotti ist singulär.« Tobias Gohlis, *Die Zeit*

»Dominique Manotti, die Queen des französischen Politkrimis, erzählt den alltäglichen Krieg in einer Pariser Vorstadt als packendes Drama. Gleich auf den ersten Seiten bestechen Manottis Bücher durch ihren speziellen Stil. Manotti schreibt politische Krimis zu aktuellen Themen und hat sich in diesem Subgenre zu einer der wichtigsten Stimmen Europas entwickelt. Die Geschichte geht einem noch lange nach und am Ende mag man gar nicht glauben, dass das Buch nur 250 Seiten hat, so schillernd sind die Figuren, so erschütternd die Verwicklungen, so klug und stark der Manotti-Sound, der alles trägt.« Horst Eckert, *Focus online*

»Exzellent geschrieben, spannend bis zur letzten Seite und nichts für Gesellschaftsromantiker – mit diesem Fazit ließ sich bislang jeder Roman der Französin bilanzieren, und *Einschlägig bekannt* ist da keine Ausnahme.« Ulrich Kroegers Krimitipp, *Nordsee-Zeitung*

»Nie hat man das Gefühl, es würden Abstriche gemacht bei der Komplexität von Polizeiarbeit im Besonderen und den Verwicklungen des Lebens im Allgemeinen. Die Räder der Macht, wie sie ineinandergreifen oder gegeneinander arbeiten, sind das andere große Thema. Manotti fasst in geradlinige, unprätentiöse, kühle Sätze, was scharf beobachtet und nah an den gesellschaftlichen Wahrheiten ist.« Sylvia Staude, *Frankfurter Rundschau*

Dominique Manotti

Roter Glamour

Aus dem Französischen von Andrea Stephani
Ariadne Krimi 1192 · ISBN 978-3-86754-192-3

»Kein Stieg-Larsson-Erbneffe, kein Adler-Olsen oder Mankell hat den besten Kriminalroman 2011 geschrieben. Es war eine kleine französische Historikerin im Rentenalter. Dominique Manottis Roter Glamour, eine analytisch-kalte Abrechnung mit der französischen Politikerkaste, führt die KrimiZEIT-Liste der zehn besten Krimis des Jahres an.« Tobias Gohlis in der *Zeit*

»Das ist der Thriller zur Affäre Strauss-Kahn: Manotti wirft einen bösen Blick auf das Verhältnis von Politik, Sex und Medien in Frankreich. Kommentieren muss sie das nicht. Die Geschichte ist umso eindrücklicher.« Andrea Fischer, *Deutschlandradio Kultur*

»Das Panorama einer hemmungslosen Politikerkaste, die sich korrupter Polizei- und Geheimdienstapparate ebenso bedient wie krimineller Elemente. Exzellent geschrieben, spannend bis zur letzten Seite und nichts für Gesellschaftsromantiker. Brillant!«
Ulrich Kroegers Krimitipp, *Nordsee-Zeitung*

Letzte Schicht

Aus dem Französischen von Andrea Stephani
Ariadne Krimi 1188 · ISBN 978-3-86754-188-6

Ein pulsierender Wirtschaftsthriller voller Know-how, so realistisch wie romantisch, mit literarischer Raffinesse. Ausgezeichnet mit dem *Duncan Lawrie International Dagger* 2008 und dem Deutschen Krimipreis Kategorie International 2011 (3. Platz).

»Manotti verarbeitet in bester Costa-Gavras-Manier die Affäre um die Privatisierung des französischen Riesenkonzerns Thomson. Ein fein gewebter Thriller um Macht, EU-Subventionen und Arbeitsplätze.« Thekla Dannenberg, *Perlentaucher*

»Manotti ist eine Klasse für sich: lebensnah, realistisch, vertrackt. Der Krieg der Konzerne in den kleinen Städten. Solitär.«
KrimiWelt-Jahresbestenliste 2010